カリブ海のドン・キホーテ

フィデル・カストロ伝

三浦 伸昭
Nobuaki Miura

文芸社

カリブ海のドン・キホーテ——目次

第1章　革　命——9

第2章　荒　波——129

参考図　シエラ・マエストラ山脈付近

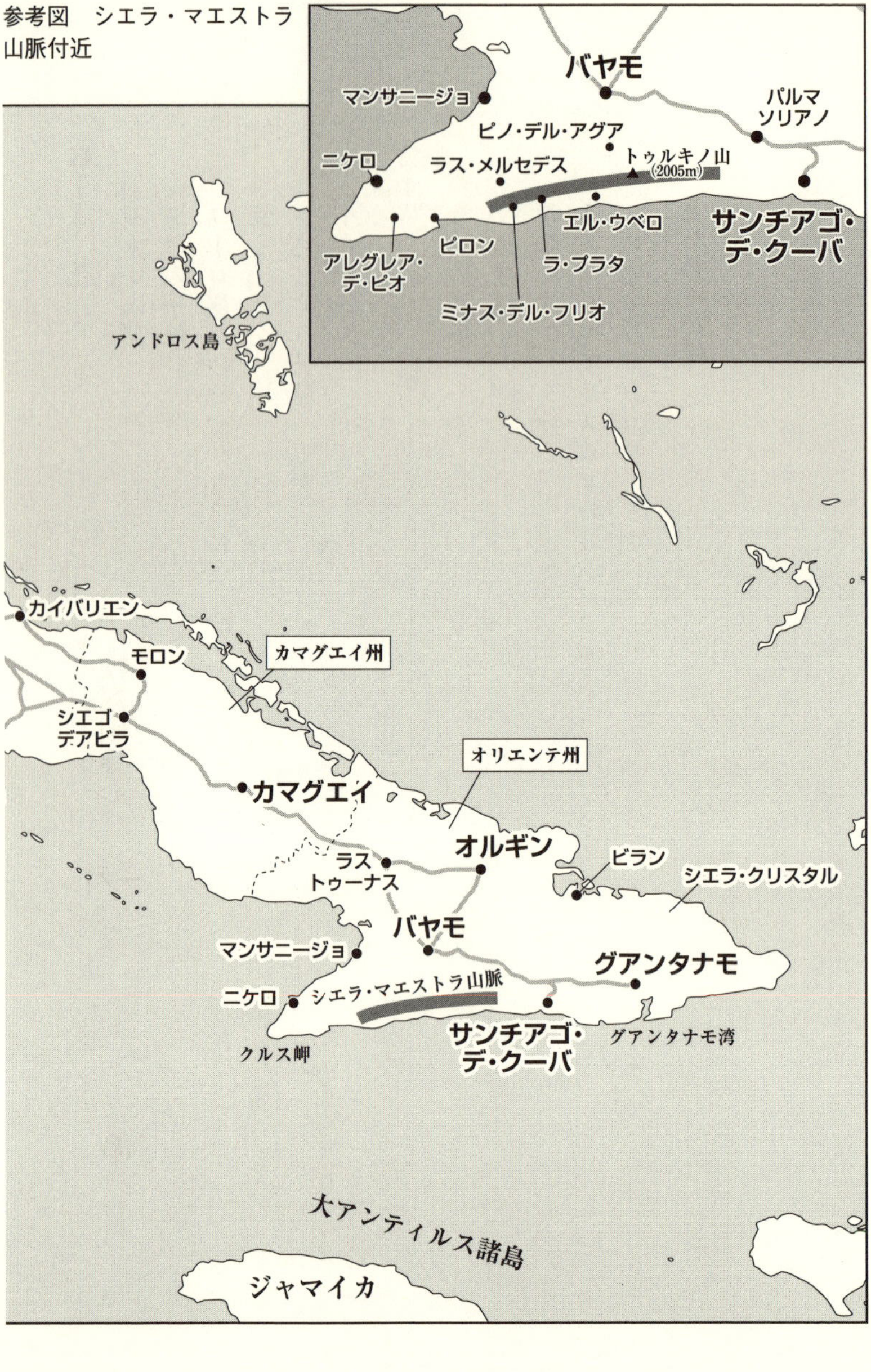

参考図　アフリカ南部

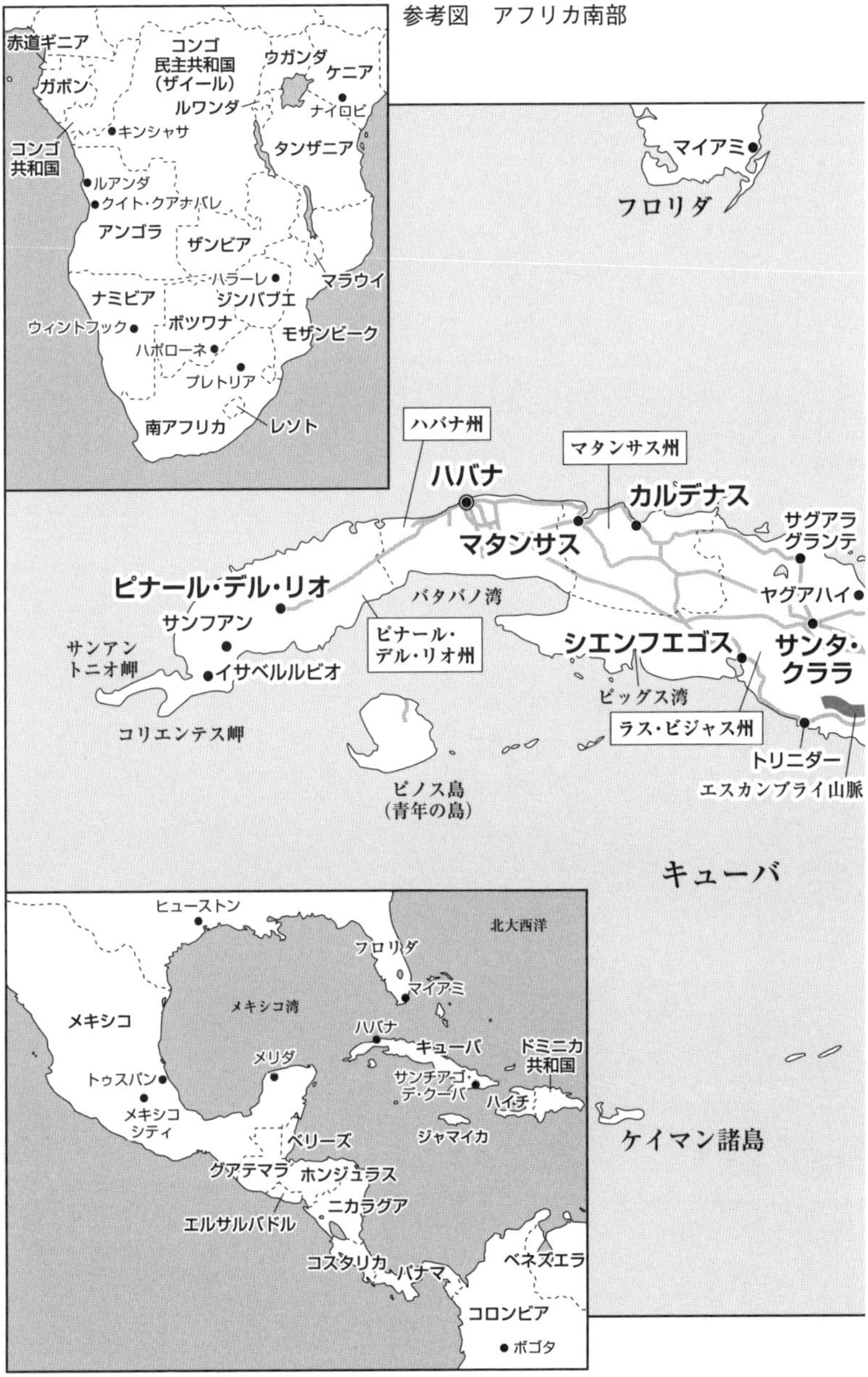
赤道ギニア
コンゴ
民主共和国
（ザイール）
ウガンダ
ケニア
ガボン
ルワンダ
ナイロビ
キンシャサ
コンゴ
共和国
タンザニア
ルアンダ
クイト・クアナバレ
アンゴラ
ザンビア
マラウイ
ハラーレ
ナミビア
ジンバブエ
ウィントフック
ボツワナ
モザンビーク
ハボローネ
プレトリア
南アフリカ
レソト
マイアミ
フロリダ
ハバナ州
マタンサス州
ハバナ
カルデナス
マタンサス
サグアラ
グランテ
ピナール・デル・リオ
バタバノ湾
ヤグアハイ
サンフアン
ピナール・
デル・リオ州
シエンフエゴス
サンタ・
クララ
サンアン
トニオ岬
イサベルルビオ
ピッグス湾
ラス・ビジャス州
コリエンテス岬
トリニダー
エスカンブライ山脈
ピノス島
（青年の島）
キューバ
ケイマン諸島
ヒューストン
北大西洋
フロリダ
マイアミ
メキシコ
メキシコ湾
ハバナ
キューバ
ドミニカ
共和国
メリダ
トゥスパン
サンチアゴ・
デ・クーバ
メキシコ
シティ
ハイチ
ジャマイカ
ベリーズ
グアテマラ
ホンジュラス
ニカラグア
エルサルバドル
コスタリカ
パナマ
ベネズエラ
コロンビア
ボゴタ

第1章　革命

嵐の中のドン・キホーテ

1

「さあ、出発だ！」

口鬚の大男がライフル銃を頭上に掲げると、使い古したエンジンが低い声で唸り、朽ちかけたスクリューが回転を始めた。

時は、１９５６年11月25日の深夜。

メキシコ中部のトゥスパン港から、嵐に揺れる漆黒のカリブ海へと走り出たのは、老朽化した白い小さなレジャーヨット「グランマ号」であった。この船は、定員25名を遥かに超える超過積載82名の男たちを乗せていた。

小さなヨットの甲板をぎっしりと埋め尽くした20～30代の青年たちは、キューバ国歌を歌いつつ、船から落ちないようにと互いの手をしっかりと握り合わせている。そんな彼らを心配そうに港で見送るのは、わずかな知人友人のみであった。

激しい風濤《ふうとう》は、沖合にて情け容赦なくヨットを襲った。波間を頼りなく上下する小さな甲板からは、しばしば乗員が転げ落ち、それをロープで引き上げるために右往左往する男たちは、船酔いがもたらす自らの吐《と》瀉物《しゃぶつ》で、オリーブ色の軍服をぐっしょりと濡らしていた。

甲板に横たわった黒人、混血（ムラート）、スペイン系白人から成る男たちは、波に洗われ全身濡れ鼠になりながら、不安そうにお互いの多種多彩な顔をじっと見つめる。

傍《はた》から見たら、漫画的とも言える情景であった。

だが、漫画的なのは情景だけではなかった。

キューバ人81名とアルゼンチン人1名から成るこの冒険は、キューバ島までの2000キロの荒海を、超過積載の中古ヨットで突破して、それで終わりではなかった。

男たちの目的は、アメリカ合衆国の支援を受けてキューバを占拠する軍事独裁者フルヘンシオ・バティスタ大統領と、彼が率いる2万のキューバ政府軍を粉砕して、悪政苛政に苦しむ600万人のキューバ国民を救済することだった。

若者たちのリーダーである30歳の青年弁護士フィデル・カストロは、自慢の巨体を船橋《ブリッジ》に置き、やたらと咳き込む中古ヨットのエンジン音に時おり舌打ちしつつ、祖国キューバから流れてくる携帯ラジオの音声にじっと耳を澄ませていた。

太い眉の下に並ぶ、黒く力強い彼の瞳は、必勝の信念に満ちている。その186センチの立ち姿は、あたかも巨大な風車に馳せ向かうドン・キホーテだ。そして、スペイン系白人であるこの大男の愛読書は、やはり『ドン・キホーテ』なのだった。

82人のドン・キホーテたちを載せた白いヨットは、何度も波にさらわれ横転しかけつつ、それでも健気《けなげ》に東へと疾走する。

2

11月30日の、サンチアゴ・デ・クーバ市（キューバ第二の都市）における同志たちの蜂起は早すぎた。

それも仕方ない。「グランマ号」の到着が予定より3日も遅かったのである。

オリエンテ州南岸ニケロ湾における同志たちの出迎えも早すぎた。それも仕方ない。「グランマ号」が、予定と違う場所に、しかも予定の3日後に着岸したからである。いや、着岸という表現は事実に反する。実際に起きたのは難破漂着であったから。それでも、無事にキューバ島に辿り着けたのは奇跡であったとしか言いようがない。

沖合の浅瀬にのめり込んで傾いた「グランマ号」から、重火器を取り出すのは不可能だった。メキシコからやって来た82名の男たちは、各自のライフル銃と背嚢《はいのう》だけを取って、数百メートルの浅瀬を、なんとかラス・コロラダス海岸まで泳ぎ切り、マングローブの湿地帯に身を潜めた。

それと行き違いに、キューバ政府軍の偵察機が上空を通った。サンチアゴ市での同志たちの蜂起が、不発に終わり鎮圧されたことは、すでに携帯ラジオで分かっている。政府軍は、間違いなくこの一行を捜索しているのだった。

不安を胸に抱きつつ、マングローブ林を2時間かけて抜けたところに、農民の一軒家があった。たまたま屋外に出てきた老いた混血の農夫は、泥まみれの軍服姿の一団を見て逃げ腰になる。

高い上背を持つリーダーは、軍帽を脱いで、堂々と農夫に挨拶した。

「私の名はフィデル・カストロです。私と私の仲間たちは、キューバを悪政と搾取から解放し、弱い人々や貧しい人々を助けるために来ました。皆さんに、農地、市場、学校、そして医療をもたらしに来ました。だから怖がらないでください。ただ、今の我々には食糧が必要です。代金はちゃんと払います」

カストロの後ろにいたファウスティーノ・ペレスが、背嚢から1ペソ硬貨を取り出すと、麦藁帽子に白シャツ姿の農夫の目は明るく輝いた。軍隊からちゃんとした対価を貰うのは、これが生まれて初めてだから。なにしろ、今の政府軍と来たら略奪しかしないし、そもそも農民や混血を人間以下だと思って差別している。それに引き換え、この若者たちの礼儀正しい態度はどうしたことだろう。

感激した農夫が、屋外に出した鉄網の上にいくつかのユカ芋を置いて火を起こそうとしたときに、砲声が轟いた。「グランマ号」の残骸を発見した政府軍の艦艇が、付近の海岸線に向けて砲撃を開始したのだ。

若者たちは、焼き上がらないユカ芋を恨めしそうに見つめ、それを網の上から急いで取って農家を離れた。

彼らの冒険の次なる目的地は、人跡未踏の山岳地帯シエラ・マエストラであった。

オリエンテ州の南岸に沿って東西150キロ南北30キロに延びるこの地に基地を築き、ゲリラ戦を戦うというのが、青年弁護士フィデル・カストロがかねてより立てていた戦略なのであった。

3

シエラ・マエストラ山系を目指す一行は、昼間は物陰で寝て、夜になると歩いた。

疲労と空腹に押し潰され、一歩も動けなくなって、アレグレア・デ・ピオのサトウキビ畑にへたり込んだのが12月5日の夕刻。

男たちは、互いの家族の写真を見せ合い、つかの間の楽しい時間を過ごしていた。

バティスタ政府軍の奇襲攻撃が襲いかかったのは、そんな時だった。

不意を打たれた若者たちは、為すすべもなく逃げ惑った。機関銃とライフルの銃弾が四方から嵐のように注ぎ、上空からは戦闘機が機銃掃射を開始した。さらには、サトウキビ畑に風上から火が放たれた。それは、戦闘ではなくて虐殺だった。

どこをどう逃げたか覚えていないが、我に返ったとき、カストロは二人の仲間とともに、サトウキビ畑の真ん中に横たわっていた。

ウニベルソ・サンチェスは、ライフルを持っていたが裸足《はだし》だった。ファウスティーノ・ペレスは、靴を履いていたがライフルをなくしていた。

呆然と顔を見交わす三人の上空を、政府軍のパイパー戦闘機がプロペラ音を高らかに鳴らして飛び過ぎた。発見されるのは時間の問題かもしれない。

高く生い茂るサトウキビの畝《うね》に仰向《あおむ》けに寝たカストロは、胸上に横たえたM－1ライフルの銃口を自らの顎の下に押し当てて呟いた。「俺は、生きて捕らえられはしないぞ」

「やめてくださいよ」隣に横たわるファウスティーノは、泣きそうな顔で言った。「間違えて暴発したらどうするんですか⁉」

「君らは、好きにするがいい。俺はこうして眠るから」と、頑固一徹のリーダーはどこ吹く風だ。ライフルをなくしたファウスティーノには、どうせ、カストロの真似をすることは出来なかった。

その様子を見ていたウニベルソは、農民出身者特有のふてぶてしい笑いを浮かべると、仰向けに横たわったままの姿勢で、近くのサトウキビの茎をナイフで切り取ってみんなに配った。こうしてみんなで甘い樹液を吸うと、少しだけ元気が出た。

三人はじっと、生い茂ったサトウキビ畑の畝に横たわっていた。そして、フィデル・カストロはひたすら低い声で喋り続け、革命の理想について熱く語った。

人が生きる意味とは何か？

あるべき世界の形とは何か？

「世界のすべての栄光は、一粒のトウモロコシの種に入ってしまう」カストロは、十八番を口にした。これは、彼が心から尊敬し崇拝するホセ・マルティが遺した言葉である。「君たちには、この言葉の意味が分かるだろうか？」

「学校の歴史の授業で習ったけど、深く考えたことはありません」ファウスティーノが吐息をついた。医師でもある彼は、仲間内では数少ない学校出のインテリである。

彼とウニベルソは、かれこれ一日中リーダーの話を聞き続けているのだが、どんなに話しても話し飽きないのがカストロという男なのだ。ここは、じっくり付き合うしかない。

「人は、個人の名声や栄誉を求めてはいけない。財産を求めるのは卑しいことなのだ。苦しんでいる他者のために戦い、名も知らぬ不幸な民衆のために戦い、貧しい人々を救うことに義務を感じ、そこから満足を得なければならないのだ」カストロは、目を潤ませながら語る。仰向けになったその顎には、相変わらず自らのライフルの銃口が押し付けられたままだから、一種異様な光景である。

「なるほど、それで栄光の大きさがトウモロコシ一粒なんですかい」ウニベルソが、サトウキビを齧りながら頷いた。「おかげで、トウモロコシが食べたくなりましたよ」

夜露に濡れる軍服姿の三人は、腹を鳴らした。リーダーは、自分の腹を撫でながら続ける。

「ホセ・マルティは、そうして戦死した（第二次キューバ独立戦争。１８９５年）。だけど、彼の遺志は、今でもはっきりと生きている。我々全員の魂にしっかりと宿っている。死は終焉を意味しないのだ。だから、我々が斃《たお》れても、その死は決して無駄にはならないだろう」

「だけど、死んでしまったら、革命は出来ませんよ」ファウスティーノは、リーダーの顎に当てられた銃身を薄気味悪げに見つめながら言った。

「後に続く者が出れば良い。遺志を継いでくれる者が一人でもいれば良いのだ」

「でも、ここは生きましょうよ」ウニベルソは、サトウキビの新鮮な茎をカストロに渡してウインクした。

幸いにして、政府軍の捜索は3日で打ち切られ、飛行機の音も歩兵の気配もなくなった。

3日ぶりにサトウキビ畑から這い出た三人は、互いの幸運を祝福しつつ、ヨロヨロと山岳地帯に向けて歩き始めたのである。

4

フィデル・カストロら3名は、数日して、かねてより同心していた地元の俠客モンゴ・ペレスの家に辿り着いた。

モンゴとその兄クレセンシオは、シエラ・マエストラ一帯の農民を束ねており、彼らは農民を蔑視した搾取政策をとるバティスタ政権と対立関係にあったのである。

この家で多くの農民たちに歓迎されたカストロは、さっそく彼らに頼んで、先の戦闘で散り散りになった仲間たちを捜索してもらった。

最初に現れたのは、カストロの実弟ラウルと、彼が率いる3名だった。彼らは、比較的意気軒昂としており、銃や背嚢もしっかりと確保していた。最初の交戦のとき、運よく早めに交戦圏から離脱できたのだ。

「お前は、いつも運が良いな」カストロは、3年前のモンカダ兵営強襲を思い出しつつ、可愛い弟の頭を小突いた。

カストロ一派の最初の蜂起は、3年前の1953年7月26日のことだった。彼らはこのとき、オリエンテ州のモンカダ兵営を奇襲制圧して、軍が備蓄した武器を奪うとともに全土に反バティスタ蜂起を促そうとしたのだった。しかし、この挙兵は失敗に終わり、125名の同志のほとんどが政府軍に捕らえられて虐殺された。そんな嵐の中でも、ラウル・カストロは難なく逃げおおせたのだった。

「そうとも」童顔のラウルは、いたずらっぽい笑顔を返した。「俺は真っ先に逃げ延びて、そして真っ先に兄貴を助けに駆けつけるのさ」

「うん、今度も頼むな」カストロは、力強く頷くのだった。

しばらくすると、黒人青年ファン・アルメイダを先頭に立てた8名の一団が現れた。この一団は亡霊のような惨めな有り様で、しかもほぼ全員がライフルをなくしていた。

「よりによって、大切な武器を置いてくるとは！」いったんは激怒したカストロも、彼らの話を聞いて感情を和らげた。

海岸線を逃げた彼らは、政府軍の駐屯地に迷い込んでしまい、3日間海岸沿いの洞窟に身を潜め、カニや虫を食べて生き延びた。敵兵が洞窟の近くまで歩哨に来るので、8名はずっと洞窟の中に横たわっていなければならなかった。飲み水は、洞窟の壁を垂れる水滴を喘息《ぜんそく》用の吸引器を使って吸い上げて、みんなで回して飲んだという。

「チェがいてくれて助かったな」

カストロは、アルメイダの後ろに立つ喘息持ちのアルゼンチン人の青年医師を優しく見つめた。27歳のエルネスト・ゲバラは、アルゼンチン人特有の口癖、すなわち人に声をかけるときに必ず「ねえ（チェ）」と呼びかけることから、キューバ人たちにチェと呼ばれていた。

チェ・ゲバラは、ぜえぜえと苦しい息を吐きながら、よろよろと親友に歩み寄り、持ち前の人懐こい明るい笑顔をカストロに返した。肩と首に受けた銃創は、医師である本人が素早く手当てしたために治りかけていた。

少しすると、カミーロ・シエンフエゴスが現れた。カミーロは、いつも冗談ばかり言っている陽気なラテン男だ。勇敢な彼は、降伏を呼びかける政府軍に向かって「ここには、降伏する奴など一人もいねえぞ！」と大啖呵《おおたんか》を切り、ライフル銃を乱射しながら堂々の敵中突破を果たしたのだった。

カストロが点呼したところ、「グランマ号」に乗って来た同志の生き残りは、わずか16名であることが分かった。他の仲間たちは、みな殺されるか捕虜になったのである。いや、バティスタ軍が捕虜を虐殺する軍隊であることを考えるなら、ほとんどの同志はもはやこの世の人ではない。

この時点におけるカストロの軍隊は、モンゴ・ペレスが紹介してくれたギジェルモ・ガルシアら現地徴募の農民を含めても、総勢わずか20名である。そして、まともに稼働するライフル銃は、わずか12丁であった。しかも、食糧と医薬品はゼロ。

この悲惨な事実が仲間たちの脳裏に沁み渡るまで時間がかかった。あまりに恐ろしくて、そんな事実を認めたくなかったのである。

一同は、虚脱状態に陥った。地面に腰を落とし、うつろな眼で周囲のジャングルを見た。誰もが、完全なる敗北を自覚した。

フィデル・カストロが立ち上がったのは、まさにそのときである。

「これで、バティスタの野郎の命運も尽きたな！」

リーダーの意外な言葉に、仲間たちは愕然とした。

「俺たちは勝ったも同然だ。ここに20名もいるんだから！」

カストロは、堂々と胸を張り、そして瞳を爛々と輝かせていた。

この男の正体が「狂人」だと思ったのは、チェ・ゲバラだけではない。ほとんどの同志が、我がリーダーは絶望のあまり発狂したのだと思った。

しかし、歴史は時に狂人を必要とする。そしてキューバの歴史は、今や本物のドン・キホーテを必要とする季節に入っていたのである。

5

ここで前史を語ろう。

カリブ海に浮かぶキューバ島が、西洋版の「世界史」に登場したのは、コロンブスの第一次航海（1492年）からである。

クリストファー・コロンブスは、サンタマリア号の甲板から亜熱帯のキューバの北岸を眺め渡し、白い砂浜と深緑の椰子林を歩き、「人間の目が見た最も美しい土地だ」と賛嘆した。

しかし、その最も美しい土地の歴史は、なし崩し的にスペインの領土とされて以来、略奪と搾取と虐殺の積み重ねで成り立っている。

この島が砂糖とタバコの名産地であることが知られると、宗主国からスペイン人たちが続々とやって来て、特産品の大増産を開始した。以前からこの島に住んでいた黄色い肌を持つ人々は、インド人でもないのにインディオと呼ばれ、ヨーロッパ人が持ち込んだ天然痘と、彼らが強制する重労働でその人口を激減させた。たまりかねて反乱を起こしたインディオは、たちまち強力な宗主国の軍隊によって鎮圧され虐殺された。こうして労働力が足りなくなったので、スペイン人はアフリカから黒人奴隷を大勢連れて来た。彼らはすべからく、白人に差別され搾取を受けるだけの存在であった。

これは、キューバに限った話ではない。南北アメリカ大陸全域が、そういった境遇に陥っていたのである。

しかし、18世紀末にアメリカ合衆国が独立し、続いて19世紀初頭に英雄シモン・ボリバルらの活躍で南米諸国が独立を達成した。

ここにいよいよ、キューバも立ち上がる。19世紀後半から始まる二次に亘る熾烈な独立戦争は、思想的指導者であるホセ・マルティの馬上での戦死といった悲劇も孕《はら》みながらも順調に進み、マキシモ・ゴメス将軍に率いられたキューバ独立解放軍は、首都ハバナに宗主国スペイン軍を追い詰めたのである。

しかし、ここで椿事《ちんじ》が起きた。

1898年2月15日、ハバナ湾に停泊中だったアメリカ合衆国の軍艦メイン号が、突如として大爆発を起こして轟沈したのである。爆発の原因は、火薬の管理ミスによる事故だったようだが、アメリカのマスコミはこれをスペイン軍の仕業だと執拗に書きたてた。こうして「卑怯な騙し討ち」に憤ったアメリカは、「Remember the Maine」を合言葉にして、たちまちスペインに宣戦布告した。これが「米西戦争」の勃発である。アメリカの大戦争が、いつもこんな調子で始まるのは、果たして偶然なのかどうか。

すでに疲弊し弱体化していたスペイン軍は、圧倒的な工業力を誇るアメリカ軍の猛襲を前に、あっという間に惨敗した。そしてこの戦争の結果、キューバとプエルトリコとグアムとフィリッピン全島がアメリカに占領されたのである。

キューバ人は最初、アメリカ合衆国を解放者だと思った。北方のカウボーイたちは、純粋な義侠心で自分たちを助けてくれたと思った。しかし、それは違った。アメリカはキューバに名目的な独立を与えはしたが（1902年）、「プラット修正条項」という通達を押し付けてその自治を実質的に剝奪し、グアンタナモ港など数箇所を租借地と称して奪い去ったのである。

カリブ海に浮かぶ最大の島であるキューバは、アメリカ合衆国の対ラテンアメリカ戦略上の要衝であった。地図を見ればすぐに分かることだが、大アンティルス諸島の中軸であるこの島を支配すれば、中米へも南米へも自由自在に進出することが出来る。この島を領有することは、実は合衆国の積年の宿願だったのだ。

こうして、キューバはアメリカの「植民地」と化した。

アメリカ資本は、キューバに仕立てた傀儡《かいらい》政権を背後から操り、この島の基幹産業と大農園をすべて買い占めた。そしてキューバ人労働者に低賃金で重労働をさせたのである。

ハバナに住むアメリカの富豪たちは、豊かな陽光の下で、青い海原と美女やサルサ音楽を大いに楽しんだ。砂糖産業の大隆盛で、資本家たちはこの世の春を謳歌した。

ところが、一般のキューバ人には食べるものすら無かった。貧しい農民たちの住む家は、椰子の葉で作った掘っ立て小屋（オイボ）だ。もちろん、ここには水道も電気もガスもトイレもない。着る服も布切れ程度しかないから、まるで原始人の生活だ。裸足で過ごす子供たちは、足の裏から寄生虫に冒され、そのほとんどが高熱を出して虚しく死んでいく。親たちは、流す涙も枯れ果てて、真っ黒なハエにたかられた愛児の死体を撫でるのみ。

これでは、独立前と少しも状況が変わらない。いや、もっと酷くなった。スペインが、アメリカに取って代わられた結果、搾取の度合いが増しただけの話だ。

そんな中でも1940年に民主的な憲法が施行されると、ハバナ大学を中心に、愛国心溢れる学生たちが政治活動を行い、国民の生活改善のために努力と苦心を重ねていた。

ところが、これらの夢を踏みにじったのが、軍部の領袖フルヘンシオ・バティスタであった。1952年3月、突如として蜂起したバティスタ軍は憲法を停止し、おりしも進行中だった総選挙を中止させ、キューバ全島を完全な軍政下においたのである。彼の背後にいて、彼を動かしたのは、言うまでもなくアメリカ合衆国である。

アメリカの政財界のみならずマフィアとも手を握るバティスタ大統領は、キューバ全土を私物化し、搾取の限りを尽くした。彼に逆らう者は容赦なく警察に逮捕され、裁判にもかけられずに拷問され虐殺された。彼と結託したアメリカ人マフィアが我が物顔で首都ハバナを睥睨《へいげい》し、麻薬や賭博や売春が盛業となった。農村の幼い少女は、奴隷のように街へと連れ去られ、見ず知らずのアメリカ白人に金で買われ陵辱された。そして農民たちは、ますます搾取されて貧困になっていった。

まさにこの世の地獄である。

キューバ人は、救世主の到来をカトリックの神に祈った。

その結果現れたのが、フィデル・カストロという名のドン・キホーテだったのは、キューバ人にとって果たして幸せだったのだろうか。

6

救国の英雄は、社会や民衆の求めに応じて現れる。

フィデル・アレハンドロ・カストロ・ルスは、裕福な農業主の家に、七人兄弟の二男として生まれ育った。歴史上の「貧者の味方」は、必ずしも本人が貧しい生い立ちとは限らないから面白い。

父アンヘルはスペインからの移民だったが、一所懸命に働いて８００ヘクタールの土地を買い、キューバ東部に位置するオリエンテ州ビランの農場主となっていた。

フィデル少年は、幼いころから傲岸不遜で粗暴な性質であり、自分が常にリーダーでなければ気が済まなかった。そのため、兄弟のみならず両親ともしょっちゅう喧嘩をしたのだが、どういうわけか五つ年下の弟ラウルにはよく慕われ、二人で農地を駆け回る少年時代だった。

父が経営するマナカス農場は、周囲をアメリカの大資本「ユナイテッド・フルーツ社」の農地に囲まれていた。カストロ兄弟は、この農地で働く人々の苦痛に満ちた姿を見せつけられて育った。農民の小屋では、生まれてくる子供の半数が、栄養不良と病気ですぐに死んでしまう。愛児を失った親たちの慟《どう》哭《こく》は、風に乗って少年たちの多感な心を強く揺さぶるのだった。

アメリカ資本の小作人たちは、サトウキビ畑で、農繁期（1年のうち、わずか4ヶ月間しかない）には朝から晩まで重労働をさせられるのだが、農閑期には雇用を切られ、飢えに苦しみ酒浸りとなる。農閑期の国全体の失業率は30％を越え「死の季節」と呼ばれた。その名の通り、体を壊し頓死してしまう人が無数にいた。その上に乗って、アメリカ人だけが肥えていた。そして、アメリカ人と結託して利を貪る歴代政府は無為無策だった。一般のキューバ人は完全に奴隷と同じだった。

少年たちの周囲は、搾取と差別と不平等が渦を巻いていた。早熟な上に正義感の強いフィデルとラウルの心に、世の理不尽に対する怒りが少しずつ育っていったのは当然のことだった。

やがて、教育熱心な両親によって厳格なイエズス会系カトリックのドローレス学園（中学）、続いてベレン学園（高校）に行かされたフィデル少年は、熱誠に溢れる神父たちの姿に心を打たれた。道徳教育を重視するこれらの学校では、正義や博愛、勇気と優しさ、自己犠牲の大切さを子供たちに教えた。おカネには何の価値も無い。モノは人の心を弱める罠に過ぎないのだと。こういった言葉を語る聖職者たちは、実際に、みな高潔な心を持つ立派な人々だった。あるときなど、川で溺れる子供たちを救おうとして、激流に飛び込んだ高位司祭が半死半生になったこともあった。

このときから、フィデル少年は胸に聖者のイコンをぶら下げるようになる。この人物の社会主義思想の根底にあるのは、実はキリスト教の博愛精神なのだった。

このころのフィデルは、誰もが眼を見張るほど学業に優秀だったのだが、それ以上にスポーツに精を出した。アマチュア野球の名選手として名を馳せたし、登山装備でキューバ中の山々に登った。後のゲリラ戦士としての下地は、図らずも少年時代に出来たのであった。

こうして成長したフィデル・カストロは、ハバナ大学法学部で政治運動に身を投じる。思想家ホセ・マルティから深い影響を受けた彼の政治信条は、自由、平等、博愛など、民主主義の基本理念そのものである。彼は、子供のころから見てきた搾取や差別や不平等を断じて許すことが出来なかった。祖国から、ありとあらゆる不正義を消滅させたかったのだ。

しかし、一匹狼で、常に自分がリーダーでなければ気が済まない彼の傲岸な気性は、むしろ多くの敵を作った。

たとえば、このころのハバナ大学では、共産主義思想がブームとなっていた。全人類の平等を謳うこの思想は、程度の差はあれ、格差社会に住む多感な若者を熱病に浮かす。そこで、弟ラウルは熱心な共産党員になったのだが、フィデルはむしろ共産主義を嫌った。共産主義が謳う「社会的平等」や「財産の共有」の理念が嫌いだったわけではなく、キューバ共産党がソ連の回し者であることが嫌だったのだ。

このように周囲から孤立していた学生フィデルは、政治家として成功したとは言えない。それでも、学校外で民間政党オルトドクソ（真正）党の結党に参加したり、ドミニカ共和国のトルヒージョ独裁政権打倒を目指す学生義勇軍に志願したり（アメリカの横槍で出港前に解散させられたが）、旅行先のコロンビアで民衆暴動ボゴタソに遭遇したときは暴徒の先頭に立って演説したり（暴動自体はすぐに警察に鎮圧されたが）と、その派手な行動力の評判は高まっていた。

こうした波乱万丈の学生時代に、フィデルは友人の妹ミルタと結婚した。新婚旅行先は、マイアミ、そしてニューヨークである。このときフィデルは、アメリカ合衆国そのものを肌で知った。生まれて初めてTボーン・ステーキやサーモン・ステーキを食べた。一日200語のペースで英単語を覚えた。まさか、この国が生涯の宿敵になるとは、このときは夢にも思わなかっただろう。

長男フィデリートが生まれたころ、フィデルはハバナ大学を卒業して弁護士事務所を開業した。しかし「権力に虐げられた貧しい人々を救う」ための仕事は、当然のことながらまったくおカネにならなかった。「俺の報酬は、貧しい人々の笑顔だ！」と豪語する夫から顔をそむけ、妻ミルタは実家に生活資金を無心に行き、その間、借金取りに押し入られた借家では、赤ん坊のフィデリートが産着を剝がされ固い床の上にしゃがみ込んで泣いていた。そんなときに子供を守るべき夫は、政治活動と称して出歩いていて、家庭を少しも顧みなかった。

こんな夫を持ったミルタの苦しみは痛々しいばかりだが、夫の信条が「カネ儲けは卑しいこと」なのだから、生活が良くなるはずもない。彼のこの奇妙な性質が、やがてキューバ革命の行程を規定してしまう。

ボランティア同然の弁護士稼業と、借金まみれの生活で、彼の家庭は崩壊寸前だった。それでも、オルトドクソ党を介しての政治活動は順調に進み、1952年の全国総選挙に出馬したフィデル・カストロは、かなり有力な下院議員への当選候補者と見なされていた。

しかし、この年の3月10日、突如として蜂起した軍部の要人、政界の黒幕バティスタが、総選挙を中止させプリオ大統領を放逐し、軍事独裁政権を樹立したのである。出鼻を挫かれたフィデルは、憲法裁判所にこの無道を訴えたのだが、そもそもこの時点で憲法自体が停止させられていたし、権力者に尾を振る司法当局はこの訴えを握りつぶしたのである。

ここに至り、カストロは武装闘争を決意する。国中に溢れる貧しい人や弱い人を助けるためには、悪しき政治を武力で変えるしかないと思い定めたのだ。

125名の同志を糾合した彼は、1953年7月26日、オリエンテ州のサンチアゴ・デ・クーバ市郊外にあるモンカダ兵営に攻撃を仕掛け、そして木っ端微塵に粉砕された。

最も信頼する仲間だった会計士アベル・サンタマリアは、捕虜になった後で、生きたまま眼球をくり抜かれて殺された。彼とともに戦った妹アイデーは、政府軍兵士に兄の眼球を誇らしげに見せられて気絶した。アベルだけではない。逮捕された同志のほとんどが、残忍極まりない拷問の末に虐殺されたのである。バティスタ軍とは、これほどまでに非道な軍隊なのだった。

カストロは、幸運に恵まれ、奇跡的に生きたままハバナに護送された。彼を逮捕したのが学生時代に面識があった人道的な将校であり、しかも虐殺の噂を聞きつけたカトリックの大司教がすかさず介入し、彼を庇《かば》ってくれたお陰であった。

早期釈放されたアイデー・サンタマリアら牢獄外の同志たちの助けを借りて、カストロは裁判中の暗殺の危機を乗り切った。そして、自らの裁判で有名な演説を行った。

「歴史は、この私に無罪を宣告するだろう！」

面白いことに、これはアドルフ・ヒトラーがミュンヘン一揆に失敗したときに裁判で述べた言葉と同じである。カストロは、ヒトラーを意識していたのだろうか？

結局カストロは、弟ラウルらとともに刑期15年でピノス島の牢獄に収監された。ところが彼に言わせると、刑務所は「良い学校」であった。少年時代から敬愛するホセ・マルティ全集はもちろん、マルクス、レーニン、ドストエフスキー、ユゴーなどの著作を総覧した。また、『歴史は私に無罪を宣告する』という小冊子を書き、外界の同志たちに原稿を渡して地下出版させたのである。

こういうところも、ヒトラーに似ている。ヒトラーが『我が闘争』を執筆したのは、刑務所の中だった。

ともあれ、カストロの小冊子は、国民に「革命」を呼びかける内容だった。彼は、キューバ政財界の腐敗と堕落を糾弾するだけでなく、「社会システムの抜本的変革」を提案した。農地解放、教育と医療の充実、工業化の推進など、その語る内容全てが本質的で理に適っていたのである。これが実現すれば、国民はきっと幸せになれるだろう。

キューバ国民の間で、カストロの名声は日増しに高まった。

こうした情勢を見たバティスタ大統領は、恩赦を出して叛徒どもを釈放することにした。一種の人気取りだが、明らかに奢りと油断がそこにあっただろう。カストロ兄弟は、結局、22ヶ月の刑務所暮らしであった。

出獄後、弟ラウルやフアン・アルメイダといったモンカダ襲撃以来の同志たちとともにメキシコに亡命したフィデルは、アメリカに亡命中の前大統領プリオに接触して活動資金を得ると、「7月26日運動（M－26－7）」を開始した。この命名は、モンカダ兵営襲撃の日を忘れないためである。

だがこの間、妻ミルタは正式に離婚して、息子フィデリートを連れて出て行った。カストロは「政治的都合」だと言い訳したが（ミルタの兄が、バティスタ政権の要人になっていたので）、離婚の本当の理由は、彼が人妻と浮気していたことがミルタにばれたからだった。もともと、「一人の女性に操を立てる」という概念は、この男の中には存在しなかった。また、避妊という概念も無かったらしく、浮気相手ナティとの間にたちまち一子アリーナをもうけている。

やがて、亡命先のメキシコでアルゼンチン人医師チェ・ゲバラら頼りになる同志を糾合した彼は、スペイン内戦での豊富な経験を持つ退役軍人アルベルト・バヨ大佐からゲリラ戦の戦闘訓練を受けると、彼らを逮捕し拘束しようとするメキシコ当局の手を振り切る形で、祖国への海の冒険へと乗り出したのだった。

それが、この物語の冒頭、１９５６年11月25日の深夜の出航である。

7

時は遷《うつ》り１９５６年12月28日の正午。

今や19名になったドン・キホーテたちは、標高2005メートルといわれるシエラ・マエストラの最高峰トゥルキノ山頂に立っていた。

南方は一面のカリブ海で、カモメや船舶が行き交う彼方にはジャマイカ島が望見できる。美しい眺めに心を打たれ、敬虔な微笑を浮かべた一同は、今では一様に濃い髭を生やし、葉巻を吸っていた。濃い髭やタバコの煙が、害虫避《よ》けに良いことを経験から知ったからである。今では、喘息持ちのチェ・ゲバラでさえ、葉巻を手放すことはなかった。

男たちの汚れきったオリーブ色の軍服と乱れきった黒髪が、海風の中で涼やかに靡《なび》く。野に伏して寝、小川で水浴びをし、時には野草を食べるような生活を続ける彼らは、遠目には野生動物と見分けが付かなかったかもしれない。

フィデル・カストロは、防塵用の分厚いメガネを調達し、濃い髭に覆われた顔の上にかけていた。眺望に飽きた彼は、さっきから岩の上に腰掛けて、シエラの地図を眺めながら携帯ラジオに耳を傾けている。

その隣に座るチェ・ゲバラは、いつものように、几帳面な細かい字で手帳に日記を書いている。彼の喘息は、もうだいぶ良くなったようだ。

俠客モンゴ・ペレスの家で、フランク・パイースらサンチアゴ市の同志たちと連絡を取ることに成功した彼らは、食糧や武器弾薬のみならず、書籍や葉巻やメガネ、さらにはゲバラのために喘息の薬を調達することが出来たのである。

「7月26日運動」の仲間たちは、カストロらメキシコ亡命者以外にもキューバ国内に大勢いた。それどころか、バティスタの悪政は、街や農村や漁村で同志の数を日増しに増やしていた。カストロは、そんな彼らと連絡を取り合った上で、それなりの勝算をもって「グランマ号」の冒険に踏み切ったのである。しかし、超過積載のオンボロ船の到着が3日も遅れたために、同志たちの市街地での援護行動が空振りに終わったことは、すでに説明したとおりである。

さて、十分な補給に満足したカストロは、モンゴの家を発つ際に、腹心ファウスティーノ・ペレスに重要な命令を与えた。首都ハバナに潜行し、同地の仲間たちと連絡を取るとともに、外国人の新聞記者を一人シエラに送り込むよう手配せよと。ファウスティーノは任務の重さに顔を引き締め、都市部からやって来た連絡員とともに山を降りて行った。こうして、仲間は19名となった。それから彼らは、広大なシエラを探索し、地形を調べて回った。これはボーイスカウトの遊びではない。未来の戦場の偵知である。

その一環として、彼らは今、トゥルキノ山頂に立っているのだった。

「政府のラジオ放送によれば」カストロが、おもむろに口を開いた。「バティスタは、俺たちが全滅したと公言している。俺のことも死人扱いだ」

「まあ、間違いではないでしょう」ファン・アルメイダが、噛んでいた野草をぺっと吐いて肩を竦《すく》めた。「普通の軍隊を基準に考えるなら、俺たちは全滅同然ですもの」

「どっこい、俺たちはゲリラだ。ゲリラは、一人でも生き残っていればいつだって逆転できるのだ」カストロが言うと、一同は暗い表情で下を向いた。

その様子に不安を感じたリーダーは、しゃがれ声を景気良く張り上げた。

「あのナポレオンを最初に打ち破ったのは誰だった？　我らスペイン系の血を引くゲリラじゃないか！無敵の英雄ナポレオンだって倒せたのだから、バティスタ風情など、あっという間だ」

事実、ゲリラ戦は、ナポレオン戦争のころにスペイン人が発明した戦術だと言ってよい。その要諦は、民衆と一体になり、地形を味方につけ、ヒット・アンド・アウェイで巨大な敵を翻弄する点にある。ヨーロッパ全土を席捲したナポレオンの大陸軍（グラン・ダルメ）でさえ、最後までスペインのゲリラを征服できなかった。

フィデル・カストロは、悪政に苦しむキューバの民心を掌握し、シエラ・マエストラの峻険を利用すれば、十分な勝算が得られるだろうと冷静に判断していたのである。シエラを選んだ理由は、この付近の農民が、キューバ国内で最も過酷な搾取を受けていたことにある。

アルメイダは、いつもながらのリーダーの手がつけられない楽天性を前に、白い歯を見せて微笑んだ。彼も、その隣で笑うカリスト・ガルシアも黒人である。

実際、「7月26日運動」のメンバーには黒人が多かった。

当時のキューバでは人種差別が当然で、この国の黒人は人間扱いされていなかった。仮に白人が黒人を殺しても、殺人者が罪に問われることはまず無かった。まさに家畜の扱いである。

「運動」の黒人青年たちは、家族や親戚が牛馬のごとく使役され、ろくな教育も医療も受けられず枯れ死ぬ姿を見続けてきた。そんなとき、人生に絶望しかけた彼らに希望をくれたのがフィデル・カストロだった。彼は、すべての差別を撤廃すると学生時代から言い続けており、事実、「運動」の中には一切の差別が存在しなかった。みんな家族のように仲良しで、完全に対等だった。

だから、アルメイダもガルシアも、ここを離れたくないのである。

彼ら黒人に限らない。仲間たち全員は、国籍や肌の色や出身階級から完全に自由で平等でいられるこの場所が好きだった。だから、野生動物のような過酷な生活を強いられるにしても、ここを投げ出すことは出来なかった。

仲間たちが大好きだし、それ以上にフィデルのことが大好きだった。

フィデル・カストロは、誰に対しても対等に接し、分け隔てをしない大きな心を持った明るく優しい男だった。巨大なカリスマ性の持ち主だった。いささか狂人の疑いがあるドン・キホーテだとしても、この男と一緒にいられるのは楽しかった。

男たちは隊列を整え、キューバ国歌を歌いつつ東の峰へと降りていった。カラカス地区に基地を築き、ここを発起点として反撃を模索するために。

シエラ・マエストラ

1

年が明けた1957年1月16日、マヨラール（農牧管理人）のチチョ・オソリオは、麦藁帽子を載せた頭を振りつつ、ラバに乗ってラ・プラタ兵営に向かっていた。彼の周囲は、鬱蒼とした深緑に覆われている。一人で心細くなったので、持参してきたラム酒瓶の蓋を開けた。

首都ハバナのバティスタ政権は、すでにテレビや新聞で、グランマ号遠征隊の全滅とフィデル・カストロの戦死を報じている。しかし、自らが流した報道に半信半疑の権力者は、オリエンテ州一帯に軍勢を派遣すると同時に、現地マヨラールたちを組織化しようとした。ゲリラの生き残りを捜索し、同時にゲリラに協力する農民たちを摘発するためである。

チチョ・オソリオは、そうした政府協力者の一人であったが、小作農民に対して酷い仕打ちをすることでも有名だった。今日も、何人かの農民を「働きが悪い」という理由で鞭打ちにして来たところである。ラバの上でラム酒を呷《あお》り、ほろ酔い加減で鼻歌を歌っていると、椰子林の中から20名ほどのオリーブ色の軍服姿の男たちが現れた。

先頭に立つ鬚面の巨漢は、「ペレス大佐」と名乗った。彼は、部隊を率いてフィデル・カストロを捜索しているところだと言い、オソリオに協力を求めた。

「ご苦労さんでしゅ」オソリオは、酒臭い息を吐いた。「ラ・プラタ兵営への道ですか？　ようがす。わしもこれから向かうところなんで、ご案内しましゅよ」

深緑のマングローブ林の中の一本道を、男たちは談笑しながら進む。

ペレス大佐は、雑談のついでに、この周辺の農民の誰が政府寄りで、誰が革命寄りなのか聞きだして、克明にメモを取った。そのとき、ふと、オソリオの腰の拳銃に目を留めた。

「これでしゅか？」酒焼けしたマヨラールは、ラバの背に揺られつつ、頼もしげに銃架の上から拳銃を叩いた。「カストロを撃ち殺すために持っているんですわ。あの野郎を見つけたら、地べたに踏んづけて泥まみれにした上で、ぴーぴー泣き喚くところを犬のように撃ち殺してやるんでさあ」

「そうか」苦笑した大佐は、その目をオソリオが履いている黒い長靴に向けた。それは、明らかに新品の軍靴であった。

「これでしゅか？」オソリオは、のんきに応える。「一月ほど前に、ジャングルを彷徨《さまよ》っていたゲリラの生き残りを捕まえて、なぶり殺して手に入れたんですわ」

ペレス大佐をはじめ、軍服姿の男たちの笑顔は凍りついた。しかし、オソリオはそれにはまったく気づかなかった。酒のせいというよりも、もともと空気が読めない人だったのかもしれない。そもそも、彼にまともな観察眼があれば、髭もじゃ男たちの軍服と戦闘帽が政府軍のそれとは違っていることに気づいたはずなのだ。

やがて、ラ・プラタ川の河口に置かれた小さな兵営が見えて来た。木製の壁を持ち、屋根は亜鉛鉄板《トタン》葺きだ。2棟目の兵舎はまだ建設中なので、収容人数は最大で15名程度か。バティスタ軍はゲリラ狩りのために、シエラ周辺にこういった小規模な兵営を数多く設置していたのである。

「案内、ご苦労だった」ペレス大佐は、厳しい表情でオソリオに言った。

ラバから降りたマヨラールは、褒美を貰えると思って近づいたところで、M－1ライフル銃を突きつけられた。

「本当のことを言おう。私の名はフィデル・カストロだ」

オソリオが遅まきながら事態に気づいたとき、カストロの部隊は一斉に走って、ラ・プラタ兵営への包囲を開始していた。

「革命の名において、殺人者を処刑する」

カストロは引き金を引き、酔いが覚めたマヨラールは、血を吹いて泥の上に崩れ落ちた。その彼方では、機関銃と小銃が激しく火線を戦わせていた。

他の隊員たちが散開して包囲陣を敷く間、チェ・ゲバラが正面から機銃を射って兵舎の銃火を引き付けた。その隙に、ラウル・カストロとファン・アルメイダが左右から兵舎に接近し、手榴弾を投げ込んだが2発とも不発だった。しかしその間、ルイス・クレスポが食糧倉庫への放火に成功したので、守備隊の間にパニックが広がり、やがて逃亡兵が出始めた。それを見たカミーロ・シエンフエゴスが兵舎に突入し、残敵を掃討した。

生き残った数名の敵は逃げて行き、ラ・プラタ兵営は占領された。この戦いでの損失は、敵側が戦死者2名、捕虜3名、負傷者5名だった。味方は数名が軽傷を負っただけ。

こうして革命軍は、首尾よく大量の食糧、衣類、武器弾薬を確保したのであった。

チェ・ゲバラが兵舎の中で味方負傷者の手当てをしていると、カストロが歩み寄り、部屋の隅を指差した。そこには、政府軍の負傷者たちが恐怖に震えながら横たわっていた。

「チェ、手当てするんだ」

「フィデル、あれは敵の兵士だぜ」

「戦いが終われば、敵も味方も関係ない。同じ人間なんだ」

ゲバラは、首をかしげながらもモルヒネと止血帯を持って敵兵のところに駆け寄ったので、5名の負傷兵は意外そうな面持ちを向けた。

普通に考えれば、敵兵の救護というのは、ゲリラ戦の原則に反する戦い方である。ヒット・アンド・アウェイを旨とするゲリラ戦では、敵兵の救護に当てる時間は、撤退の機を失わせて部隊全体を危険にさらすだろう。また、希少な医薬品を敵兵のために消費してしまうのも得策とは言えない。それ以上に、生還した捕虜の口からゲリラの規模や戦術について情報が漏れるのも危険である。

ゲバラはそう考えたので、カストロの命令が腑に落ちなかった。しかしこれ以降、「敵兵の介護」が革命軍の原則となる。この原則は、しばしば戦場からの部隊の撤退を遅らせ、情報漏洩を招き、味方を窮地に追い込むことになる。しかし、彼らが最終的に勝利する可能性を開くのも、この原則なのであった。

カストロのゲリラ軍は、民衆から物資を調達する時は必ず対価を支払い、略奪行為はいっさい行わなかった。そして、戦場では必ず、敵味方の区別無く負傷者の救護を行った。このルールを厳格に守り続けたからこそ、民心が味方につき、そして勝利の女神が微笑んだのである。

だが、そのことが分かるのは後の話である。

カストロは、政府軍の捕虜を釈放して、政府軍負傷者たちの世話を任せた。殺されるものと覚悟していた捕虜や負傷兵たちは大いに驚き、敵の慈悲深さに感動した。

その後、カストロ一行は味方の負傷者を庇いながら、鹵獲《ろかく》した膨大な物資をラバや馬に積んで山へと帰って行ったのである。

この戦いの効果は大きい。革命軍の鮮やかな初勝利は、仲間たちを大いに勇気づけ、前途に希望を与えるものだった。

2

ラ・プラタ兵営の戦いの詳報は、たちまち首都ハバナに伝わった。

バティスタ大統領は、一度は壊滅させたはずのゲリラに反撃能力があることが意外であった。少なからぬ農民が、彼らを手助けしているに違いない。そこでキューバ政府は、シエラ・マエストラ近在の反政府派農民を都市部に強制移住させると同時に、ゲリラの中にスパイを送り込もうと画策した。同時に、ベテラン将校のカシージャス少佐に100名からなるコマンド部隊を率いさせてゲリラ狩りを行わせた。

このことを予期していたカストロ一行は、カラカス地区のベースキャンプを離れ、敵に捕捉されないようにシエラ山中を絶え間なく移動していた。

道なき道を山刀《なた》で切り開き、ハリケーンを洞窟でやり過ごした。食べ物は、都市部の仲間が差し入れてくれたソーセージを、みんなで少しずつ分け合った。体を洗う暇がないので、体臭と口臭は耐え難いほどだった。

このころの一行は、現地徴募の農民を加えて30名近くになっていた。しかし、新付《しんぷ》の者たちは、しばしば山中での生活の厳しさに嫌気が差して、都市部での簡単な補給任務を志願した。また、前途の勝算の薄さに絶望して脱走する者も多かったので、山中の人数は激しく増減を繰り返していた。こうした状況に加えて、野獣のように山中を絶え間なく歩き続ける生活は、ラ・プラタ戦の勝利にもかかわらず、全体の士気を落としていたのである。

カストロは宣告した。「命令への不服従、脱走、敗北主義は厳罰に処す」と。

しかし、この布告だけでは不十分であった。逃げ回るだけでなく、何らかの形での再度の勝利が必要であることは、全員の暗黙の了解事項であった。

そんなある日、農民志願兵のエウティミオ・ゲラが、病気の母親を見舞いに行きたいと言い出したので、カストロはいくばくかの金を持たせて離隊を許可した。

この翌日、すなわち1月30日の早朝のこと。野営地で一同が朝食の準備をしていると、飛行機の轟音が天をつんざき、戦闘機の機銃弾と爆弾が嵐のように野営地に降り注いだ。みんな、散開して森の中を逃げ走った。

5機のP47戦闘機は、森林の上からの攻撃だったにもかかわらず、異常なほど精確な襲撃を行った。炊事用の飯盒や竈は、機銃弾の直撃を受けて吹き飛んだ。周囲に炸裂する爆弾の音は空気を歪ませ、豆をばら撒くような機銃弾の音は不気味だった。一同は恐怖に震え上がった。それでも、「クエバ・デル・ウーモに集結せよ！」とのカストロの指示を耳に受け、周囲に散らばった食糧や医薬品や武器弾薬を拾い集めながら、分散して森の中を走ったのである。

2月2日、目的地で再結集した仲間たちは、多くの者が行方不明になっており、多くの物資が失われていたことに意気消沈した。チェ・ゲバラはマラリアに冒されて高熱を出していたし、ラミーロ・バルデスが受けた銃創は深刻だった。しかし、タイミングよく、マンサニージョの街から補給物資と志願兵10名がやって来たので、最悪の士気崩壊は免れたのであった。

「どうして、俺たちの位置がばれたんだろうか？」ラウル・カストロは首を傾げた。

敵の航空機による奇襲攻撃は、あまりにも完璧だった。

「炊事の煙が、飛行機から見えたんじゃないか？　そうとしか思えない」エウヘリオ・アメイヘイラスが応えた。

「いずれにせよ、日中に屋外で火をおこすのはやめよう」フィデル・カストロが沈痛な表情で言った。

彼らの戦いは、何もかも試行錯誤の連続であった。

いちおう、メキシコで多くの文献を読み、実戦経験豊富な退役軍人バヨ大佐の訓練を受けて来たとはいえ、実際のゲリラ戦の戦場は、未知なことだらけだった。アレグレア・デ・ピオのサトウキビ畑での大敗も、糧食の食べカスを落としながら歩いたり、歩哨も立てずに一箇所に長時間へたり込んでいたり、近在の農民の密告の可能性を計算に入れなかったりと、いくつもの幼稚な失策が原因であった。今回の空襲被害も、敵空軍の能力について無知だったことに原因がある。

「もう二度と、同じ失敗はしないぞ」フィデル・カストロは、固く心に誓った。

この男は、傲岸不遜で、常に自分が一番だと思っていたのだが、失敗を反省して謙虚に学ぶことの大切さをよく知っていたのである。

その後、満身創痍の一行は、味方側の農夫メンドーサ老人の家に行き、そこで病人や怪我人の手当を行った。ラミーロ・バルデスの傷は重かったので、癒えるまでしばらく一人匿《かくま》ってもらうことにした。

この少し前、バティスタ政権はシエラ一帯の農民の都市部への強制移住を検討したのだが、物理的に困難な上に、農民たちの怒りを煽ることを恐れて断念していた。そのため革命軍は、近在の好意的な農民の支援を、ある程度当てに出来たのである。

この翌朝、農民兵のエウティミオ・ゲラが、食糧がたくさん入った袋を抱えて、病気の母親の元から戻って来た。彼は、奇妙なことを言った。「夢を見たんです。みんなが爆撃されて逃げ回るのを空から眺める夢でした。竈も飯盒も機銃弾で撃ち抜かれていました」

これを受けて、仲間たちの間で「正夢や予知夢は有り得るか?」について活発な議論が行われた。教養のあるゲバラやラウルは全面否定したが、教養のない農民兵たちはエウティミオの超能力を肯定した。ウニベルソ・サンチェスは中庸の見解で、「エウティミオは、帰省先かどこかで、政府軍兵士の噂話をたまたま耳にしたのさ。それを、かっこつけて夢の話にしたのだろう」と纏めたので、一同は納得したのである。

一行は、メンドーサ老人の家を辞去し、再び行軍を始めた。都市部の同志たちと増援の話し合いをするため、シエラの西部に向かうのである。

2月初旬の寒い夜だった。野営地を設置し終えて寝支度を始めた一行の中で、エウティミオ・ゲラは「自分用の毛布が無い!」と騒ぎ出し、カストロに1枚貸して欲しいと頼みこんだ。

「俺も1枚しか持ってないし、これを貸したら二人とも凍えてしまうよ」カストロは、いつものように慈愛に満ちた目を向けた。「この毛布に俺の上着を2枚重ねて、二人で一緒に寝れば良い」

こうして二人は、夜露に濡れた深草の上で、同じ毛布の中に寄り添った。カストロの静かな寝息を至近に聞きつつ、エウティミオは周囲の様子を窺った。カストロの護衛役であるウニベルソもゲバラも、みな近くの草むらの中で安らかに眠っている。彼はおもむろに、隠し持っていた45口径の拳銃を取り出すと、それをカストロの側頭部に押し当てた。

子供のように安らかな髭面が、澄み切った寒い空気と淡い月明かりの中でぼんやりと静かに上下している。エウティミオの手は、ぶるぶると震えた。そして、じっと拳銃を見つめ、しばし躊躇しては仕舞い、また取り出した。また、じっと眼を閉じて沈思すると、とうとうそれを懐中深くに仕舞い込んだ。

翌朝、みんなが目覚めると、エウティミオ・ゲラはいなくなっていた。

「きっと、食糧の調達に行ったのだろう」と軽く考えて、一行は出発した。

翌日、一行は味方側の農夫フロレンティーノの家に泊まり、鶏肉をごちそうになった。久しぶりに人間らしい食事を取って笑顔を向け合っていると、エウティミオ・ゲラが手ぶらで入って来た。

「もうすぐ空爆が始まりますよ」

一同は、またもや予知夢かと驚いた。

急いで出発すると、轟音とともにB26爆撃機の編隊が現れて、周辺に次々と爆弾の雨を降らせた。今回、一行は難を避けて森林地帯の低地の小川沿いを歩いていたため、飛行機から視認されることはなく、したがって損害は無かった。

「エウティミオは凄いな」「お前の超能力のお陰で助かったよ」

一行は大いに喜んだのだが、似たことが三度続くと、その表情は曇り始めた。奇妙な農民兵が空爆の予言をすると、それは必ず的中するのである。

カストロは、行軍予定地を不定期に変えるようにし、同時にエウティミオを見張ることにした。すると案の定、その姿は見えなくなった。

2月9日、用心した一行は行軍予定の森林道を避けて、いったん、エスピノザ峰の上に占位することにした。しばらくすると、斥候の一人が、カシージャス少佐のコマンド部隊が近くにいるらしいとの情報を付近の農家から取ってきたので、みんな緊張して銃を構えた。

シロ・レドンドが、「向こうで人影が動いた！」と叫んだ次の瞬間、彼らが進む予定だった林道を中心に、砲弾と銃弾が飛び交った。「エル・ロモン！」カストロが次の集合場所の名を叫ぶと、一同は応戦しつつ散開して逃げた。

一同が再び落ち合ったのは、2月12日である。またもや、行方不明者、脱走者が多く出た。「グランマ号」メンバーの最古参であったアルマンド・ロドリゲスさえ、戦闘恐怖症に取り付かれ、トムソン機関銃を盗んで逃亡していた。こんな状況では、無理もない。

こうして、彼らは今や総勢18名となった。

意気揚々としているのは、相変わらず、フィデル・カストロただ一人である。

一同は、ため息をついた。

カストロの、異常なまでの楽天性がなければ、彼らは空中分解していたことだろう。

3

2月16日、カストロ一行は、農業主エピファニオ・ディアスが経営する果樹林に宿営した。ここで、「運動」の初の全国会議を行う予定であった。

やがて、都市部の「7月26日運動」のメンバーが続々とやって来た。サンチアゴ市のリーダーであるフランク・パイースを筆頭に、その片腕セリア・サンチェス、古参同志のアイデー・サンタマリアとその夫アルモンド・アルト。そして、ハバナ市で活躍中の「グランマ号」メンバー、ファウスティーノ・ペレスもはるばる訪れてくれた。

冬枯れの果樹園の中、「運動」のこれからの方針について議論の応酬がなされた。

フランク・パイースは、「生き残り18名では、どうしようもない。いったん、外国に亡命したらどうですか?」と、カストロに提案した。真っ当な意見である。

しかし、カストロは「十分な補給さえ受け続けられるなら、まだまだ勝算は高い」と言い切った。彼の楽天性は、まったく底なしである。

次にフランクは、「国内で抗戦を継続するにしても、むしろ勢力を分散させて、キューバ各地で戦ったほうが良い」と提案し、ファウスティーノもそれに賛同した。

実際、バティスタのあまりにも酷い悪政は、各地に様々な抵抗運動をもたらしていた。今や、オルトドクソ党などの諸政党や革命幹部会（DR）、さらには前大統領プリオの一味でさえ武装闘争に着手している有り様である。疑心暗鬼にかられたバティスタは、警察や軍に命じて疑わしい人たちを拷問して殺し、その死体を路上や庭園に投げ捨てるのだったが、このような行いは民心を離れさせるだけであった。「7月26日運動」も、こうした高まり行く各地の抵抗勢力と提携して一斉に行動すべきではないだろうか？

しかし、カストロは「あくまでも、ここシエラ・マエストラに物資と兵士を集結させるべきだ」と断固主張したのである。

フランクもファウスティーノも、カストロの傲岸不遜で常に自分がトップでなければいられない性格には慣れっこだったので、彼の考えを覆すのは難しいと知った。

「了解しました。それでは、3月上旬までに、サンチアゴの同志たち50名をシエラに上げることとします」フランクが、ため息混じりに言った。心の優しい彼は、こうして会話をしながらも、隊員たちのライフルを清潔な布で磨き、油を差す手を休めていない。

「大いに助かる」カストロは力強く頷き、頼りになるサンチアゴ市のリーダーの肩を優しく叩いた。

「私の方（ハバナ）からは、兵はちょっと送れませんが」ファウスティーノが切り出した。「北アメリカ人を一人連れてきました。麓の農家に待機してもらっていますが、さっそくここに呼びますか？」

「北アメリカ人だって？」

「『ニューヨーク・タイムズ』の、ハーバート・マシューズ記者です。わざわざ、ニューヨークから来てくれたのです」

「ファウスティーノ、よくやってくれた！」カストロは、飛び上がらんばかりに喜んだ。バティスタ政権の検閲を受けない海外のメディアは、「運動」の情報戦略上極めて大切だった。しかも、「ニューヨーク・タイムズ」ともなれば、その価値は一級である。

2月17日、頑健な体格を持つ初老のマシューズ記者は、ゲリラ戦士たちに護衛されてディアスの果樹園にやって来た。彼は箱型の小型カメラを持参しており、しきりにゲリラたちの写真を撮った。

アメリカ人記者を管理人小屋に迎え入れたカストロは、インタヴューに応えて「革命の大義」を熱く語った。すなわち、「運動」の目的は、バティスタ政権の悪政を排除し、キューバに真の自由と平等をもたらすことにある。すべての民衆が、対等の立場で生活できる社会を築くことにあるのだと。

「あなたは、民主主義者なのですね」記者が感嘆すると、

「いや、反帝国主義者です」と、カストロは慎重に答えた。なぜなら、カストロが考える民主主義は、アメリカ人が考えるそれとは概念が相違していたからである。

マシューズ記者は、自分も反帝国主義であり、アメリカ合衆国の中南米に対する搾取政策は間違っていると思うと力説した。カストロは、曖昧に頷いた。彼は、今のところはアメリカ合衆国の一般世論を怒らせる気が無かったから。

会見の間、ゲバラやアルメイダがひっきりなしに現れて、カストロにいくつもの部隊に対する命令を求めた。カストロは、そのたびに短い言葉で指示を与えた。マシューズ記者が窓外を見ると、果樹園の向こうに、常に10名以上の縦隊が歩いているのが遠望された。

「カストロさん、いったい、あなたの部下は何人いるのですか？　いや失礼、いくつの部隊を率いておられるのですか？」マシューズは白髪頭を傾けて尋ねた。

「それは、あなたのご想像にお任せします」カストロは、悠然と微笑んだ。

「そうですか」記者は唾を飲み込んだ。

もちろん、ゲバラやアルメイダが言及した部隊は架空の存在である。果樹園の10名も、ラウルが同じ隊員を引き連れて何度も同じところを行ったり来たりしているだけだった。子供だましのトリックだが、

マシューズ記者には利いたようである。

記者会見は大成功だった。カストロとファウスティーノは、満面の笑顔を浮かべながらマシューズを見送った。

記者を乗せたジープが視界の彼方に去った時、チェ・ゲバラが激しく舌打ちした。

「フィデル、どうしてアメリカ人に愛想笑いなど浮かべるんだ！　アメリカ合衆国は、我々の究極の敵なんだぞ。キューバはもちろん、中南米の人々が貧しく苦しい生活を余儀なくされているのは、何もかもアメリカ帝国による残酷な搾取のせいなんだぞ！」

カストロは、慈愛に満ちた眼差しで、若い友人を見つめた。

「君の言う通りだ、チェ。だが、物事には順番というものがある。アメリカとの戦いは、バティスタを倒したその後だ。まずは、アメリカとバティスタを離間させるのだ」

彼の狙いは、海外のマスコミを利用して「運動」の評判を高めることだけではなかった。そこには、民主主義国であるアメリカの一般世論を味方側に吸い寄せることで、バティスタ独裁政権を世界から孤立させようという遠大な戦略が横たわっていたのである。

4

全国会議と記者会見が終わった以上、一箇所に留まり続けるのは危険でしかない。

カストロは、仲間たちに荷造りを命じると、都市部の同志たちに別れを告げようとした。ところが、一人の麗人が首を左右に振った。

「あたしは、シエラに残って戦います」

それは、セリア・サンチェスだった。このとき29歳で未婚。スペイン系のシャープな容姿をした美女である。彼女は、マンサニージョの街に拠点を置く「運動」の古参メンバーで、シエラへの補給網と農民組織を作るために大奮闘していた。

「今のシエラは、女性が来るところではない」カストロは優しく言った。「あなたには都市部で、俺たちを助けて欲しい。マンサニージョの同志たちをシエラに送ってもらえるだろうか?」

「それでは、同志たちを連れて後日に合流します」セリアは切なげに頷いた。

しょんぼりと去って行く美女の後ろ姿を、カストロは寂しげに見送った。男たちは、もう数ヶ月も女性と接触していない。だからこそ、この難しい時期に女性を隊に入れるわけにはいかなかった。

そのとき、斥候に出ていたシロ・フリアスが、大声で彼を呼んだ。

果樹園の西端に駆けつけてみると、大勢の仲間たちに囲まれて、エウティミオ・ゲラが悄然と立ち尽くしていた。身体検査の結果、45口径のピストルや手榴弾3発に加え、カシージャス少佐の通行証も所持していることが判明した。これを見た仲間たちは、戦死者や行方不明者の名を出して、この裏切り者を難詰《なんきつ》しているところだった。

「そのうち、帰ってくると思っていたぞ」カストロが言った。

農民兵は、無言である。

「いつから、俺たちを裏切っていたのだ?」

農民兵は、ぽつりぽつりと応えた。

ラ・プラタ戦の後、戦場付近をウロウロしていた彼は、カシージャス少佐に捕まった。そして、1万ペソの報奨金と引き換えに、ゲリラに潜入してスパイ活動を行い、あわよくばフィデル・カストロを暗殺するようにと言いくるめられたのである。1月30日の最初の空襲のときも、偵察機に同乗して野営地の場所を精確に教えたのが彼だった。母親の病気というのは嘘だったのである。

「俺を殺すチャンスはあったはずだ」カストロは、沈痛な表情で言った。「なぜ、そうしなかったのだ?」

「おらには、あなたのような人は殺せねえ」エウティミオは、低い声で訥々と言った。「おらのような農民と、寒い夜、一緒の毛布で寝てくれる指揮官なんか、世界中のどこにもいやしねえよ」

「……どうして、戻って来たんだ?」チェ・ゲバラが尋ねた。

「あんたたちに殺してもらいたかったんだ!」哀れな男は、搾り出すように言った。「愚かなおらを、殺してください!」

今にして思えば、彼の様々な「的中する予言」は、自分が敵のスパイであることを、みんなに分からせたいという深層心理がもたらすものだったのだろう。彼は、誰かに止めてもらいたかったのである。

ちょうどその時、スコールが襲ってきた。激しい雷鳴が果樹園を覆う。

「何か、言い残すことはないか?」髭の先から雨水を滴らせながら、カストロがかすれた声で聞いた。

「あります。故郷の子供たちには罪はありません。子供たちのことを頼みます」

「分かった。約束しよう」

処刑の銃声は、雷鳴にかき消された。

この後、エウティミオ・ゲラの子供たちは、約束どおり革命政府に保護されて成長したとのことである。

翌日、哀れな男の死体は埋葬された。しかし、ここにゲリラがいたという痕跡を残すわけにはいかなかったので、付近の林檎の木に小さな十字架をナイフで彫り、これを墓標とした。

男たちは、世話になった農場主に礼を言いながら、再び山奥へと帰って行った。

5

バティスタ政権の軍事力は、アメリカ合衆国によって支えられていたといって良い。

1957年に入っても、多数のシャーマン戦車とB26爆撃機がハバナに輸送されていたし、CIA（アメリカ中央情報局）の幹部は、カストロ暗殺チームを編成してシエラに投入することを検討していた。そして、シエラへの空襲に参加したキューバ人パイロットは、なぜかアメリカ空軍によって叙勲されるのだった。

アメリカにとっては、バティスタ政権の正当性などどうでも良かったのである。彼らにとって大切なのは、キューバが、砂糖や葉巻やラム酒を安価で提供する工場であり続けることだった。この目的にさえ適うなら、キューバの傀儡政権がどのような非人道的殺戮を働こうが、民衆から搾取しようが、どうでも良かったのである。

ただ、バティスタ政権の評判が、キューバ国民の間であまりにも悪いことが、ワシントンDCの国務省の頭痛の種だった。アメリカ政府要人の中では、「バティスタの首を、誰か適当な者に挿《す》げ替えたらどうか」という意見も出始めていた。

ハーバート・マシューズ記者の記事が「ニューヨーク・タイムズ」を飾ったのは、ちょうどそんな時だった。2月24日の朝刊に掲載された「カストロは生きている」という題名の記事は、キューバのみならず、アメリカ全土に衝撃を走らせたのである。

「キューバ革命の青年リーダー、フィデル・カストロは生きている。険しく足を踏み入れがたい広大なシエラ・マエストラで、彼は懸命に成功裡に戦い続けている。多くの部下を掌握し、各戦線でバティスタ軍を圧倒している彼は、長身で日焼けした顔に濃い髭を生やす端倪《たんげい》すべからざる人物だ。勇猛果敢で理想に燃え、多くの人々から無条件で尊敬される圧倒的な人格の持ち主である。彼の信条は、自由と民主主義と社会正義である。バティスタ軍は、おそらくカストロに勝てないだろう」

キューバ政府は動揺した。

彼らはこれまで、御用新聞を使って、カストロの戦死と「7月26日運動」の壊滅を数度に亘って報じてきたのだから、このままでは全国民と全世界に嘘をついたことになってしまう。焦ったキューバ国防相は、この記事をでっち上げだと決め付け、「マシューズ某は空想小説を書いたのだ！」と断じた。

しかしこの翌日、「ニューヨーク・タイムズ」は続編の記事の中に、マシューズとともに談笑するカストロの写真を掲載した。戦闘帽を被り、葉巻を美味そうに吹かす髭面は、誰がどう見ても見間違えようのないフィデル・カストロその人なのだった。

ここに、キューバ政府の面目は丸つぶれとなった。

「フィデルは生きているぞ！」「しかも反撃に転じているらしい！」

多くのキューバ国民が、彼の名を誇らしげに叫んだ。

この機を逃すカストロではない。キューバ全国の主要新聞に、彼の国民への呼びかけが一斉掲載されたのである。

「サトウキビ畑を焼き払え！　公共事業をサボタージュせよ！　市民を虐殺する者たちを処刑せよ！　ゼネストを決行せよ！」

キューバ中が、大きく震撼した。人々は、新たな希望の光の前に身震いした。

アメリカ世論も震撼した。「ニューヨーク・タイムズ」に描かれた「正義の名の下に、悪逆無道な軍事独裁政権に勇敢に抵抗する若者たち」のイメージは、ヒーロー好みのアメリカ大衆の心を射抜いたからだ。この国の一般世論は、あっという間にカストロの側に付いたのである。そして、民主主義国であるアメリカの政財界は、こういった状況に無関心ではいられない。ここにアメリカ国務省は、カストロに対する敵視を改め、むしろバティスタに対して距離を置くようになった。

カストロの目論見は、見事に当たったのである。

しかしそのころ、「各戦線でバティスタ軍を圧倒している」はずの革命軍は、またもや山中でカシージャス少佐のコマンド部隊に捕捉され、散り散りになって逃げ惑っていた。結局のところ、カストロの手元にいるのは17名のゲリラ戦士だけなのだった。

彼らを生かすのは、今のところ、アメリカ人記者が作ってくれた虚名しかない。

6

政府軍は、シエラ・マエストラの周辺に多くの兵営を構え、山地そのものを完全に包囲する構えを見せていた。その監視網は厳しく、ゲリラに物資を届けようとした農民の多くが逮捕された。だが、アイデー・サンタマリアは妊婦に変装し、厚手の衣服の中に手榴弾や弾薬を忍ばせることで包囲網を突破した。セリア・サンチェスら他の同志たちも、命懸けで都市部とシエラを行き来してゲリラを支援した。

そして、カシージャス少佐率いる政府軍の攻撃隊は、山中でカストロ一行を撃破することが出来なかった。ゲリラたちは、道なき道を獣のように移動するし、攻撃を受けてもすぐに分散して逃げてしまうからである。

また、スパイを送り込むのも難しくなった。エウティミオ・ゲラの事件以来、カストロは農民兵の志操を厳しくチェックするとともに、厳格な身体検査を義務付けるようになったからである。

ゲリラは、失敗から謙虚に学ぶことで、少しずつ強く賢くなっていた。

3月13日、シエラ山中のカストロ一行は、数波に分かれて、再びエピファニオ・ディアスの農場にたどり着いた。フランク・パイースが寄越してくれるはずの増援部隊と合流するためである。

喘息の薬が切れていたチェ・ゲバラは、息も絶え絶えの状況でアドレナリンの補給を受け取った。彼は、この時期が革命戦争で最も困難だったと日記に書いている。

そのとき、農場主ディアスが、ラジオを抱えてカストロとゲバラのところに走って来た。

「たいへんです！　首都ハバナで戦闘が起きました！」

「なんだって！」

ラジオ報道によれば、反政府組織「革命幹部会（ＤＲ）」が、大統領官邸と中央ラジオ局に攻撃をかけたのだという。その狙いは、バティスタ大統領の暗殺であった。

大統領は、強運の持ち主だった。たまたま、彼が官邸の秘密エレベーターで私室に移動中に襲撃が起きたため、35名の学生メンバーたちは大統領の所在を突き止められず、ウロウロしているところを警備兵と撃ち合って全員が戦死したのである。

リーダーのホセ・エチェベリアは、占拠したラジオ局で演説しようと路上を駆けているときに、街頭で警官に射殺された。

そして、政府当局は容赦なく、関与した者を全員処刑した。オルトドクソ党指導者のクエルボ弁護士も、「関与が疑われる」というだけの理由で当局に暗殺され、その死体は私人の庭に放置されたのである。

ここに、首都ハバナの反政府武装勢力は壊滅したのであった。

ラジオで事件の詳細を知ったカストロは、地方新聞に「『7月26日運動』は、この襲撃とは無関係である」旨の声明を発した。「『7月26日運動』は、暗殺のような卑怯な手段は使わない」のだと。これは、バティスタの反カストロ宣伝への機先を制する形となった。

事実、カストロは暗殺で問題を解決しようと考えたことは無かった。なぜなら、彼が倒すべきだと考えていたのは、大統領という一個人ではなく、キューバの社会体制そのものであるからだ。キューバ人を苦しめ不幸にしているのは、アメリカ合衆国を頂点に仰ぐキューバ社会の経済構造なのであって、バティスタという名の独裁者は、そのシステムの中の一部品にしか過ぎない。だから、彼を殺したところで、何一つとして変わらない。変えるべきなのは独裁者の顔なのではなく、腐敗した社会構造そのものなのだ。そのためには、時間をかけて民意を一つに結集しなければならないのだ。

しかし、DR指導部は、こうしたカストロの考えを理解しなかった。彼らは、シエラをコソコソ這い回るカストロのやり方を迂遠で無意味だと考えていた。そこで、単独で今回の壮挙に踏み切ったのである。

「愚かなことだ。無駄な行動だった。だが、勇敢な奴らだった」

カストロは、沈痛な面持ちで、散っていった学生たちを悼んだのである。

7

3月16日、待ちに待った都市部からの援軍が到着した。ホルへ・ソトスに率いられた58名は、全部で30丁の銃しか持っていなかったが、登攀して来ただけですでに疲労困憊の有り様だった。

「弱そうな奴らだなあ。羽毛の生えていない鶏みたいだ」カミーロ・シエンフエゴスが嘆声を上げた。

「きっと、グランマ号で上陸したばかりの俺たちも、あんな感じだったのさ」ウニベルソ・サンチェスが笑った。

「彼らを見ていると、あのときの何が、俺たちの弱点だったのかよく分かるな。なるほど、いきなり奇襲を食らって負けたわけだよ」ファアン・アルメイダが、妙なところに感心していた。

ともあれ、ゲリラ部隊はこうして76名になった。頭数だけでなく、武器と弾薬が増えたのが心強い。古参メンバーは、さっそく新参メンバーの行軍訓練を始めた。同時に、この時点で明らかになっている友好的な農民たちの間に、「椰子の葉を被せるような」情報と補給のネットワークを構築する作業を開始したのである。

やがて、約束どおりセリア・サンチェスが、マンサニージョから10名の義勇兵を連れてやって来た。彼らもさっそく仲間に入れたのだが、その中に3名のアメリカ人少年が混じっていたので、一同は驚いた。

「このグリンコ（外人）たち、グアンタナモ海軍基地（アメリカの租借地）に勤める両親のところから家出して来たんですって」セリアは、うんざりした表情で言った。「例の『ニューヨーク・タイムズ』の記事を読んで、冒険に志願したってわけ」

「僕たちも、悪と戦いたいんです！」「英雄になりたいんです！」「強くなりたいんです！」

口々に言う15、16歳の少年たちの幼い面構えを見て、カストロは苦笑した。とても実戦に出られる玉ではないし、そもそも山中での生活も無理だろう。だが、宣伝にはなる。

とりあえず、彼らを簡単な行軍訓練に参加させたのであった。

案の定、それから数週間すると、アメリカ人ジャーナリストのボブ・テーバとCBSテレビのカメラマンたちが、少年たちを取材しにシエラを訪れた。

カストロは、彼らにたくさんの写真や映像を撮らせ、多くのインタヴューに愛想よく応え、「必ず革命は勝利する！」とアピールした。また、テーバが希望するので、シエラ・マエストラ最高峰のトゥルキノ山へも一緒に登攀した。

テーバもカメラマンたちも、カストロの愛想の良さに大いに好感を抱き、それ以上にゲリラたちの生き生きとした志操に深い感銘を受けた。この男たちを応援してやりたいと、心から思ったのである。

やがて、5月上旬にテーバが記事を書き終えて下山するとき、アメリカ人少年たちも一緒にグアンタナモに帰ることになった。十分な「冒険」をして気が済んだのだろうか。三人の少年たちの顔は晴れやかだった。

すると、新参隊員のロベルト・ロドリゲスが、少年たちの背中に向かって笑いかけた。

「お楽しみは、これからなのになあ。坊やたち、男になり損ねたね、残念無念」

ひときわ小柄でひょうきん者のロベルトは、隊のみんなから「バケリト」と、あだ名されている。いつも大きな麦藁帽子を被っているので、メキシコ人の牛飼い（バケロ）のように見えたからである。

すると、少年たちの一人が振り返り、しばし躊躇《ためら》った後、拳を強く握り締めながら戻って来た。片言のスペイン語が出来るこの少年は、バケリトに何かを感じたのだろう。

「僕は、戦いを経験するまでは戻らない！」少年ジョン・モリソンは、頬をブルブル震わせながら言い切った。「一人でも、この山に残る！」

「戦いが始まったら危険なのよ、それでも良いの？」セリア・サンチェスが、呆れ顔で言った。やっと厄介払いが出来ると思ったのに。

「あなただって、女性なのに戦っているじゃない」少年は、必死の表情でセリアを見た。

「あたしはキューバ人、あなたはアメリカ人でしょう？」

「ここには、キューバ人じゃない人もいるじゃないか」少年は、アルゼンチン出身のチェ・ゲバラに目をやった。

「まあ、キューバ人じゃなきゃダメと言うことはないけど」ゲバラは苦笑した。「どう思う？　カミーロ」

「いいんじゃないか？」カミーロ・シエンフエゴスが、葉巻を盛大にふかしながら応えた。「ボーイスカウトに入団するよりも、野糞の仕方が上手になるしな」

ジョン少年は、去り行く少年仲間や記者たちに手を振ると、きっと唇を結んでゲリラのリーダーを直視した。

進み出て、少年と握手をしたカストロは、スペイン語訛りの英語で「いいだろう。男になれ」と、優しく激励したのだった。

反　撃

1

　ジョン少年の世話係は、ひょうきん者のバケリトと決まった。彼は、常日頃から「オイラは世界中の言語に精通している」と豪語していたので、英会話に打ってつけと思われたからである。しかし、それは法螺《ほら》だった。バケリトは、実はスペイン語しか分からない人だったのである。それでも、スペイン語と英語には共通の語彙が多かったし、ジョン君はいくらかスペイン語が出来たので、生活には支障が起こらなかった。

　金髪碧眼でソバカスだらけのジョン君と、童顔小柄で小太りのバケリトのコンビは、隊の中でもよく目立った。

　バケリトは、暇さえあれば冗談ばかり言う男だった。黙って聞いていると、まだ20歳そこそこのくせに、世界中の全ての国を周り、ありとあらゆる職業に就いたようなことを言う。だから、ゲリラの一行は、誰もバケリトの言うことを信用しなかったのだが、それでもバケリトのことが大好きだった。彼の行くところ必ず笑顔が起こるので、そういうわけでジョン君の居心地はなかなか良かった。

　そして、バケリトがあちこちに新作ジョークを披露しに行くので、少年も自ずといろいろなゲリラたちに接する機会があった。

　ジョンが驚いたのは、なんと言ってもフィデル・カストロという人物だった。

なにしろこの人は、いつ寝ているのか分からない。隊が一箇所に滞在する時も、彼はいつも国営ラジオ放送に耳を傾けているか、本を読んでいるか、地図を眺めているか、作戦会議で口角泡を飛ばしている。たまに、都市部からやって来る女性同志と草むらに消えるので、やることはやっているようだが、みんなが彼を必要とする時には、必ず必要とされる場所にいるのである。

もっとも、ゲリラ隊が一箇所に留まることは稀である。ほとんどの日は朝6時から夜8時まで、山刀で切り開いて作った新しい山道を、一定の速度を保ちつつ一日20キロ以上移動する。この移動だけでかなりの体力と技能が要求されるので、付いて来られない者はやがて隊から外され、都市部での連絡任務に回されるのだった。ジョン君は幸い、銃などの重い装備を持たずに歩けたので、なんとか脱落せずに付いていけたのだが、そんな夜は疲労困憊して身動き取れない有り様だった。

彼らの主食は、野生のユカ芋やマランガの根がせいぜいで、ごくたまに革命軍に協力的な農家でコーヒーを振舞われ、豚や鶏を潰してもらうくらいである。キューバ人が大好きなインディカ米や黒豆は、場所柄、ほとんど口に出来なかった。

歯をきちんと磨けない生活だから、虫歯になる者が続出した。唯一の軍医であるチェ・ゲバラが、「任せておけ！」とばかりに治療に当たるのだが、彼はもともと歯科医ではない。麻酔もせずにヤットコで無理やり引っこ抜くものだから、みんな悲鳴を上げて逃げ回るのが常だった。いつしかゲバラは、「最高のゲリラ戦士、最低の医者」と、仲間たちから冗談交じりに呼ばれているのだった。

夏場の大敵は、マタグイタバエだ。その名の通り、マタグイタ椰子の葉で繁殖するこの大きなハエは、人間の体を容赦なく噛むので、油断していると体中が刺し傷だらけになる。痒みに耐えかねて掻き毟ると、そこから化膿して病気になるのである。これを防ぐために隊員たちは、ひっきりなしに葉巻を吸ってハエの嫌いな臭いを振りまくのだった。

そんな彼らの共通の娯楽は、フィデルの携帯ラジオで、野球などのスポーツ中継を楽しむことだった。また、隊員の中には詩を作るものや小説を書く者がいて、帳面にいろいろと書いて見せっこしていた。チェ・ゲバラのように、マルクス全集を読みふけり、あるいは日々の行動を克明に日記につける者もいた。フアン・アルメイダは作曲の心得があったので、五線譜に無数のオタマジャクシを書き連ねて楽しんでいた。バケリトのように、新作ジョークを披露することに生きがいを感じる者もいた。

夜は、みんなでハンモックを樹木に吊るして寝た。最初のうちは、敵の兵営から奪った毛布を被って草むらで雑魚寝していたのだが、このころになると都市部から全員分のハンモックを調達できていたのである。ただし、喘息持ちのチェ・ゲバラは、メリヤス布の繊維アレルギーを持っていたので、ずっと後になって麻布地のハンモックを入手できるまで寝袋を使い続けていた。

異性が恋しくなる者は、都市部からやって来る女性同志と何らかの関係を持ったようである。しかし、チェ・ゲバラを筆頭にして、多くの戦士たちは非常に真面目で禁欲的だった。バケリトでさえ、口では下品なジョークを言うのに、その身辺はとても清潔だった。そして、戦場では信じられないほどに勇猛果敢で命知らずだった。

ジャングルの中での不期遭遇戦では、ジョン少年が恐怖にかられて蹲《うずくま》る頭上を、獣のような勢いでバケリトが飛び越え、嵐のようにライフルを撃って敵を仕留めるのだった。そしてこのような戦いでは、総司令官（コマンダンテ）であるはずのフィデル・カストロでさえ、自ら先頭に立って突撃するのが常だった。

ジョン少年が心底から驚いたのは、革命軍の中にいっさいの差別が存在しないことである。この中では、白人も黒人も混血も年齢差別も性差別もなく、みんなが本当に平等なのである。もちろん、リーダーや小隊長といった役職はあった。総司令官は「少佐」であり、各小隊長は「大尉」である。しかし隊員たちは、リーダーであるカストロのことを、ファーストネームでただ「フィデル」と呼ぶのだった。

ジョン少年は、このような男たちの間にいられることを誇りに思った。

そして、このころの革命軍は、各地からの志願者を加えていつのまにか120名になっていた。行軍訓練も戦闘訓練も完了し、シエラの地形も隈なく知り尽くした。農民ネットワークも完成した。後は、バティスタ軍の包囲網を突き崩して都市部との補給ルートを確保するのみである。

互いの日焼けした顔を見つめあう彼らのオリーブ色の軍服には、「運動」の記章である「M－26－JULIO」の赤と黒のワッペンが陽光に照らされている。

もちろん、ジョン君の左腕にも、「M－26－JULIO」と描かれた腕章が誇らしげに輝いていた。

2

5月27日の深夜、カリブ海に面したエル・ウベロ兵営（ラ・プラタ兵営から東に30キロほどサンチアゴ市寄りに位置する）は緊迫した空気に包まれていた。

農民の密告者によれば、ゲリラの大軍が大挙してこちらに接近しているという。政府軍の兵士たちは、兵舎の周囲に設置した哨所に立て籠り、24時間体制での警戒を行っていた。

ようやく夜が白み始めたころ、北側の丘の斜面に銃声と閃光が走った。

「来やがった！」政府軍は、斜面に向けて哨所から十字砲火を放った。

しかしゲリラは、すでに兵営の三方に回りこんでいたのである。

夜明け前の薄暗がりの中、チェ・ゲバラが丘の上から機銃で援護する下を、正面からラウル・カストロが、ファン・アルメイダが右翼から、ホルヘ・ソトスが左翼から、それぞれの小隊とともに突っ込んだ。

今回は、奇襲効果を期待できない。そのことは、2名の密告者を摘発し処刑したばかりのゲリラにも分かっていた。しかし、ここで強攻を避けるわけにはいかなかった。なぜなら、このときまでに多くの同志が海岸線で犠牲を出していたからだ。

5月中旬から下旬にかけて、アメリカ亡命中のプリオ前大統領の息のかかったゲリラ部隊や、「運動」の海外亡命者の残部が、それぞれ30名前後の規模で、小船に乗ってオリエンテ州の海岸に現れた。しかし、いずれもスパイによって政府軍に探知され、海岸線で殲滅《せんめつ》されてしまったのである。これ以上の犠牲を避けるためには、リスクを覚悟の上で、一つでも多くの海岸線の敵兵営を破壊しなければならなかった。

頑強な哨所に据え付けられた機関銃は、容赦なくゲリラたちの血を吸った。

丘の中腹から攻撃開始の最初の一弾を放ったのは、カストロその人だった。そのため、彼の周囲に弾幕が集中し、彼の隣に立っていた古参メンバー、フリト・ディアスは、頭を撃ち抜かれて即死した。それでも、カストロと女戦士セリア・サンチェスは、朝靄《あさもや》の中、ライフル銃を抱えて小走りに兵営に接近した。同じ隊にいたジョン少年も、バケリトに庇われながら勇気を奮って前進した。

アルメイダの小隊に属する農民出身のエリヒオ・メンドーサは、「おらには精霊が付いている！　弾丸が当たるわけねえ！」と絶叫しつつ哨所に突撃し、そして機銃弾に蜂の巣にされて吹き飛んだ。おそらく彼は、サンテリア（アフリカ伝来の宗教）の信者だったのだろう。彼に続いたアルメイダは肩と左足に銃弾を受けて倒れ伏し、後続の4名も次々に血を吹いた。しかし、彼らが一斉に放った手榴弾の1個が哨所の窓に入り込み、轟音とともにこの難関は沈黙した。

慌てて兵舎から増援に飛び出した敵は、別方向から接近していた農民出身の射撃の名手ギジェルモ・ガルシアに次々と狙い撃たれた。ちょうどそこへ、ラウルの小隊が突進して来た。テンガロン・ハットを格好よく被るカミーロの部隊も駆けつけた。チェ・ゲバラも、負傷者たちの応急手当をしつつ素早く好適地に占位し、兵舎と塹壕を機銃で狙った。ただ、ホルヘ・ソトス隊は、敵の反撃に押されて海の中に追い落とされていた。

やがて、全ての哨所は沈黙した。後は、塹壕によって守られた兵舎だけだ。しかし、兵舎の窓や塹壕から放たれる機銃弾は、最終段階に入ってもゲリラたちを苦しめ、その血を吸い続けたのである。

カストロとセリア、そしてバケリトとジョン少年は、匍匐《ほふく》前進をじりじり続けて塹壕に接近した。しかし、後一歩というところで、兵舎から打ち出される機銃弾がそれ以上の接近を阻むのだった。

だが、ラウル隊のナノ・ディアスが頭を撃ちぬかれて斃れた直後、兵舎から白旗（正確には白いハンカチ）が揚がった。周囲の塹壕の中からも、降参を叫ぶ声が響いた。先に根気と闘志を無くしたのは、政府軍の側だった。

実に、2時間45分の激闘だった。

政府軍の損失は、総勢53名のうち、戦死14、負傷19、捕虜14、脱走兵6。

革命軍の損失は、総勢80名のうち、戦死6、重傷が15。

大苦戦の末であったが、ゲリラは要塞化された準備周到な敵陣地すら陥落させられる実力を発揮したのである。彼らは、敵兵の救護を済ませて捕虜を全員釈放すると、いつものように鹵獲した物資をラバに積んで、負傷者を庇いつつシエラへと帰っていった。
エル・ウベロの戦勝は、キューバ国民を狂喜させた。ちょうどバティスタ政府によるメディア検閲の停止期間だったので、キューバ各地の新聞は、ゲリラの勝利を全国に正確に伝えたのだった。

DRのバティスタ暗殺失敗以来、革命勢力は黒星続きだった。この流れを一気に変えたのがエル・ウベロの戦いである。今やフィデル・カストロは、反バティスタ勢力の唯一の希望の星となっていた。

その一方で、バティスタ軍は、シエラ周辺の孤立した兵営が極めて危険であることを知ったので、狙われやすい海沿いの兵営をすべて撤去することにした。その結果、バティスタ軍のシエラ包囲網は不完全な形となり、ゲリラたちは容易に外部から補給を受けられるようになり、シエラ内をより自由に動けるようになったのである。

なお、エル・ウベロ戦に参加したジョン少年は、病気に罹ったこともあり、カストロやセリアに強く説得されて、グアンタナモ基地に帰ることになった。寂しげなバケリトに見送られつつ無事に帰着した彼は、自分自身の武勇伝に加えてゲリラの大義と清廉さ、何よりもその強さについて同胞たちに伝えることとなる。

3

ちょうどそのころ、アメリカでは「シエラ・マエストラのゲリラたち」というタイトルのテレビ映画が大人気となっていた。これはもちろん、ボブ・テーバとCBSカメラマンの作品である。

ここに、アメリカ合衆国の一般世論は、ますますカストロに強く引き寄せられた。そしてアメリカ政府も、これに引きずられて革命軍に対して好意的になっていく。

シエラ・マエストラの無料診療所は、連日のように賑わっていた。

たった一人しかいない医師の名はチェ・ゲバラ。軍服を脱いだ彼は、粗末な樵《きこり》小屋を医院に改造し、過去に一度も医療を受けたことのない貧しい農民たちに気さくに声をかけ、熱心に彼らを診察したのである。

小屋の片隅では10歳ほどの農家の少女が、「生まれて初めて」目にするお医者さんの仕事ぶりを興味深げに観察していた。彼女は、聴診器を耳に当てて患者の動悸を測る「変な言葉遣い（アルゼンチン訛り）」の医師を指差してこう言った。

「この先生、誰にでも、いっつも同じことを言っているわ！」

ゲバラは、思わず苦笑した。少女の言うことは当たっている。なぜなら、彼の患者の症状は一人の例外もなく、「過労」と「栄養失調」だったから。

これればかりは医薬品で解決する問題ではない。外科手術にも意味がない。全ての元凶は、農民を貧困のまま重労働に就かせる政治なのである。政治そのものを抜本的に変えない限り、気の毒な患者たちを救うことは出来ないのだ。チェ・ゲバラは、波乱万丈の半生の中でそれを学んだ。だからこそ、彼は今ここにいる。

アルゼンチンの中流家庭に生まれたエルネスト・ゲバラ・デ・ラ・セルナは、左翼思想を奉じる知的な両親の影響を受けて育った。2歳のときに患った喘息は、医者も見離すほどの重病であったが、気丈な彼はこれを試練と受け止めて、喘息から逃げるのではなく、むしろこの病気と戦う人生を歩もうとした。だから、熱心にスポーツに打ち込んだし、学生時代には友人と南米縦断の大旅行にも出かけた。

旅行の中、ゲバラは様々な経験をした。医学生だった彼は、行く先々の様々な国の病院で、ハンセン氏病などの介護ボランティアを経験した。しかし、彼の心は疑問で満たされるばかりだった。病人を大量に発生させるのは、南米の悪しき政治なのである。どんなに医療現場で頑張ったとしても、政治そのものが腐っているのでは無意味なのではないか?

目を閉じるたび、ゲバラの瞳の裏には、ある光景が蘇る。インカのマチュピチュ遺跡を訪れたとき、銅鉱山で働く貧しいインディオの一家に出会った。銅で体を汚染され、飢えを凌ぐためのコカインに冒され、皮膚は真っ青に変色していた。彼らの寿命は、もう長くはないだろう。いったい何のために、いったい誰のために、彼らはこんな悲惨に耐えているのだろう?

帝国主義者のせいだ。

中南米を、カネと軍事力で牛耳って搾取するアメリカ合衆国のせいだ。

彼の想念は、滞在先のグアテマラで確信に変わった。反米派のハコボ・アルベンス大統領は、土地改革を断行してアメリカ資本に不利益を与えたために、CIAの息がかかった反政府傭兵部隊の攻撃によって、一夜にして地位を奪われたのである(1954年6月)。帝国主義者の暴力は、情け容赦がない。アルベンスを応援していたゲバラは、CIAに検挙されそうになったため、知人の伝《つて》を頼ってメキシコへと逃亡したのであった。

彼はこのころ、最初の妻となった経済学者イルダ・ガデアの影響で、マルクス主義に深く傾倒するようになる。

フィデル・カストロとチェ・ゲバラの運命は、そんな時に交差した。1955年7月第二週のある晩、共通の知人の紹介でメキシコの下宿先で出会った彼らはたちまち意気投合し、徹夜で語り合った翌朝には、ゲバラは「グランマ号」に乗り込むことに決めていたのである。中南米を帝国主義者の魔手から救うための第一歩は、キューバの解放から始めようと決意していたのである。

そんな遠征準備中のある日、バティスタの外圧を受けたメキシコ政府が、カストロの一味を一斉に逮捕した。このときのカストロたちは、プリオ前大統領とのコネを利用してなんとか早期の出獄に成功したのだが、アルゼンチン人のゲバラだけが刑務所に取り残されてしまった。

ゲバラは、面会に来たカストロに言った。「僕は、どうせアルゼンチン人だ。君たちキューバ人の足手まといにはなりたくない。どうか、僕を見捨てて行ってくれ！」

するとカストロは、慈愛に満ちた持ち前の黒い瞳をゲバラにじっと注ぎ、一言告げたのである。

「俺は、どんなことがあっても君を見捨てないよ」

親友の黒い瞳をじっと見つめたチェ・ゲバラはこの瞬間、フィデル・カストロのためなら死んでも良いと思った。

その後、カストロは、なけなしの運動資金を叩《はた》いてメキシコ警察に鼻薬をかがせ、そして約束どおりにゲバラを助け出したのである。

ゲリラの中でたった一人のアルゼンチン人は、だから今、シエラ・マエストラで農民たちの面倒を見ている。

優しい思い出に浸りつつ、ゲバラは小屋の隅の少女に微笑みかけた。

その人懐こい優しい笑顔に、幼い農民の少女はほとんど恋に落ちていた。

チェ・ゲバラの無料診療所は、やがてキューバ革命の核をなす「キューバ型医療」のプロトタイプとなるであろう。

4

次第に拡大する「解放区」の中で、ゲリラ戦士たちは農村との関係を深めていった。戦士たちは、コーヒー豆やサツマイモの収穫に協力し、さらには簡単な学校を作って農民に読み書きを教えた。村祭りに参加して、一緒に踊った。山賊に悩まされている村があれば、積極的に賊を討伐した。

カストロは、さらに革命のモデルケースとして、政府方のマヨラール（農牧管理人）らを追放して農地を得ると、これを小作農に分配することを始めた。生まれて初めて自分自身の土地を持てた農民たちが、大いに喜んだことは言うまでもない。農民たちはサトウキビを焼き払い、自分たちのためになる実用的な農作物を植え始めた。ゲリラたちは、喜んで彼らを手助けし、余剰となった収穫物を買い取った。こうして、ゲリラたちは「解放区」の中で食糧を自給自足できるようになっていったのである。

多くの農民たちは、最初のうちはゲリラたちを余所者《よそもの》と思って迷惑視していたものの、この頃になると家族の一員のように思いはじめていた。喜んで物資を提供してくれるのみならず、若い農夫はどんどん志願兵になってくれる。

いつしか、カストロの革命軍は200名を超える大組織になっていたのである。この様子を見たバティスタ政府軍は、シエラへの侵入をしばしば躊躇するようになった。

しかし、フィデル・カストロは慎重に時節を待った。

すでに、彼の指令を受けた都市部の仲間たちは、各地でストライキや暴動を頻発させている。これが、国全体の民意に繋がるまであと一息だ。

カストロの長い指は、アメリカ合衆国にも及んでいる。この大国が興味本位でシエラに送り込んでくるジャーナリストたちは、期待通りに、カストロとその仲間たちの魅力を全米に宣伝してくれていた。このことは、やがてアメリカ政府とバティスタ政権を仲違《なかたが》いさせることだろう。アメリカの後ろ盾を無くしたバティスタ軍など、張子の虎だ。そして、そのときこそ決戦だ。

31歳の若者は、ここまで遠大なプランを思い描いていたのである。この時点で彼はすでに、キューバの反政府勢力の盟主であった。

7月12日には、シエラを訪れたオルトドクソ党の要人たちと図って「シエラ・マエストラ宣言」を出した。これは、来るべき新政権のマニフェストである。いわく「文民による民主的な臨時政府の樹立」「1940年憲法の復活」「農地改革、工業化、識字教育の改善、医療の普及」などが打ち出され、今やカストロ個人の政治信条はキューバ全国レベルに昇華された形である。また、この宣言は、アメリカ合衆国にバティスタ政権への武器輸出の停止を呼びかけてもいた。

焦ったバティスタは、都市部に対する弾圧を強めた。それにもかかわらず、「運動」の都市部のリーダーであったフランク・パイースは、「運動」の記念日に当たる7月26日に大規模なサボタージュを指揮し、サンチアゴ市を50時間も停電させたのだった。

激怒した当局は、報復としてフランクを暗殺した。7月30日のことである。これに憤った民衆は、大挙してフランクの葬式に参列して英雄の死を悼み、そして大規模なストライキを起こしたのである。拙速な暗殺は、政府にとって逆効果となったのだった。

フランクの死を知ったカストロは、深い哀悼の念に浸り、そして彼に「大佐」を追贈した。シエラ革命軍の最高位は、カストロの「少佐」であったから、フランクがいかに惜しまれる人物だったかが分かる。

さらに、9月5日には、シエンフエゴス市の軍港で海軍軍人の反乱が起きた。バティスタは、早急な対応でなんとかこれを鎮圧したのだが、今や政府軍人の中から離反者が出るという末期症状となったのである。

5

それでも、ゲリラはゲリラでしかない。完全武装の政府軍の精鋭部隊と正面から戦えば不利となる。

1957年の夏以来、バティスタ軍は、野心家のベテラン将校サンチェス・モスケラ中尉の数百名から成る部隊をシエラに投入していた。彼は前任のカシージャス少佐以上に好戦的で、積極的にゲリラ地区に侵入しては解放区を攻撃し、革命派の農民に虐殺を加えるのだった。さすがは政府軍の切り札。その戦術能力は極めて高く、小隊を率いて立ち向かったカミーロ・シエンフエゴスやチェ・ゲバラでは太刀打ち出来なかった。

しかし、カミーロとゲバラは、決して諦めなかった。深い信頼関係で結ばれた親友二人は、互いに山中で連携し、幾度となくモスケラ部隊を襲撃したのである。だが、ゲリラは数で劣る上に、装備でも負けている。大砲やバズーカ砲を容赦なく撃ち込んでくる政府軍の暴虐を防ぐことは出来なかった。

一連の戦いで、多くの仲間が散って行った。「グランマ号」以来の勇者シロ・レドンドも、モスケラの侵攻を食い止めようと山道に立ち塞がり、そして味方の退却を援護しつつ壮絶な最期を遂げた。

疲れきったゲバラは、カミーロとともに樵小屋に座り込んだ。彼の傍らには、餌を求めて子犬が舌を出していた。その瞳を覗き込んだとき、ゲバラはかつて部下に命じて殺させた白い子犬を思い出した。

あのときは、モスケラ隊を背後から奇襲しようとして、部隊にうるさく付き纏う子犬が邪魔になったのだった。可哀想なことをした。なぜなら、結局、彼の奇襲攻撃は、敵の進撃速度に追いつけず未然に失敗したからである。

彼らが失敗するたびに、逃げ場のない農民たちが虐殺される。ゲバラを可愛がってくれた中年の農婦リディアとクロミディアも、モスケラ隊に拉致されて惨殺されてしまった。彼女たちの温かい笑顔を想うと、彼の心は張り裂けそうになる。

「悔しいな」

「うん、悔しいな」カミーロが、テンガロン・ハットを弄《いじ》りながら応えた。

「勝ちたいな」

「うん、最後には必ず勝ちたいな」

「勝てるのかな」

「フィデルを信じよう。今はそれしかないよ」カミーロは微笑んだ。

事実、彼らの窮境を救えるのは、カストロの政治力いかんであった。

6

モスケラ中尉の熾烈な攻撃に対抗するため、フィデル・カストロは外交政策を強化していた。

まずは、海外の「運動」メンバーに依頼してベネズエラと同盟を結ぶことに成功し、同国からシエラに武器弾薬を搬入する運びとなった。隊員のウベール・マトスが指揮を執り、この大空輸作戦は成功する。その結果、ゲリラが各所に地雷原を設置し、さらにはバズーカ砲を撃てるようになったため、19

57年の末になると、さすがのモスケラの精鋭軍も、次第にシエラでの鋭鋒を鈍らせるのだった。

さらに、カストロの外交の芽は、アメリカ合衆国との関係でも育ちつつあった。

アメリカ国務省は、バティスタ政権を見捨てることを検討し始めていたのだが、シエラ・マエストラの「運動」に全幅の信頼を置くことが出来ずにいた。その理由は、ゲリラの幹部クラスの顔ぶれにある。

1957年8月以来、フィデル・カストロは、増大しつつあるゲリラの規模に鑑み、全軍を三つに分けた。それぞれの指揮官（コマンダンテ）は、カストロ、その弟ラウル、そしてチェ・ゲバラである。

アメリカが問題としたのは、ラウルとゲバラが、マルクス思想を奉ずる共産主義者であることだった。

なぜアメリカが共産主義を問題視するかというと、この思想は土地や財産の国有化や共有化を謳うからだ。キューバの50％以上の土地を保有し、90％以上の資本を握るアメリカとしては、そんなことをされたら大迷惑なのである。

「カストロ本人の思想信条は不明だが、幹部にこれほどアカ傾向が多いとなれば、シエラのゲリラにキューバの未来を委ねるのは危険すぎる」

そう考えたジョン・ダレス国務長官は、マイアミに亡命中のカルロス・プリオ前大統領を利用することに決めた。

こうして10月、プリオの呼びかけで、キューバ国内の七つの政党と反政府運動の代表者たちがマイアミに集まり「解放評議会」を結成したのである。これは、バティスタに代わるべき新政権の叩き台だ。

プリオ前大統領は、かつてバティスタに政権を追われたとき、数億ドルの隠し財産をマイアミに逃がしていた。これは言うまでもなく、アメリカの傀儡となってキューバ国民から搾取して得た財産である。

プリオは、この汚いカネを用いて、再び政権に返り咲こうとしていたのだ。

この「解放評議会」が出した「マイアミ宣言」は、当然のことながらシエラ・マエストラのゲリラに対して冷淡だった。キューバの新政権は、あくまでもキューバ政府軍による「軍事委員会（フンタ）」によって支えられるべきであり、民間の義勇軍（ゲリラ）は、戦後に軍に吸収されて消滅すべきだと述べていたのである。

「解放評議会」の決議には、「7月26日運動」の都市部代表として、フェリペ・パソスらも出席していた。ところが彼らは、その場の空気に呑まれてしまい、深く考えずに「マイアミ宣言」に署名してしまったのだった。

「パソスの裏切り者！」この顚末を聞いたラウルとゲバラは、当然ながら激怒した。

しかしながら、パソスたちばかりを責められない。「運動」は、もともと都市部（ジャーノ）と山岳部（シエラ）との間に意見の相違や亀裂があり、カストロはその調整を真剣に行って来なかった。今回の事件は、その失策の当然の現れであった。

さすがにカストロは、泰然自若として、ラウルやゲバラの怒りを宥《なだ》めた。そして、時間をかけてゆっくりと長文の非難文書を作成した。その要旨は、下記のとおり。

「マイアミの人々は、カネも武器もふんだんに持っているくせに、これまで何の努力もせず、命も賭けなかった。我々が山奥で泥水をすすって苦労しているときに、何の手も差し伸べてくれなかった。それなのに、この期に及んで勝手にキューバの未来を決めるのは承服できない。軍に政権を支えてもらうというけれど、それではバティスタ以前に逆戻りではないのか。おまけにマイアミ宣言を注意深く読むと、外国（アメリカ）が政治に干渉できるような条項が見受けられるが、これも承服できない。マイアミの人たちは、キューバ人としてのまともな愛国心を持っているのだろうか？　また、宣言は『運動』の武装勢力を解散させると述べているが、それではキューバの治安を維持するのは不可能だと判断する……」

この文章は、驚くほど巧みな構成で説得力に溢れるものだった。落ち着いて考えると、いくつかの矛盾もある。たとえば、カストロが「グランマ号」に武器を積んでメキシコから出征できたのは、プリオからの資金援助のお陰なのだから、プリオを「手を差し伸べなかった」ことで難詰するのはおかしい。それでも、シエラ・マエストラの実力者の鶴の一声は、マイアミの「解放評議会」を沈黙させるだけの効果があった。

カストロは、「解放評議会」の背後にはアメリカ合衆国がいて、何やら陰湿な画策をしていることに気づいていた。アメリカ国務省が、カストロを「共産主義者ではないか」と疑っていることも察していた。そこで彼は、西側メディアを多くシエラ・マエストラに招き入れ、自分が「自由主義者」であることを徹底的に全世界にアピールしたのである。

カストロは、自分と仲間たちが左翼的な思想の持ち主であることを極力隠そうとした。

1958年3月、都市部メンバーのアルモンド・アルトが当局に逮捕されたとき、彼が持っていた書簡が大問題になったことがある。書簡の中に、ラウルがゲバラとソ連型共産主義について意見交換をしている手紙があった。それがバティスタ側のメディアによって、「カストロ一派がソ連の回し者である証拠」として報道されたので、カストロは「バカな弟をぶっ殺してやる！」と大騒ぎして拳銃を振り回したのだ。「俺は、ヤンキー（アメリカ人）以上にソ連が大嫌いなんだ！」

このときは、ラウルが謝罪し、セリア・サンチェスが必死に宥めたので、事なきを得た。それにしても、仲のよいカストロ兄弟が、ここまで揉めるのは珍しいことだった。

それだけ、フィデル・カストロは世論や評判に気を遣っていたのである。

こういったマクロ的な視点は、他のメンバーの中には無いものだった。腹心のラウルやゲバラには、海外メディアまで巻き込んだ複眼的な大戦略を練り上げるほどの構想力は無かった。フィデル・カストロは、やはり革命軍リーダーとして唯一無比の卓越した人物なのだった。

やがてこうした努力が実り、合衆国はカストロの指導力を評価し、キューバを彼に委ねるのも仕方なしと考えるようになっていく。マイアミの「解放評議会」を解散させたアメリカ政府は、少なくとも、この時点ではカストロの行動を掣肘《せいちゅう》しようと考えなくなった。

7

ただ、カストロがソ連型社会主義を嫌っていたことは、必ずしもアメリカ向けの演技ではなく、まったくの事実であった。

カストロは、確かに社会主義者である。しかし、彼の社会主義の土台にあるのは、イエズス会のカトリック教的世界観であり、ホセ・マルティの思想であった。これらは、清貧や社会的平等を重んじる点で社会主義的とはいえ、いわゆる「マルクス・レーニン主義」とは相違していた。後のキューバの社会主義体制が、ソ連や東欧と距離を置く独特なものとなったのは偶然ではない。

ここで、少しホセ・マルティの思想について書く。

カストロとシエラの仲間たちが、文字通り命を捨てて、山中での過酷な生活に耐えていられるのは、彼らには壮大な「夢」があるからである。その「夢」こそ、ホセ・マルティ思想の実現に他ならない。

ホセ・マルティは、１８５３年にキューバで生まれた。彼は、思想家のみならず詩人、小説家、劇作家、文芸評論家、ジャーナリスト、そして教育者として世界的に活躍した万能の天才である。

この早熟な天才は、弱冠16歳のとき、革命を企てたために宗主国スペインに睨まれて国外追放となった。そのため、彼の活躍の舞台は主としてアメリカのニューヨークだった。

マルティの思想の基本にあるのは、「人間は本来、自由な存在である」という観念である。「自由の実現こそが、人間の目的であり義務である。だから、これを阻むものは全て打倒しなければならない。白人列強による植民地支配や人種差別は、まさに自由を阻むものである。だからこそ、否定されなければならない」

そして「知ることは自由になること」。マルティは、教育を非常に大切に考えていた。

「自由」を重んじるという点では、マルティの思想はアメリカ合衆国の国家理念に近いように見える。しかし、実際は大きく違った。

マルティの言う「自由」は、弱者を救済する優しい内容だった。国家や社会の最大の存在意義は、「貧しい人や弱い人を救済し、彼らに教育や医療を無償で提供することだ」と考えていたのである。だからこそ彼は、アメリカ合衆国の在り方、すなわち自由市場と自由競争を無制限に賛美し、貧富の格差を助長し奨励さえするような行き方を憎んでいたのである。

マルティは、アメリカ合衆国を「もう一つのアメリカ」と呼んでいた。これに対して、中米や南米は、「母なるアメリカ」ないし「我らのアメリカ」である。彼の中で、この両者はまったく相容れない別物なのだった。そういう意味では、マルティは南米独立の英雄シモン・ボリバルの正統後継者と言えた。ボリバルも、「北のアメリカ」と「南のアメリカ」をはっきりと区別して考えていたのである。

それでは、この二つのアメリカは、いったいどこが違うのか？　実は、社会思想の土台となる宗教観が完全に異なるのである。「北のアメリカ」はカルバン派プロテスタント（自由競争と富を重視）、「南のアメリカ」はイエズス会系カトリック（平等と清貧を重視）と考えると分かりやすいかもしれない。南北アメリカの対立、ひいては、後のアメリカ合衆国とキューバ革命の対立は、実はヨーロッパの宗教戦争の延長戦なのだった。これを単純に、「資本主義対社会主義」と考えると、本質を見誤ってしまう。

さて、ホセ・マルティは、ニューヨークで様々な文化活動を行いながら、なおもスペインに対するキューバ独立を画策し続けた。その過程で、多くの同志たちがアメリカ合衆国の力を借りるように提案したのだが、マルティは首を横に振るのが常だった。

「私は怪物の中に住んでいるので、その内臓をよく知っている」

マルティは、合衆国のスローガンである「自由と平等」「進歩と民主主義」が、外向けのプロパガンダに過ぎず、この国家がダブルスタンダードの二枚舌国家であり、その本質が最も邪悪な帝国主義で、支配と搾取を希求する存在であることを見抜いたのだった。

「この国は、優れた民主主義国家とは言えない。私の理想とは絶対に相容れない」

結局、マルティは「北のアメリカ」の力をまったく借りることなく、12年の歳月をかけて独立解放軍を組織した。

1895年4月1日、ホセ・マルティは軍勢を率いてジャマイカを出航。オリエンテ州に上陸して、第二次独立戦争の火蓋を切った。マルティは、周囲の反対を押し切り、常に白馬に乗って最前線で戦うのが常だった。それを知ったスペイン軍の待ち伏せ攻撃を受けたのが5月19日。そして、その尊い命を馬上にて壮絶に散らしたのだった。

こうして、ホセ・マルティは神話となった。キューバ、いや中南米に住む全ての人が彼を愛し尊敬した。

「フィデル・カストロは、傲岸不遜の代名詞のような人物だったが、そんな彼でさえ「自分は使徒マルティの弟子である」と口癖のように言っていた。モンカダ兵営襲撃後の裁判で、裁判官に「この反乱の首謀者は誰か?」と問われたとき、カストロはすかさず「使徒ホセ・マルティだ!」と応えている。

実際、彼の思想は、そのほとんどがマルティの流用と言っても過言ではなかった。自分自身を、道半ばで散ったマルティの生まれ変わりだと信じており、己の人生の使命は、マルティが遺り残したことを現世で完成させることだと思い定めていたのである。

そして、カストロのこの熱い思いは、ラウルやゲバラのみならず、全ての隊員の中に共有されていた。だからこそ彼らは、命を捨てて戦えるのだった。だからこそ、お互いを心から信頼し尊敬しているのだった。

そんな彼らの熱い思いは、次第にキューバ全土の人々に伝わっていく。

決戦のとき

1

1958年2月16日、シエラの稜線上に置かれたピノ・デル・アグア製材所は、政府軍とゲリラの激戦地となっていた。

政府軍はゲラ中尉の1個中隊をこの地に送り込んで要塞化し、ゲリラ討伐のための恒久基地に変えた。

これはいわば、シエラの喉に刺さった骨である。この骨を抜き取るべく、カストロ、ラウル、ゲバラ、カミーロ、アルメイダら歴戦の勇士が重囲を敷いた。

これに慌てた政府軍は、各地から救援部隊を派遣したのだが、地形を知り尽くしたゲリラの各小隊が待ち伏せし、これらを追い払って多くの武器を鹵獲《ろかく》したのである。勇猛なサンチェス・モスケラ中佐（年頭に昇進した）の救援部隊も、ゲリラの防御に阻まれて製材所までは辿り着けずにいた。

カストロは、久しぶりの大きな戦闘に興奮した。自らが前線に出てライフルを撃ち、来襲した敵の爆撃機に向かって機銃を見舞った。ホセ・マルティの生き様に憧れる彼は、常に自分が最前線にいなければ気が済まなかったのである。

仲間たちは、リーダーの無謀な行動に頭を悩まし、連判状を作成した。

「どうか自重して、後方で指揮を執ってください」

この連判状をリーダーに届けるのはゲバラの役目だったが、彼は「フィデルはきっと読まないよ」と、達観した表情で言った。案の定、カストロは書状にちらっと目をやっただけでこれを捨てたのである。

そのゲバラが、切り込み隊長として、要塞化された製材所の正面突破をやることになった。すでにカミーロが突撃に失敗し、彼を含め多くの仲間が負傷している。ゲバラは、即製の火炎瓶を手に取った。敵に気づかれずに、窓からこれを投げ込むことが出来るだろうか？

そのとき、ファン・アルメイダがカストロの書状を持って匍匐前進して来た。書状にいわく「チェ、どうか前線で危険な賭けに出ないでくれ。君にはなるべく後方にいて欲しい」。ゲバラは、思わず苦笑した。フィデルは、何もかもお見通しだ。アルメイダも自重を勧めたので、ゲバラは突撃を思いとどまることにした。

数日後、ゲリラの「兵糧攻め」に音をあげた政府軍は、製材所を放棄して山麓へと撤退して行った。腹立ちまぎれに、付近の農家を焼き払いながら。

この戦いで捕虜になった政府軍のエベリオ・ラファルテ中尉は、ゲリラの軍規厳正ぶりに感銘を受け、同時に政府軍の農民虐殺に憤ったことから、ゲリラの仲間入りを決意した。この事件を皮切りに、次第に政府軍人も革命軍に加わっていくことになる。

チェ・ゲバラは、以上の戦勝を、誇らしげに「自由キューバ新聞」に書いて全国に配布した。これは、彼の発案で発行されるようになったシエラ・マエストラ特製の新聞である。エル・オンブリト峡谷にアジトを構えたゲバラの第4縦隊は、謄写版印刷機を都市部から集めてくると、この地に簡単な印刷所を作ったのである。記事の内容は、当然ながらゲリラ側の視点に立った楽観的なものが多かったのだが、政府の御用新聞と違って「嘘」が無かったので、多くのキューバ国民に喜ばれたのである。

カストロの本隊も負けてはいない。どこからか米軍払い下げの軍用放送機材を調達してきて、「反乱軍ラジオ（ラジオ・リベルテ）」の放送を開始した。カストロのしゃがれた声は、毎日のように全キューバの家庭に届けられ革命を呼びかけたのである。

シエラを見渡すと、いつしか「解放区」の中には、葉巻工場も地雷工場も屠畜場も学校も病院も完備されていた。

教会も出来た。ギレルモ・サルディニャス神父が、ピノス島の教区を抜け出してゲリラに従軍したからである。シエラの農民たちは、「生まれて初めて」カトリックの洗礼を受け、教会での結婚式や葬式を受けられるようになって、大いに喜んだのである。

1958年3月には、いつしかシエラ・マエストラ全域が「解放区」になっていた。ここでは、全ての人が自分の土地を保有し、無料で教育や医療を受けられた。差別は撤廃され、みんなが完全に平等で対等でいられた。

そう。フィデル・カストロの言葉には嘘は無かった。彼は、ピノス島の牢獄の中で起草した正義のマニフェストを、寸分たがわず実現させる意思と能力を持っていたのである。これを知ったキューバの人々は、一斉にバティスタを見放した。国中の人々が、ゲリラたちの到来を、首を長くして待ちこがれた。

これを感得したカストロは、弟ラウルに65名の同志を率いさせると、オリエント州北方シエラ・クリスタルに「第2戦線」を築くよう命じた。それに続いて、ファン・アルメイダは「第3戦線」の司令官として50名の同志とともに出陣し、サンチアゴ市の北方を管制した。

多くの人々が、ゲリラたちを行く先々にて大歓声で迎えたのである。

もはや政府軍に出来ることは、ゲリラ側とおぼしき農村や街を焼き、市民を無差別虐殺することのみである。そして、このような行為は、ますます民心をカストロ側に引き寄せることとなる。

2

オリエンテ州ビランのマナカス農場は、主のアンヘル・カストロ病没後、一家の長男ラモンが母リナを守りながら、質朴な経営を続けていた。

戦争は、どこか遠いところで行われるものと考えていた彼らは、ある日突然、オリーブ色の軍服を纏った髭面のゲリラの群れが現れたのに驚いた。しかも、その先頭に立っているのは、この一家の三男ラウルではないか。

「母さん、兄さん、ご無沙汰しています」ラウルは、人懐こい笑顔で挨拶した。

「まあ、すっかり日焼けして、口髭なんか生やして」母リナは、目を潤ませながら駆け寄った。「政府の報道では、お前とフィデルは、もう5回も死んでいることになっているんだよ」

「母さんは、そんなの信じていなかっただろう?」

「だけど、心配じゃないか」

「僕は、この通り元気だよ。フィデル兄貴も相変わらずさ」

「それで、何しに来たんだ? こんな大勢で、里帰りでもないんだろ?」兄ラモンは、弟の後ろに雑然と立つ髭の一団を眺めながら訊ねた。

「うん。革命のために協力して欲しいんだ」

ラウルが合図を送ると、彼の忠実な第6縦隊は、サトウキビ畑にガソリンを撒き始めた。あれよという間に煙が上がる。

「気が狂ったのかい!」リナは悲鳴を上げた。

「全部は焼かないから安心してね」ラウルは、にこにこ顔だ。「バティスタを肥やし、アメリカ資本を喜ばせるようなサトウキビ畑は、全部焼き滅さなければならない。これが、革命の原則なんだ。そして、この原則は指導者の家族であっても例外ではない。まずは、指導者の家からお手本を示さないと」

「お前は、優しくてまともな子だったのに!」リナは卒倒せんばかりだ。「フィデルは、昔から頭のいかれた子だったよ。あたしは、とっくに諦めていた。だけど、お前までそれに染まってしまうなんて!」

「別に、フィデル兄貴の影響ばかりでもないさ。社会正義の実現というのは、こういうことなんだよ、母さん」

どこ吹く風のラウルの後方で、家族のサトウキビ畑が黒い炎を上げていた。

3

1958年4月、「7月26日運動」の全国会議は、大規模なゼネストを計画した。これが成功すれば、バティスタ政権への止めの一撃となるだろう。

しかし、都市部の反乱勢力は、未だに一枚岩ではなかった。「運動」に協力すべき七つの政党と五つの抵抗団体は、それぞれの縄張りを主張して纏まりが無かった。これらを宥《なだ》めて組織化するのは、ハバナのファウスティーノ・ペレスの役目であったのだが、これは、さすがの彼にも荷が重すぎた。

こうして、4月9日の決起は、さんざんな結果となったのである。

スパイ情報によって事前にゼネスト計画を掴んでいたバティスタは、軍隊と警察を総動員して、足並みをそろえずバラバラに蜂起したゼネストの一団を次々に検挙したのである。そして、「見せしめ」とばかりに彼らを殺戮したので、ハバナ市内の刑務所は数百人の若者の死体で埋め尽くされた。

命からがらシエラに逃げ込んだファウスティーノ・ペレスは、カストロの厳しい叱責の後、ハバナ市のリーダーを辞任した。そして、「グランマ号」時代のように、カストロの従卒に逆戻りしたのであった。「空輸作戦」の殊勲者である隊長ウベール・マトスは、こうした様子を苦々しく見ていた。

ファウスティーノのこれまでの必死の頑張りを評価せず、結果だけを見て罵声を浴びせるのは酷すぎる。だいたい、「運動」の都市部の活動が弱くなったのは、「すべての物資と人員をシエラに集結する」というカストロの基本方針のせいではないか。そのことがフランク・パイースを殺す結果となり、今また、ファウスティーノ・ペレスを苦しめたのだ。それなのに、カストロはあまりにも傲慢で独善的すぎる。己のミスを決して認めようとせず、神のように振舞っている。

「フィデル・カストロは、この国の独裁者になるんじゃないか?」

リベラルな政見を持つウベール・マトスは、自らの想念に脅えた。

「それどころか、ラウルやチェ・ゲバラのようなコミュニストを可愛がっているところを見ると、スターリンのような凶悪な暴君になるに違いない。バティスタが、カストロに取って代わられるだけのことじゃないのか? キューバ国民は、より一層不幸になるんじゃないか?」

しかし、マトスには長い煩悶の時間は与えられなかった。

バティスタ軍の猛攻撃「夏季攻勢」が開始されたからである。

4

フルヘンシオ・バティスタ大統領は、追い詰められていた。

3月以来、アメリカからの軍需物資は止められている。アメリカ国務省が、「キューバに民主主義が復活するまでは援助しない」と、急に無責任なことを言って来たからだ。

仕方ないので、国内の報道管制を解除したら、国中から批判と怨嗟《えんさ》の嵐である。確かに彼は、民衆を搾取しすぎたし殺しすぎた。慌てて検閲制度を再開することで批判をなんとか封じ込めたのだが、このままではアメリカが納得しないだろう。

「民主主義か。ならば選挙だ。選挙をやれば良いのだろう!」バティスタは、自棄《やけ》になって叫んだ。彼は、6月に全国総選挙を行うことを決めた。

しかし、まともに選挙をやっても勝ち目はない。警察や軍部による選挙介入にも限度があるだろうから。

「カストロの首を挙げろ！」バティスタは叫んだ。「6月までに、シエラ・マエストラの山賊どもを皆殺しにするのだ！」

　こうして、キューバ政府軍の大動員が開始された。

　彼らにとって幸いなことに、都市部の抵抗勢力は4月のゼネスト失敗で壊滅状態だから、今ならキューバ全軍をシエラに投入できる。こうして、14個梯団《ていだん》からなる1万人の将兵が、シエラ・マエストラ全域を完全包囲したのであった。

「いよいよ正念場だな」カストロは、忠勇な幹部たちの顔ぶれを頼もしげに見渡した。

　各縦隊を率いるのは、ラウル・カストロ、チェ・ゲバラ、フアン・アルメイダ、そしてカミーロ・シエンフエゴス。いずれも、「グランマ号」の冒険を経て、アレグレア・デ・ピオの敗戦を乗り越え、人跡未踏の山中を彷徨し、ラ・プラタで、エル・ウベロで、ピノ・デル・アグアで、その肉体と魂を鍛え上げた強者たちだ。実戦可能なゲリラの総勢はわずか３００名だが、悪しき独裁者に率いられる士気の低い兵士たちとは、その資質に雲泥の差がある。

　シエラ最高峰に建てた最高司令部の中で、カストロは幹部たち全員と声をかわした。

「ラウル」

「おう」

「母さんや兄さんは元気だったか？」

「すごく怒っていたぜ」

「今度、一緒に里帰りして謝ろうな」

「いいね」

「ラウル」

「なんだい？」

「いろいろあったけど、お前が弟で良かった」

「俺も同じ気持ちだ、兄貴」

二人は、固く抱擁しあった。

ラウル・カストロは、踵《きびす》を返して出て行った。第6縦隊を率いて北東戦線を指揮するために。

「チェ」

「おう」

「君には俺のそばにいてもらいたい。セリアとともに、参謀を務めて欲しいのだ」

「第4縦隊は？」

「ラミーロ・バルデスに任せよう」

「了解した」

「チェ」

「なんだい？」

「参謀になった以上、俺の後ろにいるんだぞ。絶対に前に出るんじゃないぞ」

「何を言っているんだ、フィデル。君を最後に死なせはしない」

「そうだな、死ぬ時は一緒だ」

二人は、固く抱擁しあった。

チェ・ゲバラは、業務引継ぎのため、第４縦隊の駐屯地まで走って行った。

「ファン」

「おう」

「モンカダ兵営以来、お互い、よく戦いよく生き残ったな」

「まったくです」

「もう一息だ」

「信じていますよ。差別のない未来を」

「必ず実現させような」

二人は、固く抱擁しあった。

ファン・アルメイダは、頬を引き締めて第３縦隊の駐屯地に向かった。

「カミーロ」

「おう」

「敵の正規軍はどうだった？」

「先月、カマグエイ州の東側で一当てしましたが、かなり士気を落としています。烏合の衆でしょう」

「そうだと思った」

「長期戦は、必ずしも味方の不利にはなりません」

「いつものように、ぶちかますぞ」

「やってやりましょう！」

二人は、固く抱擁しあった。

カミーロ・シエンフエゴスは、第2縦隊を率いて西北方面の防御に向かった。

こうした一部始終を、参謀隊員のセリア・サンチェスは、目を潤ませながら傍らでずっと見つめていた。

5

5月20日、ついに政府軍の総攻撃「フィデルの最後（FF）作戦」が開始された。

B26爆撃機の大編隊がロケット弾の雨を降らす中、シャーマン戦車を先頭に立てた歩兵軍は、野戦砲や迫撃砲やバズーカ砲の援護を受けつつ、じりじりとシエラの奥地に前進した。

その戦力比は1万対300。兵器の性能や火力の違いを勘案するなら、その実力差はもっと開くことだろう。どう見ても鎧袖《がいしゅう》一触《いっしょく》。政府軍の誰もがそう考えたはずである。

総司令官エウヒニオ・カンティージョ将軍は、カストロ宛に降伏勧告を出した。しかし、それに対するカストロの返事は意外な内容だった。

「我々はあなたの同国人であり、敵ではありません。いつかこの戦いが終わったとき、私は改めてあなたに手紙を書くでしょう。そして、新しいキューバのために、将軍とあなたの軍に何が出来るかを一緒に考えましょう」

カンティージョ将軍は、唖然とした。フィデル・カストロは、この大軍に勝った気でいるのだろうか。いや、違う。この男は、もっと大きな遥か未来のことを考えているのだ。

カストロは、総司令官だけでなく、政府軍の顔見知りの将校（学生時代の同窓生など）に片端から手紙を送りつけた。その内容は、「元気でやっていますか？　今は、こんな形で会って悲しいですが、またいつか親しく語り合いましょう」などと言った、およそ戦場にふさわしくないものだった。

チェ・ゲバラは、こうしたカストロの「甘さ」に不満を感じ、しばしば諫言《かんげん》を行った。しかし、カストロは笑顔で答えた。「まあ、見ていたまえ。これが、やがてボディブローのように利いて来るのだ」と。

実際、カンティージョ将軍以下、政府軍の将校たちは、目の前の敵に殺意を感じることが出来なくなっていた。彼らは本当に倒すべき敵なのだろうか？　倒すべき真の敵は、自分たちの後方にいるのではないだろうか？

こういった上層部の雰囲気は、実際に戦場で命をかける兵士たちには敏感に伝わるものである。すでに、革命軍の軍規の厳正さと慈悲深さはあまねく知れ渡っている。政府軍の兵士の中には、負傷して捕虜になった後で、ゲバラに治療してもらって命拾いした者が何人もいた。そんな彼らは、この戦いに積極的な意義を見出せなくなっていたのである。

こうして、険阻なシエラ奥地に進むにつれ、政府軍の士気は目に見えて低下して行き、敵前逃亡が続出したのであった。

革命軍の戦術も優れていた。地形を武器として、あちこちの山道に落し穴や地雷を仕掛けていたため、政府軍の中には、敵兵の姿をまったく見ないままで負傷する者が続出していた。交戦する場合でも、地形を知り尽くしたゲリラは、まったく予期せぬ場所から猿のように現れて、正確な射撃を見舞ってからすぐに姿を消すのである。慣れない地形と不慣れなゲリラ作戦に翻弄され、政府軍の疲労は蓄積されていった。

彼らの頼みの綱の空軍も、森林と山岳に巧みに遮蔽されたゲリラの陣地をなかなか発見できず、有効な爆撃を行えずにいた。そこで、腹立ち紛れに近在の農村にロケット弾を撃ち込み、無抵抗な民衆を焼き殺すのだった。親を殺され子を焼かれ、人々は悲鳴を上げ絶叫し泣き喚いた。

「なんてこと、しやがる！」

カストロは、敵空軍の残虐行為に激怒した。彼の激怒は、それ以上にアメリカ合衆国へと向けられた。なぜなら、キューバ政府軍の爆撃機に爆弾や燃料を補給していたのは、アメリカの租借地であるグアンタナモ基地だったからである。

「ヤンキーめ、結局はバティスタに肩入れするのか。そして、無辜《むこ》の民衆を平気で焼き殺すのか。かつてドイツや日本にそうしたように！」

実際、アメリカ国内では、この期に及んで政見が二分し混乱していた。バティスタを見捨てようとする一派もいれば、バティスタを応援する一派もいた。後者の一人である国務省のカリブ担当相は、こんなことを言った。

「バティスタは、確かに娼婦の息子（Son of a bitch）かもしれん。だが、娼婦に産ませた我々の息子じゃないか」

このような侮蔑的な見解が通って、アメリカ軍はキューバ空軍にグアンタナモ基地を使用させているのだった。

「ヤンキーに、虐殺をやめさせろ！」

兄の指令を受けたラウル・カストロの第6縦隊・名称「フランク・パイース」は、山岳地帯を抜けて鉱山を襲った。そして、そこに勤務していたアメリカ人技師30名を拉致し、その旨をグアンタナモに伝えたのである。人質である。

アメリカという国は、他国の民間人が虐殺されたり拉致されたりしてもまったく無関心なのだが、自国民が同じことをされると烈火のごとく怒る。アメリカ世論の中には、「カストロに宣戦布告すべきだ」との論調も起こったのだが、それは現実的ではないということで、アメリカはゲリラの要求に屈することにした。すなわち、グアンタナモ基地の政府軍利用を禁じたのである。その結果、キューバ空軍の空襲はなりを潜め、シエラ近在の農民たちは安堵のため息をついた。

その後、ラウルに拉致された30名のアメリカ人技師が、無事に解放されてグアンタナモに送り届けられたことは言うまでもない。

しかしカストロは、セリア・サンチェスにこう語った。

「農家に撃ち込まれるロケット弾を見て、俺はアメリカ人に高い代償を支払わせることに決めたよ。この戦争が終わったら、より大規模な戦争が始まるだろう。それこそが、俺の本当の使命なのだ」

フィデル・カストロの最終目標は、今やアメリカ合衆国の打倒なのであった。

6

7月上旬、数と装備に勝るバティスタ政府軍は、甚大な被害を出しながらもゲリラの陣地を少しずつ奪って行き、ついにシエラ最高地点に築かれた最終防衛ラインに取り付いた。ゲリラの占領地は、もはや幅数キロにしか過ぎない。

大活躍を見せたのは、やはり政府軍の切り札、サンチェス・モスケラ中佐の部隊だった。ゲリラと1年近く戦い続けていた彼は、ゲリラに負けないくらいにシエラの地形を知っていた。また、功名心に燃える勇猛な彼は、部下の損耗を少しも気にせずに無茶な作戦を敢行するのが常だった。機を見て手薄なネバダ尾根を突破したモスケラ隊は、迅速に部隊を機動させ、カストロの最前線の本営を陥落させたのである。カストロは、銃弾の雨の中を、ゲバラやセリアとともに獣道を伝って必死に逃げた。

総司令官カンティージョ将軍は、ここに至り、ようやく勝利を確信したのである。

当然ながら、殊勲者サンチェス・モスケラが、この最終決戦の先鋒となった。サントドミンゴ高地に接近した彼の部隊２０００名は、三つの縦隊に分かれて果敢に突撃した。あの森林の奥に、カストロがいるはずだ。

「奴の首を上げるのは、この俺だぜ！」

拳を振り上げたモスケラの前で、進軍中の第１縦隊が突如として動きを止めた。次々に小さな爆発が起きて、多くの兵士が樹海の中でのたうつ。

「しまった！　地雷原か！　そんなものを設置する余裕があったとは！」

混乱したモスケラ隊の左右から、いつのまにか側面に回りこんでいたゲリラが猛射を開始した。エウヘリオ・アメイヘイラスが、ウニベルソ・サンチェスが、ギジェルモ・ガルシアが、そしてファウステイーノ・ペレスが、今こそ、これまでの仲間の恨みを晴らすべく撃ちまくる。

「おのれ！　今に見ていろ！」

モスケラは、奥歯をきつく嚙み締めながら退却の命令を出した。

実は、この戦局の成り行きは、カストロの想定範囲内であった。彼は、最高峰トゥルキノ山を中心軸に据え、すでに最終防衛線の全域を幾重にも複郭《ふくかく》陣地や地雷原で包み込んでいたのである。優勢な敵を誘《おび》き寄せ、罠にはめる準備は十分に出来ていた。

そして、革命軍の最終防衛線は、切り立った玄武岩の崖と鬱蒼たる原始林によって守られていた。すべての道が、一列縦隊でしか進めないようになっており、防衛側は二人の狙撃兵で数百人の敵兵を容易に阻止できる。しかも、進撃路は迷路のように入り組んでおり、不慣れな者はたちまち迷子になって退路を失ってしまうのだった。

　猪突した部隊は、たちまちこの罠に嵌り、ゲリラに包囲されて身動き取れなくなった。7月下旬には220名、8月上旬には110名の部隊が丸ごと捕虜となった。これらの捕虜は丁重に扱われた末、国際赤十字に引き渡されることとなる。

　こうなったら、もはや政府軍に出来ることは、そそり立つ玄武岩の崖の前で呆然とトゥルキノ山頂を眺めるだけだった。そこには、わずか数百人の装備の劣ったゲリラがいるだけだ。それなのに、もはや手が出ない。手が出せない。

　そんな中の7月29日、サントドミンゴにゲリラの猛反撃が開始された。これは完全な奇襲となり、サンチェス・モスケラの最精鋭部隊は総崩れとなった。

「ふざけるな！　ゲリラのくせに！」

　激怒して拳を振り回す彼の頭に銃弾が直撃し、人事不省となったモスケラは担架で後送されて行った。そして、有能な指揮官を欠いて統制を失った彼の部隊は、周囲の森林から猛攻を加えるカストロ直率の主力部隊を前に逃げ惑った。地雷原に迷い込むもの、崖から転落するものが続出し、1千名を超える死傷者を出して、文字通り全滅したのである。

「ついにやった！」本営のチェ・ゲバラは、凄惨な戦場を望見し、そしてモスケラに殺されていった多くの仲間や農民たちを想い、静かに落涙した。「みんなの仇は取ったぞ！」

「良かったな、チェ。苦労が報われたな」ともに戦ったカミーロ・シエンフエゴスも、戦線の反対側で同じ感動に胸を熱くしていた。

ここに至り、政府軍の士気は崩壊した。サンチェス・モスケラの精鋭部隊は、政府軍の象徴であった。その希望の星が、呆気なく落ちたのだから無理もない。

「信じられん」カンティージョ将軍は、眼前の光景に震え上がった。

ゲリラの呼びかけを受けて、味方部隊が次々に投降して行くのである。完全武装の正規兵が、どんどん武器を投げ捨てるのである。

66日間の戦闘を終えてみれば、政府軍の損害は２０００名を超えていた。そのうち６００名が、捕虜か投降者である。おまけに、革命軍に1台の戦車と12門の迫撃砲と６００丁の銃を鹵獲されていた。

「夏季攻勢」は大失敗に終わった。「フィデルの最後作戦」は画餅と化した。壊滅的打撃を蒙った政府軍は、後ろも見ずに平野部へと壊走して行く。

シエラ・マエストラは、勝利の凱歌に埋め尽くされた。

カストロと仲間たちは、キューバ国歌を高らかに歌い、キューバ国旗を高らかに掲げ、この奇跡の大勝利を祝福しあったのである。

「信じられない」

チェ・ゲバラは、カストロを信仰の対象のように見つめた。1年半前まで20名足らずで山岳を放浪していた一団が、今や完全武装の正規軍との決戦に完勝したのである。その何もかもが、フィデル・カストロの戦略の賜物なのだった。

カストロは狂人でもドン・キホーテでもなかった。

彼は、天才なのだった。

7

1958年8月下旬、逃げる政府軍を追うように、革命軍の総攻撃が開始された。チェ・ゲバラは第8縦隊・名称「シロ・レドンド」148名を率いてラス・ビジャス州（キューバ中央部）を、カミーロ・シエンフエゴスは第2縦隊・名称「アントニオ・マセオ」82名を率いてピナール・デル・リオ州（キューバ西部）を攻略に向かった。

このころのゲリラ軍縦隊の名称は、キューバ独立戦争やシエラ・マエストラの戦死者の名前から取っていた。シロ・レドンドは、シエラで戦死した「グランマ号」メンバーの名である。アントニオ・マセオは、第一次キューバ独立戦争の英雄の名前である。戦士たちは、先に散った英雄たちの勇姿を胸に刻み、彼らへの想いとともに戦うのだった。

その間、カストロとラウルとアルメイダは、主力部隊「ホセ・マルティ」や「フランク・パイース」を率いて、サンチアゴ・デ・クーバ市の制圧とオリエンテ州の完全制覇を目指した。

政府軍は、各戦線で数百から数千の規模を持ち、革命軍に対する数的優勢を未だに保ってはいたのだが、ゲリラの電撃的な襲撃の前に総崩れとなった。あの「夏季攻勢」の信じがたい敗北は、政府軍を完全に精神的に打ちのめしていたのだった。

快男子カミーロ・シエンフエゴスは、戦車部隊を用いた。戦車と言っても、農家から集めたトラクターを改造したものに過ぎない。その「装甲板」は紙や布だったので、敵が反撃してきたら一たまりもない。だから、「カミーロの戦車」は威嚇用である。それでも、この戦車はすでに逃げ腰になっている敵にはよく利いた。トレードマークのテンガロン・ハットを目深に被ったカミーロは、戦車（実はトラクターだが）の上から、沿道で歓呼の声を上げる人々に陽気に手を振った。

カミーロとゲバラの軍は、行く先々で志願兵を加えながら、あっという間にカマグエイ州を征服した。その波に乗って西のラス・ビジャス州に突入する。

政府軍の空襲と、それ以上にしつこい蚊の襲撃に悩まされながら、湿地帯を抜けてエスカンブライ山系に到達した両軍は、この地で様々な反政府武装勢力と合流した。革命幹部会（ＤＲ）の残党やエスカンブライ第二戦線、プリオ前大統領が派遣したゲリラ部隊、そして共産党の武装集団。

これに先立つ7月末、キューバ共産党のリーダーであるカルロス・ロドリゲスがシエラを訪れ、そしてカストロに頭を下げていた。カストロは、学生時代から「ソ連の回し者」であるキューバ共産党を嫌っていたのだが、ここは戦後の安定を目指して彼らの歓心を買うのが得策である。そう判断したカストロは、ロドリゲスと固い握手を交わし、かくして共産党は「運動」と共同戦線を張ることに決めたのだった。

この状況に神経を尖らせたのは、やはりアメリカ合衆国であった。共産党を嫌う米国務省は、バティスタと会談を持ち、彼が総選挙を成功させたら援助を復活させることを約束したのである。

これに勇気づけられたバティスタは、いったんは諦めかけた全国総選挙を11月に開催することとした。だが、選挙準備は軍事的状況によって妨げられた。革命軍の諸隊が、次々に市町村を「解放」してしまうので、選挙どころではないのである。案の定、11月3日に強行された総選挙は、有権者の四分の三が棄権するという散々なものとなった。これは、法的にも有効な選挙とは見なされない。

とうとうバティスタ支持を諦めたアメリカは、今度はキューバ軍司令官カンティージョ将軍に接触した。バティスタの首を、軍部に挿げ替えようというのである。アメリカは、「アカ」の傾向が懸念されるカストロをキューバ支配から排除しておきたかったのだ。

その間、カストロの主力部隊は、サンチアゴ・デ・クーバを三方から完全に包囲していた。この都市を守る政府軍は、陸路を完全に遮断されたため、空と海から補給を受けて耐え続けるのだが、もはや大勢の行方は明らかであった。

ゲバラとカミーロも、協力しあいながらラス・ビジャス州の征服を進めている。

12月下旬、馬上のチェ・ゲバラは、州都サンタ・クララ市をカピロ丘の上から望見した。キューバ第三の都市であるここを陥落させれば、もはや首都ハバナは裸同然となるだろう。

革命軍の勝利

1

サンタ・クララ市に最後の防衛線を敷くバティスタ軍は、3000名の将兵と大量の戦車に加えて、この地に最後の切り札を投入していた。

16両編成の装甲列車「トレン・ブリンダード」は、全面鋼鉄張りのボディと窓代わりの無数の銃眼を持ち、ここから機銃、小銃、ロケット弾を豪雨のように発射する怪物マシーンだった。政府軍は、この怪物を市の前に配備して、攻め寄せるゲリラを薙ぎ倒そうと考えたのである。

12月29日の朝、ゲリラ接近の報を受けた怪物は、汽笛を盛大にあげながら巨体を震わせた。

サンタ・クララ市東側のカマファニ国道に回りこもうとした装甲列車は、しかしカピロ丘陵へ続く引込み線に、突然に進路を変えた。乗り込んでいる400名の兵士の大半は、まったく異常に気づかなかった。運転手が、何者かの手によって転轍機《てんてつき》を操作され、罠に誘い込まれたことに気づいたときは手遅れだった。

見通しの悪い谷間に入った列車は、周囲の丘陵から突如としてゲリラの猛攻撃を受けたのである。そして、装甲列車が誇る旺盛な火力は、丘陵地帯での接近戦にはまったく無力であった。

「後退だ！」

司令官の命令で、ゆっくりと平野部目指してバックを始めた16両の怪物は、やがてギシギシと不気味な音を立て、ブルブルと震えた。その巨体が、悲鳴の如き轟音を上げて転覆したのは、その次の瞬間である。もうもうと巻き上がった盛大な砂塵は、サンタ・クララ市のどこからでも見ることが出来た。

何もかも、作戦どおりだった。あらかじめ列車の退路に回りこんでいたゲリラが、住民の助けを借りて線路を壊し、脱線させたのであった。

横転した列車の中で、打ち身や捻挫に苦痛を浮かべる400人の政府軍兵士は、もはや戦意喪失である。脱線転覆した装甲列車は、もはや戦闘の役に立たない。それでも、全面鋼鉄張りの車内にいれば、身の安全だけは確保できる。みんな、そう考えていた。

だが、その考えは誤りだった。鋼鉄張りの全車両はやがて熱を持ち、その熱さは耐えがたいほどになった。悲鳴を上げながらドアや銃眼から外に飛び出した兵士たちは、ゲリラたちが投げつける大量の火炎瓶の炎で、自慢の装甲列車が巨大な竈のように焼かれていることを知った。

すでに彼らの周囲は、ライフル銃を構えるゲリラや武装市民の群れに囲まれている。丸腰で飛び出した400人の兵士は、途方にくれて両手を挙げた。

彼らの彼方の丘陵の上には、ベレー帽を粋に被ったチェ・ゲバラが立っていた。

政府軍の最後の切り札は、こうして、何の役にも立たずに撃破されたのだった。

2

同じころフィデル・カストロは、サンチアゴ郊外の民家で、オリエンテ州総司令官カンティージョ将軍と会談していた。この二人は、シエラを舞台にした「夏季攻勢」のころから文通する関係である。カンティージョ将軍は、「サンチアゴ・デ・クーバ市の全軍を率いて革命軍に寝返るので、力を合わせてバティスタを倒そうではないか」と提案して来たのだった。

「革命軍には、貴君の降伏を受け入れる用意があります」カストロは、将軍の目をじっと見つめながら語った。「貴君には、革命成就後の然るべき地位、たとえば国防相を考慮しても構いません。しかし、あくまでも革命軍の指揮下に入ってください。新政府は、あくまでも革命軍が築くのです。たとえば、新大統領は、『運動』が推挙したウルティア判事で構いませんでしょうな?」

「構いませんとも」カンティージョは、引きつった笑みを浮かべた。

「マイアミの解放評議会が提案した『軍事委員会（フンタ）』も認められません。バティスタは人民裁判で裁きますので、必ずその身柄を拘束してください」

「分かりました。首都の仲間にそう指示します。そして、私自身は、12月31日午後3時に、サンチアゴ市にてクーデターを起こします」

「了解した。その時にまたお会いしましょう」

二人は、固い握手を交わした。

しかし、両者の目は笑っていなかった。

カンティージョは、密かにアメリカ政府やバティスタと示し合わせた上で行動していたのである。彼は、バティスタに代わって、新たにアメリカの傀儡政権を構成しようと企んでいた。

だから彼は、カストロとの約束を破り、結局、サンチアゴでクーデターを起こさなかったし、バティスタら政府要人の身柄を拘束しようとしなかった。カストロとの会談は、一種の時間稼ぎだったのである。

カストロも、薄々とそれを察していた。だから彼は、油断なく行動するよう、麾下《きか》の全軍に通達したのであった。

3

12月30日、カミーロ・シエンフエゴスは、サンタ・クララ市の東郊ヤグアハイに築かれた政府軍保塁の攻撃準備に入っていた。

当初は82名で出発した彼の「第2縦隊」は、志願兵を行く先々で加えて、今では300名になっている。

対する政府軍は、サンタ・クララから最精鋭部隊を集めた500名。これを率いるのは、中国系キューバ人のアルフレード・リー大尉である。キューバには、昔から数多くの中国移民や日系移民がいた。ここは、様々な文化や人種が混血した複雑な国柄なのである。

カミーロ・シエンフエゴスは、ゲバラと違って無学な庶民出身だったが、いつも陽気な冗談を飛ばし、いつも笑顔で人と接し、しかも冷徹で正確な状況判断が出来る男だった。そんな彼は、無条件で人から愛され尊敬されるような、生まれながらの指揮官だった。そして、戦場で真に物をいうのは、小難しい戦略や戦術の理論ではなく、むしろこういった優れたリーダーが作る空気なのである。だから、彼に率いられた寄り合い所帯の300名は、あたかも親子兄弟のように心を通わせ団結していた。

それにしても、カミーロやゲバラのような人材の才能を発掘し、磨きをかけたのは、総司令官フィデル・カストロなのだ。この人物の天才性には、まったく底が見えない。

「野郎ども！」カミーロは、自慢のテンガロン・ハットを黒い蓬髪《ほうはつ》の上にかざした。「史上最大の戦車戦に勝利して、サンタ・クララでタンゴを踊ろうぜ！」

「おう！」歴戦の勇士たちが、ライフル銃を掲げて唱和する。

合図とともに、「ドラゴン（龍）」と名づけられた20台の戦車部隊が動き始めた。といっても、これはトラクターである。鉄板を前面に張ることで、いくらか強化されているとは言え、重装備の政府軍を打ち破る戦力など持っていない。

案の定、リー大尉の部隊が撃ち出す迫撃砲とバズーカ砲によって、「ドラゴン」は次々に擱座《かくざ》させられた。しかし、それで十分だった。これらはもともと、針金でアクセルを固定された上で直進して来た無人車だったのである。つまり、囮《おとり》だった。

「戦車」に気を取られていた政府軍は、背後の森林を伝って接近していたゲリラ戦士に気づくことが出来なかった。そして、森の中から湧き出た革命軍の精鋭は、敵の保塁に一斉に火炎瓶を投げ込み、敵の混乱を誘った上で、一気に突入したのである。

思わぬ猛烈な奇襲攻撃を前にして、もともと補給切れ寸前だったリー大尉の部隊は、戦意を失い降伏したのだった。

快勝を収めたカミーロ・シエンフエゴスは、土塁の上に這い上り、部下たちと一緒に陽気にアルゼンチンタンゴを踊った。そんな彼は、この時から「ヤグアハイの英雄」と呼ばれるようになる。

「このタンゴは、お前のためだぜ！　アルゼンチン野郎！　頑張れ！」

カミーロは、西方の戦線を指揮する親友ゲバラに、大声で激励を投げるのだった。

4

同じころ、サンタ・クララ市街でも戦闘が行われていた。ここは、ラス・ビジャス州の州都であり、キューバ全島の中央に位置する交通の要衝である。

この地を守る政府軍は、フェルディナント将軍に率いられた完全武装の3000名。あらゆる街路に戦車や装甲車を並べ、すべてのビルに熟練の狙撃兵を配置し、空には爆撃機や戦闘機が舞っている。ただし、彼らの最精鋭部隊は、カミーロの軍勢を阻止するためヤグアハイに出張していて留守だった。

これに対する革命軍は、チェ・ゲバラが指揮する400名であった。装甲列車から奪った武器弾薬を集めた彼らは、12月30日、サンタ・クララ市街に突入したのである。

政府軍は、自軍の優勢を確信していた。ここは、シエラ・マエストラとは訳が違う。地の利は味方側にあるし、ここには身を隠せるようなジャングルも獣道も存在しない。だから、数と装備に劣る革命軍など簡単に撃退できると思っていた。

しかし、ゲリラの戦い方は意表を衝くものだった。彼らは小隊ごとに分散し、下水道や路地を使って市内に浸透する。あるいは民家の壁に穴を開け、そこに回廊を通して入り込んでくる。彼らの戦術は、市街地をジャングルに変えるものだった。

政府軍将兵は、ゲリラの姿をほとんど視認できないまま翻弄された。戦車や装甲車は見当違いの方向に砲弾を撃ち込み、爆撃機は関係ない場所を瓦礫の山に変える。狙撃兵は無人の大通りに向かって虚しくライフルのスコープを合わせ続ける。そして、いつの間にか接近していたゲリラに横撃されるのだった。

チェ・ゲバラは、シエラでの2年間で急速に成長していた。

彼はもはや、喘息に苦しむ青年医師ではなく、智謀に長けた勇猛無比な革命軍指揮官であった。彼は、近在の民衆の心をがっしりと摑むだけでなく、的確な作戦計画を練り、DRなどの同盟軍を巧みに操りつつ、しかも、自らが弾雨の中に飛び出して戦うのだった。

そんなゲバラを案じて寄り添う一人の美女の姿があった。都市部の「運動」メンバーの一人、アレイダ・マルチである。彼女は、指揮官の身に何かあったらいけないと、身を挺して弾雨の中でゲバラを庇うのだった。そんなアレイダを、ゲバラも必死に気遣った。二人は、お互いの間に流れる感情が「愛」だとは気づいていない。だから二人は、戦争が終わるまで、手すら握りあおうとしなかった。

わずか1日の戦闘で、市街の大部分は革命軍の手に落ちた。

しかし、政府軍の残存部隊は警察署と鉄道駅の周囲に陣地を築き、最後の抵抗を試みている。そして空軍は、苦し紛れにゲリラの占領地域に無差別爆撃を繰り返し、多くの無辜の民衆を死に追いやっている。

今や、市街の完全制覇を目指す革命軍は、政府軍の暴挙を止めさせるべく、大通りに面したビルに集結した。チェ・ゲバラは、部隊を二つに分けて、副官ラミーロ・バルデスに警察署攻撃を命じると、自らは鉄道駅を目指すことにした。

「頼んだぞ！」ゲバラは、小柄な決死隊隊長の両肩に手を置いた。

「任せといてください」バケリトは、鼻の下をこすると、爆薬やスコップを抱えた10名の部下たちに向き直った。「鉄道駅まで、回廊を作るぞ！」

革命軍の決死隊は、いわば戦闘工兵である。敵前まで塹壕を掘ったり、敵陣地を爆薬で破壊したりする危険な任務を負っていた。陽気で冗談好きなバケリトは、革命軍の人気者でありマスコット的存在だった。しかし、それと同時に勇敢でストイックな側面を併せ持つ彼は、シエラを降りたときに決死隊に志願したのだった。そして、バケリト隊の命がけの活躍は、ゲバラ率いる第8縦隊の強さの源泉であった。

決死隊は、熟練の手際で、スコップや鶴嘴《つるはし》を用いて民家の壁に次々と穴を開けて行く。もちろん、民家の住人からは許可を貰っている。この通路から、ゲリラ戦士たちを敵前まで浸透させようというのだ。

「政府軍の真後ろに出て、尻浣腸をお見舞いしてやるぜ」

最後の穴が開通したとき、バケリトは高らかに笑った。そして、そのままライフル銃を抱えて敵陣の方に身を乗り出した次の瞬間、敵弾が空気を切り裂き、バケリトの小柄な体は前のめりに突っ伏した。

「しまった！　ここを見抜かれていたか！」

ゲバラは、全軍に最後の突破口を迂回しての突貫を命じるとともに、自らはバケリトに駆け寄って抱き起こした。しかし、その体はもはやピクリとも動かなかった。

ゲバラは、オリーブ色の軍服を戦友の血で真っ赤に染めて嗚咽《おえつ》した。

「嘘でしょう」

アレイダ・マルチは、ゲバラの肩越しに息を呑んだ。周囲の将兵たちも呆然とした。みんなの人気者の、あまりにも呆気ない死であった。

サンタ・クララの政府軍が、革命軍の猛攻に耐えかねて降伏勧告を受け入れたのは、その数時間後のことだった。

そして、サンタ・クララ市を完全に掌中に納めた革命軍のもとに、バティスタ大統領亡命の知らせが入ったのは、この翌朝の出来事だった。

5

1959年1月1日の夜明けごろ、フルヘンシオ・バティスタ大統領は、ハバナ郊外のコロンビア兵営に入り、国民向けの声明文を書き上げた。いわく、「上級将校団から亡命を勧められたので、それに従うことにする」と。

それから、「新政府」の人事を口頭で行った。「国家元首はカルロス・ピエドラ、国軍最高司令官はエウヒニオ・カンティージョ将軍」

それを静かに聞いていたのは、カンティージョ将軍（飛行機でハバナに戻って来ていた）とその衛兵たちだった。

何も知らされていなかった兵営の軍人たちが唖然とする中、バティスタは飛行場へと向かった。そして、稼ぎ貯めた全財産1億ドル相当の金塊を搬入したDC－4型旅客機の前で家族に合流し、そして大急ぎで飛行機に乗り込んだ。この飛行機の行く先は、ドミニカ共和国である。

これを飛行場で見送った後、カンティージョ将軍が、すかさず「軍事委員会」を立ち上げて新政府の後押しをすることを宣言した。しかし、これはカストロと交わした密約に対する背信行為であった。

「カンティージョめ、やはり裏切ったか！」

サンチアゴ郊外で激怒したカストロは、さっそくラジオ放送を行った。

「今や、非常事態である。革命軍は、臆せずすべての戦線で前進し、政府軍が降伏を申し出たときのみ交渉に入れ！　革命万歳！　軍事クーデターはノー！　民衆の勝利の横取りはノー！　バティスタと軍との狂言クーデターはノーだ！」

彼は、ゲバラとカミーロの軍を首都ハバナに急行させるとともに、自らはサンチアゴ総攻撃の指揮を執った。速やかに、「軍事委員会」を解散させなければならない。

もともと戦意が乏しかった政府軍は、総大将のバティスタが逃げ出したと聞いて、完全に崩壊していた。1月2日、ゲバラとカミーロは、首都を囲む兵営を次々に無血開城させて、あっというまにハバナ全市を掌握した。同じころ、カストロもサンチアゴ市を攻略し、因縁深いモンカダ兵営のバルコニーで勝利の演説を行ったのであった。

「革命は、今こそ始まる！　今度こそ革命は、ヤンキーが最後の瞬間に介入して我が国を横取りした、あの1898年（米西戦争）のようにはならない！」

カストロがこのゲリラ戦争を、ホセ・マルティの遺志を継ぐ「第三次キューバ独立戦争」であると歴史的に位置づけていたことがよく分かる。

この間、ハバナのカンティージョ将軍は、「運動」側の軍人であり数日前までピノス島に収監されていたバルキン大佐によって捕らえられ、自宅軟禁下に置かれていた。こうして、バティスタがアメリカと示し合わせて置いて行った「新政府」は、わずか数日で瓦解し、いまや革命の果実は、完全に「7月26日運動」の掌中に入ろうとしていたのである。

1月2日の夜、カストロは、サンチアゴ市の大広場に移動して、彼を待つ無数の大群衆に向かってマイクロフォン越しに語りかけた。

「わずか82名で戦いを始めたとき、我々は狂人だと思われた。なぜ、戦争に勝てるなどと思うのかと問われた。我々は答えた。『キューバの民衆を信じているからだ』。最初の戦闘に敗れたとき、一握りの戦士しか生き残らなかった。それでも我々は諦めなかった。なぜなら、この結果が分かっていたからだ。キューバの民衆を信じていたからだ。敵は、その後の45日間で5回も我々を打ち負かした。しかし、我々は再び集まってなおも戦闘を続けた。なぜなら、我々が民衆を信じていたからだ。そして今日、我々の信頼が正しかったことが証明されたのだ！」

数万の大群衆は、涙を流しながら演説を聴いていた。カストロの勝利は、キューバ国民の勝利なのだ。コロンブスの「発見」以来、450年にも及んだ奴隷と屈辱の歴史の終焉なのだ。

いつしか、夜が白み始めていた。しかし、民衆は誰もその場を去ろうとしなかった。この奇跡のような瞬間を、いつまでもいつまでも体感していたかった。

6

バティスタ大統領の突然の亡命と政府の瓦解は、キューバ全土に数日間の混乱状態をもたらした。かつての暴政に恨みを持つ民衆は、バティスタ派の要人や虐殺者を次々にリンチにかけたのである。

この情勢を憂慮したカストロは、直ちに声明を発した。「復讐は革命政府が責任を持って行うから、民衆は生業に帰るように」と。

声明を出した本人は、サンチアゴからハバナまで、ゆっくりと時間をかけて自動車で移動していた。

彼は群衆の歓呼の声を浴びて、行く先々で演説を行った。そして、各地方の軍事基地や行政組織を「運動」の要人が管制できるよう入念に手配した。

フィデル・カストロは、今やキューバ国民にとって神にも等しい存在であった。沿道の人々は、競って彼の周囲に集まり、彼の顔を見、彼の声を聞きたいと願った。

「フィデル・カストロ！」「フィデル・カストロ！」「フィデル・カストロ！」

M－26－Jの旗を振り、M－26－Jのボディペインティングをした人々の大歓声が、感動の涙で濡れそぼった顔が、国中を埋め尽くす。

なにしろ、弱冠33歳のこの弁護士は、わずか82名の仲間とともに冒険に乗り出し、一時は20名足らずに撃ち減らされながら、その後の2年間の戦闘で2万もの政府軍を粉砕し、ついに凶暴な独裁政権を自力で転覆させたのだ。そのような快挙が、史上かつてあっただろうか？

まさに、フィデル・カストロは「奇跡の英雄」だった。

そして今、キューバに住む全ての人々が、英雄の姿を目の当たりにしていた。オリーブ色の軍服に身を包み、戦闘帽を深く被り、葉巻を美味そうにふかす端正な髭面は、大衆的な人気の的だった。そういえば、彼の腹心であるチェ・ゲバラやカミーロ・シエンフエゴスも、若くて長身でハンサムだったし、セリア・サンチェスも美しかった。また、彼ら「バルブードス」（髭面の戦士たち）の軍規は非常に厳正で、略奪や暴行をまったく行わなかった。その姿は、まさに「正義」が形をもって現世に立ち現れたかのようだった。

カストロの演説も、また魅力的だった。最初はゆっくりと低い声で、次第に甲高く熱い口調で理想を語る。手振り身振りを巧みに交え、まるでダンスのような動きで感情と状況を表現する。言葉を変えて同じことを繰り返す場合が多いのだが、それでも民衆は大いに楽しんで、興味深く心地よくカストロの演説を耳にしたのだった。

沿道の街や村で、いちいち長い演説をやるものだから、カストロ一行がハバナに入ったのは、サンチアゴを出立した5日後の1月9日になっていた。彼が戦車から降り立ったその瞬間、街中の鐘が鳴り響き、工場のサイレンが全開となり、あらゆる停泊中の船が汽笛を鳴らし、カストロは感動に全身を深く浸した。そして、ゲバラやカミーロに抱擁で迎えられた彼は、信頼する同志たちに篤く労《ねぎら》いの言葉を贈ったのである。

大統領官邸のバルコニーに立ったカストロは、そこに集まって来たハバナ市民の前で荘重な演説を行った。

「我々は、天才ではないが誠実だ。キューバの民衆を幸せにするためにベストを尽くすだろう。だから、これから誕生する新しい政府を信頼して欲しい。我々の革命は赤い革命（ソ連東欧型の社会主義）ではなく、まったく新しい形のオリーブ色の革命だ！　これは革命人道主義と呼ばれるべき本物の民主主義である。これは、あらゆる弱者と貧者を幸福にするための正義の革命なのだ！」

その瞬間、どこからともなく一羽の白い鳩が飛来して、カストロのオリーブ色の軍服の左肩に留まった。数万人の群衆は、神聖な思いに包まれてうなだれた。

これは、神の祝福だと思われた。

多くの民衆が、やがて諸外国が驚いたのは、このときにカストロが発表した臨時政府の閣僚の名前であった。大統領にマヌエル・ウルティア判事、首相にミロ・カルドナ弁護士、教育相にアルモンド・アルト（牢獄から救出された）といった穏健な文民ばかりが並び、シエラ・マエストラのゲリラ指揮官たちの名前はどこにも無かったのである。もちろん、フィデル・カストロ自身も完全なオブザーバーであり、彼の役職は「ウルティア大統領の軍事顧問」という曖昧なものだった。

このとき革命軍が推挙した文民たちは、バティスタ時代に反政府の立場を貫いた正義派の人々である。たとえばマヌエル・ウルティア判事は、政府軍の反乱分子に対する恣意的な処刑裁判に、断固として反対し続けた人だ。このころのカストロは、そういった心の綺麗な文民に政治を委ねるほうが、自分たちがやるよりも上手く行くだろうと、本気で考えていた形跡がある。

さて、演説を終えたカストロ一行は、ハバナ市を埋め尽くす群衆の熱気に包まれながら、ハバナ・ヒルトン（現ハバナ・リブレ）に入った。このホテル最上階のペントハウスに、「7月26日運動」の本部を置くのである。ホテルのロビーは熱狂的な群衆に覆い尽くされ、人波に揉まれるカストロと秘書役のセリアは、なかなか最上階へのエレベーターに乗ることが出来なかった。

群衆の中には、グアンタナモ基地からやって来たジョン・モリソン少年の姿もあった。だが、彼がどんなに声を嗄《か》らして呼びかけても、周囲の歓声にかき消され、その声はフィデルには届かなかった。仕方がないので旧友バケリトの姿を探したのだが、どうしても見つけることが出来なかった。ジョン少年は、バケリトがサンタ・クララで戦死したことを知らなかったのである。

「フィデルもセリアさんも、すっかり遠い人になってしまった」

肩を落とし、会見を諦めて家路を辿った少年は、もう少し辛抱するべきだったかもしれない。なぜなら、ホテルを訪れる大勢の客たちと会見しつつも、カストロはしばしばお忍びで厨房をウロウロしてワインをおねだりしたり、大好物のアイスクリームを買いに出たりして、市民たちを驚かせたからである。ジョン少年は、アイスクリーム屋の前に立っていれば、フィデルに会えたかもしれなかったのだ。

このフィデルの気さくな態度は、いつも尊大に構えて市民をバカにしていたバティスタやプリオといった前政権のトップたちとは大違いである。「奇跡の英雄」が、こんなに庶民的で陽気な人柄であることは、ラテン系の大らかな気質であるキューバ人たちを大いに喜ばせたのである。

こうした様子を見て、アメリカ合衆国の要人たちも安心した。カストロの演説を聞く限り、新たな革命政府は心配していたような共産主義体制とはならず、したがってアメリカ資本も不利益を受けないと観察されたからである。

キューバは、合衆国にとって、あくまでも安価な砂糖を供給する便利で安定した工場でなければならない。この目的にさえ適うなら、キューバを統治するのがどのような政府でも構わなかったのだ。

7

しかしながら、皮肉なことに、アメリカの一般世論は逆の感想を持った。

革命戦争中、あれほどカストロを応援してくれた合衆国の民衆は、戦後になってキューバで起きた「虐殺」に怒りをたぎらせたのであった。

革命軍は、政権掌握直後から、バティスタ派の軍人たちを公開裁判にかけて次々に銃殺していた。裁判に引きずり出された政府軍人たちは、対ゲリラ戦争で、民衆を虐殺し家屋を破壊した者たちである。怒りに燃えるキューバの民衆は「復讐」を求め、そして新政府は治安維持のためにも復讐を遂行しなければならなかった。

しかしながら、これは「対ゲリラ戦争」の宿命でもある。ナポレオンのフランス軍はスペイン戦争で、ナチスドイツ軍はウクライナでの独ソ戦争で、大日本帝国軍は中国大陸での八路軍対策で、多くの民間人を殺傷した。アメリカ軍だって、少し後に始まるベトナム戦争で同じことをするであろう。ゲリラを倒すためには、ゲリラに力を与える民衆から潰さなければならないのだから、その過程で多くの民間人が犠牲になるのは宿命である。そして、こういった虐殺を行った者たちが、敗者となった後で戦犯として裁かれるのも宿命である。

そういうわけで、カシージャス少佐をはじめとする政府軍将兵は、即席裁判で次々に銃殺されていき、その総数はついに550名を超えた。

しかし、最も憎むべき殺戮者であるサンチェス・モスケラは、アメリカへの亡命に成功していた。彼に限らず、目ざといバティスタ派の人々は、早々に家財を纏めてアメリカに出国している。そんな彼らは、亡命先にて革命軍の「蛮行」を大げさに言いふらすのだった。

こうした状況の結果、アメリカ合衆国の一般世論は、革命軍によるバティスタ派処刑を「虐殺」と決めつけて非難したのである。

だが、カストロは冷笑した。

「我々は、政治犯ではなく殺人者を、明白な証拠に基づいて処刑しているのだ！　いったい何が悪いのだ！」

彼の見解は正しい。

バティスタ時代は、政治犯でさえ裁判抜きに虐殺されていた。暗殺された死体が、路上や公園のあちこちに散らばる有り様だった。犠牲者の総数は、まともな記録が無いのでよく分からないが、間違いなく数千を超えたことだろう。しかしながら、アメリカの世論はこうした状況にはずっと口をつぐんでいた。なぜなら、こういった虐殺は「非公開」だったからである。つまり、アメリカ人は真の虐殺の事実を知らなかったのである。

これに対して革命軍は、バティスタ時代と違って、全ての状況を「公開」した。だがその結果、公正な裁判が「虐殺」として全世界に報道され、それが非難の対象とされたのは実に皮肉なことであった。カストロの革命は、キューバ社会から虐殺や暗殺を一掃した。すべての罪を法廷で裁き、その状況を公開した。これはむしろ賞賛されるべきことなのに、それが非難の対象になるのだった。

「アメリカ国民の知性と民度は、非常に低い」カストロは観察した。「自分自身の頭で考えない無知な国民は、簡単にマスメディアのプロパガンダに負けてしまう。そして、それこそがアメリカの民主主義の本質なのだ。一部の権力者が恣意的に情報を操作し、民衆を騙した結果を民意と呼ぶ。民衆を騙した政府が、嘘から生まれた果実を民意と称し、正義の名の下に暴力を振るい搾取を行う。だが、そんなものは民主主義ではない。使徒マルティが喝破したように、アメリカ合衆国の本質は、邪悪な帝国主義国家に他ならないのだ」

フィデル・カストロは、ヤンキーへの怒りを体内深く静かに眠らせていた。時期が来たら、奴らに目にものを見せてやろうと心ぐんでいた。戦犯の大量処刑も、アメリカが将来、彼らをキューバ侵略の尖兵とするのを未然に防ぐ意味を秘めていたのだ。

そんな彼は、キューバの政治を手放すつもりはまったく無かった。形式的には「大統領の軍事顧問」の肩書きしか持たないこの男は、実際には政府そのものだったのである。

新生キューバ政府の真の権力は、国会議事堂の中ではなく、カストロが寄宿するハバナ・ヒルトンのペントハウス、名づけて「自由ハバナ（ハバナ・リブレ）」にあった。

そして政府閣僚の多くは、その高い社会的地位にもかかわらず、カストロの権威とカリスマ性にひれ伏していたのである。閣僚たちは、秘書役のセリア・サンチェスにチェックされた後、ようやく「大統領軍事顧問」に接見を許され、そして貴重なアドバイスを頂戴するのであった。

フィデル・カストロは、この時点ですでに「独裁者」の風格を身に帯び始めていた。

アメリカとの決別

1

もっとも、この時期のフィデル・カストロは、自分が何をやりたいのかよく分かっていなかった。もちろん、「ホセ・マルティ思想の実現（弱者救済や差別撤廃）」については意欲的だったのだが、具体的に何をどうすれば良いのか分からなかったのである。

考えてみれば、彼はまだ33歳だし、政治家としての経験は皆無である。しかも、カネにまったく興味が無いので、経済の仕組みがよく理解できなかった。だからこそ、彼は仕事が出来そうな文民たちに臨時政府を組閣させてみたのだった。

すでに1月中旬に、ほとんどの民間政党は解散させてある。そのため、革命後のキューバでは「7月26日運動」が、唯一の政治組織とされていた。いちおう、ＤＲ（革命幹部会）とＰＳＰ（共産党）は存続していたけれど、カストロによって骨抜きにされたために政治力は無かった。

また、１９４０年憲法は公約どおりに復活させたものの、総選挙の日取りは一向に決まらなかった。カストロに、選挙をやる気が無かったからである。

「アメリカ人は『非民主的』だと怒るかもしれないが」カストロは考える。「今の我が国で抜本的な構造改革を実行するためには、議会制や普通選挙は有害無益だ。船頭多くして、船が前に進まない状態に陥るだけだから」

だからカストロは、文民政治家たちに、他勢力や選挙に煩わされないような独裁権力を委ねて丸投げしたのである。

ところで、今や「奇跡の英雄」と呼ばれて国民の尊敬を集めるカストロであったが、彼の家庭生活はまるでうまく行かなかった。

別れた妻ミルタとの仲は、とっくに冷え切っている。権勢に物を言わせて、9歳になる長男フィデリートを取り戻したまではいいが、息子と生活をともにするどころか完全に放任したために、先妻から「無責任」を難詰される有り様だった。

ミルタとの離婚の原因となった浮気相手、ナティとの仲も修復できなかった。このころ、ナティは夫と離婚してフリーの立場になっており、カストロとの再婚を望んだのだが、カストロがそれを望まなかったのだ。そういうわけで、彼はナティに生ませた娘アリーナからも慕われなかった。

奇妙なことだが、カストロは自分の息子や娘を深く愛していた。ただ、愛し方が普通の父親とはまったく違ったのである。家庭よりも、親子団欒よりも、「政治」を優先してしまうような彼の姿勢は、いくら本人が「愛情」を主張しても、家族に受け入れられることはないだろう。

またカストロは、特にこの時期は、名声に物を言わせて、行きずりの美女たちを次から次へとホテルのベッドに招き入れていた。それを手配するのは、秘書のセリア・サンチェスである。

おおらかで陽気なキューバ国民は、そんなカストロを「種馬」と呼んで親しんだ。

それにしても、フィデルとセリアの関係は、色々な意味で謎めいている。恋人とか愛人とか友人とか、そういった概念を遥かに超越した不思議な関係なのだった。

2

ところで、文民に政治を丸投げするという方針は、「運動」のマニフェストである「シエラ・マエストラ宣言」に忠実だったとはいえ、うまく行ったとは言えなかった。シエラの革命戦士たちと文民政治家との間には、日増しに隙間風が吹いたのである。

強烈な個性を持つフィデル・カストロは、とにかく「差別」が大嫌いな人だった。人種差別、男女差別、階級差別、経済格差、とにかくこういった事柄を強く憎んだ。この憎しみこそが、この人を政治の世界に駆り立て、そしてゲリラ戦士に鍛え上げたのだった。そして、シエラの同志たちも、リーダーのこの思想をほぼ完全に共有していた。

しかしながら、臨時政府の文民政治家たちは、「差別」の問題についてあまり熱心ではなかった。もともと彼らは、都市部の裕福な生まれであり、農民や貧民や黒人のことには関心がなかったのである。カストロは、大きな誤解をしていた。彼自身が法曹界の出身なので、法律畑の人材を信頼していた。だから、キューバ臨時政府の顔ぶれは、大統領も首相も法律家なのである。しかし、法律家というのは、もともと保守的な人種である。過去の判例とか条文とか、そういった「既成のもの」に縛られることが大好きな人種である。だったら、このような人々が、抜本的な構造改革を主導できるはずがないだろう。

そういうわけで、ミロ・カルドナ首相は、カストロが提案する改革案を拒否した。彼は、最も簡単な改革であるはずの、「黒人が入れないような公共施設の廃止」ですら渋ったのである。

前述のように、当時のキューバは極端なアパルトヘイト国家だった。黒人は他の人種と完全に差別され、まともな人間として扱われていなかった。そしてカストロは、こういった状況を憎み、それを変えるために立ち上がったのだ。ファン・アルメイダをはじめとする多くの黒人ゲリラ戦士もそれを強く望み、そのために命を賭けたのだ。しかし、新政府のエリートは、最も簡単なレベルの差別撤廃すら認めようとしないのだった。

ここに、カストロとカルドナの対立は決定的となった。そして、「軍」を背景にしたカストロの迫力に、首相は脅えた。

2月に入って、ミロ・カルドナは国会に辞表を提出し、後継者にカストロを指名したのである。これは、二人の事前の話し合いの結果であった。カストロは、気が進まないような振りをしたが、実際には意欲満々であった。

2月7日に成立した修正憲法は、大統領権限の多くを首相に引き渡す内容となり、その1週間後の2月12日、フィデル・カストロは、キューバ共和国の首相に就任したのであった。

ここに、バルブードス（髭の戦士）は、いよいよ政治の表舞台に登場することになった。

3

その夜、ハバナ市内にあるセリア・サンチェスの邸宅（アメリカ亡命者の家を没収して得たもの）は、多くのシエラ戦士たちで埋まっていた。

髭を生やし、オリーブ色の軍服を未だに纏い続ける彼らは、いつも仲間の家に非公式に集まっていた。かつてのゲリラ指揮官たちの多くは、通常は各州の軍司令官を務めているのだが、事あるごとに飛行機に乗ってハバナにやって来るのだった。

そんな彼らは、戦いがとっくに終わったにもかかわらず、髭を剃ろうとせず、軍服を脱ごうとしなかった。蒸し暑い亜熱帯のハバナでは、このようなライフスタイルは不便で無益なのだが、彼らがこのスタイルに固執する理由は、昔の苦労を忘れたくないからだった。そして、2年もの間、ともに野山を這い続けた彼らの間には、余人には理解できない深い心の交流があった。

そんな彼らは、仲間同士だけの会合でフィデルの首相就任を祝った。タンゴやサルサをレコードで流し、ラム酒を傾けチーズを齧る。みんなでアロス・コングリ（豆ご飯）を分け合う。

フィデル・カストロは、こういった気の置けない集いを心から楽しんだ。

「首相になった以上」と、ほろ酔い気分で切り出した。「政治をやらなければならないね。どうしようか？」

少し考えた後で、チェ・ゲバラが応えた。「シエラで行った改革と同じやり方が良いのじゃないか？」

「うん」カミーロ・シエンフエゴスが頷いた。「サトウキビ畑を焼き、農地を解放し、学校を作り、病院を作り、山賊を討伐する。まずは、そこから始めないとね」

「差別の問題も重要です。国内のあらゆる人種差別的な施設を撤廃すると同時に、教育改革を行うことで、人々の意識を変えないといけません」と、ファン・アルメイダ。

「人種差別だけじゃなく、男女の差別も無くす必要があるわね。そして、広く国内の人々の声を聞かないといけないわ」と、セリア・サンチェス。「だって、民衆の声あっての革命なんですから」

「じゃあ、こうしよう」フィデルは微笑んだ。「シエラの仲間たちで手分けして、国中の人々と対話をしよう。そして、多くの人々の声を直接、政治に反映させようじゃないか。それこそが、真の民主主義だからな」

こうして、シエラの仲間たちは国中に散った。飛行機やジープを駆って、キューバ国土の隅々まで飛んだ。そして、あらゆる街や村に立ち、多くの民衆の声を聞いた。ただ声を聞くだけではなく、それを政治に反映させたのである。

「奇跡の英雄」であるはずのフィデル・カストロは、軍服を埃《ほこり》まみれにさせながら、僻村の老婆や少年たちから直接、意見や要望を聞いた。そして、老婆が「架けてほしい」と言った村はずれの橋は、1週間後には完成して旅人を待っていた。少年が「造ってほしい」と言った学校は、一ヶ月後には完成し、大勢の教師たちが生徒を待っていた。

「信じられない！」「有り得ない！」

国中の人々が心から驚き、そして感激した。

これが、名高い「対話政治」である。

世界史上、国家権力が直接民衆の声を聞いて直接政策を決めた例が、いくつあることだろう。そして、このとき以降、キューバ共和国の基本的な政策ポリシーは「直接民主主義」となったのである。

4

ただ、「対話政治」にも問題があった。首相が、僻村で老婆や少年の訴えに耳を傾けている間、首都の公務が止まってしまうからである。

新任のアメリカ駐キューバ大使フィリップ・ボンサルは、会見の約束を先送りにされ続けて腐っていた。

「カストロ首相は、我がアメリカ合衆国を、いったい何だと思っているのか?」

もっとも、これはカストロの「外交」の一環でもあった。彼はアメリカ人に、革命後の彼らの立場の低下を印象づけたかったのである。

それでも、ようやく3月5日に会見が実現し、ハバナ郊外コヒマルに新築したカストロの別荘で、アメリカ大使とカストロは長時間にわたって語り合った。カストロは、腹蔵なく心中の理想を語った。キューバ共和国が目指すのは、人民の自由と平等、そしてあらゆる差別の撤廃であると。

会見後、ボンサル大使は、「フィデル・カストロは、少なくともモスクワ(ソ連)志向の共産主義者ではない」とワシントンDCに報告した。それは、事実その通りだった。

しかし、CIA長官アレン・ダラスは、悲観的な観測を持っていた。カストロは、確かにソ連のシンパではないかもしれない。だが、アメリカの国益に対して害をなす存在であることは、ほぼ間違いない。

すでにカストロ首相は、「弱者救済」のために、電話、電気、水道といった公共料金や家賃の大幅引き下げを断行し、これらの産業を主幹するアメリカ資本に大きなダメージを与えていた。そして、アメリカ人マフィアの利権にもメスを入れ始めていた。また、「差別撤廃」のため、アメリカ人専用の酒場や海水浴場を廃止し、これらをキューバ人に開放していた。さらには、グアンタナモ海軍基地のキューバへの返還も、しつこく要求している。

たまりかねたアメリカ政府が、「プラット修正条項」(1903年に締結された不平等条約)違反について抗議を行うと、カストロは大衆を前にした演説で、「キューバ革命は、ヤンキーの植民地支配の終焉を意味するのだ」と、挑発的な言動をするのだった。

この情勢を放置していたら、やがてキューバのアメリカ利権は失われてしまうだろう。そこでダラス長官は、「カストロ暗殺計画書」を作成してアイゼンハワー大統領のところに持って行った。大統領は、無造作にそれにサインした。アメリカ政界のトップにとって、カリブの島国の首相など未開の蛮地の酋長にしか過ぎず、その命の価値など考慮に値しないのだった。

ところが、その蛮地の酋長が、大統領に会いに来ることになった。

暗殺計画に同意したばかりのアイゼンハワーは、さすがに気まずかったので、カリブの酋長がワシントンDCにやって来るという5日間、ゴルフ旅行にかこつけて首都を逃げ出すことにしたのである。

5

フィデル・カストロが急に訪米することになったのは、「アメリカ新聞編集協会」から招待を受けたからであった。

考えてみたらカストロは、シエラでゲリラ戦を展開していたころから、アメリカのマスコミと深い縁がある。革命軍が勝利できた大きな理由の一つが、アメリカ新聞界による世論操作なのであった。そんな彼らの厚意を断る理由はない。

もっともカストロは、これがアメリカ「政財界」からの招きなら、断固として拒絶するつもりだった。なぜなら、現在のキューバは自他ともに認めるアメリカの「植民地」であるのだから、アメリカ政財界からの呼び出しに応じるということは、召使いがご主人様のご機嫌伺いに出向くことを意味する。少なくとも、諸外国はそう見ることだろう。それだけは、彼のプライドが許さなかったのだ。

そういうわけで、側近たちとともに4月15日にニューヨークに降り立ったカストロは、あくまでも「民間の招きに応じた」というスタンスを貫いた。テレビ局や新聞記者のインタヴューに愛想よく答え、明るく陽気に沿道の人々に手を振った。セントラルパークでは、3万人の聴衆を前にした大演説を成功させた。そんな彼は、相変わらずオリーブ色の軍服と戦闘帽を着用し、トレードマークの濃い黒髭を風に靡かせていた。

このころのアメリカの民間世論は、再びフィデルびいきになっていた。というのは、例の「戦犯の大虐殺」は、すべて弟ラウルの仕業になっていたからである。

カストロは、訪米する前に、弟と示し合わせてそういう筋書きを描いたのだった。具体的には、「フィデルが処刑中止命令を出したのに、ラウルがその命令に背いて銃殺を進めた」という物語を作り出したのであった。

カストロはこの後も、しばしば信頼できる仲間と打ち合わせて、そういう狂言を仕組むだろう。実に、食えない男なのである。

ともあれ、アメリカ世論はこれに騙され、そして「奇跡の英雄フィデル」を、心から喜んで歓迎する気になったというわけ。

訪米中のカストロは、意図的に庶民派として振舞った。スペイン語訛りのたどたどしい英語ながらも愉快なジョークを飛ばし、どんな集会でもあらゆる質問を受け付け、あらゆる学生と活発な議論を交わした。

それどころか、ニューヨークの動物園では「ウホッウホッ」とゴリラの物まねをし、ブロンクスの安い多国籍料理屋で何杯も中華丼をお代わりし、ヤンキースタジアムでは山盛りのポップコーンを頬張りながら熱心に野球選手に歓声を送った。

その度を越したはしゃぎぶりを、赴任先のサンチアゴ・デ・クーバ市のテレビで見ていたラウルは、たまりかねて兄のホテルに電話した。「兄貴、あんまり自分を軽く見せないでくれ。見ていて、こっちが恥ずかしいよ」

しかし、フィデルはこう応えた。「アメリカの民衆の心を摑むためには、ここまで程度を下げなければダメなのさ」

一方、予期せぬ賓客を迎えたアメリカ政財界は、当惑しながらもいちおうは歓迎の形を作っていた。国務省の高官たちは、「合衆国が、新生キューバに与えられる経済支援策」についてカストロと語り合う場を設けたのである。しかし、カストロは彼らの提案には一向に興味を示さなかった。なぜなら、アメリカによる一方的な「施し」を拒否したからである。カストロは、祖国の立場を「アメリカの召使い」ではなく、同等の国家に引き上げたかった。あくまでも、対等の貿易関係を結びたかったのだ。

そういうわけで、カストロがキューバから連れてきたフェリペ・パソス銀行相ら経済の専門家たちは、会談の間、首相の後ろで黙って立っているだけだった。

あまりにも型破りで常識はずれなカリブの酋長を前に、アメリカ政府の高官たちは首をかしげてばかりだ。他のラテンアメリカの指導者たちなら、あからさまに援助要請をしたり、利権獲得の打ち合わせに入るのが通例なのだが、この髭のキューバ人はどうやら稀な例外に当たるらしい。

「結局、あのキューバ首相は、何をしに来たのだ?」

「物乞いに来たのかと思ったら、そうでもないし」

「この間は、マイアミのテレビで下手なジョークばかり言っていたぞ」

「大物政治家を差し向ければ、本音をしゃべるのだろうか?」

こうして、副大統領リチャード・ニクソンの出番となったのである。

6

4月19日、カストロとニクソンは、ホワイトハウスの一室で二人きりで会見した。ニクソンは新調のブラウンのスーツを格好よく着こなしていたが、カストロは相変わらずのオリーブ色の軍服姿だ。二人は、小さなテーブルを挟んで、総革張りのソファーに座って向かい合った。

リチャード・ニクソンは、最初から不機嫌だった。それもそのはず、彼はキューバ革命によって大きな不利益を蒙っていたから。表立って口には出来ないことだが、彼の資金源の柱は、ハバナを拠点とするマフィアと、それを全面的に擁護するバティスタ政権であった。それをご破算にしたカストロに、ニクソンが好意を持てるはずがなかっただろう。

二人の話題の中心は「共産主義」だった。ニクソンは、カストロを共産主義者ではないかと疑い、その疑念ばかりを口にしたのである。

「私は民主主義の信奉者なのであって、共産主義者ではありません」カストロは、断固とした態度で幾度となく言明した。

「しかし」ニクソンは、苦虫を嚙み潰したような顔で言った。「あなたは議会を廃止に追いやり、選挙も行わないではないか。多くの人を虐殺するではないか」

「すべて、民衆のための行動です。議会制の廃止と選挙の停止は、キューバの民度の成長を待つための一時的な措置なのです。今のキューバは、国民の識字率は6割に過ぎず、一般教養を持つ者は3割に過ぎません。これを向上させなければ、議会制も選挙制も衆愚政治を招き、国政を混乱させるだけでしょう。合衆国の事情とは違うのです」

「…………」

「あなたの言う虐殺についても、民衆の意思を代行したのに過ぎません。もしも政府が戦犯を処刑しなければ、国中でリンチが始まり収拾が付かなくなったでしょう。それを阻止するためには、政府が手を血に染めるしかなかったのです」

「…………」

「キューバが民主主義である証拠は、他にあります。『対話政治』です。我々は、国中を訪れて民衆の声を聞き、それを国政に反映させています。政党や選挙が無くても、この仕組みがあれば民主主義は実現できるのではないでしょうか?」

「それは間違いだ」ニクソンは、吐き捨てるように言った。「政治というものは、民衆の意見を聞くだけではダメだ。むしろ、優秀な政治家が、無知蒙昧な民衆を指導し教えるべきなのだ。さもなければ、世の中は堕落する一方ではないか」

「私は、そうは思いません」カストロは暗い目を向けた。「そういった一部のエリートの思い上がりこそが、民衆の自由を制限し、搾取の源となり、格差社会を作り、そして人々を不幸にするのです」

「その考え方は、危険だ。共産主義思想だ」

「いいえ、違います。真の民主主義です」

「いや、違う」

二人の視線は、敵意を持って交錯した。

「カストロ首相、あなたは以前から農地解放を謳っているようだが」ニクソンは、ゆっくりと切り出した。

カストロは、唇を噛み締めた。ここからが本番だ。この会談の目的は、キューバが目指す構造改革について、アメリカから一定の理解を得ることにあるのだから。彼は、アメリカを究極の敵だと考えていたが、キューバの国力が十分に成熟するまでは、表向きの友好関係を維持したかったのである。

「農地解放は、必ず断行します。現在のキューバでは、一握りの大土地所有者が大勢の小作人を奴隷のように使役しているため、経済格差が異常です。地主が所有できる土地面積をあらかじめ制限し、多くの小作人を使役労働から解放することで、社会的な平等を実現することが、国民を幸福にするために不可欠なのです」

「それは認められない」ニクソンは鋭く反論した。「キューバの構造改革は、そのようなやり方ではダメだ。アメリカ資本を頼り、アメリカの民主主義を見習って、同じやり方をすべきなのだ。農地解放など、もってのほかだ！　まずは複数政党制の議会を開き、普通選挙を行うべきだ。そして、政策を決定する際には、常に合衆国の意見を聞き、それに素直に従うべきだ。合衆国の資本には、常に敬意を払ってその利益を尊重すべきだ。そう、プエルトリコ共和国のように」

プエルトリコは、アメリカの「経済植民地」として非常に政情が安定していた。

カストロはため息をついた。「アメリカは、日本を占領したとき、日本人に農地解放をさせましたね。日本は良くて、どうしてキューバはダメなのですか？」

「答えは分かっているだろう」ニクソンは、椅子にふんぞり返った。

もちろん分かっていた。キューバの大地主は、その50%がアメリカ人だったのである。アメリカの政治家であるニクソンが、彼らを保護しようとするのは当然だった。

カストロは、再びため息をついて言った。

「アイゼンハワー大統領には会えないでしょうか?」

「大統領は、ゴルフで忙しいのだ」

「ゴルフ……ですって?」

カストロは呆然とした。一国の首相がホワイトハウスを来訪したというのに、主人がゴルフで忙しいとは何事だろうか。しょせんキューバなど、アメリカの奴隷に過ぎないと言いたいのだろうか。

「繰り返しになるが、現在のような共産主義思想は捨て去ることだ。それがキューバのためであり、あなたのためでもある」ニクソンは、侮蔑的な笑みを浮かべた。「プエルトリコの経済体制を学びたくなったら、いつでもアメリカに官吏を寄越しなさい。ノウハウを伝授してあげるからね」

「繰り返しになりますが」カストロは軍服の胸を張った。「我が思想こそ、真の民主主義だ。アメリカの行き方は、間違っている」

両者の視線は空中で交錯し、激しく火花を散らした。

7

護衛隊長ラミーロ・バルデスは、ニクソンとの会見を終えたカストロを出迎えて驚いた。これほど怒りに燃えているフィデルを見るのは、本当に久しぶりだった。

顔は笑っているし、言葉遣いも丁寧だが、細かく震える肩や大げさな身振りを見れば、その怒りが噴火寸前であることがよく分かる。

送迎車にラミーロとともに乗り込んだカストロは、ホテルに帰り着くまで一言も口を利かなかった。そして、ホテルの一室に一人で籠ったきり、その日は一歩も外出しなかった。彼はマホガニーの椅子に座り、じっと沈思していた。愛人のマリタ・ロレンツが深夜に訪れて来たのだが、苛立たしげに手を振って、彼女を追い出した。今は、考えを纏めたい。大切な政治の時間なのだ。

訪米する前、カストロの中には希望があった。可能なら、最初のうちはアメリカと協調し、アメリカの理解を得ながら構造改革を進めたいという想いがあった。

なにしろ、今のキューバはアメリカの経済植民地であった。

農地も工場も盛り場も海岸も港湾も、その全てをアメリカ資本が独占し、そこに住むキューバ人労働者を低賃金で使役していた。だから一般のキューバ人は、満足な教育も医療も受けられず、まともな人間扱いすらされず、家畜同然の扱いを受け貧困にあえいでいた。だから、国民の平均寿命は60歳にも満たなかった。

しかし、このような状態は間違っている。アメリカ人だけが、幸福になる権利を持っていて良いはずがない。キューバ人だって、人間らしく自由に幸福に生きて良いはずではないか。

だが、そのためには農地解放を行い、アメリカ資本の独占状態を打破しなければならなかった。もしもアメリカ政府が、ほんの少しでもそれを認める度量を見せてくれるなら、平和的にキューバ国民を幸せに出来るだろうに。

しかし、ニクソンとの会見で、どうやらそれは無理だと分かった。

「もともと、無理だったのだ」カストロは、ため息をつきながら結論づけた。

「ニクソンは、俺の民主主義思想を、『共産主義』だと決め付けて罵倒した。だが、ニクソンが特別なのではない。ヤンキーは、みんなそうだ。物事を、白と黒の二分法でしか見ようとしない連中なのだ。自分たちのやり方が唯一絶対に正しいと思い込み、アメリカの今の在り方こそが唯一の民主主義だと信じ切っている。複数政党制と議会制度と普通選挙こそが民主主義であり、それ以外のやり方は共産主義だと頭から決め付けるのだ」

カストロは立ち上がり、後ろ手を組んで歩き出した。

「そして、アメリカ人は自由市場の信奉者だ。市場を放置し、自由に転がすことが正しい経済だと信じ込んでいる。だが、本当にそうだろうか？　市場原理の行き着く先は、弱肉強食だ。強い者が弱い者から奪い、狡猾な者が純朴な者を騙す世界だ。まさに、アメリカとキューバの今の関係がそうではないか？　これは、人間の社会ではない。ジャングルや砂漠と同じ、野獣の世界だ。これは、人間の文化や文明の否定ではないのか？」

カストロは、部屋の中央に立ち止まり、頭を抱えた。

「アメリカ人が、そのことの異常さに気づかないのは、彼らがすでに強国の住人だからだ。多くの後進地域を支配し、そこから搾取をすることで、豊かで贅沢な生活を満喫できているからだ。彼らにとって、自由市場とは『利権』なのだ。だから、手放さないし手放せないのだ。だから、自由市場を否定するような思想を、『共産主義』と呼んで攻撃を加えるのだ。……しょせんは、強者の勝手なエゴイズムではないか！　悪ではないか！」

カストロは、吹っ切れた。

「アメリカとの戦いは茨の道となるだろう。あのナチスドイツと大日本帝国を苦もなく捻り潰した史上最強の帝国との戦いは、我が国に破局をもたらすかもしれない。しかし、悪にすがって悪の情けを借りて生き延びるくらいなら、正義のために死んだ方が良い。大義のために斃《たお》れた方が良い。使徒ホセ・マルティも、きっとそれを望むはずだ」

カストロは顔を上げた。彼の中で、再びドン・キホーテの魂が燃え上がった。今度の敵は、古びた風車の姿をした怪物ではない。摩天楼という名の近代文明で彩られたガラス張りの要塞であった。

このときフィデル・カストロは、生涯をかけてアメリカ合衆国と戦う決意をしたのである。

カストロの訪米中に、写真家コルダが撮った印象的な写真がある。「リンカーン記念館」を訪れたカストロが、全高6メートル近くある巨大なリンカーン大統領の座像を呆れ顔で見上げている写真である。

小さなキューバ対巨大なアメリカ。

「ダビデとゴリアテ」と名付けられたこの写真は、あたかも、この後の両国の関係を象徴しているかのようだった。

一方、ホワイトハウスのニクソン副大統領は、ゴルフ帰りのアイゼンハワー大統領に覚書を渡していた。いわく「フィデル・カストロは、驚くほどの経済音痴である」。いわく「彼は、共産主義についてまったく無知であるのか、あるいは生粋の共産主義者である。おそらくは前者であろう」。いわく「彼の反米思想は、癒し難いほどに深刻である」。

以上を総合すると、「カストロは、アメリカにとって危険な存在であることは間違いない」。

アイゼンハワーは大きく頷くと、ＣＩＡ長官アレン・ダラスに、「キューバ侵攻作戦」の立案を命じた。不幸な両国の歴史は、ここに音を立てて動き始めたのである。

第2章　荒　波

構造改革

1

事態は、一気呵成に進んだ。

アメリカを離れた後、カナダと南米諸国を歴訪して帰国したカストロは、シエラ以来の信頼できる仲間たちを集めて不退転の決意を語ったのである。

5月に施行された「農地改革法」は、キューバ国内のすべての土地を分割し、個人の最大保有面積の上限を403エーカーとし、残りを20万人の農夫に分譲するというものだった。

これまで大資本によって搾取されてきた小作人たちは、涙を流して政府の善政を称えた。シエラ山麓での農地解放宣言を皮切りに、各地で土地証書を自ら配るカストロ首相は、無数の農民たちの心からの笑顔と感謝に囲まれて、本当に幸福だった。

しかし、これまで特権を甘受してきた地主たちは激怒した。皮肉なことに、その筆頭がカストロの兄ラモンと母リナなのだった。カストロ一家のマナカス農場は、父アンヘルが苦労して稼ぎ貯めた土地の多くを小作人に分配せざるを得なくなった。しかし、兄や母の抗議の声は、まったく首相に届かなかったのである。

「あんな子に育てた覚えはないよ！　もう勘当だ！」

気性の激しいリナ・ルスは、激怒して荒れ狂った。

「ごめんよ、母さん」カストロは、電話口の母に向かって静かに言い、そして電話機を置いた。彼は、母を愛していた。しかし、それとこれとは別なのである。政治の世界には、例外があってはならない。むしろ、指導者こそ模範を示すべき。これが、フィデル・カストロの信念だった。

農地解放が思いのほか順調に進んだのは、首相であるカストロの一家が、率先してその特権を捨てたからであろう。カストロは家族と仲違《なかたが》いしてしまったが、政治の世界ではその事実がプラスに転じたのである。

ところが、リナ以上に激怒したのが、「ユナイテッド・フルーツ社」に代表されるアメリカ資本の大企業である。彼らの所有する土地も、問答無用で分割の対象となったからである。

アメリカ大使ボンサルは、「なんの補償も行わずに、合衆国市民の土地を接収するのは認められない！」と、厳重に抗議を行った。そこでカストロ首相は、この「補償」という言葉を逆手に取り、「アメリカ企業が過去にキューバ国家に支払った固定資産税額を基準にして、補償額を算出する」方針を打ち出したのであった。ところが。

革命政府が調べてみたところ、ほとんどのアメリカ企業は、賄賂などの不正な手段を用いることで、歴代の傀儡政府から固定資産税を免除されていたことが判明した。その結果、キューバ革命政府からアメリカ企業に支払われる補償額も、ゼロないし僅少ということになった。もちろんカストロは、こうなることを知っていて、わざとアメリカ人に恥をかかせたのだった。

アメリカ合衆国の権力集団の多くは、ラテンアメリカ各地に「荘園（資産）」を持つ企業の大株主だった。そんな彼らは、キューバの農地解放によって株価下落などの大きな損失を蒙ったので、カストロを深く恨んだ。

また、農地解放に並行して、アメリカ人の社会的な特権は完全に剝奪され、アメリカ人専用の海岸や社交場やホテルは完全に姿を消した。それに伴い、賭場や売春や麻薬市場を仕切るアメリカ人マフィアも、摘発され国外に追放されて行ったのである。

この時期、アメリカ合衆国はマフィアの存在を公にしていなかったため、一般のアメリカ人は、そのような存在はイタリアなどの海外のみにあると思い込んでいた。しかし実際には、アメリカの政財界に深く食い込み、この国を陰から動かしているのはマフィアなのである。アイゼンハワー政権の副大統領であり、カリブ方面の行政担当者であったリチャード・ニクソンは、まさにカリブ海マフィアの恩恵を受ける一人であった。

ここに、利権や特権を奪われたアメリカ政財界やマフィアの革命キューバに対する敵意は、抜き差しならぬほどに高まったのである。

それだけではない。キューバの構造改革を野放しにしてしまうと、アメリカが実質的に「植民地」化している他のラテンアメリカ諸国でも、同じような運動が起こってしまうかもしれない。だからアメリカの国策としては、周辺諸国に野火が広がらないうちに、可及的速やかに「キューバの叛乱」を鎮圧しなければならなかった。

つまりアメリカ合衆国は、感情的にも政策的にも、キューバ革命を完膚なきまでに叩き潰す衝動にかられていたのである。

2

そんな嵐の中でも、人々の平和な生活とささやかな幸せは続いていく。

6月2日、チェ・ゲバラとアレイダ・マルチは、質素な結婚式を行った。相思相愛の二人の結婚がこの時期にまでずれ込んだのは、ゲバラが、前妻イルダとの離婚手続きに手間取ったからである。

新妻アレイダは、夫ゲバラと清貧の思想を共有していたので、サンタ・クララ市の商店街で、わざと質素な純白のウェディングドレスを買った。ゲバラも負けじとばかり、いつものベレー帽とオリーブ色の軍服姿で式に出た。

披露宴は、共通の友人の家で行った。二人は、当初はお互いの身内しか呼ばない予定だったのに、地獄耳を持つシエラの仲間たちが、噂を嗅ぎ付けて続々と披露宴に乱入したのであった。ラウル・カストロとその妻ビルマ・エスピン。カミーロ・シエンフエゴス。フアン・アルメイダ。セリア・サンチェス。アイデー・サンタマリア。メルバ・エルナンデス。エウヘリオ・アメイヘイラス。

アメイヘイラスは、自分が警察長官であるにもかかわらず、自動車で会場に駆けつける際にスピード違反の切符を切られたことで苦笑いしていた。

ついには、フィデル・カストロまで登場した。

「水臭いぞ、どうして俺を呼ばないんだ」フィデルは不満げに髭面をそり返らせた。

「さすがに一国の首相を呼ぶのは、事が大げさになるからね」ゲバラは苦笑した。「僕は派手なことが嫌いなんだ」

「首相である以前に、俺は友達だろう。それを忘れるなよ」

「ははは、ごめん、ごめん。次は気をつけるよ」

「次って、何よ?」アレイダが横から小突いた。

「冗談だ」ゲバラは頭を掻いた。「僕には、もう、君一人だけだから」。そして、優しい笑顔で新妻の頬に口づけした。

　一同は、その様子を心からの祝福を抱いて見つめていた。

「ちょうどいい」フィデルは言った。「例の移動大使の仕事だけど、アレイダさんも一緒に行ったらどうだろう？　かなり優雅な新婚旅行になるぜ」

　それを聞いて、新妻は顔を輝かせた。だが、夫は首を左右に振った。

「大切な仕事に、私事を持ち込むことは許されない」

「うん、なら、せめて、滞在先のどこかで会えるように手配しようか？」

「それもダメだ」ゲバラは笑った。「フィデル、君は僕の気性を知っているだろう？」

　カストロは、天井に眼をやって両肩を竦《すく》めた。

　アレイダの寂しそうな表情を見ると、ゲバラはその唇を耳元に近づけた。

「毎日、手紙を書くからね」

3

　チェ・ゲバラは、移動大使として世界各国を周ることになっていた。その目的は、貿易の振興である。アメリカ合衆国を本気で怒らせたキューバ共和国は、「経済封鎖」の危機に脅えていた。事実、アメリカ政府はその切り札をちらつかせて、構造改革を断行してアメリカ利権を蚕食《さんしょく》するカストロを、数度にわたって恫喝《どうかつ》しているのだった。

　キューバは、アメリカの経済植民地である。それは、この国の貿易のほとんどが、アメリカ一国と行われることを意味していた。すなわち、キューバがアメリカに砂糖やタバコを輸出する代わりに、アメリカはキューバに食糧や工業製品や石油を提供する関係である。

すなわちキューバは、生活必需品の多くをアメリカから入手しているのが現状だった。もしも近い将来、アメリカと断交するようなことになれば、工業製品や石油を自給できないキューバ経済は危機的な状況に陥るだろう。それどころか食糧危機に陥るだろう。だから可及的速やかに、アメリカに替わる貿易相手を見つけ出さねばならなかった。

すでにカストロは、4月に南米諸国を訪問した際、「ラテンアメリカ機構」の創設を各国首脳に提案していた。すなわち、中南米の21カ国が経済ブロックを形成し、互助経済を築き上げることで、アメリカによる経済支配を跳ね返そうと試みたのであった。しかし、この企画は、アメリカの妨害によって挫折した。そもそも、この当時の中南米諸国の権力集団は、かつてのバティスタと同様に、アメリカ政財界と組むことで巨大な利権を得ていたのだから、そんな彼らが宗主国を怒らせるようなカストロ提案を呑むわけがないであろう。カストロは、失意を胸に抱いて帰国したのであった。そんな彼はやがて、中南米諸国の反米ゲリラを支援する計画に着手する。

キューバ首相が次に目を向けたのが、全世界の「非アメリカ化地域」であった。アジアやアフリカの新興諸国と、実りある貿易関係を築き上げることが出来るなら、合衆国と対立しながらでも経済を発展させられるだろう。

そこで、最も頭脳明晰で勉強家の革命戦士であるチェ・ゲバラが、移動大使として世界各国を周る運びとなったのだった。

6月12日、新妻や多くの仲間たちに見送られて、チェ・ゲバラはDC－4旅客機に乗り込んだ。最初の目的地は、エジプトである。ナセル大統領と会談したゲバラは、この国の土地解放政策からいろいろと学ぶところがあったが、通商条約の締結には至らなかった。

次の行き先はインドである。ネルー首相が非公式に会ってくれたが、貿易の話はまったく進まなかった。

言うまでもなく、これらの国々はアメリカの怒りを買うことを恐れたのである。訪問先の政府要人は、内心ではゲバラを厄介者扱いしていたのだった。

だが、各国の一般の国民感情は違った。軍服姿で葉巻をくわえながら、ベレー帽の下の蓬髪《ほうはつ》を風に靡《なび》かせながら、にこやかに工場や農園を見て回る気さくなカリブ海の英雄の姿は、大いに喜ばれ、大いに歓迎されたのである。

また、訪問先の国々でゲバラが行う演説は、世界各地にテレビ放送されて大きな話題となった。ゲバラは、公式のレセプションでもテレビカメラの前でも、お馴染みのベレー帽とオリーブ色の軍服姿で通したのだが、彼の印象的で知的な瞳と端正なマスクは大いにテレビ映《ば》えした。彼は、キューバ革命の理想と全人類の平等な平和共存について熱く語った。全世界の視聴者たちは、「奇跡の革命」の立役者の声を聞き、その偉業の素晴らしさを知ったのである。その限りでは、ゲバラの移動大使は政治的に大成功であった。

そんな彼が、インドの次に訪れたのが日本である。

ゲバラは、以前から日本に親近感を抱いていた。キューバと日本は似たような形をした島国であり、食糧はもちろん、石油や鉄鉱石といった工業化のために必要な資源を外国から輸入しなければならない国情が類似していた。だから、いろいろと学びあえることも多いだろうし、良好な関係を築けるだろうと期待していたのだった。

池田勇人《はやと》通産大臣らと会見したゲバラは、トヨタや新三菱の工場を見学し、最新式の耕耘機に試乗させてもらった。そして、第二次大戦の敗戦からわずか15年にして、ここまでの復興を遂げた日本人に大いに感心し、尊敬の念を抱いたのである。

しかしながら、貿易の話は一向に進展しなかった。池田通産大臣は、キューバの砂糖を買うことよりも自国の工業製品を高値で売りつけることに夢中で、ゲバラの話をほとんど聞こうとしなかった。そして、キューバの購買力があまり高くないことを知ると、貿易の話を一方的に切り上げた。池田は、そういう人であった。

もっとも日本政府は、ゲバラへの対応について、駐日アメリカ大使からいろいろと脅かされ牽制されていたので、キューバが期待していたような通商条約の締結は、最初から無理だったことだろう。

ゲバラは、蒸し暑い日本の夏に滞在する間も、ずっと軍服とベレー帽で通した。なにしろ無手勝流で、好奇心に任せてあちこち歩き回る長身のアルゼンチン人を、頭を七三分けにして鼠色の背広を着込んだ眼鏡の小男たちは、曖昧な笑顔を浮かべつつ、エスコートのために必死に追うのだった。

そんなゲバラは、断固として主張した。

「ヒロシマを見たい！」

日本政府は、外国の要人にヒロシマやナガサキを見て欲しくなかった。そこで、代わりに靖国神社の遊就館の見学を勧めたところ、「日本の帝国主義者の侵略の軌跡などには興味がありません！」と一蹴されてしまった。仕方ないので結局、大阪経由で汽車を乗り継いで広島まで行ってもらうことになった。

広島市長に案内されながら、ゲバラは原爆ドームに献花をし、原爆資料館の展示を熱心に見学した。そして、老人や女性や子供たちの痛ましい姿の写真を見て、両目に涙をいっぱいに溜めた。そして、エスコート役の日本人たちを、怒りを込めて振り返った。

「あなたたちは、こんな目に遭わされて、どうして平気でいられるんですか？」

七三分けの眼鏡の小男たちは、意味不明な曖昧な笑いをヘラヘラと浮かべるのみだ。すでに戦後日本は、アメリカを宗主国と仰いで卑屈に生きていこうと固く思い定めていた。南の島から来た野蛮人の言うことなど、聞く価値もないのだった。

チェ・ゲバラは、そんな日本人の姿に深く失望した。

その夜、彼は、広島駅前のホテルで愛妻に手紙を書いた。

「今日は、ヒロシマから送ります。原爆の町です。犠牲者の合計は、18万人と推定されています。平和のために断固として戦うには、ここを訪れるのが良いと想います。では」

ゲバラの手紙は、妻に対して照れくさいのか、いつも妙にそっけない。

この翌朝、外字新聞を読んだゲバラは仰天した。

「フィデル・カストロ首相が辞任を表明した」との大見出し。

「なんだって！　いったい、留守中に国で何があったんだ！」

ゲバラは、大慌てでキューバに国際電話をかけた。

4

ゲバラの外遊中、キューバ国内では政争が起こっていた。

革命政府が推進する急進的な農地解放政策において、テクノクラートとして活躍したのは、共産党系の人々だった。その理由は、農地解放がもともと共産主義者の持論だったからであるが、それに加えて、教養と学問のある人材が共産党内に多かったためだ。そのため、構造改革を推進するために組織された「全国農業改革局（ＩＮＲＡ）」の幹部は、ラウル・カストロやチェ・ゲバラを中心に、熱烈な共産主義者ばかりが集まっていたのである。

しかしながら、革命勢力のすべてが共産主義に好意的というわけではなかった。シエラ以来の仲間の中でも、ファウスティーノ・ペレスやウベール・マトスは、はっきりと反共の立場を取っていたので、そんな彼らは当然、共産主義者が幅を利かす世相に苛立った。そして、ウルティア大統領もこうした反共主義者の一人だった。

それだけではない。急進的な農地解放政策は、カストロ一家のマナカス農園に見られるように、中流以上のキューバ人地主に大きな打撃を与えていた。そんな彼らは、特権を奪われたことで、当然ながら革命政府のやり方に不満を抱く。そして、ウルティア大統領は、そんな人々の怒りにシンパシーを感じていたのである。

しかしながら、カストロ兄弟は、こういった状況を問題視しなかった。総人口で考えるなら、土地解放政策によって大きな利益を受けるのはキューバ国民の９割であり、不満を持つのは１割に過ぎない。それに、彼らの政策のプライオリティはあくまでも「弱者救済」なのであって、それによって強者が特権を失うことはむしろ当然のことであり、社会正義の実現だと考えていたのである。だから、この政策に逆らい不満を抱くのは、反革命であり裏切りであると決め付けていた。相手が大統領であっても、その例外ではない。

興味深いのは、カストロ首相は、自分が進めている政策が共産主義的であることに気づいていなかったらしい点だ。彼は、これを「真の民主主義」だと考えていた。やはりニクソンが喝破したように、彼は共産主義思想に対してナイーブな男だったのだろうか。

この様子を見たキューバの富裕層は、財産をまとめてアメリカに亡命するか、あるいは武装して山岳地帯に立て籠るという過激な行動を取り始めた。

後者の武装勢力に対しては、かつてバティスタに続いて海外に逃亡した元キューバ政府軍将校らが密かに合流し、あるいは物資援助を行った。それでも、「少数派」である彼らは、キューバ国民の大多数の民意を得ることは出来ず、結局は山賊程度の活動しか行えないでいたのだが。

そんな中の6月下旬、キューバ空軍司令官ディアス・ランスは、保安部長フランク・スタージスら数名の将校とともに、ヨットでフロリダに亡命した。ランス元司令官は、アメリカ議会の上院に立ち、「キューバ共和国は、今や共産主義者に乗っ取られつつある」との証言を行ったのである。ランスは、もともと「7月26日運動」の人物ではなく、前々大統領プリオに近い人物だった。だから、このような振る舞いを平気で行えたのである。

これに対応して、キューバ大統領ウルティアが反対演説を行った。

「国賊ランスは嘘をついている。なぜなら、キューバ共和国は共産主義を絶対に許容しないからだ！」

彼の演説は、要職を放り出してアメリカに亡命したランス司令官を糾弾する内容だったのだが、その真意は国内の共産主義思想に対する牽制なのであった。彼の真の目的は、急進的な構造改革を進めるカストロ兄弟への非難なのだった。

「ウルティアめ！」演説を聴いたラウル・カストロは激怒した。「奴は、大統領になってから、構造改革にケチをつけるばかりで何の仕事もしていない。それどころか、財産を蓄えて飽食にふけるばかりだ。しかも今度は、国際的な演説で、我々の仕事を邪魔すると来たか！」

「俺も失望したよ」フィデルが静かに言った。「ウルティア判事は、もっと立派な人物だと思っていたのだが」

「兄貴、そろそろ見切り時じゃないか?」

「うん、民意に問おう。いつものような直接民主主義でな」

そしてフィデル・カストロは、理由も告げず、突然の首相辞任を国会に申し出たのだった。

チェ・ゲバラは、広島のホテルで、以上の状況をラウルから電話越しに聞かされて安心した。どうやら、フィデルの辞任は一種の狂言らしい。

「あのフィデルのことだ。きっとすごい秘策を練っているに違いない」

彼は、リラックスして次の旅程に取り掛かった。

日本を発ったゲバラは、インドネシアでスカルノ大統領と懇談し、軍事や政治の話題に花を咲かせた。インドネシアは、若き大統領に率いられてオランダを破り、独立を達成して間もない国だった。スカルノは、イスラム教徒でありながらその政策は共産主義的であり、しかも独裁的な民主主義者だったので、キューバ革命の在り方に大きなヒントを与えてくれたのである。

続いて、ユーゴスラビアでチトーに会った。ゲバラは、尊大で傲慢な態度を取る「第三世界のリーダー」に悪印象を抱いたのだが、この国が進める集団農場などの土地政策には大いに感じるものがあった。

最終目的地のモロッコに至るまで、ゲバラは毎日のように新妻に手紙を書いた。やや、そっけない短い手紙ではあったが、そこには彼らしい不器用で率直な真心が詰まっていた。最後の手紙の文面は、こうである。

「旅の最後の公式段階となり、ここからは忠実な夫としての抱擁を送ります。頭の中では君に忠実だと思っているのですが、ここには素晴らしいモロッコ人女性たちがいます。愛を込めて」どことなくユーモラスで、シャイなゲバラの人柄が偲ばれる。

その間、キューバでは、カストロがテレビ放送で激烈な演説を行い、ウルティア大統領を激しく非難していた。「ウルティア氏は革命の理想を理解せず、特権階級と一緒になって美食にふけるばかりだ。こんな大統領の下では首相を務めることは出来ない。人民のために全力を尽くして働くことができない。だから辞任表明したのだ」と。

驚いたウルティア大統領は、あわててマスコミを集めて自己弁護をしようと考えたのだが、そうする前に激怒した民衆が大統領官邸の前に集まってきた。キューバ国民の多くは、カストロを神のように慕っている。そんな彼らは、テレビカメラに向かって悲痛な表情で語るフィデルを見て、心底から彼に同情し、そしてウルティアに怒っていたのだ。

「もはや、これまでだ！」頭を抱えたウルティアは、大急ぎで辞表を書くと、官邸の裏口からベネズエラ大使館に一目散に逃げ込んだ。時に、7月17日の出来事である。

彼の後任は、法相だったオスバルド・ドルティコスに決まった。彼は、エスカンブライ山系で私兵を率いてゲバラと共闘した猛者《もさ》であり、そういった関係からシエラの仲間たちの理想に共鳴する人物であった。彼の選任は臨時閣僚会議の結果で決まったのだが、背後には「運動」、すなわちカストロの意思があったことは言うまでもない。

成り行き上、ドルティコス新大統領は、カストロに首相への復職を勧めた。しかし「いったん辞表を提出して首相職を投げ打った以上、私の進退は独断では決められない。民衆に、直接決めてもらうことにします」と、カストロは応えた。

「と、言いますと？」

「来る7月26日に、『運動』の記念大会を開催します。このとき、参加してくれた民衆に、私が首相を続投すべきかどうかを直接決めてもらうのです」

「なるほど、そうですか」ドルティコスは頷いた。

彼は、複雑な想いだった。その肩書きが首相だろうが地方議員だろうが一般人だろうが、フィデル・カストロはキューバの神なのだ。その神を、多くのキューバ人が見捨てるわけがない。直接民主主義の投票結果は、やる前から分かりきっていた。だから一連の辞任劇は、邪魔なウルティアを追い出すと同時に、記念大会を盛り上げるための演出に過ぎない。そしてドルティコス大統領その人さえも、結局はカストロに操られる人形に過ぎないのだった。

案の定、7月26日の記念大会は、首都ハバナの市民広場（後の革命広場）に50万人もの聴衆を集める盛大なものとなった。キューバに住む人々は、救国の英雄の雄姿を一目見ようと、国中から押っ取り刀で参加したのである。興奮した彼らが口々に叫ぶものだから、4時間に及ぶカストロの長い演説はしばし中断された。それでも、50万人の群衆は全員一致で、カストロの首相続投に「シー（イエス）」を叫び、構造改革の続行について「シー」を叫んだ。

それは、凄まじいばかりの光景だった。高い演壇の上でマイクを摑みつつ、甲高い声で激しい手振り身振りを交えて語り続けるオリーブの軍服を纏った髭面の男の前で、50万人の民衆が目を潤ませて聞きほれ、そしてマチェーテ（サトウキビ用の鎌）を振りかざして歓声を上げ続けるのだった。

5

ＣＩＡの特殊工作班は、アイゼンハワー大統領の命令の下で、カストロ暗殺計画に着手していた。カストロによって国を追い出されたバティスタ元大統領とその同調者たち、さらには、構造改革の一環としてハバナの賭場を追い出されるようになったフロリダ州のマフィアたちも、この計画に喜んで参加していた。いつしか、この仲間には、キューバの前首相ミロ・カルドナも加わっているのだった。

しかしながら、カストロにはまったく隙が無かった。彼の周囲は、護衛隊長のラミーロ・バルデスを筆頭に、カミーロやアルメイダと言った屈強な革命戦士たちによって、常に厳重に警護されている。この壁を突破するのは至難の業であった。

そんな中、空軍司令官ディアス・ランスとともにアメリカに亡命したフランク・スタージスは、ＣＩＡの一員になっていた。カストロの身辺事情に詳しい彼は、窮余の一策として、カストロの愛人の一人であったマリタ・ロレンツを利用しようと考えついたのである。

マリタ・ロレンツは、アメリカ国籍を持つドイツ系のクルーザーの船長の娘で、たまたまキューバ来訪中にカストロと知り合い恋に落ちた。しかしカストロは、見境なく様々な女性に手を出す男だった。それなのに、マリタはハバナ・ヒルトンの一室に半ば軟禁され、気が向いたときだけカストロの夜の相手をさせられたのである。しかも、カストロは避妊を心がけない男だったので、マリタはあっという間に妊娠した。カストロのアメリカ訪問時も、つわりを我慢しつつ彼に同行したのだったが、気まぐれな恋人に翻弄されて良い思いは何一つしなかった。

そんなマリタに目をつけたスタージスは、なかなかの敏腕スパイだったと言えよう。

マリタは、カストロが「対話政治」で地方に出ている間に、ハバナ・ヒルトンで破水して倒れた。彼女は、一人ぼっちで放置されていたため、そんな危急に際して誰もそばに付いていてあげなかった。それでも、ハバナ・ヒルトンをたまたま訪れたカミーロ・シエンフエゴスがそれを見つけて、あわてて彼女を病院に搬送したため、母子ともになんとか命を取り留めたのである。

そんな中、ハバナに潜入してカストロの身辺を探っていたスタージスは、この一瞬の隙を逃しはしなかった。病院の医師を買収し、分娩を終えて昏睡状態のマリタを密かに運び出し、マイアミ行きの飛行機に乗せて拉致したのである。

CIA本部に軟禁されたマリタは、スタージスら工作員によって、執拗なマインドコントロールを受けた。「カストロは、お前を苦しめた悪党だ」「お前が産んだ子供は、カストロによってとっくに殺されている」「復讐したいとは思わないか?」。

CIAの熟練の洗脳技術は、マリタのカストロへの愛情を憎しみへと転換させた。彼女は、手始めにハバナに潜入して、カストロの私室から機密書類を奪取する任務を与えられたのである。

それでも、彼女の心の中にあるのは、憎しみばかりではなかった。カストロに会って、もう一度彼の愛を確かめたい。自分が産んだ子供が本当に殺されたのか、それとも無事に生きているのか確かめたいという強い想いがあった。CIAの熟練テクニックも、一人の女性の、母親の想いを消し去ることは出来なかったのである。

もっとも、マリタをスパイに抜擢したCIAの着眼点は優れていた。ハバナ・ヒルトンの人々は、誰も彼女を疑わなかったからである。アメリカ国籍を持つ彼女が、アメリカ在住の両親に会うために帰国し、また戻って来たとしても、少しも不思議ではなかったから。

マリタは、こうして易々とカストロの私室に潜入し、重要と思える書類をいくつか盗み出した。しかし、この作業の過程で、彼女はカストロに会うことが出来なかった。子供の安否を確かめることも出来なかった。キューバ政府の要人たちや革命戦士たちは、「対話政治」を推し進め、さらに貧者のための学校や病院を建設するため、地方を忙しく飛び回っていたからである。

マリタは、辛い満たされぬ想いを胸に、ハバナを後にした。そして、正式にCIAの暗殺班に組み込まれ、カストロ暗殺の特殊訓練を受けることになる。

家庭や家族愛よりも政治を優先させてしまうカストロの独特の個性は、一人の女性を不幸にしただけでなく、彼自身の生命をも危険にさらすのだった。

6

チェ・ゲバラは、世界一周の旅程を終えて、9月8日に帰国した。カストロや仲間たち、そして愛妻アレイダが満面の笑顔で英雄の帰還を迎えた。

ゲバラの活躍は、政治的には大成功だった。全世界でキューバ革命の偉業が称えられ、ちょっとしたブームが巻き起こったのである。カストロやゲバラは、「現代の英雄」として世界の若者たちのアイドルになった。

しかしながら、「貿易の振興」という当初の目標は、達成されたとは言えなかった。カストロ首相とドルティコス大統領は、暗い顔を向け合った。このままアメリカへの敵対的な政策を続けていたら、いずれキューバ経済は崩壊する。だからと言って、アメリカと妥協するわけにはいかない。それは、革命の否定であり、ホセ・マルティ思想の否定であり、国民への裏切りであるのだから。

ここで注目すべきなのは、革命キューバは、この時点ではソ連や中国に接触していない点である。この時期のカストロは、これらの国々と一定の距離を保っていたかったのだ。なぜなら、ソ連も中国も「帝国主義思想を抱く大国」という点では、アメリカと同レベルの悪しき存在と思われたからだ。カストロは、ソ連のハンガリー侵攻、そして中国のチベット侵略を大いに怒っていたのである。

アメリカは、キューバのこの態度に注目し、何らかの形で手を差し伸べるべきではなかったか？ アメリカが、この時点で革命に対して一定の理解を示す度量を持ってさえいれば、その後の悲劇はすべて回避できたはずなのだが。

ともあれ、カストロとドルティコスは、キューバ経済を救うための知恵を出し合った。その結果、「観光産業を振興する」という新たな目標が樹立されたのである。

キューバは幸いにして、美しいリゾート地や豊かな大自然に恵まれている。気候も温暖で過ごしやすいし、独特のサルサ音楽も楽しい。首都ハバナには、スペイン風の美しい建築物がたくさん残っている。おまけに、大作家のヘミングウェイも住んでいる。これらを積極的に売り出せば、世界中から観光客が訪れることだろう。

カストロは、世界中からマスコミ関係者を招き、国内の名所を見せて回った。また連日のように彼らの前で演説をして、革命キューバが平和で自由で安全で、明るく豊かで楽しい国に生まれ変わったことを熱心にアピールしたのである。

山場となったのは、２０００人の観光事業者を集めて行った「ハバナ観光大会」だ。

カストロ首相が革命広場の演壇の上から「キューバの安全さ」について熱く語っている最中に、周囲の野次馬たちは不安そうな表情で空を見た。

雲ひとつ無い北の空から、一つの黒い点が不気味な爆音とともに接近して来たのである。それは、アメリカの爆撃機だった。驚き慌てる人々の群れに低空で突っ込んできたダグラスB26爆撃機は、大量の紙を群衆の上にばら撒いた。それは、カストロを激しく非難し、キューバの「共産化」を糾弾する宣伝ビラであった。

群衆は、攻撃されるかと恐れて逃げ惑い、互いに押し合いへし合いして路上に倒れた。爆撃機は、面白半分に何度も何度も、民衆に向かって急降下の真似をした。激怒して射撃を開始したキューバ軍の高射砲弾の流れ弾は、爆撃機を捉え損ねて市内に着弾し、その結果、死者2名、負傷者50名を出す大惨事となったのである。

この爆撃機を操縦していたのは、前キューバ空軍司令官ディアス・ランスその人だった。彼が冷ややかな笑みを浮かべつつ眼をやった地上では、演壇の上に取り残されたフィデル・カストロが、怒りと悲しみで肩を震わせていた。これでは、どんなにキューバの安全をアピールしても、誰も信じてくれないだろう。

カストロの観光立国プランは、こうして脆くも瓦解したのであった。

この領空侵犯事件について、アメリカ合衆国が「知らぬ、存ぜぬ」を貫いたのは言うまでもない。ランスの爆撃機は、亡命先のフロリダ州の軍事基地を往復したのだから、アメリカ政府がそれを知らないはずはないのだったが。

そして、アメリカ空軍による領空侵犯は、このときから常態化する。

7

失意のどん底のカストロに、さらに追い討ちをかける事件が起きた。

カマグエイ州の軍司令官ウベール・マトスが、幹部10名と自分自身の辞表と同時に、最近の国内の共産主義傾向を激しく非難する文書を送りつけて来たのである。

ウベール・マトスは、シエラ・マエストラのゲリラ部隊に途中から加わり、次第に頭角を現した人物である。彼は、輸送部隊を指揮して補給に活躍し、ベネズエラから武器を密輸することにも成功した。やがて、最終局面のサンチアゴ攻略戦で大殊勲を挙げて司令官（コマンダンテ）に昇格。今や、キューバ中部のカマグエイ州を統括しているのだった。ただ、彼は昔から共産主義が大嫌いで、そのためにマルクス主義者の国防相ラウル・カストロと対立関係にあった。

マトスの辞任表明が届いたのは、観光キャンペーンが失敗する前後の最悪のタイミングで、しかも文章の書き方が皮肉で辛らつで説教口調だったので、フィデル・カストロはかんかんに激怒した。「これは、革命への裏切りだ！」

ラウル・カストロは勢い込んで、「軍事裁判で極刑に処すべきだ！」と主張した。彼は、とにかくマトスが大嫌いだったのだ。これに断固として反対したのが、マトスと同様に反共主義者であったファウスティーノ・ペレスである。彼は、カマグエイ州司令官が自分の意見を述べただけで、何の罪も犯していないと主張したのである。

相反する主張の前に板ばさみとなったフィデル・カストロは、とりあえず不遜な反共主義者を拘束することにした。シエラの仲間を死刑にするのは偲びないし、かといって無罪にするわけにもいかなかったから。

この作戦の指揮を執るのは、カミーロ・シエンフエゴスである。彼は、迅速にカマグエイに飛び、民兵隊を組織してマトスの司令部を包囲した。続いてカストロ自らが現地に飛び、戦意を喪失した司令官とその取り巻きを武装解除して逮捕した。こうしてマトスは、あっけなく首都ハバナに拘引されたのであった。

その後、彼は革命裁判で裁かれて、禁固20年の実刑を受ける運びとなる。

カストロが調査したところ、マトスは、実際に「7月26日運動」や「DR」の右派の一部らと共謀してクーデターの準備を進めていたことが判明した。それが本当だとすれば、この措置は仕方ないものだっただろう。

しかし、この成り行きに激怒し失望したファウスティーノ・ペレスら「運動」右派の幹部は、あらゆる政府の役職を辞任して自宅に引きこもってしまった。

その一方、マトスに代わってカマグエイ州の軍司令官を引き継いだカミーロ・シエンフエゴスは、様々な事務連絡に追われて、首都とカマグエイを忙しく往復する日々となった。

「俺は、こういう柄じゃないんだけどな」カミーロは、セスナの座席で頬杖をついた。庶民出身の純朴なラテン男である彼は、薄暗い政争が苦手だった。「シエラで戦っていたころは、いろいろと不便で苦しかったけれど、今よりも楽しかった。みんな、心から許しあえて分かりあえる仲間たちだった。それが、革命が成功して都市に出て来てからというもの、共産主義だの真の民主主義だの、いがみ合い罵りあう。銃殺すべき、無実だ、禁固だ、クーデターだ、辞任だの。俺には、難しい理屈は分からないけど、何かがおかしい。マトスは確かに悪いけど、フィデルも悪いな。シエラのころに比べると、あれこれと迷って歯切れが悪くなった。あれでは、周囲も誤解してしまうし本質が見えないよ。なんとか力になってあげたいけど、フィデルは人の言うことを素直に聞かないからな。いやいや、きっとフィデル自身も迷い苦しんでいるのだ。俺たちが力になってあげないでどうするんだ？」

しかし、カミーロ・シエンフエゴスのこの想いがハバナに伝わることは無かった。時に1959年10月28日。彼を乗せた小さなセスナは、カマグエイの飛行場を離陸したきり、どこにも降りなかったのである。

革命戦争の英雄は、虚空の彼方に消え去った。

この事件に関しては、様々な説がある。

フロリダ州の反カストロ勢力（亡命キューバ人）は、「カストロによる暗殺だ」と主張している。すなわちキューバの「悪逆無道な独裁者」が、国民的人気の高いカミーロに嫉妬して、空中で暗殺したというのだ。

逆に、キューバ政府は、「CIAによる暗殺だ」と主張している。事実、CIAの暗殺班は、政府要人の乗機に爆弾を仕掛ける工作を進めていたから、その爆弾が運悪くカミーロの時に作動したことは十分に有り得る話だ。

また、キューバ空軍機が間違えて撃墜したということも考えられる。この時期、CIAの嫌がらせの一環として、アメリカ軍の爆撃機がゲリラ的にキューバに飛来し、工場やサトウキビ畑に焼夷弾を落としては逃げ去る事件が頻発していた。キューバ空軍のシー・フューリー攻撃機は、しばしば緊急出動して、これに銃撃を加えて追い払っていたので、何かの手違いでカミーロ機を敵と間違えて撃ったことも有り得る。

もちろん、単なる飛行機事故という可能性も高い。カミーロが乗ったのは小さなセスナだったし、亜熱帯のキューバ島は、突発的な局地的ハリケーンに襲われることが多いのである。

事実として残るのは、カミーロが行方不明になったことを知ったカストロが、半狂乱になって悲しみ、自らが陣頭に立って捜索隊を指揮し、カリブ海を遊弋《ゆうよく》するアメリカ海軍にまで捜索依頼を出して断られたことだ。

この事件以降、カストロは、政府要人が国内を小型飛行機で移動することを厳禁する。

そして、カミーロ・シエンフエゴスの遺体は、今日に至るまで発見されていない。

8

シエラの仲間たちは、悲しみに沈んだ。

しかし、カミーロの遺体はもちろん、機体の残骸すら発見されないのだから、生還の可能性は常に残されているわけだ。

「あいつのことだ」ラウルが弱々しく笑った。「そのうち出て来るよ。テンガロン・ハットを振りながら」

「カミーロのセスナの空路は海沿いだったから、カリブ海に不時着してアメリカ海軍に拾われたかもしれないわ」セリアが吐息をついた。「アメリカは、彼をどこかに拉致して、あたしたちから隠しているのかも」

「いずれにしても」チェ・ゲバラは優しい眼をした。「僕は、生まれてくる子供が男の子だったなら、カミーロと名づけるよ。あいつが帰って来て、それを知ったら驚くだろうな」

仲間たちは、あえて楽観的なことを話すのだが、心の中では事態を理解していた。それが証拠に、やがてキューバ国内でカミーロの個人顕彰が盛んになったのである。

キューバ革命には、少々ユニークな理念がある。すなわち、「生きている人間を英雄とは認めない」のだ。そのため、生きている人を公の場で偶像化することは法律で禁じられていたので、革命の立役者であったフィデル・カストロでさえ、その銅像も記念碑も建てられていない。フィデルがそうなのだから、他の仲間たちはなおさらである。そのため、キューバ国内で顕彰され立像が許されるのは、ホセ・マルティやアントニオ・マセオといった、すでに故人となった英雄に限定されていた。

しかし、カミーロ・シエンフエゴスも、いつしかその仲間入りを果たしていた。新しく刷られた紙幣には、お馴染みのテンガロン・ハットを格好よく被ったカミーロの笑顔が描かれた。そして、新しく建設された貧しい人たちのための無料の学校施設は、「カミーロ・シエンフエゴス学園都市」と名づけられたのである。

シエラ山麓で学校建設の仕事に勤しむゲバラ夫妻は、かつての親友が生前よりも身近な存在になったようで苦笑した。

「ちょっと、やり過ぎじゃないかなあ?」

新札の上で明るく微笑むカミーロの絵を見て、ゲバラは首をかしげた。しかし、この10年後、彼自身はもっと派手に神格化されることとなる。この純朴な英雄は、そのことを知る由もない。

一方、フィデル・カストロは、相次ぐ失敗と悲劇に落ち込んでいた。

「自由貿易は出来ない。観光産業も伸ばせない。マトスは裏切るし、ファウスティーノも去った。その上、カミーロまでいなくなるなんて」

権力者ならではの孤独感は、その巨体を押しつぶし、いつもより小さくみせていた。

こんなときに会いたいのが、愛人のマリタ・ロレンツなのだが、彼女は男の赤ん坊をハバナに産み落としたきり消息が分からない。マフィアと接触していたとか、ハバナ・ヒルトンのカストロの私室をコソコソ出入りしていたという情報もあるから、あるいはアメリカ人に買収されたのかもしれない。

「まあ仕方ない。この逆境は、ある程度予測できていた。想定内事項だ」

いつものように気を取り直すと、机の上にノートを開いて演説の原稿を書き始めた。一日3時間しか眠らないこの男は、休みなく仕事を続けるのが常だった。私室にいるときは、ほとんど演説用の原稿を推敲している。読書をする時も、哲学書や歴史書を中心に読み、その中から演説に使えそうな部分を抜き出すのだった。

フィデル・カストロは、仕事のために存在している真のワークホリカーであった。全身に溢れかえるアドレナリンが支えるのは、極端なまでの正義感であり、自分が絶対に正しいと思える圧倒的な信念だった。

この翌日から全国遊説に出たカストロは、7時間にも及ぶ大演説を全国各地で行い、革命に対する「梃入れ」を行った。同時に、大学や労働組合や新聞組合に対する規制や締め付けを強化した。このころから彼は、他人が革命に反対したり否定することを決して許さなくなった。第二、第三のウベール・マトスを出してはならないのだ。

11月26日、解任されたフェリペ・パソス（後にアメリカに亡命）に代わって、新たに中央銀行総裁に任命されたのはチェ・ゲバラであった。このころのカストロは、政府の要職を、真に信頼できる左派の人物のみに委ねるようになっていたのである。

この時、伝説的なジョークがある。

カストロが、会議の席で中央銀行総裁を決めようとして、「この中に、経済の専門家（エコノミスタ）

はいるか？」と訊ねたところ、これをゲバラが共産主義者（コミニスタ）だと聞き間違えて挙手してしまい、それで彼に決まったというのだ。

もちろん、これは作り話であるが、このようなジョークが作られるということは、ゲバラの経世家としての才能が、巷《ちまた》でまったく評価されていなかったことを意味する。事実、ゲバラの総裁就任後、いくつもの銀行で取り付け騒ぎが起きている。

しかし、幾多の挫折感と猜疑心に苦しめられていたカストロは、今はこの国の経済を盟友ゲバラに委ねることしか出来なかったのだ。

ゲバラは、確かに経世家ではなかったけれど、経験豊富なゲリラ戦士であった。彼は、キューバの前政権がアメリカの貸金庫に預けていた金塊をハバナ要塞から運び出すと、これを直ちに換金してカナダやフランスの銀行に預け直したのだった。この迅速な措置によって、キューバ国家の財産は確保された。彼が一歩遅ければ、アメリカはキューバの国庫を空にすることが出来たのだった。また、彼はＩＭＦ（国際通貨基金）を脱退することで、キューバの金が海外に流出することを未然に阻止した。そういう意味では、ゲバラに経済を委ねたカストロの判断は間違っていなかったのである。

そんなある日、カストロは、ハバナ・ヒルトンに極秘裏にある人物を招き入れた。

タス通信特派員のアレクサンドル・アレクセイエフは、実はモスクワから来た新聞記者ではなく、ＫＧＢの上級諜報員であった。つまり、ソ連政府のスパイである。カストロは、そんな人物に上等な葉巻を振る舞い、親しく歓談したのである。

アレクセイエフが、カストロの首に掛かったイコン（聖像）のペンダントに眼をやると、カストロは笑顔で応えた。「これは、単なる飾りであって、信仰心とは関係ありません」

そして、大柄なキューバ首相は身を乗り出した。

「私は、無信仰の『共産主義者』です。ソ連の理念に賛同し、従う用意があります」

アレクセイエフは、意外な言葉を聞いて、そして生唾を飲み込んだ。

ソ連の要人は、カストロが若いころからこの国の悪口を言いまくり、マルクス・レーニン主義を非難していることをよく知っていた。そして、カストロを熱心なカトリック信者だと思っていた。だから、ソ連はキューバとの関係を半ば諦めていたのである。しかし、今や状況が変わったようだ。

カストロは、満面の笑顔でKGB局員が持参したキャビアを口に放り込み、グルジアワインを喉に流し込んだ。

「ソ連のキャビアとワインは、なんて美味いのだろう！」

カリブ海のドン・キホーテは、ここに新たな冒険に乗り出したのであった。

ソ連への接近

1

1960年3月末、カストロ一家の三女エンマが、めでたく結婚する運びとなった。

一家は、キューバ中産階級の憧れの場所であるハバナ大聖堂で挙式をする予定であった。ところが、横槍が入った。この国の首相と国防相が、兄弟そろって猛反対したのである。彼らは、豪華な大聖堂ではなく、公会堂などの質素な場所で地味な結婚式を挙げるべきだと主張したのであった。

「これは、兄さんたちの結婚式じゃないのよ！」兄弟の末の妹ファアナは激怒した。

「だけど、大聖堂は困る。国益に反するのだ」フィデルは、コヒマルの別荘のベランダで手すりにもたれながら、濃い顎鬚を撫でつつ言い聞かせた。

「国益ですって？」妹は拳を振り上げた。「母さんや兄さんから土地を取り上げて貧困に追い込んで屈辱を与え、その上で姉さんを侮辱することが、何の国益なのさ！」

「第一に、我々は庶民の代表だ。贅沢な結婚式をするのは模範にならない」

「第二に」ベランダの端に立つラウルが、葉巻に火を点けながら言った。「マルクス・レーニン主義は、宗教を容認しない」

妹は、呆然として三兄の顔を凝視した。それから、二兄を見た。「ラウル兄さんは、学生のころからマルクス主義者だった。フィデル兄さんは？」

「俺も、ラウルと同じ考えだ」一家の次男は重々しく語る。「今や、マルクス・レーニン主義こそが、キューバの国益なのだ」

「信じられない」ファアナは表情を歪めた。「キューバ人の大多数が、熱心なカトリック信者なのよ。兄さんたちは、国家権力でそれを否定するつもりなの？」

ファアナがこう言ったのは、ソ連型社会主義が、あらゆる宗教を否定していたことによる。

「この国が生き延びるためには、それしか無いんだ」フィデルは唇を噛み締めた。「アメリカ人に殺されないためには、奴隷にされないためには、それ以外の選択肢は残されていないんだよ、ファニータ（ファアナの愛称）」

「勝手にすればいいわ」妹は、唇をぎゅっと結んで空を見上げた。「兄さんたちは独裁者だ。好き勝手に政治をすれば良い。だけど、家族のささやかな幸せだけはあたしが守るからね！」

結局、エンマの結婚式はハバナ大聖堂で行われることになった。

ラウルは、よれよれのモーニング姿で大幅に遅刻し、ずっと不機嫌そうにしていた。

フィデルはさらに遅刻しただけでなく、いつもの軍服を着用していて、その上に泥まみれだった。この当時、キューバ政府の要人たちは、「対話政治」の一環として労働奉仕を率先していたのだったが、カストロ首相は、わざと妹の結婚式の日にサトウキビ畑で働くことで、自分があくまでも庶民代表であることを世論にアピールしたのだった。

正装で着飾った参列者の真ん中で、仏頂面の小柄なモーニングと、泥まみれの大柄な軍服がそろって腕組みして突っ立っている姿は、悪い意味で目立ち過ぎていた。新婦エンマは、幸福よりも恥ずかしさで顔を赤くし、兄ラモンと妹フアナは、それ以上に顔を怒りでどす黒く染めていた。やがてフアナは、アメリカに亡命する。

そんな風変わりな家族の姿を、母リナは悲しげに見つめていた。

「どうして、フィデルとラウルは、こんなおかしな子供に育ったんだろう？　他の子は、みんな優しい良い子なのに。あたしが悪いのかしら？　あの二人だけ、特別に甘やかしたつもりはないんだけどねえ」と、天国にいるはずの亡夫アンヘルに、低い声で語りかけるのだった。

2

ソ連の副首相ミコヤンは、１９６０年に入ってから頻繁にキューバを訪れるようになった。ハバナでの「ソ連物産博覧会」の成功の後、いくつかの通商条約が締結され、キューバはソ連から機械類や石油を輸入できることになった。ソ連は、その対価として砂糖と葉巻を手に入れる。

時は、米ソ冷戦の真っ盛り。アメリカ合衆国とソビエト連邦という二つの超大国は、全世界の至るところで冷たく睨み合っていた。そんな中で、ソ連はアメリカの「裏庭」に楔《くさび》を打ち込むことが出来て大喜びだった。

ともあれキューバは、アメリカの手を離れた強力な貿易相手を見つけることが出来たわけだ。もはやこの国は、アメリカの経済植民地ではない。

だが、その代償は大きくなることが予想された。アメリカは間違いなくキューバへの敵視を強め、恐らくは軍事侵攻を企むだろうから。

カストロはかつて獄中にいるとき、グアテマラのアルベンス政権の崩壊（1954年）の様子を聞き知った。盟友チェ・ゲバラは、実際にグアテマラに滞在して、この悲劇を直接体験して危難に遭っている。このとき、CIAの息のかかった特殊部隊の侵攻を受け、土地解放政策を進めたアルベンス大統領の脆弱な反米政権は、あっという間に転覆させられたのだった。おそらく、アメリカはキューバに対して同じことを仕掛けることだろう。

カストロとゲバラは、歴史から学んだ。アメリカ合衆国は、戦争を恐れない好戦的な国なのだが、その癖に自国の人命の損失を病的に恐れる。だから、彼らに戦争を思い止まらせる唯一の方法は、「キューバ侵攻が、アメリカ人の生命に膨大な犠牲を払わせる」と予想させることであった。

そこでカストロは、正規軍2万5000の枠外に、20万人規模の民兵組織を作った。実質、「国民皆兵」である。数十万人のキューバ人が同時に相手になるとすれば、さすがのアメリカも、予想される人命の損失に恐れをなすことだろう。

問題は、膨大な民兵に支給するための武器である。そこでカストロは、全世界にエージェントを派遣して武器を購入させた。西側世界では、ベルギーが快く応じてくれたのだが、それ以外の国はアメリカを怒らせるのを恐れて武器提供を拒絶したのだった。

3月4日、ベルギー製の武器弾薬を大量に積んだフランス船籍の商船「ル・クーブル」が、ハバナ港に現れた。カストロ兄弟をはじめ、ドルティコス大統領もゲバラ中央銀行総裁も心から楽しみにしていた船である。ところがクーブル号は、入港してからしばらく後、轟音をあげて二度にわたる大爆発を起こし、そして積荷と共に炎上転覆したのであった。立ち上がる巨大なキノコ雲は、ハバナ市内のどこからでも見ることが出来た。フランス人船員やキューバ人港湾作業者などに死者81名、負傷者200名を出す大惨事である。

「アメリカの仕業だ！」

カストロは悲痛な声をあげ、そしてドルティコス大統領やゲバラ総裁をはじめとする政府要人や民衆100万人とともに、直ちに街頭で反米デモを行った。このとき、写真家コルダが撮影したゲバラの雄々しい近影は、世界で最も有名なポートレートの一つとなる。

おそらく、この事件は、実際にCIAの工作によるものだっただろう。このころ、CIAのスパイはキューバ各地に入り込み、工場を爆破したり汽車を転覆させたりサトウキビ畑に放火したりと、派手に活動していた。フランスの商船を爆破するくらい、彼らにとっては朝飯前だったことだろう。

「確たる証拠はないが、我々はアメリカ合衆国を非難する！」

革命広場でのカストロの渾身の演説は冴え渡り、その最後に叫んだ言葉から、有名な革命のスローガンが誕生した。

「祖国か死か、我々は勝利する！（パトリア・オ・ムエルテ、ベンセレーモス！）」

街頭は、「キューバ・シー（万歳）、ヤンキー・ノー（出て行け）」の怒号を叫ぶ民衆で連日のように溢れ返り、その怒りのエネルギーは天を焦がさんばかりだった。

やがて、ソ連のタンカーが続々とキューバの港に入って来た。さすがのＣＩＡもソ連船の襲撃は無理だったようで、ここに待望の石油到来である。しかし、アメリカの息のかかった外資系の製油所（スタンダード・オイルなど）が、ソ連産の石油精製を拒否したので、カストロは実力行使でこれら製油所を接収して国有化した。やがて、これらの施設では、ロシア人技術者がソ連の原油を石油へと精製する姿が見られるようになる。

激怒したアメリカは、キューバからの砂糖の買い入れを全面停止した。

これに呼応して、キューバは、「ユナイテッド・フルーツ社」などのアメリカ資本の企業を片端から接収して国有化してしまった。さらには、銀行に続いて鉱山も接収し、ここにアメリカ合衆国が蒙った経済的損失は10億ドルに達したのである。

悪意が悪意を呼ぶ、負の連鎖である。

両国間の敵意は、まさに爆発寸前にまで高まったのである。

3

5月15日の「ヘミングウェイ釣り大会」は、例年にない盛況となった。なぜなら、フィデル・カストロ首相が一選手として参加したからである。

ハバナの沖に釣り船を出して、無数の太公望が釣り糸を垂らす。最も大きな獲物を仕留めた者が優勝である。

主催者であるノーベル賞作家アーネスト・ヘミングウェイは、十分な手ごたえを得てリールを回した。この巻き上がる波しぶきは尋常ではない。そら来た！　大物だぞ！

彼が巨大なカジキを土産にして港に戻ると、そこには大勢のカメラマンや新聞記者が待ち構えていた。大喜びで、クルーザーの甲板に横たわる釣果を指差したけど、彼らは見向きもしない。マスコミの視線は、すでに他の人物に釘付けだったのだ。

埠頭に立つフィデル・カストロが、その頭上に高々と掲げ、カメラマンに見せびらかしているカジキは、ヘミングウェイのそれより一回り大きかった。歓声を上げるマスコミは、1メートルを遥かに超えるカジキ自体よりも、それを易々と片手で持ち上げるフィデルの膂力《りょりょく》の方に夢中であるかのようだった。

結局、この大会の優勝者はフィデル・カストロ首相になった。カストロとヘミングウェイが固い握手を交わし、互いのトロフィーを掲げて仲良く写る写真は、今でもホテル「アンボス・ムンドス」などで見ることが出来る。

アーネスト・ヘミングウェイは、もう20年もキューバに住み着いていた。『老人と海』や『海流の中の島々』といった傑作は、ハバナ近郊の邸宅「フィンカ・ビヒア（望楼荘）」で上梓されたのである。彼は、キューバの温暖な気候や美しい海、そしてサルサ音楽やラム酒のカクテルをこよなく愛していた。

ヘミングウェイは、アメリカ人でありながら、むしろキューバにシンパシーを感じている人物だった。革命戦争中は、さすがにアメリカに避難していたのだが、バティスタ政権崩壊後に最初にハバナ空港に降り立ち、「私は、キューバ人の一人として誇らしい」と述べたアメリカ人である。また、この国が合衆国と対決姿勢を強めた際には、「キューバは必ず勝つ！」などとマスコミに語っている。

そんな彼を、FBI（連邦捜査局）は要注意人物としてマークしていた。著書『海流の中の島々』が、「容共」であり「非国民的」だというのである。なにしろアメリカは、かの映像作家チャールズ・チャップリンを、「アカ」と見なして国外追放するような国である。この国にとっては、自国に不利な思想は、全て「アカ」であり、「容共」なのであった。純粋な人道主義（ヒューマニズム）は、アメリカにとって共産主義思想と同じで敵視の対象だ。つまり、アメリカ合衆国が謳う「自由」とは、あくまでもアメリカの国是と国策に適う内容のみなのである。

ホセ・マルティは、だからこの国を「怪物」と呼んだ。

それもあって、ヘミングウェイにはキューバの居心地が良かった。カストロ首相が、彼の著作の大ファンであることも嬉しかった。

カストロは、彼のコヒマルの別荘がヘミングウェイのヨット係留所に近いこともあって、しばしば作家を私的に招いていた。釣り大会の翌週も、作家はラム酒の瓶を片手にぶらりと現れた。

カストロは、『誰がために鐘は鳴る』が大好きだった。この作品は内戦期のスペインを舞台にしているけれど、主人公たちは山岳地帯でファシストと戦う左翼ゲリラであり、それだけで感情移入に十分である。実際、カストロは若いころに触れたこの著作から、山岳ゲリラ戦の最初のイメージを作り上げたのだった。また、彼は『老人と海』も好きだった。この作品の中で描かれる純朴な庶民の持つ強い心が、「弱者救済」を政治目標にするカストロを大いに感動させたのだった。

ヘミングウェイとカストロは、水平線の彼方に沈む赤く美しい夕日を見つめながら、ベランダの籐椅子に腰を沈めて、ラム酒のカクテルを傾けた。老作家の膝の上で、老いた猫が欠伸《あくび》をしている。

いつものように文学談義を終えた後、カストロは言いにくいことを切り出した。

「もうすぐ、この国はアメリカと戦争状態になるでしょう」

「やはり」大作家は、夕日を見つめながら呟いた。

「キューバ国民は、いずれアメリカ人を深く憎むようになります。そしてあなたはアメリカ人で、しかもハバナ郊外の一等地の豪邸に暮らしている」

首相の意を悟ったヘミングウェイは、小さくため息をついた。どうやら、キューバにはそう長く住んでいられない。

「この美しすぎる夕日も見納めになりますか」

「あなたは少しも悪くない。だが、しかし、許してください」カストロは、静かに頭を下げた。

老いた作家は、若き友人の頭に皺だらけの掌を置くと、優しく語った。

「カストロさん、あなたはケマル・アタチュルクによく似ている」

「ケマル、誰ですって?」首相は顔を上げた。

「トルコ革命の英雄です。第一次大戦後、トルコが列強に分割解体されかけたとき、武装抵抗運動を組織して勝利。後にトルコ共和国の初代大統領となり、抜本的な構造改革をもたらして国民を幸せにした人物です」

「会ったことがありますか?」

「シカゴ・スター誌の編集員をしていたときに、遠くから見ただけです。カストロさんに比べると、小柄で痩せて薄汚れていた。だけど、眼だけは銀色に輝いていた。その眼の感じが、あなたによく似ているのです」

「ケマルか、思い出してきました。昔、歴史の本で読んだことがある。なるほど、トルコの貧しい庶民を救うために、宗主国のイギリスとあくまでも戦い、そのための便法としてソ連と手を組んだ人物だ。確かに、私に似ているかもしれませんな」

「だけどね」老作家は真剣な目を向けた。「ケマルは、独立を達成した後は戦争を止めたのです。戦争を禁止したのですよ。自国にも他国にも」

「戦争は、相手次第なのです」カストロは、悲しげに言う。「ケマルが戦争を止められたのは、相手が先に退いたからでしょう。しかし、そこが私の立場とは違います。アメリカは決して退かないでしょう。だから、我々の戦争は決して終わることがないでしょう」

「アメリカ合衆国と百年戦争を戦う覚悟なのですね。その決意なのですね」

「そうです」カストロは、白い歯を見せた。「気を悪くしないでいただきたい。私が最も好きな小説は、ヘミングウェイの『誰がために鐘は鳴る』ではなく、セルバンテスの『ドン・キホーテ』なのです」

この後、ヘミングウェイはほどなくしてアメリカに移住する。そして翌年、山中で謎の猟銃自殺を遂げる。

その原因が、健康を害して本を書けなくなったことによる悩みであるのか、FBIの嫌がらせに耐えかねてのことなのかは、歴史の闇の中に埋もれてしまっている。

4

「第15回国連総会」が、1960年9月18日に開催されることとなった。

フィデル・カストロは、大勢の随員を連れてニューヨークに飛ぶことにした。そして、国連総会で大演説をぶち、キューバ国家の威信を高めようと心組んでいた。これは、アメリカの執拗な「テロ攻撃」

に対する有効な牽制にもなるだろう。

　ハバナ空港での見送りに、小柄な老婦人が姿を見せた。カストロの母リナである。

「どういう風の吹き回しだい」母を抱擁しつつ、大柄な息子は笑った。この母が、空港まで息子を見送りに来たのは初めてだった。農地解放以来、母は息子を憎んでいるはずだったから。

「この間、お前が殺される夢を見たんだよ」母は、老眼鏡の向こう側から冷ややかに見つめた。「だって、アメリカに行くんだろう？　今度こそ、アメリカ人に殺されるよ」

「大丈夫さ。これまで何度も危ない目に遭ったけど、ぜんぶ切り抜けて来られただろう？　俺は『大義』という名の鎧を纏っているから、誰にも殺すことなど出来やしないのさ」

「相変わらずの物言いだね。まあ、お前はそういう子だよ」リナは、にやりと笑うと、日傘を振りつつ後ろを向いて歩き去った。

　皮肉っぽい態度ではあったが、母はフィデルが心配になって会いに来たのである。可能なら、アメリカ行きを止めようと思ったのである。だから、フィデルは息子として嬉しかった。

　実際のところ、彼には確信があった。アメリカは邪悪な暴力国家ではあるが、ダブルスタンダードのケジメの取り方は異常にしっかりしている。すなわち、国民や国際世論に向かっては「自由と平和を愛する正義の国」としての顔を見せて、これを完全に演じ切る。だから、いったんアメリカ国内に入って公の場に出てしまえば、むしろキューバにいるときより遥かに安全なのであった。

　逆に、カストロは、ハバナを飛び立ったばかりの旅客機に護衛機が随伴していないことに気づいて激怒した。

「俺がＣＩＡなら、このタイミングで奇襲を仕掛けるぞ！　キューバ上空での撃墜なら『事故』で済ませられるからな！」

　同乗していた護衛隊長ラミーロ・バルデスらは、顔面蒼白になって震え上がり、手配不足を大いに後悔した。やがてアメリカ領空に近づくと、米軍のジェット戦闘機の編隊が実際に目に入った。しかし、動揺して大いに慌てる護衛隊長に向かって、カストロはウインクした。

「もう大丈夫だよ、ラミーロ。アメリカ領空内では、奴らは絶対に仕掛けて来ない。国民や国際世論を誤魔化しきれないからな」

　もしかすると、アメリカという国を最も深く理解している人物は、フィデル・カストロなのかもしれない。

　アメリカ国務省は、まさかカストロが自らニューヨークにやって来るとは思っていなかった。アメリカとキューバは、すでに実質的に戦争状態である。それなのに、何という糞度胸だろうか。仕方ないので、とりあえずシェルバーン・ホテルに、キューバ外交団の宿泊手配を行った。

　困ったのは、ホテルの側である。彼らはもちろん、キューバとアメリカの剣呑な関係を知っていたし、カストロが、マフィアやCIAの暗殺ターゲットになっていることにも気づいていた。とばっちりを食ったら、大迷惑である。だから、チェックインに現れたカストロに、巨額のデポジット（保証金）を請求したのである。

「ふざけるな！」カストロは激怒した。「そんなカネ、持って来ていないぞ！」

　さんざんな押し問答の後、キューバ使節団はシェルバーン・ホテルを諦めて国連ビルに向かい、ここに投宿しようとした。そして、ハマーショルド国連事務総長がこれを拒否すると、キューバ人たちは恐ろしい会話を始めた。

「野宿するか？」

「俺たちは、何しろ野宿の達人だもんね」

「セントラルパークはどうだろう？」

「シエラより寝やすいだろうな」

「噴水があるから、体も洗えるよ」

「ウンチはどうする？　そこらでやらかすの？」

「公衆便所があると思うけど、まあ適当に」

「噴水の中にはやらかすんじゃないよ。水が汚れちゃうからね」

びっくりした国連のアメリカ人職員は、大急ぎで奔走してハーレム地区の安宿を見つけてきた。セントラルパークで大暴れされるよりは、ハーレムを荒らしてくれたほうが良いので。

だが、ホテル・テレサは想像以上のボロ宿だった。周囲には、野獣のような目つきの貧しい黒人たちが屯《たむろ》して麻薬を売っている。あらゆる塀際に、厚化粧の街娼が立ってタバコを吹かしている。だが、カストロは前向きだった。「アメリカ社会の本当の姿を観察できて好都合だ」と、高らかに笑ったのである。

キューバ人たちは、薄汚れた小さな暗い部屋の中、ろくに洗っていないような汚いシーツに包《くる》まって、シエラの愉快な生活を思い出しつつ夢を貪った。だがその夢は、早朝の突然の騒音で妨げられた。

ラミーロ・バルデスが拳銃を摑んで外に出てみると、黒塗りのリムジンが門前に停まっている。その周囲には、大勢のカメラマン。前部座席から飛び降りた屈強な背広姿の男が、リムジンの後部座席のドアを外から開けると、降りて来たのは小太りで背の低い老人だった。黒い背広姿の老人は、黒いシルクハットを取って周囲に挨拶を始めたので、その禿頭《とくとう》が朝日の中で派手に輝く。その発する言葉はロシア語だ。

「ズドラーストイーチェ。ドブリ・ウートロ（おはよう）！」

カメラマンや近在の住民たちに陽気な笑顔を見せつつ、老人はホテルの玄関に近づいた。

「あなた、誰ですか？」ラミーロが、呆気に取られて問いただすと、

「ニキタ・フルシチョフが、フィデルに会いに来たんだよ」と、老人はにこやかに英語で応えた。

ラミーロの後ろからホテルの門前に現れたカストロは、写真やフィルムでしか接したことのないソ連首相の姿をそこに見出して驚いた。小太りで禿げたこの好々爺《こうこうや》は、世界の半分を支配する大帝国の最高権力者なのだった。

カストロの姿を見つけたフルシチョフは、嬉しげに駆け寄ると抱擁した。小柄な66歳のソ連首相と巨漢の34歳のキューバ首相の抱擁は、かなり不恰好なものとなったが、カメラマンのフラッシュが、すかさず彼らを包む。

「会いたかったぜ、フィデル」

「こちらこそ、お会いできて光栄です。わざわざ、こんな所までお出ましとは」

さすがのカストロも、感動で声を震わせた。

「アメリカ資本主義の成れの果てのハーレムを、この眼で見ておきたかったんだ。それ以上に、お前さんに一刻も早く会いたくてなあ！」

フルシチョフとカストロは、満面の笑顔で、仲良く並んでカメラマンや野次馬たちに手を振った。

アメリカ合衆国にとっては、史上最悪のコンビが誕生した瞬間である。

5

国連総会の演壇で、フィデル・カストロは渾身の演説を行った。いつものオリーブ色の軍服姿で、大きく激しく拳を振り上げ、なんと延々4時間29分にわたってアメリカ帝国主義の横暴を非難し、社会正義と全人類の平和共存と真の自由と平等について語りまくったのである。これは、ギネスブックにも載る、国連総会での最長演説記録である。

会場の中は、さすがに疲労と倦怠の空気に支配されていた。各国代表の中には、座席の中で居眠りする者さえいた。

カストロの演説は、言葉や言い回しを変えて何度も同じ内容を繰り返すことが多い。彼は何しろ「庶民の味方」であるから、無学な庶民にも理解できるように、何度も重要な内容を繰り返すのである。だけど、教養溢れる頭の良い世界各国代表にとっては、そんなのは無意味かつ冗長な繰り返しとしか思えない。だから、ようやく演説が終わったとき、会場は安堵の吐息で満たされた。

唯一の例外がソ連代表団の席で、そこではフルシチョフ首相が、「ハラショー！　オーチン・ハラショー！」と叫びながら熱烈な拍手を送るのだった。感謝したカストロは、フルシチョフの演説の時に同じ態度で「ブエノ！　デ・ロ・メホール！」と熱烈な拍手を送った。この二人は、会場内で暇さえ出来れば、常に寄り添って談笑し、そのたびに抱擁し合うのだった。

世界各国の代表団は、カストロとフルシチョフの奇妙な親しさに不吉なものを感じた。明らかに、アメリカに喧嘩を売っているとしか思えない。

この夜、キューバ代表団は、ソ連代表団が宿泊する代表部ビルに招かれた。宴会場で派手な酒盛りとなる。長テーブルの片側に居並ぶロシア人たちは、反対側に座るキューバ人たちと挨拶と握手を交わすと、さっそくウォトカのミニグラスを掲げて、両国の永遠の友情のために乾杯を捧げた。

「ウラー！」「サルー！」

そして、一気に中身を干すと、空になったグラスを背後に投げ捨てた。当然、ガチャンガチャンと床の上で割れるのだが、これこそがロシア流の乾杯なのである。キューバ人たちも、面白がってこの真似をしたので、宴会場の床はガラスの残骸で埋まった。

テーブルに並ぶ料理は、ロシアから取り寄せた上等のパンやキャビアにチョウザメと牛肉である。質素で甘い味付けを好むキューバ人たちにとっては、ちょっと油っぽくてしつこくて辛かったのだが、せっかくなので喜んで飲み、楽しんで食べた。

上座のフルシチョフは、ウォトカをじゃんじゃん空けながら、ひたすら話しまくった。それも、本国で流行している政治ジョーク（アネクトード）を大喜びで紹介するのである。

「フルシチョフとアイゼンハワーがこんな会話をした。『我が国は、酔っ払いが一人もいないのが自慢です』『我が国にもいませんよ』『嘘つき』『そっちこそ』『じゃあ、お互いに、相手の国で酔っ払いを見つけたら、自由に射殺して良いことにしよう』『そうしよう』。フルシチョフがニューヨークにやって来て、夜の街を歩いていると、前方から酔っ払いの大群が現れた。そこで、フルシチョフは舌なめずりして機関銃を乱射した。翌日の号外。『狂った禿のロシア人が、ソ連代表団を大虐殺』。どうだい、面白いだろう？」

「…………」

「フルシチョフとカストロが、並んで天国に召された。すると神様は言った。『共産主義者は前に一歩出なさい』。フルシチョフは前に出た。しかしカストロは動かなかった。それを見た神様は言った。『フィデル、あなたは耳が聞こえないのか？』。どうだい、これは今、俺が考えたんだ。面白いだろう？」

「………」

さすがのカストロも、この素っ頓狂な老人の前では言いたいことも言えず、ただ黙って、面白いんだか詰まらないんだかよく分からないジョークを通訳越しに聞くのみだった。どうも、ソ連とキューバでは、ユーモアの感覚が異なるらしい。ただ、フルシチョフが彼を「共産主義者」と呼んだときは、露骨に不愉快な表情を浮かべてしまった。もともと「ホセ・マルティ主義者」であるカストロは、自分をマルクス主義者のロシア人と一緒くたにして欲しくなかったのだ。

フルシチョフのジョークの嵐を掻い潜り、カストロはようやく一点だけ、重大な政治上の案件を切り出すことに成功した。

「我が国は、アメリカからの侵略の脅威にさらされています。どうしても、武器が必要なのです。そして、政治的な支援も」

「うん、分かった。分かっているよ」フルシチョフは、目を細めて笑った。「すでにチェコ人に話を通してあるから、チェコスロバキアの高性能戦車や火器が、おっつけそちらに行くはずだぜ。あと、政治のほうも心配するな。アイク（アイゼンハワー）の任期は今年限りだろう？　後釜は、共和党のディック（ニクソン）か、それとも民主党から出た何とかという無名の若造か。どちらも、大した奴じゃない。まあ、俺に任せておいてくれよ、フィデル！」

「ありがとう。感謝いたします」

カストロは満面の笑顔で、眼前のウォトカを空けた。

武器の輸入よりも、ソ連の政治的支援の確約が嬉しかった。これでアメリカも、キューバと西ヨーロッパを別物として考えられなくなるだろう。なぜなら、アメリカがキューバを攻撃したら、アメリカの同盟国である西ベルリンはソ連軍によって阿鼻叫喚の地獄と化すだろうから。今やカストロは、ソ連勢力の包囲下に置かれたドイツ人を人質にとったようなものである。

その間、泥酔状態のロシア人とキューバ人随行者たちは、テーブルクロスを引っ張ったり皿を投げてぶち割ったり、あちこちに吐瀉したりと、まさに大暴れだった。この様子を陰から見守るアメリカ人従業員たちは、あまりのことに涙目になっていた。「この人たち、早く帰ってくれないかなあ。そして、もう二度と来ないで欲しいなあ」と、眉間に皺を寄せながら呟くのだった。

会が引けた後、ソ連のグロムイコ外相はフルシチョフ首相の寝室を訪れた。電話機の裏などに盗聴器が仕掛けられていないことを用心深く確認すると、外相は今日の首尾についての感想を聞いた。

「フィデルは、本当に可愛い奴だ。俺は、あんな息子が欲しかったよ」白いローブを纏ったフルシチョフは、籐椅子に心地よさげに揺られながら応えた。

「キューバは、しかし本当に社会主義の国なのでしょうか？　とても、そうは思えないのです」グロムイコは、オリーブ色の軍服を纏った髭面の男たちの様子を訝《いぶか》しげに回想した。

「お前さんも気づいただろう？　俺がフィデルを『共産主義者』と呼んだとき、奴は物凄く不愉快な表情を浮かべたぜ。それに奴は、首にキリスト教の聖者のイコンをぶら下げていた。ありゃあ、共産主義者なんかじゃないよ」

「それでは」グロムイコは首をかしげた。

ソ連は原則として、ソ連型共産主義を採用しない国は支援しない。この原則あるがゆえに、この国は現に、違う路線を行く中国やユーゴスラビアと対立しているのである。

「いや。キューバはアメリカを牽制する武器になる。アメリカのU2偵察機は、今や高高度で我が領内を飛び回り、うちの核施設の写真を撮りまくっていやがる。だから、我が国の核戦力の意外な貧弱さにアメリカが気づくのも時間の問題だ。そんなとき、キューバが切り札に使えるってもんだ。だから、今はフィデルを可愛がって甘やかすのさ」

フルシチョフの横顔は、ルームランプの光を浴びて怪しく輝く。その凄みのある凶悪な表情は、先ほどまでジョークを連発していた好々爺とは、まったくの別人だった。

ニキタ・フルシチョフは、あの猜疑心の強い凶暴な独裁者スターリンの下で忠実なナンバー2を務め上げ、だけど、そのボスを死後になって糞みそに非難し（スターリン批判）、今ではソ連の最高権力者に成り上がった男である。単なる酔っ払いの好々爺であるわけがないのだった。

「なあに、時間の問題だよ」フルシチョフは、外相にウインクした。「カストロのキューバも、いずれはソ連の忠実な属国になるだろう。アメリカの圧力に耐えかねて、あたかも鉄が磁石に吸い付けられるように、俺のところに寄ってくるだろうて」

この予言は、ほどなくして的中する。

6

国連総会開催中の9月22日、アイゼンハワー大統領は、ラテンアメリカ諸国の代表団を集めて晩餐会を開催した。ただし、ラテンアメリカ世界の中で、ただ一つだけ招かれない国があった。もちろんキューバである。なんとも幼稚な嫌がらせだ。

もっともアイゼンハワーは、先月コスタリカで開催した米州機構（ＯＡＳ）の総会において、キューバを同機構から仲間はずれにする「サン・ホセ宣言」を出しているから、彼にとってこの扱いは当然だったかもしれない。しかし、ラテンアメリカ諸国の多くは、今もなお革命キューバに好意的であったから、合衆国のこうした態度を、必ずしも快く思ってはいなかった。

一方、当のカストロは、仲間はずれにされてもどこ吹く風だった。

「アイゼンハワーには興味ないし、ニクソンの顔なんか二度と見たくない」

そこで同じ日に、投宿中のホテル・テレサで独自に晩餐会を開いたのである。ゲストは、ホテルの従業員や宿泊客である。供される酒も食事も質素だったけど、みんなキューバ人たちの心の籠った飾り気のないもてなしを大いに楽しんだ。そもそも、ハーレム地区の安ホテルで、外国使節団主催のパーティーが行われたこと自体が、珍しいことだった。

アメリカの幼稚で露骨な嫌がらせは、かえって革命キューバの評判を上げる結果になっていた。カストロに好意と興味を抱く各国要人は、売春婦やポン引きや麻薬の売人の間をすり抜けるようにしてホテルを訪れた。エジプトのナセル大統領やインドのネルー首相も現れて、「あなたは、ゲバラさんから噂に聞かされたとおりの方ですね」と笑顔で挨拶した。そして、キューバ代表団をこのような場所に投宿させ、パーティーにも招こうとしないアメリカの悪意に対して強い不快感を示したのである。

そして、一般のアメリカ市民の中でさえ、合衆国社会の在り方に疑問を感じる者が多かった。そんな人たちは、足しげくやって来て、カストロの話を聞いた。

印象的な黒い瞳を持つ黒人解放運動の指導者マルコムＸも、そんな一人だった。彼は、革命キューバの人種政策について、熱心に質問を投げたのである。

カストロは、真摯に応えた。

「革命キューバでは、黒人が入れないような施設や黒人が就けないような職業は、すでに完全に撤廃されています。もちろん、政府高官や軍司令官の中にも黒人がいますよ。ただし問題なのは、数百年にわたって形成された一般国民の差別意識です。これは一朝一夕には行きません。そこで、革命キューバは教育を重視するのです。すでに、革命思想のもとに育成された教員1万人が全国に派遣され、無学な人々に読み書きを教えるのと同時に、差別をするのは『人として卑しい』ことだと教えています。すぐには無理かもしれないけど、次の世代には人種差別は卑しいという意識が国民に浸透することでしょう」

「素晴らしいですね」マルコムXは、素直に感心した。

「性差別についても、同じような試みをしています。先月、弟ラウルの妻ビルマが中心となって、『キューバ女性連盟（FMC）』を創設しました。女性の意識改革を行い、社会進出を促すのです。女性にも、積極的に仕事をしてもらうのです」

「それでは、仕事中の育児はどうするのですか？」

「もちろん、無料の託児所や保育園を各地に建てています。そこでは大勢の保母さんが笑顔で待っていますので、働く母親も安心ですよ」

「本当に素晴らしい。革命キューバは、アメリカより遥かに進んだ社会のようですね！」黒人指導者は、膝を打って大きく頷いた。

マルコムXは、アメリカ社会の過酷な人種差別によって悲惨な人生を送ってきた人だった。彼の父親は、マルコムが幼いころに、KKK（クー・クラックス・クラン）のリンチによって惨殺された。見分けが付かないほどに顔を殴られた上、鉄道線路に放置された父親の死体は、三つに分断された形で発見されたのだ。やがて母親は発狂し、一家は離散した。世に絶望し、ぐれて犯罪に手を染め、長い牢獄生活を過ごしたマルコムは、出所後にイスラム教が説く平等思想によって救われたのである。そして今、アメリカ社会から黒人差別を無くすために戦っているのだった。

「どうして、キューバで出来たことが、アメリカでは出来ないのでしょうか?」マルコムXは、当然の質問を投げた。

「それは、国家思想が根本的に異なるからです」カストロは明快に説明した。「キューバは、使徒ホセ・マルティの優しい思想に包まれています。マルティの考えはこうです。国家というものは、弱い人や貧しい人を救済し、彼らに最低の生活保障を与え、生きる勇気を与えることにこそ存在意義がある。だからこそ国家は、社会格差や差別を極力抑えた上で、教育や医療や交通インフラといった、全国民にとって等しく必要とされるものに、国富を優先的に分配しなければならない」

「なるほど」

「しかしながら、アメリカ合衆国は、これとはまったく逆の考え方です。自由競争と自由市場を無条件に賛美し、その結果として生じた格差や差別を肯定します。そして、アメリカの権力集団は、こう言います。『アメリカでは、誰もが自由に働いて、自由に活動して幸せになるチャンスが平等に与えられている。これこそが自由の国なのだ』。これを、彼らはアメリカンドリームと呼ぶのでしたっけ?　でも、それは欺瞞です。なぜなら、一度形成された社会格差は、そのまま固定されるのが通例だからです。貧困な家庭に生まれた子供や、黒人の家に生まれた子供は、満足な教育すら受けることが出来ず、医者にかかることさえ出来ません。教育と医療といった前提条件が平等ではないのに、誰もが等しく幸せになるチャンスがあると言えるのでしょうか？　そんなことは有り得ません。だから、アメリカの行き方は間違っているのです。これは巨大な欺瞞です。アメリカの権力集団が、自分たちの立場を正当化し、世界中の貧者や弱者から搾取するために築いた嘘の楼閣なのです。そして、権力集団と繋がるマスコミが垂れ流す大量の嘘も、この犯罪を助けているのです」

「まことに、おっしゃるとおりです」マルコムXは強く頷いた。「どうしたら、これを打破できるでしょうか？」

「戦うしかありません」カストロは拳を振り上げた。「キューバも、革命前はアメリカと同じでした。アメリカの息のかかった傀儡政権が、アメリカの猿真似をして、キューバに住む弱い人々から搾取していたのです。しかし、私と仲間たちは、わずか82名で挙兵しました。最初の戦闘で大敗した後は12名になりました（実際は16名だったのだが、カストロは『キリスト十二使徒』になぞらえて、12名として外部に紹介するのが通例だった）。だけど、我々は最後には勝ったのです。だからマルコムX、弱気になる必要はありません。正義は、いつか必ず勝つのですから」

「ありがとう、カストロさん」マルコムXは、目に感涙を浮かべつつ、両手で革命の英雄の大きな拳を包んだ。「あなたに会えて、本当に良かった」

その後のマルコムXは、カストロの温かい励ましを胸に秘めて、黒人差別撤廃のために戦い続けた。そして運命の１９６５年2月、ハーレム地区での演説中に、ＦＢＩの息のかかった暗殺者によって全身に16発の銃弾を撃ち込まれて息絶えるまで、渾身の生を駆け抜けた。

7

9月28日、キューバ代表団はニューヨーク空港に向かった。10日間に及ぶ国連総会は大成功のうちに幕を閉じた。そして、往路で彼らが乗って来たキューバ航空の専用機は、勇敢なキューバ人たちを空港で待っているはずだった。

しかしながら、ニューヨーク空港は、キューバ代表団の飛行機への搭乗を拒否した。彼らの理屈はこうである。キューバの航空会社は、アメリカの航空会社に対する債務の返済が滞っている。だから、カストロが乗って来た飛行機を、担保代わりに差し押さえて没収したのだと。

「ふざけるな!」カストロは激怒した。「俺たちを国に帰さないというのか!」

アメリカ国家は、旅の最後になっても幼児めいた意地悪を仕掛けて来るのだった。それにしても、キューバ人たちを空港に足止めして何の得があるのだろうか? 理解に苦しむ。

飛行機を失ったキューバ人たちが、空港の構内で途方にくれていると、話を聞きつけたソ連代表団が自分たちの予備機であるイリューシンIL18軍用機を提供してくれた。カストロが、フルシチョフの厚意に感激したことは言うまでもない。アメリカ人の幼稚な嫌がらせは、キューバとソ連の関係をますます接近させる結果となったのだった。

こうして、ソ連の飛行機に乗ってハバナに帰ったカストロは、ニューヨークでソ連代表団から受けた暖かい待遇と、同時にアメリカから受けた侮蔑的な待遇を改めて思い返した。

ソ連のフルシチョフ首相は、わざわざハーレムの安ホテルにカストロを訪れて挨拶してくれた上、晩餐会では山海の珍味をごちそうしてくれた。

それに引き換え、アメリカ国務省はカストロをまともなホテルに泊めてくれず、アイゼンハワー大統領は晩餐会に招かず、しかも最後には飛行機まで横領したのだった。

「革命キューバの進むべき道は、これで明らかになったな」

カストロは、最も信頼する仲間であるラウルとゲバラに向かって、ソ連との関係強化についての抱負を語った。もともとソ連贔屓《びいき》だったラウルとゲバラは、これを聞いて大喜びである。

そして10月、チェ・ゲバラが移動大使として、ソ連やその傘下の東欧諸国、さらには中国に視察旅行に行くこととなった。その真の目的は、貿易協定の調印である。

カストロは、盟友ゲバラを自分と完全に同等の人物だと見なしていた。だからこそ、最も重要な、長期にわたる仕事を彼に委ねるのが常だった。

あるとき、外国の記者がゲバラにインタヴューして、「どうして、あなたばかりが外に出されるんですか？　政争の結果ですか？」と無神経に聞いたことがある。

ゲバラは、「そうだよ。フィデルは僕が近くにいると邪魔なんだ」と笑った。だけど彼の本音は、「政争だと？　外国人記者などに、シエラで培った二人の友情の何が分かるというのか？」というものだったろう。いずれにせよ、旅行好きで冒険好きのゲバラにとって、こうした任務は大歓迎なのだった。

大勢の仲間たちが、ハバナ空港に見送りに来た。今回は、昨年の世界行脚と違って、成功の見込みが高い旅である。だからゲバラはもちろん、カストロもラウルもセリアもアルメイダも、瞳に安堵を浮かべて友を見つめているのだった。皆と握手するゲバラの笑顔の理由は、それればかりではない。最愛の妻アレイダが待望の第一子を懐妊し、年内には出産が見込まれていたのだった。

「男の子が欲しいな。もちろん名前はカミーロさ」

「あたし頑張るからね、忘れないで手紙をちょうだいね」

誰もが羨む熱愛夫婦は、固い抱擁を交わし、しばしの別れを惜しむのだった。

ゲバラを乗せたDC－4旅客機は、ソ連、中国、そして東欧諸国へと飛んだ。

貿易協定は各国との間に着々と結ばれた。そして勉強家のゲバラは、フルシチョフや周恩来といった要人たちとの会話や社会見学の中から、常人が気づかない本質を抽出して分析していくのだった。

ゲバラは、中国の社会がキューバに似ていることに着目した。

もともと「マルクス主義」は、高度に資本主義が発達した工業化社会を前提とした議論である。そのような社会での、資本家と労働者の対立を前提とした革命理論である。しかし、毛沢東と周恩来は、この議論を発展途上の農業国に置き換えて、まったく独自の社会主義の樹立に成功していた。そして、「国民の民度が低い発展途上の農業国」という点では、キューバは中国によく似ているのであった。だからこそ、中華人民共和国が達成しつつある壮大な実験は、大いに参考になるだろう。

逆に、ソ連には幻滅した。

ゲバラは、この国では官僚制が進みすぎて、民衆に自由が無さ過ぎることに気づいた。言論の自由も文化の自由もない。それどころか、特権階級に成り上がった官僚たちは、私利私欲に溺れて蓄財に励んでいる様子だ。もちろん、フルシチョフやミコヤン副首相といったソ連の要人たちは、こうした暗部をなるべく隠そうと振舞ったのだが、ゲバラは何度も死線を潜り抜けてきた最強のゲリラ戦士である。彼らが隠そうとすればするほど、こうした本質が透けて見えてしまうのだった。

その一方で、東欧諸国は楽しかった。

特にゲバラが気に入ったのは、チェコスロバキアである。プラハの街の美しさは、とてもこの世のものと思えないほどだ。旧市街広場にて、チェコ人が誇りにしている15世紀の革命英雄ヤン・フスの銅像に挨拶しながら、20世紀の革命英雄は、雲ひとつ無い美しい空と、中世そのままの赤屋根の列を振り仰ぐのだった。

そして、貿易協定の仕事が、最もうまく進んだのもチェコである。チェコスロバキア政府は、キューバに多くの工業製品やトラクターや実戦兵器を提供してくれることとなった。最新鋭のミグ戦闘機さえ売ってくれるという。それどころか、キューバ空軍パイロット100名の養成訓練まで引き受けてくれるというのだ。

「どうして、こんなに親切なのですか？」ゲバラが訝しげに問うと、

「我が国民は、あなたのような革命家が大好きなのです」ノヴォトニー大統領は陽気に笑った。「なにしろ、うちは、世界最初の宗教革命をやった国柄ですからな」

静かに礼を述べたチェ・ゲバラは、このとき以来、チェコスロバキアと奇妙な友情に結ばれることになる。

そんな彼は、いつのまにか父親になっていた。上海滞在中、妻から電報が来たのである。ただし、産まれたのは女の子だという。

祖国で待つアレイダは、ゲバラからの返電がそっけなかったので、男の子じゃなかったことで夫が臍《へそ》を曲げているのではないかと案じていたのだが、やがて帰国したゲバラは、両手にいっぱいのぬいぐるみやクッションを抱え、満面の笑顔で飛行機のタラップを降りて来た。世界を駆ける革命戦士にとっても、やはり一児の父親となるのは嬉しいことなのだった。

8

この夫婦の初めての赤ちゃんの名は、母親と同じアレイダに決まった。

夫婦の小さな幸せの外では、無慈悲な暴風雨が吹き荒れていた。

キューバに対するアメリカの執拗な謀略は、国連総会の終結後から著しく強化されるようになっていた。大企業の国有化に代表されるキューバの構造改革の進展は、日増しにアメリカ系資本の被害を増やしていたからである。

まずは1960年10月、アメリカはキューバに対する貿易を、一部の食料品と医薬品を除き、ほぼ完全に停止した。これが、悪名高き「経済封鎖」の始まりである。アメリカとの貿易に生活必需品の多くを依存していたキューバ経済は、深刻な打撃を受けたのだった。

続いてCIAのスパイは、キューバ各地で大規模な反革命宣伝を行った。いわく、

「キューバ革命は、悪しき無能な独裁者が、民衆を苦しめて貧困化するものである」

「農村の子供たちを学園都市に集める政策は、教育のためではなく、子供たちを独裁者の奴隷へと洗脳するためである」

「キューバの社会主義化が進めば、いずれは教会や聖職者の迫害が始まるから、キリスト教を棄てない信心深い者は皆殺しにされるだろう」

素朴な心を持つキューバの民衆は、激しく動揺した。

アメリカはさらに、キューバ在住の知識人や専門職を高給で誘った。そのため、優秀な医師や教員や技師を含む数千人が、続々とアメリカに亡命流出したのだった。

激怒したカストロは、国の仕組みをソ連型に変更することで対抗した。まずは、「経済封鎖」に対して「配給制」を導入することで弱者の生活を救い、加えて、ソ連とその友好国からの食糧輸入を強化した。また、各市町村に「革命防衛委員会（CDR）」を設けて、住民の監視を行わせた。反革命思想を

持つ者やＣＩＡのスパイを摘発するのである。

だがカストロは、亡命に対しては非常に寛容だった。いわく、「アメリカに出て行きたい者は、好きにするが良い。この国には、革命の理想を信じる者だけが残れば十分だ。いなくなった教育者や技術者は、国に残った志ある若者の中から新たに養成すれば良いのだから」

そう言いつつも、熟練の戦略家である彼は、キューバ人亡命者の群れの中にスパイを紛れ込ませることを忘れなかった。何しろ、数千名単位で亡命者がマイアミに行くのだから、さすがのＦＢＩも、その中に紛れ込んだスパイを全て摘発することはできない。

やがて、マイアミを中心に張り巡らされたカストロのスパイ組織は、キューバがアメリカとの百年戦争を戦う上で、最強の武器となる。

スパイといえば、アメリカがキューバに送り込んでくる工作者による破壊活動は、激化するばかりだった。１９６０年の後半には、製油所や工場やホテルが次々に爆破され、多くの民間人が犠牲となった。それどころか、エスカンブライ山系などに跋扈《ばっこ》する反政府ゲリラも、アメリカやその一味のドミニカ共和国から武器を得て、カストロ派の農村を激しく襲うのだった。

１９６１年１月３日、執拗なテロ攻撃に窮したカストロは、ハバナのアメリカ大使館に注目した。ここには常時１５０名以上の館員が詰めており、スパイの温床となっていた。そこで、大使館員の数を10名程度までに削減するようワシントンＤＣに依頼したのである。

するとアイゼンハワー大統領は、「このような侮辱には耐えられん！」と称して、全館員を直ちにハバナから引き上げさせてしまった。実に、アイクらしい大人げなさだ。

これに応じて、在ワシントンＤＣのキューバ大使館も閉鎖させられた。追い出されたキューバ人外交官たちは、チェコスロバキア政府の厚意によって、在米チェコ大使館内に「利益センター」を設けて、なんとかアメリカにしがみついたのだった。

ここに、キューバとアメリカの国交は、ついに断絶したのである。

そして、国交断絶と戦争は紙一重である。

JFKの登場

1

そんな中、アメリカでは大統領選挙が行われていた。

老齢のドワイト・アイゼンハワーが出馬を断念したので、共和党は副大統領リチャード・ニクソンを大統領候補に推薦した。ニクソンは当時47歳。「狡猾ディック」とあだ名され、著しく人徳に欠ける人物ではあるが、経験豊富な敏腕政治家であることは間違いなかった。だから、ほとんどの下馬評は、彼の勝利を疑っていなかった。

これに対抗する民主党は、実績の乏しい43歳の若手上院議員を押し出してきた。しかも、この人物はアイルランド系のカトリック信者という変り種で、この国の権力集団の中では完全なアウトサイダーである。ほとんど、勝負を放棄したとしか思えない推薦であった。

ところが、1960年11月8日の開票結果は意外なものとなった。わずか12万票の僅差だったとはいえ、大統領に選ばれたのは民主党の若手議員の方だったのである。

「狡猾ディック」は、歯軋りして悔しがった。彼は、自分が大統領になれるものと思い込んでいたので、「キューバ侵攻作戦」の準備を実行段階まで進めていたのである。だけど、実際にこの作戦の指揮を執り、カストロの首を取って「アメリカの英雄」と称えられるのは、自分ではなくこの生意気なアイリッシュになることだろう。それが悔しかったのだ。

この民主党の若い議員が勝利できた理由は、まずは大富豪の父親のバックアップのお陰であり、親しい仲であるシカゴ・マフィアのお陰であり、彼の端正なマスクと爽やかな笑顔を全国に提供してくれるテレビ報道のお陰であった。

ここに、第35代大統領ジョン・F・ケネディ（JFK）が誕生したのである。

そして1961年1月20日、歴史に残る見事な就任演説で、「これは政党の勝利ではなく、自由の祭典だ」と豪語し、「国家が諸君に何をしてくれるかではなく、諸君が国家のために何を出来るか問いたまえ」と、アメリカの掲げる理想を高らかに誇らしげに述べた彼は、時代の流れを明るく華やかに変えることを世界中から期待されていた。

ところが、ケネディ大統領の前に最初に提示され、サインを要求された最高機密書類は、CIAが作成した「キューバ侵攻作戦」の承認書なのだった。

2

ケネディは、キューバ侵攻計画の概要を知って頭を抱えた。

「こんな計画があったなんて、私は前任者のアイク（アイゼンハワー）から何も聞かされていないぞ」

「この件はもっぱら、副大統領のディックが担当しておりましたからね。アイクは、興味が無かったのでしょう」ＣＩＡ長官のアレン・ダラスが、すました顔で応える。

「……簡単な空襲に続いて、亡命キューバ人から編成された精鋭部隊が奇襲上陸。そして一気にカストロの首を取るだと。あまりにも楽観的過ぎやしないか？」

ケネディは、ソロモン諸島で精強な日本海軍と対決した経験の持ち主である。軍事作戦が机上の空論では片付かないことをよく知っていた。

「ＣＩＡは、これと同じ作戦でグアテマラのアルベンス政権を倒した実績があります（１９５４年）。ですから、今回の作戦成功には絶対の自信があります」

「カストロは手ごわいぞ。アルベンスと同じ手が通用するだろうか？」

「しょせんは、カリブ海の小さな島の酋長に過ぎませんよ。だいたい、未開の土人を騙して支配するような独裁者が、我がアメリカ軍に抵抗できるわけがないじゃありませんか」

ケネディは、ダラスが発した「独裁者」という言葉に耳を傾けた。カストロが凶悪な独裁者だという噂はしょっちゅう耳にする。それが本当なら、アメリカ軍が介入してキューバ人を救済するのは、自分が就任演説で掲げた自由と友愛の大義に適うことだろう。だったらこの作戦は、悪魔に苦しめられる哀れなキューバ国民を助けるためなのだ。

それで、ケネディは書類にサインをした。

「ありがとうございます、大統領」ダラスは、官僚的な冷たい微笑みを浮かべて踵《きびす》を返した。

「アレン、待ちたまえ」ケネディは、眉間に手をやった。

「なんでしょうか？」

「戦況がどうなろうとも、アメリカの正規軍を投入してはならぬ。あくまでも、亡命キューバ人が勝手に仕掛けたこととして完結させてくれ」

「分かりました」

ダラスは、軽く頷いた。国際世論を過度に心配する大統領の若さが笑止だった。どちらにせよ、キューバ侵攻は簡単に成功するのだから、何の心配もいらないだろうに。

皮肉なことだが、ケネディとダラスは、アメリカ合衆国が捏造した反キューバ・プロパガンダによって自分自身が騙されていた。

彼らは、「大多数のキューバ国民は、凶悪な独裁者カストロに苦しめられているのだから、ひとたびアメリカ軍の侵攻が始まれば、あっという間にこちら側に寝返るはずだ」と本気で信じていた。そして、自分たちの侵略行為と殺戮行為こそが社会正義だと、本気で思い込んでいたのである。

3

もっとも、ケネディとダラスが情勢判断を誤ったのは、アメリカ社会の体質に由来する仕方のないこととも言える。

このころ、キューバ人亡命者たちは数万人単位でフロリダ州に住み着き、強力な政治団体を形成しつつあった。そんな彼らは、独裁者カストロの暴虐ぶりやキューバ国内での悪政について、こんなことを語ったのである。

「カストロは、国内の強制収容所に100万人以上の市民を押し込めて、連日のように拷問と虐待を加えている！」

「カストロは、少しでも反対意見を述べた部下をみんな殺してしまう。カミーロ・シエンフエゴスは、ある。

カストロによって消されたのだ！」

「カストロは、国内の教会を全て破壊し、聖職者を片端から銃殺している！」

「カストロは、国民を騙して搾取し、酒池肉林の生活を貪っている！」

事実無根もはなはだしいのだが、亡命キューバ人たちがこんなことを言うのには、いくつもの理由がある。

彼らが国を棄てたのは、元々バティスタの一味として悪の限りを尽くしていたからであり、またはカストロの思想や政治路線に馴染めなかったからであり、あるいは農地解放などで自らの利権を脅かされた結果である。そんな彼らの心の奥底には、「弱者救済」を掲げるカストロの優しい行き方に付いていけない自分を恥じる気持ちがあった。

だから、自らの良心を慰め、自分の行動を正当化するため、誇張気味にカストロを個人攻撃するのである。キューバ革命の理想は正しいかもしれないけれど、カストロが人間的に嫌な奴だから、自分たちは逃げざるを得なかったのだと言い訳したかったのである。

最初のうちは、事実に基づく軽い悪口だった。それが、言い続けているうちにどんどんエスカレートしてしまい、やがて自分が流した事実無根のデマでさえ、本当のことのように思えて来るのだった。

それに加えて、カストロの悪口を言いまくるほうが、亡命先のアメリカ各地で喜ばれた。現地の新聞やテレビのインタヴューで「髭の独裁者」の悪口を言えば、巨額の謝金をいただけるし、しかも周囲のアメリカ市民に同情してもらえるのだった。

アメリカのマスコミも、「カストロの拷問」「カストロの酒池肉林」などを、センセーショナルな記事にすれば、視聴率や売れ行きが上がって大儲けが出来る。落ち着いて考えたら、たとえば総人口６００

万人のキューバで100万人を収容所送りにすることなど、物理的に不可能であることは子供でも分かる理屈であるが、効率的な「金儲け」のためには、そういう理性的なことは考えない。それがアメリカ流なのである。

もちろんCIAも、亡命者たちやマスコミの尻を叩いて、カストロの悪逆無道さを派手に宣伝させた。その方が、自分たちの議会での予算獲得に有利だからである。

いつしか、亡命者たちの嘘やマスコミのゴシップ記事は一人歩きを始めていた。いったい何が真実なのか、情報を語る本人でさえ分からなくなっていた。

若くて経験の浅いケネディは、まんまとこれに乗せられたのだった。

4

それでは、実際にはキューバでは何が行われていたのか？

ホセ・マルティの思想に基づき、直接民主主義による弱者救済政策が継続されていたのである。

農民たちは、今や自分たちの私有地を持っていた。彼らはもはや、マヨラール（農牧管理人）から使役され虐待されることはなかったし、アメリカ人から低賃金での重労働を強制されることもなくなっていた。

各市町村には、学校が建てられた。また、学校を置けないような僻村の子供たちは、町へ集められ、学園都市で寄宿生活を送りつつ教育を積んだ。そのための学費と寄宿費は、国家がすべて面倒見てくれるので無料である。おまけに、病院や診療所が各村に建てられ、そこでは都市部から送り込まれた医師たちが、患者たちを無料で診療し投薬し施術してくれるのだった。

人種差別も姿を消しつつあった。もはや白人が特権を行使できる場所は、国内のどこにも無い。白人と黒人と混血は、互いに笑顔を向け合いながら仲良く仕事を行っていた。女性差別も職業差別も、姿を消しつつあった。どの職場でも、男女は原則として平等な扱いを受けることとなっていた。

経済格差も無かった。この国では、たとえば政府閣僚と雑役夫の所得がほとんど同じだった。

以上を見る限りでは、革命キューバは「理想的な社会主義体制の国」だと言うことが出来る。

ところが、社会主義体制なのに、この国では教会の破壊や聖職者の弾圧は無かった。もちろん、アメリカと手を組んで国家に仇をなした聖職者が処罰されることはあったけれど、それは宗教とは関係のない政治的な理由であった。人々は、教会で洗礼を受けたり結婚式や葬式を行ったり、普通に自由に行えたのである。

また、自由市場も温存された。米系大企業は国有化され、アメリカの経済封鎖を受け始めてからは配給制も一部導入されたけど、街の商人たちは、他の資本主義国と同様に、自由に物品の売り買いを行うことが出来たのである。

そう考えるなら、キューバはやはり、ソ連型の共産主義国家（＝反宗教かつ計画経済）ではないのだった。むしろ、西ヨーロッパの一部で採用されている「社会民主主義」の政策を、より急進的に進めている国なのだった。

もちろん、議会は存在しないし間接民主制の普通選挙も行われていない。閣僚会議と「運動」が、国政のすべてを差配している。だけどそれは、キューバ国民の民度が低く（そもそも、文字を読める人が国民の6割しかいない）、欧米型民主主義の発展段階に達していないのだから、当面のところは仕方ないと言えるだろう。カストロはこれを改善するため、国を挙げて、識字率向上キャンペーンや工業生産力向上キャンペーンを、1961年度の優先政策として掲げているのだった。

総じて言えば、革命以前に貧しく苦しい生活をしていたキューバ人（総人口の90％超）は、革命政府の諸政策から大いに恩恵を受けていた。たとえば、革命前の農民層は、教育も医療も洗礼も受けられず、重労働の末に枯死する人が大半だった。だけど今は、十分な教育と医療を与えられ、洗礼も受けられ、そして自発的に労働を行えるようになっていた。

彼らは、家畜から人間に生まれ変わったのである。

だから、圧倒的大多数のキューバ国民が、カストロに心からの感謝と尊敬を捧げているのだった。

それどころか、精力的な指導者の働きを見ているだけで、人々の心に希望と勇気が湧いてくるのだ。

カストロは、一日3時間しか眠らずに、全国各地を回って市井《しせい》の人から直接意見を聞いて政策を決定していた。広場で激しい演説を行ったかと思えば、村祭りに参加して一緒に踊った。街の野球やバスケの試合に飛び入り参加して、かつてのアマチュア名選手ぶりを披露した。人々は、こんな気さくな首相を「フィデル」とファーストネームで呼んで親しんでいた。

ところで、アメリカ人はカストロのことを独裁者と呼び、そう決め付けて思い込んでいたのだが、彼が本当に「独裁者」なのかどうかは微妙である。なぜなら、キューバの国政は閣僚会議と「運動」の合議で行われていたからである。すなわち、カストロが一人で意思決定することは出来ない仕組みなのだった。もちろん、閣僚の中で最も権威と知恵のあるリーダーはカストロ首相であるから、彼の意見が最も通りやすいという状況はあった。だからといって、彼を「独裁者」と決め付けるのは必ずしも正確ではない。

そして、実に皮肉なことに、アメリカの露骨な「経済封鎖」や「反革命宣伝」は、かえってカストロの権威を強化することに繋がっていた。なぜなら、カストロの政治上の失敗もすべて、「アメリカのせい」になったからである。

たとえば、カストロの急進的な農地解放政策は、個々の農民たちは喜んだけれど、かえって農作業の小規模化や細分化による非効率を生み、国全体の農業生産力を低下させる結果を招いていた。しかしながら、この問題が顕在化するちょうどそのタイミングで、アメリカが「経済封鎖」を仕掛けたものだから、カストロの失政はうやむやになってしまったのである。

カストロは、国民が食糧不足で飢えるのは、すべてアメリカの仕業だと言い切ってしまえた。もちろん彼は、国民に嘘をついたわけでも騙したわけでもない。キューバ人が苦しむのは、実際に経済封鎖のせいでもあったのだから。

こうして、キューバ国民の怒りは、全てアメリカに向けられた。逆に、「邪悪なアメリカ」に敢然と挑むカストロと彼の同志たちは、勇気溢れる正義の英雄として、より一層の強い国民的支持を得られることとなったのである。

まさに皮肉なことに、アメリカがカストロに力を与え、アメリカがカストロを強くしたのであった。

5

1960年の暮れも押し迫ったある日、フィデル・カストロがホテル・ヒルトンの私室に一人で帰宅すると、キッチンに一つの細い影が立っていた。彼が眼を細めて凝視すると、暗がりの中から進み出たのは一人の麗人だった。

「マリタか」

「お久しぶりね、フィデル」

愛人マリタ・ロレンツは、カストロが好きな青いドレスを纏い、両手にカクテルのグラスを持っていた。部屋の主は、安堵のため息をついて居間のソファーに腰を下ろした。

「お疲れのようね、フィデル」近づいたマリタは、立ったままグラスを差し出しつつ言った。

「まあね」カストロは、グラスを受取り小さく頷いた。「久しぶりだね。いったい、どこにいたんだ？」

「アメリカで仕事を探していたのよ」青いドレスの女は、艶やかに微笑んだ。

「首尾よくＣＩＡの仕事を得て、それで今、俺を殺しに来たのか」

二人の間の空気が凍った。

無言であっても、女の冷たい目はすべてを物語っていた。

カストロは、うつろな眼をかつての愛人に向けた。カクテルグラスをゆっくりとテーブルに置いてから腰に手をやり、ホルスターから拳銃を引き抜いた。そして少し考えてから、銃把《じゅうは》を女に向けて突き出した。

「弾丸は、装填済みだ」

拳銃を受取ったマリタは、その重さに脅えたようだった。意外な相手の行動にも驚いていた。しかし、ゆっくりと拳銃を握り直すと、その銃口をかつての恋人の眉間に向けた。

「ＣＩＡに何を吹き込まれたか知らないが」カストロは、まっすぐにマリタの目を見つめながら語った。「俺を殺しても何も変わらないぞ。俺の理想は死なない。ラウルに、チェに、そして次の世代へと受け継がれるのだから」

「あたしが来たのは、個人的な恨みを晴らすためよ」立ったままのマリタは、ソファーに座る仇敵を見下ろすような形で、拳銃の引き金に指を置いた。「あたしの赤ちゃんの仇を討ちに来たわ！」

「何を言っているんだ？」カストロは首をかしげた。「君の赤ちゃんは生きている」

「何ですって！」マリタは、指を引き金から離した。

「国営の保養施設に預けてある。元気な男の子だよ」

「嘘よ、嘘だわ」

「嘘をついても始まらない」カストロは、自分に向けられた銃口をじっと見つめた。「だいたい、何で俺が君の赤ちゃんを殺さなければならないんだ。意味が分からない。だって、君の赤ちゃんの父親は、この俺なんだぞ。あの子は、俺の子でもあるんだ」

「じゃあ、じゃあ」マリタは、銃をだらりと垂らした。「本当に無事なのね。生きているのね」

「保証する」

「じゃあ、お願いだから会わせて。一目だけで良いから」

「今は難しい」

「どうして？」

「分かるだろう？　俺の子供の所在が知られたら、ＣＩＡに狙われる。奴らは、子供を人質にすることくらい平気の連中だ。君なら分かるはずだ」

「…………」

「だけど約束する。時が来たら、必ず会わせると。親子三人で対面する時が来ると」

カストロは、テーブルの上のカクテルグラスに手を伸ばし、これに口をつけようとした。するとマリタが前に進み出て、そのグラスを平手で床に叩き落した。

「そうか、毒か」

カストロが、床に転がるグラスから正面に目を向け直すと、そこには赤いルージュを引いた豊かな唇があった。しばし熱く見詰め合った後で、ルージュは濃い髭の中に埋もれて消えた。それからは、お互いに何が起きたのか分からない。目くるめくうちに時が過ぎ、激しい愛を交わした二人は、ソファーの上に重なっていた。

「フィデル、あなたは少しも変わらない」マリタは、しなやかな白い指で男の黒い髭を撫でた。

「理解しにくいかもしれないけど、俺は君を心から愛している。そして、君の子供も愛している」カストロは、裸の胸板を静かに上下させながら言う。「俺には、こういう愛し方しか出来ないんだ。そういう風に生まれついた男なんだよ」

「分かっているわ」

「だから、母にも兄にも妹たちにも怒られている。だけど、そんなことより、俺には国民の方が大事なんだ。学校や病院を作ったり、人々に農作業の楽しさを教えたりする方が大切なんだ」

「………」

「俺はさっきまで、建設中の小児病院の視察をしていたんだよ。この病院が完成すれば、生まれて来た子供の死亡率は激減する。もう、子供に死なれた母親の辛い涙を見ないで済むようになるんだ」

「立派なことね」マリタはうつむいた。「そうだった。あなたが死ねば、この国に住む多くの母親と多くの子供たちが不幸になるのだった。無数のキューバ人が悲嘆にくれるのだった。あたしは、そのことを忘れていたんだわ」

マリタはソファーから立ち上がると、素早くドレスを纏った。

「行くな、マリタ」カストロは、切なげな眼差しを向けた。「このままアメリカに帰ったら殺されるぞ。俺と一緒に暮らそう」

「あたしには、CIAに帰るしかないのよ」マリタは、一滴の涙を落とした。「だけど、死なない。そして、いつか必ず帰ってくるわ。息子に会うために」

マリタは、上官のスタージスに「裏切って逃げても、どこまでも付き纏うぞ」と脅されていたのだった。だから今は、アメリカに戻るしかなかった。

青いドレスは、ドアの手前で一瞬立ち止まり、そして振り向いて鋭く言った。

「アメリカ軍は、もうすぐ攻めてくるわ。来年4月が目処《めど》になるでしょう。最初は、激しい空爆でキューバ空軍を無力化させる。襲撃機は、キューバ軍の標識を偽装して来るから気をつけて。その後で、亡命キューバ人から成る侵攻軍を上陸させるでしょう。その規模は1500名前後」

「マリタ」

「アメリカ軍は、この戦いをあくまでも『キューバ人同士の内戦』という形に粉飾しようとするでしょう。そこが彼らの最大の弱みになるわ」

「ありがとう、マリタ。お陰で、キューバは勝つことが出来るだろう」

薄く微笑むと、麗人はドアを静かに開けて出て行った。

6

1961年4月12日、ケネディ大統領は、テレビ演説の中で「共産主義キューバで民主主義が否定されている」ことを激しく難詰《なんきつ》した。そして、「アメリカ合衆国はキューバ国民の自省を求めるが、決して軍事介入することは無いだろう」との特別声明を発したのである。

だがフィデル・カストロは、これを攻撃命令のサインであると正しく理解した。そこで、2万5千の正規軍に加えて20万人の民兵隊の総動員を開始したのである。

信頼する仲間たちは、各地に散った。ラウル・カストロはオリエンテ州（東部）、ファン・アルメイダはラス・ビジャス州（中部）、そしてチェ・ゲバラはピナール・デル・リオ州（西部）に、それぞれ総司令官として着任した。

運命の4月15日未明、キューバ空軍の標識をつけた8機のB26爆撃機が、ニカラグアに設置されたアメリカ軍の秘密基地を飛び立った。この特別攻撃隊は、CIAによって訓練された亡命キューバ人パイロットたちによって操縦されていた。

奇襲攻撃は成功した。雲ひとつ無いキューバ上空に現れた攻撃隊は、2機ずつの編隊に分かれてキューバ各地の3箇所の飛行場を襲撃し、全部で15機しか存在しない貧弱なキューバ空軍を、滑走路上で片端から粉砕したのである。この攻撃で基地にいた7名が死亡し、52名が負傷した。

襲撃に参加しなかった2機は、そのまま北進してフロリダ州に向かった。そして、アメリカ軍の基地に降り立ったパイロットはマスコミに語った。「我々は、キューバから逃げて来た空軍です。脱走のついでに、独裁者の飛行機を壊して来たのです」。つまりCIAは、「この空襲はキューバ軍の同士討ちであり、アメリカ合衆国は一切関与していない」と世論に思わせたかったわけだ。

空襲の一報を受けたカストロは、滞在していたセリア・サンチェスのフラットを飛び出すと、ジープに乗ってシウダー・リベルター（旧コロンビア兵営）の空軍基地に視察に向かった。破壊された滑走路から激しく巻き上がる噴煙は真っ黒だ。出迎えの軍人から状況説明を受けつつ、格納庫に近づくと、一人の兵卒が駆け寄って来た。

「コマンダンテに、ぜひお見せしたいものがあります！」

兵卒が案内した先には、年若い少年兵の死体があった。爆発の破片を浴び、激しい出血で事切れたばかりだった。しかし、そのあどけない表情は不思議と満ち足りた様子であり、彼の右手の人差し指は格納庫の扉に伸びている。そこには、血で書いた文字があった。

FIDEL

そう読めた。

「この16歳の志願兵は、最後の力を振り絞って、あなたの名前を書いたのです」

兵卒は、声を震わせながら語った。

カストロは、感動で目を潤ませた。そして死んだ少年に語りかけた。「君の信頼を裏切りはしない。仇は必ず取るからね」。それから、噴煙に黒く染まる空を振り仰いだ。「ヤンキーめ。この俺をとうとう本気で怒らせたな！　後悔しても遅いぞ！」

そのとき、軍属のカメラマンが駆け寄って来た。「コマンダンテ！　ご指示のとおり、襲って来た敵機の写真を撮っておきました！」

「よくやった！　急いで現像しろ。他の飛行場で撮れた写真も、みな集めるんだ！」

カストロは、後ろに控えていたラミーロ・バルデスに指示すると、もう一度少年兵の死体を優しく見つめ、それから踵を返した。

今、ドン・キホーテの智謀が炸裂する。

そのころニューヨークでは、国連総会の政治委員会が開催されていた。そして、キューバで大規模な軍事行動があったとの情報は、各国代表を驚愕させたのである。

居合わせたアメリカのアドレイ・スティーブンソン大使は、メッセンジャーが届けて来た長文の電報を読んで、にこやかに語った。「みなさん、ご安心ください。キューバ軍の同士討ちのようです。こんなことでは、髭の独裁者も長くありませんなあ」

各国代表は、この説明に必ずしも納得したわけではなかった。背広姿の面々は、不信感に包まれつつ、第一報を受けて廊下に飛び出したキューバ代表の空席を漫然と見ていた。やがて、別室での長い打ち合わせを終えたラウル・ロア外相が、禿頭を振りながら写真の束を抱えて戻って来た。

「これは、アメリカ軍による攻撃です。ここに証拠があります！」

「なんだと！」

驚くスティーブンソンと各国代表の前で、キューバ外相ロアは、ハバナからファクシミリで送られて来た攻撃機の写真を用いて、カストロから電話で受けた指示通りに検証を始めた。

「ご覧ください。攻撃機が付けていた航空標識は、確かにキューバのものです。しかし、機体の他の部分が汚れているのに、この標識のところだけ明らかにペンキの色が新しいですよね。おかしいとは思いませんか？　また、機体のこの部分を見てください。我がキューバ軍に配属されているB26は、バティスタ政権が1958年にアメリカから購入したものの生き残りです。この型は、それ以降の型とはフラップとカウリングの形が異なるのです。これが、その写真です。そして、良いですか？　今回、我が国に空襲を加えたB26の写真は、これ。お分かりですね？　どう見ても、形が違うでしょう？　最新式なのですよ、こいつは」

ロア外相の見事な論証に、各国代表は、濃い霧が晴れたときのような顔を浮かべた。

「やはり、アメリカ軍の仕業だったのか！」

「それにしても、航空標識をペンキで塗り替えるなんて」

「国際協定への違反行為ですな」

「なんという卑怯、なんという破廉恥！」

「それでも、自由主義陣営の盟主のつもりなのかね！」

かつて、バティスタを打ち倒したカストロの卓抜な情報戦略は、その数倍の破壊力を持ってアメリカに襲い掛かった。怒りに燃え立つ各国代表団の前で、大恥をかいたスティーブンソンは、顔を屈辱で赤黒く染めるばかりであった。

それ以上に恥をかいたのは、ケネディ大統領である。

翌16日の朝、怒りに燃えるカストロは、空襲の犠牲者へのコロン墓地での追悼演説の中で、渾身の力を込めてアメリカを糾弾したのである。

「アメリカは、これほどの証拠があるにもかかわらず、自国の空襲への関与を否定し続けている。なんと卑怯で臆病なのだろうか？　この国はかつて、日本軍の真珠湾攻撃を卑怯だと非難した。しかし、日本軍は日の丸の旗を隠そうとはしなかったし、攻撃に誇りを持っていたから臆病な言い訳などしなかった。彼らには、武士道があったのだ。それに対して、今回のアメリカはどうだろうか？　彼らに、日本人の卑怯さを難詰する資格があるだろうか？　断じて否である！　この攻撃は、真珠湾攻撃の二倍は卑怯で、一千倍は臆病だと断言できるからだ！」

そしてカストロは、演説の中で初めて社会主義（ソシアリスモ）という言葉を用いた。

「帝国主義者が我々を憎むのは、彼らの目と鼻の先で社会主義革命を行ったからである。キューバ革命は、社会主義革命である！　貧民の、貧民とともにある、貧民のための民主主義的で社会主義的な革命である！」

これまでのカストロは、社会主義とか共産主義という言葉を用いるのを嫌っていた。

昨年初頭に来訪したフランスの思想家ジャン・ポール・サルトルに、キューバでの社会主義的施策を褒められたときも、「これは社会主義ではありません」と反論している。彼はキューバ革命を、ホセ・マルティ思想に基づく「正しい民主主義」だと思っていた。社会主義とは異なると考えていたのだ。

だが、アメリカと戦うためには異なるイデオロギーを謳ったほうが分かりやすいし、友邦であるソ連や東欧諸国の協力も得やすいだろう。だから、今ここで「社会主義」を前面に押し出したのだった。

カストロは、演壇の上でじっと目を閉じた。彼を「社会主義」に追いやったのは、他ならぬアメリカの「民主主義」なのだった。

それからコマンダンテは、全キューバ国民に「総力戦」の覚悟を呼びかけた。もはや後戻りは出来ない。いよいよアメリカとの直接対決の時が来た。ドン・キホーテの五体は、アドレナリンで沸き返った。

「同志、労働者、農民諸君。我々の革命は、特権階級ではなく、謙虚な心を持つ謙虚な人々による謙虚な人々のための革命である。我々は皆、この革命に誇りを抱き、命を棄てる覚悟が出来ている。祖国か死か、我々は勝利する！（パトリア・オ・ムエルテ、ベンセレーモス！）」

テレビ報道でこの様子を見ていたケネディは、顔を怒りで赤黒く染めて屈辱に耐えていた。

作戦を中止するのは、今が最後のチャンスである。しかし、若いケネディは自尊心を傷つけられて我慢できなかった。なんとしても、この髭の独裁者の首を取ってやりたいと願った。

「良い気でいられるのも今のうちだぞ！」

そして、彼の軍勢は、すでにキューバ島の南岸に肉迫していたのである。

ピッグス湾の激闘

1

亡命キューバ人から編成される「第2506旅団」は、CIAの指揮下に編成された特殊部隊である。その存在は、アメリカ国民はもちろん、ペンタゴン（国防総省）にも秘匿されていた。

そして、アメリカの「植民地」グアテマラで編成と訓練を終えた部隊は、兵員こそ1511名と少ないが、最新鋭戦車に加えて空挺部隊まで有する最強の攻撃部隊であった。

4月14日、4隻の輸送船に分乗した第2506旅団の5個大隊は、アメリカ海軍の戦艦と空母に護衛されつつ、いよいよニカラグアの軍港から出発した。

見送りに出た同国の権力者ソモサ将軍は、「お土産に、カストロの髭を何本か持って帰ってくれたまえ」と笑顔で激励した。ソモサ将軍は、暴力を用いて民衆を苦しめる軍事独裁者だったのだが、アメリカからは可愛がられていた。なぜなら、彼の暴力は「宗主国」アメリカには迷惑をかけなかったからである。かつて、キューバの暴君バティスタが、アメリカから可愛がられていたのと同じ理屈である。

4月16日、カストロはキューバ全土に戒厳令を発した。間違いなく、敵軍の上陸は間近だ。しかしながら、彼がアメリカ全土に張り巡らせた諜報網を持ってしても、上陸地点の詳細までは摑めないのだった。

「おそらく、いくつかの陽動作戦の後で、人口密集地サンチアゴを強襲してくるだろう」カストロはそう考えて、オリエンテ州を守るラウルに援軍を急派した。

ところが、4月17日未明、敵軍がコチノス湾に上陸したとの確報が入ったのである。

「コチノス湾だと！」セリアのフラットで仮眠を取っていたカストロは、毛布をはね除けて飛び起きた。

「どういうことだ。あそこには、何もないが」

コチノス湾は、ラス・ビジャス州の南岸に位置する内陸にくびれた天然の良港だ。コチノス（豚）という名の由来は、昔ここから養豚の出荷がなされていたためらしい。それで、アメリカ人はここを「豚湾（Bay of pigs）」と呼んでいた。この戦いは、だから「ピッグス湾事件（Bay of pigs invasion）」としてアメリカの歴史書に載っている。

コチノス湾の北側は、シエナガ・デ・サパタ（サパタ湿原）と呼ばれる広大な過疎地帯だ。カストロが戸惑ったのは無理もない。こんなところを占領しても、軍事的にも政治的にも無意味なのである。

実は、ＣＩＡは当初、人口密集地トリニダーへの強襲上陸を計画していたのだが、作戦決行の直前になって、ケネディの指示で変更されたのである。若き大統領は、危険な敵前上陸を敢行するよりは、過疎地帯に時間をかけて上陸部隊を浸透させた方が安全だし、キューバ国内の反カストロ分子を誤って傷つけずに済むと考えたのだった。

もっとも、この考え方には重大な錯誤があった。ケネディは、大多数のキューバ人は、内心でカストロを憎んでいるはずだから、アメリカ軍の上陸を聞いただけで一斉に反乱に立ち上がるだろうと予想していた。だから、味方の上陸地点は、なるべく敵から接近されにくい安全な場所で十分だと判断したのだった。

カストロには、そんなケネディの考えは分からないから、コチノス湾は陽動作戦ではないかと疑った。しかし、近在の住民や偵察隊の報告を総合するに、どうやらこの地に現れたのが敵の総勢であることが分かった。

「何を考えているのかよく分からないが、とにかく早期に捻じ伏せるのが肝要だ」

ハバナの軍司令部にジープを飛ばしたカストロは、コチノス湾近在の民兵部隊の司令部に電話をかけまくった。「可及的速やかにサパタ湿原に進出し、敵を攻撃せよ」と。同時に、アルメイダ司令官にも電話を入れて、指揮下の正規軍を急行させるよう指示した。

それから、カストロは飛行場へと駆けて行き、偵察機が持ち帰ったばかりのコチノス湾の航空写真を、会議室の机上に据えてじっくりと検討した。そして、出撃準備中のパイロットたちを招集した。

実は、キューバ空軍は全滅していなかった。

15日の空襲で、アメリカ軍が地上で破壊したのは、老朽化して飛べなくなった機体ばかりだったのである。スパイ情報によって敵の空襲を予想していたカストロは、実戦可能な機体の多くを空中に避難させておいたのだ。だから彼の手元には、8機の軍用機が温存されている。そのうち、現時点で整備完了したのは、ダグラスB26爆撃機が1機とホーカー・シー・フューリー攻撃機が2機である。

パイロットたちは、緊急呼集をかけられた会議室に、カストロ本人が待っていたので驚いた。コマンダンテは、パイロットたちを手招きすると、机上の航空写真を指差しながら作戦を説明した。

「君たちには、これらの船を、みんな沈めて欲しいのだ」

彼が指差したのは、ヒロン浜で揚陸作業中の2隻の大型船と、その外側で待機している3隻の貨物船であった。

「地上部隊には、いっさい目をくれるな。輸送船の撃沈だけを考えてくれ」カストロは、パイロットたちの前に歩み寄ると、一人一人の目をじっと見つめ、そして握手を交わした。「キューバの命運は、君たちの活躍にかかっている！」

「分かりました、コマンダンテ！」

「命に代えてもやり遂げます！」

「ヤンキーに、目にものを見せてやります！」

尊敬する首相に励まされ、感動に胸を震わせた飛行服の若者たちは、勇気百倍して各々の愛機へと走って行った。

2

4月17日午前8時、コチノス湾のプラヤ・ヒロン（ヒロン浜）周辺は、揚陸作業中の舟艇と兵士の群れで埋め尽くされていた。ようやく2個大隊の点呼整列が完了し、彼らの武器弾薬医薬品が、海岸線に並べられているところである。

第2506旅団は表向き、海岸で陣頭指揮する亡命キューバ人ペペ・サン・ロマン大尉の統率下にあったのだが、彼は傀儡《かいらい》に過ぎなかった。実際に指揮を執るのは、コチノス湾内に待機する2隻の揚陸指揮船「バーバラ・J」及び「ブラガー」内のCIA作戦本部であった。ここに座るアメリカ白人たちは、タバコやコーヒーを楽しみながら、物見遊山の気分で机上図や無線機を弄《いじ》くっていた。

こんなに楽な仕事はない。彼らアメリカ白人は、作戦中は陸地に顔を出すなと命令されていたので、ずっとこの安全な場所で座っていれば良いのだった。だけど、海岸で実際に戦う亡命キューバ人どもの功績は、すべて彼らの掌中に入ることになっている。座っているだけで、将来の出世は間違いなしだ。だから、リンチ局員もロバートソン局員も、己の幸運をプロテスタントの神に感謝するのだった。

すると午前9時、爆音とともに西の空から3機の飛行機が近づいてきた。なんだろうと思って船腹の窓から見ていると、機首をこちらに向けた飛行機は、鋭い摩擦音とともに何かを射出した。

「嘘だろう！」

CIA局員たちは仰天した。海面に次々に着弾して爆裂するのは、紛れもなく対艦ロケット弾である。そして、船の上空を猛スピードで通り過ぎるのは、キューバ空軍の標識だった。

コチノス湾はパニック状態に陥った。無防備の輸送船は、揚陸作業を中止して抜錨し、大急ぎで回避行動に入った。互いに鳴らしあう警笛の音が、湾内に反響して割れるほどだ。

しかし、引き返してきた2機のシー・フューリー攻撃機は、体当たりするかのような勢いで突っ込んで来て、至近距離から残りのロケット弾を発射した。

貨物船「ヒューストン」は船腹に直撃弾を受けて炎上し、湾内の浅瀬に乗り上げて大きく傾き座礁した。続いて揚陸指揮船「バーバラ・J」も、喫水線に大穴を開けられて浸水を始めた。

「そんな馬鹿な！」「キューバ空軍は全滅したはずじゃなかったのか？」「助けてくれ！」「死にたくない！」

最も安全なはずの船上が最も危険な死地と化し、出世への一里塚は地獄への入口と化す。CIA局員たちはプロテスタントの神を激しく呪いながら、「バーバラ・J」と僚艦「ブラガー」に外海への退避を命じるのだった。

午前9時30分、補給物資を満載した「リオ・エスコンディード号」は、黒煙を上げてよろよろと外海に向かう指揮船と入れ違いに港内に入り、そしてヒロン浜に接岸して揚陸作業を開始した。

そこに、補給と整備を終えたキューバ空軍の第二陣が襲い掛かった。

海面すれすれに飛んで来たシー・フューリーの攻撃は正確だった。エンリケ・カレラス大尉が放ったロケット弾の直撃を受けた「リオ・エスコンディード」は、次の瞬間、けたたましい爆音と目もくらむような閃光を発する黄色い太陽と化した。そして、その巨大な光球が消えた後、大型貨物船の姿は地球上のどこにも存在しなかったのである。

コチノス湾一帯を押し包むかのような凄まじい大爆発は、船に積載していた航空燃料が一斉に引火したために引き起こされた。もともと旅団は、上陸地点に橋頭堡を築いた後、その付近の古い飛行場を占領して、自分たちの空軍に使わせようと計画していた。だから、貨物船に膨大な航空燃料と武器弾薬を運ばせていたのである。それが、一瞬にして灰と化したのだった。

この惨事から1時間以内に、恐怖にかられた貨物船「アトランチコ」と「カリブ」、すなわち輸送船団の生き残りは、1隻残らず外海へと逃げ去っていた。そして、中途半端な補給物資とともに、第2506旅団は海岸線に置き去りにされていたのである。

「航空援護を要請する！」

サン・ロマン大尉は、無線機に向かって叫んだ。そして、叫んだ後で気づいた。最寄りの空軍基地は、ここから1200キロ離れたニカラグアにあり、ここから最短で3時間かかるという事実を。

そして彼の部隊は、今や陸上からも銃火にさらされつつあった。キューバ軍の民兵隊が、旺盛な闘志で北から攻撃を仕掛けてきたのである。

「話が違うぞ！」サン・ロマン大尉は、途方にくれて呟いた。

彼らを出迎えるのは、銃弾ではなく歓迎の花束であるべきだった。

3

戦場となったサパタ湿原は、低い灌木と泥水に覆われた、およそ戦闘に向かない土地だった。

それでも、キューバ軍第399民兵隊900名が、ヒロン浜北方にいち早く進出できたのは、1年前に頓挫した「観光立国計画」の副産物のお陰であった。かつてカストロは、この湿地帯に住む珍しい動植物を観光の目玉にしようと考えて、いくつもの道路をこの地域の南北に渡していた。そして今、愛国心に燃える民兵隊は、その観光道路を使って侵攻軍の頭を抑えたのである。

しかしこの民兵隊は、しょせんは民間人が素朴な猟銃や古びたライフル銃で武装した集団である。十分な戦闘訓練を積み、高性能兵器で武装する第2506旅団が態勢を立て直すと、たちまち撃ちすくめられて後退した。

「よし、このまま夜まで持久するのだ。夜になれば、沖に退避した輸送船団も帰ってくるから、十分な戦力を確保できる」サン・ロマン大尉は安堵した。

折しも、その頭上を輸送機の大編隊が飛び過ぎた。払暁に空挺降下するはずだった旅団の第1大隊が、天候トラブルに見舞われた結果、ようやく日も高くなってからキューバ上空に現れたというわけだ。6機のカーチスC46輸送機からばらばら撒かれた177個の白いパラシュートは、湿地の上をタンポポの種のようにゆらゆらと落ちて行く。その降下地点は、ここから数キロ北方になりそうだ。

「よし、さっきの敵を、腹背から挟み撃ちに出来る！」サン・ロマンは拳を握り締めた。

輸送機が引き返すと、それと入れ違いに15機の味方B26が爆音を上げて現れた。散開して低空飛行に移ると、地上の敵を見つけ次第、ナパーム弾と機銃掃射を浴びせて行く。キューバの民兵の中には、爆撃機がキューバの航空標識を付けているものだから、友軍機と勘違いして手を振って身を乗り出し、みすみす餌食になる者が多かった。

そして、遮蔽物のない湿原の中で空から襲われたことで自暴自棄になったキューバ軍民兵は、雄たけびを上げながら浜に向かって自殺的な突撃を仕掛け、そのたびに旅団の機関銃に撃たれて斃《たお》れて行くばかりだった。

二人の旅団兵士が、前線から負傷した民兵を引きずってきた。胸の銃創から血を流し、うつろな目をした中年男性は、その粗末な作業着から推察するに、炭焼き（カルボネーラ）であった。

「炭焼きか」砂浜の指揮所に立つサン・ロマンは、驚きと嫌悪の表情を同時に見せた。

キューバには、激しい職業差別があった。最も卑しい職業とされるのが炭焼きで、周囲から生活圏を隔離された上で、他の市民から目すら合わされないのが普通だった。彼らは、その存在自体が汚らわしいと思われていた。東洋のどこかの島国の「部落民差別」に似ている。

その卑民が、先頭に立って戦っていたのだから、サン・ロマンが驚くのも当然であろう。

「お前は、どこの部隊の者だ。何名から編成されている？　部隊には、戦車はあるのか？」

とりあえず尋問してみたが、砂浜に横たえられた炭焼きは、指揮官の顔を仰向《あおむ》けに眺めてニヤニヤと笑うばかりだ。

「お前は、口が利けないのか？　しょせんは賤民だ。聞くだけ無駄だったな」

諦めてその場を立とうとしたら、炭焼きはふいに口を利いた。

「おらは、賤民じゃねえ」

「なんだと?」

「おらの胸のバッジが見えねえのか? おらは、ヒロン村の革命防衛委員長だぞ」

苦しい息の捕虜が指差す左胸には、確かに赤と黒のバッジが付いていた。

「どういうことだ?」

「フィデルは、おらたち炭焼きのために協同組合を作り、生活を保護してくれた。それだけじゃないぞ。おらの真面目さを見込んで、この名誉ある仕事に就けてくれたんだ」

「お前のような賤民を? 信じられない」

「この胸のバッジは、フィデル自らが付けてくれたんだ。そして、力強く握手してくれたんだ。この嬉しさが、お前のような奴に分かるか? この国には、もう賤民はいねえんだ。差別は無いんだ。お前のように、人を職業でバカにすることは無くなったんだ。おらたち炭焼きは、立派な人間になったんだ」

「………」

「だから、みんなフィデルに感謝しているんだ。600万人のキューバ人は、フィデルのために最後の一人になるまで戦うぞ。さっきお前は、おらの部隊名を聞いたけど、おらはどこの部隊にも属していねえ。戦いたかったから、勝手に猟銃を持って戦いに来たんだ。キューバ人は、女も子供も老人も、みんな同じ想いだ。もう二度と、ヤンキーの奴隷にはならねえぞ。もう二度と、お前みたいなくだらない人間に差別されねえぞ!」

一際激しく叫んだ捕虜は、そのまま激しく血を吐いて事切れた。

「なんということだ」

戦慄して浜に立ち尽くすサン・ロマンの頭上では、さらに信じられない光景が展開されていた。

味方のB26爆撃機が、いつのまにか現れたキューバ軍の戦闘機によって、次々に撃墜されていたのである。

4

ＣＩＡ作戦立案部は、「キューバ空軍には戦闘機が存在しない」と、太鼓判を押していた。もちろん彼らは、チェ・ゲバラがチェコスロバキア政府と話を付けて、最新鋭のミグ21ジェット戦闘機を発注したことは知っている。そして、その戦闘機がまだキューバに到着していないことも知っていた。

だからこそ第２５０６旅団の空軍は、B26爆撃機とC46輸送機だけで編成されていたのである。どちらにせよ、ニカラグアの飛行場からの往復２４００キロを飛べる護衛戦闘機は存在しないので、こういった偏った編成にならざるを得なかったわけだが。

戦闘機に関するＣＩＡの情報は、確かに正しかった。だが、彼らが犯したミスは、キューバ軍が保有する3機のT33ジェット練習機を無視していたことである。この非武装の小型練習機は、簡単な改造を加えることでM－３機関銃を装着できるのだった。

そして今、3機の改造T33は、軽快に宙を舞いながらB26の死角に潜り込み、急所めがけて的確な銃撃を加えていた。旅団のB26は愚かなことに、爆弾や燃料の積載量を増やすために、対空機関銃の多くを取り外していた。これでは、カモがネギを背負って飛んで来たようなものである。

たちまち3機のB26が撃墜され、生き残った爆撃機は後ろも見ずにニカラグア方向に逃走を図った。いずれにせよ、長距離を飛行する彼らは、キューバ上空に30分程度しかいられなかった。その後ろに追いすがるT33は、なおも情け容赦なく銃撃を加え、白煙を上げる数機のB26が、よろよろとコチノス湾の青い海面に突っ込んだ。

地上の民兵隊は拍手喝采の大喜びだが、旅団の士気は再び低迷を始めた。

近代戦では、制空権の有無が勝負の分かれ目となる。そしてどうやら、ここの制空権は、見るからに貧弱極まりないキューバ空軍のものであるらしい。

アメリカ軍の失策は、最寄りの航空基地を１２００キロの彼方に置いたことである。これでは、戦場を往復するだけでパイロットは疲労困憊してしまうし、戦場に着いても十分な滞空時間を確保できないし、護衛戦闘機すら付けることが出来ない。

太平洋戦争の「ガダルカナルの戦い」でも、日本海軍は類似の失敗をした。アメリカ軍が、かつてのライバルの轍《てつ》を踏んだ理由は、結局のところ、キューバを舐めていたからであろう。

あのときの日本海軍も、アメリカ軍を舐めていた。ただ、これは訳が分からない。日本はアメリカより国力が20倍も下だったのだから、これでは弱い方が強い方を舐めていたことになる。日本海軍の上層部は、気が狂っていたとしか思えない。つまりこれは、軍事戦略の問題ではなく、精神病理学の問題である。

これに対して、アメリカがキューバを舐めたのは、まったく合理的である。なにしろ、国力はアメリカの方がキューバより１００倍以上大きいのだ。しかしながら、その合理的計算を覆す何かが、今のキューバには宿っているのだった。

それは、アメリカ合衆国には永遠に理解できないものかもしれない。たとえば、サパタの湿地に転がる、名も無き勇敢な民兵たちの死体のような。アメリカ人が侮る「髭の独裁者」が叫ぶ、弱者救済や差別撤廃のような。

5

一方、「髭の独裁者」は、自らが戦場で戦う決意を固めていた。

ハバナからジープを飛ばして、サパタ湿原北方に位置する「アウストラリア製糖工場」に本営を置くと、付近の民兵隊をかき集めてヒロン浜への進撃路を打通させようと試みた。

この天才的な勝負師は、気づいていた。この戦いの鍵を握るのは「時間」だと。

ヒロン浜の敵の殲滅《せんめつ》が遅れた場合、敵はこの海岸で「傀儡政権の樹立宣言」を行うかもしれない。湿地しかない辺鄙な海岸での政権樹立など笑止ではあるが、アメリカの正規軍がその救援を口実にして本格介入するには十分である。そして、さすがのカストロも、アメリカ正規軍に空陸海から殺到されたら一たまりもない。だから、海岸の敵がおかしな小細工を仕掛ける前に、これを殲滅しなければならなかった。

カストロが、工場の集配所に机上図を広げて、フェルナンデス民兵隊司令官と議論を交わしていると、チェ・ゲバラがふらっと入ってきた。

「おっ」カストロが驚きの声を上げた。「怪我は、もう大丈夫なのか？」

「心配かけたね」ゲバラは、ガーゼを貼った右頬を撫でながら、左の頬だけで笑顔を作って見せた。

チェ・ゲバラは、ピナール・デル・リオの沖合で陽動を続けるＣＩＡの舟艇を見張るため、海岸線で警戒に当たっていた。その時、安全装置を外したままホルスターに下げていた拳銃が暴発し、右頬から耳の後ろまで撃ち抜かれる怪我を負ったのである。結果的には軽症だったけど、もう数センチ弾道がずれていたら、取り返しの付かないところだった。

「うちの奥さんが、びっくりして野戦病院まで見舞いに来たよ。フィデル、君が直接、家に電話をかけて知らせてくれたんだってな」

「ああ」

「忙しいのに、わざわざそんなことしなくて良かったのに。うちの奥さん、物凄く恐縮していたぜ」

「だって、友達じゃないか」

カストロとゲバラは、優しく見つめ合った。

「で、ピナール・デル・リオの様子はどうだ?」

「夜陰に紛れて謎の舟艇がウロウロしているけど、おそらく囮《おとり》だろう。敵の主力は、コチノス湾だと思うね」

「俺も同意見だが、万が一ピナールにも敵が上陸してきたら、君の軍でそいつを東南方面に押してくれ。こちらの軍と力を合わせて、挟撃する形にしよう」

「よし来た」

ゲバラは、軽く手を振ると去って行った。

カストロは嬉しかった。友人が、怪我を押して持ち場を離れて訪れたのは、彼を励ますためだったに違いない。友達というのは、本当に有り難いものだ。

ゲバラの笑顔に勇気づけられたカストロは、お馴染みの防塵ゴーグルを装着すると、ジープに飛び乗って前線へと向かった。そして17日の夕方までには、道を塞いでいた敵空挺部隊を追い払い、最前線の民兵隊を包囲から救い出すことに成功していた。

今や、サパタ湿原を南北に走る「観光道路」はキューバ軍に管制され、ハバナから急送されたチェコ製T34戦車の隊列が、轟音を立ててヒロン浜へと突進するのだった。そして、先頭の戦車の上に腕組みして屹立《きつりつ》する人物は、オリーブ色の軍服と防塵ゴーグルを纏うフィデル・カストロその人だった。

6

アメリカ軍の計算は、何もかも全てが狂っていた。

ＣＩＡが密かに計画していたキューバ国内の反カストロ分子の一斉蜂起は、すでに17日の朝に画餅と化している。

一年がかりでＣＩＡが築き上げたスパイ網は、ラミーロ・バルデスの諜報組織によって早くから厳重な監視下に置かれていた。しかしラミーロは、敵スパイに直接接触することなく、遠くから監視するだけで、ひたすら気長に泳がせる戦術を取っていた。そのため、ＣＩＡのスパイたちは、一斉検挙を受ける直前まで、自分たちの正体がばれていることに気づいていなかったのである。こうして、旅団がヒロン浜に上陸した1時間後には、２万人を超える反カストロ分子が牢に放り込まれていた。

国連総会という名の戦場でも、キューバは圧倒的に優勢だった。ラウル・ロア外相が、様々な証拠を元に「ヒロン浜におけるアメリカ軍の侵略」を糾弾しても、ラスク国務長官やスティーブンソン大使は「アメリカは関係ない」と気弱に同じ言葉を呟くばかりであった。

ソ連のフルシチョフ首相も、モスクワからすかさず声明を発した。「ソビエト連邦は、キューバを救援するあらゆる措置を講じるであろう！」。もちろん、ソ連はカリブ海に派遣できる艦隊など持っていないのだが、陸上の精鋭は、アメリカの同盟国である西ドイツやトルコをすぐにでも攻撃できる態勢にあった。

やがて、南米諸国からも、アメリカの侵略に対する非難の声が轟々と上がり始めた。

ケネディ大統領は、四面楚歌に立たされていた。今や、全世界にアメリカの謀略が明らかにされている。そして、制空権を確保できない以上、ヒロン浜の旅団の敗北は時間の問題でしかない。

ホワイトハウスに駆けつけたＣＩＡ長官アレン・ダラスは、アメリカ正規軍の投入を大統領に進言した。

「ピッグス湾の沖合には、空母エセックスを中核とした艦隊が待機しています。この空母が積載する最新鋭のセイバー戦闘機と、艦隊が保有する１０００名の海兵隊員があれば、戦局の挽回は十分に可能です！」

ケネディは、片手を挙げてダラスの言葉を制した。

「そして、愛国心に燃えるキューバの20万人の民兵と戦うのかね？　国際世論の非難を押し切って。ソ連包囲下の西ベルリン市民を危険にさらして」

「そ、それは」

「この戦いは、もう負けだ。ここは諦めが肝心だろう」

「まだ負けていません！」ダラスは、涙目で叫んだ。「第２５０６旅団は、ピッグス湾で戦い続けています。我が正規軍の投入さえあれば」

「馬鹿野郎！」ケネディは憤怒に燃えて叫んだ。「お前たちの嘘に騙されるのは、もう懲り懲りだ！とっとと出て行け！」

ダラスは、恨みがましい目でじっと大統領を見つめ、そして靴音を高く鳴らして執務室から出て行った。

4月18日のヒロン浜では、終日にわたって激しい陸戦が戦われた。キューバ軍は、重砲の援護射撃の下、チェコ製の高性能戦車を先頭に立てて進撃する。その総勢は、アルメイダ司令官が派遣した正規軍を加え、いつしか2万に達していた。

第2506旅団は、夜のうちに揚陸させた5台のシャーマン戦車を中軸にして必死に抵抗したのだが、総勢わずか1511名である上、輸送船2隻を撃沈されて弾薬、食糧、医薬品の不足をきたしていてはどうしようもない。補給物資の空中投下を図るC46輸送機も、キューバ軍の改造T33によって次々に撃墜されていくのだった。

「このままでは全滅です！」サン・ロマン大尉は無線機に叫んだ。「早く、アメリカ正規軍を投入してください！　海兵隊を寄越してください！」

しかし、遥か沖合の安全な指揮船に座すリンチCIA局員の返答はこうだった。

「ぺぺ、君たちはよく頑張った。だけど、そろそろ終わりにして散ろうじゃないか。幸運を祈る。だから、もう二度と連絡しないでくれたまえ」

「馬鹿野郎！」サン・ロマンは涙目で叫んだ。「俺たちには励ましなんかいらないんだ！　必要なのは、お前らのジェット機なんだ！」

4月19日の朝には、ヒロン浜の大部分がキューバ軍に奪回されていた。海に追い落とされた旅団の生き残りは、腰まで海水に浸かりつつ、それでも必死に陸地に向かって小銃を撃ち続けていた。しかし、救援は空からも海からも現れなかった。キューバ空軍の闘志を恐れて、アメリカの爆撃機も輸送船も安全圏で身を潜めていたのである。

アメリカ軍には、旅団の撤退を支援する気さえ無かった。結局、亡命キューバ人たちは、帝国主義の非情な国家戦略の犠牲となって海岸に棄てられたのだった。

4月19日の夕刻、すべての銃声が止んだ。

キューバ軍の犠牲者は、戦死174名、負傷者・行方不明者は4000名を超える。

対する第2506旅団は、114名の戦死者と1189名の捕虜（残りは行方不明）を出して全滅した。

アメリカ合衆国の対外戦争において、これは建国以来最悪の敗北であった。

7

ピッグス湾の戦いは、空陸海の戦略戦術面のみならず、情報戦でも外交戦でもアメリカの完敗であった。そして、マスメディアの戦いは、まだ終わっていなかった。

カストロは、1189名の亡命キューバ人捕虜たちを丁重に扱った。革命戦争のときと同様に、負傷者を手当てし、捕虜全員に十分な食糧を与えたのである。

ただし、捕虜の中には、バティスタ時代に権力側に立って民衆を虐殺した者が14名混じっていた。そんな彼らは、選り分けられて革命裁判にかけられ、銃殺ないし30年の禁固刑に処されたのであった。

そして4月25日、カストロは、残った捕虜全員を屋外のテレビカメラの前に引き出して、自らが尋問を行った。血色も良く、健康そうな捕虜たちは、口々に好きなことを言った。

「くたばれ、独裁者！　これで勝ったと思うなよ！」

「許してください。私は、アメリカ白人に騙されていたのです！」

捕虜たちが何を言おうと、それはカストロの勝利だった。テレビの前で、キューバ共和国は捕虜を人道的に扱い、それどころか言論の自由さえ与えていることがアピールされるからである。すなわち、アメリカが過去に世界中にばら撒いた「残虐国家キューバ」の風評が、すべて嘘であったことを、アメリカ軍の捕虜たちが身をもって証明してくれるのだ。

指揮官ペペ・サン・ロマンは、さすがにこうした意図を察したので黙っていた。だがカストロは、マイクロフォンを持って近づくと、サン・ロマンに語りかけた。

「分かっているかな？　君は世界史上で初めて、自分が転覆させようとした政府の首脳とテレビの前で懇談している捕虜なのだよ。きっと、ギネスブックに載るんじゃないかな？」

この嘲弄の前で、サン・ロマンはあまりの屈辱に体を震わせるのみだった。

それ以上に体を震わせたのは、ワシントンDCのケネディ大統領だった。彼は声明を発した。

「キューバ政府は、アメリカ政府の忍耐にも限度があることを知って欲しい」

これに応えて、カストロは演説を行った。

「ケネディ氏は、忍耐に限度があると言う。それでは、その忍耐とはどのようなものだろうか？　自分たちが破廉恥で卑怯な侵略戦争を仕掛け、それで返り討ちに遭った捕虜たちがテレビに映されたから忍耐が切れそうだと言うのか？　それでは、我々はどうだろうか？　コロンブスがこの島を発見して以来450年間、キューバ人は帝国主義者どもの奴隷として家畜のような生活を強いられてきた。わずかな賃金で重労働を強いられ、病気になっても医者にかかれず、教会で洗礼すら受けられず、学校にさえ通えなかった。農村の男たちが栄養失調で枯死する間、女たちは街に連れ出されて白人どもに陵辱された。生まれたばかりの子供たちは、病気で倒れて行った。我々は、この苦しみに450年も耐えて来たのだ！　アメリカが今味わっている屈辱など、それに比べれば話にならない。甘ったれるのもいい加減にしろ！」

カストロは、両手の拳を振るった。

「ケネディとヒトラーは、驚くほどよく似た人格である。どちらも、己の欲望のために小国の幸せを犠牲にする。どちらも、卑怯で破廉恥な奇襲作戦を得意とする。どちらも、自分の利益のために外国人を殺戮する。でも、いい加減に、こんなことは止めて欲しいのだ！　いい加減に反省して欲しいのだ！　帝国主義は、この地球上から無くさなければならない。地球人類は、平和に幸せに共存しなければならない！」

ケネディは、顔を憤怒と恥辱で赤黒く染めて、黙り込むことしか出来なかった。

アメリカ合衆国は、キューバ共和国の敵ではなかった。

そして、ＪＦＫはフィデル・カストロの敵ではなかった。

その後、第２５０６旅団の捕虜たちは、５２００万ドル相当の医薬品や食糧と引き換えに、全員がアメリカに送還されることとなる。代償が医薬品というところに、キューバ革命の特徴が顕れているようで興味深い。

ヒロン浜には巨大な戦勝記念碑が建てられた。これに隣接して、キューバ人犠牲者全員の慰霊碑も建てられた。

記念碑にいわく、

「ヒロン浜、それはアメリカ大陸で最初の帝国主義者敗北の地」

進歩のための同盟

1

今や、フィデル・カストロは旭日昇天の太陽だった。

キューバ人のみならず、世界中の虐げられた人々が彼の偉大さを称え、特にアメリカから搾取を受けている中南米の人々は、フィデル・カストロの名に新たな希望を感じていた。

ヒロン浜でのカストロの勝利は、バティスタに対する勝利などとは値打ちが違う。なにしろ、世界史上で初めて、アメリカ合衆国の軍事侵攻を自力で跳ね返したのだから。

カストロは、ドミニカをはじめとする中南米諸国に対して、反米ゲリラを支援する政策を開始した。やがて、キューバ国内に設置されたゲリラ養成所で、ラテンアメリカ諸国の愛国者たちが腕を磨く姿が見られるようになった。

しかしながら、勝者ゆえの苦悩が始まった。アメリカをあそこまで虚仮《こけ》にした以上、激しい報復を覚悟しなければならない。そして、アメリカ正規軍が本腰を入れて総攻撃をかけて来たなら、さすがのカストロでも一たまりもない。そのことは明らかだ。

そこでカストロは、ソ連との関係を強化することにした。なにしろ、この地球上でアメリカに対抗できる唯一の大国がソ連である。だから、正式な軍事同盟を結ぶことで、ソ連軍をキューバ島に導入しようと心組んだのである。

しかしフルシチョフ首相は、地球の裏側からの猛烈な秋波に、薄気味悪さを感じていた。

「フィデルの奴は、最近しきりに、『自分はソ連が大好きだ』だの『過去にマルクス主義を悪く言ったことを反省する』だのと、しおらしいことを言っているが」

「もちろん、本音ではないでしょう。我が国から利益を引き出すための策略でしょうな」ミコヤン副首相も困り顔だ。

「フィデルはもちろん可愛いけれど」フルシチョフは頬杖をついた。「あいつのために、第三次世界大戦を始めるつもりはないぞ」

ソ連はもともと、キューバを「何かの時」に利用しようと思ったから接近したのである。逆に、キューバによって利用されるつもりは、さらさら無いのだった。

仮に、ソ連とキューバが軍事同盟を結んだとしよう。その後で、アメリカとキューバが総力戦を戦ったとしよう。ソ連はカリブ海に派遣できるような艦隊を持っていないから、キューバには結局、勝ち目が無い。そんな状況でも、ソ連は同盟国を救えなかったことになるから、社会主義陣営の盟主としての国際的威信が傷つくことになるだろう。

だから、キューバとの関係は「単なる友好国」で留めておくのが賢明というものだ。

フルシチョフとミコヤンは、合意の笑顔を浮かべて頷きあった。

2

ワシントンDCのケネディ大統領は、ソ連に負けないくらいにカストロの存在に頭を悩ませていた。

ピッグス湾の大敗の直後、ケネディは「すべての責任は私が引き受ける」と潔く声明を発した。「勝利は100人の父を生むが、敗北は一人の孤児を生む」との名言も残した。

だが、彼が最初にやったことは報復人事だった。アレン・ダラス長官をはじめとするCIAの幹部たちを、一斉に更迭したのである。彼らは、ケネディに殺気の籠った恨みがましい視線をぶつけて執務室を出て行った。

「カストロは本当に嫌な野郎だが」ケネディは頬杖をついた。「やはり凄い男だな。もしも私が彼の立場だったら、合衆国を相手取ってあそこまで見事な勝利を挙げられただろうか？　もちろん、うちのCIAの官僚どもがアホウだったわけだし、国連会議でのスティーブンソンも無能だったわけだが、それ以上にカストロの智謀が冴えていたのは否定できない。伊達に、82名で2万人を撃破して国を興したわけじゃないいな」

そういうケネディには、実は大した戦績が無かった。有名なエピソードは、負け戦のものだ。太平洋戦争中、彼がソロモン海で魚雷艇を指揮していたら、日本軍の駆逐艦「天霧《あまぎり》」の接近に気づかず、体当たり攻撃を受けて撃沈されてしまったのだ。その後、生き残った乗員を庇《かば》いながら付近の島に泳ぎ着き、そこで原住民に救われたのである。選挙期間中は「勇敢な海軍士官のエピソード」として称揚されたけど、落ち着いて考えたら威張れる話ではまったくない。もっとも、持病のアディソン病を庇いながら、危険な最前線で命を賭けたこと自体は偉いのだが。

「カストロか、凄い奴を敵に回してしまったな」ケネディはため息をついた。「とりあえず、弟ボビー（ロバート・ケネディ司法長官）が立案した転覆計画（マングース作戦）を進めさせるとして、私はどうしよう。遠回りのようだが、やはり『兵糧攻め』が確実か」

ケネディは、中南米諸国（キューバを除く）の代表を招集して、数度にわたって米州機構（OAS）

の会合を行った。そこで謳われたのが、「進歩のための同盟」である。参加諸国に10年間で200億ドルの借款を与える。その代わり、アメリカの対キューバ経済制裁に協力して欲しいというのが、この政策の骨子であった。

つまりケネディは、慢性的な経済苦にあえぐラテンアメリカ諸国をカネで釣って、キューバ経済を完全な孤立状態に追いやろうと画策したのである。

アメリカは、すでに昨年10月以来、キューバとの直接交易を停止している。しかし、キューバが他の国を介してアメリカ製品を買い入れたら兵糧攻めにならない。そこで、今回のキューバへの経済制裁の具体的内容は、こうである。

「アメリカへの輸入は、それが第三国の製品であっても、キューバ産の原料を使っていれば全面禁止する。キューバへの輸出は、それが第三国からの出荷であっても、アメリカ製品であれば全面禁止する。そして、キューバに援助を与えた第三国は、二度とアメリカからの援助を受けることは出来ない」

ケネディは、OAS加盟国すべてにこの政策を遵守するよう呼びかけた。彼は、いよいよカリブの島国を兵糧攻めにして、全国民を飢餓に陥れようと図ったのである。

だが、メキシコ、ブラジル、アルゼンチン、チリ、そしてエクアドルの五カ国は、「そのような政策は、とうてい承認できない！」と叫んだ。ケネディの提案は、国連憲章や自由貿易の原則に反するのみならず、人道を大きく逸している。とても、正気とは思えない。

「そうですか」ケネディは、小さく頷いた。「いずれ後悔するでしょうな」

彼の頭の中には、CIAの工作員に暗殺されるか、あるいはアメリカに支援された反政府傭兵団によって国を乗っ取られる五カ国首脳のイメージが鮮やかに浮かんでいた。この空想は、やがてほぼ完全な形で実現する。

ケネディは、さらにカナダや西ヨーロッパ諸国にも封鎖への協力を要請したのだが、さすがにこれらの国々は提案を却下した。なにも、アメリカに付き合ってキューバ産の砂糖や葉巻を諦める必要はないので。

「そうですか」ケネディは、鷹揚に頷いた。「いずれ後悔するでしょうな」

これらの国の船舶は、カリブ海で「謎の海賊」の襲撃を受けることだろう。それは、ディズニーランドのアトラクションのような愉快な結末にはならないだろう。

3

ケネディの動きは、さらに活発化した。

6月3日のウイーンでの米ソ首脳会議は、ベルリン問題が中心テーマであったが、ソ連を牽制してキューバの外堀を埋めることもアメリカ側の狙いの一つだった。

「1956年のハンガリーを思い出していただきたい」ケネディは、恩着せがましくフルシチョフ首相に言うのだった。「あのとき、我が国は貴国の行動を黙認いたしましたよね」

1956年のハンガリーというのは、いわゆる「ハンガリー動乱」のことである。このとき、自由化を求めて蜂起したハンガリー人たちを、ソ連軍がすかさず軍事侵攻して粉砕したのだった。ハンガリーの学生たちは、西側諸国に救援を求めたのだが、アメリカは高度な政治的思惑からハンガリーを見捨てた。その結果、5000名を超える若者たちがソ連の戦車に轢き殺され、美しいブダペストの街は灰燼《かいじん》と化したのである。

つまりケネディは、ソ連も同じようにキューバを見捨てるべきだと説いたのだった。

フルシチョフは、にこやかに応えた。「うちは、そちらさんと違って、助けを求める者を見捨てるような無慈悲な国じゃないからね」

「もちろん、ハンガリーはソ連の縄張りと認めます。その代わり、カリブ海は我々の……」

「それじゃあ、東ドイツは、どっちの縄張りなんだい？」

「それは」

「西ベルリンは、どうなんだい？」

「もちろん……自由主義陣営です」

その西ベルリンは、ソ連側の東ドイツの領土によって完全に包囲されているのだった。

「言っておくけどなあ」フルシチョフは、人差し指を顔の前に突き立てた。「東ドイツにちょっかいだしたら、俺は黙っていないぜ。キューバも同じことだぜ。よく、覚えておきやがれ！　べらんめえ！」

ソ連首相のドスの利いた低い声を前に、若いケネディは震え上がった。

会談終了後、ケネディは泣きべそをかいた。

「あのハゲは、この私を完全に子供扱いしやがった！　子供扱いだ！　畜生！　だから、オーストリアなんか来たくなかったんだ！」

ケネディは、もともとヨーロッパがあまり好きではなかった。父親の屈辱の記憶と重なるからである。

1938年9月の「ミュンヘン会談」。ヒトラーにチェコスロバキアを無血で明け渡すことで第二次大戦の扉を開いたのは、当時の駐英大使だったジョー・ケネディだった。この愚行のために永遠に失脚した彼は、政治家としての見果てぬ夢を息子たちに託した。長男のジョーⅡ世が戦死した後、見果てぬ夢は病弱な次男のジョンに向けられた。そして、父は息子を大統領にするために人生を賭けた。マフィアに頭を下げたり、マスコミにカネをばら撒いたり、ありとあらゆる策略を用いた。その結果、ジョン・F・ケネディは今、ホワイトハウスの椅子に座っている。

愛のない家庭の中で、ただひたすら政治家になるよう鍛えられたケネディは、だから家族の運命を狂わせたヨーロッパが嫌いだった。

4

ウイーン会談の首尾を見て、フルシチョフはケネディを「経験不足の若造」と侮った。そこで、一気に西ベルリンで攻勢に打って出ることにした。

まずは6月15日、彼はソ連国民向けの演説で、西ベルリン問題の最終解決を示唆した。すなわち、飛び地になっている西ベルリンを東ドイツが吸収併合することで、東西ドイツの分割を固定しようというのだ。東ドイツのウルプリヒト書記長も、フルシチョフの腰巾着よろしく、西ベルリンへの完全封鎖政策について言及した。

色めき立ったアメリカ国防省は、核兵器使用による問題解決まで提案し、若き大統領を戦争への衝動へ突き上げた。早くも、第三次世界大戦の危機だ。

煩悶したケネディは、軍備増強を開始して西ベルリン死守の構えを見せた。しかし、同時に外交交渉に訴えようとした。「我々は、平和を希求する。だが、絶対に降伏はしない！」

このアメリカの態度に対して、ソ連が行ったのは、意外なことに「壁」の構築だった。1961年8月13日、東ベルリンに駐留していた東ドイツ軍が、東西ベルリンの境界にコンクリートと鉄条網からなる防壁を築き始めた。西ベルリンを切り離すためである。これが、史上名高き「ベルリンの壁」である。

しかし、ケネディは鋭く悟った。これは、ソ連陣営の退勢を意味するのだ。彼らは、「壁」を築くことで身を守ろうとしている。すなわち、ソ連の側からは絶対に戦争を仕掛けることはない。

そこでケネディは、積極攻勢に出た。8月20日、副大統領リンドン・ジョンソンを空路から西ベルリンに送り込むと同時に、アメリカ陸軍の精鋭1600名を西ドイツから東ドイツに突入させ、陸路を伝って西ベルリンに向かわせたのだ。これは危険な賭けだったが、ソ連軍も東ドイツ軍も、東ドイツ領内のアウトバーンを進むアメリカ軍を黙って見守るだけだった。

フルシチョフは、唖然とした。ケネディが、ここまで強気で向こう見ずな行動に出るとは予想外だった。

「彼らの若さを過小評価したか……」ソ連首相は頬杖をついた。

ケネディ政権の特徴は、彼の側近たちが、実弟ボビーや学友といった比較的元気の良い若者たちで構成されていることだった。ピッグス湾の大失敗で懲りたケネディは、得体の知れない官僚集団をまったく信用しなくなった。彼はそれ以来、なるべく周囲に信頼のおける同世代の者たちを置くようになったのだ。だから、若さに溢れる彼らの意思決定は迅速であり、かつ大胆だった。

実は、ケネディの政策集団の在り方は、カストロのそれに似ていた。意思決定の母体が信頼できる同世代の若者の合議体であり、側近の筆頭が実弟であるという点では瓜二つだった。そういうわけで、カストロはしばしば「俺が独裁者だというのなら、アメリカの大統領だって同じじゃないか」と揶揄するのである。

ともあれ、「ベスト&ブライテスト」と呼ばれるケネディの若手側近たちの大胆な決断によって、西ベルリンの軍事力は強化され、東側諸国に併合される危険は回避された。第三次世界大戦の危険も去った。

そしてこれは転機となった。ケネディは自信を持ち、フルシチョフは自信を無くした。

この事実は、後に語られる「ミサイル危機」の伏線として重要である。

5

そのころ、キューバ経済は危機的な状況に陥っていた。

前述のように、キューバは食糧や生産資源の自給自足が出来ないので、経済を維持するためには貿易に頼るしかなかった。しかし、アメリカの過酷な経済封鎖によって、キューバと取引してくれる国は、今ではソ連他数ヶ国しかない。これでは、民生を維持するにも不十分である。

農村では食糧が激減し、工場は原料が手に入らず閑古鳥が鳴いた。識字率向上キャンペーンも、工業生産力向上キャンペーンも、こうなってはそれどころではない。

ドルティコス大統領は、アメリカの一連の経済封鎖について「国連憲章違反」を訴えたのだが、国連総会はこれを一顧もせず却下した。なにしろ、この時期の国連はアメリカの操り人形であったから。

チェ・ゲバラは、ウルグアイで開催されたプンタ・エル・エステ会議にて、ケネディの「進歩のための同盟」を「便所のための同盟」だと揶揄した。この政策は、貧しいラテンアメリカ諸国を、アメリカからの借金に首まで漬けることで、彼らの経済的な奴隷化をますます強めるだけだからである。事実、膨大な対外債務の発生は、ラテンアメリカ諸国を今日に至るまで苦しめる結果となる。

だが、会議でどのような見事な演説をしたところで、国民の胃袋を満たすことは出来ない。

ピッグス湾の勝利の余韻は、あっという間に醒めた。農村では、飢えた人々が空の鍋を叩いて反政府デモを行い、工場では、仕事のない労務者たちが酒びたりになって座り込んでいた。新たに工業相になったチェ・ゲバラの力量をもってしても、この事態を救うことは出来ないのだった。

もっとも、キューバ経済の行き詰まりは、実はアメリカの経済封鎖のためばかりとは言い切れなかった。

この国は、使徒ホセ・マルティの優しい思想に基づいて、教育や医療を完全無料化し、公共料金や家賃などを大幅に引き下げていた。弱者優遇政策である。その分のコストは、もちろん全て国庫が負担するのだが、もともと乏しい国営企業の収益だけでは、とてもそれを賄いきれない。

そもそも、教育と医療の完全無料化こそが無謀なのである。仮に、キューバよりも経済規模が大きい国が極端な増税政策をしたとしても、国費でそこまでの面倒を見るのは不可能に近いだろう。ましてやキューバは、アメリカから経済封鎖を受けているから国家歳入も少ない上に、アメリカ軍に付け狙われているのだから、軍備を維持増強するコストも馬鹿にならないのが現状だ。つまりこの国の経済は、国家財政の現実を無視した「夢想」に基づいて運営されているのだった。すなわち、キューバ革命は、経済政策の面でもドン・キホーテなのだった。

結局、この国の経済は、どこかの大国から大規模な援助を受ける以外には生き延びられない状況だった。そして、そのような援助を行える大国はソ連しかない。

窮したカストロは、ソ連の歓心を買うために、国内の思想や風紀をソ連型にした。ソ連には売春が無いと聞いたので、ポン引きを牢屋にぶち込み、売春婦を矯正センターに送り込んだ。ソ連には同性愛が無いというから、同性愛を全面的に禁止した。そして、ソ連型社会主義を批判するような国内の論文や新聞記事は、すべて発禁にした。中ソ論争では、常にソ連の味方をした。教会への締め付けも開始し、国中のカトリック信者に信仰を捨てるように訴えた。その結果、激怒したローマ法王は、カストロを教会から破門した。

1962年2月4日、カストロは、OAS（米州機構）の正式なキューバ除名決議に対抗して打ち出した「ハバナ宣言」の中で叫んだ。「私はマルクス・レーニン主義者であり、死の瞬間になるまで変わらないであろう！」

だが、フルシチョフの反応は冷淡だった。

このままでは、飢えて枯れたキューバ国民は、アメリカの再度の侵略に抵抗できない。それは革命の敗北を意味する。ホセ・マルティ主義国家の消滅を意味する。

「キューバ革命を生き延びさせるためなら、俺は何でもするぞ！」

心労で、食事が喉を通らず痩せ衰えたカストロは、悩みもがき苦しんだ。

そこに、風が吹いた。

1962年5月、突如として気が変わったソ連が、声をかけて来たのである。

だがそれは、全世界を滅亡寸前にまで追い詰める恐怖の序曲なのだった。

6

ここで、米ソ核競争について語らなければならない。

第二次大戦後、世界をがっぷり二つに割った二大強国は、熾烈な核開発競争に突入していた。

世界で最初に原爆を開発し実戦で使用した国は、周知のようにアメリカ合衆国である。しかし、数年後にその絶対的優位は崩れ去った。原爆の開発に成功したソビエト連邦は、やがて世界初の人工衛星スプートニクの打ち上げに成功し（１９５７年10月）、今やアメリカに匹敵する核大国に成長したかに思われた。

しかしながら、地政学的な優位は常にアメリカ側にあった。アメリカは、西ヨーロッパ、トルコ、韓国、日本と緊密な軍事同盟を結び、ソ連の勢力圏を完全に密封していた。そして、ほとんどの同盟国がアメリカの核を領内に据え、ソ連を睨みつけていたのである。広い大海原には、星条旗を纏うポラリス原子力潜水艦が、腹中に核ミサイルを抱えて泳いでいた。広い大空には、核爆弾を抱えたB52爆撃機が、鳥のように自由に飛び交っていた。大陸間弾道弾（ＩＣＢＭ）は、４００基もある。つまり、アメリカがその気になれば、ソ連の全領土を数時間で灰に出来るのだった。

これに対して、ソ連はアメリカを直接攻撃する能力を持っていなかった。いちおう、「長距離弾道ミサイルを北極海経由で飛ばせる」と豪語して見せたのだが、それはアメリカのＵ２偵察機や人工衛星の高高度スパイ撮影によって、ハッタリに過ぎないことが露見してしまった。ソ連が保有するＩＣＢＭはわずか15基で、しかもその性能は著しく低いため、アメリカの大都市には届かないのである。だからソ連は、中距離ミサイルの射程内に位置する西ヨーロッパ諸国やトルコや日本を「人質」にするしかなかった。すなわち、アメリカが先にソ連に手出ししたら、これらの同盟国をただでは済まさないと。

結局のところ、米ソ冷戦の戦況は、アメリカの優位にソ連が無理をして必死に食らい付く形で推移していたのだった。

そして１９６２年、ソ連は心理的に非常に大きなストレスを受けていた。

米ソの核戦力は、今では２００対１の大差であった。一般のアメリカ人が心配していた「ミサイル・

ギャップ」や「爆撃機ギャップ」は、実はどこにも存在しなかった。そして、トルコとイタリアに大量配備されたジュピター核ミサイルは、ソ連の心臓部であるコーカサス地方の油田地帯にしっかりと照準を合わせていた。

このままでは絶望だ。この地を焼かれたら、ソ連は終わりである。

アメリカが際限なく仕掛けてくる核配備攻勢を跳ね返すためには、この流れを変える大きな転機が必要だった。

フルシチョフ首相は、後に述懐している。

「アメリカを退かせるためには、この国にソ連と同じ思いを味あわせるしかなかった」

すなわち、アメリカの心臓部に核弾頭の照準を合わせるしかなかった。

そして、ソ連の核ミサイルが、アメリカ主要部を確実に射程距離に入れられるような場所は、地球上にたった一つしか見当たらない。そうだ、カリブ海のあの島だ。

フルシチョフはこの奇策を、保養先のクリミア半島で天啓のように思いついたのだった。

7

1962年5月29日、ソ連の二人の高官、ビリューゾフ元帥とラシドフ共産党書記が、アレクセイエフ大使に連れられてハバナのヒルトンホテルを訪れた。

ソ連の高官たちは、昨年のウイーン会談でのケネディの態度をカストロに説明した。そして、アメリカが本気でキューバへの雪辱戦を企画していることを指摘した。

まず、カストロが意見を述べた。「我が国がアメリカの攻撃を抑止する最も効果的な方法は、ソ連が『キューバに対するいかなる攻撃もソ連への攻撃と見なす』と、公式に声明することでしょう」

「しかし」ビリューゾフ元帥は、通訳越しに語った。「具体的な反撃能力を持たない状態では、そのような声明は無意味でしょうな」

「いかにも」ラシドフ書記も頷いた。「かえって、アメリカの態度を硬化させるかもしれませんぞ」

二人の客は、互いにそっと目配せすると、本題を切り出した。

「実は、フルシチョフ首相には、軍事・経済両面において、大規模なキューバ支援の用意があります。ただし、そのための条件として、キューバの国土にソ連製中距離弾道ミサイルを配備させていただきたいのです」

「中距離弾道ミサイルですと！」カストロは絶句した。

ロシアの客人が語るところによると、SS4サンダルは広島型原爆の数十倍の威力の核弾頭を持つソ連の最新兵器だった。その射程距離は4500キロ。すなわち、ワシントン、セントルイス、ダラス、アトランタ、マイアミ、ニューオリンズ、ヒューストンなど約30箇所の北米の主要都市を有効射程範囲に入れている。この攻撃による犠牲者は、ミサイル1発当たり2000万人に達するだろう。ソ連のミサイルは、ICBMは劣悪だが、MRBM（中距離弾道ミサイル）は高性能なのだった。

カストロは、沈痛な表情を浮かべた。キューバが必要としているのは、あくまでもアメリカの侵略に対抗しうる防衛力である。中距離弾道ミサイルは、明らかに過剰防衛であろう。

どうやらソ連は、キューバを米ソ冷戦のパワーゲームの道具として利用しようとしている。そして、このような大国のエゴに国民を巻き込んで危険にさらすのは、明らかにキューバ革命の理想に反している。

「断るべきだろうか」

休憩を取って別室に移動したカストロは、信頼する仲間たちを見回した。

チェ・ゲバラが意見を述べた。「ミサイルの話を断ったら、きっと援助の話も永遠に無くなるだろう。しかもソ連は、僕たちを西ベルリンのバーターでアメリカに売り渡す気になるかもしれないぞ」

「ソ連は、そんな汚い国じゃない！」若いころからのマルクス主義者で、ソ連贔屓《びいき》のラウルは反論した。

「分かったものじゃないさ」ゲバラは、肩を竦《すく》めた。「ソ連だって、帝国主義国家の片割れなんだからな」

「問題なのは、ヤンキーの反応だ」カストロは、双方を宥《なだ》めつつ重々しく言った。

「核の存在を知ったら、恐れて我が国への攻撃を手控えるでしょうか？」ドルティコス大統領。

「あるいは、恐怖に駆られて発作的に攻めてくるか」共産党書記長ブラス・ロカ。

カストロは、咳払いして言った。

「ケネディ兄弟は、間違いなくピッグス湾の雪辱を企んでいる。ここで肝心なのは、一人でも多くのロシア人を一刻も早くキューバに入れることだ。そうすればアメリカは、うかつに我が国を攻撃できなくなるだろう。もしも奴らがこの地でロシア人を殺傷したら、海の彼方でソ連が黙っていないからな。おかしな話だが、同盟国人を人質に取る形になるわけだ。そして、核ミサイルの受け入れは、それを防衛するソ連軍人を大幅にこの国に招き入れることを意味する」

実際、ロバート・ケネディが手配した特殊部隊は、キューバに対するテロ攻撃をますます強めており、無数の民衆が犠牲になっていた。それどころか、プエルトリコとその近海では、空母エンタープライズを中核としたアメリカ正規軍が、大規模な軍事演習を開始していた。その標的は、間違いなくキューバである。

一同は、押し黙った。どうやら、ここはソ連に色よい返事をするしかなさそうだ。アメリカ軍の再度の攻撃を防ぐための選択肢は、他には存在しない。

カストロは、沈痛な表情で述べた。

「祖国への核ミサイルの配備は、邪悪な帝国主義の利益にしかならないし、キューバ革命の理想に反するように思える。しかしこの措置は、社会主義陣営全体の強化に繋がるから、仮にキューバ一国の威信が落ちることになっても、長い目で見れば国益に適うはずだ。それに、ソ連がせっかくキューバを救うために動いてくれるというのに、こちらがリスクを背負わないのは信義に反する」

カストロは、自分を納得させるかのように何度も頷くと、結論を伝えにソ連の賓客たちの部屋に戻った。

この年の7月、ソ連を訪れたラウル・カストロ国防相は、下にも置かぬ熱烈大歓迎を受けた。ウォトカグラスをガチャンガチャンと叩き割る乾杯の嵐。白い肌のロシア美女たちの濃厚接待。そのすべてがラウルにとっては初体験で、モスクワがこの世の天国に思えてくるのだった。そして、彼が要求した援助はすべて無条件で受け入れられ、その結果、キューバ軍の軍事力は著しく強化されることになった。

この会談で、核ミサイル移送の最終合意は出来た。ソ連軍の戦闘爆撃機や対空ミサイルや各種技術者2000人、それを護衛する4万2000人のソ連軍兵士のキューバ入りも決定された。

しかし、キューバ側の提案である「核ミサイル移送の公表」は、ソ連によって拒否された。

キューバは、あくまでも核をアメリカの侵略への牽制手段として使いたかったので、最初からその存在を公開しておきたかった。しかしソ連は、「いざというときの外交戦の隠し玉」として使いたかったので、隠密性を重視したのである。そういうわけで、カストロは「近々、ソ連からの大規模な軍事援助がある」との曖昧な公式発表をすることで、アメリカ軍を牽制することしか出来なかった。

ともあれ、こうして「アナディール作戦」が開始された。核ミサイル42基が、「建設機材の輸入」という名目の元、極秘裏にキューバに搬入されて行くのだった。

もっとも、ミサイルの設置とその管理は完全にソ連の指揮下にあったので、カストロとキューバ軍は、国内に搬送されたミサイルとソ連軍に対していっさいの干渉を行えなかった。つまり、キューバ国内に、4万2000人のソ連軍を中心とする独立地帯が出来たわけだ。

プライドの高いカストロは、内心でこうした状況に苛立っていたのだが、他に選択肢が存在しない以上、仕方がないのだった。

いずれにせよ、キューバにソ連の大軍が導入されたことを知ったアメリカは、ソ連軍人を傷つけることを恐れ、この島に対するテロ攻撃も軍事侵攻も停止せざるを得なくなった。

その限りでは、カストロの目論見どおりに事態が進んでいるのだった。

明白なる宿命

1

いよいよ、「キューバ・ミサイル危機」について語るときが来た。

地球人類を滅亡の淵に立たせた一大事件は、ソ連の国際社会に対する恐怖感と焦燥から生み出された。

そこでしばらく、歴史的な背景について述べる。

ソビエト連邦は、アメリカと世界を二分する超大国と言われた。しかし、実際はそんなことはなかった。ソ連の国力は、ありとあらゆる面でアメリカに遠く及ばなかったのである。

そもそも、どうしてソ連がアメリカと対峙する形勢になったかというと、それは時代の成り行きでしかない。

第二次世界大戦は、東と西に分かれた連合軍が、ドイツと日本ら枢軸国を挟み撃ちにして決着した。その結果、国境を互いに接するようになった東西連合国は、戦後の取り分を巡って争うようになった。自然の成り行きで、西側の盟主がアメリカ、東側の盟主がソ連となった。

ただし、両者のスタンスは正反対だった。西側は攻撃的であり、東側は防御的だった。そうなった理由は、アメリカとソ連の建国以来の歴史を俯瞰《ふかん》すれば分かる。

まずはソ連について見てみよう。

ソ連の母体であるロシアは、建国以来、常に周辺の強国に攻められている。モンゴルの支配下を脱したかと思えば、今度はポーランドやスウェーデンに攻められる。それを跳ね返したと思ったら、今度はナポレオンのフランス軍がモスクワを焼け野原にした。それをようやく撃退したら、第一世界大戦でドイツ帝国に攻め込まれ、それを脱したら帝政崩壊後の内戦で日本やイギリスに攻め込まれた。その後は、悪夢のようなナチスドイツの侵攻だ。この戦いでヨーロッパロシア全域が焦土となり、3000万の人命が失われた。この悲劇は、ほんの15年前の出来事なのである。

だからソ連は、外国が恐ろしかった。

この国が、東ヨーロッパやアジアに傀儡国家や衛星国を増産し、国土の戦後復興を度外視してまで宇宙開発や核開発に血眼になった理由は、「アメリカに攻められるのが恐ろしかったから」である。

この恐怖心は、深刻な強迫観念（オブセッション）として、ソ連人すべてを捕らえていた。だからこの国は、二度と同じような怖い目に遭わないために、国境の周囲に防壁を巡らした上で、ハリネズミのように武装して、強気な虚勢を張り続けなければならなかったのだ。

しかし、これはニキタ・フルシチョフ首相には酷な仕事だった。彼はもちろん優秀な政治家であるが、前任者のスターリンと違って普通の人間である。前任者ほど嘘をつくのが上手ではないし、冷酷にもなれない。そんな彼が、67歳にもなって、数倍も国力が上のアメリカと対等に角突き合うのは重労働であった。

東ベルリンも、ソ連にとっては「防壁」であった。決して、攻撃のための前線基地ではない。しかし、アメリカに先に攻め込まれないためには、これらを攻撃用の前線基地だと思わせておく必要があった。強気のハッタリを打ち続ける必要があった。

ところが、フルシチョフはミスをした。1961年の夏に、東西ベルリンの境界に「壁」を築くことで、ソ連の強気な外交が本質的に「防衛目的」であることを世界に露呈してしまったのである。

フルシチョフは恐怖した。このまま、外交のイニシアチブをアメリカに握られたらどうなってしまうことか？

「アメリカ軍の攻撃によって、第三次世界大戦が始まるかもしれない。再び、国土が焼け野原にされるかもしれない」

ソ連首相のこの脅えは、ロシア人特有の強迫観念から来る妄想とばかりは言えなかった。

なぜなら、アメリカ合衆国ほど好戦的な国家は地上に存在しないからである。

2

アメリカ合衆国の権力集団は、実は、一つの巨大な強迫観念（オブセッション）に取り付かれている。ソ連のそれとは違い、極めて積極的で攻撃的な強迫観念だ。

これを、「明白なる宿命（Manifest Destiny）」と言う。

アメリカ合衆国の母体は、「ピルグリム・ファーザーズ」に代表されるプロテスタント系の移民である。信仰上ないし経済上の理由でヨーロッパにいられなくなった人々が、身を寄せ合うようにして新大陸に住み着いたのである。様々なルーツを持つ雑多な人々は、宗主国イギリスや先住民や過酷な大自然によって、激しく痛めつけられた。そんな彼らは、強くなるために、「信仰」を中核として結束するしかなかった。

カルバン派プロテスタント信仰の重要な考え方は、マックス・ヴェーヴァーも指摘するように、「自分たちは神に選ばれた民である。そして、神は過酷な試練を与える。その試練を乗り越えることが神の意思に適うことであり、その結果得られた果実は、すべて神の恩寵として受け取って良い」というものである。

すなわち、敵を打ち倒し試練を乗り越えることは、私利私欲ではなく「神の命令」だというのである。その結果、自分たちが強くなって弱者から搾取し差別したとしても、それは「神に認められた当然の権利」だというのである。

実は、アメリカの思想や文化は、すべてここから来ている。自由競争も自由市場も科学信奉もアメリカンドリームもグローバリズムもネオ・リベラリズムも、もともとはカルバン派プロテスタント信仰の産物なのである。

アメリカの建国の父たちは、秘密結社フリーメーソンのロッジなどで、こうした宗教感情を分かち合い固く結束した。プロテスタントの理念を、そのまま国家の存在目的にまで昇華させようと考えた。この強烈なイデアが、彼らを独立戦争で勝たせ、先住民との戦いに勝利させた。どんなに巨大な敵もどんなに過酷な自然も、「神の試練」と前向きに受け止めるアメリカ人たちは、決して諦めないし絶対にひるまなかった。西進を続ける彼らのフロンティアは、いつしか先住民を滅ぼし尽くし、太平洋にまで達していた。

アメリカのこの宗教的信念について、「明白なる宿命」という言葉が使われるようになったのは、1830年代からと言われている。ジャーナリストのジョン・オサリヴァンが1845年に雑誌に寄稿し、ロバート・ウインスロップ下院議員がこの翌年の議会演説で用いたことから一般化し、大衆にも広く知られるようになった。

狂信的な信仰心は、歯止めが利かないものである。先住民を屈服させたアメリカの矛先はスペインに向かい、米西戦争でキューバやフィリッピンやハワイを手に入れた。その次は中国である。ここで日本が邪魔したから蹴散らしてやった。ついでにナチスドイツも滅ぼした。その次は、ソ連と共産主義中国である。いつのまにか、アメリカの勢力は、世界征服を目前にしていたのであった。

「明白なる宿命」で性質《たち》が悪いのは、これが宗教感情の一種だという点だ。だから、しばしば合理性や論理性を欠いて暴走する。なにしろ「明白なる宿命」の世界観では、アメリカは神の使徒であり、逆らうものはすべて悪魔の手先なのである。

あるアメリカ大統領が、敵対国のことを「悪魔の枢軸（Axis of Evil）」と呼んだとしよう。この大統領は、決して比喩で言っているわけではない。本気で、敵対国を「悪魔」だと思っているのだ。だから、リスクとコストを度外視して屈服させせようとするし、そのための手段は選ばない。

原爆も枯葉剤も炭素菌も劣化ウラン弾も、悪魔を「浄化」するための手段である。だから、アメリカは決して反省しないし謝罪もしない。なぜなら、神に認められた正義を遂行したのに過ぎないのだから。宗教的狂信の前では、通常の倫理や道徳など無意味なのだ。

もっとも、この国は、いったん屈服した敵に対しては寛容である。「悪魔祓い」に成功して、迷える子羊を神の仲間に引き入れたと解釈するからだ。だから、西ドイツや日本のことはそれなりに可愛がる。以上のことから、もうお分かりだろう。どうしてアメリカが、これほどまでにキューバを憎み、この国に卑怯なテロ攻撃や人道に反する経済封鎖を仕掛けるのか。

アメリカの権力集団の感覚では、キューバは米西戦争の結果、アメリカの属国となった土地である。ところが、カストロという異分子が登場し、いったんアメリカに屈服して神の側についた子羊を、再び悪魔に引き渡した。だからアメリカは、手段を選ばずこれを「浄化」しなければならないのだった。そういう宗教的な使命感を抱くのだった。

もちろん、経済利権の問題もある。しかし、前述のように、「明白なる宿命」の世界観の中では、経済利権も信仰心の裏返しなのである。すなわち、「努力の結果得られる経済的利益は、神の恩寵であるから、積極的に受け取るべき」というのが、カルバン派プロテスタントの基本理念である。アメリカが仕掛ける戦争や犯罪は、しばしば経済利権が大きく絡んでいる。しかし、他の国と大きく違うのは、こうした経済利権の獲得でさえ、宗教的な狂信に裏打ちされていることである。

これに対して、ソ連が抱える固有の強迫観念は、純粋に過去の歴史から来る恐怖心である。もちろん、ソ連だって外国を侵略したり民衆を虐殺したりする。外交の席で意地悪を言うし嘘もつく。だけど、それは「国を守りたい」という論理的かつ合理的な感情が根底にあるからだ。

ところが、アメリカが抱える強迫観念は違う。ときどき、論理性も合理性も倫理性も度外視し、宗教的感情だけで暴走する。

3

もう少し、「明白なる宿命」について話を続けよう。

アメリカは移民の国であり、その主要な構成民族はしばしば入れ替わる。権力集団も一枚岩ではなく、離合集散が著しい。だから、「明白なる宿命」思想も、時代の中で強くなったり弱くなったりするのだった。外国人の目からは、だから本質が見えにくい。

また、この国は間接選挙制の民主主義を採用しているので、国政のトップに「明白なる宿命」への使命感が弱い人物が就く場合もある。たとえば、カトリックを奉ずるアイルランド移民のような。

その代表が、ケネディ家なのである。

JFKの父、ジョー・ケネディは、第二次大戦前夜にヒトラー政権に味方することで失脚した。彼の行動は、ヒトラーが敗北してナチスドイツが崩壊した現在から見れば、愚かだったように思える。しかし、あの当時の状況からすれば、それなりに合理的で論理的な行動だったのである。

ジョー・ケネディは、貧しいアイルランド移民から身を起こし、事業や投機で大富豪となった人物である。カトリック教徒の彼は、「明白なる宿命」の奇妙な価値観から無縁の存在だった。純粋に、経済的合理性だけを考えていた。だから彼は、アメリカ資本の最大の投資先であったナチスドイツを擁護したのである。だから彼は、「ミュンヘン会談」（１９３８年）をお膳立てして、チェコスロバキアをナチスに引き渡すことまでしたのである。ところがジョーの行為は、「明白なる宿命」を奉ずる権力集団の理念に反していた。つまり彼は、権力集団の意図を理解できないカトリック教徒に過ぎなかった。

当時のルーズベルト大統領をはじめとするプロテスタントの権力集団は、過去の莫大な投資が無駄になるという非合理性を許容して、ドイツに戦いを挑んでこの国を廃墟にした。なぜなら、その非合理な行為こそが、彼らの奉ずる「明白なる宿命」だったからだ。

こうして、ジョー・ケネディは失脚した。しかし反省した彼は、次男のジョンに英才教育を施してリベンジを図った。その果実が、ＪＦＫなのである。

ジョン・Ｆ・ケネディ大統領は、父の失敗を謙虚に受け止め、「明白なる宿命」の意思に忠実であろうとした。しかし、彼はカトリック教徒なのだった。どうしても、「明白なる宿命」のプロテスタント思想を受け入れられない心の隙があった。そして彼は、信頼できる側近を、弟ボビーらアイルランド系カトリック教徒の若者で固めていたのである。

「明白なる宿命」を奉ずる人々は、こんなケネディ一派を不信の目で見ていた。

後に迎えるケネディ兄弟の悲劇の種は、まさにここにあった。

ミサイル危機

1

1962年10月14日、キューバ上空を飛んだ（もちろん領空侵犯だが）アメリカ軍のU2スパイ偵察機は、奇妙なものを発見した。ピナール・デル・リオ州の北部で、しばらく前に森林だったはずの場所が開拓され、アスファルトが敷かれて大量の機材が置いてあるのだ。

偵察機が持ち帰った928枚の写真を、国防総省で解析したところ、大型ミサイル発射用のレール、サイロ、宿舎の列、組み立て機材、そしてミサイル本体が確認された。このミサイルの写真を、ソ連の赤の広場の軍事パレードで入手したデータと照合したところ、これが最新鋭中距離弾道ミサイル（MRBM）「SS4サンダル」であることが明らかになった。

CIAのルンデール局員が、ケネディ大統領に緊急事態を知らせたのは10月16日。これが、世界が全面核戦争の恐怖に覆われる悪夢の13日間の始まりだった。

「あのハゲに騙された！」ケネディは激怒した。「フルシチョフの野郎、キューバには通常兵器しか搬入しないと断言したくせに！」

慌ててグロムイコ外相とドブルイニン大使をホワイトハウスに呼びつけたのだが、老獪なソ連外相は「知らぬ、存ぜぬ」の一点張りだった。

ケネディ兄弟と側近たちは、この事態の深刻さに顔面蒼白となった。

当時のアメリカの防衛戦略では、国土を敵の核兵器の射程内に入れることは有り得ない。国民に対しても、政党の公約でそう保証している。だから、なんとしてもキューバのミサイルを排除しなければならないのだが、外交で解決できないとすれば、後は戦争しかない。

それは、世界全面核戦争となることだろう。

ケネディは、直ちに大統領直属のプロジェクトチーム「エクスコム（The Executive Committee の略）」を立ち上げた。ホワイトハウスに14名の閣僚を各部署から横断的に結集し、対策を協議したのである。

参集した統合参謀本部の将軍たちは、口々に「先制攻撃」を主張した。今なら奇襲攻撃が可能であるから、一気にキューバの核ミサイルを空襲で撃破するべきだと言うのだ。その後で上陸作戦を決行し、カストロの首を取れば良い。

ケネディは、これを聞いて唖然とした。軍人たちは、ピッグス湾で懲りていないのだ。まだ、フィデル・カストロを舐めているのか。

あの時は、空からの奇襲攻撃でキューバ空軍を一日で撃破する予定だった。しかし、髭の独裁者はどこからか情報を入手して、自分の飛行機を事前にどこかに隠したのだった。今回も、同じことになるのではないか？

ケネディがその点を問い詰めたところ、テイラー統合参謀本部議長もルメイ空軍幕僚長も、急にしどろもどろになり、「最初の空襲で、ミサイルの90％は破壊できる」あるいは「80％くらいは」などと曖昧なことを言い出した。

「やはり、官僚は信用できぬ」ケネディは内心でため息をついた。

今回は、亡命キューバ人1511名や輸送船の損失だけでは済まないのだ。先制攻撃が空振りに終わったなら、怒り狂ったカストロは、生き残ったミサイルをアメリカ本土に向けて発射させることだろう。すなわち、20分以内に少なくとも8000万人のアメリカ人が灰になる。

百歩譲って、よほどの幸運に恵まれてカストロのミサイルを100％撃破できたとしよう。それでも事態は解決しない。今のキューバには、ソ連から来た軍人と技術者が大勢いる。ミサイルを破壊する過程で彼らを死傷させたら、海の向こうでソ連が黙っていないから、西ベルリンとトルコが戦場となり、やはりヨーロッパは核の炎に包まれる。

「つまり、先制攻撃は不可能だ」ケネディは、そう結論せざるを得なかった。

ところが、軍人たちは後へ退《ひ》かなかった。

「仮に今、戦争を回避したとしても、半年後には必ず戦争が始まります」

カーチス・ルメイ将軍は主張した。彼は、17年前に東京大空襲の指揮を取り、さらに原爆投下の指揮を取り、数十万人の日本の老若男女を焼き殺した男である。

「そのときには、キューバのミサイルは完全に臨戦態勢に入り、堅牢に防御されているだろうから、先制攻撃はもはや不可能になりますぞ」

「さよう、今攻撃しないのは、単なる問題先送りです。ミュンヘン協定の時のようにね」

マックスウェル・テイラー将軍は冷ややかに言った。彼は、ケネディの父親の誤断によって第二次世界大戦が拡大したことを当てこすったのである。

ケネディ大統領は、じっと目を閉じた。確かに、父親の判断は、かつてヒトラーとナチスを付け上がらせ、戦禍を拡大させたかもしれない。しかし、今回はそれとは訳が違う。キューバへの先制攻撃は、世界全面核戦争を確実に引き起こすのである。どうして、将軍たちには、それが分からないのだろうか？

「諸君は、『8月の砲声』という本を読んだことがないのだろうか？」ケネディは、人差し指を顔の前に立てた。「第一次大戦の前夜、ヨーロッパ各国の首脳たちは、自国の戦力を過大評価し、仮に全面戦争が起きても数ヶ月で片が付くと思い込んでいた。だから、戦争の開始を恐れなかった。そして1914年8月に砲声が始まったとき、彼らはみな、クリスマスまでに終戦を迎えるものと思い込んでいた。その結果が、4年に及ぶ大戦争と、ヨーロッパ文明の破滅だった。この戦争で、1300万人の若者が命を落とした」

「我が国は、かつてのヨーロッパとは違います」テイラーは鼻を鳴らした。「ひとたび戦争が始まれば、キューバとソ連をあっという間に火の海に変えて見せます」

「これは好機です」ルメイも鼻息を荒くした。「我が家の裏庭を荒らすアカ犬を射殺する絶好のチャンス到来ですぞ！」

「彼らの反撃は考慮しないのか？」ケネディは呆れた。

「キューバのミサイルさえ封じてしまえば、ソ連の核は、ここまでは飛んできません」

「仮にそうだとしても、ヨーロッパやアジアの同盟国はどうなるのだ？」

「多少の犠牲は、やむを得ないでしょう。ドイツ人やトルコ人や日本人が何百万人か死ぬでしょうけど、それは止むを得ません。神が与えた試練だと、前向きに受け止めるべきです」

ケネディは、吐き気をこらえつつ席を外した。こいつらは、明らかに狂っている。

今や若き大統領は、「明白なる宿命」を奉じる狂信者たちには任せておけないことを知った。そこで、弟ボビーや大統領補佐官ケネス・オドネルら、カトリック系の若き仲間たちを別室に呼び寄せて、対策を協議したのである。

その結果、ロバート・マクナマラ国防長官のアイデアを容れて「海上封鎖」を行うことが決定された。すなわち、キューバに接近するソ連船をすべて臨検して、これ以上の核兵器の搬入を阻止するのである。この過程で核兵器関連物資を発見すれば、ソ連はもはやとぼける訳にはいかないので、外交交渉に応じることだろう。

すなわち、ケネディとその仲間たちの狙いは、外交戦でソ連を屈服させて、キューバのミサイルを全て自主撤去させることにあった。

2

ケネディ大統領が、緊急記者会見で「キューバ危機」の公式発表を行ったのは10月22日の夜7時。航空写真を用いて状況を説明しつつ、疲れきった様子で低く暗く話す大統領の様子は、全アメリカ国民、いや全世界に強い印象を与えた。ケネディは、ソ連にミサイルの即時撤去を要求すると同時に、大西洋上でソ連船の海上臨検を行うことを発表した。また、キューバからアメリカへのミサイル攻撃は、自動的にソ連からの攻撃と見なして「全面報復」を行うだろうと付け加えた。

アメリカの市井は、パニック状態となった。スーパーマーケットは買い溜めに走る人々で大混雑となり、各家庭の裏庭には簡単な核シェルターが掘られた。信心深い人々は、教会に列をなして一日中祈りを捧げた。ホワイトハウスやソ連大使館の門前は、平和を求める人々のプラカードの列で埋まった。

しかし、ハバナのカストロは、この様子を冷笑していた。

「いったい、ヤンキーは何を狼狽《うろた》ているのだ？　我が国やソ連をはじめ、世界中の全ての国が、アメリカの核に脅え続けて17年になる。日本などは、実際に2発も原爆を落とされている。世界中で、唯一アメリカ一国だけが、この恐怖を味わうことなく済んでいたのだ。その夢のような日々が、ようやく終わり、ヤンキーは他の外国人と同じ立場で物事を考えられるようになった。それだけの話じゃないか。そのことが不満というのなら、まったくの傲慢だな、甘ったれだな」

10月23日、カストロは国民向けのテレビ演説を行った。彼は、アメリカ合衆国のキューバに対する積年の狂信的悪意について語り、その対抗上配備したソ連製ミサイルは、あくまでも防衛目的であることを強調したのである。

「武器というものは、攻撃的に用いることも防御的に用いることも出来る。そしてキューバは、アメリカと違って、武器を攻撃的に用いることは絶対にしない国だ。アメリカ人は、我が国からの先制攻撃を恐れているらしいが、そのようなことは有り得ない。常識で考えれば分かるはずだが、キューバがアメリカを核攻撃して何の利益があるというのだ？」

しかし、カストロは、アメリカの権力集団が抱く不可解な狂信についても承知していた。アメリカはキューバを病的に憎んでいる。「悪魔」だと思って恐れている。だから、キューバのミサイルに生理的な嫌悪を抱くのである。理屈や理論ではなく、感情的に恐いのだ。だから、アメリカが損得勘定や合理性を度外視して、いきなりこの国に先制攻撃を仕掛けてくる可能性は極めて高い。

そこでカストロは、非常事態を宣言した。いよいよ、アメリカ正規軍との全面戦争が始まるだろう。今回は、ソ連の正規軍4万2000名に加えて、ミグ戦闘機やイリューシン爆撃機をはじめとする新型高性能兵器が味方についてくれる。それに自分の智謀が加われば、アメリカ正規軍も怖くない。試練を前にしたドン・キホーテの血は、ますますざわめき沸騰するのである。

キューバ国民は、非常事態宣言を聞いても冷静だった。軍人は整然と臨戦態勢に入り、一般国民は平常通りに仕事に向かった。彼らは、カストロを信じていたのである。無敵のフィデルが、ピッグス湾の時のように、再び見事な大勝利を挙げるものと信じていた。だから、少しも怖いと思わなかった。もっともそれは、一般のキューバ人が、核攻撃の恐ろしさについて無知だったせいもあるだろうが。

むしろ、プリーエフ将軍率いる在キューバソ連軍のほうが動揺していた。彼らの指揮命令系統は、モスクワに従属するのだが、そのモスクワは沈黙して何も言って来ないのだ。どうやらソ連本国は、可能な限り「無かったこと」にする意向らしい。このまま、亜熱帯のジャングルに棄てられるのではないだろうか？　ロシア人たちが不安になるのも無理はない。

ラウル・カストロは、大はしゃぎだった。モスクワに行って来たばかりの彼は、接待攻勢の影響なのか、ソ連の実力を著しく過大評価していた。キューバ島での戦いはもちろん、全世界を舞台にした大戦でも、ソ連と社会主義の勝利を疑っていなかった。そのための聖戦の先鞭を、キューバが付けることが出来て大興奮なのだった。

チェ・ゲバラは、もう少し冷静だった。ヒロシマを訪れたことがある彼は、核戦争の恐ろしさを当事者の誰よりも深く知っていたからだ。だから彼は、ヒロシマで見た凄惨な写真を思い返して胸を痛めた。彼の愛するキューバ国民が、あれと同じ目に遭わされると想像するのはあまりにも辛く悲しかった。

「むしろアメリカこそが、あの悲劇を味わうべきだ。どうしてヤンキーは、あんなに傲慢で甘ったれなのか？　それは、歴史の中でそれほど過酷な経験をしていないからだ。だからアメリカは一度、核攻撃の洗礼を受けて、ヒロシマの悲劇を経験し、あの日の日本人の苦しみを味わうべきだ。彼らは今こそ、自分たちがかつて日本や諸外国に加えて来た残虐さの本当の意味を理解するべきだ。それこそが、未来の地球人類の平和へと繋がるだろう」

そう考えるゲバラは、アメリカに向けられた核ミサイルの発射スイッチを今すぐにでも押したいと願った。だが、現実にはそれは不可能だった。核ミサイルはソ連軍の管轄下に置かれているのだから、ゲバラはもちろんカストロでさえ、これを発射することは出来ないのだった。

結局のところ、キューバが陥った抜き差しならない事態の解決は、米ソ両大国の判断に丸投げされた形である。

そんな彼らから海を隔てた対岸のフロリダ州では、アメリカ陸軍5個師団と軍用機579機がすでに臨戦態勢に入っていた。

3

その間、ケネディは、米州機構（OAS）に根回しして「キューバ海上封鎖」を正式に決議していた。空母8隻を中核としたアメリカ海軍の183隻は、4万名の海兵隊員を満載した輸送船を後ろに従えていた。そして、大西洋の荒波を押し渡って来るであろう26隻のソ連船を、キューバ東方海上に網を張ってじっと待ち受けた。これほどの大艦隊の出動は、太平洋戦争以来である。

ソ連船が、臨検を拒んだり強行突破を図ったら、射ち合いになるだろう。そして、ロシア人船員に死傷者が出たら、激怒したソ連はキューバのミサイルを全弾発射させるだろう。その結果、アメリカ全土は焦土と化すだろうが、ただでは死なない。断末魔の灼熱地獄の中から、発射可能なミサイルをソ連と東欧に向けて発射する。ソ連も、手持ちの核を全て用いるだろう。かくして、西欧諸国とトルコと韓国、そして日本は消滅する。北半球のほとんどの国家が焦熱地獄と化すだけではない。撒き散らされた放射能は、ゆっくりと地球全体を覆い尽くし、核の冬が来る。

全世界は恐怖した。これほどまでに、世界の滅亡が間近に迫ったことは過去の歴史の中に無い。世界中の人々が、ニュース報道に釘付けとなり、事態の成り行きを戦慄しながら見守るのだった。

ルメイ将軍率いる戦略空軍を中心としたアメリカのタカ派軍人は、なおもキューバへの先制攻撃を主張した。確かに、どうせ全面核戦争になるのなら、今のうちに1発でも多くの敵ミサイルを地上で破壊すべきだという主張にも一理ある。アメリカ本土に着弾するミサイルの本数が減れば、仮に他の世界が全て滅びたとしても、アメリカ一国だけはかろうじて生き延びられるかもしれないのだ。

「明白なる宿命」の狂信的な思想は、むしろこの考え方を支持していた。アメリカ一国だけが生き残るということは、「明白なる宿命」の最終形態、すなわち「世界征服」の達成を意味する。だから、キューバへの先制攻撃も核兵器の使用も躊躇《ためら》わなかった。

だが、ケネディはそう考えなかった。なにしろ、相手はフィデル・カストロだ。キューバの地表に置かれたミサイルが、すべて巧妙なダミーであることも有り得る。仮に軍部の言うとおりだとしても、アメリカ一国だけが核の冬の中を細々と生き延びるような未来に、どのような希望があるというのか。

それ以上に、ケネディはロシア人の理性を信じたかった。きっとフルシチョフは、「ベルリン危機」の時のように妥協してくれると信じていた。だから彼は、猛り狂うタカ派軍人たちを必死に押し留めたのである。

しかし、10月23日付けでケネディ宛に送られて来たソ連首相からの私信には、「ケネディ大統領の演説は世界平和への脅威であり、海上封鎖は国際法違反であるから認められない」とだけ書いてあった。

すなわち、キューバのミサイルのことには、まったく触れられていなかった。

いきり立ったタカ派軍人たちは、これをソ連の「核戦争を準備するための時間稼ぎ」だと決めつけ、即時の核攻撃を主張した。

そして、疲労困憊のケネディも、しばしば彼らの主張に身を委ねてしまいたい衝動にかられるのだった。こんな精神的重圧に耐えるくらいなら、いっそのこと、この世界を滅亡させてしまった方が楽なように思えるのだった。

4

一方、フィデル・カストロは、ソ連の反応の鈍さに苛立っていた。

今やキューバは、30万人を動員して玉砕覚悟の総力戦体制に突入している。アメリカ軍も、すでに第二次防衛態勢（ＤＥＦＣＯＮ－２）だ。それなのに、ソ連は沈黙を続けたままなのだ。相変わらず、キューバの核ミサイルを「無かったこと」にしているらしい。これでは、カストロも手の打ちようがない。

そこで、キューバ首相は手紙を書き、電信機でモスクワに送りつけた。

「ソ連は直ちに、核ミサイルの存在を明らかにした上で、キューバ全面支援の声明を発するべきである。また、国際法に反するようなアメリカの海上臨検を断固として拒否すべきである。そして、事態の収拾のためには核ミサイルの使用も辞さない旨を言明し、全世界に覚悟を示すべきだ」

カストロは、このままでは第三次世界大戦が始まるだろうと考えていた。

誇り高いソ連が、商船の海上臨検を素直に受け入れるわけがない。そうなれば海上で射ち合いとなり、最終的には核ミサイルの雨が全世界に降り注ぐだろう。そうなる前に、ソ連は自国の立場と考えを正々堂々と世界に示すべきだ。ソ連の堅い決意を知れば、ケネディが妥協して海上臨検を取り止めるかもしれないのだ。そうなれば、世界大戦は避けられる。

カストロは、必ずしも世界大戦を望んでいるわけではなかった。彼はただ、祖国の安全と平和を望んでいるだけだった。だから彼は、国連のウ・タント事務総長にも手紙を書いた。「アメリカがキューバに対する経済封鎖やテロ攻撃を止めて、再度の侵攻を諦めるというのなら、ソ連を説得してミサイルを撤去させても良い」と。

しかし、どう考えてもアメリカとソ連の双方が妥協することは有り得ない。両国にも意地があるから、先に退くわけにはいかないだろう。だからきっと、戦争は避けられない。

カストロは、アメリカのヒステリックな狼狽ぶりを観察するうちに、「世界大戦も仕方なし」と、次第に考えるようになった。戦争が始まれば、キューバは、確実に真っ先に滅亡する。アメリカ陸海空軍が殺到し、場合によったら核ミサイルが降り注ぐことだろう。しかし、キューバのソ連軍が核を撃ち返せば、運が良ければアメリカと刺し違えることが出来る。そして、ソ連も滅びるだろう。これは、弱い国や貧しい国を搾取し苦しめる二大帝国主義国家の消滅を意味する。すなわち、キューバは自らを犠牲にすることで、アメリカとソ連を地獄に叩き落すのだ。生き残ったアジア、アフリカ、中南米の弱小国は、独立を達成し自由になることが出来る。そのときの地球は、放射能にまみれているかもしれないけれど、黒い雨が降り続くかもしれないけれど、そうした形でホセ・マルティが望んだ自由で平等な世界が実現するのではないだろうか？　つまりキューバ共和国は、そういったやり方で世界の弱者を救済する運命にあるのではないだろうか？

「どうせ戦争が避けられないのなら、そんな世界を夢見たい」

幾夜もの苦悶と煩悶の末にそう結論したカストロは、一種独特の恍惚の表情を浮かべるのだった。たまたま、革命評議会の仕事で首相に会いに来たウニベルソ・サンチェス委員は、その表情を見てぎょっとした。どこかで見たことがある表情だ。そうだ、思い出したぞ。アレグレア・デ・ピオのサトウキビ畑の中で、ライフル銃を自分の喉に押し当てて革命の理想を語るフィデルが、ちょうどこんな顔をしていたっけ。

「あのころに逆戻りか」ウニベルソは苦笑した。

結局のところ、フィデル・カストロは、いつだって数えるほどの仲間とともに全世界に向き合う孤高のドン・キホーテなのだった。

だけど、ウニベルソ・サンチェスは、自分の心が高揚するのを感じていた。カリブ海の小さな島国キューバは、今や全世界の最前線に立っていた。数年前までアメリカの半植民地だった貧しく遅れた農業国が、今では米ソ両大国をきりきり舞いさせている。そのことが誇らしかった。もはや世界中のどの国も、キューバを軽蔑したりバカにしたり出来ない。

廊下ですれ違ったセリア・サンチェスも、シエラで出会ったころのような輝く瞳をしていた。みんな、あのときのように大義のために命を捨てていて、そのことを誇りに感じているのだった。

5

非常事態の収拾のために、国連が動き始めた。

ウ・タント事務総長が奔走し、10月25日、ソ連のヴァレリアン・ゾーリン大使を国連安全保障理事会（UNSC）の席上に引っ張り出したのである。

これに対するアメリカ大使は、アドレイ・スティーブンソンである。ピッグス湾事件の失態で全世界に大恥をさらした彼は、雪辱に熱く燃えていた。スティーブンソンは「知らぬ、存ぜぬ」を貫き通すゾーリンに向かって、おもむろに証拠の航空写真を突きつけたのである。つまり、ピッグス湾の時のラウル・ロア外相の戦術を真似したわけだが、その効果は抜群だった。全世界はキューバのミサイルの存在を確信し、そして嘘を吐き続けたゾーリンは、顔面蒼白となって黙り込んでしまったのである。

実はゾーリン大使は、ソ連本国からこの事態に対する明確な指示を受けていなかった。「しらを切れ」とだけ指示されていたので、嘘がばれた時点で何も言えなくなってしまったのだ。

ソ連政府がこれほどまでに沈黙している理由は、外交戦術でもなんでもなくて、実際に混乱状態にあるからだった。

アメリカと同様、即時開戦を主張するタカ派軍人たちによって、フルシチョフは難詰され追い込まれていたのである。しかし、まともに戦ったら絶対にソ連に勝ち目は無い。それどころか、400発のICBMを全領土に四方八方から雨あられと撃ち込まれ、すべてのソ連人は死に絶えるだろう。

この時のソ連の立場は、太平洋戦争開戦前の日本に似ていた。あのときの日本も、絶対に勝ち目の無い戦争に向かっていた。しかし、軍部のタカ派が、逆らう穏健派政治家を片端から暗殺したので、誰も無謀な戦争を止められなくなった。そして、大日本帝国は原爆を2発撃ち込まれて滅亡したのである。

しかし、ソ連はあのときの日本ほど愚かではなかった。フルシチョフは暗殺されず軟禁もされず、そして必死に軍部を説得したのだった。

そんな彼を救ったのは、ウ・タント国連事務総長や中立諸国からの書簡だった。彼らは、「交渉の時間を取るために、一時的に海上臨検に応じてください。それが世界平和のためになります」と丁寧に依頼して来たのだ。国際社会が穏健な態度を取ってくれるなら、フルシチョフもソ連も、世界に対して面目を保てる道が開けるだろう。

ようやく、海上臨検を回避することで閣論を調整したフルシチョフは、疲労困憊の息絶え絶えの有り様で、執務室のアームチェアにへたり込んだ。アメリカを脅かすための外交戦の隠し玉が、このような激烈な事態を招くとは予想外だった。一気に寿命が10年縮んだ気がする。

これは、アメリカとソ連の文化の違いが原因であった。

ソ連は、もう何百年も前から隣国に脅かされ続けて、祖国滅亡の危機といつでも隣り合わせの環境だ。だから、アメリカ人にも同じ思いを味あわせることが、外交上有益だと判断したのである。ところがアメリカという国は、歴史の中でソ連ほど過酷な経験をしていない。第一次大戦でも第二次大戦でも、国土が戦場になっていない唯一の大国だから、こういったことに慣れていない。だから、自国の安全保障がほんの少しでも危機に瀕すると、集団ヒステリーを起こすのだ。いきなり、核戦争を始めようとするのだ。さすがのフルシチョフも、そこまでは予想できなかった。

「俺としたことが、今回は本当にしくじったぜ」

しかし、老いた首相は大義を見失っていなかった。ミサイルの件がどうなろうとも、ソ連にはカストロとキューバ人を守り抜く義務がある。もちろん面子の問題もあるけれど、この老獪な政治家は、人としての侠気や優しさを無くしていなかったのだ。そして、彼のカストロとキューバに対する好意も嘘ではなかった。だから、誰にも見られないように、ケネディ大統領宛ての私信をしたためたのである。その文面は、

「アメリカ大統領が、カストロとキューバの安全を保証誓約してくれるなら、ミサイル撤去の交渉に応

じても構いません」

彼はこの手紙を、私室のファクシミリを使って、アメリカ国内に潜入中の信頼できるスパイ向けに密かに送信した。他の閣僚やタカ派軍人にこんな妥協的な文章を読まれたら、彼の身が危ないからである。

「フィデル、約束どおりに俺が守ってやるからな！」

送信済みの手紙をマッチで燃やしたフルシチョフが、カストロの髭面を思い出して微笑んだちょうどそのとき、部屋に入って来た秘書が書簡を持参した。噂の主からの3通目の手紙だ。

「噂をすれば、なんとやら」

苦笑しつつ、ロシア語に翻訳された手紙を読んだフルシチョフは、両目が飛び出さんばかりに驚いた。

カストロの文面は、

「キューバが真っ先に核攻撃の犠牲になるから、ソ連はそれを口実にしてアメリカに全面戦争を挑んでいただきたい。私とキューバ国民は、聖戦のためならどうなっても構いません」

「こいつは正気じゃない！」

フルシチョフは禿頭を抱えた。「大義のためなら、国民とともに死んでも構わない」という考え方は、彼の中には存在しないのだった。

6

その間、キューバ目指して進んでいた26隻のソ連船団は、本国からの指令を受けて、アメリカ海軍の封鎖線の直前で母国へ転進していた。2隻だけ、監視網をすり抜けてキューバに達した船があったのだが、それは明らかに石油を運ぶタンカーだったので（ミサイルを積載していないので）、アメリカ軍も黙認した。

ここに海上での不幸な衝突は回避され、アメリカ人もソ連人も、いや全世界が安堵の吐息をついたのだった。

しかし、事態は根本的な解決を見せたわけではなかった。アメリカはキューバのミサイルを全て撤去させなければ気が済まず、それに関するソ連側の態度は依然として曖昧で、フルシチョフからの私信とクレムリン（ソ連政府）の声明は大きく食い違っていた。

すなわち、フルシチョフからの私信は「キューバの安全保障」をミサイル撤去の交換条件としていたのだが、クレムリンは「トルコとイタリアのジュピターミサイルの完全撤去」を要求していた。フルシチョフは弱気で、クレムリンは強気。いずれにしても、アメリカのタカ派には受け入れ難い要求である。

キューバのカストロは、アメリカとソ連のやり取りを知り得る立場にはなかったが、封鎖線の手前で逃げ出したソ連船団の弱腰に呆れ返り、そして憤っていた。ソ連は、戦争をやる勇気と覚悟がないのなら、どうして核ミサイルを配備してキューバを危険にさらすような真似をしたのだろうか？　あまりにも身勝手ではないか？

「そういうことか」カストロは呻《うめ》いた。「ソ連も、結局はアメリカと同じなのだ。我々を小国と思ってバカにしているのだ。外交ゲームに利用するだけ利用して、役に立たないと思えばすぐに棄てるのだ」

「兄貴、ソ連はそんな国じゃない」ラウルは弱々しく反論した。「きっと、何か深い考えがあるんだ」

「ならば、試してみようじゃないか」カストロは、目を光らせた。

このころ、アメリカ軍の偵察機が、藪蚊のようにキューバ上空を飛び回っていた。核ミサイルの数と位置を特定するためであり、キューバ軍とソ連軍の部隊配置を掌握して、侵攻作戦を準備するためである。

10月27日の早朝、キューバ軍の対空機関砲が激しく火を吹いた。それに釣られる形で、ソ連軍管轄下の地対空ミサイル（SAM）も発射された。不幸なことにミサイルは命中し、U2偵察機が撃墜された。そして、操縦していたアンダーソン少佐が戦死した。

それを知ったテイラー将軍やルメイ将軍は、皮肉なことに、味方パイロットの戦死を小躍りして喜んだのである。

「今こそ復讐だ！　アカい熊の睾丸を切り取る時だ！」

ここにようやく、戦争開始の大義名分が出来た。いよいよ大手を振るって、悪魔に魅入られたカリブの島を炎の海に沈められる。誰にも異存は無いはずだ。

しかし、ケネディ大統領は慎重だった。彼はまず、U2の撃墜が本当のことなのかどうか、側近たちに入念に調べさせた。すなわち、戦争を始めたい一心の軍部が流したデマではないかと疑ったのである。

やがて、それが本当だと分かると激しく落胆した。

「カストロめ、ソ連軍め、血迷ったのか？　いや、あるいは何かの間違いか事故かもしれぬ」

臨時召集した閣議で、大統領はまたもや軍部に激しく突き上げられた。

「さっそく、明日から空襲を開始しましょう！」「第一段階として、キューバのSAMを全滅させましょう！」

「エクスコム」の閣僚の多くも、こうした軍部の意見に流された。なにしろ、実際にアメリカ人が一人殺されたのである。

しかし、ケネディは必死に持ち堪えた。「私は第一段階を恐れない。それが第四、第五と進んだときに、地球人類が誰も生き残っていないことを恐れるのだ」

「大統領、あなたは腰抜けだ！」ルメイは指を突きつけた。

「とにかく、明日の攻撃はない。もう一度、みんなで知恵を絞って努力するのだ」

ぐっとこらえたケネディの一言で、閣議は解散となった。

その後、大統領のもとに様々な人物から電話がかかり、メッセージが送られてきた。「明白なる宿命」を奉ずる人々は、今このときこそ、宿願を果たすチャンスだと考えていた。世界の半分が破滅しようとも、アメリカがソ連を滅ぼして「神の国」を築き上げる千載一遇のチャンスだと認識していた。そのチャンスを逃すべきではないと、ケネディに強要するのだった。

「私は、彼らに殺されるかもしれないな」ケネディは薄く微笑んだ。「しかし、世界を滅ぼした大統領として1000年の悪名を歴史に残すくらいなら、私は喜んで死を選ぶ！」

意を決したケネディは、弟ボビーを呼び寄せると、裏ルートからソ連に接触するように命じた。

「アメリカには、妥協の用意がある。26日付けのフルシチョフ首相の私信を尊重し、『キューバには二度と侵攻しない』と誓約する。さらに、外部に公表しないという条件付きで、トルコに配備したジュピターミサイルを、半年以内に全て撤去すると約束する」

ロバート・ケネディは、訥々と語る兄の顔を見て驚いた。疲労と心痛の極致のはずなのだが、なぜか晴れ晴れとしている。

「この交換条件で、フルシチョフは折れてくれるだろうか？」ケネディは、信頼する弟に優しい眼差しを向けた。「国連査察の下で、キューバのミサイルを撤去してくれるだろうか？」

「兄貴、僕に任せてくれ。必ず呑ませてみせるよ」ボビーは、力強く頷いた。

この瞬間、ケネディ兄弟は父を超えたのである。

父はかつて、妥協することで戦争を起こした。

息子たちは今、妥協することで地球人類を滅亡から救った。

これは、決して誇張ではない。

7

10月28日の朝、フィデル・カストロはサン・アントニオ空軍基地に立っていた。滑走路脇に立つ彼の周囲には、対空機関砲座が列をなしている。地勢上、北から飛んで来たアメリカの攻撃機は、真っ先にここに達するはずである。そうしたら、直ちに対空砲の砲門を開かせよう。その次の瞬間、アメリカのロケット弾やナパーム弾が周囲を瞬時に焼き尽くすだろう。

そう。フィデル・カストロは死ぬつもりだった。国民の先頭に立って、自分が真っ先に戦死するつもりだったのだ。

彼は、今日から世界全面核戦争が始まると信じ切っていた。なぜなら昨日、彼がアメリカ人パイロットを殺したからである。

もちろん、アンダーソン少佐のU2を撃墜したのは、ソ連軍管轄下の地対空ミサイル（SAM）である。在キューバソ連軍は、モスクワからの指示があるまでは絶対に発砲するなと、フルシチョフに命令されていた。しかしソ連兵たちは、南海の核戦争の最前線に放置されて、過度のストレスを感じていた。本国に棄てられるのではないかと、疑心暗鬼になっていた。

カストロは、そこに目をつけたのである。人間心理を洞察し、操ることにかけて、彼ほどの天才は地上に存在しない。彼は、ソ連陣地に「アメリカ軍機を攻撃せよ」とのプレッシャーをかけ続けると同時に、指揮下のキューバ軍に、ソ連陣地の周辺でわざと派手に対空攻撃を行わせたのである。案の定、堪えかねたソ連兵は、上空のU2目がけてミサイルの発射ボタンを押した。つまり、彼らはカストロに操られてアメリカ人を殺してしまったのだ。

「これで、戦争になるだろう」カストロは確信した。「ソ連が、ラウルの言うように気骨のある国なら、ここで覚悟を決めざるを得ない。こうして世界大戦が始まり、アメリカとソ連は共倒れになるだろう。全世界の貧しく弱い人々は救われるだろう」

しかし、その過程で真っ先に餌食になるのはキューバなのである。おそらく、700万人のキューバ国民は、一人残らずアメリカの核に焼き殺される。

カストロは、だから全国民の先頭に立って死のうと考えたのだ。かつてのホセ・マルティのように、全軍の先頭に立って雄々しく散りたいと考えたのだった。

ところが、午前10時を過ぎても、アメリカ機は姿を見せなかった。空は一点の雲もない快晴だから、天候のせいで空爆を延期したわけではなさそうだ。

「どういうことだ?」カストロは、ぽかんと口を開けて北の青空を振り仰いだ。

戸外にいた彼には知る由もなかったが、そのころラジオ・モスクワは全世界に声明を流していた。フルシチョフ首相がケネディ大統領の提案を受け入れて、国連査察団の監視下で、キューバのミサイルを完全撤去することに合意したのだと。

8

フィデル・カストロは、激怒した。

「7月26日運動」事務所内の私室に飛び込むと、中から鍵をかけた後で、窓ガラスや鏡を叩き割り、机をひっくり返し、壁を蹴り、床板を踏み抜いた。セリア・サンチェスもラミーロ・バルデスも、荒れ狂う怒りの嵐を、部屋の外から静かに窺うことしか出来なかった。

カストロの怒りの理由は、第一に、ソ連が当事者のキューバに一言の相談もなくミサイル撤去を決めたことであり、第二に、それはキューバをアメリカへの生贄《いけにえ》に差し出すのと同義であることだ。

カストロは、ケネディの「二度とキューバを攻めない」という誓約を、まったく信用していなかった。彼は、邪悪なアメリカ人は、ソ連のミサイルが撤去されたら、その翌日にでもキューバに侵攻するに違いないと想像していた。フルシチョフは、それを知りながらこの国を見捨てたのだ。つまり、アメリカとソ連が仲良く握手する傍らで、キューバはアメリカ人から一方的に虐殺されるということだ。

「やはりソ連のような大国は、キューバのような小国など、どうだって良いのだ。普段は奇麗事を威勢良く言うくせに、いざとなったらゴミのように棄てるのだ！」

地方から首都に飛んで来たラウルとゲバラも、この結末を前に茫然自失していた。ソ連びいきだったラウルなどは、あまりのショックに口も利けない有り様だった。

彼らがもっと気に入らないのは、その後のマスコミ報道で、ひたすらケネディとフルシチョフが褒められることであった。彼らは、世界を戦争から救った英雄だというのだ。まるで「駄々っ子キューバが一方的に仕掛けた火遊びを、良識ある二つの超大国が、大人の分別で窘《たしな》めて丸く収めた」といったニュアンスの報道だ。

だけど、元はといえば、アメリカがキューバに酷い仕打ちを続けたのが悪いのである。キューバは、自衛のためにソ連を頼らざるを得ず、やがてソ連の勝手な都合でミサイルを置くことになってしまった。そこにあるのは、大国の利害に翻弄された小国の悲劇なのである。だから、アメリカもソ連も少しも偉くない。その事実を、世界は忘れてしまうのではないか？

そこで、冷静さを取り戻したカストロは、国連にキューバ側の問題解決提案を行った。

⑴アメリカによる経済封鎖の解除、⑵アメリカの諸機関によるテロ攻撃や暗殺や攪乱の中止、⑶アメリカ軍による領空侵犯や領海侵犯の禁止、⑷亡命キューバ人による奇襲攻撃の禁止、⑸グアンタナモ海軍基地のキューバへの返還。

「以上の5条件をアメリカが呑まない限り、キューバ共和国はミサイル撤去を承認しないし、国連査察団も受け入れない」と宣言したのである。

世界は驚き、そして苛立った。せっかく米ソの頂上対談で話が纏まりかけたのに、小国の髭男が今さら何を言い出すのか？

国連からはウ・タント事務総長が、ソ連からはミコヤン副首相がハバナに飛んで、必死にカストロを説得した。しかし、髭男は頑固に首を横に振り続けた。顰蹙《ひんしゅく》を買おうが憎まれようが、世界にこの事件の本質を知らせなければならない。二つの超大国に苦しめられ嬲《なぶ》られたキューバの苦しみを分からせなければならぬ。

「我々は、誰も攻撃しなかった。我々は、誰の権利も侵害しなかった。我々は、常に国際法を遵守していた。それなのに、一方的に経済封鎖を受け、領空と領海を侵犯され、攻撃を受けたのだ。もう、たくさんだ。これ以上の領土への侮辱は、いかに国連査察団であっても受け入れられない！」カストロは、テレビ演説で全世界に訴えた。

しかし、アメリカは「髭の独裁者」の態度を冷笑し、結局、キューバ側の5提案を呑まなかった。その結果として、キューバ政府は国連査察団を頑《かたく》なに国内に受け入れようとしない。

仕方ないので、核ミサイルは、ソ連軍が勝手に撤去して船積みをしてから、海上の輸送船の中で、アメリカ海軍立会いの下での国連査察を受ける運びとなった。

やがて、アメリカのソ連に対する要求は日増しにエスカレートし、その結果、ソ連軍はミサイルだけでなく、あらゆる攻撃用兵器をキューバから引き上げることになった。唯一、SAMシステムだけは「防衛用」ということで温存されたのだが、ミグ戦闘機もイリューシン爆撃機も、ソ連国籍のものは全て姿を消した。また、ソ連軍人の多くも、安堵の表情で母国行き輸送船のタラップを踏むのだった。

「見捨てられた」

キューバ政府の要人たちの失望と落胆は、痛々しいばかりだった。

フルシチョフは、平和をもたらした英雄と呼ばれて得意がっているらしいけど、これは明らかにアメリカ外交の大勝利だった。つまりソ連は敗北し、キューバは世界から見捨てられたのである。

この事実は、ソ連の国際的威信を大きく失墜させた。

たとえば、中ソ紛争が激化したのは、この事件がきっかけである。

絶望したカストロは、親しい仲間たちに「辞任」をほのめかした。もう、何もかも投げ捨てて隠棲したいと呟いた。12月には、実際に公務を休んでシエラ・マエストラに行き、昔の革命軍本部に籠って数日を過ごした。一種の現実逃避である。

ラウル国防相は、酒びたりとなり、意味もなく急に涙ぐむようになった。

しかし、意外なことに、キューバ国民は冷静だった。

カストロは、状況を包み隠さず正直にテレビや新聞で伝えたのだが、国民はまったく平静だった。彼らは、ソ連に見捨てられようが、アメリカが攻めてこようが、フィデルが必ず国民のために立ち向かってくれると信じていたのである。だから少しも怖がらないし、少しも恐れなかった。むしろ、小国キューバが、アメリカやソ連といった超大国と互角に渡り合ったことに誇りすら感じていたのである。

数年前まで、キューバは侮蔑の対象だった。しかし、今では畏怖の対象となっている。国民は、そんな祖国の成長が心から嬉しいのだった。

こうした市井の素朴な笑顔に、カストロをはじめとする政府要人はかえって勇気づけられ、少しずつ自信を回復していった。

チェ・ゲバラは、キューバ人たちの逞しさに驚嘆した。彼の母国アルゼンチンの人々は、このような逆境の中で果たして笑っていられるものだろうか？　おそらく無理だろう。

「キューバ人は凄い。いや、それよりもフィデルだ。彼は、全てのキューバ人に本当の父親のように慕われているのだ。どうやったら、あんな風になれるのだろう？」

ゲバラの心の中に、羨望と同時に、なぜか寂寥感が宿り始めていた。

ケネディ暗殺

1

意外なことに、アメリカ軍は攻めてこなかった。国土へのテロ攻撃も無くなった。

「ケネディは、フルシチョフとの約束を誠実に守るつもりらしい」カストロは、首を傾げつつワシントンDCの空を見やった。「思っていたより、男気のある奴かもしれないな、JFKは」

実際、ケネディは「あんな小さな島や髭の独裁者のことなど、二度と考えたくもない」と叫びつつ、キューバに対するあらゆる軍事侵攻計画やテロ攻撃を停止させていた。彼はもはや「明白なる宿命」を奉ずる狂信者たちの意向には惑わされなかった。あと何年生きられるか分からないけど、己が信じた正義の道を進むのみである。

カストロは、そんなJFKに好意を感じ始めた。そこで、ハバナを訪れたアメリカ人ジャーナリスト、リサ・ハワードとの長いインタヴューの中で、ケネディの対キューバ政策の変更について大いに褒め称え、アメリカとの関係改善についてもほのめかしたのである。

もともと、キューバの側にはアメリカと戦う理由がない。アメリカが、多少の利権喪失に目を瞑ってキューバの構造改革を容認してくれるなら、地理的に近接した両国は、お互いに平和に友好的に暮らせるはずなのだ。

ケネディも、カストロの態度を知って笑顔を浮かべた。「フィデル・カストロか、友人になったら、意外と付き合い易い良い奴なのかもな」

若き大統領は、ピッグス湾以来の過酷な経験の中で、様々なことを学び成長していた。

それまでの彼は、独裁者とは無条件で悪いものだと考えていた。しかし、今では「善い独裁者」と「悪い独裁者」があることを知っていた。両者を区別するのは、あくまでもその国の民衆である。フルヘンシオ・バティスタは、悪い独裁者だったために民衆から見放され、わずか数十名から興ったゲリラに倒された。そして、フィデル・カストロは善い独裁者であるため民衆に支持され、だからこそ度重なるアメリカの攻撃を持ちこたえている。同じ独裁者であっても、この両者は天と地ほど違うのだ。

「善い独裁者と手を握るのは、決して悪いことではない。私だって、善い独裁者の端くれなんだからな」

ケネディは「ミサイル危機」の最終局面において、「エクスコム」のメンバーたちを押し切って、独断でフルシチョフと密約を結んだ。これは、まさに独裁者の所業であった。だけど、この所業によって悲惨な核戦争は回避され、世界中の人々が喜んでいる。ケネディは「善き独裁者」である自分を誇らしく感じているのだった。

嬉しくなって、ホワイトハウスの裏庭の温水プールに向かった。そこには、秘密の通用門から招き入れたコールガールたちが全裸で待っていた。

ＪＦＫのこういったスキャンダルを手配し揉み消すのは、弟ボビーの役目である。兄と来たら、美女と見れば相手構わず引っ張り込むので、苦労は絶えない。マフィアの女やソ連の女スパイとの情事を揉み消すのは、たいへんな重労働だった。ロバート・ケネディ司法長官ともあろう人が、そんなことで神経を磨り減らして気の毒ではあるが、役得が無いわけではない。女優のマリリン・モンローと、送り迎えの過程でねんごろな関係になれたから。つまりこの兄弟は、別の意味でも兄弟だったわけだ。仲が良いことで、たいへん結構である。

そういう意味では、カストロ兄弟の仲も怪しい。ラウルの妻ビルマ・エスピンは、結婚する前にフィデルと関係していた形跡がある。つまり、こちらの兄弟も、別の意味での兄弟だったのだ。仲が良いことで、たいへん結構である。

そう考えるなら、JFKとカストロは、実際に気の合う友人になれる可能性を秘めた、似た者同士だったのかもしれない。

2

大西洋の向こう側からも、キューバに暖かい風が吹いて来た。

1963年2月、フルシチョフから、31ページにも及ぶ長文の信書が届けられたのである。それは、「ミサイル危機」に際してのソ連の態度を謝罪する内容だった。「詳しく説明したいので、暖かくなったらソ連を訪れて欲しい。熱烈な歓迎をする」と書いてあった。

カストロは、何度もその手紙を読んで感動した。その文章は詩的で温かく、真心が詰まっていたから。「なるほど、この人のこの人柄が、ミサイル危機を直前で回避させ、そしてキューバをアメリカの侵略から守ったのだ」

カストロは、ニューヨークで触れたフルシチョフの闊達で陽気な人柄を思い出し、もう一度会いたくなった。

それ以上に、カストロにはソ連に政治的な用件があった。ただでさえ脆弱なキューバ経済は、深刻な危機に瀕していた。天候不順と次々に来襲するハリケーンによって、いずれ大飢饉に陥ることが予想されていた。だからどうしても、ソ連からの経済援助を増やしてもらう必要があったのだ。

4月26日、カストロは、ハバナに迎えに来たソ連の長距離輸送機TU－114に乗って、一気に霧に煙るムルマンスク空港まで飛んだ。

そこでは、想像を超える大歓迎と接待攻勢が待っていた。ソ連国内の14都市でフィデルの名で豪華なパーティーが開かれ、沿道の大群集はキューバの手旗を振りながら大喝采を送った。カストロが目をつけたロシア美女は、その日のうちに賓客の寝室を訪れた。こうして、数日間の滞在予定が5週間に延長され、彼のモスクワ「赤の広場」での大演説は多くの聴衆を魅了し、カストロは「レーニン勲章」を授与され「ソ連邦英雄」になった。ロシア人ではない外国人がこのような栄誉を受けたのは、史上初めての出来事だった。しかもカストロは、まだ36歳なのである。

ソ連が、これほどまでに賓客に気を遣った理由は、もちろん「ミサイル危機」でキューバをないがしろにした罪悪感であった。それに気づいたカストロは、後の交渉を有利に運ぶために、事あるごとにその話を持ち出したのである。

案の定、援助交渉はうまく運び、キューバはソ連から、より一層多くの軍事及び経済援助を受けられることになった。ただしその代償として、キューバは膨大な砂糖をソ連に出荷し、同時に、国内体制をソ連式に改めることを要請されたのである。

交渉がうまく纏まったので、フルシチョフはカストロをモスクワ郊外の別荘（ダーチャ）に招待した。二人は、白樺の香るロッジの中で暖炉を囲み、森林を散歩したり、狩猟に出かけたりと親密な時を過ごした。このときに、フルシチョフは「ミサイル危機」の真相について率直に語ったのである。

ソ連の軍事力は、実はアメリカの足許にも及ばなかったため、世界戦争が始まったら確実に社会主義陣営が敗北していたこと。また、ソ連がキューバからミサイルを撤去する代わりに、アメリカにトルコのミサイルを撤去させることで、ギリギリの交渉が纏まったこと。

「トルコのミサイルですって?」カストロは、苛立たしげに呻いた。「そんなもの、我が国には関係ありませんな」

「ううむ、それはそうだが」

「結局、我が国は、米ソ両大国のゲーム盤上の小さなコマに過ぎなかったということですな。トルコもそうだったのですな」カストロは、激しく舌打ちした。

「そう言わないでくれ、フィデル。仕方がなかったんだよ」フルシチョフは、禿頭に汗を浮かべた。

「この埋め合わせは、いくらでもするから」

カストロは、小さく頷いた。政治家としての彼は、ソ連からどこまで絞り尽くせるか慎重に思慮を巡らせていた。

その後、二人は猟銃を持ってカモを狩りに出かけた。白樺の林の中、湿地帯を二手に分かれて歩いていると、カストロが構えた猟銃の先に偶然フルシチョフの頭が現れたので、思わず引き金を引いてしまいそうになった。あの禿頭が爆裂して噴き出す脳漿を見られたら、どんなに楽しいことだろうか。十分に妄想を楽しんだカストロは、にやりと笑うと銃身を下に降ろした。

だが、今回のカストロの訪問滞在は、ブレジネフらソ連中央委員会の要人たちに「ミサイル危機」の不名誉を改めて思い起こさせた。それが、この翌年のフルシチョフ失脚の遠因になることを、カストロはまだ知らない。

大満足で帰国したカストロは、ついにエスカンブライ山系に跋扈する反革命勢力の打倒に乗り出した。アメリカが沈黙し、しかもソ連から大規模な援助が受けられるこの時期こそチャンスである。キューバ正規軍3万の総攻撃は、CIAから切り離されて孤立した反革命軍を次々に打ち破り、こうしてキューバ国内の敵対武装勢力は壊滅したのであった。

3

一方、ケネディ大統領は、カストロの訪問によってソ連とキューバの仲が修復されたのを見て舌打ちした。せっかくカストロと仲直りしようと考えていたのに、これで闇論の調整は難しくなった。結局、キューバに対するCIAの破壊工作は再開され、経済封鎖も続行されることに決まったのである。

しかしケネディは、もっと大きな構想を実現させようと動いていた。すなわち冷戦の「雪解け（デタント）」である。

1963年6月、ホワイトハウスとクレムリンの間に、「ホットライン」が開設された。米ソ首脳が直接電話で語り合うことで、「ミサイル危機」のような事態を未然に防ぐことが目的である。続いてケネディは、ソ連に本格的な核軍縮を提案した。やがて幾多の交渉の後、8月5日に「部分的核実験停止条約」が締結された。これは史上初の核軍縮条約である。

世界中の人々が、ケネディとフルシチョフの善政を称えた。

一時は滅亡寸前にまで至った世界は、ここに一気に平和ムードへと転換したのである。

この年の夏にヨーロッパを歴訪したケネディは、各国の民衆から大歓迎を受けた。もはやJFKは、ヨーロッパに何の屈託も持っていない。

「平和とは、アメリカ人のためだけのものではない。全ての人たちのためのものです。それは今だけのものではなく、今後ずっといつの時代にも続くべきものなのです」

世界平和を心から希求する若き大統領の言葉は、全世界の人々を感動させた。

ＪＦＫは、「ミサイル危機」で変わった。まるで生き急ぐかのように、画期的な政策を次々に打ち出した。貧しい国々を救うためのボランティア制度「平和部隊」を創設し、黒人差別を無くすための「公民権法案」を議会に提出し、さらに労働者を守るための「最低賃金法」を改正した。これらは、まるで社会主義国のような政策である。

そんなケネディは、キューバとの和解の道を模索し続けていた。そして、ソ連との関係が大きく改善された今こそ、カストロと仲直りするチャンスである。彼は、「ニューヨーク・タイムズ」のハーバート・マシューズ記者ら、カストロと面識のある人々から髭の独裁者の人となりを聞き知り、ぜひとも手を差し伸べたいと考えていた。

そのために邪魔になるのは、カストロを深く恨むマイアミの亡命キューバ人団体とマフィアの結合体、そして彼らを背後から操るＣＩＡだ。そんな中、彼らの武装組織「アルファ66」が、キューバに接近するソ連商船を襲撃して失敗する事件が起きた。これは、明らかに「雪解け」に対する妨害行為であるから、この事件を口実にしてケネディとボビーは締め付けを開始したのである。ミロ・カルドナを首班とする亡命キューバ人団体やマフィアは、大統領の「裏切り」を激しく憤り、仕事を邪魔されたＣＩＡも不満を漏らしたのだが、ケネディ兄弟はどこ吹く風だった。

それにしても、１９６３年のケネディの行動は、何もかもが「明白なる宿命」思想への挑戦であった。そして、国民的人気の高いこの大統領は、間違いなく来年の総選挙で勝って、任期を４年延長させることだろう。

そのことが耐えられない者は、今ではアメリカ国内に無数にいた。

4

そのころ、外患から一時的に解放されたキューバでは、内政整備が急ピッチで進められていた。新たな援助条項に基づいて、ソ連からやって来た経済顧問団は、キューバにソ連型の経済システムを熱心に教えようとした。

しかし、カストロ首相の態度は意外だった。彼は、いちいち反論するのである。

「最初のうちは、市場原理を導入せよと言うのですか？　それでは、資本主義的な人間が生まれてしまいます。アメリカ人のように、弱者を差別し、虐げるような悪い人間が形成されてしまいますぞ」

顧問たちは、口から泡を飛ばして、通訳越しに主張した。

「しかしながら、貧しい発展途上国がある程度の経済力を身につけるためには、最初のうちは市場競争の導入による刺激が必要です。ソ連も、実際にそうやって大きくなりました」

だが、チェ・ゲバラ工業相も、カストロ側に立ってこう反論した。

「あなたたちは、競争原理を取り入れることで一国の経済規模を拡大できると考えておられるようだが、我が国は、ソ連と違って厳しいアメリカの経済封鎖の中にいる。この状態では、どうせ経済の拡大は不可能です。むしろ、乏しい資源を平等に分かち合うことで、弱者に優しい『新しい人間』の育成に努めるべきなのです」

ソ連のエリートたちは、肩を竦《すく》めた。この髭の頑固者たちは、人の言うことをまったく聞こうとしない。

結局、キューバは、従来から指向していた「計画経済体制」で行くことになった。すなわち、政府がすべての資源の分配先を決定し、生産計画も決定し、賃金体系も固定するのである。

ただし、民間企業については、政府が規定した利潤を上納する義務があるが、それ以上の利益を計上した場合は、企業内部に留保し投資に回しても構わないことになった。

こうした施策の結果、非常にユニークな現象が生じた。この国では、経済格差がほぼ消滅したのである。たとえば、小売店の店主と農夫と政府閣僚の給料は、ほとんど同額であった。大物政治家も、古びたアパートに住み、一般人と同じ配給手帳で国営市場の行列に並んで買い物をした。カストロ兄弟やゲバラでさえ、周囲の警護は厳重だが、普通の小さな家に住んでいた。この国が、ソ連や東欧や中国のような「権力腐敗」に陥らなかった最大の理由が、ここにある。

キューバの教育は、道徳を重視するユニークなものであった。学校では、教師が子供たちに「カネやモノにこだわるのは品性下劣な愚か者の所業であり、弱者を虐げ差別するのは卑しいことだ」と教えた。人間は、労働そのものに喜びを感じ、スポーツや文化や芸術で自己実現を果たすべきだと説いたのである。

ゲバラは、こうした革命の成果を前にして、満足げに頷いた。彼は、全世界でこういう教育を行えば、やがて「新しい人間」が誕生し、争いのない真に自由で平等で幸福な世界が生まれるだろうと信じていた。その最初のモデルケースが、キューバとなることだろう。

ただし、そんなキューバもソ連の言いなりにならざるを得ない局面があった。それは、砂糖の増産である。カストロがモスクワで取り交わした貿易協定では、ソ連はキューバの砂糖を高値で買い取り、それに応じた兵器、食糧、資源の援助を行うこととなっていた。つまり、キューバが砂糖をたくさん作って売れば、それだけ多くの見返りが得られるわけだ。そこでカストロは、せっかく多角化した農業を、再びサトウキビ生産主体に戻すことにした。これに関連して、67ヘクタール以上の農地を政府が全て接収する新法を発布したキューバは、結局、革命前と同じモノカルチャー農業国家に逆戻りとなったわけだ。

またソ連は、キューバが従来から進めていた中南米やアフリカの反米ゲリラ支援について、停止するよう強く求めてきた。これが、「雪解け」政策への妨害になるというのだ。カストロは、表向きは承諾したが、しかしゲリラ支援を止める気はなかった。

こうして、キューバ共和国は、「ソ連からの援助を受けつつ、ソ連の色に染まることなく独自の社会主義を築き上げ、さらに反帝国主義政策を進める」という難しい綱渡りを強いられることになったのである。

5

7月の終わりに母リナが亡くなったとき、葬式に参列したカストロ兄弟は、正反対の態度を見せた。ラウルは子供のように泣きじゃくったのに、フィデルは能面のように無表情だったのだ。長兄ラモンや妹たちは、フィデルの奇妙な態度を気味悪く感じていた。

母は、体調が悪いのに7月26日の「運動」の記念大会に参列し、目立たないように数千人の観衆に混じってフィデルの長い演説を終わりまで聞き終え、帰宅したところで倒れたのである。いつも小言ばかりの母は、実は誰よりも息子を信じ、息子を愛していたのだった。

そのことが分かっていたので、フィデルはとても悲しかった。しかし、一国の指導者たる者は、私事で感情を顕してはならないというのが、この人物の信念であった。彼は後に、インタヴューに応えて「人生の中で一番悲しかったのは、母が死んだとき」と語っている。

この時に限らず、カストロはあらゆる私事を表に出そうとしなかった。彼の家庭生活はまったく謎であり、秘密のヴェールに包まれていた。

もちろんそこには、政治的な計算もあった。己のカリスマ性を神秘的に演出するためでもあり、CIAの暗殺者に付け込まれないためでもある。また、アメリカの軽薄なゴシップ誌などに、悪意に満ちたネタを提供するのも不愉快だった。

彼には、数多くの子供がいたのだが、長男フィデリートをはじめ、男の子たちは科学と社会主義を勉強するためにモスクワに行かされることになった。その甲斐あってか、男の子たちは後に科学者や技術者になっている。ただ、長女アリーナは非行に走り、両親を困らせることばかりしたので、母ナティとともにヨーロッパに移住することとなった。最初の妻ミルタも、同じころスペインに移住した。

そう考えると、カストロの私生活は、非常に孤独で寂寥としているように思える。

ところが、そうではなかった。このころ出会ったトリニダー出身の金髪の美女ダリア・ソト・デル・バジェと恋に落ち、いつしか生活を共にしていたのだ。この男も、40歳に近くなって、ようやく女漁りの無軌道な人生から決別しようとしていたのである。

ただし、この女性の存在は、その後数十年にわたって秘密にされることとなる。結婚式も挙げないままに、カストロの家に半ば軟禁される形となったため、ダリアの両親は「娘を誘拐されたようなものだ」と嘆くのだった。結局、この二人が正式に結婚するのは、1980年も押しせまってからである。

そんな生活の中で、カストロがしばしば想うのは、行方不明になったマリタ・ロレンツだった。ハバナ・ヒルトンの一室でカストロを殺しそこなった彼女は、アメリカ帰国後、おそらく懲罰の意味を込めて、第２５０６旅団の戦闘部隊に編入されたらしい。しかし、ピッグス湾侵攻の直前に訓練中の事故で重傷を負い、病院に搬送されたのだという。その後の彼女の行方は、カストロの諜報網にも引っかかって来ない。

「いつか息子に会いに帰ってくる」と言った彼女の寂しげな微笑みは、いつまでもカストロの胸の余韻となっていた。

6

１９６３年11月22日、フランス人記者のジャン・ダニエルが、突然ハバナを訪れた。表向きは雑誌の取材に来たことになっていたが、実はケネディ大統領の特使だった。

カストロは、この人物と面識があった。シエラでの革命戦争中に、フランスからの特派員としてしばしば取材に訪れたのが、このダニエル記者だったから。つまりケネディは、アメリカ国内のタカ派に気づかれないよう、わざわざカストロと親しい「フランス人」を送り込んだというわけだ。

「ケネディ大統領は、カストロ首相との対談を望んでいます。アメリカとキューバの友好関係樹立に向けて、お互いの忌憚ない意見をぶつけ合いたいとのこと」ハバナ・ヒルトンの応接間で、賓客は真摯な眼差しを向けてきた。

「そうですか」カストロは、満面の笑顔を見せた。

いよいよ、ＪＦＫが手を差し伸べて来たのだ。隣り合う両国が、いつまでも不毛に争うことの虚しさを悟ってくれたのだ。

ダニエル記者は、ハバナに来る前にホワイトハウスに立ち寄り、大統領の意向を聞いて来たのだという。ケネディは、「キューバが過度のソ連依存を脱してくれるなら、経済封鎖の解除を検討する」と言っているらしい。

「もともと我が国は、ソ連とは関係がありませんでした」カストロは言った。「アメリカの経済封鎖やテロ攻撃に脅かされたため、仕方なしにソ連と手を組み、ミサイルを受け入れたのです。アメリカがキューバへの対応を変えてくれるなら、もちろん対ソ関係の見直しも有り得ます」

「それと大統領は、中南米やアフリカ、そしてベトナムに対する、キューバのゲリラ支援について憂慮されております」

「それも、アメリカ次第でしょうな」カストロは、とぼけた。

弱者支援はキューバ革命の基本ポリシーだから、おいそれとは変えられない。それでも、右手でアメリカ本国と握手しつつ、左手でアメリカ植民地を掘り崩すという政略オプションが有ってもよい。いずれにしても、アメリカ本国との和睦は大歓迎なのだった。

ちょうどお昼になったので、食堂に移動した。家政婦が作ってくれたスパゲティを、白ワインで楽しみつつ、二人は歓談を続けた。

「どうですか？　ロシア産タラ身入りのスパゲティのお味は」

「とても美味しいですよ」

「私が作ったほうが美味いんだけどな。それはまたの機会に、ぜひ」

「おや、首相は料理をされるのですか？」

「名人級ですよ。特にスパゲティは誰にも負けません」

「へえ、それはぜひ一度、ご相伴に預かりたいですな」

「頬っぺたが落ちますよ。ところで、来年は総選挙ですね。ケネディ氏は勝てますか？」

「ＪＦＫは、絶大な国民的人気がありますから、順当に行けば間違いないでしょう」ダニエル記者は、胸をとんと叩いた。彼も、ケネディのファンらしい。

「対立候補は誰ですか？」

「共和党のバリー・ゴールドウォーター上院議員です。ニクソンは落選したので」

「それでは、私はゴールドウォーター支持を表明しようかな。そうしたら、ケネディ氏はより多くの票を獲得できるでしょう？　どうせ私は、アメリカ国民の嫌われ者なんだから」

「あはははは」

「ケネディ氏には、ぜひ勝って欲しいのです」

「きっと、世界中のみんなが、そう思っていますよ」

「それにしても、アメリカの選挙の仕組みは奇妙ですな。一度の選挙で当選すれば、４年間も最高権力を握れるのだから。仮に、就任１年で国民の支持を失ったらどうするのでしょう？」

「そういうキューバには、選挙そのものが無いですよね」

「今は過渡期なのです。いずれ考えますよ」

「でも、選挙制度を導入したとしても、結局は今と変わらないかもしれませんね。キューバ国民は、いつまでもあなたを選ぶでしょうから」

「国民が本当にいつまでも私を選ぶというなら、喜んで終身首相になりますよ。アメリカ人は、独裁者と呼んで罵倒するでしょうけどね」

「任期制限さえなければ、ＪＦＫも終身大統領になれるでしょうに」

「それこそ、キューバは大歓迎ですよ」

二人が笑顔を向け合った時、秘書のセリア・サンチェスが緊急電話を取り次いだ。ドルティコス大統領からだと言う。

カストロは、ナプキンで口と髭を拭いながら、気軽に電話を取った。早口で語るキューバ大統領の言葉を理解するうちに、首相の顔色は真っ青になった。

「撃たれた？　当たった！　それで重傷なのですか？　分かりました。テレビをモニターします！」

足早に食堂に戻ったカストロは、ダニエル記者に叫んだ。

「ケネディ氏が撃たれました。ダラスで、オープンカーでパレード中に！」

「なんですって！」記者は驚愕のあまり飛び上がった。

カストロは、居間で待機していたボディガードたちに命じて、24時間体制でテレビニュースをチェックさせた。そして、アメリカ大統領が絶命したことを知って、テレビの前に頭を抱えて座り込んだ。

「全て終わった。何もかも振り出しだ。これで、あなたの役目もお終いですな」カストロは、充血した目で記者を振り返った。

「どうして、こんなことに」ダニエル記者は、血の気のない顔を左右に振った。

「ケネディ氏は、我が国の敵だった。だけど、本当に密接な敵だった。他人のように思えなかった」カストロは、力なく呟いた。彼の複雑な想いは、良きライバルを失ったスポーツ選手の心境に近いものだったかもしれない。「こういう場合、ケネディ氏の後は誰が？」

「副大統領が後を引き継ぎます。つまり、リンドン・ジョンソンです」

「ジョンソンは、どんな男ですか？　ＣＩＡとの関係は？」

「ＪＦＫに比べると、野卑で粗暴です。ＣＩＡとも密接でしょう」

「じゃあ、絶望だな」カストロは、沈痛な表情で肩を竦めた。

せっかくの「雪解け」も、これで終わった。またしても希望は破れ、キューバに圧し掛かる重圧は、一向に軽くならない。

7

ケネディ暗殺の状況は、不可解なことだらけだった。

１９６３年11月22日午後12時30分、テキサス州ダラスの街のエルム通りを、オープンカーの上から群衆にゆっくり手を振りながら微笑む大統領。24歳の暗殺者リー・ハーヴェイ・オズワルドは、教科書倉庫と呼ばれる建物の上階から、照準付きライフルで狙撃した。オープンカーには、少なくとも３発の銃弾が命中した。ケネディに2発、同乗していたテキサス州知事コナリーに1発。コナリーは幸い一命を取り留めたが、大統領は頭部に受けた1発が致命傷となり、救急車で病院に搬送中に落命した。

熟練のゲリラ戦士であるカストロは、以上の情報を各種報道から入手して、強烈な違和感を覚えた。

彼は、ライフルを構えて狙撃するポーズを取り、実際に撃つ自分を想像した。反動で肩が上がるから、もう一度照準器を覗いて構え直さなければならない。そうすると、オープンカーはその間に前に進んでしまうから、次の射撃体勢に入るまでに時間がかかる。だから、どんな射撃の名人でも、３発続けざまに撃ち込むことは出来ない。巧拙の問題ではなくて、物理的に不可能なのだ。

「単独犯ではない。少なくとも、三箇所からの狙撃だ。つまり、これは大掛かりな陰謀だ」カストロは歯噛みした。彼は、こういった卑怯なことが大嫌いなのだった。

案の定、アメリカのマスコミは、暗殺者オズワルドの履歴を連日のようにしつこく流し始めた。いわく、ソ連に亡命していた時期があり、ロシア人女性と結婚していた。いわく、キューバ革命に憧れて、キューバ大使館に亡命申請したことがある。

「俺たちの仕業にしようっていうのか！　なるほど、だからわざわざ、アカの経歴がある人物を表に出して来たのだな！」激怒したカストロは、直ちにテレビで声明を発して暗殺への関与を否定した。「キューバ革命の精神は、革命戦争の時代から、暗殺やテロを決して行わないのだ！」

同じタイミングでソ連も、暗殺に無関係である旨を宣言した。フルシチョフも、カストロと同様に、アメリカの偏向報道の中に嫌な臭いを嗅ぎ取ったのだ。

そのオズワルドも、犯行2日後に殺された。警察署に連行されたところを、ジャック・ルビーという名の酒場経営者に、正面から拳銃で撃たれたのだ。ルビーは「大統領の仇を討ちたかった」などと犯行の動機を説明した。しかし、どうして警察署内に、彼のような民間人が武器を持ったまま入れたのかが謎である（当時の警察は、身体検査が厳しかった）。

ともあれ、こうして犯人オズワルドの審理は不可能となり、事件は迷宮入りした。

しかし、おかしな状況がその後も次々に出て来た。

現場に居合わせたザプルーダーという民間人が、たまたま暗殺の全貌を8㎜フィルムで撮っていた（ザプルーダー・フィルム）。それによると、明らかに1発の銃弾は大統領の正面から飛んで来ている。破壊されたケネディの頭の一部が後方に飛び、それを同乗のジャクリーン夫人が必死に拾う場面がはっきりと映し出されていたのだ。

それなのに、公式発表では、銃弾は全て後ろから飛んで来たことにされていた。なぜなら、単独犯とされるオズワルドが潜んでいた教科書倉庫からは、オープンカーの後ろ側しか狙えないからである。つまり、少なくともケネディに致命傷を与えた人物は、オープンカーの正面側にいたはずなのに、ＦＢＩも警察もその事実の隠蔽に力を尽くしているのだった。

カストロが鋭く見抜いたように、この暗殺は大掛かりな政治的陰謀である。その真犯人は、「明白なる宿命」を狂信的に奉ずる者たちである。ケネディの、ソ連やキューバに対する平和政策に不満を持つ者たちである。

そして、これこそが「正義を愛する自由の国アメリカ」の本性なのだった。

第3章　混沌

新しい人間

1

ケネディ暗殺によって、アメリカの対キューバ政策は再び硬化した。

このころから、アメリカ型民主主義の悪い面が表面化している。臨時大統領のリンドン・ジョンソンは、来年の選挙に勝ち残るために、反キューバの旗幟《きし》を鮮明にする必要があった。すなわち、フロリダ州に割拠する亡命キューバ人20万は票田として極めて魅力的だったので、カストロに対する態度を厳しくすればするほど、票が集まって選挙に勝ちやすくなるという異常な状況が、そこにあったのである。

しかしながら、アメリカはキューバに対する軍事侵攻を躊躇せざるを得なかった。ケネディがソ連と交わした不侵攻の約束もさりながら、今となってはキューバ軍がソ連製兵器で大幅に増強されてしまった上に、キューバ国民のカストロ支持が非常に強固であることが分かっていたからである。

そこでジョンソンは、ＣＩＡの尻を叩いて「カストロ暗殺計画」を強力に推進させた。

アメリカのスパイは、躍起になってカストロを殺そうとした。しかし、これがなかなか難しかった。普通の政治家には、だいたい決まった行動パターンがあるから、仮に詳細なスケジュールが入手できなくても、ある程度ヤマを張って待ち伏せしたり罠を仕掛けたり出来る。ところが、カストロはひっきりなしに国の内外を移動するし、スケジュールもまったく不規則だ。これほど、暗殺者泣かせの政治家も珍しい。

もちろん、アメリカ国内に潜伏したキューバのスパイが、ＣＩＡの暗殺計画の情報を入手して、カストロに未然に警告を与えるケースも多かった。

その上、カストロはいつも護衛を連れていたし、本人も防弾チョッキを幾重にも纏っているように見えたので、ＣＩＡの狙撃手はしばしば躊躇した。ところが、実際にはカストロは滅多に防弾チョッキを着なかった。手足に比べて胴が太くて胸板が厚いのは、単なる「体質」のせいだった。彼は、しばしば言う。「俺は、正義という名の鎧を着ているのだ。これは強力だぞ。誰にも破れないぞ」

確かに、自分が絶対的な正義だという思い込みこそが、この人物の最大の武器だったかもしれない。

ともあれ、狙撃が難しいと考えたＣＩＡは、毒や病原菌を用いようとした。かつて、愛人マリタ・ロレンツが失敗したので、部屋の飲み物に毒を入れる作戦はもう使えない。そこで、ハバナ・ヒルトン近くのカストロ愛用のアイスクリーム店に目をつけて、ターゲットが買いに来る時を見計らい、コーンカップの中に毒を投じようとしたのだ。ところが、アイスボックスに入れて持ち込んだ毒が凍り付いて解凍できず、結局、失敗したのである。

他にも、カストロが海水浴に来た時に、綺麗な貝に見せかけた爆弾を拾わせて爆殺しようと企んだけど、ターゲットがそれを拾わなかったので失敗したことがある。ボツリヌス菌を塗りこんだ靴を履かせようとして、ターゲットが見向きもせずに失敗したこともある。

それにしても、ほとんど漫画かブラックコメディの世界だ。ＣＩＡの工作員は、実は頭が悪いのではなかろうか？　まあ、それも仕方ない。この当時、優秀な工作員は、中近東やアフリカ、そしてベトナムに回されていた。やがてベトナムが激しく発火し、ジョンソン政権はキューバ虐《いじ》めどころではなくなってしまうのだった。

それは、必ずしもカストロの幸運ばかりとは言い切れない。なぜなら、北ベトナム軍を強くした一端は、実はキューバなのだった。この国のゲリラ戦の顧問団は、続々と北ベトナムに入り、帝国主義の軍隊との戦い方について実践的なレクチャーを行っていた。やがて、アメリカはベトナム戦争の泥沼に嵌《は》まり込み、「明白なる宿命」は、極めて大きな蹉跌《さてつ》を味わうことになる。

ベトナムに限らず、世界各地の後進国にキューバ人顧問の姿があった。カストロと盟友ゲバラには、従来から「世界革命」の夢があった。彼らは、世界中の虐げられた人々に力を与え、アメリカや西欧などの帝国主義国家からの独立を促そうと考えていた。全世界に、ホセ・マルティの弱者救済の理想を広めたいと考えていたのだ。

いつしか、カリブ海の小さな島に世界各地の革命家が集まって来た。しかし、そんな彼らにカストロが支給する兵器や物資は、すべてソ連から入手したものである。そこには、アメリカ帝国主義を倒すために、ソ連帝国主義を利用するという深刻な矛盾があった。しかし、自国の経済すらまともに運営できないキューバとしては、他に方策が立たなかったのである。

生真面目なチェ・ゲバラは、この矛盾に苛立ちを感じ始めていた。

2

チェ・ゲバラの肩書きは工業大臣だったけれど、あまりこの仕事に携わる機会が無かった。工場が、まともに稼動しないからである。

アメリカの経済封鎖が始まってからは、原材料となる生産資源の輸入がストップした。これでは何も作れない。やがて、ソ連製の完成された工業製品が、砂糖とのバーターで入ってくるようになった。これでは何も作る必要がない。つまり、キューバ国内の工場は、その存在意義をほとんどなくしていたのである。

特に、1963年からのソ連との新たな関係が始まってからは、キューバはひたすら砂糖だけを生産すれば良くなった。仕方がないので、ゲバラはしばしば農民の服を着てサトウキビ畑に出かけ、マチェーテ（サトウキビ用の鎌）を振りながら労働奉仕をするのだった。

その一方で、国防相のラウル・カストロは大喜びだった。なにしろ、ソ連から最新鋭兵器がどんどん送られて来るのである。これなら、仮にアメリカ軍が総攻撃をかけて来たとしても、十分に持ちこたえられるだろう。軍備増大につれて彼の権勢は大幅に上昇し、今では副首相の地位も手に入れていた。今や、ラウルが頭を上げられない存在は、実兄のフィデルだけだった。

フアン・アルメイダも、今を時めいていた。彼は、革命評議会の重鎮であり軍司令官であるだけでなく、音楽家としても大活躍だった。管弦楽曲を作曲しレコードを発売したら、国中から大反響を受けたのである。

シエラの仲間たちは、アルメイダの才能に驚嘆し、彼のレコードに聞きほれた。ただ、ゲバラだけは、いつも複雑な表情を浮かべていた。彼は極端な音痴で、サルサとタンゴの区別すら付かないほどなので、アルメイダの音楽の良さが分からないのだった。

「音楽が分からないのは、僕がアルゼンチン人だからかな？」

なんとなく寂しくなるゲリラ戦士の姿が、そこにあった。

実際問題、キューバには黒人の血が多く入っている。だから、野球やバスケットボールやボクシングのような瞬発力を必要とするスポーツに長《た》けているし、打楽器を中心とした音楽の才能に優れているのだった。そして、アルメイダは彼自身が黒人なのだった。

ところで、革命キューバは社会主義国であるにもかかわらず、文化活動は比較的自由に行われていた。さすがに「反革命」の内容を持つ文学などは、革命評議会で問題視され発禁処分にされたのだが、それ以外の芸術やスポーツはむしろ奨励されていた。そのため、音楽やスポーツを中心としたキューバ文化は、世界中から注目を集めていたのである。

文化の土台となる教育システムも、1964年には軌道に乗っていた。全国民を対象とした無料の一貫教育の成果が上がり、もはや識字率は9割を超えていた。これは、ラテンアメリカ世界では最高水準である。もちろん医療改革の成果も上々で、乳幼児の死亡率は劇的に減り、キューバの総人口は革命前に比べて300万人も増えていた。今では、キューバのどこに行っても無料の診療所があり、誰もが気軽に診察を受けられるのだった。

この成果を、サルトルら世界中の左派知識人が注目していた。ソ連や中国に失望しつつあった彼らは、キューバこそが理想的な社会主義国家だと感じ始めていたのである。

そしてチェ・ゲバラは、こうした成果に満足だった。彼は工業相としては閑職にあったけれど、カストロの政策ブレーンとして一連の改革を指導していたのである。

この政策の中心にあるのは、後世「ゲバラ主義」と呼ばれるようになる、人間性に対する極端な理想主義であった。

3

チェ・ゲバラは、しばしば「新しい人間」について語った。

「新しい人間」とは、道徳的に完成されており、勤勉に学び働き、他者に無償の親切を与える人間である。いっさいの差別や偏見を持たず、富や権力や出世を卑しいものだと考え、道徳的な名誉と賞賛を求めて生きる人間である。

ゲバラは、そういった人間を「教育」によって作り出せると信じていた。そして、キューバで展開されているような教育を全世界に広めれば、地球上から格差も差別も戦争もなくせると信じていた。国境すらなくなって、世界中の人々が良き友人になれると信じていた。

そして、カストロ首相も盟友の考え方に賛成していた。だから彼は、ソ連の顧問団の様々な指導や意見に従うことなく、キューバ社会に「ゲバラ主義」を徹底させたのである。

いわゆる「社会主義」を成功させる前提としては、結局のところ、ゲバラが言うような「新しい人間」の存在が必要不可欠である。なぜなら、社会主義体制は平等な社会であるから、「平等であることが好き」な人たちによって構成されなければ上手く行かないのである。逆に考えるなら、他者を差別したり経済格差を容認したり、収入の多さや地位の高さで誇りを満足させる類《たぐい》の人間にとっては、このような社会は極めて住みにくいだろう。実際、アメリカに亡命したキューバ人たちは、まさにこういった平等社会が大嫌いな人々だった。

そしてキューバ共和国は、反対派の人々をアメリカなどに大量放出したことで、結果的に、平等を良しとする社会主義的な性向を持つ人々によって構成される国家となっていた。だから、カストロもゲバラもラウルも、この国の社会主義に自信と誇りを持っていたし、本家のソ連よりも早く共産主義（すべての土地や資源が、国家と国民に共有される社会）に移行することも可能だと夢想していたのである。

ところが、現実は必ずしも思い通りに行かなかった。

アメリカの侵攻が当面はないと分かって以来、安心した国民の間で、「怠惰」が疫病のように広まった。そして、農場でも商店でも役所でも、無駄と非効率が広がっていった。

何しろこの国では、教育と医療は完全無料だし、水道光熱費や家賃も非常に安価である上に、どんなに働いても賃金は一定である。だったら、真面目に働こうがサボろうが、得られる行政サービスと報酬は同じである。作業のやり方が効率的だろうが非効率的だろうが、何もかも結果は一緒なのである。

そもそも、弱者救済と差別撤廃を国是とする革命キューバでは、どのような怠け者にも最低限の配給があるので、働かずにブラブラしていても飢え死にすることはない。

これでは、労働意欲や効率性が減衰するのは、当然の結果であろう。

おまけにキューバ人は、もともと勤勉な民族ではない。温暖な南国に住んでいるから気性はのんびりしているし、同時代の日本人やドイツ人のように一所懸命に企業に滅私奉公するような文化に欠けている。そもそも、この国の主要民族はスペイン系白人だ。彼らは、「アスタ・マニャーナ（明日は明日の風が吹く）」の、気楽なラテン文化が身上なのである。

こうした状況に危機感を覚えたカストロ兄弟やゲバラは、自ら白い農民服を着て、休日返上で労働奉仕に出かけた。指導者が率先して働くことで、国民に模範を見せようとしたのである。もちろん、カストロやゲバラがいるときは、農民たちも活気づいて一生懸命に働いた。しかし、ひとたび彼らが去ってしまうと、再び怠惰に支配されてしまうのだった。

こうして、国全体の経済力はどんどん落ちて疲弊していった。これは、あらゆる社会主義体制が必ず落ち込む不可避の罠である。

そんな危機の中、カストロ首相は１９６４年1月に、再びソ連に飛んで、追加の経済支援を依頼した。

すると、「ミサイル危機」以来キューバに滅法甘いフルシチョフ首相は、この国の砂糖を国際価格よりも高値で大量購入する5年契約に承諾を与えたのである。その結果、キューバは、砂糖とのバーターでソ連からの輸入食糧や石油を増やすことに成功したのだった。

しかし、外国に寄生することで国民を食わせている状況は異常である。

考えてみたら、カストロは若いときから、ひたすら他者に寄生して生きて来た男だった。大学を卒業するまでは裕福な親の仕送りに甘えていたし、まったく儲からない弁護士事務所を経営しているときは、妻の実家のお金に甘えていた。「7月26日運動」を開始してグランマ号の冒険に乗り出すときも、前々大統領プリオの資金を頼っていた。シエラ・マエストラでの戦闘中は、フランク・パイースら都市部の仲間が集めた物資に依存していた。

そうなのだ。フィデル・カストロは、自前でお金を稼ぐ能力に決定的に欠けている人物なのである。しかも、それが恥ずかしいこととも悪いこととも思わないのである。だから、ソ連に甘えて援助を受けることにまったく躊躇《ためら》いを持たなかったし、そのことの異常さにも気づいていなかったのだ。

ゲバラは、もう少しまともな感性を持っていたので、こうした寄生関係に苛立っていた。また「新しい人間」が、キューバ型教育の下でも、なかなか育たないのに苛立っていた。

4

このころになると、この国のジェンダー教育も、深刻な弊害を生み始めていた。

革命キューバは、識字率増加キャンペーンの一環として、都市部で教育を終えた学生たちを教師として農村に送り込んだり、逆に農村の若者を都市部に招いたりした。これは、都市部と農村の文化格差をなくす狙いもあったので、後の中国の「文化大革命」によく似た政策と言える。

ただしその際、性差別をなくす政策的観点から、大勢の若い男女を同じ屋根の下で共に生活させることになった。しかし、経験不足の若い男女が、親元を離れて長期間一緒に暮らすとどうなるか？ 言うまでもなく、父親の名前が分からない赤ちゃんが大勢生まれたのである。これは、ゲバラのような理想主義者の想像を絶する事態であった。

「人間は、やはりダメな存在なのだろうか？ しょせんは、動物的な欲望に負けてしまう弱い存在なのだろうか？」ゲバラは、しばしば悩んだ。「いや、それは違う。『新しい人間』の創造には時間がかかるのだ。もう少し、気長に見守る必要があるのだ」

ゲバラはしばしば、カルロス・ロドリゲス農相ら共産党出身の論客たちと論争をした。中でも有名な議論に、いわゆる「刺激論争」がある。

ロドリゲスは、人間の労働意欲を掻き立てるためには「物質的刺激」が必要だと論じた。すなわち、社会主義国であっても、労働の対価としてカネやモノや地位を提示することで、労働者の欲望を刺激することが不可欠なのだと。

しかし、ゲバラは反論した。労働で最も重要なのは「精神的刺激」である。すなわち、働くことで健康な汗をかいたり、仲間との友情が深まったり、褒められたりすることが大切なのであり、カネやモノは二義的な価値しか持たないのだと主張した。

人間存在の本質や労働の本質を巡る知的な両者の議論は、周囲の仲間たちやフランス人思想家たちを巻き込んで見事な論争の大輪の花を咲かせた。ただ、この議論は決着が付くものではなかった。結局は、主観の問題だからである。

チェ・ゲバラは、彼自身が「新しい人間」そのものだった。そして、実際に「精神的刺激」だけで生きている人だった。だから、彼の主張は非常に説得力があったし、「そんな理想的な人間はいない」と、論客が彼に反論するのも難しかったのである。

サルトルが「完璧な人間」と評したゲバラは、優しい良き家庭人でもあった。いつしか三人の子供に恵まれた彼は、工業相としての事務仕事を行い、地方で対話政治を行い、休日には労働奉仕を行い、余暇は読書で過ごし、だけど家族サービスを決して忘れなかった。彼の唯一の憩いは、忙しい一日の終わりに熱い風呂に入り、大好きなマテ茶の味を楽しみながら、ボクシングの試合をテレビ観戦で楽しむことくらいだった。

ただ問題は、ゲバラのような「完璧な人間」は世界中で極めて少数だったということだ。教育の力だけで、果たして全人類をゲバラのような人格に改造できるのだろうか？

ロドリゲスは「無理だ」と考え、ゲバラは「時間の問題だ」と考えていた。

5

フィデル・カストロとチェ・ゲバラが抱える共通の問題は、彼らが一種の狂信者だったという点である。

すなわち、カストロの背景にあるのはホセ・マルティの思想であり、幼少のころに刺激を受けたイエズス会の原始キリスト教的清貧の世界観であった。

ゲバラの背景にあるのは、彼自身の過酷な人生体験であり（2歳のときから喘息で何度も死にかけている）、彼の心を支えてくれるマルクスの社会主義思想であった。

このように、両者が抱く思想の背景は微妙に違うのだが、キューバ国家と世界の在り方を前にした場合、ほとんど同じ形を取って顕在化した。すなわち、弱者救済と差別撤廃を目指す「キューバ型社会主義」となって。

カストロとゲバラの哀しさは、自分たちが狂信者であることを自覚していた点である。

彼らの愛読書は、共に『ドン・キホーテ』だった。二人とも、この本を6回以上読んだと豪語している。

騎士道物語の読みすぎで気が狂った貧乏地主が、自分のことを本物の騎士だと思い込み、愛馬（実際は痩せ馬）ロシナンテに乗って、ドゥルシネーア姫（実際は面識のない村娘）を護るために、巨大な魔物（実際は風車）に突撃を仕掛けたりする冒険物語。

普通の人は、この物語を風刺小説ないしコメディとして読む。しかし、カストロとゲバラは、この物語を英雄譚として何度も何度も読み返すのだった。この腐りきった世の中に、時代遅れの騎士が現れたって良いじゃないか。そんな思いを胸にして。

彼らは、アメリカやソ連といった帝国主義国が、邪悪な方法で支配するこの格差に満ちた世界を、時代遅れの騎士道で照らすことに人生の意義を見出していたのである。

アメリカの外圧が厳しかったころ、彼らはキューバ革命を守ることに夢中で、他のことを考える余裕を持っていなかった。しかし、「ミサイル危機」以降の外交の安定は、相変わらずの経済封鎖下にあっても、二人のドン・キホーテを新たな冒険に誘う誘惑となっていた。

カストロは、ヨーロッパに移住した愛人ナティらの助けを借りて、フランスから大勢の思想家や技術者をキューバに誘致した。彼は、祖国をヨーロッパ並みの産業大国にしたいと野心を燃やしたのである。

彼が特にこだわったのは、「酪農」である。キューバをスイス並みの酪農国家に改造して、この国に住む全ての子供たちにミルクを無料で飲ませたいと夢想したのだ。しかしながら、キューバは赤道に近い亜熱帯に位置する島国だ。上質のミルクを産する牛も牧草も、とてもじゃないがこの国では育たない。そこで、フランス人技術者の力を借りて、膨大なコストをかけて、牛と牧草の品種改良から始めたのである。

カストロは、「餅は餅屋」という言葉を知らないのだろうか？　どうしてもミルクが必要なら、外国から輸入すれば良い話ではないか？　フランス人技術者たちは、そう提言したのだが、頑固な髭の首相は聞く耳を持たなかった。

もっとも、キューバは常にアメリカに狙われている島国であるから、必要なものはなるべく自給自足したいという誘引は他国よりも遥かに強い。それにしても、亜熱帯の国を酪農大国にしようとは、ドン・キホーテの夢想も極まれり。

それでも、数年後にはある程度の成果が上がり、キューバに住む子供たちは、東ドイツから輸入される粉ミルクと合わせて、一日1杯のミルクを無料で飲むことが出来るようになっていた。子供たちはますます健康になり、親たちも政府の徳を大いに称えたのである。カストロは、子供たちの笑顔を見て、自分のことのように喜ぶのだった。もはやこの国では、栄養失調で愛児を失った親たちの慟哭《どうこく》はない。

それでも、費用対効果という観点からは、大いに疑問の残る政策であった。

国民の中にも、カストロのこういった夢想的な政策に疑問を持つ者がいた。しかし、みんな溜息をついて肩を竦《すく》めるだけだった。なぜなら、カストロの夢想は、私利私欲のない純粋な「優しさ」に基づいていたからである。そして、純粋な「優しさ」に待ったをかけるのは難しい。

続いてカストロは、サトウキビの大増産計画「グラン・サフラ」に着手した。これは、年間平均500万トンの産出量を、1970年までに1000万トンに倍増させるプランである。これはキューバの国情に合っているから、過酷なノルマではあるが、酪農大国プランよりは現実的である。

実は、この計画には、全国民を共通の大目標に結集させることで、今や国全体に広がりつつある「怠惰」を一掃する効果も期待されていたのである。

カストロが内政充実に奮闘しているころ、もう一人のドン・キホーテは、その目を海外に向け始めていた。

「この国には、フィデルがいれば大丈夫だ。僕はいよいよ、キューバ革命が抱くもう一つの夢、『世界革命』に着手したい」

チェ・ゲバラは、グランマ号の冒険に乗り出す直前に、カストロに語った言葉を想い出していた。「キューバ革命が成功に終わったら、アルゼンチン人である僕は、他の国の革命を手助けに行きたい」もちろん、カストロは喜んで承諾を与えてくれたのだった。

ゲバラは、アルゼンチンに住む母に手紙を書いた。「今、僕は太股の下に、再びロシナンテ（ドン・キホーテの愛馬）の肋《あばら》を感じています」

米ソや西欧や日本といった大国は、軍事力や経済力を背景にして、貧しく弱い国々から当然のように搾取を行っている。これに対抗するためには、貧しく弱い国々を互いに提携させて、一つの巨大な同盟に仕立て上げる必要があった。そのための前提として、弱く貧しい人々のアイコンとなり、武器を持った移動大使となって、第三世界全域を股にかけて活動するカリスマ的な英雄が不可欠となる。

「僕にならそれが出来る！」

世界地図を執務机に広げたチェ・ゲバラは、じっと中央アフリカを見詰めた。この地では今、ヨーロッパ諸国から独立したばかりの弱小国が、新たな帝国主義者による経済侵略に脅えているのだった。

6

1964年10月14日、ソ連でフルシチョフ首相が失脚した。

失脚の理由は、主として、「ミサイル危機」の原因を作った無謀で向こう見ずな判断にあった。あのときのソ連は、フルシチョフの判断ミスのせいで、アメリカから恫喝《どうかつ》を受けてキューバからミサイルを撤去する羽目に陥り、社会主義陣営の盟主としての威信を著しく損なってしまった。この事実は、臨時中央委員会での弾劾の名分とするには十分である。

こうして、フルシチョフと彼に忠実だったミコヤン副首相は、隠棲を余儀なくされた。後を受けたのは、この陰謀劇の黒幕であったブレジネフとコスイギンである。彼らはそれぞれ、共産党第一書記と首相に就任したのであった。

カストロは、この知らせを複雑な思いで受け止めた。彼は、フルシチョフに対して愛憎相半ばする思いを抱いていた。一人の人間としては好きだったが、彼に「ミサイル危機」の土壇場で見捨てられた恨みは、なかなか忘れがたかった。

そこでカストロは、ソ連で展開された新政権への礼賛キャンペーンや、前政権への誹謗中傷に対しては厳正中立の立場を守り、社会主義国の元首の中ではただ一人、モスクワへの儀礼的な挨拶に出向かなかったのである。

考えてみれば、世界を滅亡寸前に追いやった「ミサイル危機」の当事者である三人の国家元首のうち、政治生命を存続させているのは、今やフィデル・カストロただ一人だった。

一方、アメリカのジョンソン大統領は、総選挙で勝って任期を4年延長させていた。キューバに対して敵対的な政策を掲げるジョンソンだったが、カストロにとって幸いなことに、「明白なる宿命」の興味はすでにキューバから東南アジアに移っている。

1964年8月、「トンキン湾事件」が勃発した。北ベトナム軍の魚雷艇が、アメリカ艦船を攻撃したとされる事件である。ジョンソン大統領は、この事件を口実にして南ベトナムに大規模な派兵を行い、ここにいよいよベトナム戦争が本格化したのだった。

カストロは、この知らせを受けて冷笑した。「また始まったか、卑怯な策略が」

キューバ首相が鋭く喝破したように、トンキン湾事件はアメリカ軍による完全な自作自演であった。北ベトナム軍は、実際にはアメリカの艦船を攻撃していなかった。「明白なる宿命」は、新たな餌食を東南アジアに求め、再び卑怯で破廉恥な謀略を仕組んだというわけだ。

「いずれにせよ、今がチャンスだ」

カストロとゲバラは、頷きあった。

彼らは、南米やアフリカといった第三世界のゲリラを支援することで、帝国主義の搾取から弱い人々を救う事業をより積極的に推進しようとしていた。これまでは、アメリカとソ連の監視や掣肘《せいちゅう》があって難しかったのだが、この二大帝国が混乱している今こそチャンスである。

そして、この政策はキューバ自体の国益にも適っていた。第三世界で社会主義の友邦が次々に成立すれば、アメリカの過酷な経済封鎖に対する有効な突破口が形成されるだろう。それに加えて、この義挙は、今やアメリカ軍を一手に引き受けて奮戦するベトナムに対する効果的な支援になることだろう。

「アンデス作戦」の中心人物は、チェ・ゲバラであった。彼は、持論とする「フォコ理論」、すなわち精鋭ゲリラ集団を各国の山岳地帯に配置することで、同時多発的に全世界の後進国で革命を誘発できるという説を証明したかったのだ。彼は、中南米やアフリカの革命家と連絡を取り合い、将来の挙兵に向けての布石を打った。

次に、ゲバラはアフリカに飛んだ。マリ、コンゴ、ギニア、ガーナを視察した後、1965年2月24日、アルジェリアの首都アルジェで開催された「第二回アジア・アフリカ経済会議」に出席した彼は、歴史に残る名演説を行ったのである。

ゲバラは、経済に対する彼の持論「価値の法則（社会の中の全ての物財は、共同体全体の必要に応じて、政府によって決定されるべき）」を議論の中心軸に置き、後進国の独立は、「政治と軍事のみならず経済の独立まで視野に入れるべきだ」と論じた。すなわち、帝国主義者の傀儡《かいらい》政権を政治・軍事的に倒しただけでは不十分であり、その背後で糸を引く黒幕の経済支配をも打破する必要があるのだと。

聴衆は、ゲバラのこれまでの過酷な戦いを思い起こし、彼が言う帝国主義国が、アメリカや西ヨーロッパ列強のことを指しているのだと思った。ところが、ゲバラはこう続けた。

「すべての社会主義国は、社会主義の誇りを高く掲げ、あくまでも平等かつ対等の立場で後進国の成長を無償で支えなければならない。もしも社会主義の大国が、他の帝国主義国と同様に、後進国の原料を安価で買い取り、それを自国のオートメーション化された工場で加工した上、高値で売り捌《さば》くとすれば、それはもはや対等の関係ではない。それは、非道徳的な搾取であり、その社会主義国は帝国主義と同様の罪を犯しているのである！」

聴衆は、大いに驚いた。チェ・ゲバラは、明らかにソ連を非難しているのだった。

「我々にとっての社会主義の定義とは、人間による人間の搾取の廃絶に他ならない。もしも社会主義国がこの理念を忘却し、搾取の片棒をかつぐというのなら、もはや社会主義の建設は不可能となるであろう。貿易というものは、政治的な紐付きで損得勘定をする手段ではなく、あくまでも相互の友愛と信頼のために行われるべきなのだ」

実にゲバラらしい、弱者救済の優しい精神に溢れた演説である。満座の聴衆は、ソ連さえも批判した勇気ある演説者に、万雷の拍手を送ったのである。

しかしゲバラは、帰国したハバナ空港で、沈鬱な表情の政府要人たちに迎えられた。カストロもドルティコスもラウルも、いつものような笑顔ではなく、責めるような恨みがましい表情でタラップから降りて来た移動大使を迎えたのだった。それは、ゲバラの露骨なソ連批判のせいだと思われた。

カストロとゲバラは、その後、2日間にわたって二人きりで話し合った。

案の定、この翌月になって、ソ連のレオニード・ブレジネフ第一書記が激しい叱正の声を上げて来た。「無礼なチェ・ゲバラを政府要人から除名しない限り、キューバへの援助物資を削減する腹積もりだ」と言い出したのである。

だが、そのころすでに、チェ・ゲバラはキューバの公式の場から完全に姿を消していた。彼の行方を知るものは、カストロ兄弟と妻アレイダ他、ごく一部だけだった。

ソ連の要人やCIAのスパイのみならず、人々は噂をし合った。チェは、アルジェでの軽挙妄動を責められて謹慎中なのだろうか？　それとも、カストロと深刻な路線対立を起こした結果、追放されたのだろうか？

あるいは、消されたのだろうか？

別れの手紙

1

実際には、今回のゲバラの行動は、カストロと示し合わせた上での策略であった。

ゲバラには、いやカストロには、二人が仲違《なかたが》いしたように見せる必要があったのである。

実は、このころのソ連は、アメリカへの政治的妥協を余儀なくされていた。経済失政と無茶な核開発によって食糧不足をきたしたこの国は、アメリカやカナダから小麦を輸入して食いつなぐ惨めな体たらくとなっていた。だからソ連は、「子分」のキューバがアメリカを困らせる行動を取るのが政治的に不都合で、それでカストロにしきりに世界革命の夢を捨てるよう呼びかけていたのである。

前述のように、キューバ経済は、ソ連の力でかろうじて維持されている。だから、カストロとしては、今ここでソ連を怒らせるわけにはいかないのだ。かといって、世界革命の夢を諦めるのも不愉快だった。

ここで名乗り出たのが、チェ・ゲバラだった。彼は、わざとソ連を批判しカストロと仲違いして見せることで、周囲に失脚したと思わせ、実際には裏で密かに世界革命に着手するという計略を練ったのである。

これなら、ソ連がカストロを怒ることもないだろう。

ハバナ空港でゲバラを迎えたカストロは、確かに2日間にわたって口論をした。しかしそれは、ゲバラがソ連を批判したことへの叱責ではなく、具体的なゲリラ戦略についての意見調整なのだった。

「君が直接、戦地に行くのは時期尚早だと思う」カストロは言った。「フォコ理論に従い、アフリカ各地にゲリラの集団を同時多発させると言うなら、まず君は、それをハバナから操り、ある程度形が出来た後で仕上げに向かうべきだろう」

「フィデルは、僕の気性を知っているはずだ」ゲバラは、長旅の疲れをものともせず、白い歯を見せて笑うのだった。「僕は、常に先頭に立たなければ気が済まない男なんだ」

「チェ、君は昔の君じゃない。今の君は、キューバ政府の重鎮でありキューバ革命の顔なのだ。危険にさらすわけにはいかないし、失敗のリスクにさらすわけにもいかない。君の敗北は、キューバ革命の敗北を意味するのだから」

「僕が負けると思っているのかい？」

「革命戦争のときとは状況が違う。あのときは、アメリカは我々を恐れておらず、我々の意図にも気づいておらず、だから妨害を仕掛けてこなかった。だが、今は違う。ヤンキーは、全力を奮って我々に立ち向かって来るだろう。そうなったら、簡単にはいかないぞ」

「フィデル、君らしくない。シエラの戦いのとき、わずか20名の敗残兵の前で勝利宣言をした君は、いったいどこに行ってしまったんだい？」

「確かに俺は、歳を取ったさ。国家元首になって重い責任に縛られたから、精神の弾力性も失われた。その点では、君がうらやましい」

「僕は自由だ。だから、君の代わりに戦うことが出来る」

「確かにそうだが。……もはや、決意は固いようだね」

「妻と子供たちを、よろしく頼む」

もちろん、ゲバラの中にも葛藤があった。

愛する妻と小さな子供たちを国に置いて行くのは、とても辛いし寂しい。だけど、37歳という己の年齢を考えるなら、ゲリラ戦士として戦場に立てるのは今がギリギリだ。

それに加えて、ゲバラはこの国に居心地の悪さを感じ始めていた。「新しい人間」に代表される彼の理論の実現には、まだまだ時間がかかりそうだったし、サルトルやロドリゲスとの議論にも飽きてきた。キューバ政府は、カストロ兄弟が二人でがっしりと抑えており、国民からの支持も圧倒的なのだから、ゲバラの持つ政治的役割は日増しに小さくなっていた。それ以上に、キューバ経済がソ連帝国に媚《こび》を売り、援助をもらって生き延びている実情も、潔癖症の彼には気に入らなかった。

だから、海外に旅立つのは今しかないのだった。

こうしてゲバラは、中部アフリカのコンゴに飛んだ。

カストロは、アフリカの風土に溶け込めるように、黒人を中心とした精鋭キューバ人部隊140名と補給物資を現地に送り込み、親友の戦いを支援したのである。

「これで、良かったのかもしれない」

政治家としてのカストロは、時々そう思う。

実は、ゲバラの傲慢さが政府内で問題になっていた。

あまりにも真面目であまりにも頭が良くてあまりにも勉強家のチェは、もともと同僚たちから煙たがられる存在だった。また、「新しい人間」や「価値の法則」に代表される彼の持論は、過度に理想主義的な机上の空論だとして、多くの左翼知識人から批判を受けていたのだが、頑固なゲバラはまったく受け付けなかった。「いつも尊大で、教師のように振舞う」ゲバラは、いつしか政府の和を乱す異分子になっていたのだ。

カストロは、そんな親友の様子を心配そうに見守る立場だった。

「閣僚として、ずっと狭い島にいるから、理論と態度が視野狭窄しているのだろう。しばらく外に出れば、チェもきっと何かに気づいて成長してくれるに違いない」

カストロは、友として政治家として、そして2歳年上の人生の先輩として、ゲバラの将来に期待するのだった。

2

中部アフリカのコンゴ民主共和国（別名ザイール）は、宗主国ベルギーから独立して間もない国だった。

この地に眠る鉱物資源は、西側資本主義国の垂涎《すいぜん》の的だった。そこでアメリカとベルギーは、利権確保のため、モブツ将軍を中心とする傀儡政権を樹立したのである。

これを憎むルムンバ派（左派）のコンゴ人たちは、ソ連とキューバに救いの手を求めた。

1965年4月23日、チェ・ゲバラが率いる精鋭キューバ部隊は、そんな中に颯爽と乗り込んだのだった。

コンゴ人は、彼らを見て驚いた。なにしろキューバ軍には、人種差別がまったく存在しないのだから。黒人の士官が、白人の兵士に当然のように命令を下す。そんな平等な軍隊や組織は、アフリカ人たちの一般常識を遥かに超えていた。白人に差別され続けている黒い肌を持つコンゴの人々は、遥か彼方のカリブ海に浮かぶキューバ社会の優しい在り方に、深い感銘を受けたのである。

しかしながら、現地の同盟軍との共闘は極めて困難で、ゲバラの戦いは苦戦の連続だった。

言語による意思疎通の問題もさりながら、キューバとコンゴでは文化も価値観もまったく異なる。一般的なコンゴ人は、愛国心をほとんど持たず、部族同士で当たり前のように分裂して争っていた。彼らは、ホセ・マルティの思想はもちろん、マルクス主義や社会主義全般についてもまったく興味を持とうとせず、いつも目先の利益のことばかり考えていた。ゲバラが、どんなに自説を展開しても無駄だった。

もちろん、コンゴ人の中には、欧米で高度な教育を受けた愛国的なエリートもいた。しかし、そのような人々は、異邦人であるキューバ軍の存在をむしろ厄介視するのだった。

そして、カストロの懼《おそ》れは的中した。コンゴに展開する西側の軍隊は、仇敵キューバ軍の登場に激しく闘志を燃やし、全力を挙げて攻撃を加えて来たのだ。

ゲバラは、徹底抗戦を掲げてタンガニーカ湖畔に防衛陣を張る。

「無理だ！」カストロは、ハバナで呻《うめ》いた。

親友の身を案ずる彼は、優秀な諜報組織をアフリカに展開させていたのだが、そこから得られる全ての情報が悲観的である。そこでカストロは、コンゴに展開するキューバ軍全体に退却命令を発したのであった。

同年10月末、ゲバラはこの命令に従い、全軍を率いてタンガニーカ湖を東に渡り、タンザニアに一時脱出した。

カストロの目には、今回の敗因が明らかだった。

圧倒的な軍事力を持つ帝国主義国との戦いは、ゲリラ戦に頼るしかない。しかし、ゲリラ戦の前提条件としては、ゲリラが現地の民衆の心を摑み、彼らに深く信頼されなければならない。いきなり、言葉の通じない文化も異なる外国人の軍隊が乗り込んで来て、それを行えるのだろうか？　結果は、案の定、「否」と出た。だから、カストロはコンゴでの戦いに見切りを付けたのだった。

しかし、ゲバラはカストロの状況判断が納得できず、タンザニアでさらなる巻き返しを図っている。

「どうして、チェは納得できないのだろう？」カストロは眉間に皺を寄せた。

ゲバラは、彼自身が「新しい人間」で、真の「国際人」だった。彼は、全世界の人々は本質的に同質で平等であるのだから、文化の違いなどは「教育」で変えられるものと信じている。だからコンゴでも「尊大な教師のように」振舞ってしまい、平凡な人々から顰蹙を買い、あるいは浮き上がってしまったのだった。

「おそらく人間は、チェが考えているほど善い存在ではないのだろう」カストロは、しばしば考える。

「みんな、自分の欲や面子が何よりも大切で、大義も正義も持っていない。しょせんは醜い動物であり、血と糞の詰まった肉袋に過ぎないのかもしれない」

カストロは、大きく頭を振った。

「いや、弱気になってはいけない。使徒ホセ・マルティなら、きっと弱気にはならない。絶え間ない努力を続けて、そんな弱い人間たちを善導するのがキューバ革命の役目なのだ」

3

1965年10月1日、「7月26日運動」と「革命幹部会（DR）」と「共産党（PSP）」は合併し、「キューバ共産党」と正式に名乗ることとなった。ここに、キューバ共和国の政体は、名実ともにソ連同様の一党独裁制になり、フィデル・カストロ首相は「党第一書記」を兼務する立場となった。

この措置を講ずることになったきっかけは、キューバ経済の急激な悪化である。

政府要人の叱咤激励にもかかわらず、社会全体に蔓延する怠惰と非効率による経済の疲弊は、看過できぬほどに進行していた。食流の流通システムが麻痺したため、ある地方では魚や果実が山積みになって腐っているのに、他の地方では人々が慢性的に飢えていた。こうしたことが重なって急激に市井《しせい》が貧困化し、その結果として、多くの国民が政府を恨むようになっていた。国民は、カストロを「口先だけの男」だと罵るのだった。

1965年9月以降、カマリオカ港から大量の難民が筏やボートで140キロ先のフロリダに向かった。英語でいうボートピープル、キューバ語でいうバルセーロス（筏の人々）の始まりだ。これまでも、多くのキューバ人がアメリカに亡命していたが、それは特権階級や中産階級を中心とした、あくまでも政治的な理由に基づく逃亡だった。しかしながら、今回の難民は、一般の民衆が貧困による絶望から逃亡を企てた結果だから、これまでとは違う。

それにしてもキューバ人は、政府の失政に対して反乱や暴動を起こさないという点で、実にユニークな国民である。それはやはり、南国人ゆえの楽天性もさりながら、革命キューバ政府が、教育や医療といった分野で絶大な偉業を成し遂げ、弱者救済の優しい政策を継続していることが大きかっただろう。だから、ほとんどの民衆が、カストロ政権を直接攻撃するのはしのびないと考え、耐えられなくなった人々は、黙って筏に乗って海に出るのである。

カストロら政府要人は、亡命者たちを「ゴミ」とか「ウジ虫」と罵って溜飲を下げたのだが、こうなった原因が、アメリカの経済封鎖のみならず、彼ら自身の失政にあることは自明であった。深く反省した彼らは、「ゲバラ主義」に基づく理想主義的な経済運営が間違っていたことを認めざるを得なかった。

キューバ政府が、新たに「キューバ共産党」を立ち上げたのは、ソ連型経済システムを導入する決意を示すことで、「ゲバラ主義」からの脱却をアピールし、人心を刷新するためだった。だから、このとき読み上げられた政府閣僚の名前の中に、チェ・ゲバラの名はなかった。

多くの人々が、それをいぶかしんだ。やはりチェは、フィデルの逆鱗に触れて消されたのだろうか？ チェ・ゲバラは国民的人気が高かったから、彼の行方不明が起こって以来、キューバの民心は動揺していた。そして、アメリカのマスメディアは、ゲバラ不在の闇について、ここぞとばかりに悪意に偏った記事を全世界にばら撒いていた。

さすがのカストロも、この状況に焦っていた。国外でのゲバラの意図と作戦については、できる限り秘密にしておきたかったのだが、この難しい状況下でいたずらに人心を動揺させるのは政治的に好ましくない。それ以上に、何も知らない第三者に、二人の友情を侮辱され穢《けが》されるのが我慢ならなかった。だから10月3日、ゲバラがコンゴに発つ直前にカストロに宛てた手紙を公表することにしたのである。

このとき公表されたのが、有名な「別れの手紙」である。

以下、その全文を掲載しよう。カストロとゲバラの関係が、どのようなものだったかよく分かるから。

4

『フィデルへ。

今、僕は多くのことを思い出している。（メキシコの）マリア・アントニアの家で初めて会ったときのこと。君が一緒に来ないかと僕を誘ってくれたこと。気を張り詰めながら準備を進めた毎日のことを。

あの日、死んだら誰に知らせたら良いかと訊ねられ、急に死という可能性が現実的に思えたことを思い出す。後に、僕たちはまさにそれを実感した。革命においては（それが真の革命ならば）勝利か死か、どちらかなんだ。そして、多くの仲間たちが勝利への道半ばにして倒れて行った。

今日、すべてはそれほど劇的に見えないのは、僕たちが成長したからだろう。だが、歴史は繰り返される。僕はこの地、キューバでの革命に僕を結び付けていた義務については、すでにそれを果たしたと感じている。ここで君と仲間たち、そして今や僕にとって我が人民というべき存在となった君の国の人々に別れを告げよう。

僕は、党指導部としての職務、大臣の地位、司令官の階級、キューバ市民としての権利を公式に放棄する。もはや僕をキューバと法的に結びつけるものは何もない。ただ、辞令のようには簡単に捨てられないいくつかの繋がりが残されているだけだ。

過去を振り返ってみると、僕は革命を強固にするためにたゆまなく誠実に働いてきたということが出来る。自らを咎めるとしたら、シエラ・マエストラで当初、君をあまり信用しなかったことや、指導者として、そして革命家としての君の資質をすぐには見抜けなかったことくらいだ。

僕は、素晴らしい日々を生きてきた。ミサイル危機の輝かしくも悲しい日々を通して、君とずっと一緒にいながら、この国の一員であることをずっと誇りに思っていた。あの状況での君よりも卓越した政治家は、そうはいないだろう。躊躇うことなく君に従い、君の考え方や物の見方、そして危険や優先順位を捉える方法を自分のものに出来たことを誇りに思っている。

この世界のどこか他の土地で、僕のささやかな努力が求められている。キューバの指導者としての責任があるために君に許されないことが僕には出来る。別れのときが来たのだ。

この別れには、喜びと同時に悲痛な気持ちが混じっていることを分かって欲しい。僕はここに、建設者としての最も純粋な希望と最愛の者を残して行く。……そして、僕を息子のように認めてくれた人々と別れるのだ。心の一部は、引き裂かれている。

新たな戦いに僕が持ち込むのは、君が教えてくれた信念と、我が国民の革命精神と、最も神聖なる義務を遂行しようとする想いだ。帝国主義のあるところ、どこまでも戦おう。その想いが、どんなに心が引き裂かれようとも、僕を勇気づけ、心を癒してくれるのだ。

繰り返しになるけど、僕が今後考える全ての模範がキューバにあるという一点を除いて、僕の行動についてキューバには一切の責任がない。僕が他の土地の空の下で人生を終えることになったとしても、最後に想いを馳せるのはこの国の人民、特に君のことだ。君の教えや手本に感謝し、最後までそれらに忠実であろうと努力するつもりだ。

僕は、キューバ革命の対外政策と自らの信念を一体化させて来た。それは、今後も変わらないだろう。僕は、どこにいてもキューバの革命家としての責任を自覚し、それにふさわしく行動するつもりだ。

子供たちや妻に物質的なものは何も残してやれないが、それは辛いことではない。むしろ、そのことが喜びだ。家族のために何も求めないのは、国家が生きて教育を受ける上で必要な全てを彼らに与えてくれるからだ。

君や国民に言いたいことは尽きないけれど、その必要はなさそうだ。とても言葉では言い表せないし、これ以上、紙幅を裂く必要もないだろう。

勝利に向かって、常に前進せよ（アスタ・ラ・ヴィクトリア・シエンプレ）。祖国か死か（パトリア・オ・ムエルテ）。

ありったけの情熱を込めて、君を抱擁しよう』

5

カストロによる突然の「別れの手紙」の公表は、今日でも物議をかもしている。この手紙が公表された結果、ゲバラはキューバに帰り辛くなってしまった。この事実を重く見るゲバラファンの間で、カストロが政敵ゲバラをキューバから永遠に追い出すために、悪意の策謀を仕掛けたのだと解釈する人が今でも多いのだ。

しかし、この説には矛盾がある。カストロの次の行動の説明が付かないから。

カストロは、タンザニアのゲバラに書簡を送り、アフリカでの戦いをいったん諦めて、キューバに帰還するよう切々と説いたのである。そして、次の戦場を南米にすることを提案した。南米諸国ならキューバと文化が近いから、アフリカよりも有利にゲリラ戦を戦えるはずだと。

だが、ゲバラは帰国を嫌がった。潔癖症の彼としては、啖呵《たんか》をきって国を出た以上、成果を挙げるまでは帰れない。おまけに、カストロが「別れの手紙」を公表したせいで、ますます帰りにくい状況になってしまったのだ。

そんな中の11月22日、コンゴで和平が成立し、この国の西側政権がその基盤を確立してしまった。ルムンバ派の左派ゲリラは完全に政府に屈服し、そして外人部隊全員に帰国を要請したのだった。これで、コンゴ革命の希望は完全に絶たれた形だ。

意気消沈したゲバラは、持病の喘息と赤痢が悪化したため、部隊を解散させてからの数ヶ月間、タンザニアのキューバ大使館で養生することにした。

妻アレイダが、大使館内の狭い個室で孤独に過ごす夫を訪ねたのは、１９６６年1月のことだった。

黒い鬘《かつら》と伊達眼鏡で変装したアレイダは、カストロがつけてくれた護衛とともに、首都ダルエスサラームの大使館で夫に会った。

ゲバラは、病気で痩せて、体重が50キロしかなかった。しかも髭を全て剃っていたので、すっかり様変わりしていた。短く切った黒髪と、こけた頬が痛々しい。

久しぶりに再会した夫婦は、互いの潤む瞳をじっと見つめ、そして静かに抱擁を交わした。

「フィデルに言いつけられて来たのか」

「そうよ」

「僕は、公私混同は嫌いなのだが……」

「自分で『別れの手紙』に書いたじゃない。もうあなたは、キューバの公人じゃないのよ」

「なるほど、これは一本取られたな」

「だから、あたしはただの妻として、夫に会いに来たの。それだけだわ」

二人は静かに見つめあった。

夫婦の絆は偉大である。アレイダの献身的な介護の力で、ゲバラの健康は見る見るうちに回復した。

二人きりの生活は、敵スパイの目を避けるため、ほとんど大使館内に引きこもった形だったけど、語学を教え合ったり、写真を撮り合ったり、詩想を練ったりと濃密な時を過ごした。そんな優しい日々を経て、傷ついたゲバラの心もすっかり回復したのである。

「フィデルの言うとおりだ。僕の次の戦場は、南米にするべきだ」ゲバラは妻に言った。「だから、その下準備のためチェコスロバキアに潜伏することにする。フィデルに、そう伝えてくれないか」

「ここから直接、東欧に向かうの？　キューバには戻らないの？」

「ああ、今はその気になれないんだ」

「……あなたの気性はよく知っているから、これ以上は言わないわ」

「子供たちによろしくな」

「また、会えるかしら」

ゲバラは何も言わずに優しく妻を見つめ、その頰に口付けをした。

1966年3月、チェ・ゲバラは、チェコスロバキアの首都プラハに飛んだ。この国は、草創期よりキューバ革命とゲバラを応援してくれている。だからこの地で、将来の南米戦をともに戦う同志たちを結集しようと考えたのだった。

帰国したアレイダの口からその計画の詳細を知ったカストロは、さっそくチェコ政府に話をつけてプラハ郊外の農場を借り受け、そこを秘密基地とした。それから、信頼できる17名のゲリラ戦士たちを親友のもとに送り込んだのである。

「チェ、君一人に戦わせるわけにはいかない。俺も戦うぞ！」

これに先立つ1966年1月、カストロは、ゲバラの戦いを外側から強力に援護すべく、ハバナで史上初の「三大陸（トリコンティネンタル）会議」を開催した。三大陸とは、アジア、アフリカ、そしてラテンアメリカである。つまり、従来の「アジア・アフリカ会議」に、中南米を加えたわけだ。

この会議の目的は、アメリカやソ連から搾取を受けている後進諸国を同盟させて、二大帝国主義国と地球を分かつ「第三勢力」を築き上げることにあった。一国一国は弱くても、それが大同団結すれば強大な勢力になれるはず。カストロは、この勢力のリーダーとなって、帝国主義と対決しようと心組んだのである。

もっとも、キューバはソ連から援助を受けている立場であるから、露骨にソ連と敵対することは出来ない。そこで、同時期に「中南米共産党会議」をハバナで開き、ここでソ連支持を公式表明したのだった。こういったトリッキーな術策を用いなければならないのが、小国キューバの哀しさである。

これらの会議の結果を受けて、カストロは中南米を初めとする三大陸の反米ゲリラに次々に武器や資金を与え、より積極的な武装蜂起を促した。彼は、こういった形で各地の革命機運を育て上げ、それをもって盟友ゲバラを助けたのである。

この状況に激怒したのは、もちろんアメリカである。そもそも、中南米一円は、「アメリカ合衆国の縄張り」ということで、世界的に暗黙の了解が出来ていた。ところが生意気な髭の独裁者は、「三大陸会議」によって、中南米をアメリカから切り離してアジアやアフリカと結び付けることで、この歴史的概念を根本から突き崩してしまったのだった。

しかし、カストロは、アメリカの咆哮を聞いても動じなかった。アメリカがベトナム戦争の泥沼に嵌まり込み、今やキューバと戦う余裕をほとんどなくしていることを知っていたからである。

6

チェ・ゲバラは、平日はプラハ市内のアパートに潜み、休日は郊外の農場を改造した秘密基地に移り、ここで同志たちと密会を重ね、射撃や格闘の訓練に明け暮れていた。

彼は、体力の衰えを感じ、寂寥感に悩まされた。もう38歳だから、無理の利く年齢ではない。ついつい、故国の妻に愚痴交じりの手紙を書いてしまう。

手紙を読んで夫を心配したアレイダは、カストロと相談の上で、再び旅の空に出た。

アレイダは、プラハを訪れたのはこれが初めてだから、中世そのままの赤い屋根と石畳の街並みの美しさに息を呑んだ。そしてゲバラは、二度と会えないものと諦めていた妻と、大好きなプラハの街で会うことが出来て大喜びだった。

そんな彼は、妻のためにチェコ西部の有名な温泉地カルロヴィ・ヴァリ（カールスバート）への小旅行を計画したのだが、かの地はスパイの巣窟だとの警告が入ったので、残念ながら中止したのである。

キューバ人の夫婦は、なるべく人目を避けなければならないので、いつもプラハ市内の狭く入り組んだ中世の石畳をゆったりと散歩するのだった。

ゲバラが好きなのは、旧市街広場に立つヤン・フスの銅像である。これは銅像というよりは、群像と呼ぶのが正解だろうか。正面に長身の精悍な顔立ちの僧侶ヤン・フスが立ち、その背後に兵士や農民、女子供や老人といった群像が続くから、とてもユニークだ。

「フス師と、彼を慕う人々だ」夫は妻に説明した。「15世紀初頭、僧侶ヤン・フスは貧しい人や弱い人を救うため、当時の搾取者であったローマ教会に敵対した。そのために、教会の罠に嵌まって異国の地で火炙りにされたのだ。だけど、師の肉体は滅びても、師の志は死ななかった。遺された同志たちに、しっかりと受け継がれたんだ。その後の14年間のフス派戦争で、蜂起したチェコの民衆たちは、攻め寄せたローマ教会の十字軍を次々に打ち破り、フス師の理想を守り抜いたんだよ」

「大昔の話だというのに、フス師の生き方って、あなたやフィデルに似ているわね」アレイダは感心して、面長の銅像を見詰めた。

「そうとも」ゲバラは強く頷いた。「フス師は、力を持たない一人の僧侶に過ぎなかった。彼自身は、誰一人殺《あや》めることもなく静かに逝った。しかし、その正義の心は時代を動かし、歴史を大きく変えたのだ。そして今、歴史は繰り返す」

「不吉なことを言わないで」妻は夫の手をそっと握った。

「誰かが、フス師のように生き、そして死ななければならない」ゲバラは、唇を噛み締めた。「帝国主義によって苦しめられる貧しい人や弱い人々に、理想を示し、勇気を与え、励まさねばならない。たとえこの身が異国の地で斃《たお》れたとしても、その行為が正義の道標になれるなら、それでも良いんだ。それこそが、この人生の意義であり価値なのだ」

「分かっているわ。分かっているの」気丈な妻は、夫に体をしっかりと寄り添わせた。「でも、今はここでこうして居させて欲しい」

夕方の涼風の中、一つになった夫婦の影が、旧市街広場の石畳の上に長く伸びていた。

7

1966年5月末、アメリカの租借地であるグアンタナモ基地郊外で、監視任務に就いていたキューバ人兵士が、アメリカ兵によって射殺される事件が起きた。激怒したカストロが、アメリカ軍を激烈に難詰《なんきつ》したため、両国は再び、一触即発の危機となった。

グアンタナモ基地の存在は、キューバ革命政府とアメリカ合衆国との間の重大な係争事項である。1903年の不平等条約でアメリカに奪われたこの地に対して、カストロはキューバへの返還を強く求め続けていたのだが、アメリカ政府はまったく耳を貸さなかった。アメリカは、当時の条項に基づいて、決められた租借料（金貨2000枚）を毎年キューバ政府に支払い続けたが、「返還」を頑《かたく》なに要求するカストロ政権は、最初の一回を除き、それを受け取ろうとしていない。

返還交渉に応じようとしないアメリカに激怒したカストロは、グアンタナモ基地の周囲に地雷原を築き、軍隊で厳重に包囲した。アメリカ軍のグアンタナモ守備隊も、対抗上、地雷原で防衛する。カストロとしては、一気に力ずくで奪回したいところだったのだが、そんなことをしたらアメリカ正規軍の総攻撃を招くことは確実である。だから、包囲を厳しくすることで外交的解決を狙うしかないのだった。

1964年には、アメリカ政府が、フロリダ沖での領海侵犯を名目にキューバの漁民36名を不当逮捕した事件を契機に、グアンタナモを巡る緊張がさらに高まった。キューバ軍が、グアンタナモ基地へ続く水道管を全て閉鎖したため、窮したアメリカ軍守備隊は、本国に要請して水の補給を海路から行った。やがてアメリカが、漁民の逮捕が不当だったと認めて彼らを釈放したため、この事件は穏便に解決されたのだが、この地域の緊張は日増しに高まるばかりであった。

そして今、キューバ兵が射殺されたのである。

この知らせをプラハで受けたチェ・ゲバラは、直ちにキューバへの帰国の準備に入った。彼は、アメリカがキューバに総攻撃を仕掛けてくるのなら、親友フィデルとともに戦い、フィデルとともに死にたいと願ったのである。彼の「世界革命」は、あくまでも祖国キューバの安泰あっての事業なのだった。

やがて、事態が外交的に解決され、アメリカ軍の侵攻が起こりそうもないと分かったので、ゲバラは安心して訓練を再開した。

盟友のこの様子を、帰国したアレイダから聞き知ったカストロは、脈があると感じて再び手紙を書いたのである。

『親愛なるラモン（ゲバラの海外での偽名）。

事態が微妙で不安である以上、とにかくこちらへ跳躍することを考えるべきだ。

キューバに足を踏み入れることが、極めて不本意であることはよく分かる。しかし、冷静かつ客観的に分析すれば、それは君の目的を妨げる。それどころか、危険に陥れる。

それでもと言うなら、それは何故なのか？　君の目的を実現するために実際に使える便宜を有効利用することを妨げるような、原則や名誉や革命的モラルなど、何になるのか？

客観的に有利な便宜をこの地で受けることは、決してキューバ人民や世界に対する欺瞞や嘘やごまかしを意味しない。深刻な間違いとは、上手くやれることを、わざと下手にやることだ。成功の可能性を捨てて、失敗することだ。

このような提案を行うのは、心からの愛情ゆえであり、君の輝かしい崇高な知性、君の非の打ち所のない行為、君の完璧な革命家としての不動の性格を、もっとも深く、心から賞賛しているからだ。だけど、仮に君が別の考え方をしたとしても、この気持ちは1ミリたりとも変わらないし、我々の関係もまったく後退することはないだろう』

ゲバラのあまりの生真面目さに、現実主義者のカストロが困惑している様子がよく分かる手紙だ。だが、この友情に溢れる真摯な手紙は、頑なだったゲバラの心を動かした。

チェ・ゲバラのキューバへの帰国は、7月26日の定例の記念行事と重なるように計画された。世界中からやって来る多くの招待客の中に、紛れ込ませることが出来るからである。そして、計画通りに老人に変装して密かに入国した彼は、ハバナに住む子供たちにも会わず、そのままピナール・デル・リオ州に設置されたゲリラ訓練所へと直行した。そして、この地で同志たちと再び合流し、本格的にゲリラ戦の訓練を開始したのである。

アレイダは、しばしば幾人かの子供たちを連れて、カストロとともに夫を慰問に訪れた。ゲバラとアレイダの間の子供は、今ではアレイダ、カミーロ、セリア、エルネストの4人になっている。これに加えて、先妻イルダとの間に生まれた6歳のイルディータがいた。末っ子のエルネストは、ようやく1歳になったばかりだ。

生真面目なゲバラは、愛児の口から彼の所在が周囲にばれるのを嫌がったため、物心のついた大きな子供とは決して会おうとしなかった。そのためアレイダは、大きな子供はセリア・サンチェスに預け、幼くて物心がつかないセリアとエルネストだけを交替で訓練所に連れて行くのだった。

それでも、すべての子供に会っておきたいのが父親の情というものだ。いよいよボリビアに発つ前日、ウルグアイ人の商人に変装したゲバラは、ハバナ郊外の隠れ家に移動した後で、「変装の出来具合をチェックする」という名目で子供たち全員を呼び寄せたのである。

髭を剃っただけでなく、頭頂を剃り上げ、残った髪を白く染め、分厚い老眼鏡をかけたゲバラは、60年配に見えた。だから子供たちは、「パパの友達の老ラモンさん」がパパその人だと少しも思わなかった。みんな、「パパの友達」を喜ばせるために、ピアノを弾いたり鬼ごっこをしたり楽しく遊んだ。長女アレイダが頭を怪我したとき、老ラモンは優しく手当てをしてあげた。すると5歳の少女が、「この人、あたしのことが大好きみたい」と言ったので、老ラモンは青ざめた。

子供たちが妻に連れられて帰った後、ゲバラは入れ違いに隠れ家を訪れたカストロに、そのことを語った。「うまく化けたはずなのに、子供の目はごまかせないな」。でも、その顔は少しも残念そうではなかった。幸福に輝いているのだった。

「良かったな、チェ」優しく微笑んだカストロは、友人の変装や偽造パスポートの出来具合を入念にチェックした。「連絡はなるべく絶やさないようにしよう。最近は、ＣＩＡの監視が厳しいから、連絡員として外国人ジャーナリストを使うことにする。ほら、君も知っているフランス人文筆家のレジス・ドブレを送るよ。我々のために『革命のための革命』を書いてくれた人物だ」

「うん、彼なら信頼できる」

カストロは、じっと親友の目を覗き込んだ。

「なあ、やっぱり考え直す気はないか？　もう少し、待てないか？」

「アメリカとソ連が混乱している今がチャンスなんだ。ここで待ったら、次の機会は50年後かもしれない」

「……そうかもしれないが」

「大丈夫、うまくやるよ。心配はいらない」

「……くれぐれも、現地の共産党と仲良くやってくれ」

「努力するよ」

「しっかりな」

二人の盟友は、軽く抱擁を交わした。ゲバラの瞳を見たカストロは、そこに何か透き通った光を感じて不安になった。親友が、もはやこの世界に住んでいないような、おぼろな儚さを感じた。だから、背中に回した指に、ぎゅっと力を込めた。

するとと友は、優しく微笑んだ。

１９６６年11月2日、チェ・ゲバラは、ウルグアイの商人としてボリビアの首都ラパスに旅立った。今度は、成功するまでは絶対に退かない覚悟なのだった。

ユーロ渓谷の穏やかな日に

1

ボリビア国は、南米の中心部に位置し、ペルー、パラグアイ、ブラジル、アルゼンチン、チリによって取り囲まれている。国土面積110万平方キロに対して、人口は500万以下であり、そのほとんどが国土のわずか十分の一に密集して住んでいる。残された国土は、その大半が未開の山岳地帯とジャングルだ。

この国は、アメリカの傀儡であるレネ・バリエントス将軍の軍事政権によって統治されており、その悪政苛政は多くの人民に忌み嫌われている。

チェ・ゲバラは、ここに革命の可能性を見た。すでにボリビアを取り巻く周辺諸国ではキューバの息がかかったゲリラ組織が活動しているし、ボリビア共産党と話もついている。

ゲバラと仲間たちは、それぞれ商人や技術者に変装して、三々五々、ボリビア南東部の過疎地帯に位置するニャカウアス村に向かった。当初の予定では250名が参集するはずが、わずか50名に留まった。その理由は、ボリビア共産党の有力者マリオ・モンへが、ゲバラに対して非協力的な態度を取ったことにある。

12月31日、ニャカウアス郊外の農場に築いた秘密基地でモンへと会見したゲバラは、この運動の指導権を巡って対立した。モンへは、ボリビアでの革命運動はあくまでもボリビア人である自分がリーダーになるべきだと主張したのだが、ゲバラは「世界革命」の指揮権を決して譲ろうとしない。激怒したモンへは、ボリビア人隊員を連れて基地を去ろうとしたのだが、隊員全員がゲバラを選んでその場に残った。これはやはり、歴戦のゲリラ戦士の貫禄というものだろうか。

ゲバラから報告を受けたカストロは、モンへを「セクト主義で器量の小さい官僚タイプ」だと評して侮蔑したのだが、事態はもっと深刻だった。実はこの男は、ソ連と密接に繋がっていた。そしてこの時期のソ連は、アメリカと裏で手を組んで、キューバの世界革命政策を妨害しようと動いていたのである。指揮権をゲバラに奪われたモンへは、腹立ちのあまりソ連に詳細を報告した。こうして、ボリビア国内のゲリラの様子は、ソ連経由でアメリカに筒抜けになってしまうのだった。

さすがのカストロもそこまでは思い及ばず、ボリビア共産党内でモンへと対立している幹部をこの件の窓口に替えることで、ゲバラ支援を従来どおりに有効に続行できるものと楽観していた。

カストロとゲバラの弱点は、彼ら自身が「国際人」であり、他者にもそうであることを求めることである。しかし、普通の人は国際人ではなかった。自分自身の国籍や言葉や宗教によって心を狭く縛られ、異なるアイデンティティを持つ者を「外人」と呼んで敬遠するのが普通だった。そして、マリオ・モンへのような普通の人からすれば、祖国に侵入して来たキューバ人の群れは「余計な異邦人」に過ぎないのだった。

楽天的な国際人であるカストロは、こういった機微を読み切れずにいた。

2

チェ・ゲバラも、事態を楽観していた。

彼は、戦闘が始まるのは当分先のことだと考え、基地の設営が完了した1967年2月から、27名の隊員とともにボリビア中央部一帯の偵察行を開始した。しかし、人跡未踏のボリビアの大地は、想像を絶する獰猛さでゲバラを襲った。ジャングルの樹木の密生度や山の険しさは、シエラ・マエストラとはまったく比較にならない。それどころか、リオ・グランデなどの荒れ狂う大河が部隊の行動を大きく妨害し、たちまち数名の隊員が溺死する事態となった。

疲労困憊と意気消沈でニャカウアスに戻った彼らは、すでにこの地にボリビア政府軍が包囲網を敷き始めたことを知って愕然とした。

バリエントス大統領は、有力なゲリラがボリビア中央部に展開を始めたことを知ると、直ちにアメリカと連絡を取り、CIAの軍事顧問や支援部隊を呼び寄せたのである。

このころのCIAは、カストロとゲバラを恐るべき敵だと認識し、彼らのゲリラ戦略や戦術を徹底的に研究していた。そして、対抗手段を編み出した上で、アメリカの支配下にある各国の兵士たちに対ゲリラ戦の猛訓練を積ませていたのだった。

1967年3月、2000名のボリビア軍先遣部隊が、ゲリラ地域一帯を遠巻きに包囲した。まずは、ゲリラを周囲から孤立させるのが先決である。続いて、近在の農民たちに、ゲリラは外国から来た侵略者であり、略奪者であるとの噂をばら撒いたのである。

こうした施策を講じた上で、ボリビア政府軍はゲリラ地域に侵攻した。しかし、熟練の技術と理論と経験を持つゲバラの人民解放軍は、戦闘では無敵だった。うかつに攻め寄せた政府軍部隊は、鍛え抜かれたゲリラの待ち伏せ攻撃を前に、散々に撃破されたのである。

ゲバラはシエラの時と同様、敵の負傷者を手当てし、捕虜はすべて釈放してあげた。農民から物資を得る際には、必ず対価を支払った。そんな彼の勇姿は、いつも通りの黒い蓬髪と髭面に戻っている。

ところが、ボリビア軍の将兵は、「異国からの侵略者」であるキューバ人に情けをかけられてもあまり恩義を感じなかった。それどころか屈辱を感じ、より一層の敵対心を持つのが常だった。

また、近在の農民は、あまりゲリラに協力的ではなかった。もともとボリビアの農民は、閉鎖的で疑い深く保守的で、変化を嫌う性向が強い人々だった。だから、外国から勝手にやって来た「異邦人」ゲバラの存在にも、キューバ共和国が謳う「世界革命」の理想にも、ほとんど共感できずにいたのである。

結局は、コンゴの時と同じである。「国際人」であるゲバラの理想は、閉鎖的で保守的なボリビアの人々にとって理解しにくいものだった。彼らの目には、ゲバラ率いるボリビア人民解放軍の奮戦が、風車に向かって突撃するドン・キホーテのように無駄で愚かに見えていたのだ。

こうして、時間の経過とともに状況は不利になった。ボリビア共産党と対立したために都市部からの補給物資や増援は滞り、政府軍の包囲が厳しいために外部との連絡も難しくなった。

4月には、カストロが派遣した連絡員レジス・ドブレやシロ・ブストスも敵の手に落ちる始末だった。硬骨漢ドブレは、ボリビア当局の尋問に口を割らず耐え抜いたのだが、ブストスは恐怖のあまり、ゲリラ全員の似顔絵を書いて当局に何もかも白状してしまった。

CIAとボリビア政府軍は、ゲリラからの脱走兵や捕虜を容赦なく取り調べ、厳しい拷問にかけていた。この指揮を執るのは、元ナチス高官のクラウス・バルビイだ。バルビイは、第二次大戦中のフランスで、レジスタンス（反ナチス抵抗運動）に対して非人道的拷問と大量殺戮を行ったために、戦犯として訴えられている人物である。しかし、終戦後の混乱のどさくさに彼を密かに保護したアメリカは、フランス政府に対して「知らぬ、存ぜぬ」を貫き通し、バルビイにこうした汚れ仕事を任せているのだった。アメリカ合衆国という国の体質は、ある意味でナチスドイツに似ているのかもしれない。

拷問の天才バルビイによる効果的な情報収集によって、今やＣＩＡはボリビア人民解放軍の全容を知り、隊長ラモンの正体が、高名なチェ・ゲバラであることを確信してしまった。

アメリカ政府の要人たちが色めきたったのは、言うまでもない。

「何としても、奴を殺すのだ！」

ＣＩＡの上層部は、ピッグス湾の汚名をこの一戦の中でそそがんと息を巻いた。

3

ハバナで首尾を待つカストロは、ゲバラの所在が敵に露見したことを知ると、このときに備えて盟友がキューバに残して行った演説原稿を「三大陸連帯機構」から読み上げた。

「二つ、三つ、あるいは多くのベトナムが世界中に出現し、それらが、死と限りない悲劇の中から日々の英雄的な行動を叫び、人類の最大の敵であるアメリカ帝国主義に打撃を与えるのなら、我々の未来は偉大なものとなるだろう！……たとえどんな場所で突然、死が我々を襲おうとも、我々の闘いの叫びが誰かの耳に届き、誰かの手が我々の武器を取り、機関銃の発射音や、闘いの新たな雄たけびが葬送の歌に唱和してくれるのなら、我々はその死を喜んで迎えよう！」

カストロは、この原稿に書かれた「死」という言葉に不吉なものを感じていた。しかし、彼にも打つ手が見出せなかった。なにしろ、連絡が断ち切られて情報が途絶しているのだ。ボリビアに送り込んだエージェントは、みな行方不明になるから、頼りになる情報源はボリビア政府やアルゼンチン政府の国営放送くらいだ。焦ったカストロは、ゲバラの戦いに非協力的なベネズエラ共産党やボリビア共産党を演説で激しく攻撃するのだったが、今の彼にはその程度のことしか出来ないのだった。

そのころ、CIAの精鋭レンジャー部隊に先導されたボリビア軍は、計算され尽くした対ゲリラ戦術を駆使して攻め寄せていた。まずは、拷問によって仕入れた情報を用いて、周辺一帯のゲリラの補給基地を摘発し、暴き、破壊する。次に、ゲリラ地域を空から入念に偵察し、拠点に銃爆撃を加える。ヘリコプターを使って、空から素早く大軍を送り込む。また、農民たちをスパイとして使い、ゲリラを死地に誘《おび》き寄せる。

それでもゲバラ直率の部隊は強く、ジャングルで彼を捕捉して攻撃をしかけた政府軍は、多くの死傷者を出して撃退されるのが常だった。だが、戦闘の度に、ゲリラ側も必ず数名が戦死し怪我をした。増援部隊と医薬品の補給が得られない以上、このままではジリ貧に陥ることは明白だった。

農民の支持を得られないゲリラ戦士たちは、食糧不足に陥ったため、野生動物の肉ばかりを食べ続けた。また、水不足に苦しめられて、しばしば自分の尿を飲むのだった。その結果、部隊全体に内臓疾患や浮《ふ》腫《しゅ》などの病気が蔓延した。

それよりも悪いのは、ゲバラに喘息の薬が届かなくなったことだ。今や最強のゲリラ戦士は、常に咳き込み下痢をして、異常な悪臭を全身に纏わせる体たらくとなっていた。それどころか、まったく身動きできなくなる日さえあった。その事実が、部隊全体の士気を下げたことは言うまでもない。

逆境の中の6月24日、ボリビア中部で労働条件の改善を求める鉱山労働者が蜂起し、その結果、女子供を含む87名が政府軍に虐殺される事件が起きた。「サン・フアンの虐殺」である。携帯ラジオでそのニュースを知ったゲバラは、快哉を叫んだ。これでいよいよ、革命の機運が盛り上がるだろう。農民たちも、こちらの支援に回ってくれるだろう。

だが、敵の重囲はそのための時間的な猶予を与えてくれそうになかった。

このころのボリビア人民解放軍は、ゲバラ自身が率いる本隊と、同志ホアキンが率いる分遣隊の二手に分かれて戦っていた。部隊の弱体化に悩むゲバラは、分遣隊と合流して活路を開こうとしていたのだが、それにはまず、分遣隊の位置を知る必要がある。

ところが8月31日、キューバ人指揮官ホアキン（本名フアン・アクーニャ）率いる分遣隊は、敵に寝返った農民に騙され、ヴァド・デル・イェソでマウリシオ川を渡河するように誘導されていた。そして、ゲリラが最も脆弱になるのは、渡河の瞬間である。対岸に伏せていた政府軍の大軍は、粛々と浅瀬を歩む7名のゲリラ部隊に向かって雨あられと銃弾を撃ち込み、そして遮蔽物がまったく得られない川の中で、ホアキン隊は瞬く間に全滅したのだった。

……この土地に何の縁もゆかりもないキューバ人たちが、「ボリビア人民万歳！」を叫びながら壮絶に散った。

ゲバラが実の妹のように可愛がっていた女戦士タニアも、今やその生気の失せた美貌を虚しく川面《かわも》にさらしているのだった。

4

1967年10月7日、わずか17名になったボリビア人民解放軍の残党は、ユーロ渓谷に追い詰められていた。周囲には山頂の禿げた小高い山々が連なり、その下に茫漠と広がる渓谷は密林に覆われている。

密林に潜むゲバラたちは、ボリビア人協力者たちが待つサンタ・クルスへの突破を志向していたのだが、今や5000名を超す敵軍の包囲の輪は非常に厳しい。しかも、隊員のほとんどが負傷者か病人だった。隊長のゲバラ自身が、喘息と赤痢の苦しみで、今にも意識を失いそうな有り様だった。

だが、それでも彼は希望を棄てていなかった。

「シエラでのフィデルだって、何度も負けて、追い詰められて、だけど最後には逆転したじゃないか。彼に出来たことが、僕に出来ないわけがない」

そんなゲバラも、客観的に見て、大局的な情勢判断を誤ったことを認めざるを得なかった。

ボリビア国の革命的機運は、彼が期待したほどには高くなく、農民の支援や参加をほとんど得られなかった。そもそも、この辺りは過疎地帯なので、住んでいる農民の数自体が多くない。だから仮に彼らの協力を得られたとしても、それほど大きな戦力には組織化できなかっただろう。

しかも、ここは人口密集地からの距離が遠すぎるので、都市部の仲間やキューバ本国と連絡を取り合うことすら難しく、連絡員が移動中に敵に逮捕される確率が極めて高かった。

おまけに、この地は外国に接していないから、コンゴの時のように隣国に逃げ込む手も使えない。

そして、ソ連の息がかかったボリビア共産党は、キューバが掲げる「世界革命」に対して極めて冷淡だった。

しかもＣＩＡは、予想以上に対ゲリラ戦能力を高めて立ち向かって来た。

「僕は、逸《はや》りすぎていたのだな」

どんなときでも客観的で冷静なゲバラは、いつものように、木陰に伏せて日記を書きつつ考えた。

「フィデルが言ったように、もう少し革命への熱情が各地で熟成するのを待っていても良かったのに、どうして僕はこんなに焦ったのだろうか？」

39歳という年齢の問題もあった。キューバ閣僚としての政策面での行き詰まりもあった。しかし、彼の中には野心があった。革命の先輩フィデルを乗り越えたいという野望があった。

ゲバラは妻に愛されていた。キューバ国民にも愛されていたし、そのことが幸福だった。しかし、何かが違ったのだ。

アレイダが夫ゲバラを見つめる瞳は、女として妻としての愛情に満ちていた。だけど、フィデルを見るときの瞳は違った。そこには、神を仰ぎ見るかのような尊敬と崇拝があった。キューバ国民も、それと同じだった。

ゲバラは、それを肌身で感じるのが辛かったのだ。彼は男として生まれた以上、革命戦士として立った以上、妻や国民に、自分にもフィデルを見つめるときのような崇拝を向けて欲しかったのだ。

チェ・ゲバラは苦笑した。

だから、彼がこの地でやったことは、全てフィデルの二番煎じだった。そして、1959年に有効だったフィデルの戦略戦術は、1967年にはとっくに時代遅れになっていた。いや、フィデルの成功そのものが、彼のやり方を時代遅れに変えたのだ。もしかすると、フィデルは天才だから、そのことに気づいていたのかもしれない。だからこそ、しきりにゲバラに自重を促したのかもしれない。しかし、ゲバラはその事実に気づかなかった。己が大成したゲリラ理論や己が提唱したフォコ理論に制約され、まさに自縄自縛となってこの地にやって来た。だけど、彼がやったことはと言えば、フィデルの過去の戦い方の幼稚な焼き直しに過ぎなかった。だからこそ、フィデルの過去の成功を知悉する敵の新戦略を前に、完全に遅れを取った。

「フィデル、やはり君は凄い男だったな。僕には、結局追いつけないのかな」ゲバラは、己の敗北の原因を冷静に分析し理解した。

渓谷内の数箇所に分散して警戒態勢を取る人民解放軍の周囲に、農民の密告を得た敵の大軍がジリジリと迫りつつあった。斥候の報告からそれを知った革命戦士たちは、いよいよ最後の戦いを決意したのである。

その日のユーロ渓谷に注ぐのは、優しく穏やかな陽光だった。

戦闘は、10月8日の正午から開始された。

四方から肉薄する政府軍のレンジャー部隊1000名に向かって、総勢17名のボリビア人民解放軍はあらん限りの抵抗を試みた。その奮闘の前に、実戦経験の乏しいボリビア政府軍は、死体の山を築いていく。

しかし、物量があまりにも違いすぎた。

アニセトが斃れ、アントニオがパッチョがアルチューロが斃れた。敵弾はゲバラの右足を撃ち抜き、彼のM－2ライフル銃を破壊した。ゲバラは仰向《あおむ》けに横たわりながら、ピストルを乱射して味方の退却を援護した。そして、重病者のチーノの傍らに寄り添った。そのとき、大柄なボリビア人隊員ウイリーが灌木の中から姿を現し、ゲバラを助け起こした。

「何をしている、早く一人で逃げろ！」

「あなたを置いては行けません！」

ウイリーは、隊長を抱きかかえて50メートル進んだ場所で足を止めた。

4名のボリビア兵のライフル銃が、二人を取り囲んでいた。

「チェ・ゲバラは私だ」

ウイリーに肩を支えられながら、自分の足で立ち、堂々と名乗りを上げた男を前にして、ライフル銃を構えたボリビア兵たちは、驚愕の表情を隠そうとしなかった。

5

捕虜となったゲバラとウイリーとチーノは、近在のイゲラ村の小学校に連行された。

両手を前に縛られたチェ・ゲバラは、饐《す》えた臭いを放つ教室に一人だけ入れられ、全身から悪臭を漂わせながら、両足を前に投げ出して座り込んでいた。ウイリーとチーノは、隣の教室で同じような境遇に耐えていることだろう。

「子供たちに夢と知識を与えるべき学校を、捕虜収容所に転用するとはな」ゲバラは冷笑した。「帝国主義者とは、いったいどこまで腐り果てた連中なのだろう」

思えば、エルネスト・チェ・ゲバラの生涯は、帝国主義との戦いに明け暮れていた。

帝国主義とは、強い者が己の欲望を満たすために、弱者や貧者を虐げ騙し搾取する思想である。それは、絶対的な悪である。だけど多くの者が、それが悪だと知りながら諦めている。「諦めることが大人になること」だと勘違いしている。帝国主義に逆らうことは、愚かであり子供じみていると決め付けている。だが、それは自分の弱さへの言い訳ではないのか?

確かに、帝国主義に刃向かうのは無謀なのかもしれない。帝国は、常に強大な武力と財力を持つから。そして、その強大さに惹かれて、魂を売り渡す人々も多いから。だけど、そんな世界を放置していたら、いつしか人間存在そのものが悪へと転落することだろう。欲にまみれた邪悪な強者が飽食に浸って肥える傍らで、善良な弱者が飢えて死ぬ日常が当たり前になるだろう。それはもはや人間社会とは呼べない。下等で下劣な野獣の世界だ。

チェ・ゲバラは、そんな世界を見たくなかった。だから、命をかけて戦ったのである。

「僕は、もうすぐ殺されるだろう。だけど、後悔はない。僕は、全身全霊をかけて正義のために生きたのだ。一瞬一瞬を、悔いのないように頑張り抜いたのだ。おまけに、素敵な妻と可愛い子供たちに恵まれた。そして、心からの契りを交わせる生涯の親友フィデルにも出会えた。80歳まで生きたって、本当の愛や友情に出会えない者がいる。１００歳まで生きたって、己の人生に誇りを持てない人がいる。今39歳で殺されるとしても、僕ほど幸福な人間がこの世に何人いるだろうか？」

チェ・ゲバラは、虜囚《りょしゅう》になっても悪びれなかった。その深く澄み切った堂々とした眼差しは、監視役の兵士たちや世話係の教員に強い畏敬の念を与えた。この虜囚が、上官たちの言うような悪人だとは、どうしても思えないのだった。

6

10月9日の朝、一機のヘリコプターに乗って、地区司令官ホアキン・アナヤ大佐とCIA局員フェリックス・ロドリゲスが現れた。彼らは、ゲバラを戸外に引き出すと、しきりに写真を撮った。アメリカ国務省への土産にするためである。

それからフェリックス・ロドリゲスが、ゲバラを教室に戻して尋問に当たった。

「話すことなど何もない」ゲバラは、蹲《うずくま》った姿勢で両膝に顔を沈めたまま冷たく応えた。

「私を覚えていませんか？」ロドリゲスは、キューバ訛りのスペイン語で優しく語りかけた。

「君は、キューバ人なのか？」ゲバラは、泥まみれの顔を上げた。

「フィデルとあなたの革命によって、祖国を追われたキューバ人です。今は、ＣＩＡのために働いています。あなたには、一度お会いしたことがあるのですけど」

「覚えなどない。帝国主義者の手先など」

若く多感なロドリゲスは、かつて栄光に輝いた英雄の薄汚れた姿を労《いたわ》しげに見た。

「……こんなことになるなんて。どうして、アルゼンチン出身のキューバ人であるあなたが、ボリビアのためにここまで尽くすのです?」

「君に言っても分からないだろうが」ゲバラは吐息をついた。「僕はキューバ人でありアルゼンチン人であり、そしてボリビア人なのだ。国境や国籍などに何の意味もない。この世界には、ただ人間があるのみだ。この世界のどこかに、弱い人や貧しい人がいる限り、キューバ革命は必ず救いの手を差し伸べるだろう」

「そうやって、世界中に出て行って、争いを撒き散らすのですか?　キューバで行われたように、数万人の反対者を殺戮するのですか?」

「数万人だって?」ゲバラは苦笑した。「なるほど、アメリカではそういう話になっているのか。僕の知る限り、ピッグス湾のような軍事衝突を除けば、キューバ革命で実際に殺害された人の数は1500名未満だ。それだって、バティスタ政権の殺戮者やCIAのスパイやテロリストが大半を占めている。キューバ革命ほど、人を大切にする革命は存在しない」

「………」

「それに引き換え、民主主義や自由を標榜するアメリカ合衆国はどうだ?　歴史の中で、いったい何百万人の老若男女を殺戮したのだ?　また、これからいったい何千万人の人々を殺戮する予定なのか?　いったい、君の住む国は良心を持っているのだろうか?」

若きCIA局員は、何も言い返せず俯いた。

その時、一人の兵士が暗号電報をロドリゲスの元に持参した。

それは、処刑命令だった。

アメリカ国務省もCIA長官もバリエントス大統領も、チェ・ゲバラの「物理的な抹殺」を強く希望しているのだった。

ゲバラは、対話者の雰囲気からそれを察して薄く微笑んだ。

しばし沈思した後、虜囚に向き直ったロドリゲスは、渇いた唇から声を押し出した。

「何か、言い残すことはありますか？」

少し考えてから、ゲバラは言った。

「妻に、再婚して幸せになるよう伝えて欲しい。そして、フィデルには」ゲバラは、ひときわ輝く笑顔を見せた。「フィデルには、こう伝えてくれ。いつの日か、世界革命が実現し、帝国主義が滅びる時が来ると。世界中の弱く貧しい人々が強く豊かになり、互いに幸せな笑顔を平等に向け合い、喜びを分かち合える日が必ず来ると」

フェリックス・ロドリゲスは、逃げるように部屋を出て行った。

しばらくして、隣室から2発の銃声が轟いた。ウイリーとチーノが処刑されたのだ。それから少し経って、ボリビア軍の数名の若い兵士が、軽機関銃を抱えて教室に入って来た。

先頭に立つ兵士マリオ・テランは、明らかに動揺していた。全身が小刻みに震え、目が頼りなく泳いでいる。彼には、目の前にいる捕虜が悪人だとはどうしても思えないのだった。これから行う自分の仕事が不当なものであることを、本能的に察知しているのだった。

もしかすると、イエス・キリストを磔にかけた刑吏の心境が、これに近かったかもしれない。ヤン・フスやジャンヌ・ダルクに火を放った役人の心境が、これに似ていたかもしれない。

壁に沿って、すっくと立ったチェ・ゲバラは言った。

「しっかり狙って撃つんだ。君は、これから一人の人間を殺すのだ」

動揺する若い兵士の銃弾は急所を逸れたため、ゲバラは息を引き取るまで何発もの銃弾を浴びなければならなかった。その遺体は上半身裸にされ、見せしめのために公開され、数多くの写真や記録フィルムに撮られた。

しかし、その死に顔は綺麗だった。美しく澄み切った眼差しと無限の優しさを湛えた笑顔は、死んだ後も変わらなかった。いや、死後になってますます輝いていた。

人間の生涯は、その死に顔にこそ顕れる。

エルネスト・チェ・ゲバラの正義は、その死によって完成されたのだった。

慟哭

1

キューバは、ほぼ完全に情報途絶の状態にあり、チェ・ゲバラと人民解放軍の状況は、ボリビアと周辺諸国のラジオ放送やテレビニュースからしか入手できないでいた。

「チェなら、絶対に大丈夫だ。必ずやり遂げるだろう」

フィデル・カストロのこの楽観は、9月1日付けのニュースで打ち砕かれた。ホアキン率いる分遣隊7名が、マウリシオ川で政府軍の待ち伏せを受けて全滅したとの外電が入ったのである。情報を分析したところ、どうやらプロパガンダではなく真実らしい。戦況は、かなり悪いようだ。

「チェは、逃げてくれるでしょうか？」セリア・サンチェスが切なげに呻いた。

「分からない。彼は人情に厚いから、ホアキン隊の全滅を信じられずに、その真偽を確かめるべく、むしろ死地へと接近してしまうかもしれない」

カストロのこの懼れは、まさに的中した。

10月9日付けのボリビア国営放送の公式発表は、チェ・ゲバラとその一味6名の殺害を伝えた。驚いたキューバ政府は、各種報道や新聞記事を取り寄せて分析作業に入った。

いくつかの新聞に掲載されていたモノクロの写真は不鮮明で、本人確認が非常に難しかった。

「これは、チェじゃないな」カストロは嬉しそうに笑った。「ボリビア人の悪質なプロパガンダだ。チェが、そんな簡単に倒されるはずがないんだ」

しかし、続々と入って来る新たな情報は、そのような幻想を全て吹き飛ばしたのである。

ハバナ市内の共産党事務所に参集して来たシエラの仲間たちの前で、カストロは死体が写ったカラー写真を食い入るように見て、そして会議室のソファーに力なく座り込んだ。

仲間たちは、何一つ言うことが出来なかった。かける言葉が見当たらなかった。周囲の空気は電荷を増したようにピリピリし、全身の毛髪が逆立つようだった。

カストロは、まったくの無表情だった。ぐっと唇を噛み締めているけれど、感情を外に出さないように必死に堪えていた。しかし、そんな彼の内面は、苦楽を共にしてきた仲間たちには痛いように分かるのだった。

「お願いだから、我慢なんかしないで!」セリア・サンチェスは、何度もそう言い掛けて思い止まった。

次の瞬間、カストロは突然立ち上がると、自分の執務室に向かって突進し、中から鍵をかけた。やがて、壁を殴ったり机をひっくり返したり椅子を投げ飛ばす音に混ざって、獣のような咆哮が聞こえてきた。

フィデル・カストロが、これほどまでに感情を露にするのは初めてだった。

ここに至り、仲間たちも感情を抑えることが出来なかった。ラウル・カストロは子供のように号泣し、フアン・アルメイダは唇を強く嚙み締めすすり泣き、ラミーロ・バルデスは頭を机に何度も打ち付け、セリア・サンチェスは壁に顔を押し付けて嗚咽《おえつ》した。

シエラで死線を潜り抜けてきた仲間たちの間には、余人には決して理解できない深い絆がある。友情とか愛情とか、そんな安っぽい言葉では決して表現できない心の絆だ。だから彼らは今、自分の五体がバラバラに引き裂かれ、全身を引き千切られるような激痛を共有しているのだった。

カストロの苦しみは、仲間たちより遥かに深かった。彼は政治的な人間だから、その苦しみの理由は、かけがえのない友人を失った悲しみだけではない。チェ・ゲバラの死は、「世界革命」戦略の致命的な失敗と挫折を意味していた。アメリカ帝国主義をゲリラ戦で覆すという戦略は、今や水泡に帰したのである。

カストロは、執務室で大暴れした後は、椅子の上に体を投げ出し両腕で頭を抱えて呻いた。これほどの挫折感と喪失感は、ミサイル危機の際にもなかったことだった。

「チェ、さぞかし悔しかっただろうな。無念だっただろうな」

様々な思い出や様々な会話や様々な抱擁が、走馬灯のように脳裏を駆け巡る。「革命は、それが真の革命ならば、勝利か死しかない」友人は、自らのこの言葉を実践して散ったのだった。

「チェは負けて死んだのか？　後悔しながら死んだのか？　いや、絶対に違う。絶対にそうじゃない」

カストロは、涙でくしゃくしゃになった顔を上げた。「ホセ・マルティやアントニオ・マセオは戦場で斃れた。だけど、彼らの死は敗北ではなかった。その志は同志たちに引き継がれ、俺やチェに受け継がれ、キューバ革命の勝利へと結実したのだ。そうとも。チェの死は敗北じゃないんだ。彼の魂は、俺たちに乗り移り、世界中の弱い人々に乗り移り、そしていつか必ず世界革命を成功させるのだ」

そのとき、彼の背中を誰かが撫でたような気がした。懐かしい掌だった。

「そこにいるんだね」カストロは振り返った。

そこには、自らが叩き割った鏡の残骸があるだけだった。だけど、彼ははっきりと友の息吹を感じていた。

執務室を飛び出したカストロは、会議室で泣きじゃくる仲間たちに向かって叫んだ。

「チェは死んでいない！　チェは生きている！」

びっくりして顔を上げた仲間たちは、フィデルがとうとう気が触れたかと思った。

「肉体は滅びたとしても、彼の魂は生きている！　俺たちの心の中に受け継がれ、そして永遠に生きるのだ！」

唯物論の共産主義者を自称する者には、あるまじき発言である。しかし、仲間たちはカストロの考えがよく理解できた。そうとも。彼らは皆、ホセ・マルティら偉大な先人たちの魂を受け継いで今日まで戦って来たのだ。そして今、マルティやマセオやカミーロの仲間に、チェが入ったのだった。そうとも。

チェは生きている！

仲間たちは、涙を拭いて顔を上げ、そして胸を張った。

カストロは脱兎の勢いで執務室に帰ると、机の上にノートを広げ、ペンを振り上げ、演説原稿の作成に取り掛かった。

「チェ、俺が君の魂を全世界に解き放つぞ！　言霊の力で、全世界の人々の心に、永遠に君の魂を刻印するのだ！」

2

アレイダ・マルチは、夫ゲバラがボリビアに去って以来、歴史の先生になるべく勉強を重ねていた。夫が、教育の中で最も大切なのは歴史だと言い残したからである。子供たちを養護施設に預け、頑張って勉学を積んだ甲斐があって、優秀なアレイダは1年足らずで補助教員の資格を得ることが出来た。

そんな彼女が、エスカンブライ山系の学園都市の教壇に立っているとき、フィデル本人から緊急電話が入った。サンタ・クララの飛行場に急いで来るようにと。

夫の身に何かあったのだろうか？　不安顔のアレイダが車で飛行場に駆けつけると、空港のロビーに暗い顔をしたセリア・サンチェスが立っていた。二人の女性は、押し黙ったままDC－4に並んで乗り込んだ。

ハバナ空港には、フィデルその人が待っていた。彼は、専用車にセリアとアレイダを迎え入れると、運転手に命じて自分の邸宅まで走らせた。そして、応接間に通されたアレイダは、フィデルの口から直接、夫の身に何が起こったのかを聞かされたのである。

それからの1週間は、呆然としながらフィデルの家で過ごした。その後、子供たちと合流してから、別の大きな家に移された。

まだ幼い4人の子供たちは、父の身に起きたことが理解できなかった。母が涙ぐみ、いつも俯いているのを不審そうに眺めるだけだった。そんな子供たちに囲まれて、アレイダは気力を失い、ただ座り込んでいた。

そんな彼女が立ち直ったのは、カストロのお陰であった。フィデルは、公務の合間を縫って、毎日のようにアレイダと子供たちを見舞いに来た。別に、何をするわけでもない。ただ、ソファーに座って子供たちが遊んでいるのを眺めていたり、アレイダが給仕するコングリ（豆ご飯）を黙々と食べてコーヒーを飲むだけ。けれど、同じ悲しみを分かち合う者同士は、互いに近くにいるだけで互いの心を癒すことが出来るのだ。

「なんて、優しい人なのだろう」アレイダは、しみじみと思うのだ。

フィデル・カストロほど優しい心を持った男は、きっと世界のどこにも存在しない。夫ほどの男が、フィデルに心酔して命を投げ出したのも当然のことだ。だけど、世界はそのことを知らないし知ろうともしない。それどころか、アメリカはメディアを悪用してフィデルの悪口を世界に喧伝《けんでん》し続けている。

「フィデルの優しさは、あまりにも大きすぎるのだ。だから、普通の人は気づくことが出来ない。だけど、あたしと夫は違う。夫は、だから少しも後悔せずに逝ったはずだ」

アレイダは、そう信じられることが嬉しかった。

しばらくして、フィデルは厚手の原稿を持ってやって来た。それは、ゲバラが死の直前まで書き続けた日記だった。ボリビア政府がいったん没収した物を、この国の内務官僚を籠絡してコピーを手に入れたのだ。

「アレイダ、最初に君に読んでもらいたい。そして、読みにくい箇所を解読してもらいたいのだ。いつか出版するために」

「あたしで良いのですか？　他にも、夫の文字を読める人がいるのに」

「君でなければダメなのだ」フィデルは優しく言うと、その日はすぐに帰って行った。

アレイダは、懐かしい文字を見て涙ぐんだ。さっそくその日から、読みづらい夫の癖字を活字に直す作業に没頭した。これは、夫の死の痛みを忘れ、同時に夫の心に触れていられる素晴らしい仕事だった。これも、フィデルならではの、余人にはなかなか分かりにくい優しさの発露なのだった。

やがて、この日記の編集作業には、ボリビアから奇跡的に生還した3人のキューバ兵も加わることになり、この翌年に刊行され無料で全国の書店に並べられた『ボリビア日記』（日本では『ゲバラ日記』）は、キューバに住む全国民に読まれる圧倒的なベストセラーとなった。

このベストセラーは、やがて世界各国での出版契約を取り付けることに成功。ここに、チェ・ゲバラの名声は世界的なものとなった。

彼の魂は、死してなお、現在に至るまで、その優れた著作を通して全世界の若者の心を打ち震わせ感動させるのだった。

3

チェ・ゲバラの追悼式が行われたのは、10月18日だった。ハバナの革命広場を埋め尽くす１００万人の聴衆の前で、フィデル・カストロは渾身の追悼演説を行った。

カストロは、二人の運命的な出会いから説き起こし、シエラでの苦戦難戦とその中でのチェの成長ぶりを語った。その類稀な人格を賞賛し、「革命と戦争の芸術家」と評した。しかし、彼の欠点についても語った。それは、向こう見ずであまりにも大胆だった点。すなわちカストロは、ゲバラの敗死を、革命キューバの戦略的失敗ではなく、チェが大胆過ぎる性格の持ち主だったことによる「不運な事故だ」と国民の前で位置づけたのである。

しかし、この演説の眼目は次の一節である。

「帝国主義者たちは、チェを倒したことで勝どきを上げている。彼の肉体を滅ぼしたことで勝利したと思い込んでいる。しかし、『物質』の中にしか価値を見ないのが帝国主義者の最大の弱点だ。彼らが、重傷を負った無抵抗のゲリラ戦士を、容赦なく虐殺したのもそのためだし、チェの遺体を火葬にしたと称して、我々に返そうとしないこともその現れだ。彼らは、チェを殺害し、死体を隠すことが勝利だと思い込んでいる。つまり、チェを一個の『物』としてしか評価していないのだ。だが、彼らは間違っている。チェは革命戦士であるだけでなく、一流の思想家であり一流の人格者であった。そして、帝国主義者の弾丸は、革命戦士の肉体を滅ぼすことは出来ても、思想と人格を抹消することは決して出来ないのだ。

チェは、この大陸の搾取されている者、抑圧されている者の利益を守るため、それだけのために命を賭け、そして斃れた。彼は、貧しい人々の大義を守るためだけに斃れた。どのような残忍な敵であっても、チェの模範的な行動や私利私欲の無さに異議を唱えることは出来まい。

歴史に目を移すなら、彼のような大義に命を賭けた人々の価値は、日増しに大きくなって無数の人々の心の奥に入り込んで根を下ろす。やがて、邪悪な敵も思い知ることだろう。チェの死は種子のようなもので、そこからいずれ、彼を手本とし彼の人生に見習おうとする無数の人が芽生えることだろう。だから私は確信している。大義はこの打撃から必ず立ち直ると。

そしてキューバ国民は、胸を張って応えることが出来る。誰かに未来を生きる人間のモデルについて尋ねられたら『チェのようになれ』と。どのように行動すべきか尋ねられたら『チェのようであれ』と。もしも模範的な人間、未来に属する人間のモデルを望むなら『それはチェだ』と応えるだろう。

こうして、未来に対する楽観的な見通しと、諸国民の決定的勝利に対する見通しを胸に、チェと、彼と共に戦い彼と共に斃れた英雄たちに向かって言おうではないか。

勝利の日まで常に前進せよ（アスタ・ラ・ヴィクトリア・シエンプレ）！

祖国か死か（パトリア・オ・ムエルテ）！」

カストロの見事な追悼演説は、100万人の群衆を感涙に浸らせ、多くの民衆が在りし日のチェの姿を思い起こした。

ある農夫は、白い農民服を纏ってサトウキビ畑と格闘するチェに、コップ1杯の水と果物を差し入れようとして、逆にチェに問いかけられたことを思い出した。

「あなたは、誰に対してでも差入れをするのですか？」

「いいえ、エル・チェ、あなただからです」

「だったら、僕は受け取るわけにはいかない。僕はご覧の通り、強くて健康だから。この水や果物は、お腹をすかせた育ち盛りの子供や、病気にかかったお年寄りのために取っておいてあげてください。弱い人や貧しい人のために使ってあげてください」

そう言って、チェは慈愛に満ちた眼差しで農夫をじっと見つめたのだった。

「あんなに気高い人はいなかった」

「あんなに優しい人はいなかった」

「チェの志を、このまま埋もれさせてはいけない」

「そうとも、わしらがその志を継ぐ時だ！　フィデルとともに！」

人々は、邪悪な帝国主義との戦いに新たな闘志を燃やし、そしてキューバ革命の大義に新たな誇りを抱くのだった。

チェ・ゲバラは、こうして偶像化され神格化された。キューバ国内の至るところにゲバラの肖像画が掲げられ、銅像が立てられた。

キューバの子供たちは、今日に至るまで、「大きくなったらチェのような人になりたい。そして、弱い人や貧しい人のために働きたい」と言う。

キューバだけではない。彼が戦死した地では、住民の間で「イゲラの聖エルネスト」と呼ばれて一種の信仰の対象となった。

いわゆる帝国主義の一味である西欧や日本でさえ、『ボリビア日記』は20万部以上が読まれている。ゲバラのポスターやスローガンは、反体制的な傾向を持つ学生たちの間でシンボルとして利用された。ジョン・レノンは、ゲバラのことを「60年代で最もかっこいい男だ」と評した。

ゲバラの生前の文章は、『ボリビア日記』に続いて次々に書籍化され刊行された。『革命戦争回顧録』や『コンゴ日記』といった政治的な著作のみならず、『モーターサイクル・ダイアリーズ』といった旅行記でさえも、今では世界中の書店に並んでいるのだった。もちろん、ゲバラを主人公とした映画もたくさん作られている。

しかし、こうしたメディア操作を最初に仕掛けたのが、他ならぬフィデル・カストロだったという事実を忘れてはならない。世界は、またしても彼の天才的な情報戦略に乗せられたというわけだ。

言うまでもなく、これはカストロの大きな勝利であった。友人の偉大な魂を全世界に伝道すると同時に、キューバ革命の大義を世界中に一気に広めたのだから。友人の敗北を、勝利へと転換したのだから。

4

チェ・ゲバラが世界的に有名になったことは、後に予期せぬ成果を生んだ。

ゲバラの遺体はボリビア政府によって隠匿され、その所在は長い間不明であった。ところが、フランス人ジャーナリスト、ジル・ボーダンが、1995年にゲバラの伝記を書くためにボリビアで取材を行ったところ、彼と6名の仲間の遺体が、バジェグランデ市の空港付近の共同墓地に埋められたという風聞を耳にしたのである。この地は、近在の住人たちの崇敬の対象となっているらしい。

このころになると、キューバとボリビアの外交関係も好転していた。ボーダンの報告を受けたカストロは、直ちにキューバとアルゼンチンの混成捜索隊を結成し、バジェグランデに発掘に向かわせたのである。しかし、捜索は難航し、数度に亘る中断を余儀なくされた。結局、7体の白骨死体が発見されたのは、捜索開始から2年が経過した1997年7月のことだった。

ゲバラの死体は、両腕が切断されていた。CIA長官が、指紋鑑定して本人確認するため、ボリビア軍に命じて両腕をワシントンDCに運ばせたとの風聞は本当だったのだ。カストロは、死者の体に敬意を払おうとせず、単なる物質扱いしたアメリカ人のやり口を前に、激しい怒りを新たにしたのである。

紆余曲折の末、ゲバラと6名のゲリラ戦士（ウイリー、チーノ、パッチョ、トーマ、オーロ、アルトゥーロ）の遺体はキューバに移送された。そして、ゲバラが革命戦争で最大の戦果を上げたサンタ・クララ市に霊廟が建てられ、ゲリラ全員の遺体がここに安置される運びとなったのである。

こうして、チェ・ゲバラはキューバとサンタ・クララの「守護聖人」となった。今でも、この霊廟には全世界からの参拝者が絶えることがない。

もっとも、ゲバラ本人は無神論者だったし、偶像崇拝にも反対の立場だったので、死後の世界があるのなら、この様子を見て苦笑しているに違いないのだが。

5

さて、1967年に話を戻そう。

チェ・ゲバラの戦死は、キューバとソ連の関係を険悪なものに変えた。

カストロが、盟友の死の原因を、ソ連並びにボリビア共産党の非協力的態度にあったと考えたからである。

そもそもソ連は、キューバが唱える「世界革命」に反対の立場を取っていた。この国は、キューバが説くようなゲリラ戦による武力革命ではなく、平和的手段による世界的な社会主義革命を目指すのだと公言していた。だけど、その本音は、食糧の供給元であるアメリカを怒らせたくないだけなのだった。帝国主義国家同士で、実は裏で手を握ってつるんでいるのだった。

だからソ連は、ゲバラの死をこう評した。「南米やアフリカで武力革命をやるのは、やはり無理なのだ。チェ・ゲバラは、勘違いの末に犬死にしたのだ」

当然のことながら、カストロは激怒した。

「ロシア人は結局、縄張りの中に住む弱い人や貧しい人から搾取したいだけなのだ！　自分たちさえ良ければ、他の世界のことなど、どうでも良いと思っているのだ！」

やがてカストロは、政府内のソ連シンパに対する大弾圧を開始することで、ソ連を激怒させた。ブレジネフ書記長は、侮辱されたと感じたのである。

もともとブレジネフは、前任者フルシチョフを罠に嵌めて失脚させることで現在の地位を手に入れた人物だ。そして、ソ連とキューバの一種いびつな関係は、前任者が「気まぐれ」で構築したものであり、ソ連（ロシア）の伝統的な国家戦略とは無関係だった。だからブレジネフは、カストロにもキューバにもまったく好意を持てずにいたのだった。

もちろん、カストロ側にとっても同じことが言える。

ゲバラの戦死以来、カストロはソ連を公式に非難し続け、1967年11月にモスクワで開催された「ロシア革命50周年式典」にも出席しなかった。また、ルーマニアのブカレストで1968年に開催される予定の世界共産党会議への出席も拒絶した。

しかし、これは政策的に無謀であった。さすがのカストロも盟友ゲバラの死を前にして、怒りで理性を曇らせたとしか考えようがない。

案の定、ソ連は、1968年3月の貿易協定の席で、援助物資の大幅な削減を言い渡してきた。さらに、キューバがソ連に負う輸出不足にかかる債務3億3000万ルーブルに対して、即刻の利払いを要求したのである。

これは、脆弱なキューバ経済にとって破滅的な通告であった。

6

対外関係のみならず、国内経済も破滅的だった。

1968年は、キューバで「国有化」が激しく推進された年である。ソ連と対立したカストロは、経済政策の面でも、亡き盟友の遺志をより強力に推進しようとした。そして、チェ・ゲバラが唱えた「価値の法則」は、全経済資源の国有化を推奨する議論だったのである。そこでカストロは、3月、国内に残存していた私企業や個人商店5万8012軒を一気に国有化した。そして、電話や映画やスポーツ観戦を完全無料とした。さらには、個人の財産や利己心を否定し、貨幣の全面廃止すら検討するようになった。これが「革命的攻勢」である。カストロは、祖国を一気呵成に共産主義体制に変えようと志したのだ。

これに応じて、農地の国有化も進んだ。

もともとキューバ革命は、大資本が独占的に所有する土地を、小作人に解放することから始まった。ところが、革命後約10年が経過して、農場主たちは後継者不足に悩まされるようになっていた。その原因は、皮肉なことに、国家が誇らしげに掲げる「教育完全無料政策」にあった。農村の子弟は、早くから都市に出て行って、無料で高度な教育を受けることが出来たのだが、そんな子供たちは今さら父の跡を継いで農業などやりたくなかった。みんな、スポーツ選手や教師や医師といった華やかな仕事に従事したがった。そして、文化人や知識人不足に悩むキューバ政府も、それを推奨したのである。こうして、後継者がいなくなった農地は次々に国家に買収され、大規模な国営農場が姿を現したというわけだ。

こうした国営農場では、労働の集中化が図られ、チェコ製の高性能トラクターが活躍し、最新の化学肥料が用いられた。だからカストロは、大きな成果が上がることを期待していたのだ。

ところが、結果は完全な裏目に出た。

競争原理がまったく働かない国営企業や国営農場は、怠惰と非効率の温床と化したのである。むしろ、日系移民らが細々と運営する小規模農家の方が、より多くの収穫を上げる始末だった。

「ゲバラ主義」は、「新しい人間」の完成を前提として初めて機能する。そして、「新しい人間」を教育で作り出すことは困難だった。人間とは、ゲバラが期待したほど立派な生き物ではないのだった。

1975年の「第1回党大会」で、カストロは自己批判を行い、1968年度の政策が誤りだったことを認め、全面的な修正を行った。つまり、チェ・ゲバラの遺志は、経済政策の方面では実ることがなかったのである。

カストロは、さぞかし無念だったことだろう。

ともあれ1968年の半ば、キューバ共和国は危機的な状況に陥っていた。国内経済は行き詰まり、ソ連からの援助も滞っていた。石油の備蓄は、年内に枯渇する予定だった。

そんなとき、ある重大事件が勃発し、この国は救われた。なぜかいつも、キューバと密接に絡んで来る中欧の小国がその震源地となったのである。

1968年8月、ソ連軍を中核とするワルシャワ条約機構軍50万が、チェコスロバキアに進撃を開始した。いわゆる「チェコ事件」の勃発である。

混沌とする世界

1

チェコスロバキアは、中欧の小国でありながら、その高い技術力と経済力で常にヨーロッパ文明を牽引する国だった。第二次大戦後にソ連の傘下に組み込まれた後も、その高度な工業力は健在で、東側諸国の筆頭ともいえる存在であった。

キューバも、この国にはたいへん世話になっている。革命後、初めての紙幣を印刷してくれたのもチェコなら、高性能兵器やトラクターを提供してくれたのも、ジェット戦闘機乗りの養成訓練をしてくれたのもチェコである。また、チェ・ゲバラとゲリラ戦士たちを匿《かくま》い、その訓練を一時引き受けてくれたのもこの国だった。

この小さな経済大国は、しかし1960年代半ばから成長の鈍化に直面していた。ソ連型の計画経済が進み過ぎたことにより、国中に怠惰と非効率が蔓延したのである。やがて国中から改革を求める声が上がり、ノヴォトニー大統領は退陣を余儀なくされた。

そして1968年1月、共産党第一書記に就任したアレクサンドル・ドプチェクは、「人間の顔をした社会主義」をスローガンに掲げ、言論の自由を大幅に認め、市場に競争原理を導入するなどの積極的な構造改革に乗り出したのである。

すなわち、「プラハの春」の到来である。

街中に西側商品が出回り、ビートルズの歌が当たり前のように流れた。国中が活気に溢れ、何もかもが順調に動き始めた。

だが、これを快く思わないのがソ連だった。チェコスロバキアの改革は、単なる自由化ではなく、やがて西側資本主義へと寝返る前哨なのではないかと疑ったのだ。

それ以上に脅えたのが、東ドイツやポーランドである。これらの国では、ホーネッカーやゴムルカといった独裁者が圧政を敷き、民衆を厳しく抑え付けていた。もしもチェコ発の自由化の波が広がれば、彼ら独裁者の足許が危なくなるかもしれない。

そこで6月、ソ連と東欧同盟国は、合同軍事演習をチェコスロバキアの領内で行った。明らさまな恫喝と敵意を、激しい砲火の中に込めて。

「プラハの春」を牽引する知識人たちは、ソ連とその腰巾着諸国の邪悪な意図を感じ取り、「二千語宣言」を起草した。劇作家ハヴェルや女子体操選手チャスラフスカらがこれに署名し、自由への不退転の意思を高らかに表明したのだった。だが、これはソ連や東欧諸国を、ますます苛立たせ怒らせる結果となる。

8月初旬、ドプチェク第一書記は、ブレジネフと国境で会見してチェコの社会事情を説明し説得し、ソ連の権力者はひとまず納得して帰国したように見えた。しかし、これはチェコ人を油断させるための罠だったのである。

1968年8月20日午後11時、8000台の戦車を先頭に立てたワルシャワ条約機構軍50万が、全国境からチェコスロバキアへ侵攻を開始した。空挺部隊がプラハ城に降下し、スボボタ大統領とドプチェク第一書記を拘束してモスクワへと拉致した。

結局、ブレジネフはチェコスロバキアを少しも信用していなかったのだ。この国が西側に寝返る前に、反動的な思想を撲滅すべきだと思い定めていたのである。

ワルシャワ条約軍は、「反動分子の魔手から善良な市民を護るため」という大義名分を掲げて攻め込んだのだったが、そこには敵などいなかった。平凡で善良で平和な生活が広がるばかりだった。街路を突進する戦車は、石畳を巻き上げ、道端の老人や子供を轢き殺しながら進んだ。そこには救援を求める者もおらず、倒すべき敵も存在しなかった。このような軍事行動は前代未聞だったので、攻め込んだ側の兵士たちがかえって混乱した。

そして、賢いチェコスロバキアの人々は、この非道で理不尽な暴力に、力で立ち向かおうとはしなかった。無益な流血を避けるため、チェコ軍は直ちにボヘミアの森の奥に姿を隠した。そして、勇気ある市民たちは、道路標識を隠して敵軍を迷子にさせたり、あるいは白旗を振りながら戦車の上によじ登り、戦車兵を説得して帰国を促したのである。困った侵略軍は、しばしば愛国的な報道をするラジオ局などを攻撃対象とし、非武装の放送局員たちを理不尽に虐殺するのだった。

この悲惨さに堪りかねたスボボタとドプチェクは、祖国の市民の命を守るため、やむなくモスクワでブレジネフに屈服した。ソ連の軍門に下り、自由化を取り止めることを約束したのである。

こうして、「プラハの春」は終わった。

芽生えたばかりの自由は、戦車の轍《わだち》に踏み消された。

2

当然のことながら、全世界がワルシャワ条約軍の暴挙に対して抗議の声を上げた。

国連や西側資本主義国政府や中国政府のみならず、各国の共産党や左派知識人さえもが、ソ連とその腰巾着国家を激しく非難したのである。それも当然であろう。今回のソ連の軍事行動には、一片の大義名分も道義の欠片《かけら》もなかったのだから。

1956年の「ハンガリー動乱」の時は、暴徒と化したハンガリー市民が、ソ連の官僚や軍人を虐殺して電柱に吊るす事件が起きた。だから、このときのソ連の軍事行動には「報復」という大義名分が（いちおう）立っていた。

だが、1968年の「チェコ事件」はまったく違う。この国では、誰も殺されず誰も傷つけられなかった。ここには、平和で自由な市民生活があるだけだった。それを戦車で踏みにじった暴挙は、どうしたって正当化できないだろう。

やはりソ連は、アメリカと同等の邪悪な帝国主義国家だったのである。

案の定、アメリカは自由主義陣営の盟主のくせに、「チェコ事件」をむしろ歓迎する姿勢を見せていた。ベトナム戦争の泥沼の中でチェコ製の高性能兵器に苦しめられるアメリカにとっては、チェコスロバキアの混乱が好都合だったからである。だからアメリカはチェコ人の苦難を見捨てたのだし、ソ連の暴挙をあまり非難しなかった。

つまり米ソは、まったく同程度の邪悪な帝国主義国家だった。その事実を、今では全世界が知ってしまった。

ブレジネフ書記長は、「制限主権論（社会主義陣営全体の大義のためには、個々の構成国の主権は制限されるべきという論理）」を前面に出して言い訳したものの、「チェコ事件」は、東側陣営の盟主としてのソ連の威信を大きく傷つけた。中国と北朝鮮のみならず、資本主義各国内の共産党が一斉に離反したため、全世界に社会主義革命を起こそうという夢は完全な幻と化したのである。

すなわち、20年後のソ連崩壊は、すでにこの時から秒読みが始まったと言えよう。

ところが、全世界から激しく糾弾されて孤独感にあえぐブレジネフを精神的に救ったのは、意外なことにカリブの小国なのだった。

フィデル・カストロが、「チェコ事件」におけるソ連の行動を肯定したのである。

もっとも、全面的に肯定したわけではない。カストロは、「平和な国に奇襲攻撃を加えて占領した暴挙は容認できない」としつつ、その政治的意義を総体的に評価したのだ。

「あのまま放っておいたら、チェコ人は間違いなく、資本主義を復活させて西側陣営に付いていただろう。ドプチェク個人の意思は問題ではない。国民の意思がそうさせたに違いないのだ。なぜなら、チェコスロバキアは歴史の成り行きでソ連側に組み込まれた国であり、革命キューバのように確固たる社会主義思想の土台を持っていない国だ。きっと自然の流れに推されて、西側自由主義に行き着くだろう。そうなったら、その影響は周辺の国々にドミノ式に及ぶから、もはや社会主義陣営は安泰ではいられなかっただろう。だから、ソ連軍がすかさず介入して阻止したのは、政治的にまったく妥当だったのだ」

このカストロの見識は、確かに正しかったに違いない。仮に「プラハの春」を放置したなら、歴史の歯車は20年早く回り、実際の歴史では1989年に起きたことが1969年に実現していたかもしれないのだった。

しかし、チェコスロバキアはキューバの大恩人である。しかも、この恩人に対してソ連が取った手段と行動は、あまりにも非道だった。それを肯定し、容認して良いのだろうか?

世界中の左派知識人が、キューバとカストロを非難糾弾した。かつて、あれほど応援してくれたサルトルでさえ、「カストロは堕落した！」と指を突きつけた。

しかしながら、その反動で、キューバとソ連の関係は急速に改善されたのである。

１９６９年1月2日の「キューバ革命10周年記念祭」にソ連副首相ノヴィコフがハバナに来訪したのを皮切りに、両国の要人は頻繁に行き来するようになり、ソ連からの経済支援も再び強化されるようになった。壊滅寸前だったキューバ経済は、こうして、チェコスロバキアの犠牲の上に立ち直ったのである。

ただ、カストロ自身は、「自国の経済活性化のために、チェコへの義理を捨ててソ連に媚を売った」という自覚は持っていなかった。純粋に、彼個人の思想から導き出された答えが、「プラハの春」の否定だったのだから。

フィデル・カストロの独特の物の見方は、常人にはなかなか理解しにくいかもしれない。

彼は、歴史的な広い時間軸の中で、常に全世界規模で物事を考える人物だった。個々の事件を、大きな流れの中の一部にしか過ぎないと考えるのだ。大きな流れというのは、すなわち「思想」である。そして、事態の流れが正しい思想に沿ってさえいるのなら、その過程で起きた個々の小さな過ちは、必要悪として容認するのである。

だから、「社会主義の大義を守るために行われたソ連の軍事侵攻」は、カストロの世界観の中では正義なのであった。

カストロの、このユニークな物の考え方とそれを支える知的センスは、思想家ないし歴史家としては超一流のものだっただろう。それが、彼を革命で成功させ、今でも９００万国民の信望を集めさせている原動力なのだった。

しかし、一国の経済を司る行政官としてはどうだろう?
その試金石となるのが、「グラン・サフラ計画」だった。

3

キューバの平均的なサトウキビ産出量は、年間500万トン。これを1970年までに1000万トンに拡張しようというのが、「グラン・サフラ計画」である。

しかしながら、従来からの怠惰と非効率の蔓延に加え、国営農場の運営失敗が重なったため、この国の農業生産性は凋落の一途を辿っていた。

「グラン・サフラ」は、革命キューバの威信を賭けた一大事業であって、絶対に失敗するわけにいかない。そこでカストロは、多くの農地をサトウキビ畑に転換するとともに、国民の多くを不眠不休の「自発的労働」に駆り立てたのである。この時期は、国家資源のほとんどが、「グラン・サフラ」事業に投入されたと言ってよい。

この国を訪れた外国人も、自発的労働に半強制的に参加させられた。1969年春にキューバを表敬訪問したソ連艦隊などは、司令官をはじめ乗組員全員がサトウキビ畑で汗を流す羽目に陥ったくらいである。

カストロは、満足げに頷いた。今また、国民が一つの夢のために団結している。キューバ革命の栄光に、新たな金字塔が打ち立てられようとしている。この困難な事業を克服することで、キューバ国民は「新しい人間」への覚醒を始めることだろう。亡きチェも喜んでくれるに違いない。

ところが、タイムリミットの1970年が近づくにつれ、1000万トンの目標達成が困難であることが分かって来た。カストロやラウルやアルメイダら政府要人たちは、自らがマチェーテ（鎌）を振り、農民の先頭に立って猛牛のような勢いでサトウキビ畑と格闘したのだが、天候不良やハリケーンの来襲や、ソ連製の粗悪な圧搾機械の致命的な故障を、努力と根性で克服することは無理である。

煩悶の末の1970年7月24日、カストロ第一書記は演壇に立ち、目標達成が不可能であることを公式発表した。最終的なサトウキビ生産量が、年間853万トンに留まる見込みであることを、全国民に沈鬱な表情で告げたのだった。

様々な欠点を併せ持つとしても、国民に対して「決して嘘をつかない」のが、この人物の良い点だ。しかもカストロは、この2日後の「運動」の記念大会で、国民に向かって辞意を表明したのである。グラン・サフラ失敗の責任を取って、党第一書記からも首相からも「引退したい」と言い出したのだ。

フィデル・カストロは、基本的には自信の固まりのような男なのだが、その反動でしばしば鬱状態になる。ミサイル危機の直後も一時的に引きこもりになったが、今回もそれと同じことだ。1970年の「辞任表明」は、政治的な策略でも何でもなくて本気だった。

演説を聞きに来ていた100万人の群衆は、フィデルの意外な発言にしばし呆然としていたのだが、やがて三々五々に、ついには満場一致で「ノー」を叫び始めた。演説会場は、結局は、民衆の熱狂的な「フィデル」コールで埋め尽くされたのだった。

この時こそが、カストロ体制終焉の契機だった。群衆は、カストロの呼びかけに対して沈黙で応えるだけで、この人物を永遠に葬り去ることが出来たはずだ。それなのに、なぜ「ノー」を叫んでしまったのだろうか？

多くの国民は、フィデルの経世家としての無能さに気づいており、自分たちの貧しさに絶望していた。

だけど、教育と医療の完全無料化が、世界史的な快挙であることを正しく理解していた。それに、農民の先頭に立って重労働をしたり、国民の悩み事に真摯に耳を傾けてくれたり、正直に失敗を打ち明けたり、辞任を国民に直接相談するような国家元首が他にいるだろうか？　そんなフィデルに替われる政治家が、他に存在するだろうか？

答えは、否である。

だからキューバ国民は、フィデルの辞意に「ノー」で応えたのだ。

そして、キューバ共和国は直接民主主義の国である。カストロは、国民の声援を聞いて、再び勇気と自信を取り戻したのだった。

目標の1000万トンには届かなかったとはいえ、サトウキビの年間生産量853万トンは、キューバ史上の記録的快挙であったことは間違いない。問題は、この事業に国家資源のほとんどを投入してしまったため、国民生活の窮乏化が促進されたことである。しかも、国家的事業の失敗による労働者のモラル低下は凄まじいばかりで、国家経済全体を覆う怠惰と非効率はますます酷いことになった。

窮したカストロは、経済政策の面で完全にソ連の軍門に下ることにした。1972年5月にコメコン（経済相互援助会議）に加盟し、ソ連の経済学者や技術者を招請し、国内経済の設計をすべて彼らに委ねたのである。

喜んだブレジネフは、「チェコ事件」の恩返しとばかりに、非常に優遇的な貿易協定をキューバと締結してくれた。やがて、「五ヵ年計画」がスタートし、ある程度の競争原理を国家経済に導入したキューバは、ようやく活気を取り戻したのであった。

4

フィデル・カストロが、危なっかしくふら付きながらも自国の内政に注力していられたのは、敵国アメリカが、ベトナムの泥沼に足を取られて身動きが取れなくなっていたからである。

ベトナム戦争はもともと、フランスの植民地であった仏領インドシナが、第二次大戦後の民族独立を求めて蜂起した闘いだった。

ホー・チミン率いるベトナム民主共和国軍は、ディエン・ビエン・フーの決戦（１９５４年）でフランス軍を大敗させ、見事に独立を勝ち取ったはずだった。しかしながら、左翼傾向を持つホー・チミンの勢力伸長を警戒したアメリカら西側諸国が、ジュネーブ協定でベトナムの国土を南北に二分し、ホー・チミンには北側だけを与えたのである（ベトナム民主共和国）。そして南側には、西側諸国の息がかかった傀儡であるベトナム共和国が居座ったのだ。

これで納得して収まるベトナム人民はいない。しかも南ベトナムでは、私利私欲に走る政治屋たちが、西側の軍事力を傘に着て悪政を繰り広げるのが通例となった。やがて、耐えかねた南ベトナムで反政府ゲリラ（ベトコン）が立ち上がった。北ベトナムは、当然ながらこれを積極的に支援する。

これを見たアメリカは、「共産ドミノ理論」を盾にとってベトナムへの介入を開始した。すなわち、南ベトナムが左翼の手に渡ったなら、それがドミノ倒しのように波及して、東南アジアはもとより、アジア太平洋一円が社会主義者に乗っ取られる可能性を指摘したのである。

ＪＦＫは、最初のうちは南ベトナムを軍事支援する姿勢を見せていたのだが、「明白なる宿命」と対立するようになってからは撤退を検討し始めていた。それが具体化する前にＪＦＫが暗殺されたため、後を継いだジョンソン大統領は成り行き上、積極姿勢を取らざるを得なくなった。

こうして、１９６４年８月のトンキン湾事件を皮切りに、54万人にも及ぶアメリカ正規軍が東南アジアに投入されたのである。そしてベトナム人民は、ソ連や中国の支援を受けつつ、この挑戦を勇敢に受けて立った。

工業力と物量に優れるアメリカは、第二次世界大戦でドイツと日本を同時に敵に回して完勝を収めた経験から増長していた。遅れた農業国であるベトナムなど、簡単に制圧できると思い込んでいた。しかし、それは違った。ベトナム人民が抱く「民族自決」への熱い思いは、「明白なる宿命」よりも遥かに純粋で、遥かに強力だったのだ。

どんなに都市や港湾に爆弾を落としても、ジャングルに枯葉剤を撒き散らしても、どんなに敵兵を殺しても、どんなに民衆を虐殺しても、ベトナム人民の闘志は一向に衰えを見せなかった。力は、それがどんなに強い力であっても、民族自決という名の「正義」を潰すことは出来ない。

実は、アメリカがキューバを潰せないのも、これと同じことである。キューバには、ベトナムに負けないくらいに強力で痛切な思想がある。純粋な民族自決への思いに加え、弱者救済と差別撤廃のホセ・マルティ理想がある。これは、かつてのドイツや日本が掲げたような幼稚な帝国主義のスローガンとは異なる、普遍性の高い大義であった。

軍事力だけでは、大義に勝つことは出来ない。

その事実に最初に気づいたのは、アメリカの一般国民だった。ベトナムの前線での兵士の苦境を聞き、メディアが流す悲惨な映像を見て、長期化して泥沼化する戦争に深刻な疑問を抱いた。いや。それどころか、「明白なる宿命」思想そのものに、根本的な懐疑を持ち始めたのである。

1968年3月、高まる反戦運動に圧迫されたため、リンドン・ジョンソンは次回の大統領選への出馬を断念した。こうして、民主党の大統領候補はロバート・ケネディとなる。しかし、彼を待っていたのは兄と同じ運命だった。1968年6月5日、暗殺者の凶弾は、「明白なる宿命」への潜在的な敵対者に容赦しなかったのである。

1969年1月、こうして共和党のリチャード・ニクソンが第37代大統領となる。「狡猾ディック」は、ようやく念願の地位を手に入れたのである。しかし彼は、ベトナムからの撤退を望む一般国民と「明白なる宿命」を奉じる権力集団の間で板ばさみとなっていた。

ニクソンは、いささか人間性に問題があるとしても、頭脳明晰で優秀な政治家であった。田舎の貧困家庭から身を起こしただけに、苦労人で世知にも長けている。「三顧の礼」で、外交問題の専門家ヘンリー・キッシンジャーを帷幕《いばく》に迎え入れる見識も備えていた。

そんなニクソンは、「明白なる宿命」の強硬で無茶な戦争政策が、いよいよ時代遅れになったことを悟っていた。少なくとも、これまで通りのやり方では、世界各国どころかアメリカ国民ですら納得しないことに気づいていた。だから、なんとかして修正したいと考えていた。

しかし、それは命がけの事業となるだろう。おそらくは、ケネディ兄弟と同じ運命が彼を待っている。恐怖に脅えるニクソンは、次第に心を蝕まれるようになっていった。

5

ベトナム人民の勇戦奮闘は、アメリカと孤独な対立を続けているキューバを大いに勇気づけるものだった。かつてチェ・ゲバラが、「二つ、三つ、多くのベトナムを」と呼びかけたことにも、それが強く顕れている。

この間、ラテンアメリカ諸国への合衆国の統制力が弱まったため、かつてＪＦＫが組織した「進歩のための同盟」もなし崩し的に弱くなり、経済封鎖政策を破棄してキューバとの貿易を再開する国が増えて来た。カナダとメキシコなどは、むしろキューバとの外交関係を以前よりも強化してくれたのである。

やがてチリでは、左翼政権が誕生した。１９７０年9月、サルバドール・アジェンデは、民主主義的な選挙の結果、ラテンアメリカで二番目の社会主義国家の元首となり、米系鉱山の国有化などの急進的な政策を展開したのだった。激怒したアメリカは、チリに対する経済封鎖やお得意のテロ攻撃を開始したのだが、アジェンデ大統領はよく持ち堪えた。喜んだカストロは、直ちにチリと友好同盟条約を締結した上で、１９７１年11月には、23日にもわたる長期の訪問滞在を行ったのである。

こういった楽観的な一般情勢に勇気づけられたカストロは、独自の「世界革命」戦略を再興しようと考えるようになった。盟友ゲバラが死んでしまった今では、こういった仕事はカストロ自身が一手に引き受けるしかない。母国の内政は、ソ連からの援助が強化されたためにひとまず安心であるから、国内にはドルティコス大統領とラウル国防相がいれば大丈夫だ。

１９７２年、カストロは2ヶ月に及ぶ外遊を行った。ギニア、アルジェリアらアフリカ諸国を歴訪し、続いて東欧各国とソ連を訪れた。彼は、行く先々で演説してベトナム支援を呼びかけ、公式行事に全て出席し、各国の市民生活を自分の足で見て回った。その陽気で快活でエネルギッシュな姿は、各国の民衆に深い印象を与えた。アフリカの人々も東欧の人々も、こんなに若くて庶民的で明るい国家元首を、これまで見たことがなかったのである。

外遊を終えてキューバに帰国したカストロは、アフリカの人々の貧しさから強い印象を受けていた。

まるで革命以前のキューバの民衆を見ているようで、他人事《ひとごと》とは思えなかった。こういう時に、彼の「国際人」としての独特の個性が良い方向に発揮される。

カストロは、さっそくボランティア部隊を編成し、これをアフリカ各地に派遣することにした。キューバの若者たちは、道徳重視の学校教育で、「チェのように、弱い人々のために働く」ことの大切さを学んでいるから、大勢の優秀な教師や医師が、率先してカストロのボランティア部隊に志願するのだった。こうして、総勢3万人に及ぶ教師、医師、技術者が、アフリカ各地で善意に溢れる活動を始めることになる。

続いてカストロは、アフリカ各地の貧しい若者をキューバに迎え入れ、無償で教育を受けさせる事業に乗り出した。かつて自分が収監されたことがあるピノス島を「青年の島」と改称し、ここに外国人向けの教育施設を設置したのである。やがてアフリカ各地から2万人もの若者がやって来て、無料の一貫教育を受けた。成績優秀な者は、さらにハバナ大学への進学も認められた。そんな彼らは卒業後、技術者、医者、教師、軍人となり、それぞれの母国の発展の原動力となったのである。

アメリカ合衆国は、革命キューバのこれらの事業を「テロ支援とテロリスト養成」と決めつけて全世界に宣伝したのだが、これは悪質なプロパガンダと呼ぶべきであろう。

カストロは、亡きゲバラの写真に向かって語りかけた。

「軍事に偏った『フォコ理論』を用いなくても、貧しい人々や弱い人々を救うことは可能だ。これからのキューバは、こういう形で世界革命を推進していこう」

こうして、数多くの後進国の人々が、キューバの善意に感動し感謝を捧げた。

もちろん、彼らには他の先進国からの援助もあった。しかし、仮に何らかの援助をしてくれたとしても、それは自分たちの将来の利益に適う範疇に収まっていた。

日本だって、ODAという名目で資金投下をするけれど、そのカネは結局、現地で土木工事を行う自国のゼネコンに還流した後で、政治献金や天下り官僚の給料に変わるだけのことだから、本物の援助とは言えなかった。そもそも、誰も通らないような道路や橋、誰も使わないようなダムを造ってもらっても、人民は嬉しくはない。

ところが、キューバは違った。キューバだけが違った。この国は、まったく何の物質的な見返りも要求せずに、教育や医療や技術といった分野に投資してくれるのだ。そして、これこそが本当にアフリカの人々が求めるものであり、本物の援助なのだった。

こうして、フィデル・カストロとキューバ共和国の威名は、第三世界の間で美しく鳴り響いた。今では、リビアのカダフィ大佐もPLOのアラファト議長も、尊敬と敬愛の念を胸にカストロの名を呼ぶのだった。

しかしながら、南米で唯一の同盟国だったチリの左翼政権は、1973年9月11日の軍事クーデターで崩壊し、アジェンデ大統領は激しい戦闘の中で殺害された。背後で糸を引いたCIAのコルビー長官は、「カストロの一味を潰してやった」として、この成果を自慢するのだった。

中東への外遊中にこれを知ったカストロは、怒りに燃え、孤独感に打ち沈んだ。

アメリカの悪意は弱まる気配を見せず、キューバは再び、ラテンアメリカで唯一の社会主義国になってしまった。

6

そんな中、リチャード・ニクソン大統領は、仇敵カストロの高まり行く国際的名声に歯嚙みしていた。しかし、まずはベトナムを片付けることが先決である。

ニクソンは早くから、ベトナムからの完全撤退を模索していたのだが、ケネディ兄弟の轍《てつ》を踏みたくない彼としては、「明白なる宿命」に逆らわずにこれをやるという、矛盾した政策を展開せざるを得なかった。

1971年のカンボジア侵攻と72年の北爆再開は、まさに「積極攻勢を取りつつ撤退の機を探る」という矛盾した政策の顕れであった。結局、軍事作戦としては中途半端で、政治的にも講和の機会を摑むことは出来ず、いたずらに戦禍を広げて多くの民衆を苦しめただけだった。そして、その事実がアメリカ国内の反戦運動をますます強化させてしまったのだ。

事態を大きく好転させたのは、1972年2月の、ニクソンの中国電撃訪問だった。アメリカは、従来の台湾（中華民国）支持の政治路線を変更したのだ。そして、北ベトナムを支援する中華人民共和国と国交を樹立し関係を強化することで、北ベトナムの国際影響力を相対的に弱めると同時に、ソ連をも牽制したのであった。

この革命的なキッシンジャー外交が和平への呼び水となり、1973年1月にパリ協定が締結された。ベトナムの南北国境は暫定的にそのままにしておく形で、アメリカと北ベトナムが休戦したのである。この結果、同年3月までにアメリカ軍の全面撤退が行われ、こうして足掛け10年にも及んだアメリカの東南アジアでの戦いはようやく終結した。

ニクソン大統領は安堵した。とりあえず、アメリカの面子を維持したままでベトナム戦争を終わらせることが出来たのだ。これなら、「明白なる宿命」も納得してくれるだろう。

だが、この撤兵は結局のところ、アメリカが南ベトナム政府を見捨てる政策に他ならなかった。1975年4月に休戦協定に違反して行われた北ベトナム軍の総攻撃で、南ベトナムの首都サイゴンは呆気なく陥落してしまうのだ。この国は結局、北ベトナムによって統合される形となり、こうしてベトナム人民の「民族自決」は、苦節20年の末に完全勝利したのだった。

逆に言えば、アメリカ合衆国は、ベトナム戦争に政治的に完敗したのである。

「明白なる宿命」からの処罰を恐れるニクソンにとって幸運だったのは、この時までに彼の共和党政権が終わっていたことであった。アメリカ史上で他に類例を見ない、大統領の任期中の辞任劇が起きていたのだ。

これが、いわゆる「ウォーターゲート事件」である。

事の発端は、1972年6月17日、民主党本部が置かれていたワシントンDCのウォーターゲート・ビルで、不法侵入を図った5人の男が逮捕されたことだ。その中には、かつてカストロ暗殺工作に関わった元CIA局員フランク・スタージスの姿もあった。この男たちは、民主党本部に盗聴器を仕掛けようとしていたのである。尋問の結果、彼らがニクソン大統領の側近エドワード・ハワード・ハントの命令で動いていたことが明らかになった。

驚いたニクソンは、証拠の隠滅はもとより、FBIへの捜査妨害を試みた。しかし、生来の人徳の無さが災いして密告者（ディープスロート）が出た結果、彼が「鉛管工（プラマー）」という名の特殊部隊を組織させ、首都一円の政敵の拠点に盗聴器を仕掛けるなどの陰湿な裏工作を行っていたことが明らかにされてしまったのだ。

「鉛管工」メンバーの多くが、亡命キューバ人だったのは偶然ではない。ニクソンは古くから、キューバに拠点を持つ米系マフィアなどと密接な関係を持っていた。そして、ピッグス湾作戦などを最初に指導したのも彼だった。だから、ニクソンが亡命キューバ人たちと特殊な関係を築き、彼らに汚れ仕事をやらせていたのは少しも不思議ではない。

もっと驚くべき事実が、調査の過程で明らかになった。ニクソンが、大統領執務室に録音システムを設置し、訪問者との間で行われた全ての会話をテープに録音していたことが判明したのである。そのテープは、なんと総計198時間にも及ぶ。しかし「狡猾ディック」は、このテープについても様々な偽証を行ったり提出を拒んだりした。

ニクソンは、「何であれ、大統領がやることは違法にはならない!」と豪語した。もしかすると、彼は本当に法律を知らなかったのかもしれない。

しかし、そんなことが通るはずがなく、1974年8月8日、大陪審による弾劾判決（司法妨害、権力の乱用、議会に対する侮辱の罪）が避けられないことを知ったニクソンは、自らの意思で辞任することにした。青いスーツを格好良く纏ったニクソンは、議会での辞任演説の後、妻子とともにホワイトハウスからヘリコプターで去って行った。見送る群衆に陽気に手を振った元大統領は、満面の笑顔に輝いていた。あたかも、長い間の恐怖からようやく解放されたかのように。

そもそも、彼はどうして盗聴に躍起になったのだろう？　また、どうして198時間もの録音テープを隠し持たなければならなかったのだろう？　彼は、いったい何に脅えていたのだろうか？

そして、当局に押収されたテープの中には18分30秒間の空白があった。この部分は明らかに、意図的に入念に消去されていた。これは、一体何を意味するのだろうか？

ニクソンの後を継いだ副大統領ジェラルド・フォードは、早々に「恩赦」を出してニクソンの全ての罪を免責した。そこに、どのような裏取引があったのだろうか？

アメリカ社会が抱える闇は、深くて暗い。

7

「ウォーターゲート事件」の余波は、どんどん広がった。

逮捕された「鉛管工」関係者の多くが、亡命キューバ人から成る元ＣＩＡ局員であったことから、司法当局による尋問の過程で、アメリカがキューバに仕掛けた過去の悪辣な謀略の全貌が明るみに出されたのである。フランク・スタージスらは、過去のカストロ暗殺計画の詳細や、キューバに対する様々なテロ攻撃について白状したのだった。

こういった一連のＣＩＡの謀略は、当然のことながらアメリカ国民に秘匿されていたので、真実を知った多くの人々がショックを受けた。

これまでのアメリカ国民は、マスメディアの情報操作によって、カストロのキューバは悪の帝国であり、それに立ち向かうアメリカ合衆国は正義の国だと思い込まされていた。しかし、どうやら真実は異なるらしい。数々の卑怯で陰湿な謀略の内容を見るに、むしろ祖国アメリカこそが悪の帝国だったらしい。

しかも、この謀略は過去の歴史ではなかった。現在も進行中なのだった。

１９７６年10月6日、ベネズエラからキューバに向かう旅客機が空中で爆破され、搭乗していたキューバの民間人73名全員が死亡した。調査の結果、これはＣＩＡの破壊工作員による爆弾テロであったことが判明した。カストロは激怒してＣＩＡを強く非難し、アメリカ国民はまたしても惨めな気分を味わうのだった。

こうした状況に疑心暗鬼となったアメリカの特別調査委員会は、１９６３年のケネディ暗殺もＣＩＡの仕業ではないかと疑ったのだが、さすがに「鉛管工」たちはそれについては口をつぐんだ。だから、未だにこの事件の真相は闇の中である。

多くのアメリカ国民が、祖国に失望し、誇りを失った。

現職大統領の犯罪行為の末の突然の辞任。ベトナム戦争の敗北。隣国キューバに対する悪辣な謀略の数々。そして、ＪＦＫ暗殺の真犯人がアメリカ国家そのものである可能性。

これだけあれば、もう十分だ。

カーペンターズは「昨日よ、もう一度」と歌い、サイモン&ガーファンクルは「僕たちはみんな、アメリカを探している」と歌った。ビリー・ジョエルは、「こんな孤独で嘘まみれの世の中だからこそ、誠実さが欲しい」と歌った。

イーグルスは「ようこそ、ホテル・カリフォルニアへ。素晴らしい場所と素敵な人々が待っている。だけど、ここに住むのは死者だけで、生者は二度と外に出られない」と歌った。

そして、ジョン・レノンはこう歌った。

「想像しよう。国境がなくなり、殺し合いがなくなり、宗教もなくなって、全ての人々が平和に暮らす世界を。君は僕を夢想家と呼ぶだろうけど、夢想家は僕一人じゃない。いつか君も仲間に加わるだろう。そして世界は一つになる」

当然ながら、「Imagine」という名のこの歌は、フィデル・カストロのお気に入りとなった。キューバ革命の理想を、見事に言い当てているように思えたから。そういう訳で、今でもハバナの市民公園にジョン・レノンの銅像が建っている。

「容共」としてＦＢＩにマークされたジョンが、１９８０年に殺害されたのは、単なる偶発事件だったのだろうか？

さて、アメリカ国民は、これまでの政府の在り方に大きく失望した結果、１９７６年の大統領選挙で、民主党のジミー・カーターを選んだ。地方議員出身の田舎者であるカーターは、国政のトップに立つ政治家としては予想以上に無能だったのだが、その優しい屈託のない笑顔で、アメリカ国民の心を癒し慰める力を持っていたのだ。

そして、「明白なる宿命」を奉ずる狂信者たちも、これまでのやり方では上手く行かないことを悟っていた。ここは、しばらく大人しく雌伏《しふく》して、次の手を考えるべきだ。そんな彼らが着目したのは、グローバル化しつつある金融経済だった。

温厚篤実なカーター大統領を表看板に立てたその背後で、「明白なる宿命」は、新たな計画の試行錯誤を始めたのである。

小さな強国

1

アメリカが深い混迷に落ちたころ、キューバは力強く成長を始めていた。

１９７４年から砂糖の国際価格が急速に高騰したことが、ソ連型の経済方式を導入して回復途上にあるキューバ経済への追い風となったのだ。

カストロとブレジネフは互いに行き来して、キューバとソ連間の経済協定を強化した。そして、経済システムに競争原理を導入することで、怠惰と非効率をある程度克服したキューバでは、一般民衆が革命以来で初めての物質的豊かさを実感できるようになり、市井に政府の徳を称える声が溢れ出たのであった。

この様子に勇気づけられたフィデル・カストロ首相は、1975年12月、初めての「共産党大会」をハバナのカール・マルクス劇場で開催することにした。

中央委員会の面々や全国代議員たち、来賓として迎えたソ連、東欧諸国並びにベトナムの要人たちの前で、カストロは11時間にわたる演説と報告を行った。キューバ革命の歴史、そこから得られた成果と失敗について虚心坦懐に語り、過去の経済政策の誤りについて自己批判を行った。それから、新たな「キューバ共和国憲法」の草案を公開して、満場一致での承認を得たのである。

この国はこれまで、1940年に制定された憲法を、革命のポリシーに沿って場当たり的に微修正しながら用いて来た。それを今回、本格的に改正することになったわけだ。

憲法の改定作業は、革命防衛委員会（CDR）やキューバ女性連盟（FMC）をはじめ、全国の諸機関で260万人もの人々の意見を集める形で行われて来た。結局は、カストロが最後に決を取るにしても、どこかの東洋の島国より遥かに民主的な在り方である。

こうして1976年2月から正式に発効した新憲法は、キューバ共和国が、マルクス・レーニン主義に基づいて、共産党によって統治される国家であることを明らかにし、同時に、直接民主主義の伝統を活かした普通選挙制度を敷くことを謳っているのだった。

2

ここでしばらく、この国の新たな議会制度について見てみよう。

キューバの議会（人民権力）は、三段階に分けられる。すなわち、国会、州議会、地区議会である。地区議会議員は、それぞれの選挙区の中で、住民の候補者の中から複数名が選ばれる（任期2年6ヶ月）。その選出単位は非常に狭く、街の1ブロックないしアパートの1棟ごとに町内会のような会合の中で候補者が選ばれて、それから選挙の洗礼を受けるのだ。この際、政党などにデポジットを支払う必要はないので、貧乏人でも立候補できる。いわゆる「ジバン、カンバン、カバン」は、いっさい不要というわけだ。

この選挙は、もちろんすべて秘密投票で行われる。投票を管理するのは、ピオネーロと呼ばれる小学生のボウイスカウトたちだ。

当選した地区議会議員は、6ヶ月ごとに民衆と会合を持たねばならず、義務を怠ったり不正やミスを犯した場合は任期中の解任（リコール）も有り得る。

すなわち地域住民は、所属政党などにかかわらず、自分の好きな人を自由に政治家に推薦できるし、また解任することも出来るのだ。共産党の一党体制とはいえ、見方によってはアメリカ型よりも民主主義的な選挙システムといえる。

次に、州議会議員と国会議員（いずれも、任期5年）について説明しよう。彼らは、地区議員の中から選ばれる。ただし、定数と議員数がほとんど同じなので、実質的には信任投票だ。それでも、50％以上の得票がなければ解任される。

意外に思う人が多いだろうが、カストロ兄弟も、実は5年ごとに選挙の洗礼を受けているのである。彼らは、常に50%以上の得票があるから、現在の地位を維持しているのである。

ここでユニークなのは、キューバの政治家は、国家評議会議長などの要職を除いて、みな兼業職員だという点である。つまり、政治家をやりながら自分の仕事もこなすのである。既述のように、キューバの政治家はあまり給料がもらえないからだ。もちろんそれに加えて、「政治家が特権階級になってはならない」という政策的配慮も働いているので、東洋のどこかの島国も少しは見習った方が良いかもしれない。

さて、政府に当たる組織は、国会議員の中から選出される国家評議会と閣僚会議である。この仕組みが整備されたことから、従来の大統領職と首相職は廃止された。つまり、ドルティコスとカストロは、ただの国会議員になったのだ。

ただしカストロは、この直後に国家評議会議長並びに閣僚会議長（首相）に選任されたので、結局、この国の最高権力はフィデル・カストロ一人の掌中に収まった形となる。そして、その後もこの地位に居続けるものだから、外国人の目にはカストロ議長が「独裁者」のように見えるのであった。

3

新キューバ憲法のユニークさは、条文の中で「すべての子供が教育を受けられるべき」、そして「すべての病人が治療を受けられるべき」ことを明記した点にある（第9条）。この国の、教育と医療に関する首尾一貫したこだわりは、実に立派なものである。

それ以上にユニークなのは、「国際主義」が明記されたことである。キューバ共和国は、後進国にボランティアを送り込み、後進国の子弟教育を引き受け、あるいは後進国に対する帝国主義の侵略と戦う責務を公式に負うことになったのだ（第12条）。すなわち、チェ・ゲバラ以来の「世界革命」路線は、憲法の中に健在だったというわけだ。

以上のことから、新キューバ憲法は、表面的にはソ連の真似をしたような体裁になっているが、実質的にはホセ・マルティ思想、ひいてはカストロや故ゲバラの「弱者救済」思想に色濃く染められていることが分かる。

ともあれ、新憲法の発布とそれに続く共産党綱領の整備によって、革命キューバの政治基盤は、ようやく確固たるものとなった。理論的には、仮にカストロがいなくなっても、憲法と党綱領の力で「ホセ・マルティ主義国家」が維持できる体制になったのである。

この様子を見たアメリカの政財界は、再びキューバとの和睦を模索し始めた。

カストロ政権は今や盤石となり、軍事侵攻やテロ攻撃や暗殺で容易に倒せる相手ではなくなった。しかも、アメリカが仕掛けた経済封鎖は、中南米での「進歩のための同盟」の瓦解とソ連の熱烈なキューバ援助によって、その効果を著しく減じていたのだった。

考えてみたら、キューバ革命によって直接的な不利益を被ったアメリカの要人は、その多くが代替わりによって第一線を退いていた。その代表格が、リチャード・ニクソンだ。「俺が大統領のうちは、あの糞野郎（カストロ）との和解は有り得んぞ！」と豪語していた彼も、「ウォーターゲート事件」でいなくなっている。

つまり、1970年代の後半、アメリカはキューバと対立する具体的理由を失っていた。そういうわけで、フォード政権からカーター政権にかけて、両国の代表団はニューヨークで数次に及ぶ通商会談を行ったのである。

カストロ議長は、こうした動きを大いに歓迎した。右手でアメリカ本国と手を握っておいて、左手でアメリカ植民地を掘り崩すというのが、キューバが理想とする対アメリカ戦略だったからだ。

だが結局、この和睦は成らなかった。両国の利害が、本国を遠く離れたアフリカの地で対立したからだ。

アンゴラの戦いが始まったのである。

4

事の発端は、1966年1月の、ハバナでの「三大陸会議」に遡る。

カストロはこの会議で、アンゴラ解放人民運動（MPLA）の指導者である詩人アゴスティーニョ・ネトと知り合い、親しい仲となった。そして、彼の同志たちをピノス島のゲリラ訓練所に迎え入れ、ポルトガルに対するアンゴラの独立闘争を支援したのである。それだけではない。カストロはネトに、「いざとなったら、キューバの正規軍がアンゴラに救援に駆けつけるでしょう」と約束したのだった。

ネト議長は、キューバ首相の言葉を社交辞令だと思った。そう受け止めるのが、普通である。ところが、カストロは普通の人ではなかった。キューバも、普通の国ではなかった。

1975年8月、宗主国ポルトガルからのアンゴラ独立を目前にして、ネト率いるMPLA政権の発足準備は順調に進んでいた。ところが、MPLAが左翼傾向を持つことから、アメリカと中国の息がかかったアンゴラ解放民族戦線（FNLA）、そして、南アフリカと中国の息がかかったアンゴラ完全独立民族同盟（UNITA）がこれに襲い掛かり、ついに激しい内戦が勃発したのだった。

ここで、社会主義の中華人民共和国が、自由主義のアメリカ合衆国と手を組んで、左翼政権であるMPLAと敵対したのは奇妙なようだが、これは中国が、アメリカや南アフリカとともにこの地に利権を確保するための政略なのだった。ニクソンの電撃訪中は、こういった形でアメリカと中国を組ませる効果を発揮したというわけだ。米中のイデオロギーの相違は、アンゴラが誇るダイヤモンド鉱山の魅力的な経済利権の前で無意味となった。しょせんは、中国も帝国主義国家の片割れなのだった。

成り行き上、劣勢に立ったMPLAはソ連とキューバを頼るしかない。しかしながら、今のソ連はアメリカと「植民地」を巡って対立したくないので、直接の援助を渋った。こうなったら、頼れる国はただ一つ。

カストロ議長は、ネトからの救援要請に大きく頷いた。今こそ、革命キューバの国際主義の理想を開花させる時が来たのだ。

1975年9月、2隻の輸送船が秘密裏にキューバの港を出発した。

「まるで、グランマ号の再来だ」

港湾で見送るカストロが自嘲気味に呟いたように、老朽化したこれらの輸送船は酷い状態だった。1隻は、排水ポンプを常に稼働させておかないと、浸水で沈没してしまいかねない有り様だった。もう1隻は、兵員の居住スペースを確保するために、便所の穴に木の板を打ち付けて閉鎖しなければならず、その上に寝る兵士たちは、板の下から漏れ出す糞尿の悪臭に苦しめられる有り様だった。

ところが、これらの船に詰め込まれた1万名の兵士たちの士気は頗る高かった。なぜなら、この遠征に志願したキューバの若者たちは、カストロや故ゲバラの「弱者救済」や「国際主義」の理想に心から共鳴していたからである。

それに加えて、キューバの若者たちは「アフリカ」に対して特別な思いを抱いていた。キューバ人の多くは、黒人ないし混血である。彼らの祖先は、アフリカの奥地で奴隷商人に捕えられ、無理やりにキューバに連行されて来たのだった。いわば、アフリカは彼らの懐かしき父祖の地なのである。そして今、父祖の地は、再び邪悪な帝国主義者によって穢《けが》されようとしていた。しかも、敵の片割れである南アフリカは、非人道的なアパルトヘイト（黒人隔離）政策で有名だ。そのような邪悪な国に、父祖の地を好きにさせてなるものか。

彼らの先祖はかつて、両手両足を枷《かせ》で繋がれ、前途に何の希望も持てずに奴隷として大西洋を西に向かった。しかし300年の時を経て、自由になった子孫たちは最新鋭の武器を掲げ、溢れる希望とともに、大西洋を逆向きに進むのだった。

「同胞たちを救うのだ！　二度と奴隷にさせてはならぬ！」

キューバ・アフリカ遠征軍は、正義と必勝の信念を胸にしていた。

5

ＭＰＬＡのネト議長は、ルアンダ港から溢れ出すキューバ軍の威容に瞠目した。

1万名の精鋭に加え、戦車や大砲、そのすべてが最新式だった。さらに、長距離輸送機がハバナから続々と増援を運んでくる。

「これでは、キューバが潰れてしまうぞ！」ネトは、嬉しい悲鳴を上げた。

そして、キューバ軍は強かった。

アメリカ・中国側のＦＮＬＡと南アフリカ・中国側のＵＮＩＴＡは、南北からＭＰＬＡを挟撃する態勢を取り、首都ルアンダに25キロまで肉迫していたにもかかわらず、キューバ軍の反転攻勢を前に連戦連敗を喫したのである。そして、ベトナムの後遺症を引きずるアメリカは、祖国を遠く離れた辺境の地での大規模戦争を忌避し、直ちにFNLA支援から手を引くのだった。

「いったい、これはどういうことだ！」

アメリカも中国も南アフリカも、予想外の事態に頭を抱えた。そもそも、キューバが縁もゆかりもないアンゴラに、国が傾くほどの大規模派兵をする意味が分からない。MPLAを命がけで助けたところで、キューバにもカストロにも、何の得もないはずだった。

カストロが常々豪語するように、「物質的利益」にしか興味を持たないのが帝国主義国家の弱点だ。そんな彼らに、キューバ軍の意図が読めなかったのは当然のことだ。なにしろ革命キューバは、損得勘定では動かないのだから。

彼らを動かすのは、「正義」である。

かつてチェ・ゲバラは、彼とは縁もゆかりもないボリビア人のために戦って散った。そして今、アンゴラに展開する1万5000名のキューバ兵は、縁もゆかりもないアンゴラ人のために戦っていた。彼ら全員が、かつてのチェ・ゲバラと同じ正義の理想を胸に一丸となっていた。1967年にカストロが荘重に予言したように、チェの肉体は滅びたけれど、その魂魄《こんぱく》は種子となってキューバ人全員に乗り移っていたのだ。革命キューバは、ドン・キホーテの群れとなっていたのだ。

1975年11月11日、アンゴラはポルトガルからの独立を正式に達成し、首都ルアンダで樹立された新政府は、MPLAの赤い旗を高らかと掲げていた。それを、歴戦のキューバ軍兵士たちが誇らしげに見上げていた。

今やFNLAは隣国ザイール国内に敗走し、UNITAは南のナミビア国境付近にまで退却している。

そして、キューバからの援助は、軍事面だけではなかった。続々と到着する教育者や医師や技術者1万人は、誕生したばかりのこの国に、様々な無償の人道的支援を行ったのである。

ネト大統領とアンゴラ国民だけではない。今や、第三世界のすべての人々が、カストロとキューバの名を感動と尊敬の念を込めて唱えるのだった。

そしてキューバ軍は、アンゴラ国の守護者として、以後13年間この国に駐留し続けることになる。

6

当然ながら、アメリカのヘンリー・キッシンジャー国務長官は、キューバの行動を「革命の輸出だ」と決めつけて、激しく非難した。これに対してカストロは、「革命は輸出されて起こるものではない。当該国の人民から発生するのである」と、真っ当な反論を行った。さすがの天才外交家キッシンジャー博士にも、カストロをへこますことは出来ない。

そして、キューバのドン・キホーテぶりは、アンゴラの戦いだけで終わらなかった。

1977年7月、ソマリアがエチオピアに対して侵略戦争を仕掛けた際（オガデン戦争）、アルナルド・オチョア将軍率いるキューバ軍1万5000が颯爽とエチオピアに駆けつけ、ソ連軍と力を合わせて侵略者ソマリアの7万の大軍を撃破したのである。

キューバはソマリアと親密な外交関係を結んでいたのだが、「侵略」という不正義は、キューバ革命の精神の許すところではない。だから、カストロは直ちにソマリアと断交し、またもやドン・キホーテ的な「正義」を貫いたというわけだった。

アメリカは、この戦争でソマリア軍の支援に入ったのだが、またしてもキューバ軍には勝てなかった。

やがて、空に駆け上る太陽のように、キューバの国威は中南米世界でも輝いた。

1979年3月、イギリスから独立を達成して間もないグレナダ国で、キューバの息がかかったニュージュエル派による左翼革命が成功したのである。グレナダはカリブ海に浮かぶ310平方キロの小さな島とはいえ、この革命がカリブ全域に与える影響は大きい。

続いて同年7月、中央アメリカのニカラグア共和国で、キューバの支援を受けた左翼ゲリラ（サンディニスタ民族解放戦線）が大勝利を収め、ソモサ将軍のアメリカ傀儡政権を放逐することに成功した。このソモサ将軍は、1961年のピッグス湾侵攻のときに、アメリカ軍に基地を提供した独裁者の同姓同名の息子である。かつてソモサ父は、キューバへと出撃するCIA部隊に「カストロの鬚を何本か土産に持って来てくれ」と激励を与えたものだが、皮肉なことにその「鬚」は、今や自由意思でニカラグアの首都マナグァを訪れ、彼を慕う人民の大歓声に包まれているのだった。

喜んだカストロ議長は、社会主義の仲間になったグレナダとニカラグアに、いつものように技術者を中心とするボランティア部隊を送り込み、両国の発展を支援したのである。

そんな彼の次なる獲物は、中央アメリカのエルサルバドルとホンジュラスである。カストロは、アメリカがベトナム戦争のダメージから立ち直れない今のうちに、ラテンアメリカ世界で大きな地歩を築き上げようとしていたのだ。

「ああ、チェが生きていてくれたならなあ。彼が、この日までじっと辛抱してくれていたら、今こそ全世界を股にかける総司令官として活躍してもらったのに」

カストロは、盟友の早すぎる死を心から残念に思った。

それでも、ゲバラの死は無駄ではなかった。

キューバの支援を受けて中南米全域で奮闘する左翼ゲリラたちの憧れはチェ・ゲバラであり、尊敬の的はフィデル・カストロであり、思想の支柱はホセ・マルティである。そういう意味では、キューバはキッシンジャーが言うように「革命を輸出している」のかもしれない。

そして、チェ・ゲバラの思想や生き様は、死してなお、多くの人々の心に息吹いているのだった。彼の死という名の種子は、今なお、数多くの強い芽を生み出し続けるのだった。

7

1979年9月、ハバナで「第6回非同盟諸国首脳会議」が開催された。

非同盟諸国とは、アメリカ陣営にもソ連陣営にも属さない、第三世界の国々のことである。具体的には、ユーゴスラビア、インド亜大陸、中東、東南アジア、インドネシア、そしてアフリカ大陸に位置する国々だ。南北アメリカ大陸からは、キューバ一国だけがその名簿に名を連ねている。そんな彼らは、堅く団結することで、米ソ帝国主義の横暴から国益を守ることを目的としていた。

もっとも、キューバが非同盟諸国の一員としてふさわしいかどうか、しばしば首脳会議で争論になっていた。なぜなら、この島国はソ連の援助の下に存立しているからである。しかし、フィデル・カストロの強烈な個性が、この活動にとって必要不可欠であることについては、衆目が完全に一致していた。

カストロがかつて、この集まりにラテンアメリカ世界を加えようとして、「三大陸会議」を主催したことは既に述べた。そして、ネルー（インド）、スカルノ（インドネシア）やナセル（エジプト）といった偉大な政治家が没した後、こうした活動の最もエネルギッシュな旗手がフィデル・カストロなのだった。だから、「第6回非同盟諸国首脳会議」がハバナで開催されることになったのは、自然の成り行きと言える。

これはすなわち、キューバが議長国となり、フィデル・カストロが以後4年間、非同盟諸国のリーダーになることを意味していた。

非同盟諸国の面々は、キューバ軍のアンゴラやエチオピアでの無償の奮闘、そして世界各地で展開されるこの国の無償のボランティア活動に強い感銘を受けていたのである。だからカストロが、老齢のチトー（ユーゴスラビア大統領）を差し置いて非同盟諸国のリーダーになったのは当然の成り行きと言えた。

キューバ国民は、全世界から続々と訪れるVIPの姿に感動し、祖国の偉大さを体感して興奮した。人口900万人のカリブの小さな島は、今や地球の中心地となっていた。

チトー大統領（ユーゴスラビア）、アサド大統領（シリア）、フセイン国王（ヨルダン）、フセイン大統領（イラク）、バンドン首相（ベトナム）、ラーマン大統領（バングラデシュ）、マリク副首相（インドネシア）、アラファト議長（PLO）、ワルトハイム国連事務総長。

テレビニュースでしか姿を見たことがない120ヶ国ものVIPが、次々にハバナ空港に降り立ち、出迎えたカストロ議長やラウル副議長やアルメイダ副議長と握手や抱擁を交わすのだった。そして、ハバナの古い高級住宅街に新築された国際会議場で、世界の趨勢に関する豊かな議論が展開された。

議長カストロは、舌鋒鋭く「反米闘争」を呼びかけた。するとチトー大統領が、議長の過激で無謀な言動に対して反対意見を述べたので、両者は大激論となった。しかし、ユーゴスラビアの英雄チトーと言えど、まともに議論してカストロの迫力に勝てるわけがない。会議の結論は、ややトーンが弱まったものの、「アメリカ帝国主義を非同盟諸国で糾弾していく」方針に決定されたのである。

もはや、キューバは孤独ではなかった。この国は今や、アメリカとソ連に次ぐ第三勢力にのし上がっていた。振り仰ぐ第三世界の人々は、そんなキューバを「小さな強国」と尊敬を込めて呼ぶのだった。

8

翌10月、勇奮したカストロは、「第24回国連総会」に出席することにした。幸い、現職のカーター大統領は温厚な人格者だから、アメリカに乗り込むのは今がチャンスである。

ニューヨークの摩天楼に臨むのは、実に19年振りだった。気が付けば、フィデル・カストロは52歳になっていた。

「あの時は、ホテルが取れなくてハーレム地区の安宿に泊まったものだが」

200万ドルで購入した12階建てのキューバ代表部ビルの窓から摩天楼を見回し、深い感慨にふける。フルシチョフはもういない。マルコムXはもういない。ネルーもナセルも、アイゼンハワーもニクソンもJFKも、もういないのだ。19年の歳月は、何もかも変えてしまった。ただ、フィデル・カストロだけが変わらなかった。

カストロは、非同盟諸国のリーダーとして国連総会の演壇に立った。その貫禄は、19年前に比べて遥かに円熟味を増し、灰色に染まった頭髪と顎鬚は、この人物に一種異様な威厳を与えていた。そして、彼の2時間に及ぶ演説は、所得格差が大きく開きつつあるこの世界の悲惨な現況を述べ、そして金持ち国家に、弱者に対する慈悲の心を求めるものだった。その深みのある声には真心が籠り、いくつもの皺が刻まれた表情は慈愛に満ち溢れていた。

「裸足で歩かなければならない人がいるお陰で、贅沢な自動車に乗って旅行する人がいます。35年しか生きられない人がいるお陰で、70歳まで生きられる人がいます。それは、いったい何故でしょうか？悲惨なほど貧しい人がいるお陰で、大金持ちがいるのは何故でしょうか？

私は、パンを食べることが出来ない子供たちのことを考えています。薬を手に入れられない老人や、差別によって人間としての尊厳を奪われた人たちのことを考えています。私は、この人たちに成り代わって、この場で話しているのです。

この世界には、非常に豊かな国と、どうしようもなく貧しい国があります。貧しい国々の運命は、いったいどうなるのでしょうか？　今こうしている間にも、世界中で、飢えや治癒可能な病気で大勢の人が亡くなっているのです。私たちは、これを無視して平和を語ることは出来ません。そして、言葉や抽象的な理屈はもう十分です。行動しなければなりません。

今日の私は、革命家として話しているわけではありません。国家間の平和と協調を求める一人の人間としてここに来ています。あらゆる不正義や不平等が、平和的かつ賢明な方法で解決されない限り、未来は黙示録にあるように破滅してしまうでしょう。

世界中に満ち溢れている核兵器は、何の問題解決にもなりません。爆弾は人を殺し、街を壊すけれど、飢えや病気や無学を破壊することは出来ないからです。

世界の問題を、平和的な方法で解決しましょう。それが我々の責任であり、人類の生存にとって不可欠の条件なのです」

19年前、冗長で退屈だった彼の演説は、今日はシャープに引き締まり、論理的かつエモーショナルに会場全体の空気を覆い尽くしていた。そして、この人物の発言には説得力があった。キューバ共和国は実際に、貧しく弱い人々を救うため、国が傾くほどのボランティア活動を全世界で展開しているのだから。

割れるような歓声と拍手の中で、カストロは提案した。先進国は後進国に対し、10年間に3000億ドルの資金供与を行うべきだと。

アメリカから先進諸国の代表は苦虫を嚙み潰したような顔になったが、後進諸国の代表は感動の面持ちで、第三世界のリーダーに万雷の拍手を浴びせるのだった。

辛酸の歳月を経て、ここにフィデル・カストロとキューバ共和国の威信は最高潮となっていた。総人口900万人の小さなカリブの島は、世界中の弱く貧しい人々の希望の中心となっていた。

第4章　萌　芽

帝国の逆襲

1

「明白なる宿命」は、今や事態を正確に認識していた。

彼らの最大の敵は、ソ連ではなかった。

真に恐れるべき存在は、キューバなのだった。

ソビエト連邦は、口ではマルクス主義の理想や社会主義の優位性を謳っているけれど、実際にはそんなことを本気で信じていなかった。アメリカとの「敵対的共存」を図りながら、己の「縄張り」から搾取するだけの国だった。

いったい、いつから堕落したのだろうか？　ブレジネフからか？　フルシチョフからか？　それともスターリン？　いや、そもそもレーニンの建国の時代からその傾向を持っていたのではなかったか？

ともあれ、ブレジネフ時代には、とっくに建国の理念を見失って堕落しているのがソ連だった。アメリカは、それが分かっていたから、この国と「敵対的共存」の関係を取ることが出来た。だから、ソ連がチェコに侵攻しても（１９６８年）、アフガンに侵攻しても（１９７９年）黙認してあげたのだ。そしてソ連はその見返りに、アメリカがチェ・ゲバラを倒した時も（１９６７年）、チリのアジェンデ政権を転覆させた時も（１９７３年）、何もしなかった。

「ロシア人とその一味は、放っておいても、いずれアメリカの軍門に下ることだろう」

アメリカの権力集団には、そのことがはっきりと分かっていた。だから、ソ連など恐れていなかった。ただ、このような存在は、それなりに有用である。「ソ連の脅威」を派手に宣伝すれば、雑多なアメリカ国民も一つに纏まり易くなるし、宇宙開発や軍需産業の振興による利権確保が容易になるからだ。だからソ連は、そういう形で放っておけば良い。

しかしながら、始末に負えないのがキューバだった。この国は、本気でアメリカに戦いを挑んでいる。それも、軍事力ではなく思想の戦いだ。そして、アメリカが最も苦手とするのが、思想との戦いなのだった。

前述のように、アメリカが奉ずる「明白なる宿命」は、先鋭的で独善的なプロテスタントの思想である。「神が与えた試練を乗り越えることで、成果物を恩寵として受け取る」のがこの思想の根幹である。しかし、この思想の主役は、あくまでもアメリカ合衆国でなければならなかった。換言するなら、アメリカ以外の国や文化は、すべからくアメリカによって打倒されるか、搾取の対象となる必要があった。

フィデル・カストロは、そのことの邪悪さを早くから見抜いていた。だから、世界中で訴えて回り、アメリカによって現に搾取を受けている人々を手助けしているのだった。そしてカストロの訴えと行為は、一面の「真実」であった。

「真実」の価値は、軍事力や経済力の強さとはまったく関係がない。時の経過とともに、人々の心に沁み入り動かすだろう。アメリカの権力集団は、だからこそキューバが放つ「真実」を恐れていた。

興味深いことに、フィデル・カストロは、アメリカのこうした苛立ちを洞察していた。彼は、NBCの記者マリア・シュライヴァーとのインタヴューでこう話している。

「この小さな島国キューバが、かの超大国アメリカを日夜脅かしているのは素晴らしいことだ。アメリカは、もはやソ連や中国を敵だと思っていないが、未だにキューバを恐れて絶えず心を砕いている。私は、そのことが誇らしい」

さすが、フィデル・カストロは正真正銘のドン・キホーテである。

2

1970年代のカストロ議長は、アフリカと中米全域で「帝国主義者」を出し抜いてご満悦だったわけだが、その反面で、アメリカの産業界と交渉中だった様々な貿易計画は、全てご破算となってしまった。

果たして、それで良かったのだろうか？

しかも、これらの派手な国際活動で、キューバが被る諸負担は軽視できないものがあった。たとえばアンゴラ派兵は、キューバに年間10億ドル相当の国費負担を強いるものだった。戦場での犠牲者の数もバカにならず、13年に及ぶ戦いでの最終的なキューバ人の戦死者は5万人に及ぶと言われる。アンゴラのネト大統領が叫んだように、「キューバが潰れてしまう」ほどの力の入れ方なのだった。

キューバ国内でも、戦争やボランティア参加の「半強制」に嫌気が差す人たちが出始めていた。果たして、これらの活動にそれだけの意義があったのだろうか？

もっとも、この合理性や損得勘定無視の暴れぶりこそがキューバ革命の真髄であり、フィデル・カストロという人物の在り方だから仕方ないのだろう。

1970年代の後半、カストロが不安を感じていたのは、むしろアメリカのジミー・カーター大統領の人柄に対してだった。

カーターは、バプティスト派の熱心なキリスト教徒だったが、「明白なる宿命」の狂信とはまったく無縁の人物だった。こういった権力集団とのパイプもなかった。彼は、もしかすると、「明白なる宿命」なる思想の存在すら知らず、興味もなかったのかもしれない。だから、彼はアメリカ政財界の中で浮いていたし、彼が提唱した政策はほとんど議会を通らなかった。

しかし、温厚篤実な人格者であるカーターは、いつも誠意の籠った優しい言い方でキューバに語りかけて来た。これが、逆説的にカストロを不安にさせたのだ。

カストロ議長の地位は、実は「アメリカへの恐怖」によって支えられている部分が大きい。アメリカの態度が強圧的であるほど、「明白なる宿命」の狂信が熾烈であるほど、キューバ国民の団結心が強まり、彼らの間に革命の英雄フィデルに頼ろうとする集合心理が形作られる。そして、こうした状況こそが革命キューバの理念と思想を強化してくれるし、選挙でカストロを勝たせてくれるのだった。

それなのにアメリカが、温厚な大統領を前面に出して、「亡命キューバ人に祖国との交流の許可を求む」とか「刑務所内での囚人の待遇改善を求む」とか「言論の自由を強化せよ」とか、人権問題を中心とした綺麗ごとばかり言い続けたらどうなるのだろうか？　これは初めての経験だけに、さすがのカストロも不安になるのだった。

まるで、イソップ童話の「北風と太陽」のような話である。

キューバ革命政権は、アメリカ合衆国よりも「道徳が高い」ことを誇りにして存続しているのだから、道徳でアメリカに負けることは出来ない。そこでキューバ政府は、アメリカの非難と要望に応える形で、牢獄の政治犯に恩赦を出し、あるいは囚人の待遇改善に着手し始めた。また、フロリダ州などに亡命しているキューバ人たちに、母国への訪問や物品のやり取りを許したのである。

これを見て喜んだカーターが、１９７７年９月、ハバナに「利益センター」という名義でアメリカ大使館を復活させたので、ここに両国の国交は正式に回復した形となり、民間人の自由な渡航も可能となった。

しかし、これはキューバ国内に新たな問題をもたらしたのである。

3

１９７４年以降の好景気は、キューバ人に贅沢志向を植え付け始めていた。また、経済システムに競争原理が導入されたことも、彼らの射幸心を刺激していた。

そして、革命を直接経験していない新しい世代の若者たちは、より一層の物質的な豊かさに憧れる。そんな彼らは、アメリカ在住の亡命キューバ人らと交流を持つことで、ソ連などとはまったく比較にならないような、アメリカの物質文明の素晴らしさを知ってしまったのだ。

だいたい、思想とか道徳をうるさく言い過ぎる社会は窮屈である。１９７１年に、作家パディージャが、「反革命文学を書いた」ことでカストロに問い詰められ、自己批判を強要された事件は、国民の間に大きな幻滅感をもたらしていた。それに、見ず知らずの僻地に行くように強要されるボランティア活動も不愉快である。アメリカのように、自由に何でも表現できて、自分の利益のためだけに我儘に生きられる社会を、羨ましく感じる人々が増えていたのだ。

こうした状況に、１９７０年代終盤の、急激な砂糖の国際相場の下落が追い打ちをかけた。砂糖一品の国際競争力に頼り切っていたキューバ経済は、こういった場合に脆弱さを露呈する。その上に、アフリカや中米での莫大な戦費や、世界各地でのボランティアのコスト負担が伸《の》し掛かった。その結果、配給の量と質が減らされたため、多くの国民が再び市民生活に不満を持ち始めたのである。

こうして、１９８０年4月、「マリエル港事件」が起こった。

発端は、ペルーへの亡命希望者6名が、ペルー大使館にバスで突入し、キューバ人警備員を轢き殺してしまったことにある。カストロは殺人犯の引渡しを求めたのだが、ペルー大使はこれを拒否した。激怒したカストロが、キューバ人警備員を全て引き上げたため、たちまち1万名の亡命希望者がペルー大使館に押しかけたのである。

これを見たカストロは、全国民に亡命許可を出した。そして、マリエル港を出国窓口に指定し、しかもフロリダ州に住む亡命キューバ人の船団に、マリエル港の沖まで同胞を迎えに来る許可を与えたのだった。

その結果、アメリカへの亡命希望者がこの港に殺到し、9月までの半年間に、実に12万５０００人もの国民が、迎えの船に乗ってフロリダ州に逃げ出したのである。

もともとアメリカは、キューバ人に自国への亡命を強く勧めていた。ラジオなどで連日のように出国の呼びかけを行い、さらに「キューバ調整法」という法律を制定し（１９６６年）、キューバ人亡命者が、わずか1年間の滞在でアメリカ永住権を取得できるようにお膳立てしていた。もちろん、カストロ政権を弱らせるためである。

この結果、20～30代の冒険心溢れる若者が、「アメリカンドリーム」に目がくらんで、新天地でのチャンスを求める気になったのは無理もない。そして、この若年層の大量出国は、キューバにとって建国以来最大の大打撃だった。イソップ童話と同様、北風よりも太陽の方が強かったのだ。カーターの優しさは、ＪＦＫやニクソンの悪意よりも強力だったのだ。

もっとも、こういった逆境をも利用するのが、いつも変わらぬカストロの流儀だ。彼は亡命者の中に、牢から出獄させた政治犯や凶悪殺人犯ら2万人を紛れ込ませ、いわば「口減らし」を行ったのである。だが、「人権」のことばかり口にしているカーター政権としては、キューバ人亡命者を、凶悪な犯罪者をひっくるめて全て受け入れて保護せざるを得ない。

「人間爆弾のお味は、いかがかな?」

カストロは呵々大笑し、カーターは予想外の嫌がらせに顔をしかめるのだった。

さすがの人徳大統領も、12万を超える亡命者数は予想外だった。難民キャンプは飢えた人間で溢れ出し、アメリカ側の行政能力の限界を超えた。仕方なしに、受け入れ人数や資格に制限を設けようとしたカーター大統領は、アメリカ国民から「偽善者」だと思われて評判を落とすようになる。

そして、亡命者たちは必ずしも幸福にはなれなかった。そもそも、裸一貫の一般庶民が、いきなり移住して成功できるほどアメリカ社会は甘くない。しかもこの国では、キューバと違って人種差別があるのだった。そしてこの国は、弱者や敗者には冷たいのだった。

亡命者たちは、アメリカの甘口の「宣伝」に騙されたのである。

対するカストロは、「口減らし」を大幅に行えて満足だった。結局、革命の理想に共鳴する「新しい人間」しか必要としないのが、キューバ共和国のスタンスなのだった。アメリカの下品な物質文明に心を奪われるような軟弱者や我儘者や犯罪者は、この小さな天国には必要とされないのだった。

4

カストロが、この極端な「追放政策」に踏み切ったのは、彼の私的な事情も影響していた。

1980年1月11日、セリア・サンチェスが癌で亡くなった。50歳だった。

セリアは、カストロの個人秘書の位置づけだったが、実際にはそれ以上の存在だった。惹かれあう男女間に、純粋な友情が有り得るのだろうか？　その答えは、「有り得る」。カストロとセリアの関係が、まさにそうだったから。

ところでカストロは、1960年代半ばからトリニダー出身の教師ダリア・ソト・デル・バジェと同棲関係にあり、いつしか5児の父となっていた。子供たちは、アレクシス（17歳）、アレックス（15歳）、アレハンドロ（13歳）、アントニオ（12歳）、アンジェル（6歳）と、全員がAから始まる名前を持っている。

ダリアは美しい金髪を持つ小柄な女性で、無口で物静かな性質だった。客が訪れたときなど、世間話は黙って静かに聞き役に回るのだが、仕事の話になると静かに姿を消すのである。なるほど。カストロのようなアクの強い男は、そのような大人しい女性じゃないと一緒に生活出来ないのかもしれない。しかし、カストロとダリアの関係は外部には秘匿されており、一般にはただの友人同士だと思われていた。子供の存在も秘密だった。

むしろ、カストロはセリア・サンチェスと実質的な夫婦関係にあると思われていた。

実際、カストロとセリアは、精神的には夫婦に近かった。

二人とも戸籍上は未婚だった上、四六時中一緒に行動していたし、同じ屋根の下で当たり前のように寝起きしていた。そして、シエラ山中での決死の戦い以来、お互いを深く尊敬し合っていた。

キューバ革命政権が、今日のような「男女同権」の社会を見事に築くことが出来たのは、セリアを中心とした女性革命戦士の活躍に負う部分が大きい。セリアは、友人ビルマ・エスピン（ラウルの妻）の

「キューバ女性連盟（FMC）」を手助けし、アイデー・サンタマリアの「ラテンアメリカ文化会館」を手助けし、そしてカストロに的確な助言を与え続けることで、キューバ社会での女性の地位を大きく向上させたのだった。

そのセリアが、死んでしまったのである。

カストロは、悄然と打ち沈んで国葬に参列した。そこには、カミーロやゲバラを失ったときとは、また違った悲しみがあった。心の一部が、ある日突然ぽっかりと空いた感じだった。体の半分が、すっぽりと消失したような感じだった。

「長く生きているから、こんな思いばかり味わうのかな」いつもの軍服姿のカストロは、参列者の列の中でラウルに寂しげに語りかけた。「チェが羨ましいよ。彼は、ちょうど良い時に死んだから、セリアの死を体験しないで済んだ」

「兄貴には重い責任がある。まだまだ死んでもらっては困るぜ」同じく軍服姿のラウルは寂しげに微笑むと、軽く兄の肩を叩いた。

そのとき、突然の激しい号泣に兄弟は振り向いた。喪服姿のアイデー・サンタマリアが、こらえ切れずに泣き出したのだ。姉のように慕っていたセリアの死は、彼女の心に大きな傷を負わせていた。

「アベル、マリオ、フランク、カミーロ、チェ、アルモンド、そしてセリア！　もう沢山よ。もう沢山だわ！」

思えば、アイデーほど辛い思いを乗り越えてきた女性は少ない。

革命の初期メンバーとしてモンカダ兵営襲撃（1953年7月）に参加した彼女は、目の前でフィアンセのマリオを殺害された。しかも、捕虜となった兄アベルは、生きたまま眼球をくり抜かれて殺された。バティスタ軍の残酷な兵士は、兄の血まみれの眼球を誇らしげにアイデーに見せたのだった。

その時から、彼女の心は少しずつ壊れ始めた。

シエラでの凄惨な戦いの中、彼女はフランク・パイースを心から尊敬していたのだが、そのフランクもバティスタによって暗殺されてしまった。革命は勝利したけれど、カミーロもチェも斃《たお》れた。そして今、セリアが逝った。

革命の同志たちの絆は、常人には理解できないほど固くて強い。かけがえのない仲間の死は、自らの肉体の一部が削られるのと同義である。アイデーのような、感受性の強い女性にとっては尚更である。

そして1980年7月26日、アイデー・サンタマリアは、自らの命を絶った。難民の大量流出を見て、革命の将来に絶望したのである。

打ちひしがれたフィデル・カストロは、傍目《はため》にもそれと分かるほど不機嫌になり、怒りっぽくなっていた。「マリエル港事件」の投げやりな解決策は、国家評議会議長のこうした暗い心理状態とは無縁ではなかっただろう。

やがて、国際政治の舞台でも逆風が吹き始めた。

1979年12月24日、「イラン革命のソ連への波及を食い止める」という口実で、ソ連がアフガニスタンへの侵略戦争を始めた。アフガニスタンは非同盟諸国の一員であるから、カストロはリーダーとして抗議の声を上げるべきだった。しかし、彼にはそれが出来なかった。経済苦にある今のキューバが、援助してくれるソ連を怒らせることは出来ない。こうして、非同盟諸国のリーダーとしてのキューバの権威は、地盤沈下を起こしていく。

そして1981年1月20日、アメリカでは民主党の温厚なカーター政権が倒れ、共和党のタカ派、ロナルド・レーガンが第40代大統領となった。力を回復した「明白なる宿命」集団に支えられたこの政権は、本気でキューバの打倒を目指していた。

1970年代の絶頂期が過ぎ去り、革命キューバは試練の時を迎えるのだった。

5

そんな中の1980年9月、ハバナのホセ・マルティ空港に一人の女性が降り立った。アメリカから来た青いドレスを纏う40年配の女性は、空港警察に出向いて名乗りを上げた。

「あたしは、マリタ・ロレンツ。フィデルに会いに来たわ」

警官たちは、色めき立った。彼女がフィデルの昔の愛人で、CIAに寝返ってスパイになった裏切者であることは周知の事実だったから。

マリタは、再会を半ば諦めていた。しかし、入念なボディチェックと長い待ち時間の後、警官たちに自動車で連れて行かれたハバナ市内の建築事務所に、フィデル・カストロその人が待っていた。

「久しぶりだな、俺の可愛い殺し屋どの」

「会いたかったわ、フィデル」

二人は、ぎごちなく抱擁を交わした。

「お互い、よく生きていたな」

「まったくね、奇跡だわ」

「君に感謝しないといけないかな?」

カストロは、皮肉っぽく笑った。かつて、マリタはカストロを殺せたはずなのにそうしなかった。しかも、CIAによる「ピッグス湾侵攻」の事前情報を教えてくれたのだった。

「フィデル、すっかり歳を取ったのね。髪も髭も灰色だわ。太ったでしょう?」

「君は少しも変わらないね。相変わらず綺麗だ。昔のままだ」カストロは、体を離してじっと相手を観察した。「マリタ、これまでいったい、どうしていたんだ?」

「知っているくせに」

「まあ、噂はいろいろ耳に入っているが」

マリタ・ロレンツは、1960年のカストロ暗殺に失敗した後、懲罰として第2506旅団の戦闘員に組み込まれた。しかし、訓練中の事故で重傷を負って入院したため、あの悲惨なピッグス湾の戦いには参加しないで済んだ。そして、怪我が完治した後、その美貌を買われてベネズエラの親米独裁者ペレス・ヒメネスの愛人にされた。CIAには、好色なヒメネスの歓心を買う必要があったのだ。やがてマリタは、彼の子供を産まされたのである。

その後、「ウォーターゲート裁判」が始まると、マリタは「鉛管工」フランク・スタージスの部下だったことから、特別調査委員会の取り調べを受けた。釈放後、彼女はCIA上層部の指示で、マリエル港から逃げて来たキューバ人難民の世話係にされた。そして、難民キャンプで働くうちに、どうしてもカストロに会いたくなったのだという。

「こうして普通に渡航して来られたのは、カーター大統領がキューバと和解政策を取ったお陰だわ」

「うん。カーターは善い大統領だ。俺は、彼のことが好きだよ。いつか、直に会って話したいものだ。ケネディのことも好きだったな」

カストロは、マリタの青い瞳を覗き込んだ。ケネディ暗殺の真相を、もしかすると彼女の口から聞けるかもしれないと思って。

しかしマリタは目をそらすと、難民キャンプの経験を語り始めた。粗末な掘っ立て小屋に押し込められ、食料をほとんど与えられない人々。警備兵に騙されて、有り金を巻き上げられる人々。若い女性は当たり前のようにレイプされ、幼い子供はたちまち行方不明となる。それどころか、KKK（クー・クラックス・クラン）の一味が猟銃を持って、ゲーム感覚で難民たちを殺しに来るのである。

「この世の地獄だわ。あたしは、地獄を見た」

「………」

「ある少年は、KKKに撃たれて死ぬ瞬間、フィデルの名を叫んだのよ。涙を流して、亡命したことを後悔しながら。あたしは、彼の最期を看取ったとき、どうしてもあなたに会わなければと思ったの」

「俺に、いったいどうしろと言うのだ！」カストロは興奮して叫んだ！

離れて立っていた2名のボディガードは、一瞬だけ警戒姿勢を取ったが、やがて元の直立不動に戻った。

「グサーノ（ウジ虫）どもは、自分の意思で祖国を出て行ったんだぞ！　俺は、彼らに強制したわけじゃない。そして俺は、アメリカ社会の実態について、彼らにしっかりと教えていたんだ。つまり、君が訴えるような悲劇は、グサーノたちが、俺の言うことよりもアメリカ人のプロパガンダを信用した当然の報いなのだ！　全部、自業自得じゃないか！」

「彼らだって、好きで祖国を出て行ったわけじゃないわ。キューバ経済が悪くて、生活が苦しいから、出て行かざるを得なかったのよ」

「そんなはずはない。アメリカ政府の見解がどうなっているかは知らないが、この国では全国民が、質素に素朴に生活できるだけの必需品は十分に与えられている。食事は三食ちゃんと摂れるし、豚肉料理だって付いてくる。飲み屋だってある。餓死者は一人も出ていないし、政治的行方不明者もいない。教育も医療も水道光熱費も無料だ。家賃も安い。みんなテレビやラジオを持っている。洗濯機や冷蔵庫もある。映画館だってコンサートだってスポーツ観戦だって、無料で行けるんだぞ。それなのに不満を持つ者は、贅沢志向で射幸心が高い下品な輩なのだ。華麗なファッションを纏い、贅沢な自動車を乗り回し、札束の山に埋もれて、大きな家に住みたい奴らだ。そして革命キューバは、そのような愚劣で軟弱な人間は必要としない！」

「人間は、あなたやチェのように強くないのよ。強くなれないのよ」マリタは、両眼に涙を浮かべた。

「違う！　強くなるべきなんだ！『新しい人間』へと覚醒するべきなんだ！」

「その勝手な思い込みこそ、独裁者の罪ね」

「思い込みなんかじゃない。これは真理だ。ホセ・マルティが、アントニオ・マセオが、チェやカミーロやセリアやアイデーが、生涯を賭けて紡いだ真実だ。今の俺は、その真実の中で生かされているのに過ぎない。俺は、真実という名の牢獄の囚人なのだ」

「とにかく、亡命を止めさせて！　これ以上の悲惨を増やさないで！」

「それは無理だ」

「あなたは独裁者なんだから、あなたがここで決めれば済むはずよ」

「それは大きな誤解だ。だいたい、俺は独裁者ではない。選挙の結果、民意を受けて議長を務めているんだ。だから、国家評議会の決議を尊重しなければならない。俺が一人で何でも勝手に決められるというのは、アメリカ人の妄想であり、悪質なプロパガンダに過ぎないんだよ」

両者は、しばし目を伏せて黙り込んだ。20年ぶりの再会が、このような口論になるとは不本意だった。

やがて、カストロが静かに切り出した。

「どうして、ヒメネスなんかに抱かれたんだ？　あんな、アメリカの腰巾着の豚野郎に」

「え？」

「それだけは許せない」

「じゃあ、あたしは、どうすれば良かったの？」

「………」

「あたしのような立場の女は、権力者に利用されるしかないのよ。フィデル、あなた以上に、あたしは、運命という名の牢獄に縛られてもがいているのよ」

気丈なマリタの表情が、一瞬だけ崩れた。そこには、底知れない暗闇が宿っていた。カストロの胸は、痛ましさでいっぱいになった。だけど、彼はあえて言うのだった。

「人はみな、運命の虜囚《りょしゅう》だ。でも、戦わなければいけないよ。運命と戦うんだ」

「あの頃のあなたが、あたしをもっと愛してくれていれば……」

カストロは、何も言い返せずに沈黙した。

ちょうどそのとき、軽いノック音に続いて、痩せた長身の老人と、同じくらいに痩せた青年が、躊躇《ためら》いがちに入って来た。二人とも軍服ではなく、質素な民間人のチョッキを纏っている。

「俺は不器用だから、女性を愛するのは苦手かもしれん。だけど、交わした約束は決して忘れないんだ」カストロは、瞳に慈愛を込めた。「紹介しよう。マリタ、君の息子アンドレだ」

「なんですって！」マリタは、驚いて青年を振り返った。

青年は、付添の老人に背中を押されて、おずおずと進み出た。

「お母さん、ですね?」

二人は、じっと見つめ合った。

母は息子の青い瞳の中に、自分の面影を確かに感じた。

「20年前、あんなに会いたがっていただろう?」カストロは微笑んだ。「そして君は、いつか必ず息子に会いに戻ると言っていた。だから、君が空港に着いたと知って、急いで手配したんだ。君の息子は、そこにいる大学教授の養子になって訓育を受けた。そして、今では立派な小児科医だ」

母子は、しっかりと抱き合った。万感の思いが駆け巡る。

カストロは、切り出した。

「今こそ、20年前と同じことを言わせてもらいたい。みんなで一緒に暮らそう」

「ありがとう。とても嬉しいわ」マリタは笑顔を浮かべた。

それからしばらくは、別室に移っての親子水入らずの歓談となった。

しかし、やがてマリタは躊躇いがちに切り出すのだった。

「あたしには、アメリカに残してきた子供が二人いるの。それが、スペインに亡命中の凶悪なベネズエラ人との間に出来た子供だったとしても、あたしには大切な存在なのよ」

「そうか」

「だから、アメリカに帰らなくちゃ」

カストロは静かに目を閉じた。20年の歳月は大きい。簡単に埋められるものではない。目を開けた彼は、寂しげに俯くアンドレを労《いたわ》しげに見つめ、それから視線をマリタに移した。

「帰りたくなったら、いつでも帰っておいで。俺も息子も待っているから」

「ありがとう、フィデル」

マリタ・ロレンツは、笑顔でアメリカに去って行った。彼女は、もはやスパイでも暗殺者でもなかった。幸福な母親だった。

だが、カストロは、一つだけ間違ったことを言った。マリタは、いつでも息子に会いに来るわけにはいかなかった。

なぜなら、レーガン政権が再びキューバへの敵視を強め、民間人の渡航を禁止してしまったからである。

6

1981年、アメリカ帝国の反撃の狼煙《のろし》が上がった。

ロナルド・レーガンの共和党タカ派政権は、カーター政権への反省から生まれたと言って良い。カーター大統領は、話し合いを重視した平和政策を展開し、海外に展開するアメリカ軍を大幅に削減した。しかしその結果、アメリカの威信と力は大いに弱まり、アフリカでも中南米でもキューバに押しまくられてしまった。しかも、イランではホメイニ師のイスラム革命が起きるし、ソ連もアフガンに侵攻した(1979年)。テヘランの大使館人質事件では、救出に向かったアメリカ軍が不手際の連続だった(80年)。

苛立ったアメリカ国民は、「強いアメリカ」を欲するようになった。ロナルド・レーガン政権は、この期待に応えて誕生したのである。この時期のハリウッドで、S・スタローンやA・シュワルツェネッガー扮するマッチョなGIが、有色人種の兵隊をジャングルで大量殺戮する映画が量産されたのは偶然ではない。

もっとも、前政権でカーターが穏健な政策を採ったのは、彼自身の人柄のみならず、アメリカの財政事情が大きく影響していた。無駄に終わったベトナム戦争の戦費や、アポロ宇宙計画の投資などで、この国は大幅な財政赤字を抱えているのだった。

しかし、レーガン政権は、あえて常識の逆をやった。財政赤字を無視して減税政策を行い、しかも極端な軍備拡張を推進したのである。その結果、貿易で経済成長を続ける日本などに押しまくられて輸入超過となった。これが、いわゆる「双子の赤字」である。しかし、「明白なる宿命」は、そんなものは眼中になかった。彼らは、いわゆる「ニクソン・ショック」以来、世界の金融経済を操作することで、魔法のようにいくらでも資金調達する裏技を編み出していたからである。たとえば、日本経済をバブルに追い込んで破滅させた「プラザ合意」（１９８５年）は、こうした錬金術の一環なのだった。

新大統領のロナルド・レーガンは、年齢こそ69歳だったが、即興のユーモアが得意で、陽気で気さくで、いかにもアメリカの大衆受けする人物だった。元俳優だけに演技も上手だった。背後にいる「明白なる宿命」にとって、実に使い勝手の良い人物が大統領になってくれたものだ。彼らのエージェントは、「保守派（コンサバティブ）」と名乗って政財界の表面に姿を現し、老いた俳優大統領をコントロールしたのである。

そんなレーガン政権は、キューバ本土に対する総攻撃を真剣に検討した。ヘイグ国務長官らは強硬にそれを主張したのだが、総攻撃は大義名分が立たない上に、軍事的リスクが大きすぎる。皮肉なことに、カストロ政権は、不満分子12万５０００人を放逐したことで、かえって求心力を高めているのだった。

ソ連製の兵器で高度に武装されたキューバ正規軍は脅威だし、今や50万人に増員された民兵も侮れなかった。それに、今のキューバには約1万人のソ連の軍人や技術者が滞在しているのだから、彼らを傷つけるのは外交上得策ではなかった。

そこで、レーガン政権は、最初の反攻を中央アメリカで始めることに決めたのである。

まずは、アルゼンチンの右翼政権がアメリカ側に立ち、エルサルバドルに跳梁するカストロ派左翼ゲリラFMLNを攻撃する。これに呼応して、アメリカ政府の全面支援を受けた武装組織「コントラ」が、ホンジュラスからニカラグアに攻め込んだ。受け身となったニカラグア・サンディニスタ政権のオルテガ大統領は、当然ながらキューバに援軍を要請する。

「まあ待て、しばし様子を見よう」

カストロ議長は、慎重だった。彼は、レーガン政権の真意をじっくりと見定める構えを取った。少し前まで温厚だったアメリカが、こんなに急激に変化するとは信じ難かったのだ。

しかし、この躊躇が蹉跌《さてつ》を生む。

1983年10月25日、アメリカの大軍が突如としてグレナダに侵攻した。ビショップ首相が反対派に暗殺された事件を口実に、治安維持のためと称して2万名の海兵隊を送り込んだのである。

このカリブの島には、約700人のキューバ人ボランティアがいた。銃を使える者は必死の抵抗を試みたのだが、猟銃や拳銃で完全装備の海兵隊と戦うのは無謀である。抵抗したキューバ人24名が射殺され、捕虜となった700名の技師は母国に強制送還された。アメリカはこれで、ピッグス湾の雪辱をようやく晴らした形となったわけだが、考えてみれば、これはアメリカ軍の「対キューバ戦の初勝利」なのだった。

アメリカ軍のグレナダ侵攻は、明らかに「侵略」である。全世界が非難の声を上げたし、国連総会でも弾劾決議が出た。しかし、レーガンは人懐こい笑顔を浮かべて議会でジョークを言いつつ、国際世論に対しては完全に馬耳東風だった。

「こいつは、性質《たち》が悪いな」カストロは絶句した。

従来のアメリカの弱点は、国際世論に敏感なところだった。ピッグス湾の時も、ケネディが国際世論の反発に脅えて、正規軍の投入を思い留まったからこそ、キューバが勝てたのである。ベトナム戦争でも、アメリカの戦意を挫《くじ》く上で、国際世論が大きな影響力を持っていた。

ところが、レーガン政権は違った。暴力の上に暴力を重ねて、既成事実を築くだけだ。国際世論など、小うるさいハエに過ぎないのだった。

こうしたアメリカ政府の覚悟を知って、カストロ兄弟をはじめとするキューバ政府の要人たちは準戦時体制に入った。ここは、内政などやっている場合ではない。カストロ兄弟は、国防省の会議室に入り浸る日々となった。ニカラグアには、3000名を超えるキューバ人の医療ボランティアが活動している。その中には、故ゲバラの忘れ形見アレイダもいる。彼らを見捨てるわけにはいかなかった。

こうして、ニカラグアに名将オチョア率いるキューバ正規軍が馳せ参じた。彼らは、アメリカの物量作戦に対抗するためジャングルでのゲリラ戦に打って出たため、さすがの「コントラ」も大いに苦戦し、腹立ちまぎれにニカラグアの民間人を虐殺するのだった。この虐殺には、国際司法裁判所のみならず友邦イギリスのサッチャー首相でさえ抗議したというのに、レーガンはまたしても馬耳東風だった。

「それでも構わん」カストロは冷静だった。「戦いが長期化すれば、アメリカ国内で反戦運動が巻き起こり、ベトナム戦争のようになるだろう。ニカラグアの民衆には気の毒だが、アメリカに勝つ方法はこれしかない。辛抱してもらう他はない」

7

フィデル・カストロが苛立ったのは、盟邦ソ連の消極的な態度に対してだった。ロシア人は、中米でのキューバ人の奮戦に対して、完全に見てみぬ振りをしていたのだ。

このころのソビエト連邦は、アメリカの新政策の前に、深刻な危機に陥っていた。

この国は、ブレジネフが実権を握って以来、「キューバ危機」の反省を踏まえて大幅な軍備増強に乗り出していた。しかし、民生を度外視してこれをやったため、国内経済は壊滅的となり、もはやアメリカから小麦を輸入して国民の胃袋を満たす体たらくだった。

だからと言って、レーガンのアメリカがさらなる軍備拡張に踏み切った以上、これに積極的に対応していかざるを得ない。やがて、米ソ軍拡競争は「チキンレース」の様相を呈し、もともと国力の乏しいソ連は、断末魔の悲鳴を上げ始めたのである。

そんな中の1982年11月、剛腕のレオニード・ブレジネフ書記長が病没した。後を継いだアンドロポフもチェルネンコも、病気がちで弱気で高齢の老人に過ぎなかった。そして、この国の官僚組織は硬直化して堕落し、前例踏襲の事なかれ主義が全盛となっていた。権力集団は「赤い貴族（ノーメンクラツーラ）」と化し、誇りも理想も見失い、民衆から搾取を行い、今では既得権益の護持だけを考えていたのである。

アンドロポフが死に（1984年2月）、チェルネンコが死んだ（85年3月）後、彗星のように登場してソ連の運命を双肩に担ったのは、54歳のミハイル・ゴルバチョフだった。久しぶりの若き指導者を前にして、社会主義陣営の期待は高まった。彼が唱えたグラスノイチ（情報公開）とペレストロイカ（自由主義構造改革）は、末期症状を呈していたソ連社会に、新たな希望をもたらすものと思われた。

この頃のフィデル・カストロは、ニカラグア戦線の指揮を執りつつも、第三世界の多重債務の研究に熱中し、ハバナで様々な国際シンポジウムを開催していた。そして、貧しい国々に返済不能な債務を押し付けて利子を奪うアメリカから西側諸国を、激しく非難糾弾することに夢中だった。そして、彼のこの見解に同調しようとせず、西側諸国と同様に「縄張り」からの搾取を強めるばかりのソ連の在り方を強く非難したのである。

「結局、ソ連も本質的にはアメリカと同程度の帝国主義なのだ！」

そしてこの男の天性の勘は、ゴルバチョフの新政策ペレストロイカに、不穏な何かを感じ取った。「ソ連は、実際に全てをアメリカ化しようとしているのではないか?」。そこで、1986年2月にモスクワを表敬訪問し、若き書記長と忌憚ない意見交換を行ったのである。

カストロは、ゴルバチョフの知的で端正な丸顔を見詰めながら考えた。

「なるほど。ペレストロイカは、『プラハの春』と同じだ。ソ連は、1968年のチェコ人と同じことを始めようとしているのだ。そして、この男はそのことを完全に承知している」

カストロの直感は正しかった。ゴルバチョフは西側とのコミットを強め、経済自由化を推進すると同時に、軍拡競争の停止を求めることに夢中なのだった。これは、キューバの未来にとって死活的な問題であった。なぜならアメリカが、軍拡競争緩和のための第一条件としてソ連に突きつけた要求は、「キューバ援助の全面停止」だったからである。

帰りの長距離輸送機の中で、カストロは事態の深刻さを思い見て慄然とした。ソ連が西側に付いたなら、東欧諸国もこれに続くに違いない。社会主義陣営は壊滅状態となり、キューバは国際的に孤立するだろう。

帰国したカストロは、「第3回共産党大会」の準備を急ピッチで進めさせた。

全世界の国々は、カストロのキューバでも、モスクワ訪問で刺激を受けた結果としてペレストロイカが開始されるものと予想していた。ところが、1986年4月19日の大会で発表された新方針は、こうした予想を完璧に裏切る内容だった。

議長への再選を果たしたカストロは、「誤りの矯正」と題された新方針の中で、近年のキューバ共産党の官僚的硬直化やセクト主義、エゴイズムを激しく攻撃し、それに伴う経済の停滞を強く非難した。そして、ラミーロ・バルデス内相らシエラ以来の古参同志たちを、失政を理由に解任し、代わりにカルロス・アルダナら新進気鋭の議員たちを登用するのだった。

しかし議長は、停滞の本質的原因を「経済の自由化政策にある」と決め付けたのである。すなわち、1970年初頭からソ連を模倣して導入した自由農民市場や職場での昇給制度が、国民に下品な金満主義を植え付けてしまい、そのことが社会を堕落させ、「マリエル港事件」の引き金になったのだと主張したのだ。続いて、あらゆる自由市場を閉鎖し、あらゆる経済的インセンティブを廃止するとの公式決定がなされた。すなわち、全てのキューバ国民は、射幸心を捨てて道徳と正義のためだけに労働すべきこととなった。キューバ共和国は、再び「ゲバラ主義」に逆戻りしてしまったのである。

これは、明らかにペレストロイカに対する当て付けであった。革命キューバは、あくまでも純粋な社会主義の理念を守ることを全世界に向けて表明したのである。

しかし、そのような難しい状況下でも、カストロの独特の優しさは健在だった。

1986年4月26日、ソ連のウクライナで、チェルノブイリ原子力発電所の4号炉が大爆発を起こした時、キューバは直ちに被爆した子供たち1万数千人の受け入れを決定し、「青年の島」の美しい海岸沿いに療養施設を築いて、無償の治療とメンタルケアを行ったのである。生きる希望を失い、病み衰えていたウクライナの子供たちは、南国の温暖な気候と優しいキューバの人々に癒され、やがて満面の笑顔と健康な体で母国へ帰って行くのだった。

ゴルバチョフ書記長は、キューバのボランティア精神の豊かさと確かさに感銘を受け、心からの感謝を捧げた。

しかし、彼のペレストロイカへの決意はすでに固まっていたのである。

8

一方、アメリカのキューバに対する攻撃は、激しさを増すばかりだった。

さすがに、キューバ本土への直接の軍事侵攻こそ思い止まったものの、各種テロ攻撃の見本市が展開されたのである。

まずは、フロリダの亡命キューバ人に梃入れを行い、最大最強の反革命組織「全国キューバ系アメリカ人財団（CANF）」を結成させた。キューバの牢獄から刑期を終えて釈放されたウベール・マトスもこの勢力に合流し、彼らのテロ組織「オメガ7」は、CIAの後押しを得て、キューバの要人暗殺、施設への放火、爆破と、なんでもやった。

キューバ政府は、諜報組織と警察力を強化してこれに対抗する。

続いてレーガン政権は、フロリダ州南岸に巨大な気球を浮かべ、そこに据え付けたアンテナを用いてキューバ国民向けの反カストロ放送を開始した。すなわち、「ラジオ・マルティ」と「テレビ・マルティ」である。

キューバ政府は、強力な妨害電波を発信することでこれに対抗する。

極めつけは、細菌兵器である。１９８１年7月から、出血性のデング熱がキューバ全土で荒れ狂い、数万人が病院に担ぎ込まれ、子供や老人を中心とした２００名が病死した。この国の医療技術が世界最高レベルでなかったら、もっと多くの犠牲者が出ていたことだろう。

アメリカにとって、キューバ島は細菌兵器の実験場として最適だった。ここは海に囲まれた島国である上に、事実上の国交断絶状態にあるから、病気の影響がアメリカ国内に波及する可能性は少ない。だけど、アメリカ本土から近いので、経過観察が容易である。これほど好都合な実験場は、またとないだろう。

「なんという卑怯な奴らなのだ！」

カストロは激怒していた。尊敬し崇拝するホセ・マルティの名を反政府放送の名として使われたのも気に入らないが、世界各地でキューバ政府の要人が無差別に暗殺される状況も気に入らない。しかし、これらは、まだ我慢が出来る。なぜなら、今行われているのは「戦争」なのだから。しかし、細菌兵器だけは絶対に我慢が出来ない。なぜなら、この兵器は何の罪もない平凡な子供や老人の命を奪うのだから。

前述のとおり、「明白なる宿命」の世界観の中では、敵に対する情けとか卑怯とかいう概念は存在しない。アメリカの敵は悪魔同然なのだから、手段を選ばず「浄化」すべきだと考えるからだ。むしろ、浄化された方が神に喜ばれるのだから、哀れな犠牲者は、自分を殺してくれた細菌兵器や原爆や枯葉剤や劣化ウラン弾に感謝すべきだと考えるのだ。

そんなアメリカは、国際政治の舞台でもキューバを追い詰めようとした。

1987年、アメリカの国連大使は、ジュネーブの国連人権委員会に提訴を行った。すなわち、「キューバは1万5000人の政治犯を牢獄で虐待している」と言うのだ。しかし、国連の調査の結果、これは事実無根の誹謗中傷と見なされて却下された。

アメリカは、次に「キューバの麻薬取引への関与」を主張し始めた。すなわち、キューバ政府がコロンビアのマフィアと手を握り、全米に麻薬をばら撒いていると言い始めたのだ。

カストロは、「事実無根」だと笑い飛ばし、アメリカ議会に「キューバが麻薬と関係していない証拠を受け取りに来てほしい」と呼び掛けた。彼は、少なくともこの時点では、自国が潔癖だと信じていたのである。

それにしても、今や世界最大の超大国が、手段を選ばず小国キューバを攻撃している。

カストロの心は燃え立っていた。試練が厳しければ厳しいほど闘志が湧き起こるのが、フィデル・カストロの生き様なのだ。そして彼は、こうした逆境の中で負けたことが一度もないのだった。

そして、レーガン政権は苛立っていた。度重なるテロ攻撃にもかかわらず、幾度とない誹謗中傷にもかかわらず、革命キューバとカストロはまったく衰えない。国内は一致団結し、分裂の予兆すら見えない。これでは、正規軍によるキューバ本土攻撃はまったく不可能だ。

窮したワシントンDCは、直接攻撃の矛先をアフリカに向けることにした。

9

アンゴラ国では、１９７５年のキューバ軍の活躍によってＭＰＬＡの左翼政権が順調に発足し、国連の承認も受けていた。しかし、南のナミビア国境付近には、未だにアンゴラ完全独立民族同盟（ＵＮＩＴＡ）らの反政府分子が蠢動《しゅんどう》を続けているのだった。

アメリカは、中国やザイールや南アフリカと示し合わせて、ＵＮＩＴＡの後押しを始めた。そして、アンゴラのダイヤモンド利権を独占したい南アは、喜んでこの政策の枢軸となったのである。

これに対するアンゴラのＭＰＬＡ政権は、ネト大統領が病没した後、ドス・サントス大統領の時代になっていた。そして、カーター時代のアメリカの穏健政策に安心したキューバは、その駐留兵力の多くを母国に引き揚げていたので、代わりにこの国に入っていたのはソ連の軍事顧問たちだった。

しかし、１９８７年11月にＵＮＩＴＡが猛攻撃を開始したとき、ソ連人はまったくの無力だった。軍事顧問たちは、母国に電話をかけて命令を待つだけで、自分では何もしようとしない。末期症状のソ連では、最前線の軍人でさえも「官僚」へと堕落していたのである。

１９８８年2月、勢力を拡大したＵＮＩＴＡ軍3万5０００は、ナミビアから進軍して来た南アフリカ正規軍9０００と合流し、首都ルアンダへの最後の総攻撃を開始した。大敗を喫したアンゴラ政府軍3万は総崩れとなり、戦略要地クイト・クアナバレへと追い詰められた。

これを見た国連安全保障理事会は、一連の南アらの侵略行為に対して弾劾決議を行ったのだが、常任理事国アメリカが拒否権（Veto）を発動したのでご破算となった。国連は、こういう場合に何の役にも立たない。

「やはり、頼れるのはキューバだけだ！　助けてくれるのはフィデルだけだ！」

ドス・サントス大統領の悲鳴にも似た救援要請が、ハバナに届けられたのである。

「見捨てるわけにはいかぬ」カストロ議長は、両拳を震わせた。

彼は、この一戦をアンゴラ救援のみならず、南アフリカを叩き伏せる好機と捉えていた。人種差別が大嫌いなカストロは、侵略者の主軸である南アフリカの「アパルトヘイト（人種隔離）政策」を心から憎んでいるのだった。

南アフリカ共和国では、黒人には基本的人権が認められておらず、家畜とほとんど同じ扱いを受けていた。そして、白人に逆らった黒人は、容赦なく逮捕され拷問され殺されるのだった。この状況を改善しようとした黒人運動家スティーヴン・ビコは刑務所で全身を殴打されて死に、ネルソン・マンデラは今まさに獄中にいるのだった。

しかも南アは、アパルトヘイト政策を外国にまで輸出しようとしていた。この国が、国連決議を無視して軍事占領していた北隣のナミビアでは、現にアパルトヘイトが強制されていた。そして、南アはこの国を橋頭堡として、北方に位置するアンゴラに攻め込んだのであった。万が一、アンゴラが南アの手に落ちたなら、この国もナミビアと同様のアパルトヘイトの悲劇に覆われることだろう。

地球人類全体の「人種差別撤廃」を宿願とするカストロ議長は、キューバ国家の威信を賭けて、アフリカ大陸の未来を賭けて、アンゴラでの最終決戦に臨んだのである。

こうして、名将アルナルド・オチョア将軍率いるキューバ軍5万が、大西洋を越えてルアンダ港に到着した。これは、キューバ正規軍の半数に相当する。そして、カストロ兄弟と軍事関係者の多くがハバナの会議室に入り浸り、綿密な作戦立案を行ったのである。

しかし、南ア軍は楽観していた。上陸後、キューバ軍が戦場に展開するまでは、かなりの時間がかかるだろう。しかも制空権は完全に南ア側が握っているから、クイト・クアナバレの地で包囲下に置かれたMPLAの主力軍を壊滅させるのは容易なことだと思われた。

ところが1988年3月23日、夏場の雲霞のごとき勢いでアンゴラの空を埋め尽くしたのは、キューバ軍のミグ23戦闘機の大編隊だった。予期せぬ航空攻撃で色めき立った南ア、UNITA連合軍は、間髪入れずに突進してきたキューバ軍の600台のT55戦車によって、ステップの大草原の中で四分五裂の大混乱に陥ったのである。これに呼応して、包囲下にあったMPLA軍3万とナミビア独立解放軍3000も反撃に打って出た。

空軍を戦略的奇襲に用いるのは、ピッグス湾以来のカストロのお家芸である。

彼は、アンゴラに到着したキューバ軍先遣隊に、飛行場の建設を最優先で行わせていた。そして、同地に滞在していた数千人のキューバ人ボランティア技師がこれに協力したため、通常なら6ヶ月を要する大型飛行場建設が、わずか70日間で完了したのであった。

こうして、短期間に大量配備されたミグ23は、予想通りに奇襲効果を発揮して、敵の頭上を奪ったのである。

近代戦では、制空権が全てを決める。そして、南ア軍が誇るアメリカ製の最新鋭戦車も、頭上からロケット弾と爆弾を降らされたらどうしようもない。浮足立って逃げ出したところにキューバ軍のT55戦車部隊の執拗な追撃を受け、アパルトヘイトの侵略者の軍隊は壊滅的打撃を蒙った上で、隣国ナミビアまで叩き出されたのだった。

すなわち、第二次世界大戦のクルスクの戦い（1943年）以降で最大規模の戦車戦を制したのは、オチョア将軍率いるキューバ軍だった。

「フィデル・カストロ、恐るべし！」

南アを支援していたアメリカ国務省の面々は、クイト・クアナバレ決戦の顚末を聞いて愕然とした。アメリカの軍事顧問や最新鋭兵器に支えられ、南アフリカ軍は世界有数の精鋭軍となっていた。だからこそ、これまで常勝無敗だったのだし、アンゴラ征服も容易だと思われていた。ところが、今やその精鋭軍は落ち武者の群れと化して逃げ惑っていた。

すなわち、アメリカ政府はキューバ正規軍との戦いに、ただの一度も戦場で勝つことが出来ないのだった。アメリカ軍が誇る兵器も物量も、仇敵の天才的な戦術の前では、まるで歯が立たないのだった。

そして、クイト・クアナバレの栄光は、アンゴラ防衛の局地戦の勝利に留まらなかった。南アの軍事威信が崩壊した結果、同国で邪悪なアパルトヘイト政権が倒れ、さらに圧政から解放されたナミビアが独立に成功したのである。やがて南アは、１９９０年に出獄したネルソン・マンデラを大統領とするリベラルな共和国へと生まれ変わるのだった。

すなわち、キューバ軍の奮戦は、人類の歴史を永遠に正しい方向に変えたのだった。

そして、アンゴラでの戦争は終わった。１９８８年12月22日、抗戦意欲を失った南アとＵＮＩＴＡは、ニューヨークでの休戦協定に合意したのである。この協定は、アンゴラ国内に駐留する全ての外国の軍隊に撤退を求めていたので、かくしてキューバ軍のアフリカでの13年に及ぶ長い戦いも終わりを告げたのだった。

全世界が驚いたのは、撤退するキューバ軍が、アンゴラ政府に何の見返りも求めなかったことである。アンゴラは産油国だし、ダイヤモンド鉱山も豊富だ。キューバ軍の功績や犠牲を考えるなら、少しくらいの謝礼を要求したり、有利な通商条約を結ばせたとしても罰は当たらないだろう。それなのに、カストロ議長はこう豪語したのだ。

「キューバが自国に持ち帰るのは、任務を達成した満足感と、兵士の亡骸《なきがら》だけである！」

キューバ共和国は、あくまでも正義のために戦うのだった。虐げられた弱者と貧者を救済するために戦うのだった。カストロは、どこまで行ってもドン・キホーテなのだった。

そしてアメリカ合衆国は、そんなキューバをどうしても倒すことが出来ないでいた。

「フィデル・カストロは、無敵なのか！」

1989年1月に大統領に就任した共和党のジョージ・H・W・ブッシュは、地団駄踏んで歯嚙みするのだった。レーガン政権の副大統領であった彼は、「明白なる宿命」の熱烈な信奉者でもあった。

しかし、時は1989年。「小さな強国」の命綱は切れようとしていた。ソ連の崩壊が、今まさに秒読みを始めていたのである。

ソ連崩壊

1

1980年代、いわゆる西側諸国では、大きな経済発展があった。

特に、世界第二位のGNPを誇る日本は、高度経済成長の末のバブル経済を迎えていた。この国の半導体や自動車産業の見事さは世界の賞賛を浴び、日本型経営方式は世界中から尊敬されていた。

しかし、心ある一部の日本人は疑問を感じていた。こんなに大きなGNPを持ち、こんなに朝から晩まで過労死するほど労働しているのに、一般の国民は一生かかってもウサギ小屋のような小さな家しか買えないのである。年金もあまりもらえないから、早期に仕事をリタイアすることも出来ない。諸外国から「働きすぎ」を糾弾されるけど、働かなければ飢えてしまうのだから仕方ない。しかも、国自体が巨額の借金を抱えている。いったい、これはどうしてなのか？

答えは簡単だ。日本人が稼いだカネの多くが、アメリカに奪われていたのである。

具体的には、日本国民が納めた税金は、自国のために使われることなく、為替相場に介入してドルの価値を支えるために使われる。あるいは、日銀を経由してアメリカの国債購入に消えていく。形の上では、日本国が自由意志でアメリカの国債に投資するようになっているけれど、実質を見るなら、アメリカが忠実な「属国」から富を吸い上げているのだった。

実は、80年代のアメリカの軍備拡張は、こういったスキームで維持されていた。世界各国の金融市場を通じて莫大なカネがアメリカに集中された結果、「スターウォーズ計画（敵の核ミサイルを、人工衛星から発射したレーザー光線で撃墜する計画）」などという夢想的な兵器開発も可能となったのだ。

そして、世界経済の急激なグローバル化は、こういった「明白なる宿命」の新戦略、すなわち金融市場を通じての世界経済制覇を容易にしていた。世界の基軸通貨「ドル」は、アメリカが管理してアメリカが発行しているのだから、最新の金融工学を駆使して連邦準備制度理事会（ＦＲＢ）が知恵を絞れば、いくらでも世界の金融市場や為替市場をコントロール出来る。だから、バランスシート上の「双子の赤字」など、アメリカ政府はまるで問題にしていないのだった。

世界経済のグローバル化は、全世界規模での自由競争をもたらす。これは、既得権を持つ強い国がますます広範囲から富を収奪し、逆に、力のない弱い国がますます厳しい搾取を受けることを意味していた。経済格差は、地球規模でますます残酷さを増していくのだった。

欧米や日本で、でっぷりと肥えた酔っ払いが、自らの吐瀉物《としゃぶつ》の中に寝転んで甘い夢を見ているころ、アジアやアフリカの第三世界では、病気の痩せた子供たちが、悪夢すら見る暇もなく死んでいた。先進国で肥満や運動不足が問題にされるころ、後進国では無数の人々が飢えていた。

しかし、先進国の多くの人々は、この状況を疑問に感じなかった。資本主義経済は、自由競争での弱肉強食が当然なのだから、弱く貧しい人々が枯れ死ぬのは「自業自得」だと考えていたのだ。あるいは、目の前の快楽の追求に夢中となり、こういった弱く貧しい人々の苦しみにまったく注意を払わなかったのだ。

しかし、こんな酷薄な世界の中にも、地球規模の悲惨に思いを馳せる優しい人物が少なくとも一人いた。フィデル・カストロは怒りを燃やし、世界各地の演説で、先進国の搾取に対する非難糾弾を行ったのである。そして、大勢のボランティアを世界各国に派遣して、後進国の弱く貧しい人々を救済しようとした。しかし、しょせんは焼け石に水だった。無責任な先進諸国は、こういったキューバの必死の努力を「時代遅れ」と見なして嘲笑するのみであった。

「我が国に、もっと力があればなあ」カストロ議長は唇を噛んだ。

総人口1000万人の島国キューバは、欧米や日本に比べてあまりにも小さすぎる。彼らの残忍非道な搾取を食い止めるには、あまりにも弱すぎる。

そしてこの国は、ソ連からの援助に頼りきって存続しているのだった。ソ連の力を借りなければ、この残酷な世界と戦えないのだった。

2

1989年4月、ソ連のゴルバチョフ書記長が、キューバを訪れた。

ハバナ空港で彼を出迎えたのは、カストロ兄弟とアルダナ党書記ら政府閣僚に加えて、「マルクス＝レーニン主義万歳」と書かれた巨大な横断幕だった。ゴルバチョフは、横断幕を眩しそうに見やって笑顔を引っこめ、そしてすぐに視線をそらせた。カストロ議長は、その様子をじっと観察していた。

カストロは、すでに諦めていた。ソ連は、資本主義化してアメリカの一味となるだろう。正確に言えば、彼はもともとソ連を本当の社会主義国などと思っていなかった。ソ連は、ミサイル危機でキューバを裏切り、チェ・ゲバラを見捨てて殺し、第三世界に過重な債務を課して搾取を行い、そしてアフガニスタンに侵略戦争を仕掛けた国だ。建前は社会主義だが、本音は帝国主義の国。それがソ連の正体だった。そして今や、ゴルバチョフは建前を捨てて本音で生きようとしている。虚飾を捨てて、正真正銘の帝国主義に移行しようとしている。カストロにとってペレストロイカというのは、それだけの話だった。

しかし、問題はソ連からの援助であった。この国が、経済システムのみならず政治面でもアメリカ化した場合、果たしてキューバは従来通りの経済援助を得られるのだろうか？　これは、極めて深刻な死活問題であった。

そこでカストロは、キューバの地政学的有用性や友邦としての信頼性について、若きソ連書記長に積極的に売り込んだのである。仮にソ連が完全にアメリカ化したとしても、キューバへの援助は従来通りに継続すべきだと説得したのである。

ゴルバチョフは、グレーの顎髭を靡《なび》かせながら熱弁をふるう62歳の巨漢の勢いに圧倒されていた。もう30年間もアメリカ帝国主義と戦い続けている第三世界のリーダーの威厳に、強い感銘を受けていた。

しかし、ゴルバチョフがカストロの要求に応えることは不可能だった。ソ連の財政はすでに破綻状態にあり、相手がキューバだろうとどこだろうと援助を行える状況ではなかった。むしろ、ソ連の側こそ経済援助を欲しいくらいだった。

そして、これに先立つ会談で、ゴルバチョフはブッシュ大統領にこう吹き込まれていた。「ソ連が年間50億ドルの収入を得る最も賢明な方法は、キューバに対する年間50億ドルの援助を取りやめることです」

ゴルバチョフは、さすがに面子があるので、そのことは言えなかった。それでカストロに、「将来の二国間貿易は、平等を基礎とすべきでしょう」と婉曲に述べたのである。

カストロは、ショックを受けて黙り込んだ。これは、事実上の援助打ち切り通告に等しかったから。訪問期間の最後の日程で、カストロとゴルバチョフは、25年間の友好協定にサインをした。しかし、握手を交わす両者の笑顔は空虚だった。二人とも、これが死文と化すことを察していたのである。

ゴルバチョフは、その足でロンドンを訪れて、マーガレット・サッチャー英首相と会見した。「鉄の女」はカストロに興味があったので、その印象をソ連書記長に訊ねてみた。

「そうですね」ゴルバチョフは言った。「一言では表現できないくらい素晴らしい人物です。62歳とは思えないほど若々しいし、頭の回転も非常に速い。しかも、キューバ国民のことも全世界のことも、何もかも知り尽くしています」

「ミハイル、それで、どうなの？」サッチャーは身を乗り出した。「あのお髭さんは、あなたのようにペレストロイカをやるかしら？　あなたを見習って、あたしたちの仲間になるかしら？」

「それは無理ですな」ゴルバチョフは苦笑した。「いちおう、フィデルにペレストロイカを勧めてみたのですが、『他人の女房との同居を勧められたようなものだ』と叱られてしまいましたよ。彼に何らかの影響を与えたり、ましてや彼をコントロールすることなど、誰にも出来ないでしょうね。フィデル・カストロを支配できるのは、あくまでもフィデル・カストロだけです」

「やっぱりねえ」サッチャーはため息をついた。「この間、ミッテラン（フランス首相）やゴンサレス（スペイン首相）がキューバに行って、フィデルにペレストロイカを勧めたの。だけど、けんもほろろに追い返されて来たわ。彼は、あくまでも社会主義を守り抜く決意なのね」

「フィデルほどの才能があれば、きっと資本主義体制下でも成功できるし、キューバ国民をもっと豊かに出来ると思うのですけどね」ゴルバチョフは、憮然として腕組みをした。

「でも、男らしくて素敵じゃない？」サッチャーは夢見がちな笑顔を浮かべた。「時代の流れにあらがって、世界中の弱者救済に人生を賭けるドン・キホーテか」

「フィデルのあまりにも深い知性と優しさこそが、彼の不幸なのかもしれません」

「だからこそ素敵なの。ほんと、一度会ってお酒を酌み交わしたいわ」

「いつか、そんな日が来ると良いですね」

快活に笑ったゴルバチョフは、もはや資本主義陣営の仲間入りを果たしたような気分でいるのだった。

3

フィデル・カストロの深刻な悩みは、ソ連情勢だけに留まらなかった。

1988年2月、一人のキューバ人が、パナマで逮捕されてアメリカに護送された。彼レイナンド・

ルイスは、パナマで密輸したコロンビア産のコカインを、アメリカ市民に売りつけた罪状を問われていた。

それにしても、アメリカ政府が、キューバ国籍を持つ人物を外国で拉致拘束し、しかもアメリカの国内法で裁く行為は非常に奇妙に思える。アメリカは、後にパナマのノリエガ将軍に対しても同じことをするのであるが、どうやら中南米を自国の一部だと思い込んでいるようだ。そして一般のアメリカ人は、そのことの異常さに少しも気づいていない。

さて、カストロは、ルイス逮捕の報を聞いた当初は楽観していた。

「どうせ、嘘だろう。いつもの誹謗中傷の類《たぐい》だろう」

ところが、アメリカ国内での調査の結果、キューバ人の麻薬密売は事実だと判明した。

驚いたカストロは、それ以来、諜報部に命じて自国の内務省へのスパイ活動を行わせることにした。彼には心当たりがあった。内務省の一部高官が、コロンビアとの関係について、何か隠し事をしているらしいことに思い当たったのだ。

内務省MC局（兌換通貨局）の局長アントニオ・デ・ラ・グアルディア少将は、謀略を用いてアメリカの経済封鎖を破ることを極秘任務としていた。彼は、パナマにダミー会社を設立し、外国人ビジネスマンを装うことで、様々な闇取引に手を染めていた。

特に重要だったのは、経済封鎖によって入手困難だったアメリカ製のハイテク機器の奪取である。この当時、アメリカの国防上の機密扱いだったＩＢＭのコンピューターを大量に入手したのも、暗号解読機を奪取したのもデ・ラ・グアルディアの功績だった。また彼は、キューバがソ連から受領した石油の余剰分を、裕福な第三国に高価格で転売する仕事も行っていた。

カストロは、こういった闇経済を動かす上で、有能なMC局長に大幅な裁量権を与えていたのである。デ・ラ・グアルディアが、コロンビアの麻薬カルテルに接触していることは知っていたけれど、それが兌換通貨（ハード・カレンシー）の獲得に繋がり、キューバの国益になるのであれば、小さな非道徳については大目に見るつもりだったのだ。

しかし、彼が大っぴらに麻薬の売買を行い、しかも、それがアメリカ政府の目に留まったとすれば一大事である。国力の小さいキューバは、思想と道徳の力を頼りに超大国アメリカと対決しているのだから、常に道徳でアメリカを上回っていなければならない。アメリカに付け込まれるような非道徳は、絶対に行ってはならないのだった。

1年の歳月をかけた内偵の結果、アントニオ・デ・ラ・グアルディアとその弟パトリシアら14名の内務省高官が、麻薬取引に関与していたことが明らかになった。それどころか彼らは、海外のあちこちに隠し口座を設けて公費を横領していたのだった。

「恥ずべきことだ。キューバ革命の精神に泥を塗る行為だ」

カストロは、憤怒に顔を歪めた。そんな彼は、アブランテス内相からの次の報告に、心底から驚愕してショックを受けた。

「オチョア将軍も、麻薬取引に関わっていました。彼は、デ・ラ・グアルディア兄弟の一味です！」

アルナルド・オチョア中将は、世界的に有名なキューバの名将であった。

18歳でシエラ・マエストラの戦いに身を投じ、カミーロ・シエンフエゴスの指揮下で大活躍を見せて以来、カストロはその軍才を評価して近くに置いて訓育した。そしてオチョアはその期待に応え、アンゴラでもエチオピアでもニカラグアでも、最高司令官として見事に任務を果たしていた。

カストロは、この頬に戦傷を持つ混血の将軍を心から信頼して可愛がっていたので、オチョアが彼のことを「あんた（トゥ）」呼ばわりするのを許していたし、彼がカストロ兄弟をネタにして下品な冗談を言うことさえ許していた。

また、ラウル国防相もオチョアを可愛がっていた。「黒ちゃん（エル・ネグロ）」などと呼び、余暇を家族ぐるみで過ごすことも多かったのだ。

そのオチョアが、祖国を裏切っていたなんて。

調査を進めた結果、この将軍も腐敗していた事実が明らかとなった。オチョアはニカラグアでもアンゴラでも、武器の極秘調達のために、デ・ラ・グアルディアの力を借りて秘密口座を開設していた。そして、その中から20万ドル相当を盗んでいたのである。それどころか、アンゴラの某所で、定期的に乱交パーティーを開いていたことが明らかとなった。

もっと深刻なのは、デ・ラ・グアルディア兄弟とオチョアが、私的な会話の中で、ゴルバチョフとペレストロイカを賛美すると同時に、カストロ政権の頑迷さを嘲笑していることだった。彼らの公用車に仕掛けておいた盗聴器に、こうした会話がしっかりと記録されていたのである。

これらの報告を前にして、カストロ兄弟はフィデルの邸宅で二人きりの会合を持った。この兄弟は、アメリカによる暗殺を恐れて、なるべく二人きりでは行動しないようにしていた。二人同時に、爆弾などで殺されてしまったら、革命キューバは致命的な大打撃を受けるからである。だが、「オチョア事件」のような重大問題を前にしたら、そのようなことは言っていられない。

「革命裁判で、厳罰にするしかないな」フィデルが、唇を湿らせて切り出した。

「兄貴、デ・ラ・グアルディア兄弟はともかく、アル（オチョア）は国の英雄だぞ」

「だからといって、例外は許されない。英雄だからこそ、ケジメをしっかり取らせないと」

「世界中が非難するだろうな。公費横領や麻薬密売や乱交なんて、今ではどこの国の権力者でもやっていることだから」

「だからといって、許されるというのか？　他の低俗な資本主義国と同じ程度の犯罪だから、容認しても良いと言うのか?」

「もちろんそうじゃないけど、死刑は厳しすぎると言っているんだ」

「正直に言おうか。最大の問題は、ＭＣ局高官とアルたちが資本主義の腐敗に染まったことだ。そして、それをさせた背景には、ペレストロイカがあることだ。彼らは、全世界の帝国主義化の流れに身を任せ、キューバ革命も変質するべきだと考えている。これは、れっきとした国家反逆罪なのだ」

「そうか、アルたちは国民の『見せしめ』にされるのか」ラウルは、顔をしかめた。

「言葉は悪いけど、そういうことだ。国民と全世界に向けて、今こそ革命キューバの不退転の決意を見せる必要があるのだ」フィデルは、唇を噛み締めた。

この数日後、デ・ラ・グアルディア兄弟とオチョア将軍が、港湾で逮捕された。彼らは、小船に乗ってアメリカに脱出しようとしていたのである。カストロの心の中にかすかに残っていた慈悲は、この報告を受けたときに雲散霧消した。

4

フィデル・カストロは、刑務所にアルナルド・オチョアを訪ねた。

この高名な囚人は、特別待遇を受け、刑務所内での軍服の着用を許されていた。しかし、心労のあまり痩せ衰え、いつもの傲岸不遜な態度は影を潜めていた。

「こんな場所で、こんな風にお前に会うとは」カストロは、特別面会室のソファーの上で静かに会話を切り出した。「お前ほどの勇者が、アメリカに逃げようとするとは驚いたよ」

「魔が差したのです」オチョアは、色黒の顔を伏せながら応える。

「俺の禁令に背いて、6トンものコカインをキューバ経由でアメリカに流したことも、そうだったのか？」

「あれは、我が国の国富の増強を図ると同時に、アメリカ人を麻薬漬けにすることで、一石二鳥を狙ったのです」

「国富の増強だと？　増強したかったのは、自分の財布ではないのか？」

「一つだけ、釈明させてください。私の海外口座からなくなった20万ドルは、アンゴラで奮戦した将兵たちに分配するためのものでした。決して、私利私欲で盗んだわけではありません」

「そのようなことを、一介の軍人であるお前が心配する必要はなかった」

「しかし、将兵たちに酷すぎるとは思いませんか？　命をかけて何年も異郷で戦って、それで何一つとして金銭的報償がないなんて」

「キューバ軍人は、正義のために戦うのだ。カネのためではない」

「だからといって、正義のためだけでは戦えません！　死ぬ気になれません！」

「それは、あくまでもお前の意見だろう、アル。お前は、いつから堕落したのだ？　デ・ラ・グアルディア兄弟とその同僚たちなら、まだ分かる。彼らはMC局の仕事上、外国人のビジネスマンに変装して、ブランド物のスーツを着て、世界中の高級ホテルで美食を貪って来たからな。彼らが、資本主義の下品な誘惑に負けてしまうのは仕方ない。それは納得している。でも、分からないのはお前だ。アル、お前は若いころからずっと、キューバ革命の精神とともに歩んできた男じゃないか」

オチョアは、ここで生来の傲慢な態度を取り戻した。

「俺は、世界最高の名将だ！　アンゴラでもエチオピアでもニカラグアでも、俺は常に勝ち続けた。それが、何の報酬も貰えないまま、アンゴラ派遣軍最高司令官を解任され、この狭い島国で西部軍司令官に格下げ人事だ。こんな理不尽が通るものかよ！」

「説明しよう。お前の軍が勝ち続けたのは、俺やラウルがハバナの作戦司令部で綿密な作戦立案を行ったからだ。お前は、アンゴラの前線から、『作戦にいちいち嘴《くちばし》を挟むな』などと俺たちに抗議して来たけれど、戦争の勝敗は戦場だけでは決まらないのだ。外交的布石もそうだし、補給兵站《へいたん》の問題だってある。お前がやったことは、ソ連製T55戦車を敵陣に突っ込ませたことだが、その戦車を調達してアンゴラまで輸送する手配をしたのは、この俺だぞ。ミグ23の投入タイミングを計ったのは、この俺だぞ」

「…………」

「西部軍司令官に転属させられたのを降格人事とお前は言うが、これは亡きチェ・ゲバラがミサイル危機の時に率いた我が国最強の軍なのだぞ。どうして名誉だと思わない？」

「他の国の軍人なら、俺ほどの殊勲者には、もっともっと報いてくれるはずだ。どうしてフィデルは、そうしてくれないのだ？」

「報いるとは何だ？　アル、お前の名は偉大な革命戦士として正史に残るはずだった。死後も、ホセ・マルティやチェ・ゲバラと同列に讃えられるはずだったのに」

「俺は、そんなことでは満足できなかったんだ！」

「だから、乱交パーティーを繰り広げ、麻薬売買に加担したのか。お前は、くだらない刹那的な欲望を満たすために革命を裏切ったんだ！」

「くだらない欲望だって」オチョアは、渇いた笑いを浮かべた。「人間はみんな、カネやセックスが好きなんだ。そういう生き物なんだよ」

「なるほど。お前は、そういう生き物だったようだな」

「俺は、戦場でいろいろな死に様を見てきた。ナパーム弾で焼かれた死体。戦車ごと蒸し焼きにされた死体。病気で全身を腐敗させた死体。しょせん、人間は炭水化物の塊に過ぎないんだよ、フィデル。糞と血とリンパ液の詰まった皮の袋に過ぎないんだよ」

「今のお前は、物質優先主義で、人間でさえ物質と見てしまう。それこそが、帝国主義者の邪悪な考え方じゃないか。人間の本質は魂にある。仮に、肉体が醜いものだとしても、魂は美しい。その美しさは、どんどん磨かれて輝く。それが人間なのだ。それが人間の良さなのだ」

「フィデル、あんたは正しい。でも間違っている。大多数の人間は、そんなに強くなれない。みんな、カネとセックスの欲望に負けてしまうだろう。帝国主義と資本主義に負けてしまうだろう。グローバリズムに屈服するだろう。ソ連でさえ、もうすぐそうなる」

「仮にそうだとしても、革命キューバは生き残る。『新しい人間』の誕生を、いつまでも首を長くして待ち続けるだろう」

「フィデル、あんたは強い。強すぎる。俺は、そんなあんたに付いていけなくなっていたんだな」オチョアは、子供のようにすすり泣いた。

「アル、あの世で使徒マルティやカミーロやチェに詫びろ」

カストロは、かつての愛弟子の哀れな姿に涙を抑えつつ、牢獄の面会室を後にした。

革命裁判は厳格に行われた。評議会メンバー31名のうち、ラウル国防相他数名はオチョア死刑に反対の立場だったのだが、結局はフィデルの説得に押し負かされた。

そして、ローマ法王を含む全世界の有識者から、死刑判決への抗議が寄せられる最中の1989年7月13日、アルナルド・オチョア将軍とアントニオ・デ・ラ・グアルディアほか2名が銃殺刑となり、パトリシア・デ・ラ・グアルディア他10名が15年の禁固刑に処せられたのである。

カストロ兄弟の悲しみは深かった。

特に、オチョアと家族ぐるみの友人付き合いをしていたラウルの悲しみは深く、しばらくは、怒りのあまり兄と口を利かなくなった。演説などでオチョアに言及する際には、急に嗚咽《おえつ》したり落涙したりした。

フィデルは、いつものように人前では感情を抑制していたが、オチョアを一兵卒から見出して育てたのは、他ならぬ彼なのである。まさに「泣いて馬謖《ばしょく》を斬る」の辛い心境であった。

しかし、オチョアらの処刑は、政治的には成功であった。

アメリカは、もはや麻薬密売の組織的関与でキューバを糾弾できなくなった。それどころか、この国の有力な上院議員の中には、キューバと同盟を組んで南米の麻薬カルテル撲滅に乗り出すべきだと提案する者さえ出て来る有り様だった。もちろん米国務省が強く反対したため、このプランは実現できなかったのだが。

また、キューバ国民全体の緊張感も高まった。革命政府は、相手が大殊勲を上げた名将であったとしても、逸脱者に対してまったく容赦しないことを示したからである。

こうしてカストロは、愛弟子の死と引き換えに、キューバ革命を強化したのである。これは、この年の後半に起きる大激動に対する強力な安全弁となる。

5

社会主義陣営の崩壊は、東欧諸国から始まった。

1989年6月に東欧諸国を訪問したゴルバチョフソ連書記長は、「ブレジネフ・ドクトリン」、すなわち「制限主権論」の撤廃を宣言したのである。この結果、東欧諸国は好きなように政治を動かして良いことになった。

最初に、ポーランドとハンガリーが動いた。彼らは政体を大きく変更すると同時に、西側への国境を開放したのである。こうして、8月19日以降、ハンガリー経由でオーストリアに逃れる社会主義圏の民衆が雪崩のような勢いとなり、「ベルリンの壁」はその機能を喪失したのだった。

その「ベルリンの壁」が、実際に破壊されたのは11月10日。東西のドイツ国民は、抱擁を交わして自由を祝い、ドイツは翌年10月に統合を果たした。

11月、チェコスロバキアで100万人の民衆が蜂起した。恐れをなした共産党政権は、プラハ城を劇作家ハヴェル率いる民衆に明け渡し、こうして無血の「ビロード革命」が成就した。

12月、ルーマニアでは、チェコとは対照的に、血なまぐさい革命が行われた。凶悪な独裁者チャウセスクは、民衆の怒りを恐れて、家族とともに外国に逃げ出そうとしたところを軍に捕えられ、問答無用で銃殺に処されたのである。

中欧ないし東欧諸国は、もともと西欧と同様の文化や政体や宗教を持つ国々だった。それなのに、第二次大戦直後のどさくさに、無理やりにソ連の一味に組み入れられたのである。だから、ソ連の軍事的脅迫から解放された彼らが、一斉に西側に寝返ったのは当然のことだった。

火付け役のゴルバチョフは、この様子を茫然と眺めているのみだった。さすがの彼にも、制限主権論とソ連の軍事力で無理やり抑え込まれていた東欧諸国の鬱憤の爆発が、これほど激しいものとは予想外だった。

開け放たれたパンドラの箱から、様々な魑魅魍魎《ちみもうりょう》が飛び立って行く。箱の中に取り残されたのは「希望」ではなく、ソ連と中国とベトナムに北朝鮮にラオス、そしてキューバだった。

なし崩し的に、「冷戦」は終わりを迎えた。

12月3日、ゴルバチョフ書記長とブッシュ大統領は、地中海に浮かぶマルタ島で、冷戦終結の協定書を取り交わしたのである。

実に呆気ない、東側社会主義圏の崩壊であった。

6

「明白なる宿命」は、世界の大混乱の隙を見逃さなかった。

１９８９年12月20日、アメリカ正規軍２万４０００が、パナマ共和国に突然の軍事侵攻を行ったのである。

ブッシュ大統領は、パナマの軍事独裁者マヌエル・ノリエガ将軍の悪質な麻薬シンジケート潰しを戦争目的としていた。だが、その真の狙いは、10年後の租借期限到来とともに同国に返還される予定のパナマ運河の利権保持であり、また、キューバに対する経済封鎖の強化であった。この国には、キューバのMC局が、アメリカによる経済封鎖を破って外貨を獲得するために設置したダミー会社が多かったのである。

この国の独裁者ノリエガは、実は1950年代からCIA局員としてブッシュ長官（当時）の下で働いていた。彼がパナマに派遣されたのは、もともとアメリカ政府の差し金だったのである。つまり、彼の悪名高き麻薬取引は、もともとはCIAが資金集めのために始めたものなのだ。やがて権力が欲しくなったノリエガは、アメリカの言うことを聞かなくなり、むしろキューバに接近を始めた。カストロは、ここにアメリカの経済封鎖への突破口を見出し、MC局に命じてパナマにダミー会社を作らせて、スパイ活動の拠点にしたというわけだ。

生真面目なカストロは、麻薬取引に狂奔する強欲なノリエガが嫌いだった。しかし、敵の敵は味方である。そこで、侵攻前夜に軍事上の助言を与えることにした。

「アメリカは好戦的な国だが、自国の人命の損失を恐れるという弱点がある。だから、パナマが大規模な民兵隊を組織した上で、ジャングルでの長期のゲリラ戦を戦う姿勢を見せれば、アメリカは恐れて侵攻を躊躇するだろう」

「さすがはフィデルだ！」ノリエガは大いに喜んで、先輩の助言に従おうとした。

しかし、その準備に着手した矢先に、アメリカ軍に攻め込まれたのである。

アメリカの爆撃機が約8000人の民間人を容赦なく焼き殺す中、ノリエガは各国の大使館を転々として逃走を図ったのだが、結局は投降した。その後、アメリカに護送された上で、連邦裁判所にて禁固40年の裁きを受けたのである。そして1月31日、パナマにアメリカの傀儡《かいらい》政権が樹立された。

カストロは、パナマの呆気ない陥落を見て、苦々しげに舌打ちした。

ただし、今回は不幸中の幸いにも、グレナダ陥落の時のようにはならなかった。パナマに滞在していたキューバ人ボランティアたちは、祖国の諜報局からの事前の警告情報のお陰で、侵攻が始まる直前にこの国から脱出していたので、虜囚の辱めを受けることを免れたのである。

しかしながら、キューバがパナマに作ったダミー会社は、すべてアメリカに接収されてしまった。カストロは、経済封鎖突破へ向けた重要な切り札を失ったのだ。ただでさえ、ソ連から解放された東欧諸国が、次々にキューバとの絶縁を宣告してくる最中だというのに。

アメリカの攻撃は、情け容赦なく続いた。次なる標的は、ニカラグアである。

この国は、ダニエル・オルテガ大統領のサンディニスタ左翼政権が1979年に誕生して以来、アメリカの息がかかった傭兵集団「コントラ」の猛攻撃を受けていた。オルテガは、深くカストロを尊敬していたため、政治軍事の両面で彼のアドバイスを受け入れて戦っていた。そのため、10年も続く戦いは、ニカラグア政府軍に有利に推移していたのである。

しかし、1989年後半の東欧社会主義圏のドミノ倒しは、ニカラグアに衝撃を与えた。

「フィデルは、長期戦は左翼陣営に有利に働くと言っていたけれど、後ろ盾のソ連東欧圏が崩壊した現状では、とても終局の勝利は望めない。それに、アメリカ軍に虐殺される民衆の苦衷は見ていられないし、慢性的な戦時体制に置かれた国内経済は、猛烈なインフレにさらされて崩壊寸前だ」

そう考えたオルテガ大統領は、アメリカ側から示された和平提案を受諾する決意をしたのである。アメリカから提示された条件は「停戦後の民主主義的な選挙の実施」のみだったので、オルテガは思いのほかの甘さに安堵した。そんな彼は、サンディニスタ党が選挙で敗北するとは思っていなかった。

だが、カストロは、電話でオルテガを叱正した。

「気をつけたまえ、これはアメリカの罠だ」

「あるいは、そうかもしれません。しかし、我が国は受け入れざるを得ないのです。侵略者に屈服するのは恥辱ですが、これ以上、民衆を戦禍で苦しめることは出来ないのです」

「ダニエル……」

「フィデル、これまでありがとう。感謝しております」

静かに、受話器が置かれる音がした。

1990年2月25日、サンディニスタ党は、選挙に敗れて政権を失った。アメリカ政府は、対立政党に膨大なカネをばら撒き、有権者の多くを買収したのである。いわば、アメリカは金でニカラグアを買ったのだ。資本主義の力は、やはり強大なのだった。

その報を受けて、カストロは暗い表情を浮かべて俯いた。

海の向こうでは、ブッシュ大統領が勝ち誇って哄笑《こうしょう》していた。

こうしてキューバは、南北アメリカ世界全ての友邦を失い、完全に孤立したのである。

7

1990年1月、キューバ共和国は、海外に派遣していた軍隊やボランティアを引き上げ始めた。東欧諸国との経済関係破綻とパナマの陥落が、重大な悪影響をキューバ経済に及ぼし始めていたからである。しかも、これはまだ序の口である。命綱とも言えるソ連からの援助でさえ、露骨に減少を始めていたのだ。

キューバは、1989年度の統計によると、貿易の85%をソ連東欧圏に頼りきっていた。それは、キューバ産の砂糖を国際相場の数倍の高値で買ってもらい、その見返りに膨大な石油、工業原料、機械、自動車やバス、ミルクやバター、小麦といった必需品を安価で受け取る関係である。すなわちこの国は、ほとんどの生活必需品を、砂糖一品と引き換えにソ連圏から輸入していたことになる。

当然、貿易に不均衡が生じ、キューバ側に膨大な債務が生ずるわけだが、ソ連側はこれに利子を課さず返済も求めなかった。企業会計でいえば、借入金を資本金扱いしてもらったような形だが、その金額は1990年の時点で150億ルーブルを超えていた。

すなわち、これは貿易というよりも援助であった。

ソ連がこんなにキューバを甘やかした理由は、フルシチョフ時代の「ミサイル危機」の罪滅ぼしでもあり、ブレジネフ時代の「チェコ事件」の恩返しでもあったが、やはりこの島の地政学的優位性にあったのだろう。ソ連がアメリカとの「敵対的共存」を図るためには、相手にある程度の力を見せ付ける必要があった。すなわち、アメリカの至近距離に位置するキューバは、アメリカ人に「ソ連陣営の脅威」を絶えず意識させる上で、極めて有用な存在なのだった。

しかし、今や冷戦は終わりを迎えた。アメリカとソ連は、マルタ島で手を握った。すなわち、ソ連にとってのキューバの存在価値は消滅していたのだった。

こうした情勢を前にして、カストロは党機関紙「グランマ」に寄稿した。

「我が国は、東欧とソ連邦内の情勢の影響で、物資調達の面で深刻な事態に直面している。現在、1990年度の見通しさえ定かではなく、1991年以降は尚更である」

そして1990年8月、ソ連からの石油供給が、従来の1300万トンから1000万トンにまで減少することが明らかとなった。来年は、さらに減るであろう。

カストロは、非常事態宣言を出した。「我々は、すでに戦時下の非常時に対して備えが出来ている。しかし、これからは『平和時の非常時』についても備える必要がある」

全世界が、キューバに注目していた。

この国は、東欧を見習って資本主義化へ門戸を開くのだろうか？　それとも、独裁者カストロが頑迷に旧体制に固執した結果、ルーマニアのチャウセスク大統領のように民衆に殺されるのだろうか？　あるいは、パナマのように、アメリカの奇襲攻撃によって敢えなく潰え去るのだろうか？

8

１９９１年は、キューバで「第４回共産党大会」の開催が予定されている年だった。

しかし、開催は延期の上に延期を繰り返した。ソ連からの援助が大幅に滞っているため、五ヶ年計画をはじめとした、あらゆる経済計画の策定が不可能になったからである。

それでも、ソ連のゴルバチョフ大統領は出来る限りの努力はしたのである。彼は、個人的にカストロに好意を抱き、尊敬さえしていた。だから、自分の政治生命が続く限り、キューバへの援助をわずかばかりでも続けたいと考えていたのだ。

ところが、１９９１年８月、ソ連で共産党保守派がクーデターを起こし、ゴルバチョフ夫妻を保養先のクリミア半島で幽閉する事件が起きた。この反乱自体はあっという間に鎮圧されたのだが、鎮圧の立役者となったのは、ロシア共和国大統領ボリス・エリツィンだった。そしてこの人物は、ソ連の完全なアメリカ化を志す、筋金入りの急進派だったのである。

この反乱騒ぎの後、ゴルバチョフはソ連大統領に復職を果たしたものの、もはや急進改革派のエリツィンの傀儡に過ぎなかった。そしてエリツィンは、フロリダ州に割拠する亡命キューバ人組織CANFから、密かに莫大な政治資金を受け取っていたのである。当然ながら、彼のカストロ政権への態度は敵意に満ちたものとなる。

1991年9月、ゴルバチョフ大統領は、キューバに駐留しているソ連軍1万1千を完全に撤兵するとの声明を発した。これは、1962年以来のアメリカの攻撃に対する政治的な抑止力が、キューバから完全に失われることを意味していた。驚いたキューバ政府は、悲鳴にも似た抗議の声を上げたのだが、ゴルバチョフは、いや、その背後にいるエリツィンは貸す耳を持っていなかった。

ソ連軍のハバナ港からの撤退を悲しげに見送ったカストロは、キューバ軍全軍に臨戦態勢を取らせた。いつ、アメリカ軍が攻めて来るか分からないからである。しかしキューバ軍は、石油不足のために急激に弱体化していた。1991年にソ連からキューバに輸送された石油は、従来ベースの1300万トンが665万トンにまで減少していた。これでは、戦闘機も戦車も十分に動かせない。

そこでカストロは、民兵隊に命じて、国中に大掛かりな塹壕を掘らせると同時に、大規模な軍事演習を行った。アメリカに50万の民兵の旺盛な闘志を見せ付けることで、侵攻を断念させようというのである。これは、第二次大戦末期に日本軍が使って成功した（本土決戦をアメリカに断念させた）作戦であった。

しかし、海の反対側では、ブッシュ大統領が演説で嬉しそうに語るのだった。「カストロ全体主義の崩壊は近い！　私は、キューバの断末魔の呻《うめ》きを聞いて喜んでいる！」

ブッシュは、焦って侵攻する気はなかった。その必要すら感じていなかった。経済封鎖を強化するだけで、キューバとカストロは自滅するだろうと予測していたのである。そしてこれは、全世界の有識者の共通の観察であった。

しかし1991年12月21日、先に崩壊したのはキューバではなくソ連だった。ゴルバチョフは大統領を辞任し、この国はバラバラに分解した。そして、ロシア、ベラルーシ、ウクライナら11カ国からなる「独立国家共同体（CIS）」となったのである。

そして、キューバに対するソ連圏からの経済援助は、完全に停止された。この瞬間、キューバ共和国のGDPは40％もの減少を見せたのである。

「まさか、太陽が沈む時が来ようとはな」

カストロは、ハバナのマレコン浜で力なく肩を落とし、水平線の彼方にある遥かな東の大地を思い見た。そこは、太陽が昇るべき方角なのに。

今やこのカリブの島に残されたのは、生活必需品のほとんどを入手できなくなった上に、勝ち誇る世界最強の隣国に日夜狙われる地獄のような世界であった。

しかし、フィデル・カストロは昂然と顔を挙げ、そしてアメリカを雄々しく睨み付けるのだった。絶対に、希望は捨てない。なぜなら、彼はドン・キホーテなのだから。

煉獄の中で

1

ソ連崩壊は、歴史的な大事件であった。

米ソ両大国を中心とした冷戦構造は、第二次大戦後50年間の世界の在り方を規定していた。それが、突如として終わりを告げたのである。

アメリカの学者フランシス・フクヤマは、『歴史の終わり』などという本を書いたが、時代の気分は、まさにそんなものだった。

もっとも、アメリカとソ連とでは、最初から国力の差が有りすぎた。

アメリカは、もともと先進資本主義国としての様々な点で優位にあった上に、国土が第二次大戦でまったく損害を受けていなかった。これに対するソ連は、ようやく社会主義の建設途上に入った時点で第二次大戦の大惨禍を受け、国土の主要部が焦土と化した状態で冷戦に突入したのだった。

そんなソ連の最大の武器は、社会主義のイデオロギーだった。すなわち、万国の労働者が団結して、資本家の搾取を打倒し、庶民に優しい平等な社会を築き上げること（社会主義）で、ゆくゆくは全ての国富を全国民が共有する社会（共産主義）に到達することを理想としていた。これは、自由競争を無制限に賛美して、常に資本家の搾取の側に立つような、アメリカの「明白なる宿命」に対抗できる立派な思想であるように思われていた。だからこそ、ソ連はその脆弱な国力にもかかわらず、冷戦の50年間を耐えられたのである。

ところが、ここに無理が生じた。ソ連（ロシア）は、もともと大所帯の多民族国家であって、支配者が暴力を用いて統制しない限り纏まらない国であった。当然ながら、支配する側とされる側の間に格差が生じ、それは社会主義の平等の理想と矛盾する。それなのに、支配者が計画経済をやったり情報統制をかけたり出国を制限したりと、矛盾を強引に力技でねじ伏せようとした結果、国民の間に不満が漲《みなぎ》り、そして権力集団も自信を失ってしまったのだった。やがて、ジョージ・オーウェルが『動物農場』の中で活写したように、権力集団が堕落して私利私欲に走ったのである。そんなソ連は、次第にアメリカ同様の帝国主義へと傾斜していき、「チェコ事件」や「アフガン侵攻」などで、東欧諸国や中国やベトナムやキューバからの信頼を失うのだった。

もともと脆弱な国力しか持たず、しかも目指すべき理想を見失ったソ連の末路は、実に呆気ないものだった。レーガン以来のアメリカの強引な軍拡戦略の前に、腐った小屋が自然に朽ちて倒れるようにして滅び去ったのである。

しかし、これをアメリカの一人勝ちによる「歴史の終わり」と見るのは早計だった。

中東では、アメリカの新しい敵として、イスラム原理主義が台頭を始めていた。

そして、社会主義国家は全滅したわけではなかった。確かに、盟主であったソ連と東欧社会主義圏は滅びたかもしれないが、まだ中国、北朝鮮、ベトナムにラオス、そしてキューバが立っていたのだから。

もっとも、世界の識者のほとんどが、彼らの滅亡を「時間の問題」だと考えていたのだが。

2

1991年8月、ハバナで「第11回パンアメリカ競技大会」が開催された。南北両大陸から集まったスポーツ選手たちが、キューバで小ぶりなオリンピックを戦うのだ。

世界の識者たちは、キューバが陥った経済的苦境を知っていたので、この競技会が延期ないし中止されるものと予想していた。だから、予定通りに開催されたことが意外だった。

そこで、世界のマスコミ関係者は、スポーツとはまったく関係ないことに興味を抱き始めたのである。

「カストロ政権崩壊の瞬間を、シャッターに収められるチャンスかもしれないぞ！」

こうして、39カ国からやって来る選手団に交じって、世界中から1300名もの記者やカメラマンがハバナを訪れた。世界の識者たちの間では、カストロ政権の崩壊は時間の問題だと信じられていた。だから記者たちが興味本位に期待するのは、競技期間中に、興奮した群衆がカストロ兄弟に襲い掛かり、彼らをリンチにかけたり銃殺したりする場面だった。カストロが、ルーマニアの独裁者チャウセスクの二の舞になる場面だった。それは、まさに歴史的瞬間となるだろう。

しかし、記者たちが目撃したのは意外な光景だった。

ハバナの街は、確かに疲弊していたのだが、市井《しせい》の人々の表情は明るかった。みんな競技会を大いに楽しんで、結果が出るたびに一喜一憂するのだった。そして、カストロは笑顔で手を振りつつ、気楽な調子でスタジアムを訪れ、観衆の熱烈な「フィデル」コールに応えながら、連日のようにキューバ人選手の活躍を熱心に応援するのだった。

キューバ共和国は、非常にスポーツが盛んな国である。

もともとキューバ人はスポーツ好きなのだが、それに加えて、革命政権が建国当初から熱心にスポーツを奨励したためである。スポーツは、参加者の間に団結心や規律心や克己心を養うから、国民に「新しい人間」への覚醒を促す上で有益だと考えられたのである。もっとも、建国の父フィデル・カストロが、個人的にスポーツ（特に野球）好きだったことも大きな理由の一つではある。

かつてチェ・ゲバラは、こんなことを言った。「僕やラウルには、どうしてもフィデルに及ばないところがある。フィデルが『野球をやろうよ』と声をかけると、その場にいたみんなが、『ああ、自分は野球をやりたかったんだ』と思って、家にバットとグローブを取りに帰るんだ。指導者というのは、やっぱりそうじゃなくっちゃね」

この国には、「スポーツ体育庁」という独立の役所があり、ここがスポーツ教育を管轄している。全国から選抜された30万人の少年少女は、スポーツ導入学校（EIDE）や高等スポーツ完成学校（ESPA）に入って、スポーツエリートとしての高度な教育を受ける。最終的に各競技のナショナルチームに入れるのは1000人程度だが、それ以外の生徒たちも、何らかの形で体育教育に関わることが出来るようになっていた。キューバでは、全国で年がら年中、何らかのスポーツ大会が開催されているので、仕事にあぶれることはない。

似たような仕組みは、ソ連や東欧にもあった。しかし決定的に異なるのは、キューバではエリート選手に金銭的報奨が与えられない点である。たとえばソ連では、オリンピックで金メダルを取った選手は、国家から生涯にわたって贅沢な生活を保証されていた。だけどキューバの金メダリストは、祖国から栄誉を讃えられた上で、カストロに抱擁されて終わりであった。「カネ儲けを卑しい」と考えるカストロ主義は、どんな場面でも徹底している。これに関連して、キューバのスポーツ学校では、「カネ儲けは卑しい」という道徳教育が徹底されていた。それは、前述のとおり「新しい人間」の育成こそが、この国のスポーツ教育の真の狙いであるからだ。

いつしか、キューバのスポーツは世界最高レベルに達していた。だから、「第11回パンアメリカ競技大会」の優勝の栄冠が、開催国の上に輝いたのは当然のことだった。

国威を発揚出来て大満足のカストロは、気さくに各国の選手たちを労《ねぎら》って回った。

「ありがとう、君たちが参加してくれたお陰で、大会が盛り上がりました」

カストロが、アメリカ人選手団にわざわざそう言ったのは、もともと彼らが大会をボイコットする予定だったからである。アメリカは、他の参加諸国から「スポーツを政治に従属させるべきではない」との抗議を受けたので、仕方なしにキューバに選手団を派遣したのだった。つまりアメリカは、キューバの国土に「穢《けが》れ」を感じているのである。彼らのキューバ敵視の根底には、宗教感情が横たわっているのだった。

一方、外国人記者団は、拍子抜けしてハバナ空港への帰路を辿った。これでは、普通の国の普通のスポーツ大会と変わりない。わざわざ来て損をした。何しろ、暴動どころかデモさえ起こらなかったのだから。

何よりも意外だったのは、キューバ国民が、心から独裁者フィデル・カストロを好いているらしいことだ。人民に愛される社会主義の独裁者など、西側諸国の記者にとっては有り得ない概念なのだった。

そして、キューバのスポーツ選手団は、この翌年のバルセロナ・オリンピックでも、31個のメダルを獲得するという獅子奮迅の大活躍を見せるのだった。この島国が未だに「小さな強国」であることを、全世界はまたしても思い知らされたのである。

3

しかしながら、ハバナの競技大会とバルセロナ五輪参加は、キューバの国内経済に相当な無理を強いたイベントだった。カストロ政権はそれを知りつつ、これを敢行するしかなかったのである。それは、諸外国に向かって、この国が未だに強国として健在であることをアピールするとともに、フラストレーションを溜めた国民の心に憩いを与えるためであった。

すでに1990年以来、キューバ経済は危機的な状況に突入していた。

カストロ議長は、1990年8月に「平和時の特別期間」を宣言している。これは、国民に事態の深刻さを知らせるとともに、政府が準備している対策を次のように述べていた。

起こり得る事態を、4段階に分ける。まず、石油輸入が年間最低必要量1000万トン以下になった場合を第1段階とする。さらに、輸入量が200万トン減少するたびに新たな段階とする。最悪のケースは輸入ゼロ、すなわち「ゼロ・オプション」だ。

こうした事態への対策は、次のとおり。徹底した緊縮政策をとり、(1)国営部門への石油供給制限、(2)国民向けガソリンの3割削減、(3)家庭電力の1割自主削減、(4)生産性の悪い工場や学校の閉鎖、(5)肥大した官僚組織の合理化、(6)労働者の配転を行い、休業者に給料の6割を支払う。

これらの具体的で現実的な施策の立案は、カストロが1986年のソ連訪問で、近い将来の社会主義経済圏の崩壊を予想した時から始まった。彼は、帰国した直後から若手のブレーンたちを集め、起こりうる状況を入念にシミュレーションさせていたのである。髭の独裁者は、老いてもなお、革命戦士の柔軟な頭脳と勘を失っていなかったというわけだ。

そして、キューバ国民はカストロの布告をテレビで聞いて、なんとなく安心した。どうやらフィデルは、状況を完全に把握しているらしい。だったら、心配いらないだろう。過去30年、ずっとそうだったのだから。

パンアメリカ競技大会やバルセロナ五輪を無事に成功させたのは、一般世論のこういった気分なのだった。

しかし、食糧の減少は深刻だった。国民は、配給券を片手に国営市場に並んでも、従来の半分の食糧しか入手できなくなったのである。パンは一日1斤、卵は週3個、魚肉か鶏肉の塊が月に1個、食用油は1年に1瓶となる。ミルクは、8歳以下の子供のみに支給されるようになった。やがて、従来は職場で無料支給されていた昼食が有料に変わった。これらの結果、キューバ国民の一日当たりの平均摂取カロリーは、従来の3000カロリーから1800カロリーへと、ほぼ半減してしまった。

カストロ政権は、都市郊外の遊休地を食糧生産用の農地に転用すると同時に、従来はあまり魚肉や野菜を食べなかったキューバ国民に、海で漁をしたり自家菜園を持つことを勧めた。また、各地の農村に若者向けのディスコや飲み屋を新設し、都市で仕事にあぶれた若者たちが田舎で帰農しやすい環境を作ったのである。

しかし、石油不足から、頻繁に停電が起きるようになった。酷い場合には、16時間も電気が来なくなるのである。それどころか、火力発電所で使われる油質が粗悪になったため、街中がスモッグに覆われるようになった。

カストロ政権は、電車やバスなどの公共交通機関の本数を減らし、国民に自家用車の使用を自粛させることで、良質な石油を発電に回した。また、都市区画ごとに停電の時間帯を合理的に割り当てることで、極端な停電を回避しようとした。

それにしても、普通の近代国家なら、もはや存立不可能な状況である。当然ながら、国民の間で不満が広がり、亡命希望者が増加した。やがて、国内の反政府運動家が公然と政府を非難するようになった。未曾有の危機の前に、カストロ議長の苦悩は深まった。今回の危機は、経済問題である。そしてカストロは、経済が苦手だった。1970年の「グラン・サフラ計画」をはじめ、予定通りに成功させた試しがない。しかし、彼はまだ、この逆境に勝てる気でいたのである。

1991年7月、メキシコのグアダラハラで開催された「第1回イベロ・アメリカ首脳会議（スペイン語を話す国々の国際会議）」に出席したカストロは、スペイン国王をはじめとする21カ国の首脳たちと親交を結び、新たな通商関係への道筋を付けようと試みた。

このとき、多くのラテンアメリカ諸国の大統領が、「キューバは、社会主義を放棄して、国内を民主化した上で資本主義に移行すべきだ」との勧告を行ったのである。しかし、カストロは首を頑固に横に振り続けた。彼は内心で、先輩面した「大統領」たちに毒づいているのだった。

「何が資本主義だ。アメリカ企業に国中の基幹産業を買い占められ、国民を低賃金で奴隷状態にさせることが、本当に正しい在り方だと思っているのか？　何が議会制民主主義だ。ろくな理想も政策も持たず、私利私欲を満たすためにカネで票を買うような政治屋たちが、本当に国民を幸せに出来ると思っているのか？」

フィデル・カストロは、もう64歳になっていた。だが、彼の心の中に住むドン・キホーテは、まだまだ愛馬ロシナンテを太腿の下に従えているのだった。

4

1991年10月10日、順延を繰り返していた「第4回共産党大会」が、サンチアゴ・デ・クーバ市にて開催された。

カストロ議長は、冒頭演説で、国家が陥っている苦境を膨大な資料とともに詳説した。

ソ連からの商品輸入は、当初目標の4分の1に過ぎない。特に、1991年初頭の5ヶ月は、ほとんどの食料輸入が途絶えた。今でさえ、豆50％、ラード7％、植物油16％、バター47％、缶詰肉18％、粉末ミルク22％、魚肉11％しか受け取っていない。これ以前に輸入されたソ連製の車両、テレビ、冷蔵庫、扇風機のための交換部品は、1％しか届いていない。化学肥料、タイヤ、石鹸、洗剤、鉄鋼、非鉄金属、新聞印刷用紙、化学製品、炭酸ナトリウム（ガラスの原料）の輸入は、まったくのゼロになった。

しかし議長は、「苦境の中でも革命は堅持され、キューバの独立は維持されるだろう」と宣言し、次のように述べたのである。

「外国人はキューバに、ソ連を見習って民主主義をやるべきだと言う。ペレストロイカを行うべきだと恩着せがましく言う。だが、考えてみよう。道端に捨てられた子供にどうやって民主主義を話すのか？　飢えた人たち、読み書きの出来ない人たち、カネで飼われて奴隷のようになった人たちに、どうやって民主主義を話すのか？　貧者には社会保障も住宅供給もなく、富者だけに教育と健康が提供されるような社会のどこに、民主主義が存在するというのか？　搾取する者とされる者から構成される社会に、いったいどのような民主主義が有り得るというのか⁉」

満場の代議員1700名は、「ノー！」と声を合わせた。

「キューバには民主主義の教訓など必要ない。なぜなら、本当の民主主義は、社会主義のもとで初めて達成できるからである！　我々の在り方こそが、真の民主主義なのだ！」

興奮したカストロは、演壇上に伸び上がって叫んだ。

「社会主義か死か、我々は勝利する（ソシアリスモ・オ・ムエルテ、ベンセレーモス）！」

しかし、大会参加者の中には、カストロのあまりの保守傾向に不安を感じる者もいた。そもそも、冒頭演説で詳説された破滅的な物資の欠乏は、精神論だけではとても補いきれないほどである。

だが、これはカストロ一流の戦術だった。「最初に、最悪のことを言う」のが、彼が編み出した人心掌握のコツである。その後の発言や行動が少しでも上向けば、大きな進歩があるように周囲に思わせることが出来るからだ。

大会4日目、カストロは、かねてより準備していた「新綱領」を読み上げたのである。

⑴経済政策：ソ連東欧に代わって、中南米諸国や中国、そして日本からの投資誘導を行う。外貨獲得産業として、新たに観光業と医薬品の製造輸出に重点を置く。⑵民主化に関わる措置：信仰を持つ者にも共産党員の資格を与える。そして、国会・州議会議員に完全な秘密選挙制を導入する。さらに、農民や技術者の個人企業経営を許可する。⑶機構改革：書記局を廃止し、政治局を縮小する。中央委員会の人員は6割削減とする。

この綱領を見ると、一党独裁制などの国家体制の基本形は堅持されたものの、かなり「経済自由化」に歩み寄っていることが分かる。特に目立つのは、ソ連崩壊がもたらしたプラスの側面を生かす考え方である。たとえば、これまではソ連との政治関係から絶縁せざるを得なかった中国や日本との関係の再構築。そして、ソ連のポリシーに引きずられて弾圧せざるを得なかった宗教の復権がそうである。

ただしキューバでは、従来から教会破壊や聖職者殺戮などの激しい宗教弾圧はなかった。この国の宗教勢力は、清貧なイエズス会系のカトリックが主流だったため、ソ連・東欧と違って富裕な特権階級を構成していなかったので、攻撃の対象になりにくかったのである。そのため一般国民は、革命下でもカトリックの教会で洗礼を受けたり、サンテリア（アフリカ渡来の宗教）の儀式を受けたりしていた。しかも、この国の共産党員の中には、昔から熱心なキリスト教信者がいたのである。ただ、キューバ政府は、その実態を「宗教はアヘンなり」などと呼ぶソ連や外国人の前で隠していただけだった。

国民は、やがて中国から借款で大量に搬入された100万台の自転車を、ガソリン不足で役立たずとなった自動車に代わる新たな足とするだろう。その方が、健康のためにも環境のためにも良い。

そして国民は、公認された信仰によって、経済苦で荒れた心を癒すことが出来るだろう。卑しい金銭欲で心を癒すくらいなら、宗教の方が遥かに良い。

カストロのこうした現実的な政策を耳にして、多くの議員や党員たちは安堵の笑顔を浮かべるのだった。その結果、引き続いて行われた選挙の中で、フィデル・カストロは国家評議会議長に再任されたのである。

自信をつけたカストロは、党大会の閉会演説で怒号した。

「これから、我々はますます苦難の時期を迎えることだろう。社会主義を堅持するキューバ人の誰にでも、黙示録的な殉教者の死の可能性があるだろう。もし政治局員が全員死ななければならないのなら、我々は死ぬだろう。だからと言って、我々は弱くならない。もし党員全員が死なねばならぬなら、我々は死ぬだろう。だけど、我々は弱くならない。そして、革命を潰すために、敵が国民全員を殺さなければならないとしても、国民は党と指導者を信じて喜んで死に行くことだろう。その時でさえ、我々は弱くならない。なぜなら、敵は、我々の後に続く数十億の人を殺さねばならなくなるからだ。人は死ぬかもしれないが、模範は決して死なない。人はいつか必ず死ぬけれど、理想は決して消えない。自尊心と尊厳を持つ生命は、決して地上から消えることはないからだ！」

5

カストロ議長が、大会最終日の演説で「死」という言葉をしきりに口にした理由は、アメリカ合衆国の悪意と敵意が日ごとに増していたことに起因する。

１９９２年10月、「キューバ民主化法（トリセリ法）」がアメリカ議会を通過した。「キューバの民主化を促すために、経済封鎖を強化する」目的のこれは、ブッシュ大統領ですら承認を躊躇したほどの悪法であった。

アメリカは、すでに1960年からキューバとの直接交易を停止している。ケネディ時代には、「進歩のための同盟」政策で、南北アメリカ世界全体を経済封鎖に協力させようと試みたのだが、それはやがて分裂した。その後、ソ連が熱心にキューバに援助を与えていた時代には、アメリカの経済封鎖自体がほとんど無意味だった。かえって、アメリカ産業界の方が、キューバ産の砂糖や葉巻やニッケルを入手できずに不利益を受けたくらいである。だから、米産業界は抜け道を作った。すなわち、海外子会社を通じてキューバとの貿易を行ったのである。そして米政府も、それを知りつつ黙認していた。

しかし、ソ連崩壊で状況が決定的に変わり、経済封鎖の有効性が高まった今、亡命キューバ人団体CANFは、共和党のトリセリ議員と民主党のクリントン議員を籠絡《ろうらく》することにしたのであった。ロバート・トリセリ議員は、もともとキューバに同情的な人物だったのだが、CANFから大金を積まれて変節し、対キューバ経済封鎖の強化法案を議会に提出した。だから、この「キューバ民主化法」の通称が「トリセリ法」なのである。

また、民主党の大統領候補だったビル・クリントンも、次回の大統領選挙での亡命キューバ人票が欲しいものだから、CANFに忠誠を誓った。

これを見て焦ったブッシュ大統領は、選挙に負けることを恐れて、大急ぎで希代の悪法にサインを与え、そしてアメリカの国際的威信を失墜させてしまったのである。

以上の経過を見れば、アメリカ型民主主義が、必ずしも正しい政治の在り方とは言い得ないことが納得できるだろう。

こうして成立した「トリセリ法」の骨子は、アメリカによる対キューバ貿易の完全停止である。その適用範囲には海外子会社も含まれ、禁輸品目には食料や医薬品も含まれる。また、キューバと貿易をした外国船は、以後180日間、アメリカの港に入れないこととされていた。つまり、アメリカとの経済関係が密接な国（たとえば日本）は、キューバとの交易を完全に封じられたことになる。

まさに「兵糧攻め」である。

この法律の違法性と非人道性については、当のキューバ政府のみならず、国連をはじめとする世界各国から抗議の声が上がった。そもそも、食料や医薬品の貿易を完全に禁じるのは、明白な国連憲章違反であり国際法違反である。

1992年11月、「第47回国連総会」で、キューバ代表アラルコン外相から、「トリセリ法」の撤回を求める提案がなされた。その結果、賛成票59、反対票3（アメリカ、イスラエル、ルーマニア）、棄権ないし無効票71（日本含む）で、この提案は可決された。当然の結果である。しかし、アメリカはこの決議を完全に無視した。

アメリカ国内でも、「ニューヨーク・タイムズ」ら良心的なメディアが、「貧しいキューバをさらに苦しめるのか！」と、強く政府を非難したのも当然のことだ。もちろん、アメリカ政府はこれらの声を完全に無視した。

それにしても、一つの主権国家の国民を飢餓状態に追い込むような法律を作って、これを「民主化法（Democracy Act）」と名付けるアメリカ政府のセンスには驚き入るしかない。

考えてみれば日本だって、原爆や大空襲で国土を焼け野原にされた後で、アメリカから民主主義を「布教」してもらった国だ。そして、日本人が戦争中の蛮行についてアメリカ人に抗議をしても、「君たちは、そのお陰で民主主義になれたじゃないか！」などと言い返されてしまうのが通例だ。この時、アメリカ人は詭弁を言って誤魔化しているわけではない。彼らは、本気でそう思っているのである。

繰り返しになるが、アメリカの行動原理である「明白なる宿命」は、狂信的な宗教である。この宗教を奉ずる原理主義者たちは、自分たちとは異なる思想や考えを持つ人々を「悪魔」とみなし、手段を選ばず「浄化」しようとする。そして、彼らを改宗させて「アメリカ型民主主義の信者」に造り変えることに誇りと喜びを感じるのだ。

だから彼らは、キューバ国民を飢餓状態に追い込むことに対して、まったく良心の呵責を感じないのだった。その結果、カストロ政権が倒れてキューバが「民主化」されるのなら、その過程で何万人、いや何百万人の無実の人々が苦しんで死のうと関係ないのだった。かえって、餓死者たちは「浄化」されて幸福になったと考えるのだ。

ブッシュ大統領は、冷酷な「トリセリ法」の成立に多少の戸惑いを感じながらも、これでカストロ政権の命運が決まったことを確信していた。

「食料と生活必需品が半分以下になって、平気でいられる国民は地上に存在しない。いずれ暴動が起きて、カストロは民衆に殺されることだろう」

ジョージ・ブッシュは感慨にふけった。思えば、長かった。アイゼンハワー以来7人のアメリカ大統領が、カストロに挑戦して果たせなかった。ＪＦＫ、ジョンソン、ニクソン、フォード、カーター、レーガン。彼らに出来なかったことを、ついに自分がやり遂げるのである。

6

このとき、キューバ革命は、確かに滅亡の瀬戸際に追い詰められていた。

1992年7月、キューバで憲法の大改正が行われた。

この国では、こういう場合、全国各地で数多くの民間政治組織が、改正内容について活発な議論を行う仕組みになっている。そのため、一人ひとりの国民が、「自分も政治に直接参加している」高い意識を持つことが出来るのだった。もちろん、最終的な決定権を持つのは全国議会でありカストロ周辺なのだが、キューバ国民が、長期独裁を続けるカストロ政権に窒息感をそれほど感じないでいられるのは、一般人でも当たり前のように国政について議論を行えるこの仕組みがあるからだった。これが、キューバ流の「草の根民主主義」なのである。

だからカストロは、自国の民主主義に自信を持っていた。アメリカ型の議会制民主主義よりも、遥かに優れた在り方だと考えていた。

さて、こうした全国レベルでの議論の結果、キューバ憲法の全141条のうち76条を改正するという荒療治が行われたのである。

憲法の前文からは、マルクス・レーニン主義やソ連東欧圏に関する文章が削除修正されるとともに、ラテンアメリカ世界への回帰が謳われた。また、国力の衰えを自覚して、海外派兵やゲリラ支援などの国際主義の根拠となる条文が削除された。それ以外の経済政策や政治機構改革については、ほぼ前年の「第4回共産党大会」での決議内容が反映されており、個人企業設立の可能性や信仰の自由などが明記された。

しかし、憲法を変えただけでは意味がない。何よりも国家の優先事項とされたのは、経済問題であった。経済を回復させない限り、国民は幸せになることが出来ない。そこで、カストロは老体に鞭打って、活発に世界を歴訪し、あるいは各国の使節と会見を持った。貿易に活路を開き、外資を導入するためである。

こうした努力が実り、カナダや西欧や日本の企業、あるいは中国政府が、キューバでの油田開発や鉱山開発に興味を持ってくれた。しかし、交渉を煮詰めていく過程で、その多くが尻込みして去ってしまった。アメリカ政府からの激しい妨害や、CANFからのテロ予告や脅迫状に恐れをなしたからである。その結果、無事に成立した投資案件は、予定の10分の1にも満たなかった。

原子力発電所の建設計画も頓挫した。1992年10月、エリツィン政権下のロシア政府が、アメリカの外圧に屈して、一方的に援助の打ち切りを通告したからである。キューバ原子力庁の長官は、カストロの長男フィデリートことフィデル・カストロ・バラルト原子物理学博士だったのだが、彼は失意のうちにその職を辞したのである。

こうして、食糧不足も電力不足も、回復の目処《めど》が立たなくなった。

人々は、空き地に家庭菜園を作り、漁や狩りに出かけた。悪質な者は、農村に侵入して作物や家畜を盗んで食った。子供たちは、木の実を取ろうと樹木に蟻のように群がった。まるで、原始時代のようである。

石鹸が不足したから、風呂にも入りにくくなり、手も洗いにくくなった。風呂好きで綺麗好きなキューバ人にとって、これは空腹以上に不愉快なことだった。

老人は、孫たちに食糧を優先的に分け与えたので、ミイラのように痩せ衰えて容易に骨折するようになった。やがて、若者たちの視力が、ビタミン不足で急激に低下する現象が起き始めた。

ガソリン不足と電力不足によって、電車やバス、自動車が大幅に削減されたため、通勤や通学は自転車で行うのが当然となった。自転車を使えない体の不自由な人などは、トレーラーを改造した超大型バスに、鈴なりになって乗り込んだ。当然、路上で振り落とされて大怪我をする人が続出した。そこで、自家用車を持つ者は、ヒッチハイクする人を必ず乗せるように法制化された。

やがて、街中に張られた「社会主義か死か」という政府のスローガンは、夜陰に乗じて「社会主義は死だ」と書き換えられるようになった。

こうした様子を聞き知ったブッシュ大統領やCANFの幹部たちが、「カストロ政権の崩壊は間近」だと確信したのは、むしろ当然のことだったろう。

しかし、キューバではまったく暴動が起こらなかった。小さなデモさえ起こらなかった。「髭の独裁者の公安警察が、よほど優秀なのだろうか?」ブッシュやCANFは首をかしげたのだが、本当の理由は、別のところにあった。

キューバには、昔から貧富の差がなかった。人種差別もなかった。そして、政治家も一般人も、みんな空腹と不便さを分かち合っていた。だから市井の人々は、怒りの矛先を国内の誰かに向けることがなかった。むしろ、人々の怒りは、自分たちを残酷な経済封鎖で苦しめるアメリカへと向けられるのだった。

しかも、この国の政治家の清潔さは、逆境の中でますます際立っていた。

1992年4月、カストロ兄弟に次ぐナンバー3の権勢を誇っていたカルロス・アルダナ党書記は、外遊中に海外で使えるクレジット・カードを入手したことが発覚して、即座に解任されたのである。すなわち、キューバ政府の要人には、贅沢が決して許されないのだった。

後任のカルロス・ラヘ党書記は、市井と同様の質素なワイシャツを纏い、自転車で国会議事堂まで通勤していた。食糧の調達も、母親が一般市民と同じ配給券を用いて、国営市場の長い行列に並んで行うのだった。
そして、フィデリートことフィデル2世は、カストロの長男であるにもかかわらず、原子力庁の活動休止とともに単なる待業者となっていた。他のカストロの子供たちは、まったく政府の仕事に就いておらず、弁護士か医者か技術者になっていた。そもそも、カストロの眷属《けんぞく》の中で、政府の仕事をしているのは弟のラウル副議長一人だけだ。ただし、ラウルはカストロの弟というより、むしろ同志と見るのが正しい。

市井の人々は、こんなカストロ政権の清潔な在り方を誇りに思っていた。物欲と不正に満ち溢れ、二世議員や三世官僚に牛耳られるのが当たり前の、アメリカら資本主義世界の政府要人たちよりも、よほど真面目で立派な為政者たちを深く尊敬しているのだった。

そして、キューバ革命の「弱者救済」のポリシーは、このような非常時でも健在だった。

この国では、労働者の切捨てはまったく起こらなかった。休業者や待業者にも、標準報酬の6割が必ず支給されたのだ。そして、医療費は相変わらず無料で有り続けたから、ビタミン不足で視力障害を起こした人も、すぐにビタミン剤を無償で配給してもらえるのだった。そして、学校はもちろん、身体障害者や知的障害者の施設も、従来どおりに運営されていた。食糧や医薬品は、常に病人や老人や幼児といった弱い人々に優先的に配分されていた。だからこの国では、未曾有の物資不足にもかかわらず、一人の浮浪者も一人の餓死者も出なかったのである。

その上、革命政権の逆境打開への必死さは、一般世論に大きな安心感を与えていた。カストロは、毎日のようにテレビで演説し、市井を歩き回って、現在の状況について正直に克明に積極的に説明していた。いわく「現在は、『平和時の特別期間』の第三段階である。もう少しで第二段階の水準に回復できる」。いわく「コロンビアとの国交が回復できたので、食料品の輸入に道筋がついた」。いわく「我が国で開発したB型髄膜炎ワクチンが、南米世界の市場において、2億ドルの高値で売れる目処がついた」。いわく「中国政府が、トリセリ法に逆らって医薬品を輸出してくれることになった」。

カストロ政権に対して、いったんは怒りの拳を上げた人々も、こうした指導者の働きを見ているうちに心が和らぐのだった。フィデルは、絶対にポリシーを見失わない男だ。いつも国民のためを最優先に考えて頑張ってくれるし、どんなときでも揺らいだりブレたりしない政治家なのだ。だったら、もう少し我慢しよう。きっと、彼なら何とかしてくれるに違いない。

それに、仮にアメリカ型資本主義を受け入れたら、いったい何が起こるのか？　キューバ人は皆、旧ソ連で起きていることを知っていた。大挙して入り込んできた西側資本に乗せられ騙され蚕食され収奪され、財産も誇りも全てを盗られて、抜けがらのようになったロシアの若者は、麻薬と酒に溺れている。幼い少女でさえ、「あたしの夢は、早く大きくなって日本で売春してお金持ちになること」などと当たり前のように公言している始末だ。キューバ人は誰も、愛する祖国をそのような地獄に変えたいと思わなかった。

こうした市井の空気を受けて、1993年2月に実施された改正憲法下で初の全国選挙では、589名の国会・州議会議員候補者の全員が、90％以上の得票を受けて再任された。信任投票型とはいえ、完全な秘密選挙でこの結果である。フィデル・カストロも、93％の票を得て、国家評議会議長に再選されたのだった。

「いつになったら暴動が起こるのだ。いつになったらカストロは倒れるのだ！」

ブッシュ大統領は、キューバの心配をしている場合ではなかったかもしれない。先に暴動が起きたのはアメリカで、先に政治生命が尽きたのは彼の方だったのだから。

1992年4月、ロサンゼルスで黒人の大暴動が起こり、4000近い家屋が焼き払われ、2100人もの市井の人々が死傷した。アメリカ社会特有の貧富格差や人種差別の激しさに基づく憤懣が、ある黒人に対する不当な裁判判決をきっかけに大爆発したのであった。

そして、1992年11月の総選挙は、民主党のビル・クリントンの勝利に終わった。

ジョージ・H・W・ブッシュは、結局のところ「カストロを倒せなかった8人目の大統領」として、その名を歴史に残す結果に終わったのである。

7

1993年1月、フィデル・カストロは、民主党のビル・クリントン政権の誕生に淡い希望を抱いた。クリントンは、地方議員から偶然の成り行きで大統領になったため、ケネディやカーターと同様に、「明白なる宿命」の主流から外れていたからである。

「あんな美人の奥さんがいるくらいだから、きっと立派な男だろう」

カストロは、周囲に冗談交じりに語った。なるほど、クリントン夫人ヒラリーは、彼の初恋の人ミルタに面影が似ているのだった。

しかし、この希望はすぐに裏切られた。クリントンは、確かに革命キューバに対する狂信的な悪意は持っていなかったが、諸事においてはっきりした定見を持たずに、外野に流されやすい人物だったのである。つまり、この大統領は、莫大な政治献金をしてくれる亡命キューバ人組織CANFの言いなりだった。

ＣＡＮＦの会長である大富豪ホルヘ・マス・カノーサは、１９９２年初頭に、「今年こそカストロ政権は崩壊する」と自信満々に予言した。しかし、その予言は完全に外れたので、面子が潰れたカノーサ会長は大いに焦っていた。

そこで彼は、「明白なる宿命」の権力集団と打ち合わせを行い、二段構えの作戦を講じたのである。第一に、革命キューバの評判を落とし国際世論から孤立させる。第二に、キューバ国内の不満分子を扇動して暴動を起こさせる。ここまでのお膳立てが終われば、アメリカ正規軍による総攻撃も可能となるだろう。なぜなら、「独裁者の暴政に苦しめられる善良なキューバ市民の救援」を大義名分に出来るから。

この策略の事始めとして、１９９３年3月、アメリカ政府の圧力を受けたジュネーブの国連人権問題委員会は、「キューバが継続的に国内で人権侵害を行っており、刑務所内で数万人の政治囚を虐待している」との非難決議を行ったのである。

アメリカからの当該案件の提議は、すでに１９８０年代から行われていたのだが、ほとんど決議を通ったことがなかった。しかし、今回は違った。アメリカは、旧東欧諸国を政治工作で味方に付けて、多数決で優位に立ったのだ。

このとき、アメリカを熱心に応援したのがチェコ共和国だった。かつて「プラハの春」を牽引した劇作家ハヴェルを大統領に戴くこの国は、ソ連による非道な侵略「チェコ事件」を肯定したカストロを憎んでいたのである。かつてあれほどキューバを応援してくれたチェコなのに、皮肉な話だ。

そもそも、裏工作と多数決で決まってしまう「人権侵害」というのが、おかしな話だが。

ともあれ、この結果に衝撃を受けたキューバ政府は、「我が国では、政治的行方不明者はまったく存在しないし、刑務所内での拷問も行われたことがない」「刑務所内の政治囚への劣悪な処遇は、諸外国で当たり前なのに、キューバだけが糾弾されるのは不公平だ」などと反論したのだが、国連決議を覆すことは出来なかった。

実際に、キューバでは、旧ソ連や東欧ほどの人権弾圧は行われていなかった。

もちろん、アメリカと手を組んで政府に敵対した者や、反革命の旗幟《きし》を鮮明にして破壊行為などを行った者は、逮捕され裁判にかけられた結果として政治囚になっている。国中のあちこちの施設には、盗聴器が仕掛けられている。そして革命防衛委員会（ＣＤＲ）は、反革命運動を取り締まるために、全国津々浦々で活動していた。ただし、民衆が街角で政府の悪口を言う程度の微罪なら当局に通報されることはないし、仮に逮捕されても「自己批判」をすれば釈放してもらえるケースが多かった。そういうわけで、この国の市井には「反政府運動家」というのがちゃんと存在していて、意外と大っぴらに活動していたのである。ただし、冤罪で逮捕された者はいただろうし、刑務所内で政治囚への虐待や拷問が起きていた可能性までは否定できないのだが。

いずれにせよ、同時期の北朝鮮や中国やイラクなどでは、遥かに深刻で悪質な言論弾圧や人権侵害が継続的に行われていた。中国の「天安門事件」（１９８９年6月）が、その好例であろう。当のアメリカにだって、その国内には酷い待遇を受ける政治囚が大勢いた。それなのに、国連がキューバを名指しで糾弾するのは、不公平であることに違いなかった。

しかし、国連も捨てたものではない。客観的に公平に物事を判断することもある。

１９９３年度の「第48回国連総会」では、再び「アメリカの対キューバ経済封鎖」への弾劾決議が行われ、今回は賛成88、反対３の結果となった。

これを見たヨーロッパ連合（ＥＵ）は、トリセリ法を無視してキューバとの貿易を再開することを宣言し、やがてカナダもこれに続く。アメリカは、国際世論をますます敵に回す結果に陥ったのである。

こうした状況を見た「ニューヨーク・タイムズ」が、「我が国は、経済封鎖の緩和と引き替えに、全ての政治囚の釈放をカストロに求めるべきだ。そうすれば、あらゆる問題が一気に解決されるだろう」と論説したのは、しごく尤《もっと》もな見解であろう。

一般のアメリカ国民でも、正確な事情を知り得た人々は、祖国の非道なやり方に義憤を感じた。そんな彼らは、政府の意向を無視し、食料や医薬品を満載した船をチャーターして、キューバに乗りつけたのである。

もちろん、アメリカの権力集団は、これらの動向を完全に無視したのだが。

いずれにせよ、アメリカが企図したキューバを国際的に孤立させる計画は、ヨーロッパ諸国やカナダらの離反によって、画竜点睛を欠く結果に終わっていた。

もっとも、そうなった背景には、いわゆる第三世界の国々の存在がある。

キューバは、第三世界の国々にとても人気があった。それはもちろん、この国が献身的なボランティア活動や留学生の無償受け入れなどで、これら発展途上国を助けてあげたからである。さらに、アンゴラやエチオピア、民主化以後の南アフリカ、そしてナミビアは、キューバ軍の捨て身の活躍によって祖国を侵略や暴政から救ってもらい、とても言い尽くせぬほどの恩義を感じている。だから彼らは、1989年にキューバを国連安全保障理事国に推薦したのだし、国際会議でいつもキューバを擁護してくれるし、毎年の国連決議で必ずキューバ側に立って投票してくれるのだった。

キューバが、大国アメリカの執拗な多数派工作を跳ね返し、国際的孤立を免れたのは、こういった第三世界の国々の友情の賜物なのだった。そしてアメリカが、キューバ軍の急激な弱体化を知りつつも即時侵攻を行えないのは、これら発展途上国の強い意思を無視できなかったからである。

まさに、「情けは人のためならず」と言えようか。

8

キューバの国際的孤立化に失敗したアメリカは、せめて敵国内で大規模な民衆暴動を起こさせようと工作した。

どうして、これまでキューバで暴動が起こらなかったのか？

それは、「不満分子が亡命者として海外に出されてしまうからだ」と、アメリカ政府とCANFは考えた。だったら、不満分子をあの島の中に閉じ込めてしまえば良い。そもそも、「兵糧攻め」の要諦は、敵に口減らしをさせないことにある。

アメリカとキューバとの間には、レーガン時代に締結された移民条項があった。これは、「マリエル港事件のような混乱を避けるため、ハバナのアメリカ利益代表部（大使館）は、毎年2万通までの入国ビザをキューバ市民に与えることとする。ビザを受け取った亡命希望者は、ハバナ空港から大手を振ってマイアミに亡命できる。そしてアメリカは、キューバに対する反政府宣伝やテロ攻撃を手控える」という内容だった。

しかし、アメリカ政府は、この条項を一方的に破棄したのである。すなわち、ハバナの利益代表部は、アメリカへの入国ビザの発給を完全に停止したのだ。これでは、亡命希望者は飛行機に乗ることが出来ない。そのくせに、亡命者の受け入れ自体は従来どおりとしたのだから性質が悪い。

この結果、キューバ島北岸は大混乱となった。生活の苦しさに耐えかねた市民は、自分たちで筏を作って海に出た。もっと過激な人々は、港湾でヨットやモーターボートを乗っ取って、アメリカに逃げようとした。この過程で、止めようとする沿岸警備隊との争いが生じたのだが、CANFの武装グループは、小型船で海岸線に接近して、こうした争いに参加したり煽り立てたりしたのである。

そんな中の1994年7月13日、タグボートでフロリダに逃げようとした63名の市民が、これを追った沿岸警備艇と衝突事故を起こして海に落ち、女子供老人を含む32名が溺死するという悲劇が起きた。

このニュースを知ったアメリカのメディアは、大喜びで「カストロによる民衆大虐殺」を全世界に報じた。欣喜《きんき》したクリントン大統領も、議会演説で「キューバ独裁政権の残虐性」を厳しく糾弾した。全世界の大衆はもちろん、一部のキューバ国民もこの悪質なプロパガンダを信じてしまったのだが、実際にはこれは不幸な事故だったのだし、元はといえばアメリカが移民協定に違約したことが原因で起きた悲劇なのである。

1994年8月6日、亡命希望の若者たち約500人が、マリエル港に停泊中のフェリーを乗っ取ろうと集まってきた。彼らは、アメリカの「ラジオ・マルティ」の扇動放送によって、先月の事件がキューバ政府による虐殺だと思い込まされていたので、拡声器を用いて解散を呼びかける警官隊に向かって、怒りを込めて投石を行い棍棒で殴りかかったのである。

これが、キューバ革命史上初の大暴動の勃発だった。アメリカ政府が、34年間待ちに待った事態が、ようやく到来したのであった。

しかし、カストロ議長は動じなかった。アメリカの卑怯な策略に付き合い始めてから34年になる彼にとって、このような成り行きは想定の範囲内なのだった。知らせを受けたカストロは、警官隊に「暴力を用いず速やかに退却するよう」命令すると、続いて民間の「革命防衛団」に出動を命じたのである。そして、自らも腰を上げた。

このころハバナの街では、観光用ホテルの改築や新築のため、多くの労務者が働いていた。非常呼集を受けた彼らは、直ちにハンマーやシャベルや鶴嘴で武装すると、汗に光る半裸の上半身をいからせて隊列を組んだ。そして、いくつもの集団に分かれた彼らは、ゆっくりと港へ続くあらゆる街路を進み、暴徒たちを包囲するようにマリエル港を封鎖した。

やがて暴徒たちが、退却する警官隊を追いながら市街に向かって突進すると、入れ替わりに登場したこの労務者の壁によって遮られる形となった。

「直接民主主義を奉じるキューバ共和国では、民衆の暴動を鎮めるのは民衆自身でなければならない」カストロはこういった信念を持っていたので、かねてより革命防衛委員会（ＣＤＲ）を通して、非常時に暴徒を鎮めるための訓練を労務者集団に課していた。これが「革命防衛団」である。

そして暴徒たちは、警官隊や軍隊になら襲い掛かる決意があったけれど、同じ市民である労務者と戦うことには心理的な抵抗を持っていた。

「そこをどけ！」「フィデルのバカには、もう我慢ならねえ！」「一緒に戦おう！」

５００名の暴徒の群れは労務者たちに呼びかけたのだが、道路を塞ぐように隊列を組んだ「革命防衛団」の男たちは、厳しい顔のまま無言で彼らを睨むのみ。

やがて、労務者たちの隊列の背後で大歓声が沸き起こった。そして、活気に満ちた一般市民の大群が、砂埃を巻き上げつつ向かってきた。

「フィデル！」「フィデル！」「フィデル！」「フィデル！」「フィデル！」

大歓声が呼ぶその人は、信じられないことに、民衆の渦の先頭に立っていた。オリーブ色の軍服を着た186センチの巨体は、胸を張ってゆったりと歩き、そして厳父のような怒りと悲しみに満ちた瞳で、暴徒たちをじっと見つめて来るのだった。

カストロは、悲しかった。心から慈しみ愛する国民が、このような暴行に打って出たことが辛かった。しかし、その責任の一端は間違いなく彼にあった。だから、彼自らが暴徒の説得に当たろうと考えたのだ。そして、もしも事態がこじれて暴徒が襲いかかって来たとしても、それは自分の運命だと考えていた。

フィデルが一人で暴徒の方角に向かって歩いて行くのに気づいた市井の一般人たちは、事情を悟って議長の後ろに争うように付いた。フィデルだけを危険にさらすわけにはいかない。それがいつしか大群衆となって、暴徒たちの耳目を奪ったのである。

カストロは、じっと眼を閉じて呟いた。

「もうすぐ、使徒マルティに会えるだろうか。チェに会えるだろうか」

こういった人間の、生死を賭けた決意の姿は、周囲に敏感に伝わるものである。

「フィデルだ」「ああ、フィデル」「なんてことだ」

しばし呆然としていた500名の暴徒たちは、手にしていた鉄パイプや石礫《いしつぶて》を放り投げ、後ろも見ずに逃げ出した。そして、数名ずつの小集団に分散した彼らは、完全に戦意を喪失して、やがて自主的に警察に出頭して行くのだった。

暴徒たちは、さすがにフィデルと直接戦う気にはなれないのだった。彼らはまだ、フィデルを慕う心をなくし切っていなかったのだ。

こうして、キューバ史上初の大暴動は完全な不発に終わったのである。死者はゼロ。投石などで負傷した者は若干名。

現場に居合わせた外国人記者たちは、大番狂わせを前に大いにがっかりした。

「これなら、我が国のサッカーの賭け試合の方が、よっぽど激しい流血を見られるってものだ！」

もっとがっかりしたのが、アメリカ政府である。彼らにとっては、暴動の成否は問題ではなかった。少なくとも、「天安門事件」クラスの大規模な流血が起こってくれれば、それで良かったのだ。それを口実にして「キューバの善良な市民を守るため」の軍事侵攻を計画していたのに、これではどうしようもない。振り上げた拳の降ろしようがない。まさに、お手上げだ。

こうして、アメリカの仕掛けた策略は、ことごとく敗れ去ったのである。諦めたクリントン政権は、やがてキューバとの間に移民協定を復活させることになる。

そして1994年の夏、キューバ革命は微動だにせずカリブ海に浮いていた。

9

フィデル・カストロが知謀と勇気を振り絞ってアメリカの策略を凌いでいる間、カルロス・ラヘ副議長やロベルト・ロバイナ外相を中心とするこの国の若手政治家たちは、経済危機の克服に向けて全力を尽くして戦っていた。

42歳のカルロス・ラヘは、その若さにもかかわらず、キューバ共和国の実質的な首相であり、カストロ兄弟に次ぐ国家ナンバー3の重職にあった。

彼は、もともとハバナで小児科医をしていたのだが、エチオピアでのボランティア医療団に参加したことで世界の悲惨さを実感し、医療現場だけではより多くの人々を救うことを出来ないと悟って、政治家へと転身した人物である。つまり、その来歴はチェ・ゲバラによく似ているのだった。やがて、ラへの頭脳の明晰さと柔軟さ、真面目さと無欲さと勤勉さは、彼を幾多の選挙で政界中枢に押し上げ、カストロの目に留まるまでにさせた。

「徒手空拳の民間の有為な人材」を政治の中枢に送り込むという機能面では、実は、キューバ型民主主義と議会制度は、アメリカや日本のそれよりも優れているのだ。ジバン、カンバン、カバンといった特権的要素が、いっさい不要だからである。だから今、ラへは内政面でのトップとして、祖国の経済危機克服に全力を尽くして働いている。これは、深刻な危機下に置かれた変革期のキューバにとって、実に幸福なことだった。

「頭の中を真っ白にして、既存の常識を投げ捨てて、全てを一からやり直さなければならない！　だからこそフィデルは、まだ若い私にこの大任を委ねてくれたのだ。なんとしても、その期待に応えなければならぬ」ラへは拳を握り締めた。

キューバ経済は、昔からサトウキビの輸出によって支えられていた。しかし、ソ連圏からの石油の輸入途絶によってトラクターやコンバインの多くが動かせなくなり、しかも化学肥料が使えなくなったため、年間800万トン平均で推移していたサトウキビの産出量は、今では300万トン前後にまで急落していた。それに加えて、サトウキビの国際価格は下落の上に下落を重ねているから、もはや砂糖はこの国の主力輸出商品になり得ないのだった。

そこで、カルロス・ラへが着目したのは、観光業と医薬品とスポーツの輸出である。

観光業は貿易ではないので、トリセリ法の規制対象になっていないし、その経済効果も短期的に顕在化する。案の定、ヨーロッパ系資本がキューバの豊かな観光資源に目を付けて、積極的にホテル建設や観光開発に乗り出してくれた。こうした直接投資によって、キューバ政府は多くの兌換通貨（ドル）を確保できるようになったのである。

また、キューバが開発した医薬品は、今ではサトウキビ以上の国際競争力を持っていた。革命政府が、長年にわたって教育と医療に注力してきた結果、この島国はアメリカ以上の研究開発能力を獲得していたのだ。特に、髄膜炎ワクチン、B型肝炎ワクチン、インターフェロン・アルファ・2B（C型肝炎ワクチン）は、キューバが開発した三大バイオ・ワクチンである。これらは、南米を中心とする第三世界で大いに喜ばれ、数多くの乳幼児を病死から救うとともに、数億ドル相当の外貨をキューバにもたらした。

皮肉なことに、経済封鎖でキューバとの取引を自ら封じたアメリカは、これらの優れたバイオ薬品を入手することができず、自国の病人たちに大きな苦しみを与えているのだった。

スポーツも輸出の対象となった。具体的には、キューバが誇る優秀なスポーツコーチの海外への有料貸し出しである。その結果、オリンピックなどの国際大会で、キューバ人選手が、自国のコーチによって鍛えられたライバルに苦戦するようになったのは皮肉である。

ともあれ、こうしてキューバ共和国は兌換通貨（ドル）の継続的な獲得に成功し、これを用いてトリセリ法に従わない友好国から石油や食糧を買い取ることが出来るようになっていった。

また、たくましいこの島国は、バイオテクノロジーを駆使することで、サトウキビの絞りカス（バガソ）の有効利用も開始した。すなわち、これを紙、パルプ、合板、繊維に加工するほかに、トルーラと呼ばれる酵母を生み出したのだが、これは家畜の良き飼料となった。バガソはまた、発電用の燃料にも使われたため、この国の電力事情は大いに改善されたのである。

電力といえば、太陽光発電を盛んに行うようになった。ロシアから、廃品と化した宇宙開発機材を入手し、これを太陽光パネルに改造して多くの施設の屋根に取り付けたのである。キューバの学校では、やがてパソコン教育が熱心に推進されるのだが、子供たちが使うパソコン（ＯＳはリナックスを使用）は、その多くが太陽光発電で稼働している。

この国が誇るバイオテクノロジーは、農業にも転用された。害虫を食うミミズやアリを大量に培養し、これを農地に放つことで、有機農業を大発展させたのである。化学肥料を使わないことで、農地の土壌はむしろ豊かになり、ここから採れる米や野菜は人々の健康状態を改善させた。そして、この国の食料自給率は、いつしか当初の40％が60％にまでに向上したのだった。

驚異的な成果である。

こういったラヘたち若手閣僚の奮闘を支えたのは、何といってもフィデル・カストロのカリスマ性だった。カストロは、内政面の施策立案すべてをラヘたちに丸投げし、自分はその施策に従って、観光誘致と投資勧誘のために世界中を休みなく飛び回ったのである。そんな彼は、もはや軍服姿にはこだわらなかった。公式なレセプションには礼装で現れ、民族の祭典にはその国の民族衣装で現れ、そして笑顔を満開にした軽妙で愉快なトークで、出会った人々すべてを魅了していった。こうした努力の結果、世界中の国々がキューバへの観光投資や医薬品の購入に興味を抱くようになったのである。

こうしてカストロとラヘは、絶妙な二人三脚で、一時は破滅寸前だったキューバ経済を立て直していったのだ。あたかも親子のような親愛ぶりを見せるこの二人は、天下無双の名コンビであった。

しかしながら、抜本的な改革には副作用もある。

観光業を経済の中心に置いた結果、一般のキューバ市民は、日常的に外国人観光客と接する機会を持つようになった。ならば、両者の間に横たわる壁を取り払わない限り、闇市場や犯罪の温床が出来ることだろう。実際問題、キューバ人女性が外国人観光客相手に、ドル目当ての売春に励む事件がすでに多発し始めていた。

「民間人に、ドル所有を解禁するしかない。そして、個人企業の営業を許可するしかない」カルロス・ラへは苦悩の末、そう結論せざるを得なかった。「まずは、民間人にドル所持を許し、二重通貨制とすることで、外国人観光客とキューバ市民との円滑で合法的な交流を促す。それから、外国人向けの企業経営を解禁することで、闇市場の拡大を抑えるのだ。しかし、これは国内に貧富格差をもたらすことだろう。ドルを獲得できる人と、そうでない人とに、市民生活が二極化するだろう。果たして、あのフィデルが、そんな政策に納得してくれるだろうか？」

悩んだラへは、ラウル・カストロ副議長に相談に行った。

10

キューバの超長期政権が、盤石の安定を見せているのは、実は国家評議会第一副議長兼国防相ラウル・カストロの功績に負う部分が大きい。

かつてチェ・ゲバラは、こう評した。「ラウルは、兄のフィデルと同等の人物だ。彼に足りないのはカリスマ性だけだ」

ラウルは、小柄で童顔で髭が薄いせいもあって、どうしても巨大で雄々しい容姿を持つ兄の背後に隠れてしまう印象がある。そして実際に、彼は意図的に兄の補佐役に徹しようと心がけていた。

ラウルは兄と違って、喜怒哀楽の感情を正直に発する人物だった。彼は冗談を言うのが大好きで、酒席などでしばしば艶笑小話を披露した。また、朗らかで優しく、面倒見の良い人柄だったため、軍部や内務省を中心に、多くの部下たちに慕われていた。「オチョア事件」のときも、オチョアを庇って最後まで兄に楯ついたほどである。フィデルが厳格な修道士のような男だったから、ラウルの優しさと明るさは、革命政府内に良いコントラストを形作っていた。

そんなラウルが、国防相として軍部をしっかりと抑えていたからこそ、キューバ革命政権は安定していたのである。逆に、かつてのグアテマラのアルベンス政権やチリのアジェンデ政権は、軍部をうまく抑えられなかったために、アメリカの陰謀によって転覆させられたのだった。

そういうわけでアメリカは、フィデルとラウルが仲違《なかたが》いすることを常に期待していた。両者が口論したとか、罵り合ったなどという情報が流れると、米国務省もＣＩＡも「すわ、軍事クーデターか！」と、舌舐めずりして大喜びするのだった。しかし、その全てが糠よろこびに終わった。なぜなら、フィデルとラウルは、政治家として口論をすることがあっても、兄弟としては常に仲良しだったからである。

二人は別々の家に住み、別々のオフィスで仕事をし、滅多に直接会おうとしない。それは不仲だったからではなく、アメリカのテロ攻撃によって二人同時に殺されることを恐れたためである。そんな二人は、寂しくなると、用もないのにお互いのオフィスに電話を入れて、「元気かい？」「元気だよ」などと他愛のない会話を交わし、安心して受話器を置くのだった。

さて、ラヘから外貨解禁についての相談を受けたラウル副議長は、久しぶりに兄のオフィスに出かけることにした。この件については、電話ではなく、直接会って話すべきだと考えたからである。

「しばらくぶりだな！」喜んで弟を迎えたフィデルは、しかし話を聞くうちに表情を渋く変えた。「ドル解禁だと！　二重通貨制だと！」

　ラウルは悠然と応えた。「ラヘが、そうするしかないと言っている」

「お前は、それが何を意味するのか分かっているのか？」

「平等体制の終焉だね。もはや、キューバ国民は経済的に平等ではいられないだろう」

「それは、キューバ革命の理想の放棄じゃないか！　お前はこの国を、アメリカのような下品で下等な金満主義国家に変えようというのか？」

「だけど、あのカルロス・ラヘが、我が国の経済を救う方法は他にはないと言っているんだ」

「彼には、再考するように言い聞かせよう。断じて、平等主義を壊すことは出来ぬ」

「兄貴、兄貴こそ再考してくれないか？　キューバ革命の原点を思い出してくれ」

「原点だって？」

「我々は、何のためにモンカダやシエラで命を捨てて戦ったんだ？　ホセ・マルティの思想を実現させるためじゃないか？」

「ホセ・マルティ。もちろんそうだ」

「思い出してくれ。使徒マルティは、所得の完全平等なんて決して謳っていなかった。彼はむしろ、マルクス主義に懐疑的だったんだ。そして我が革命政権も、ソ連と手を組むまでは、社会民主主義をやっていたじゃないか？」

　社会民主主義とは、一般的な経済活動については資本主義体制下での自由競争を認めるけれど、福祉や教育面に「大きな政府」が積極的にコミットすることで、国民の貧富格差をなるべく抑え、国家全体に安心と安全を提供する政体である。北欧諸国などが、実際にこれを行っている。日本も、「小泉改革」

が始まるまではこうだった。そして革命キューバも、ソ連に取り込まれるまでは、この流れに乗っていたのである。

ラウルは続けた。「仮にドル所有を解禁して自由市場が盛んになっても、それらを政府が完全なコントロール下に置いて、福祉と教育へのコミットを従来通りに続けるならば、それは革命精神の否定にはならない。使徒マルティへの裏切りにはならない。そうは思わないかい？」

フィデルは、意外そうな面持ちで、熱く語る弟を見つめた。「お前、学生時代から筋金入りのマルクス主義者だったじゃないか？　マルクス思想を捨ててしまったのか？」

「そうとも」ラウルは大きく頷いた。「俺はマルクスを捨てた。だから兄貴はチェ・ゲバラを捨ててくれ」

「チェ、だって？」

「兄貴が今のやり方を変えたくないのは、チェのことがあるからだ。『新しい人間』の誕生を信じて散っていった彼のために、この国を『新しい人間』の孵化器にしたいんだ。だから、そのためには平等体制の堅持が不可避だと考えているんだろう？」

フィデルは、少し考えてから頷いた。確かに、そうかもしれない。

ラウルは、兄の肩に優しく手を置いた。「社会民主主義の体制下でだって、『新しい人間』を育てることは出来るはずだ。チェの魂だって、きっと分かってくれる」

「ラウル、俺はな」フィデルは瞳を潤ませた。「俺は今でも、チェの夢を見るんだよ」

「………」

「夢の中の彼は、いつも寂しそうだ。その暗い瞳が、いつもこう語りかけて来る。『フィデル、いつになったら「新しい人間」が世界を覆うんだ。いつになったら、世界中の人々が平等になり幸福になるんだ』。俺は、いつも言い訳をする。もう少し待っていてくれと。もう少しだけ時間をくれと」

「兄貴は、本当にチェを可愛がっていたもんな」ラウルはため息をついた。「俺は、実の弟として、チェに嫉妬することもあったくらいだよ。そうとも。兄貴の武器は、優しさだ。死者にさえ、絶えず寄せ続けるその優しさだ。だけど、その武器が逆に向くこともある。進歩と前進を止める時がある」

「捨てろというのか、俺にチェを」

「そうだ。俺がマルクスを捨てたように」

二人は、険しい顔でじっと見つめ合った。

先に目をそらしたのは兄の方だった。

「よく分かった。俺からラへに電話を入れる」

「そうか」ラウルは優しく微笑んだ。「じゃあ、俺は帰るから」

ドアへと背を向けた弟に、フィデルは穏やかに呟いた。

「ラウル、お前が弟で良かった」

1993年8月、キューバ全土でドル所有が解禁された。ペソとドルの、二重通貨制度の始まりである。続いて、個人事業の開業が正式に許可され、農民の自由市場も解禁されることとなった。ラへがハバナで具体的な施策を進める間、カストロはいつものように世界各国を飛び回り、理想的な市場システムの在り方や、所得税や法人税の在り方について熱心に学んだのである。

こうしてキューバ共和国は、社会主義を捨てて、「社会民主主義」に移行したのだった。

観光業と自由市場の発展で、街の空気にはいささか銅臭が漂うようになったかもしれない。麻薬や売春の匂いが、いささか感じられるかもしれない。

しかし、教育と医療の完全無料といった「弱者救済」の理想は、従来通りに堅持された。そして、「国際主義」の理想も生き残り、チェルノブイリの被爆児童の受け入れや、第三世界からの留学生受け入れも、無償のままに再開されるようになった。すなわち、ホセ・マルティの優しい思想は、カリブの島国の中にしっかりと生き残っていた。

そして1994年12月、カストロ議長は「経済危機の克服」を言明した。この国のGDPは、わずか0・4％ながら、前年より増加したのである。すなわち、最悪の2年間を経て、キューバ経済は不死鳥のように蘇り、新たな成長を開始したのだった。

この意外な成り行きに、全世界が驚愕した。

「我々はかつて、パンチの雨を浴びてKO寸前のボクサーだった。今では、ようやっと意識が戻って、まっすぐに自分の足で歩けるようになった」

誇らしげに語るカストロに向かって、第三世界の人々は祝福の声を、アメリカ政府やCANFは呪詛《じゅそ》の声を投げるのだった。

こうしてキューバ革命は生き残った。それどころか、今では他国の援助に頼ることなく、自分自身の足でしっかりと立っていた。

フィデル・カストロは、マレコン浜をゆっくりと歩きながら、1995年の朝日をじっと見つめていた。体力を取り戻したキューバ共和国は、新たな戦いを始めなければならない。それは、ネオ・リベラリズムとの戦いである。

67歳のドン・キホーテは、闘志に溢れる激しい眼差しで、対岸に横たわるアメリカの大地を睨みつけるのだった。

ネオ・リベラリズムとの戦い

1

ソ連の崩壊とともに、「明白なる宿命」の暴走が深刻化した。障壁を失った野望は、怒濤のごとき勢いで地球を席捲した。

その最大の武器となったのは、パソコンとインターネットである。「明白なる宿命」は、もともと軍事上の戦略兵器だったインターネットを民間に転用することで、全世界の情報を一手に握ることが出来るようになっていた。すなわち、コンピューターOS（オペレーション・システム）をアメリカ標準の「ウィンドウズ」や「マッキントッシュ」にすることで、全世界の情報を瞬時にアメリカ一国に集積すると同時に、世界各国のPCユーザーに「明白なる宿命」の価値観を容易に植え付けて洗脳出来るようになったのだ。

こうして世界中の人々が、知らず識らずのうちに「明白なる宿命」の世界観を受け入れるようになっていた。すなわち、「この世は弱肉強食であり、自由市場での自由競争こそがあるべき社会の姿である。この競争に勝つことが、人生の目的であり意義である。この競争の勝者は、その特権を思う存分に享受し、果実を貪欲に味わうべきである。そして、敗者や弱者への情けは無用である。負け犬は、静かに枯れて死ぬのがお似合いだ」。

IT技術を得て急発展した金融工学は、自由市場に提供できる商品の種類を大きく増やしていた。デリバティブと呼ばれる金融派生商品は、複雑な時間価値まで考慮して商品化がなされている。やがて、天候や地球環境まで、商品化されて切り売りされるようになるだろう。なにしろ理論的には、この世に存在するほとんどの概念が、商品化され貨幣換算されて、自由自在に売買され得るのだった。

このような世界観の下では、商品化できない概念は「無価値」とされる。商品化できなければ貨幣価値に換算できないので自由市場で売買できず、市場で売買できないものは存在自体が無意味とされるのだ。

だから、「心」は無価値である。親切も孝行も無意味である。信義も仁義も無駄である。地球環境保護も虚無である。要するに、お金にならないものは、何もかも全て悪である。

逆に、お金になるものは全て善である。幼い子供の肉体は、臓器提供のドナーになり得るから有用だ。女学生の肉体は、売春の道具になるから有益だ。企業の従業員は、労働力を絞り取る対象として有意義だ。企業そのものでさえ、売買の対象としての金銭的価値でしか評価されない。

このような世界には、愛もなければ道徳もない。「心」さえ存在しない。

まるで、ジャングルに住む野獣の世界だ。しかし、「明白なる宿命」は、まさにそういう世界の創造を望んでいるのだった。そのことの非倫理性など、平気で度外視するのだった。

この狂信的な宗教こそが、グローバル資本主義、あるいは新自由主義（ネオ・リベラリズム）の正体である。

しかも、グローバル化した地球経済が、このような歪んだ価値観の中に完全に取り込まれたらどうなるのか？　自由市場での苛烈な自由競争が、ワールドワイドに広がりきったら、いったい何が起こるのか？

無制限な自由競争は、決してフェアな世界ではない。競争を開始した時点で、最も多くの富と情報を持つ者が、最初から圧倒的な優位に立つことが出来る。すなわち、世界市場での無制限な自由競争の結果は、最も豊かな国の独り勝ちとなるだろう。アメリカ合衆国の独り勝ちとなるだろう。その過程で、弱い国や貧しい国は、ますます残酷な搾取を受けて貧困化するであろう。ひいては、アメリカ以外の全世界の人々が不幸になることだろう。

ヨーロッパ諸国は、1990年代初頭に入って、ようやく事態の深刻さに気づいた。「明白なる宿命」の根底にある思想、すなわちプロテスタンティズムを産み落とした母体であるヨーロッパは、凶暴な継子の恐ろしさに、いち早く気づけるポジションに立っていたからだ。だから彼らは、EU（ヨーロッパ連合）の拡大強化に血眼になったのである。統一通貨ユーロを開発し、旧東欧諸国のみならず異教徒が住むトルコまで視程に収め、EU憲法やEU大統領まで視座に置いた。いずれも、「明白なる宿命」の猛威からヨーロッパ世界の文化と国富を守るためである。

アジア世界は、この動きに乗り遅れたために、1997年から深刻な経済危機に陥った。アメリカのヘッジファンドの策略によって、タイ、インドネシア、そして韓国は、国家が破綻寸前に陥るまで、その富を収奪されたのだ。いわゆる「アジア通貨危機」である。

フィデル・カストロは、すでに1950年代に気づいていた。「明白なる宿命」の狂信的思想こそが、人類最大の敵であることを知っていた。だから彼とその仲間たちは、全力を振り絞って、命がけでアメリカと戦って来たのである。だから、チェ・ゲバラはボリビアに散ったのである。

だが、さすがのカストロも、自信を失い途方にくれていた。インターネットと呼応する「明白なる宿命」の猛威は、彼の想像を遥かに超える勢いで世界を覆い尽くしていたからだ。今や全世界が、ＩＴ技術と金融市場を武器にした新手の帝国主義によって、咀嚼《そしやく》され消化されたように見えていた。

「負けるわけにはいかぬ！」

逆境の中でますます闘志を燃やす67歳のドン・キホーテは、老体を激しく身震いさせるのだった。

2

ネオ・リベラリズムは、経済格差を作るのみならず、その世界に住む人間の心も破壊する。

これを分かり易く説明するために、最近の日本社会を例に取ろう。

日本では、１９９０年代の半ばから、女子高生の売春が大きな社会問題となって来た。いわゆる「援助交際」は、果たして善か悪か？

恐るべきことに、ネオ・リベラリズムの世界観では、これは善なのである。

女子高生は、自らの肉体を商品化して「自由市場」で売ろうとする。買い手である中年男性は、自由に買値を提示することで合意に達し、そして売り手は進んでサービスを提供する。そして、両者がともに満足を得る。

親や学校教師にこの行為が発覚した時、女子高生はこう反論する。「いったい、何がいけないの？あたしも中年オヤジも満足して、誰にも迷惑がかかっていないじゃない！」

すると、親も教師も反論の余地をなくして沈黙するだろう。なぜなら、ネオ・リベラリズムの世界観では、少女の主張は完全に正しいからである。

昔の日本の親や教師なら、「お天道様に恥ずかしいと思わないのかい！」とか「ご先祖様が草葉の陰で泣いているよ！」と叱ることが出来たはずだ。しかし、こういった価値観は、ネオ・リベラリズムの世界で「封建的」と呼ばれて全否定されてしまった。お天道様もご先祖様も、商品に出来ず市場価値を持たないから、ネオ・リベラリズムの下では無価値なのである。だから、結局は少女の言い分が正しいのである。少女売春は、「正しい行為」に当たるのである。

しかもこの少女は、「ブランド価値」というものを知っている。なぜ彼女は、中学生でも大学生でもなく、高校生の時に売春を行うのか？　それは、「女子高生」が最もブランド価値が高く、したがって最高値で売れるからである。極めて合理的で高度な経済判断が、そこにある。すなわち、「明白なる宿命」の世界観では、この女子高生は優等生に当たるのである。

しかし、この少女は、いずれ性病に冒されるかもしれない。あるいは、望まない子供を身ごもるかもしれない。その場合、ネオ・リベラリズムはいっさい関知しない。それは、あくまでも「自己責任」なのである。自由に振舞い自由に金儲けをした結果、不慮の事態が起きて不幸になろうとも、それはあくまでも本人の「自由」である。負け犬は、勝手に枯れて死ねば良いのだ。

こうした残酷な世界の中で、少女の心はやがて虚無に満たされることだろう。愛も夢も心も失い、そこに残るのは漆黒の闇だ。もはや、カネしか信じることができない野獣以下の下劣な世界だ。

しかし、それこそが「明白なる宿命」の望む世界なのだ。ネオ・リベラリズムの世界観では、そうなるのが当然なのだ。

そんな社会では、女子高生の肉体だけでなく、企業も単なる売買の対象に過ぎない。

日本の企業は、もともと従業員たちの生活空間であり第二の家庭だった。それなのに、その換金価値ばかりが重視され、株価ばかりが注目され、そして実際にモノのように売買されていく。そのような企業の中では、個々の従業員たちも換金価値でしか評価されない。すなわち、人ではなく「モノ」として評価される。やがて、従業員たちは心の潤いをなくし、希望も夢も失い、将来の生活に安心を見い出せず、鬱病に冒されて行くだろう。そして、次々に自殺を遂げることだろう。

自殺といえば、ネオ・リベラリズムの下では、人間の命も安くなる。市場での換金価値のない肉体は無意味だからである。だから、殺人が増えることだろう。

それに関連して、少子化も進むことだろう。育児や出産は、苦労ばかり多くてカネにならないからである。そもそも、結婚すらしなくなるだろう。そんなことをしても、カネにならないので無意味だからである。仮に何らかの理由で結婚したとしても、高確率で離婚するだろう。そこに経済的なメリットが存在しなくなったら、結婚生活は無価値だからである。

信義や倫理や道徳も、それがカネにならない限りは無意味だから、嘘や欺瞞や裏切りや不正が常態化するだろう。食品偽装や建築偽装や粉飾決算、年金詐欺が日常茶飯事となるだろう。かつて全世界に称賛された日本人の優しさや道徳は、こうして消滅するだろう。

このような酷薄で汚れた社会は、キューバと比べて優れていると言えるだろうか？　先進国などと呼ばれて自惚《うぬぼ》れている日本社会の実態は、実は１９５０年代以前のキューバの水準、いや、それ以下にまで退行してしまったのではないだろうか？

3

ネオ・リベラリズムがもたらす物質（金銭）優先主義によって心を蝕まれるのは、もちろん日本だけではなかった。新興国であるロシアや中国やインドでも、その傾向は顕著となっていた。貧富格差が急激に広がり、そして弱者に対する迫害や虐待が当然となっていった。

このような残酷な世界の中で、一人勝ちをするのはアメリカである。富める者がますます富み、貧しい者がますます貧しくなるのが、この世界観の当然の帰結なのである。

貧しい東南アジアの親たちは、初潮すら迎えないような幼い娘に売春をさせたり、その臓器を売り払うことで、辛うじて生計を立てる。その一方で、アメリカの親たちは子供の太りすぎに神経を遣い、ダイエットに無駄な金をかける。メタボリックなどという、栄養過多による病気も出てくる。いつしかアメリカ人は、地球人口の2%しかいないのに、地球資源の25%を占有しているのだった。

しかし、そのアメリカ国内でさえ、経済格差が急激に開いていた。勝ち組は宮殿のような大豪邸で美食を貪り自家用ジェットで移動するのに、負け組はトレーラーなどで生活して乞食のような風体《ふうてい》だ。「明白なる宿命」の狂信的思想には、対象に例外が存在しないのである。結局、最後に得をするのは、「明白なる宿命」の中心に座る一部の特権階級だけだ。

地球資源も企業も資金も文化も、その全てが売買の対象に変えられて、結局は最強の国家であるアメリカ合衆国の中枢に吸い取られていく。その過程で、無制限な自由競争にさらされた地球資源は乱獲され、CO^2が大量に排出されて、環境汚染と環境破壊は加速度的に進んで行く。それは、地球人類全体の命取りとなるだろう。

しかし、「明白なる宿命」は、そんなことに興味を持たない。もともと、合理性を度外視する狂信的宗教だからだ。世界が「明白なる宿命」の思想に包まれて滅亡するのなら、それは大いに結構である。神も、きっと祝福してくれるだろうと考えるのだ。

この独善的で歪んだ考え方は、結局は1962年の「ミサイル危機」と同じである。あのときは、ケネディ兄弟が命を張って「明白なる宿命」の暴走を食い止めた。しかし、クリントン大統領はまったく気骨を持たず、狂信者たちの言いなりになっているのだ。

フィデル・カストロが、地球環境問題に最初に気づいたのは、1990年代の初頭である。彼は、母国の経済危機克服への奮闘の合間に膨大な文献を読み、そして、このままでは環境破壊が地球人類全体の命取りとなることを知った。そこで彼は、様々な国際会議に出席し、数度にわたって各種シンポジウムを主催し、ネオ・リベラリズムが人心を荒廃させるのみならず、地球環境そのものを破滅させるだろうと強く世界に訴えたのである。

「このまま地球の砂漠化が進んだら、50年以内に全人類が滅亡するかもしれません！」

しかし、世界はほとんど耳を傾けようとしなかった。ネオ・リベラリズムの国々はむしろ、環境問題を「商品化」して売買する有り様だった。すなわち、「環境に優しい」というキャッチフレーズを用いて、怪しげなエコグッズを大量に売り捌《さば》くのである。また、環境基準としてISO14000シリーズを「開発」し、これも特許として売りまくったのである。そんなことをしている間に、環境破壊は加速度的に進んでいくのだった。

すでに、世界に流れるほとんどの情報が、アメリカ発のインターネットに押さえられてしまっている。だから、カストロの渾身の演説も、往年ほどの情報発信力を持ち得ないのだった。そもそも、カストロもキューバも、他の世界から「生きている化石」「過去の遺物」などと呼ばれて軽視されていた。ネオ・リベラリズム思想によって汚染され尽くした世界にとっては、社会主義の平等思想を未だに頑固に守っているキューバは、それだけで軽蔑の対象なのだった。

しかし、アメリカ自身はキューバの力を決して軽視しなかった。ネオ・リベラリズムの潮流を食い止められる唯一の人物が、フィデル・カストロであることを知っていたからである。だからアメリカは、社会主義国である中国やベトナムと正式な国交を結び、北朝鮮にさえ手を差し伸べたというのに、キューバだけは絶対に容赦しなかった。むしろ、この国への弾圧をますます強めるのだった。

1996年3月の「ヘルムズ＝バートン法」は、「トリセリ法」をさらに強化する経済封鎖法であった。その内容は、「かつてキューバ政府が接収した5万ドル以上のアメリカ資産を利用した外国企業は、合衆国からの訴訟の対象となる」というものだ。これは、観光開発や油田開発などで、キューバと合弁しようとする外資系企業を牽制するのが目的なのだが、アメリカの国内法を外国にまで適用しようという無茶苦茶な法律である。

この悪法は、やはり全世界で問題となり、国連でも179対3の大差での弾劾決議がなされた。反対に回った3票の内訳は、アメリカ自身とその属国であるイスラエルとマーシャル諸島である。あの日本でさえ、これには賛成票を投じたのである。それなのに、アメリカ政府はこの決議を完全に無視した。さすがは、「世界の大番長」である。

クリントン大統領は、この悪法を議会に通したことで、亡命キューバ人たちや「明白なる宿命」の歓心を得て、任期をさらに4年延長させることに成功した。しかし、それで本当に良かったのだろうか？

こうしたアメリカの横暴を憎む国や人々が、全世界で少しずつ数を増し始めていた。

4

「このままでは、世界中に不幸な弱者や貧者が溢れてしまう！　それどころか、地球環境が破壊されて、誰も住めない星になる！」

地球人類の未来を真剣に憂えるフィデル・カストロは、起死回生の奇策に打って出た。すなわち、ローマ法王ヨハネ・パウロⅡ世との提携である。

宗教を否定するのが通例の社会主義国が、キリスト教の総本山であるバチカンと手を組むのは、驚天動地の奇策である。だが、もしも全世界のカトリック信者を味方に付けることが出来れば、プロテスタントの亜流である「明白なる宿命」に対する強力な防壁を築くことが出来るだろう。これは、カストロにとって一つの大きな賭けだった。

様々な事前折衝の後の1998年1月21日、ヨハネ・パウロⅡ世はハバナのホセ・マルティ空港に降り立った。このころのキューバは、前年末の「第5回共産党大会」の成功と、チェ・ゲバラの遺骨の帰還で大いに沸きたって躍動していた。熱烈な民衆の歓迎の声と白い法衣に包まれた老法王は、タラップを降りると、いつも通りに大地に接吻をしてから挨拶をした。

「キューバが世界に開き、世界もまたキューバに開くことを願う。キューバ人が信仰を持ち、教会が日常果たす役割が増えるのを期待する。あなた方の心を、聖なるキリストに開くのを恐れるなかれ」

ダークグレイの背広姿で法王を出迎えたカストロは、厳粛な面持ちで応えた。

「今日、凶悪無比な史上最大の帝国は、その命令と支配に従わないキューバ人民に対し、飢餓、病気、経済的締め付けをもって大量虐殺を企画しています。だが我々は、信念を放棄するくらいなら1000回でも死を選びます。キューバ革命には、教会に負けないほど多くの殉教者がいます。我々は、あなたの意見と異なる部分もありますが、あなたの強い意志に最大の敬意を払うでしょう。そして、富の平等な配分と人間同士の連帯が地球的規模で拡大することを願います。キューバへ、ようこそ！」

テレビカメラは、この一部始終を撮影して国中に流していた。誰も、ローマ法王の発言を遮ることは出来ないから、法王は言いたいことを言うだろう。間違いなく、キューバの頑固な社会主義とカストロの超長期政権の在り方を批判することだろう。それは、信心深いキューバの民衆の心に大きな影響を与えることだろう。だから、これは賭けだった。カストロは、バチカン史上で最高と言われるヨハネ・パウロⅡ世の知性を、テレビカメラの前で打ち負かさなければならない。それだけではなく、アメリカの在り方やネオ・リベラリズムの恐怖を、法王自身の口から直接批判させなければならなかった。

5日間に及ぶ、真剣勝負の始まりだ。

法王はキューバ各地を移動して、熱心に説法をしてミサを執り行った。そして、婉曲な表現ながら、カストロの独裁制やキューバ社会の閉鎖性を非難した。そして、社会主義イデオロギーよりも宗教の方が遥かに尊いことを力説した。さらには、キューバ国内で行われている産児制限や人工中絶についても批判した。

これに対するカストロは、強大なアメリカ帝国主義との対抗上、キューバには複数政党制を置けないことや、最高指導者の安易な交代が難しいことを述べ、さらには正しいイデオロギーが持つ固有の閉鎖性は、それ自体やむを得ないことだと説明した。法王が述べた宗教の優位性について全面的に同意し、キューバ国家では信仰の自由が完全に保障されており、これは革命の理想とは決して矛盾しないと述べた。産児制限などについては、地球環境問題を取り上げ、地球人口を適正な水準にコントロールすることが大切だと訴えたのである。

まさに、「知の巨人」同士の激しい舌戦が繰り広げられたのだった。

次第に、法王も理解した。フィデル・カストロは、決して私利私欲で民衆を苦しめる暴君ではない。それは、ミサなどに集まる一般のキューバ国民の顔を見れば分かることだ。みんなカストロを、あたかも父親を見るような眼で見るし、彼の演説を心から喜んで聞いている。だったら、むしろ髭の大男の権勢維持に力を貸すことがキューバ国民のためであり、ひいては世界平和のためだろう。ならば、国内での過度の批判は慎んだ方が良い。

それにカストロは、確かに頑固な社会主義者ではあるけれど、結局のところバチカンの味方なのである。聡明なヨハネ・パウロⅡ世は、アメリカが奉ずるネオ・リベラリズムが、プロテスタントの凶暴な亜種であり、法王が奉ずるカトリックの教えのみならず、地球人類の魂に対する深刻な脅威であることを洞察していた。

この点で、カストロと法王の考えと利害は、完全に一致していたのだ。

そこで、20万人が参加したハバナ革命広場でのミサで、ヨハネ・パウロⅡ世は次のように述べたのである。

「人間を強引に市場の力に従わせる資本主義のネオ・リベラリズムが、あちこちで見られます。ネオ・リベラリズムは、恵まれない国に耐え難い重荷を課します。大多数の貧困化の犠牲によって、過剰に豊かになった少数の国があります。富める国はますます富み、貧しい国は一層貧しくなっているのです。これは、人間世界の大いなる悲劇です」

続いて法王は、アメリカのキューバに対する非人道的な経済封鎖についても厳しく批判するのだった。カストロは、親しい仲となったコロンビア人作家ガブリエル・ガルシア・マルケスと並んでこの演説を聞いていたのだが、法王の期待通りの言葉に目頭を潤ませた。

すなわち、カストロの危険な賭けは成功に終わったのだ。

帰りの空港で、ヨハネ・パウロⅡ世は、再びアメリカの経済封鎖を厳しく非難した。これに応えて、カストロは別れの挨拶を述べた。

「私は、世界中で正義を強化しようとするあなたの努力に感銘を受けました。あなたが訪問してくれた栄誉、あなたがキューバ人に示してくれた愛情、そして同意しかねるものも含むあなたの発言すべてに対し、キューバ人民を代表して聖なる法王に感謝します！」

考えてみたら、カストロの思想の根底にあるのは、カトリック系のイエズス会の教えだから、彼がカトリックの法王と分かり合えたのは、それほど不思議なことではないのかもしれない。それでも、全世界10億人のカトリック教徒は、社会主義者カストロとローマ法王の「同盟」に衝撃を受け、そして法王のネオ・リベラリズム批判によって目を覚まさせられたのだった。

こうして弱小国キューバは、またしても超大国アメリカに、強烈な一撃をお見舞いしたのである。ダビデの投石機は、巨人ゴリアテの急所を一撃したのである。

これは、全世界でのネオ・リベラリズムの伸長に大きな抑制をかけただけではない。アメリカ国内のカトリック教徒が蠢動《しゅんどう》を始めたため、これを恐れたクリントン大統領は、「ヘルムズ＝バートン法」の適用を大幅に緩和する措置に出ざるを得なかった。そして大統領は、亡命キューバ人組織（ＣＡＮＦ）に対しても敵対的な態度を見せるようになる。

このころのＣＡＮＦは、キューバ経済の復活を見て絶望的な心境になり、キューバを訪れる外国人観光客に対する無差別爆弾テロを行うようになっていた。また、セスナ機を用いて、キューバへの露骨な領空侵犯を繰り返すのだった（１９９６年には、２機がキューバ空軍に撃墜された）。しかしこうした露骨な犯罪行為は、明らかにアメリカの国益に反するので、クリントンはかつてのＪＦＫのように、亡命キューバ人集団の暴走に苦慮しているのだった。

大統領にとって幸いだったのは、CANFのカリスマ的リーダーであったホルヘ・マス・カノーサが1997年11月に病死したことである。彼は、カストロに替わってキューバ島の「封建君主」になりたかったのだが、最後まで果たせず、「無念だ」と呟きつつ事切れた。その後を継いだ息子は、穏健なビジネスマンだったため、CANFがらみの物騒なトラブルは次第に減るようになっていった。

こうして、アメリカとキューバの仲は改善へと向かった。1999年には、両国の間で野球の親善試合も行われるようになった。少なくとも、クリントンはキューバに「穢れ」を感じていなかったことが、これで分かる。

そして西暦2000年の国連ミレニアム・サミットで、偶然、会議場の廊下ですれ違ったカストロとクリントンは、とっさに握手を交わした。カストロは、「人間としての礼儀上の行為だ」と照れ隠しに語ったのだが、これはキューバとアメリカの国家元首が交わした、実に42年ぶりの握手なのだった。

しかし、亡命キューバ人と、その背後にいる「明白なる宿命」の権力集団を敵に回したクリントンは、セックススキャンダルに巻き込まれ、不名誉なまま退陣することになる。その後釜に座るのは、「明白なる宿命」の純血種である共和党のブッシュJr.となるだろう。

キューバとアメリカ人民の和解は、永遠に見果てぬ夢なのだろうか?

5

2001年1月、ジョージ・ブッシュJr.の共和党政権が発足した。この人物は、前々大統領の同姓同名の息子である。すなわち、彼は「明白なる宿命」のホープであった。

それにしても、議会制民主主義国家でも「世襲」があるとは驚きであるが、日本も同じであるから人のことは言えない。

この大統領選挙には、明らかな政治的陰謀と不正が見られた。選挙結果を操作したのは、言うまでもなく「明白なる宿命」の権力集団とCANFである。すなわち、ブッシュJr.政権は、カストロ政権の打倒を義務づけられていた。そこで、新しい大統領はさっそく、キューバ国内の反カストロ分子を組織化し、大規模な暴動を起こさせようと画策したのである。

「やはり、そう来たか」

カストロは、すでに敵の出方を読んでいた。今やカトリック教会を全面的に味方につけたキューバの政治社会は、信仰心を得て一枚岩に団結している。

1999年に制定された「国家独立・経済防衛法」に基づき、民衆の密告を受けた国内の過激な反革命分子は、相次いで当局に摘発され逮捕され、禁固20年の実刑を課されるのだった。

またカストロは、818万人の一般国民を議論に参加させる形で、憲法改正を審議した。やがて、2002年から発効した新憲法の中で、社会民主主義体制と共産党一党独裁の「不変」が謳われたのである。

「狡猾で頑固な鬚のジジイめ！」

激怒するブッシュJr.は、再びジュネーブに働きかけ、「キューバ政府の政治囚と国民の自由に対する人権侵害」を激しく糾弾した。

しかしその時、背後からの予期せぬ一撃がアメリカを襲ったのである。

2001年9月11日、ハイジャックされた2機の旅客機が、相次いでニューヨークのツインタワーに突入し、アメリカの象徴とも言えるこのビルを倒壊させた。ほぼ同時刻、1機の旅客機の突入を受けて、国防総省（ペンタゴン）ビルが破壊された。もう1機は、ホワイトハウスへの突入を図ったのだが、携帯電話で事態に気づいた乗客たちが決死の抵抗を見せたために、途中の原野に墜落した。

「同時多発テロ」の勃発である。

4機の旅客機を一斉にハイジャックして自爆攻撃を仕掛けさせたのは、オサマ・ビン・ラディン率いるイスラム原理主義者集団「アルカイダ」であった。アメリカ発のネオ・リベラリズムを憂慮し激怒しているのは、カストロとローマ法王だけではなかったのだ。社会主義者とカトリックだけでなく、今やイスラム教徒も、反ネオ・リベラリズムに動き出したのだ。

しかし、この事件を知ったカストロの反応は、やや意外なものだった。彼は、アルカイダの今回の暴挙を厳しく非難したのである。そして、犠牲となった約3000名のアメリカ市民に哀悼の意を表するとともに、アメリカ政府に対して、キューバが誇るボランティア集団の災害救援活動への参加を申し入れたのだ。もちろん、キューバに「穢れ」を感じているブッシュJr.政権は、この申し出を拒否したのだが。

カストロがこのような態度に出たのは、いくつもの理由がある。

彼は最初、「同時多発テロ」を、アメリカ得意の「自作自演」ではないかと疑った。敵に最初の一発を撃たせ、それを口実にして大規模な軍事行動を起こすのがアメリカの歴史的な伝統だからだ。だとすると、その標的はどこだろう？　もしかすると、アメリカが古くから「テロ支援国家」と難詰《なんきつ》しているキューバかもしれない。だからカストロは、今回のテロがキューバとは無関係であることを、大急ぎで全世界に表明することで、凶暴な隣国の暴力を未然に封じ込める必要にかられたのである。

また、カストロは、犠牲になったアメリカの一般市民を心から気の毒に感じていた。彼は、アメリカの権力集団を憎んでいたが、一般市民には好意を抱いていたのだ。なぜなら、アメリカの一般市民のことを、「凶悪な権力者に騙されている哀れな犠牲者」だと感じていたからである。実際、彼が接した市井のアメリカ人は、みんな好感の持てる良い人々だった。ただ、彼らは、自国のマスコミから偏った情報と知識を植え付けられ、世界の「真実」をほとんど何も知らないでいて、そのくせに自分たちを最も賢い国民だと信じ切っている人々なのだった。

しかし、アメリカ権力集団の悪癖を知り尽くすカストロは、声明の中で、こう釘を刺すことを忘れなかった。「同時多発テロは悪質な犯罪だが、これに対する報復を口実にして、大規模な軍事行動を起こすのは慎むべきである！」

しかし、「明白なる宿命」が、カストロの言うことなど聞くわけがなかった。アフガニスタン、続いてイラクが「事件の黒幕」ということになって、凶悪な暴力の餌食にされたのである。

6

アフガニスタンのタリバン政権は、確かにアルカイダを支援していた。ビン・ラディンの本拠地も、この国に置かれていた。しかし、アフガン政府と圧倒的大多数の国民は、「同時多発テロ」にはまったく関与していなかった。それなのにアメリカは、２００１年10月に大規模な奇襲攻撃を加え、事件と関係ない多くの人々を殺傷した上で、この国を占領したのだった。

しかも、肝心のビン・ラディン一味は取り逃がしてしまった。

さらに理不尽なのが、２００３年３月の「イラク戦争」である。

アメリカは、イラクが「アルカイダの黒幕である」、さらには「大量破壊兵器を隠し持っている」などと非難したのだが、それは全て、無根拠な言いがかりに過ぎなかった。

実は、「明白なる宿命」は、「同時多発テロ」が起こる遥か以前から、イラクを攻撃しようと考えていた。その真の目的は、イスラム文化圏に大きな楔を打ち込むことによって、ネオ・リベラリズム思想をより一層伸長させることにある。

1998年のフィデル・カストロとローマ法王の「同盟」によって、ネオ・リベラリズムの「布教」の前に大きな壁が立ち塞がっていた。「明白なる宿命」は、彼らを激しく憎んだのだが、いきなり第三世界に人気の高いキューバを攻めるのは大義名分が立たないし、ローマ法王を攻め殺すのは論外である。だったら、この壁を打破するためには、いわば中立勢力であるイスラム圏13億人を、アメリカ側に取り込むのが有効な方策であろう。

そして、たまたま勃発した「イスラム原理主義者による同時多発テロ」は、アメリカに都合の良い大義名分を与えてくれた。「テロとの戦い」を口実にして、アメリカ文化を未だに受け入れないイスラム圏を攻め潰せば、ネオ・リベラリズムを急速に拡大できることだろう。かつての日本がそうなったように、中東一帯が「明白なる宿命」の信者になって屈伏することだろう。

だから、「ネオコン（新保守派）」を名乗る「明白なる宿命」の権力集団にとっては、イラクのフセイン政権が、アルカイダと関係あろうがなかろうが、大量破壊兵器を持っていようがいまいが、そんなことはどうでも良いのだった。「テロとの戦争」の本当の目的は、中東一帯にネオ・リベラリズム思想を「布教」することなのだった。

チェイニー副大統領は、こんな事を言い出した。

「アメリカを攻撃する可能性を1％でも持つ国は、実際にアメリカを攻撃したと看做《みな》されて先制攻撃の対象となる！」

これがいわゆる「チェイニー・ドクトリン」であるが、その理不尽さは無茶苦茶である。「アメリカを攻撃する1％の可能性」を認定するのはアメリカ自身なのだから、これでは世界中の全ての国が、アメリカの自由気ままな攻撃対象にされ得る。

北朝鮮とイランが核武装を急ぐようになったのは、この「チェイニー・ドクトリン」のせいである。ブッシュJr.大統領から名指しで「悪魔」呼ばわりされた彼らとしては、自衛のために強くなるしかなかった。ブッシュJr.はこれを見て、「奴らが、ならず者国家である証拠だ！」などと言い立てたのだが、それは考え方が間違っている。

「世界の大番長」の傲慢も、ここまで来ると呆れるしかない。それが単なる傲慢で済めば良いが、この傲慢は、数え切れないほど多くの人々の生命と生活を破壊するのだ。

イラク戦争の結果、この国は焦土と化し、十数万の無辜《むこ》の人民が命を落とし、生き残った人々もアメリカ軍が使用した劣化ウラン弾の後遺症で今も苦しみ続けている。そして、サダム・フセイン大統領は、隠れ家にいるところを捕縛され、アメリカが仕立てたイラク傀儡政権によって処刑された。しかし、戦争によって混乱状態になったイラクやアフガンは、かえって世界中のイスラム原理主義者の活動拠点となり、そのテロ活動を活性化させてしまったのである。つまり、アメリカは「テロとの戦い」に失敗したのだった。

それでも、チェイニー副大統領やラムズフェルド国防長官ら「ネオコン」は大喜びだった。彼らのような狂信者にとっては、「テロとの戦い」などどうでも良かった。イスラム世界にネオ・リベラリズムを「布教」したことで大満足なのだった。その過程で、何十万人が命を落とそうが不幸になろうが、関係ないのだった。「異教徒どもは、浄化されて幸せになった」と考えるのだった。

カストロは、世界中に溢れ出す悲惨を前にして、失意の底に沈んだ。彼の宿敵は、強さと凶暴さと残酷さを増すばかりである。

70歳を超えて、さすがのドン・キホーテも体力と気力の衰えを隠せなくなっていた。2001年6月には、炎天下の屋外での演説中に、意識不明となって倒れた。04年8月には、演説場から降りようとして足をもつれさせてしまい、激しく転倒して左膝を複雑骨折した。

彼は、長年愛用してきた葉巻を止め、重い軍靴を軽いナイキのスニーカーに替え、そして演説にかける時間をなるべく減らすようにした。まだまだ、死ぬには早すぎるから。そして、アメリカの権力集団を喜ばせるのは癪だから。

だけどカストロは、フランス人記者からの「あなたは、自分が死んだらどうなると思いますか？」というインタヴューに、こう応えている。

「恐らく地獄に行くことだろう。そして、マルクスやエンゲルス、レーニンと出会うことだろう。永遠に実現できない理想を抱いて苦しむくらいなら、早く地獄の業火に焼かれた方が良い。きっと、思っていたより熱くも苦しくもないだろう」

カストロの懊悩《おうのう》と絶望は、それほどまでに深かったのである。

7

しかし、絶望するのは早かった。世の中は悪いことばかりではない。そして、正しい理想が永遠に実現できないことは有り得ない。

ブッシュJr.政権は、8年ぶりの純粋な「明白なる宿命」政権だったのだが、そのやり口は、非常に幼稚で稚拙だった。それは、戦後生まれで苦労知らずのボンボン連中がこの政権の中心に座ったことに加えて、冷戦に圧勝して独り勝ちとなった慢心がそうさせたのだろう。

ブッシュJr.大統領は、国際的な談話の中で、平気で己の狂信的な宗教感情を口にし、異文化を軽蔑した。

彼の腹心であるチェイニーやラムズフェルドも、その傲慢さを隠そうとせず、イラク軍を壊滅させたときなど、心底から嬉しそうにテレビカメラの前で笑ったのである。

そんな中の2005年夏、巨大ハリケーン「カトリーナ」がルイジアナ州を襲い、ニューオーリンズをはじめとする南部アメリカの諸都市を壊滅状態に陥れた。この惨劇を知ったカストロは、直ちにボランティア部隊をアメリカに送ろうと申し入れた。キューバとルイジアナは地理的に近接しているし、キューバ人ボランティアは経験豊富なベテランだから、もしもこの提案が受け入れられていれば、きっと多くの人命が救われたことだろう。

しかし、キューバを憎むブッシュJr.は、「穢らわしい」と感じて、この申し出を拒絶したのである。そのくせ、無為無策のまま惨状を放置した結果、黒人貧困層をはじめとする数千名の人々が、飢えと病気でバタバタと斃れた。「弱者が枯れ死ぬこと」にまったく同情を感じない「明白なる宿命」統治下のアメリカに生まれたことこそ、彼らの本当の悲劇であった。

こうした状況を見ているうちに、やがて世界中の人々が、アメリカの権力集団の本質が「狂信的な宗教原理主義者」に過ぎないことに気づき始めた。ネオ・リベラリズムの「布教」は、人類の平和と幸福のためではなく、この連中のエゴにしか過ぎないことに気づき始めた。

こうして、世界中に大きな怒りの炎が湧き起こった。特に、激しい搾取にあえぐ第三世界で、その傾向が強かった。そんな彼らの視線は、自然とカリブ海の小国へと引きつけられる。そこに浮かぶ東西に細長い島は、狂信的思想と強大な軍事・経済力を併せ持つ史上最強の帝国と、40年にわたって戦い抜いて来た難攻不落の要塞なのだった。

まず、ベネズエラで、ウゴ・チャベスが立ち上がった。1998年の大統領選挙に勝利した軍人上がりのチャベスは、かつてアメリカの腰巾着であったペレス政権に対するクーデターを起こして失敗し、その後しばらくカストロの世話になった人物だった。このとき以来カストロに深く心酔し、あたかも実の父親のように慕う彼は、政権を掌握した直後から、ベネズエラで採れる石油を、安価で優先的にキューバに輸出するよう計らってくれた。そのお蔭で、キューバ経済の回復に大きな拍車がかかったのである。

やがて、互いに親子のような情愛を持ち合うカストロとチャベスは、「ALBA」を結成した。ALBAは「米州ボリバル主義代替機構」の略だが、スペイン語の単語としても「黎明《れいめい》」という意味を持つ。シモン・ボリバルやホセ・マルティの理念に基づき、ラテンアメリカ世界を大同団結させるのが、この組織の目的だ。

この同盟には、やがて先住民出身のエボ・モラレス大統領率いるボリビアも加わった。モラレスは、かつてチェ・ゲバラをはじめとする多くのキューバ人が、貧しかった自分たちを助けるために、この国で散ったことを忘れていなかった。そして、今こそ恩返しのときだ。

やがて、ダニエル・オルテガ大統領率いるニカラグアもALBAに参加した。オルテガのサンディニスタ党は、1990年の選挙に敗れて野党に落ちたのだが、その後、長い臥薪嘗胆を積み重ねた後、ついに2006年の総選挙で第一党の座を奪い返したのである。そんなオルテガも、失意の歳月を絶えず応援し続けてくれたカストロへの報恩に燃えていた。

「情けは人のためならず」

善意は、それがどんなに無駄に見えたとしても、いつか必ず返って来る。

キューバ、ベネズエラ、ボリビア、ニカラグア。がっちりと固く手を握った4国によるALBAは、まさしく中南米世界を貫く「反ネオ・リベラリズム」の黎明なのだった。

驚いたブッシュJr.大統領は、ネオ・リベラリズム同盟のALCAを結成してこれに対抗しようとしたが、この試みは完全な失敗に終わった。なぜなら、シルヴァ大統領のブラジル、ヴァスケス大統領のウルグアイ、そしてキルヒナー大統領のアルゼンチンが、ことごとくキューバ側に立ったからである。このシルヴァらは皆、何らかの形で、若いころにカストロの世話になったことがある人々だった。

悪意は、それがどんなに強大であっても、必ず報復を受けて打ち負かされるのである。

そして2009年6月、米州機構（OAS）は、合衆国の意向に逆らってキューバ除名決議を無条件で解除し、この島国を47年ぶりに懐に迎え入れる決定をした。

今や、中南米世界はアメリカ合衆国のものではなかった。

使徒ホセ・マルティの悲願は、ここに成就した。もはや「我らのアメリカ」は「北のアメリカ」の奴隷ではなかった。

8

個人レベルでも、ネオ・リベラリズムの在り方に疑問を感じる人々は、次々にキューバの味方になって行った。

アルゼンチンの世界的サッカー選手ディエゴ・マラドーナは、フィデリスト（カストロ心酔者）としても有名である。彼は、１９８７年に怪我の治療でキューバを訪れたとき、カストロと初めて会見した。このときカストロは、一国の主権者の立場を捨てて、好奇心いっぱいにマラドーナと接し、様々な質問をした。

「サッカーボールをヘディングするとき、痛くはないの？」「ＰＫで、キーパーがボールを止めるとき、どうやって相手の動きを予測するの？」

カストロは野球には詳しかったのだが、サッカーには素人だったので、マラドーナは懇切丁寧にいろいろと教えてあげたのである。喜んだカストロは、この高名なサッカー選手がねだるものだから、自分が被っていた軍帽にサインをしてプレゼントしてあげた。

帰国したサッカーのヒーローは、すっかりカストロの魅力の虜となっていた。「フィデルは僕の神様だ」などと口走るうちに、社会主義者と反米主義者に転向し、そして自らの体にカストロの刺青を入れるほどに心酔してしまった。その後も、麻薬治療などで何度もキューバを訪れるマラドーナは、この国でカストロと会うことに人生最大の喜びを感じるのだった。

マラドーナのような世界的な名選手がキューバを訪れた理由は、この国の医療が世界的な高水準でありながら、外国人に対しても非常な安価で提供されることにあった。こうしてキューバに恩義を感じた名選手たちは、世界各地でこの国の好印象を語り継いでいった。これも、「情けは人のためならず」の一例と言えようか。

話ついでに、ここでキューバの医療について語る。

キューバの医療は、1990年代の試練の時を経て、より一層の成長を遂げていた。ソ連崩壊によって急激な輸入医薬品不足に見舞われたこの国は、バイオテクノロジーを研ぎ澄まして独自の薬品開発に集中し、ホメオパシーなどの最新技術も会得した。また、新たな友好国・中国から、鍼や漢方や気功といった東洋医学のエッセンスを導入し、これを自国のものとしていった。そういうわけで、キューバの公園では、老人たちが毎朝のように太極拳をやっている。

これらの諸事情が相まって、キューバ医療は「予防医療」を重視するユニークなものとなっていた。すなわち、国民220人に一人の割合でホームドクターがいて、この医師が毎日のように担当の市民の調子を見て回るのである。そして、病気の兆候を少しでも感じたら、その人を診療所に呼び、入念に検査してから早期治療を行う。この間の患者の医療費負担は、もちろんゼロ。そして、どんな種類の病気であっても、早期に発見できれば治療も回復も容易であるので、患者にとっても医師にとっても楽なのである。

どうして、アメリカや日本では、ホームドクター制や予防医療を採用できないのだろうか？　その理由は簡単である。ネオ・リベラリズムの国々では、医療も「金儲け」の一種だからである。すなわち、「金ヅル」である患者が、病気の予防や早期治療に成功してしまったら、医者や製薬会社が金儲けできなくなって大迷惑なのだ。むしろ、患者たちを長く病院に通わせて薬漬けにしてしまった方が、効率的な金儲けには都合がよい。だから、ネオ・リベラリズムの国では、予防医療は絶対に支持されない。それどころか、メタボリック症候群などの新しい病名を「開発」し、新しい薬品を「発明」し、それで金儲けを企むのが通例である。

すなわち、ネオ・リベラリズムの世界では、金儲けが人間の命よりも優先されるのである。だから、小児科や産婦人科といった「儲からない」仕事は軽視される。その結果、十分なケアを受けられない妊婦や子供が不幸になっても、ネオ・リベラリズムはまったく感知しない。弱者にかける情けはないからである。

しかし、キューバ革命の精神は、これとは正反対である。

たとえば、キューバが独自に開発した優れた医薬品は、特許をまったく取っていないので、外国企業が片端から類似品を作って金儲けに使ってしまう。キューバ最高の頭脳を誇るフェンライ研究所の職員たちは、そのことが不満で、カストロにしばしば「特許を取る」よう諫言《かんげん》を行うのだった。

しかし、カストロは常にこう応える。「医薬品の存在目的は、金儲けではなく、より多くの人命を救うことにある。外国企業が我が国の技術を盗んだとしても、その結果、より多くの患者の手に薬が渡り、より多くの命が助かるのであれば、大いに結構ではないか?」

これを聞いた研究員たちは、力なく肩を落とし溜息をつく。白い鬚のドン・キホーテには、何を言っても無駄なのだ。彼らの必死の研究は、まったく自分たちの利益に結びつかず、他人に盗まれていくのだ。こうして、嫌気が差した研究員は外国に亡命してしまう。しかし、カストロはどこ吹く風だ。金儲けに興味を持つような卑しい人間は、この国には不要だからである。その結果、キューバが貧しくなったとしても構わないのである。

ディエゴ・マラドーナを感心させ心酔させたのは、キューバ革命が持つ、この常識外れの優しさなのだった。ネオ・リベラリズムとは完全に正反対の在り方なのだった。

9

アメリカの元大統領もキューバを訪れたことがある。

ジミー・カーターがハバナの地を踏んだのは、2002年5月のことだった。カナダでのトルドー前首相の葬式に参列したカストロは、そこで偶然カーターに出会い、キューバに招待したのである。元大統領は、この誘いを社交辞令だと思った。普通はそうである。しかしながら、カストロは普通の人ではなかった。

カーターは、最初は渋ったのだが、「キューバ国内で、完全に自由に行動し、自由に発言して良い」と保証されたので、この招待を受けることにしたのだった。

ハバナ空港に降り立ったカーターは、キューバ国民の屈託のない歓声と笑顔に迎えられて驚愕した。彼は、アメリカ人はみんな、キューバ人によって憎まれていると想像していたのだ。しかし、ここは穏やかで平和な世界だった。ここは貧しいけれど、白人も黒人も混血も、みんなが完全に対等に過ごせるような差別のない優しい社会なのだった。

元大統領は、ハバナ大学でのスピーチで、アメリカの立場を説明し擁護し、そしてキューバの政治体制が時代遅れであると非難した。すると、何人かのキューバ人学生が挙手して反論を試みたことで、実り豊かな議論が展開されたのである。その一部始終がテレビ中継され、アメリカのCNNテレビにも放送された。

カーターはこの島国の独特の自由な言論に触れて、なぜか心が癒されるのを感じ、カストロはその様子を楽しそうに見守っていた。

キューバでは昔から、子供たちに問題解決型の「自分の頭で考える」教育を与えていた。すなわち、子供たちをいくつものプロジェクトチームに分けて、彼らに課題を与えて議論を尽くさせるのである。もちろん、子供たちはこの課題を家に持ち帰って、親や親戚に相談しても良いので、そのことが家族の結束と親愛を高める効果をもたらしていた。こうして今では、「自分の頭で考えて議論できる国民」がキューバ中に溢れていたのだった。もしかすると、平均的なキューバ人の知性は、日本のように「上から知識を押し付けられる」形の教育を受けた国民のそれよりも、遥かに優れているのかもしれなかった。

そういうわけで、カストロはキューバ国民を信じていた。彼が育てた賢い国民が、自らの自由意思で白い髭の議長を支持し、ネオ・リベラリズムに反対していることをよく知っていた。だから彼は、ローマ法王やカーター元大統領が、国内で自由にスピーチし、自由に市民と触れ合うことを許可したのである。外来の客の付《つ》け焼刃《やきば》の政治批判が、賢い国民の受け入れるところとならないことを知っていたのである。

そんなカストロは、スピーチを終えて演壇を降りたカーターにある提案をした。

「これから野球の全国大会の開会式が始まりますので、一緒に見に行きましょう。そうだ、ジミー、あなたが始球式のボールを投げてください」

カーターは、この誘いを冗談だと思った。普通はそうだろう。しかし、この白い髭の大柄な老人は普通の人ではないのだった。

その日の夕刻、お揃いのキューバ代表選手団の赤い帽子を被ったカストロとカーターは、二人きりで、野球場のベンチからゆっくりとピッチャーマウンドに向かって歩いていた。

「ジミー、大統領としてのあなたは、私の最強の敵でした」カストロは、英語で語りかけた。

「ははは、まさか」カーターは苦笑した。「私は、祖国では無能な大統領だったことになっています。みんな、『ジミー・カーターは、最強の「元」大統領だ。最初から「元」大統領なら良かったのに』と揶揄するんですよ」

「そんなことを言う方が間違っている。あなたの真心と優しさは、我が国の根本を揺るがせた。だから1980年に、マリエル港から12万5000人もの亡命者が出たのです。今から思えば、あれはキューバ革命の最大の危機だった」

「最大の危機は、むしろ1990年代前半だったのでは？」

「あれも確かに危機でした。しかし、ブッシュやクリントンが悪意に満ちた残酷な政策を展開したために、むしろ国内の結束は強まったのです。もしも、あの時の大統領がジミー、あなただったなら、キューバ革命はどうなっていたか分からなかったでしょう」

「それは皮肉な話ですね」カーターは寂しげに微笑んだ。「我が国は、その残酷さによってライバルを強くし続けていたなんて」

「逆にいえば、アメリカがその残酷さを捨ててくれれば、キューバ革命は要らなくなるのです。アメリカが、もっと世界に心を開き、弱い人や貧しい人の悲しみを思いやって愛を抱き、彼らを救済する役目を担ってくれるなら、こんな貧乏な島国が頑張らなくても済むのですよ」

「しかし、ネオ・リベラリズムは、アメリカ合衆国のアイデンティティです。そう簡単に変えられませんん」

「だったら、キューバ革命は永遠に生きるでしょう。そして、ますます強くなることでしょう」カストロは、賓客以上に寂しげに微笑んだ。

「アメリカは、その挑戦を雄々しく受けて立つでしょうな」カーターは呟いた。

「ブッシュ大統領にも、キューバに来て欲しいものです。そして、我が国の学生たちと正面から討論してもらいたい」

「ははは、それは無理です。フィデルなら分かるでしょう?」

「彼にとっては、穢らわしいですかな、この国が」

「そうです。だけど、それ以上に大きな問題があります。ジョージくん(ブッシュ)の知性は、ハバナ大学の学生以下なんですよ!」

「それは、笑うべきところですか? それとも恐怖すべきところですか?」カストロは、肩を竦《すく》めた。

二人の老人は、ピッチャーマウンドに立った。そして、カーターは一番打者に向かって始球式のボールを放った。ホームベースの手前に落ちて転がるボールを、お約束どおりに一番バッターが空振りをすると、カーターは初めて楽しそうに笑った。

「キューバとアメリカに住む全ての人々が、いつかこんな風に野球を楽しめる日が来ると良いですね」

「全世界が、そうなれば良いのに。願わくば、それを見届けてから死にたいものです」カストロは、大きく頷いた。

そして二人の老人は、スタジアムを埋める6万人の観客の大歓声に包まれる中、穏やかに握手を交わすのだった。

一粒のトウモロコシ

1

21世紀のキューバは、大勢の観光客で賑わうようになっていた。

亜熱帯の島国にはダンスやサルサ音楽やスポーツが溢れ、ラム酒のカクテルや陽気な人々の笑顔が遠来の客人をもてなした。

しかし観光客は、アメリカからは入国できないので少々不便である。キューバに入りたい人々は、カナダやメキシコ、あるいはヨーロッパ経由で、遠回りしてこの国に入国するしかない。そして、空港で「兌換ペソ（CUC）」と呼ばれる外国人向けの通貨を購入する。外国人が持ち込んだ外貨は、「兌換ペソ」との交換でキューバ政府に吸い上げられ、食糧や石油などの購入に回される仕組みなのである。

さて、「兌換ペソ」を持って入国した観光客は、この通貨を用いて、国中に出店された外国人向けの商店で必要品や土産を買い、飲み食いするだろう。その値段は、国内向けよりもかなり高い。こうして個人商店が得た収益は、課税対象となって、政府におおむね3分の2が徴収される。政府は、こうして集めた税金を、無料の医療や教育や年金制度に投入し、国内の貧しい人や弱い人の生活を保護すると同時に、国際ボランティアに回すのだ。

しかし、キューバ人と外国人との日常的な接触は、その生活水準の違いから多くの問題をもたらした。金持ちになりたいキューバ人は、訪問者の豊かな生活ぶりに憧れてますます外国に亡命するようになったし、外国から持ち込まれた麻薬に溺れる若者も増えて来た。そして、外国人相手に売春をする若い女性が急増した。何しろ、一晩の稼ぎが半年分の年収にも匹敵するのである。キューバと外の世界との経済格差は、これほどまでに大きいのだった。そして、外国人と容易に接触できる都市部の住民と、そうではない田舎の住民との経済格差は、日増しに拡大して行くのだった。

そもそも、一般の市民生活が苦しかった。1990年代よりはマシになったとはいえ、アメリカの経済封鎖によって最新のハイテク機器はもちろん、自動車や家電製品すらなかなか買い替えることが出来ず、みんな革命前のアメリカのアンティーク製品や、冷戦時代の粗悪なソ連製品を、修理しながら使い回して生活しているのだった。

いわゆるGNPとかGDPという指数で評価するなら、アメリカや日本の5%以下しかないキューバは極貧国に当たるのだろう。これを見て、社会主義体制の後進性と愚かさを非難糾弾するのは実に容易である。しかし、人間社会の豊かさは、経済統計だけで測定できるものではない。キューバを訪れた人々は、そのことを思い知らされるのだ。ネオ・リベラリズムの酷薄な競争社会で生きている人々は、キューバの人々の屈託のない明るさと優しさを羨ましく思い、勇気づけられ励まされ癒される。だから、大勢の観光客がこの国を訪れるのだし、リピーターもまた多いのだ。

それでも、カストロ議長の悩みは深かった。国が賑やかになるのは結構なのだが、その反面で、国内での貧富格差が拡大し、金満主義が市井を覆っていく世相に苛立っていたのである。

ハバナ大学の高学歴の女学生たちが、就職せずに外国人相手の売春に励んでいると聞いて、カストロは深い悲しみに落ちた。

彼は、党機関紙の中でこう語った。「革命以前の売春は、アメリカ人によって強制されていた。しかし今は、自由意思で行える。それだけキューバ社会は進歩したのだ」

しかしこれは、自分自身に対する言い訳だろう。カネのために売春をするのは、まさに日本の「援助交際」と同様、ネオ・リベラリズムへの屈服を意味する行為なのだから。

結局、人間はカネが大好きな生き物なのだろうか？　己の下品な欲望が大切なのだろうか？　正義と道徳のために生きるような「新しい人間」は、未来永劫、生まれ得ないのだろうか？　そして、キューバ人もいずれ、ネオ・リベラリズムの奴隷になるのだろうか？

カストロは、チェ・ゲバラの写真に向かって寂しく語りかけた。

「チェ、君が羨ましいよ。君は、若くてして死んだものだから、このような苦しみを味わうことなく済んだ。私は少々、長生きしすぎたのかもしれぬ」

77歳のカストロの顔は、真っ白な鬚と、薄くなり始めた白い頭髪と、無数の皺、そして醜いシミに覆われていた。それに対して、モノクロ写真の中の亡き親友は、いつまでも若々しく躍動している。

フィデル・カストロは、ほとんど50年にわたってアメリカ帝国主義と戦い続けて来た。１４７回にも上る暗殺計画やテロをはじめ、様々な攻撃を跳ね返し続けて来た。彼は、アメリカとアメリカ人を徹底的に研究し、彼らの思想文化や心理傾向について完璧に洞察した人物である。だからこそ、アメリカの手の内を未然に把握し、常に先手を打つことが出来るのだった。すなわち、フィデル・カストロにとって、アメリカ合衆国は弱敵に過ぎないのだった。

そのカストロにして、どうしても勝てない敵がいた。それは、人間存在そのものである。人間は、カストロが母国で施行したような豊かな教育や医療の下でも、物欲を克服し弱者に優しい「新しい人間」へと成長し覚醒することはないのだろうか？　人間とは結局、カネとモノの魅力に心を食われ、弱者や貧者を虐げ差別する、醜い存在に過ぎないのだろうか？　糞と血とリンパ液が詰まった炭水化物の不潔な袋に過ぎないのだろうか？

そして、カストロは呻《うめ》いた。

「この戦いの人生は、何もかも無駄だったのだろうか？」

しかし、絶望するには早すぎるかもしれない。「新しい人間」の覚醒には、まだまだ長い時間を要するのかもしれないのだから。

ハバナの市民公園に、ジョン・レノンの銅像が立っている。彼が歌った「Imagine」が、キューバ革命の理想を体現していたために、感激したカストロが建てさせたのである。

ある日、悪戯者がこの銅像から丸メガネを盗み去る事件が起きた。これを「可哀想だ」と感じた市民たちは、24時間交代制で銅像を見守ることにした。それ以来、雨の日も風の日も、必ず誰かが銅像の前に座っている。

ネオ・リベラリズムの信者たちは、こうした行為を「無駄で愚かだ」と軽蔑することだろう。

しかし、自分たちに縁もゆかりもないジョン・レノンの銅像のために、「メガネを盗まれるのが可哀想だ」と感じて、ずっと見守りつづけるキューバ市民の心はとても温かい。

そこにあるのは、無償の愛であり無限の優しさである。

キューバ革命の精神は、カストロやゲバラが望んだ形とはやや異なるのかもしれないが、すでに「新しい人間」への覚醒を人々に促し始めているのではないだろうか？

2

アメリカの研究者たちが頭を悩ます問題は、フィデル・カストロの演説であった。いったい、どこがそんなに魅力的なのか、彼らにはさっぱり理解できないのである。

「無駄に長いし、繰り返しが多くて退屈だし、気の利いた警句も入っていないじゃないか。まるで安っぽい流行歌みたいだ」

カストロ演説の英訳版の原稿を前にして、国務省やCIAのエリート研究者たちは、もう40年以上も首をかしげ続けている。でも、彼らが理解できないのは仕方ない。カストロの演説は、アメリカ人が想定する概念とは、まったく異なる次元の産物だからである。

フィデル・カストロは、おそらく人類史上最も多弁な政治家である。ほとんど毎日のように国の内外のどこかで演説し、平均4時間は喋りまくる。演説自体にそれほどの時間がかかるのだから、勉強や原稿準備にかける時間はその数倍だ。つまり彼は、人生のほとんどの時間を演説に費やした政治家なのだ。

どうして彼は、そんなに演説に燃えるのだろうか？

それは、カストロの中に「真の民主主義とは、社会を構成する全ての人が、重要な情報を隈なく共有すること」という固い信念があるからだ。すなわち、カストロの演説は、あくまでもキューバ国民（あるいは世界）との情報共有のために行われるのである。

カストロは考える。「複数政党制の議会政治を行えば、それだけで民主主義国家と呼べるのか？　それは違う。今のアメリカや日本のように、一部の特権階級が情報を独占し、そうした集団が、持ち回りと馴れ合いで権力を交換し合うような体制は、形を変えた独裁制に他ならないのだ。すなわち、彼らが掲げる複数政党制も議会政治も、純朴な大衆を騙して従わせるための装置にしか過ぎない。それに対して、我がキューバは、形式的には一党独裁かもしれないが、国家が全ての情報を国民と分かち合い、両者が完全に一体となっている。これこそが真の民主主義なのだ」

だからカストロは、喋って喋って喋りまくるのである。そして、彼の演説には嘘がなかった。美辞麗句もなければ、誤魔化しもなかった。彼は常に、この世の真実を平易な言葉でより多くの人々に教えようと懸命に努力した。

だから、外国のエリートが彼の演説を聞いても面白くないのである。

特に、アメリカの権力集団には、カストロ演説の妙味を理解できるはずがなかった。なぜなら彼らは、「演説とは、国民（あるいは世界）を気の利いた美辞麗句で誤魔化して騙すこと」だと心得ているのだから。

キューバを訪れた世界的な政治家たちは、この国の市民が、賓客の鍛え抜かれた流麗でシャープな演説よりも、カストロの粗野で長ったらしい演説の方を喜ぶのに驚かされた。ヨハネ・パウロⅡ世やネルソン・マンデラやジミー・カーターらは、自分たちの演説の時に眠そうな顔をしていたキューバ人たちが、カストロの演説になると熱狂して聞き惚れるのを見て、意外な面持ちを浮かべるのが常だった。

それは、理屈ではないのである。

カストロとキューバ国民は、完全に一体となっていた。カストロは国民を理解し、国民はカストロを理解していた。カストロは、国民に真実を話し、教え、導いた。だから国民も、そんな国家元首を深く信頼していたのだった。

そして、キューバ型教育は、アメリカや日本とは異なり、「自分の頭で創造的に考える若者」を育成することに成功していた。だから歳月が経つにつれ、カストロの聞き手はどんどん賢くなっていった。それにつれて、カストロの勉強量は増える一方だった。彼は、賢くなる一方の国民を説得し、納得させることに心血を注いだ。だから、演説の内容もますます濃くなり、話す時間もまた増えて行くのである。

もちろん、賢い国民の中には、カストロから説得されず納得しない者も多かった。ここは人間社会なのだから、意見の違いがあって当然である。そんな人たちが、外国に亡命したり売春に励んだり麻薬に手を出すのであった。つまりキューバ共和国は、西側資本主義国の概念とは異なる形の民主主義国家であり、異なる形の自由の国なのだった。

「キューバには言論の自由がまったく存在しない」というアメリカ発のデマゴーグを信じていた外国人旅行者は、ハバナの居酒屋などで、市民が当たり前のように政治の話をしているのに驚かされるだろう。市民が、当然のようにカストロ政権の悪口を言い、フィデルの失政を罵《ののし》っているのに驚くことだろう。

しかし、調子に乗った旅行者が、市民と一緒になってフィデルの悪口を言おうものなら、たちまち相手に怒声を浴びせられる。「外国人の君に、何が分かるのだ!」「フィデルがどんなに頑張っているのか、君は本当に知っているのか!」と問い詰められる。「だって、あなたたちが先にフィデルの悪口を言っていたんじゃないか!」と反論しても無駄である。この時点で、人生経験豊富な旅行者は気づくのだ。「キューバ市民は、フィデル・カストロを実の父親のように思っている。そして、フィデルに対する悪口も政治批判も、父親に対する甘えの一種なのだ。だから、外部の人に横から悪口を言われると怒るのだ」と。

2006年に、アメリカの雑誌「フォーブス」が「世界の長者番付」を発表したことがある。それによると、フィデル・カストロは総資産9億ドルを持つ世界第7位の大富豪であった。カストロは、キューバ国民から搾取して得たカネを、スイス銀行に密かに隠しているというのだ。

キューバ国民は、誰もこの記事を信じずに冷笑した。アメリカのマスコミによる卑劣な誹謗中傷には、みんな慣れっこである。しかし、意外なことに、当のカストロが反応した。

「どうして、この歳になってこのような侮辱を受けなければならないのか！　もしも私の預金が海外に1ドルでもあったなら、私は即座に議長職を退く！」

この声明を受けて、スイス銀行協会が調査を行ったところ、「架空名義の可能性も含め、スイス国内におけるフィデル・カストロの財産は皆無である」との結論が出た。

これに狼狽したフォーブス編集部は、「あの統計数値は、該当国の国民所得や当該人物の権力の強さから推算したお遊びに過ぎなかった」などと卑怯な言い訳を行った。アメリカのマスメディアのやることは、一事が万事、こんな調子である。

この結果を見たキューバ国民は、口ぐちに言い合った。

「やっぱりね。フィデルがカネに興味があるような俗っぽい人だったなら、この国の経済運営を上手くやって、俺たちをもっと豊かにしてくれていたはずだもんな」

「でも、本当だったら良かったのに。あたしたちがフィデルにねだったら、9億ドルの財産を全国民に満遍なく分配してくれたに違いないもの。フィデルは、そういう人よ」

3

そのフィデル・カストロが、国家評議会議長や軍総司令官をはじめ、全ての公職から引退したのは、2008年2月のことだった。数年前から腸の具合が悪くて入退院を繰り返していたのだが、いよいよ本格的な療養に入ることにしたのである。後継者は、実弟ラウル・カストロだ。

フィデルの存命中の引退は、アメリカの政財界にとって極めて意外であった。「社会主義の凶暴な独裁者」が、存命中に権力を手放すなど、彼らの常識の中には存在しなかったのである。だから彼らは、「髭の独裁者は、きっともう死んでいるのだ」とか「実際には、クーデターで失脚したのだ」などと噂をし合った。

カストロは、そんな愚かなアメリカ人の様子を、病院のベッドの上から冷笑していた。

実際にはカストロは、21世紀に入ってすぐに政権移譲の準備に取り掛かっていた。ラウル副議長の権威づけを図ると同時に、カルロス・ラヘやロベルト・ロバイナといった若手閣僚に重職を任せて腕を磨かせ、その功績を事あるごとに称賛していた。そして、自分は少しずつ実務の現場から足を遠ざけていた。そんなカストロは、引退表明時には、すでに政府の仕事をほとんど行っていなかったのである。だから、ラウル政権の発足後、キューバでは何の問題も起きず、わずかの混乱も見られなかった。

これに失望したアメリカ政府は、「フィデルが存命で、病院からリモート・コントロールしているせいだ!」「フィデルさえ死ねば、キューバはアメリカに屈服するはずなのだ!」などと言い出した。

カストロは、また冷笑した。

「幼稚な連中だ。相変わらず、人間の肉体にしか価値を見出そうとはしない。人間の価値とは、肉体にではなく思想に宿る。そして、我が思想はすでに世界に残された。仮にこの身が滅びても、思想は伝えられていくだろう。そしていつか、弱い人々や貧しい人々が、アメリカ帝国主義の傲慢を打ち滅ぼす梃子の一つとなるだろう。もはや私の肉体など、それ自体、何の価値も持っていないのだ」

彼は、ラウルの相談相手となり、党機関紙に時々寄稿する他は、海外の論文や著作を読みふけり、あるいはスポーツをテレビ観戦して楽しんだ。

大好きな野球が夏季オリンピックの正式種目になったことは楽しいが、ＷＢＣ（ワールド・ベースボール・クラシックス）の開催はもっと嬉しかった。

２００６年の第1回大会の時は、自らキューバチームの赤いユニホームを着て熱心に応援した。カストロは、「優勝しなくても良い。ベストを尽くせばそれで良い」と自国の選手たちを激励し、そしてキューバが準優勝に留まった時も、むしろ優勝した日本チームの強さを称えるのだった。そして、準優勝の賞金は、その全額を国際赤十字に寄付してしまった。ハリケーン「カトリーナ」のアメリカ人被災者たちを救うためである。

敵国の主であるカストロの方が、現職大統領のブッシュJr.よりもアメリカ国民に優しいというのは、いったい何の皮肉なのだろうか？

２００９年のＷＢＣ第2回大会は、療養中にベッドの上で見た。キューバチームは、トーナメントの不利もあって惨敗を喫したが、カストロは熱心に観戦を続け、そして優勝チーム日本の原監督の采配やイチロー選手の活躍を、党機関紙上で大いに称えるのだった。

4

そんな中、サブ・プライム問題が浮上し、そして世界金融バブルが弾け飛んだ。

これは、「明白なる宿命」が推し進めてきたネオ・リベラリズムのなれの果てであり、当然予想された結末なのだった。

アメリカは、レーガン政権以来、世界金融市場を主要な武器とすることで「明白なる宿命」の布教を推進していた。基軸通貨ドルを駆使し、国際為替相場を操作し、インターネットの主導権を握り、そして忠実な属国を背後で操ることで、この政策は大いなる成果を上げていた。もちろん、カストロやローマ法王による執拗な妨害はあったけれど、それも「イラク戦争」を契機にアラビア半島全域を傘下に収めたことで、十分に克服できている。その果実とも言える存在が、アラブ首長国連邦のドバイやカタール国のドーハと言った、アメリカ風の無味乾燥で潤いのない金満都市の群である。

勝ち誇った「明白なる宿命」は、こういった場合の通例として、理性を失い暴走を始めた。もともと、合理性を度外視した狂信的な宗教だからであるが、彼らが冷戦の勝者となった慢心こそが、最大の罠だったのだろう。

サブ・プライム・バブルというのは、客観的に事実を見るなら、アメリカ合衆国が仕組んだ「国家的詐欺」である。

まずは、全世界のマネーをアメリカ一国に過度に集中させることで、国内の資産価値を上げ、これをレバリッジ（梃子）とする。この梃子を使ってさらなる投資を行い、大いに利益を得るのである。これに関連して、会計基準も「時価主義」に大改訂した。企業の資産を、その時点での高額な時価に付け替えさせるこの仕組みは、レバリッジの効果を大いに高める目的で導入された。そして、時価の計算過程で経営者の裁量が入る余地が多いこの会計基準（USギャップ）は、企業に「合法的な粉飾決算」を可能ならしめる仕組みだった。すなわち、それ自体が政策的な詐欺の一環なのである。

また、アメリカが極端な高金利政策を採ったとき、その最大のライバルである経済大国・日本は、未曾有の低金利政策を採っていた。この結果、全世界の投資マネーがアメリカ一国に集中したのであるから、おそらく両国の金融当局は水面下で示し合わせていたのだろう。この政策の結果、失われた日本国民の財産は10兆円とも言われているが、しょせん今の日本はアメリカの属国であり、宗主国から搾取を受けるのは当然なのだから、日本国民が今の政府を恨んでも仕方ない。

さて、こういう形で全世界から「搾取」を行うアメリカであるが、成功の慢心は、この国に踏み越えてはならない一線を越えさせてしまった。すなわち、「明白なる宿命」は、国内の貧困層を投資のターゲットにし始めたのである。

回収の見込みを得られない、信用力皆無の融資先——それが、サブ・プライムという言葉の意味である。

アメリカの金融機関は、国内の貧困層に対して、競って融資を始めた。望外のカネを手にした貧困層は、これを元手に家を買い、車を買い、それを担保に回してさらなる融資を得る。高金利政策によって全世界から投資マネーが流入し、資産の時価総額が上昇しているので、こういった行為が可能だったのである。こうして、アメリカ全体が、大金持ちになったような錯覚を得て舞い上がってしまった。

しかし、しょせんは実体経済の裏付けのない泡沫（バブル）であるから、いつかは破綻することは経済学の初歩である。だから「明白なる宿命」は、このツケを外国に押しつけることにした。すなわち、貧困層に融資を行った金融機関は、ここで得た不良債権を細かく分割し、これを別の優良な投資信託に密かに紛れ込ませることで、あたかも全体が優良債券であるかのように偽装した上で、世界各地に売ったのである。そして、全世界の国々や投資家は、この悪質な詐欺を見抜くことが出来ず、喜んでこの債券を買った。

2008年にバブルが弾けたとき、全世界が一斉に経済恐慌に陥ったのは、まさにそのためである。

もちろん、「明白なる宿命」の中枢に座る面々は、リスクを事前に海外に放り出していたので無事であるから、損をしたのは、騙されて不良債権を買わされた諸外国の投資家と、アメリカ国内の貧困層だ。そして、真面目にコツコツと仕事をしていた昔堅気の労働者たちだ。だからといって、「明白なる宿命」や、彼らと結託して甘い蜜を吸った資本主義諸国の要人たちは、後悔も反省もしていない。なぜなら、彼らの価値観では、この世は弱肉強食であるのだから、「詐欺を見抜けなかった側が悪い」からである。職を失い路頭に迷った弱く貧しい人々が枯れ死んでも、第三世界の国々で内戦や虐殺が頻発するようになっても、アラビア半島の国々やＢＲＩＣｓ諸国が夢を失い絶望に沈んでも、そんなことはどうでも良いのである。

悪いのは、アメリカに騙された方なのである。詐欺を見破る見識を持たなかった勉強不足の愚か者の因果応報なのである。だから、弱者や貧者は、惨めに泣きながら枯れて死ぬのがお似合いなのである。

こうした在り方こそが、「明白なる宿命」とアメリカ合衆国の正体なのだった。

5

「これで、世界は気づくだろうか？　気づいてくれるだろうか？」

フィデル・カストロは、病室のベッドの上で、世界の悲惨を思いやっていた。

アメリカ帝国の暴走を放置しておいたら、全世界が殺戮と搾取に覆われ、環境破壊が加速し、弱く貧しい人がその数を増し、心を病んで道徳を失った者が地表を覆い尽くし、やがて人間世界そのものが破滅するのである。

憂えるカストロが最後の希望を寄せるのは、アメリカの腰巾着に成り下がった日本でもなければ、自己保身に汲々とするヨーロッパでもなければ、新たな友好国ロシアや中国でもなかった。

それは、一般のアメリカ国民であった。

そして、カストロの期待は裏切られることは無かった。２００８年の選挙でアメリカ人が大統領に選んだのは、民主党のバラク・オバマだった。アメリカ初の黒人大統領である彼は、当然ながら「明白なる宿命」とは無縁の人物だった。そんな彼は、「チェンジ」のスローガンとともに、共和党とブッシュJr.の愚劣極まりない政策を完全に刷新することを宣言したのである。

やがてオバマ大統領は、キューバとの友好回復を基本政策とし、経済封鎖や移民政策の緩和を打ち出し、しかもグアンタナモ刑務所の閉鎖に着手した。

グアンタナモ刑務所は、キューバ島内の同名の米軍基地に付属した施設であるが、ここにはアメリカ軍が捕獲した中東地域のテロリスト容疑者が送り込まれ、政治囚となって陰惨極まりない拷問を受け続けていた。アメリカ軍が、わざわざこの地に囚人を送り込んだ理由は、本土のマスコミに虐待の事実を知られたくなかったからだ。

それにしても、アメリカは30年も前から、キューバ共和国の政治囚に対する虐待について国連で難詰し続けているわけだが、実はキューバ島の中で囚人を虐待していたのは、当のアメリカだったのである。「自分の悪事は完全に度外視する」この国のダブル・スタンダードは、今に始まったことではないので、今さら驚くことでもないのだが。

この刑務所の存在が露見したのは、良心的なアメリカ人記者がインターネットでこの情報を全世界に配信したからである。大恥をかいたアメリカは、それでもブッシュJr.時代は己の拷問を正当化し続けていたのだが、これを「国の恥」と感じたオバマ大統領は、断固たる決意でこの刑務所の閉鎖に踏み切ったのだ。

「オバマ氏は、立派な大統領だ」カストロは、病室を訪れたラウルに語った。「彼は、ＪＦＫを彷彿させる人物だ。こういう人物を選出したアメリカ国民のバランス感覚は、本当に素晴らしいと思う。だが、決して油断してはならぬ。かつて我々は、温厚なカーター大統領に油断したために、その後のレーガン政権の反撃に対して後れを取ってしまった。この歴史の苦い先例を忘れてはならない。オバマ氏の背後にいる権力集団の動向に、しっかりと目を凝らさなければならないぞ」

「分かっているよ、兄貴」ラウル議長は、笑顔で頷いた。

革命キューバは新体制の発足後、携帯電話の保有を全国民に許可するなど、いくつもの自由化措置を出している。しかし、アメリカが要求する資本主義化は断固として拒絶し続けていた。また、アメリカや米州機構からの様々な改革開放の呼びかけに対しては、常に慎重姿勢を貫いていた。

フィデル・カストロは、病室を訪れる人々にこう語った。

「キューバは、アメリカに拮抗しうる一つの大きな思想の中心であるべきだ。アメリカの在り方は、それはそれで仕方ないと思う。人は、亡きチェが期待したほど強くないし、賢くもないからだ。だが、この地球上の人々が、アメリカの在り方だけに引きずられて生きていくのはあまりにも悲しすぎる。いつか、人がより強く賢い存在へと成長し、『新しい人間』へと覚醒するための道しるべが、どこかに立っていなければならない。それがキューバ革命なのだ」

枕を囲むのは、最愛の妻ダリアや、フィデリートをはじめとする子供たち、ゲバラの遺児たち、そして存命する古参革命戦士フアン・アルメイダとラミーロ・バルデスだ。彼らは、満面の笑顔で頷くのだった。

実際に、革命キューバは、その存在自体が大きな意味を持ち始めていた。

オバマ政権は、破綻に瀕した大企業を次々に実質国営化し、また地球環境保護を最優先に考える「緑の資本主義（グリーン・ニューディール）」をスローガンに掲げるようになり、しかも核兵器の完全廃絶を宣言した。これらはいずれも、革命キューバが従来から継続し、あるいは提唱し、実践して来た政策である。オバマの視野の中に、いや、彼を支える一般のアメリカ国民の心に、革命キューバの在り方が意識されていたことは疑いがない。

アメリカが道を踏み外し、行き先を見失い、途方に暮れたとき、そこにキューバが静かに微笑んでいたのである。

そして、アメリカのこの新しい行き方が、オバマ政権一代限りのものではなく、全アメリカ国民の心にしっかりと根付くのであれば、「明白なる宿命」はその凶悪な力を失い、やがて地球人類全体が救われることだろう。

人生の最後に、このような希望を感じられることが、カストロは嬉しかった。

病床のフィデルを囲む顔ぶれの中には、時々、マリタ・ロレンツや死んだ母、ついにはチェ・ゲバラの姿も混じるように思うのだが、それはきっと病人の抱く幻想なのだろう。

「革命万歳！（ヴィヴァ・ラ・レボルシオン！）キューバ万歳（ヴィヴァ・クーバ！）」

革命50周年を祝う弟の演説をテレビで聴きつつ、フィデル・カストロは静かに目を閉じる。そして、敬愛するホセ・マルティの言葉を小さく呟いた。

「世界のすべての栄光は、一粒のトウモロコシの種に入ってしまう」

そして、自嘲気味に自分の人生を振り返った。

「私の人生は、使徒マルティのトウモロコシの種に入るに値するほど、栄光に満ちていただろうか？

いいや。おそらく、悠久の歴史の中では小さな塵芥にしか値しないのだろう。しかし、それが何らかの意味を持つ塵であって欲しい」

重要な事実は、カリブ海の島国に撒かれた一粒の種が、紆余曲折の末に50年の歳月を生き延びたことだ。そして、今でもアメリカ帝国と対峙していることだ。

だからフィデル・カストロは神に祈る。

この種が全世界に伝播して、弱い人々や貧しい人を救いますように。

人類を、より善い存在へと押し上げる梃子となりますように。

この地上に生を授かったすべての人々が、幸福に満ちた明るい笑顔で太陽を振り仰ぐ世界が姿を現しますように。

完結

主な参考資料

（書籍）

カストロ　レイセスター・コルトマン著　岡部広治監訳　大月書店
FIDEL CASTRO MY LIFE with Ignacio Ramonet Penguin Autobiography
キューバを知るための52章　後藤政子、樋口聡編著　明石書店
現代思想　フィデル・カストロ　青土社
カストロ　民族主義と社会主義の狭間で　宮本信生著　中公新書
カストロ・革命を語る　後藤政子編訳　同文館
冒険者カストロ　佐々木譲著　集英社文庫
チェ・ゲバラ伝　三好徹著　原書房
チェ・ゲバラ　ジャン・コルミエ著　太田昌国監修　松永りえ訳　創元社
チェ・ゲバラの遥かな旅　戸井十月著　集英社文庫
わが夫、チェ・ゲバラ　アレイダ・マルチ著　後藤政子訳　朝日新聞社
チェ・ゲバラの記憶　フィデル・カストロ著　柳原孝敦監訳　トランスワールドジャパン
父ゲバラとともに、勝利の日まで—アレイダ・ゲバラの2週間　星野弥生編著・訳　同時代社
革命戦争回顧録　チェ・ゲバラ著　平岡緑訳　中公文庫
ゲバラ日記　チェ・ゲバラ著　平岡緑訳　中公文庫

フィデル・カストロ　田中三郎著　同時代社
カストロが愛した女スパイ　布施泰和著　成甲書房
ケネディ「神話」と実像　土田宏著　中公新書
CIA秘録（上・下）　ティム・ワイナー著　藤田博司他訳　文藝春秋
共産主義が見た夢　リチャード・パイプス著　飯嶋貴子訳　ランダムハウス講談社
小さな国の大きな奇跡　吉田沙由里著　WAVE出版
キューバは今　後藤政子著　神奈川大学評論ブックレット
世界がキューバ医療を手本にするわけ　吉田太郎著　築地書館
そうだったのか！　アメリカ　池上彰著　集英社文庫
大統領たちの通信簿　コルマック・オブライエン著　平尾圭吾訳　集英社インターナショナル
資本主義はなぜ自壊したのか　中谷巌著　集英社インターナショナル
グローバル・ジハード　松本光弘著　講談社
闇の子供たち　梁石日著　幻冬舎文庫
学研・歴史群像シリーズ
各種ウィキペディア
各種旅行雑誌

（映像作品）
フィデル・カストロ★キューバ革命　アドリナーナ・ボッシュ監督

カストロ　フィリップ・セルカーク監督
コマンダンテ　オリバー・ストーン監督
シッコ　マイケル・ムーア監督
13DAYS　ロジャー・ドナルドソン監督
永遠のハバナ　フェルナンド・ペレス監督
ニクソン　オリバー・ストーン監督
チェ・ゲバラ&カストロ　デヴィッド・アットウッド監督
敵こそ、わが友〜戦犯クラウス・バルビーの3つの人生　ケヴィン・マクドナルド監督
モーターサイクル・ダイアリーズ　ウォルター・サレス監督
革命戦士ゲバラ　リチャード・フライシャー監督
チェ2部作　スティーブン・ソダーバーグ監督
各種報道番組

著者プロフィール

三浦 伸昭（みうら のぶあき）

1968年生まれ。中央大学卒。

公認会計士の仕事のかたわら、執筆にいそしむ。

日本であまり知られていない世界史の発掘に情熱を傾けている。

URL http://www.t3.rim.or.jp/~miukun/ にて新作を発表中。

著書に『アタチュルクあるいは灰色の狼』『ボヘミア物語』（2006）、『昭烈三国志』（2009）いずれも小社刊がある。

カリブ海のドン・キホーテ フィデル・カストロ伝

2010年11月15日 初版第１刷発行

著 者 三浦 伸昭
発行者 瓜谷 綱延
発行所 株式会社文芸社
〒160-0022 東京都新宿区新宿１－10－１
電話 03-5369-3060（編集）
03-5369-2299（販売）

印刷所 図書印刷株式会社

ISBN978-4-286-09480-9

三浦伸昭著

アタチュルク　あるいは灰色の狼

私がトルコだ！　独裁者？　トルコの父？　帝国打倒と共和国建設に賭ける情熱と苦悩。ケマル・パシャの実像に迫る評伝小説。

ボヘミア物語

ルターに先駆けること、百年。彼の思想に大きな影響を与えたヤン・フス。ローマ教皇をも巻き込んでゆく民衆運動の全貌。

昭烈三国志

最弱小勢力ながらなぜ一国を持ちえたか⁉　理に適った歴史としての三国志。新たな切り口で昭烈帝劉備玄徳の実像に迫る。

文芸社刊